Vida de Mulheres

Carmen Sanchez Gil

Eu dedico este livro
aos meus personagens, amigos
na solidão absoluta
e nas poucas alegrias!

Arte da Capa
Alex Brambilla

Preparação de Texto
Vera Lúcia Ayres da Costa

Revisão Final
Lucrécia Maria de Barros Freitas

Foto Estúdio
Vania Toledo e Juliano Toledo

Produção da Primeira Tentativa
Estúdio Artecétera

Colaboradores de Boa Vontade
Foto da Orelha
Laudenir do Carmo Rodrigues (Lau)

Girlene Barbosa de Souza

Estúdio Artístico
Ruy Hizatugu Fotografia - ruyhiza@ig.com.br

Dados Internacionais de Catalogação na Publicação (CIP)
(Câmara Brasileira do Livro, SP, Brasil)

Sanchez Gil, Carmen
Vida de Mulheres / Carmen Sanchez Gil. --
1.ed. -- São Paulo : Olcana Editora, 2008.

Bibliografia.
ISBN 978-85-89706-02-5

07-7269 1. Ficção Brasileira I. Título. CDD-869-93

Índices para catálogo sistemático:
1. Ficção : Literatura Brasileira 869-93

Gráfica e Montagem do Livro
R.A. Gráfica
Rua Padre Marcos Simoni. 88 Vila Ede São Paulo - SP - Brasil - CEP: 02203-010
www.ragrafica.com.br

www.carmensanchez.com.br
vidademulheres@carmensanchez.com.br

Índice

AS MULHERES[1]

Madalena — Sempre um passo à frente dos homens.

Jesus escandalizou a sociedade machista de seu tempo. Ele não apenas dialogava freqüentemente com as mulheres, como as admitiu em seu círculo mais amplo de discípulos.

Na narrativa dos evangelhos, essas mulheres estão sempre um passo à frente dos homens na compreensão e vivência dos acontecimentos. No texto de João, é uma mulher anônima e ainda por cima samaritana (pertencente, portanto, a um povo que sempre foi desprezado pelos judeus) a primeira pessoa a reconhecê-lo como Messias. E é Maria Madalena o primeiro ser humano a quem ele se manifesta

[1] Texto extraído da *Revista Galileu*, Rio de Janeiro: Editora Globo, 2000.

depois de ressuscitar.

As relações dessas mulheres com Jesus Cristo comportam gestos de profunda beleza e intimidade, como aquele em que outra Maria, a irmã de Marta, enxuga os pés do Mestre com os próprios cabelos.

E gestos de grande coragem e dramaticidade, como aquele em que várias delas, entre as quais Maria Madalena, o acompanham até a cruz e permanecem firmes nas proximidades, enquanto a maioria dos discípulos homens se esconde em meio à multidão.

SOBRE A AUTORA

Sou autodidata; meus professores foram os próprios livros que li durante toda a minha vida. Também tive como mestres todas as pessoas que ao longo do caminho me doaram suas experiências, ricas em fatos verdadeiros e reveladores, além das situações que vivenciei, os quais me fizeram crescer e ainda avaliar toda a minha existência.

Não tenho religião. A fé em Deus nasceu em minha vida para que eu pudesse crescer e entender que tudo pertence apenas a Ele, e a mais ninguém!

Devo absoluta obediência somente ao "Ser Maior", e nunca a um ser humano. Sigo essa Luz de Deus e a minha intuição, sem medo de errar porque sou fiel aos caminhos do Senhor e aos Seus mandamentos.

Não sou eu quem escreve, mas é Deus que escreve por mim através do Espírito Santo. Dessa maneira, lancei o meu primeiro livro: *A Janela;* e depois: *A Janela da Alma.*

Agora, este livro vem para enriquecer a vida das mulheres que desejam unir forças com os homens que, um dia, entenderão a alma feminina.

Quando comecei a escrever este livro, *Vida de Mulheres*, eu não tinha idéia de onde os meus pensamentos iriam para buscar os personagens necessários. Não vivi essas experiências, porém, vivi outras igualmente dolorosas, mas com roupagens diferentes. *Vida de Mulheres* é uma história de ficção baseada na realidade da vida atual.

Entretanto, tive momentos inesquecíveis de imensa reflexão para poder unir o presente e o passado, e criar esta história. Precisei dar um salto e mergulhar na escuridão, para então poder sentir e ver com olhos espiritualizados, porque os olhos carnais poderiam enganar as tolas. Tateei palmo a palmo até onde pude alcançar, e tentei enxergar até o que nem eu podia explanar com clareza.

Vozes silenciosas habitaram minha mente por muitos anos, vozes cheias de indignação e repulsa, como se fossem pessoas gritando por **socorro**, dizendo:

— Tirem-me da ignorância mental! Tirem-me da indiferença, das palavras escritas em livros obscuros, que caíram no esquecimento e trouxeram à tona algo que não podia ou não devia ser revelado devido à força da censura do ser humano.

Tive dificuldades para entrar neste mundo considerado indiscreto e secreto, coberto pelo véu negro da ignorância de pessoas que não desejam que nós, homens e mulheres, enxerguemos a "Verdade de Deus" e Seus ensinamentos claros e lúcidos.

A minha maior indignação é ver os seres humanos não enxergarem com o olhar da razão, e se acomodarem para tirar vantagem sobre a vida de seus semelhantes.

Nós, seres humanos, somos responsáveis pelo nosso destino. Nós dirigimos nossa saúde mental e nosso corpo. Esse milagre nos foi dado no momento do nosso nascimento.

INTRODUÇÃO

Esta história nos leva a anos distantes, a meados de 1600, em Granada — Espanha.

Faço um pequeno relato sobre o povo espanhol, seus costumes, tradições e seu temperamento forte, decidido, ardente e contestante.

A heroína é Carmel, uma jovem desbravadora que, em seus anseios, seguiu para o Brazil[1] em busca da realização de seus sonhos, deixando sua família que tanto ama.

Porém sua alma partiu à procura de seus ideais em uma terra desconhecida por muitos. Ela sentia que nessa terra estranha, chamada Brazil, teria o seu lugar como missionária. Sabia que precisava ser forte, uma revolucionária, sem medos dos perigos dessa terra agreste, tão distante

[1] Nesta obra, a palavra Brazil está escrita com "z" e não com "s" para preservar a grafia da época em que se passa a história.

da corte espanhola que freqüentava com seus familiares.

Apesar da dor da despedida, existia a lucidez de suas metas reais. Ela veio ao Brazil sem saber o que a esperava, pois aqui encontraria um mundo diferente do seu, longe do seu conforto. Porém, a irreverência que tinha dentro de si não a deixou voltar atrás.

Assim, Carmel enfrentou o machismo, o paternalismo, os homens grosseiros sem atitudes humanistas. Esse não era o seu mundo, o mundo da sua carne, mas era o mundo da sua alma.

Dessa forma, essa espanholinha miudinha, de corpo frágil, mas forte de espírito, enfrentou muitos obstáculos, e sempre de cabeça erguida.

Carmel ajudou, ensinou e aprendeu com todos que se acercaram dela no Brazil, e ficou arraigada aos modos e costumes de uma terra recém-descoberta — supostamente pelos portugueses.

Foi assim que Carmel cuidou das mulheres, das crianças, que são indefesas, e dos negros, que viviam na submissão dos que se achavam mais fortes, porque o poder corrompe a alma.

Entretanto, esses monstros humanos ainda existem entre nós.

A justiça e a igualdade têm que fazer parte da humanidade, independentemente de cor, raça, credo ou posição social.

A nossa libertação só vem através de Deus, e não de um ser humano.

Neste romance, viveremos momentos irreverentes, engraçados, felizes, harmoniosos, de encontro com a natureza doadora e outros de obscuridade dos seres humanos que ainda vivem com os olhos cobertos por escamas, porque não conhecem os caminhos de Jesus. Ainda não perceberam que Ele está tão próximo de suas vidas, pedindo licença para entrar em seu coração.

Só os olhos espirituais podem enxergar as belas cores e um mundo melhor para todos.

Ao terminar de ler esta história, você terá uma consciência mais humanista. Se tiver discernimento, pensará no outro como em si mesmo e adotará atitudes certas e corretas. Amará tudo o que Deus nos brindou com Suas bênçãos infinitas.

O amor e o respeito ao semelhante são a base dos ensinamentos de Jesus para atingirmos a paz e a plenitude, sem medo de errar. Assim, seremos um só nas mãos do Senhor, só dependemos do nosso livre-arbítrio para sermos felizes.

Este livro envolverá a psicologia do leitor, mostrando os seus devidos valores e suas faces escondidas por diversas máscaras, tanto de homens como de mulheres.

A história de Carmel é fictícia, mas, lendo as páginas deste livro com atenção, você poderá encontrar sua própria vida, que mantém escondida na sua alma e na de seu semelhante. Somos todos iguais.

Vida de Mulheres — uma história envolvente que penetrará no mais profundo do seu ser, se desejar aprender a perdoar os outros e perdoar a si mesmo, para sua própria libertação e a do seu próximo.

Este é o caminho que leva à lucidez.

Capítulo 1

O INÍCIO DE TUDO

Espanha... Um dia calmo! A brisa refrescante e agradável envolvia a atmosfera. Ao longe, ouvia-se o cantar dos pássaros revoando em harmonia.

A natureza enfeitava-se de cores contagiantes; pessoas passeavam pelas ruas alegremente, reverenciando a primavera que se aproximava. As árvores, por sua vez, revestiam-se de flores dos mais lindos matizes e perfumes, enquanto o sol penetrava pelas frestas das janelas e portas, irradiando alegria.

A vegetação crescia rapidamente. Trepadeiras, entrelaçadas, pareciam se abraçar, como se estivessem dando boas-vindas. Parecia uma festa! As pessoas saíam pelas ruelas, tocando castanholas, cantando e dançando alegremente.

As roupas usadas nessa estação primaveril eram de tecido leve bastante colorido, e com adereços vistosos. Sobre os ombros, as mulheres ostentavam belos e atraentes xales com imensas franjas. Os longos e sedosos cabelos, desalinhados pelo vento leve, estavam presos por lindas fivelas e flores suavemente perfumadas. Lindas silhuetas femininas deixavam um rastro de sensualidade pelo caminho.

Os homens e as crianças usavam suas melhores roupas. Tudo era motivo de alegria e felicidade, porque os passeios ao ar livre davam mais energia e vontade de viver. As pessoas reuniam-se em tabernas, ruelas, jardins públicos e também em floridas varandas recobertas pelos gerânios. Essas flores que florescem no mar Mediterrâneo e enfeitam toda a Europa, desde os palácios até as casas mais humildes, caíam como cascatas dos mais diversos matizes.

As rosas recobriam os decorativos gradis feitos por artesãos e adornavam as casas, dando a impressão de ser um belo quadro pintado no esplendor do céu azul.

A primavera simbolizava o renascimento das coisas que ficaram adormecidas por algum tempo, e trazia boas energias para as situações que agora despertavam com toda a força. Era motivo para uma grande festa! A dança, a música e a alegria voltavam a iluminar o rosto das pessoas.

As famílias e os amigos divertiam-se depois do período de reclusão em que permaneceram enclausurados em seus castelos, palacetes ou em suas humildes casas, resguardando-se do frio e aquecendo-se em torno das lareiras, envoltos em mantas, ou saboreando um bom vinho nas tabernas.

As árvores frondosas, com suas raízes profundas e salientes, pareciam rasgar a terra para dar mais espaço à "majestade natureza".

A família Flores Blanes vivia rodeada de paz e tranqüilidade sob o céu claro de Andaluzia. Moravam nos arredores de Granada, na Espanha, em perfeita harmonia, pois a alegria fazia parte dessa família unida pelo respeito mútuo e pelo amor ao trabalho e à justiça. Nesse ambiente, foram criados e educados os quatro belos filhos de don José e doña Emília: Antonio, o primogênito, a seguir, Pepe, Pilar e a caçula Carmel.

Como dizia don José:

— Quando não existe respeito e consideração entre as pessoas que vivem em uma mesma casa, nunca ninguém poderá dizer que nessa casa mora uma verdadeira família. O respeito mútuo é a base de uma civilização. Não é o sangue que nos une a outra pessoa; somos unidos pela graça de *Dios*[1] e pelo respeito de cada um. Quando existe egoísmo e falta de respeito na relação entre as pessoas, mesmo entre os familiares, jamais seremos respeitados por alguém!

Don José fora criado de uma forma muito rigorosa e passou essa mesma educação para os seus filhos. Ele era um homem amoroso e dedicado ao lar, íntegro e muito respeitado em sua província por ser inteligente, honesto, justo e manter seu caráter firme, e, às vezes, até severo!

Ele sabia usar o "não" e o "sim" nas horas certas, e as duas palavras tinham o mesmo peso forte. Don José pensava muito antes de dizer essas palavras, pois sabia que não voltaria atrás. Sua família era respeitada e protegida pela fortaleza de um homem nobre — um homem de princípios verdadeiros e atitudes dignas.

Os domingos e dias santos eram sagrados para a família. Os filhos estavam sempre ao lado dos pais.

Doña Emília gostava que todos participassem da Santa Missa, explicando que não era apenas uma questão de fé e religiosidade, e, sim, uma forma de reverem os amigos e estarem mais próximos deles. Ela dizia:

— A comunidade unida é sempre mais forte, por isso não devemos viver isolados. Precisamos ter amigos, desde que eles possuam bom caráter e os mesmos princípios morais e espirituais que nós. Os amigos têm uma grande parcela de influência em nossa vida, tanto intelectual quanto psicológica. Necessitamos ter bons amigos para podermos viver bem.

A família também deve participar com bons exemplos, pois só assim será possível acrescentar algo à sociedade, promovendo a paz e o amor entre todos.

Na verdade, o mais importante são o respeito e a compreensão que há entre as pessoas, independentemente da religião de cada um. Doña Emília não acreditava nos sacerdotes, padres ou pastores religiosos,

---

[1] Deus.

muito menos nas igrejas que freqüentava. Ela sempre dizia: "O importante para *Dios* é levarmos uma vida santa, como nos ensina a Bíblia Sagrada."

Quando saíam da missa, todos se sentiam revigorados e prontos para, mais uma vez, terem o descanso merecido no frescor do campo. Nesse refúgio, todos encontravam paz e alegria. Os amigos se reuniam, contavam suas proezas e, muitas vezes, desabafavam suas tristezas. Eles estavam juntos em todos os momentos, afinal, amigos são para qualquer hora!

Quando um deles vencia um obstáculo na vida, todos se alegravam juntos. Se outro precisasse de um ombro amigo, certamente encontraria apoio, sem censuras e com muita compreensão.

Para don José, as idéias tinham que ser práticas. Ele pensava e agia dessa forma, e sempre dizia:

— Tudo tem sua hora. Hora para rir, falar sério, chorar, calar, silenciar, trabalhar, e também para as diversões, como cantar e dançar. Seguindo o ritmo da própria vida com disciplina, responsabilidade e cumprindo as obrigações naturais que qualquer ser humano tem, seremos pessoas felizes.

Don José nascera em uma família de agricultores progressistas, e pensava: "O trabalho está sempre em primeiro lugar e educa o ser humano."

Apesar de não precisar trabalhar, quando criança, ele ajudava sua família em todos os afazeres. Como seu pai lhe dera a tarefa de cuidar do rebanho de ovelhas, don José se tornou um pequeno pastor. Desde cedo, aprendeu a ter responsabilidade, trabalhando com muito amor e satisfação; por este motivo, sua vida transcorria da melhor maneira possível.

Don José era um pai e um marido amoroso e dedicado, porém, em certas ocasiões, parecia um tanto rude, mal-humorado, e ficava solitário em sua cadeira de balanço, meditando por longo período. Seu semblante tornava-se desfigurado, franzindo as sobrancelhas que se cruzavam entre si. Quando falava sobre a situação em que se encontrava o país, aí, sim, ficava muito furioso.

Como era uma pessoa responsável, don José pensava longe, e era contra o regime em que os espanhóis estavam vivendo. Não aceitava as leis impostas pelo governo daquela época. Aliás, essa situação irritava-o profundamente.

Porém, bastava que seus filhos se aproximassem, acariciando seu rosto, dizendo qualquer palavra doce, ou mesmo lançando um simples e carinhoso olhar... e don José se alegrava imediatamente, fazendo desaparecer a imagem rígida e preocupada. Os filhos eram a alegria e sua própria vida!

Quando a família Flores Blanes se recolhia para o descanso, os filhos ficavam ao lado dos pais para ouvir infindáveis histórias sobre tudo o que eles haviam aprendido e presenciado no decorrer da vida. Don José e doña Emília passavam suas experiências aos mais jovens com muito carinho.

Don José dizia:

— A natureza é o melhor professor; basta prestarmos atenção nela para nos tornarmos sábios.

Serena e sabiamente, contava como conseguira ser um próspero agricultor, pois conhecia a terra como ninguém e sabia o que a natureza poderia dar-lhe em troca de seu amor e sua dedicação. A terra fazia parte da sua história, pois o amor e a dedicação que tinha por ela estavam em seu sangue, como herança de família.

— Se no trabalho de qualquer pessoa existirem dedicação e honestidade, o progresso virá, e, portanto, nunca faltará o pão em sua mesa.

Don José, proprietário de uma vasta área de terra, cultivava azeitonas, frutas, legumes e cereais, porém, as uvas eram o seu maior prazer. Por ser um grande conhecedor e apreciador do bom vinho, don José exportava um dos mais raros e saborosos vinhos para toda a Europa, e também para outros continentes, pois todos confiavam na sua fabricação de qualidade. Na adega particular, mantinha estocado o vinho para uso familiar.

Don José sabia que existiam muitos agricultores de uvas e fabricantes de vinhos que também eram exportadores, porém havia uma grande diferença entre os produtos. Don José usava os vinhos das primeiras safras para fazer vinagre, porque os resíduos da uva se depositavam no fundo da garrafa e o líquido ficava impróprio para o consumo. Quando não fazia o vinagre, o vinho era jogado fora.

No entanto, os fabricantes inescrupulosos que queriam economizar e, ao mesmo tempo, desejavam livrar-se daquela bebida sem qualidade, doavam as garrafas de vinho para as festas populares e também aos amigos e parentes que não entendiam do processo de preparação e maceração da uva; essa era uma forma de se tornarem conhecidos. Os menos avisados recebiam a bebida agradecidos e felizes pela gentileza do falso amigo.

Essas pessoas sem caráter, além de se livrarem de suas safras ruins, ainda tinham o reconhecimento das pessoas de boa-fé, que não sabiam dessa falsa gentileza. Depois, os trapaceiros pediam que os vasilhames lhes fossem devolvidos devidamente limpos. Dessa forma, tinha seqüência o engarrafamento e o estoque para uso próprio e industrial.

A família Flores Blanes jamais ofereceria a alguém algo que eles mesmos não consumiriam. Também criavam cavalos andaluzes, que eram a alegria dos jovens, além de cabras, coelhos, galinhas e ovelhas. A tosa das ovelhas era feita no início do verão, e, assim, aproveitavam e confeccionavam as mantas para o inverno. Na colônia, todos eram beneficiados com o que era produzido na fazenda, e, dessa forma, cumpriam seus deveres com muita alegria, amor e dedicação.

Doña Emília fazia questão de participar de todas as atividades domésticas da casa. O que ela mais apreciava era fazer com maestria e capricho as suas iguarias, principalmente queijos com diversos tipos de especiarias.

Don José, por sua vez, tinha um grande apreço pela criação de ovelhas, que lhe trazia belas recordações da infância. Ele tinha, inclusive, um cajado que lhe fora dado pelo avô quando ainda era criança.

Apesar de toda a dedicação e doçura com os filhos e amigos, doña Emília era uma mulher de fibra, que sabia exatamente o que queria. De gênio forte e contestante, não permitia que alguém desse palpite em sua vida, pois o sofrimento que tivera durante anos não fora em vão. Aprendeu a viver sentindo a dor na própria pele.

O olhar de doña Emília era como uma lança na direção certa. Não tinha necessidade de gritar ou mesmo falar; seu olhar era suficiente.

Os domingos eram dias festivos, quando a família Flores Blanes e os amigos se reuniam para um delicioso almoço após a missa.

Excelente cozinheira, a anfitriã tinha seus segredos.

Doña Emília, habitualmente, colocava um vaso com flores frescas perto do fogão — ritual que era respeitado por todas as pessoas sensíveis e inteligentes. Quando colocava o avental e entrava em seu altar, a cozinha, ela gostava de ficar a sós, por isso, ninguém interrompia seus afazeres. Antes de começar a preparação dos alimentos, fazia suas orações, porque cozinhar requer muita responsabilidade e respeito — é uma arte, um ato de amor!

Doña Emília, devota de Santa Ana, sempre lhe pedia orientação para que nunca faltasse nada em seu abençoado lar, além de agradecer-lhe a fartura que havia em sua mesa. Com tanto respeito e carinho, tudo saía como ela desejava. O "aroma dos deuses" invadia os corredores e o quintal, passando por todos os aposentos nos quais as pessoas estavam reunidas. Era o aviso de que todos iriam saborear delícias feitas com muito amor.

Depois da saborosa refeição, todas as pessoas ouviam as belas histórias do casal Flores Blanes. Doña Emília ficava empolgada quando falava sobre o Brazil, e dizia:

— Quando o navegador e explorador Cristóvão Colombo chegou ao Brazil, não se deu conta da grande riqueza que ali existia. Também não observou que as pessoas que habitavam aquela terra eram aparentemente pacíficas. Apenas olhou, observou, achou tudo muito lindo e foi embora. Ele não desejava perder tempo. Sua ganância era maior, pois, na verdade, tinha interesses lucrativos em continentes mais populosos e civilizados.

Doña Emília continuou:

— Em minha opinião, *Dios* não faz maravilhas para depois deixá-las de lado, sempre existe um propósito em tudo o que Ele faz. A terra, que hoje é chamada Brazil, além de ter tantas belezas naturais, com certeza, é muito produtiva e próspera.

Doña Emília foi ainda mais longe:

— Dizem que Cristóvão Colombo era de uma família paupérrima de Gênova, na Itália. Depois de completar 20 anos, ele resolveu sair em uma embarcação para se aventurar, mas sofreu um acidente e, durante um longo tempo, foi tido como morto, aparecendo mais tarde em Portugal. Don Fernando, rei da Espanha, ofereceu recursos para que Colombo fosse ao seu país, de onde seguiria em direção à costa do continente descoberto, e faria o reconhecimento das novas terras.

Na verdade, o lugar de nascimento de Colombo é incerto, e os historiadores concordam que ele provavelmente nasceu em Gênova, em 1451, apesar de não existirem documentos comprovando. Por este motivo, doña Emília deu mais informações aos ouvintes:

— Outros dizem que Cristóvão Colombo nasceu em Barcelona, na Espanha, e que procedia de uma família nobre, tanto que sabia ler e escrever em castelhano, além de decifrar mapas e ter conhecimento de astronomia. Como Cristóvão Colombo e sua família eram judeus, e no tempo da Inquisição os judeus eram perseguidos e mortos, fugiram às pressas para o México sem levar nenhum pertence. Todos os familiares mais próximos foram salvos.

Quem ajudou Cristóvão Colombo a fugir foi o rei da Espanha, don Fernando, com a condição de que fizesse o mapa dos continentes para localizar riquezas. Dessa forma, o rei deu-lhe o que era necessário e ajudou sua família na fuga.

Bastante empolgada, doña Emília seguiu em frente:

— Cristóvão Colombo embarcou para fazer o trajeto ordenado pelo rei, mas o que viu não despertou o seu interesse. Aparentemente, a terra que avistou possuía apenas extensas áreas de vegetação e muita água. Simplesmente olhou e retornou para a Espanha, sem notícias da tão almejada riqueza. Colombo continuou em busca de fortuna e rumou para outras terras, chegando ao México, onde fora construída uma nova Espanha, depois de os colonizadores terem se apossado de todos os tesouros encontrados e implantarem o catolicismo.

Doña Emília fez uma pausa e retomou seu relato:

— Por essa razão, Portugal mandou homens dominadores sob o comando de Pedro Álvares Cabral, que, como Colombo, conhecia toda a costa pelo fato de várias vezes ter ido em busca de especiarias em outros países. Em uma dessas viagens, Cabral já avistara a costa marinha. Também outros aventureiros se dirigiram para aquelas terras, e observando ao longe viram que havia uma imensa floresta e muitos pássaros de todas as cores. Logo pensaram: "Essa deve ser uma terra muito próspera!" Voltando a Portugal, comunicaram o que tinham visto ao rei, que, por sua vez, fez contato com um grupo de homens rudes e experientes que dominavam os mares.

Doña Emília, empolgada, continuou seu relato:

— Passados alguns meses, o rei enviou-os para que verificassem se tudo o que haviam dito sobre aquela terra era verdadeiro, e não apenas delírio dos que haviam passado anos em alto-mar à procura de riquezas, e devido ao excesso de sol em suas cabeças tivessem tido miragens. No entanto, não fora imaginação. A terra existia e realmente era muito produtiva. Assim sendo, as caravelas atracaram em terra firme e, no mesmo dia, Pero Vaz de Caminha mandou uma carta ao rei de Portugal, dizendo que eles haviam descoberto aquela terra de sonhos ainda sem nome. A partir de então, Portugal tomou posse do Brazil.

Doña Emília explicou que, no início, o país teve vários nomes, para finalmente ser chamado de Brazil, devido a uma árvore muito comum na região, chamada pau-brazil, cuja madeira era avermelhada.

A seguir, disse:

— Bem, é fácil imaginar o que aconteceu depois deste fato. A Europa em peso queria povoar o Brazil. Vinham pessoas de todos os tipos e lugares, e os índios, primitivos e indefesos, não puderam impedir a invasão daquela gente tão gananciosa e sem escrúpulos. Percebendo o movimento dos forasteiros, os índios foram se aproximando para ver o que estava acontecendo, e se depararam com pessoas estranhas que usavam roupas extravagantes e muitos objetos brilhantes pendurados no pescoço. Nesse instante, os brancos puderam perceber que aquelas pobres criaturas eram ingênuas e amáveis. Foi muito fácil cativar os índios, que ficaram encantados com o brilho e as cores das vestes das pessoas, e também com a magia do espelho ao verem suas imagens refletidas. Os índios achavam que estavam recebendo mensagens dos deuses, e por esse motivo foram subornados por muitas quinquilharias, que os deixaram fascinados.

Se olharmos para os dias atuais, perceberemos que ainda acontece esse suborno, pois muita gente se vende por alguns trocados sem se dar o devido valor e respeito, ignorando o que realmente tem importância.

E doña Emília completou:

— Bem, assim o Brazil foi supostamente descoberto, ou melhor, os portugueses se apossaram dessa terra maravilhosa, entrando em comum acordo e oficializando a posse com um tratado, pois não havia ninguém para defendê-la.

Retomando o assunto dos índios, doña Emília comentou:

— As lindas mulheres índias estavam encantadas com os portugueses, os achavam muito atraentes, sexualmente falando. Para elas, aqueles homens eram uma espécie de deuses e acreditavam terem sido enviados por Tupã, o deus dos deuses.

Discordando do que ouvira, Antonio, seu filho, perguntou:

— E como os índios reagiram?

Doña Emília respondeu:

— Simples. Os índios tinham absoluta certeza de que suas mulheres nunca sentiriam atração por outros homens, esse pensamento nem passava por suas cabeças. Enquanto estavam entretidos com os espelhinhos e outras quinquilharias, os brancos invadiam suas choupanas e ficavam com as lindas mulheres de sentimentos puros. Não havia maldade naquele ato, porque eram muito ingênuas em tudo o que faziam. Os portugueses adoravam o cheiro daqueles corpos femininos, pois as índias se banhavam constantemente nas cachoeiras e nos rios, e gostavam de se enfeitar para os brancos, pois seus homens não as elogiavam, por estarem acostumados com tanta formosura. Para os índios, aquela beleza era natural e normal.

Ramón, um amigo de Antonio, disse:

— Não acredito que isso possa ser verdade! Qualquer homem, seja quem for, jamais deixaria sua mulher deitar-se com outro em sua própria casa.

Doña Emília respondeu rapidamente:

— E quem lhe disse que era na casa deles?

— Então não era? — perguntou Ramón.

— Ah, meninos, vocês precisam prestar mais atenção em tudo o que acontece. O ser humano já nasce com instinto para ter sua individualidade. Todos nós gostamos de ter privacidade, e era da mesma forma com o povo daquela tribo, que sabia quando e onde podia satisfazer seus desejos carnais sem que ninguém os visse.

E, assim, a família Flores Blanes viveu mais um dia de confraternização, com alegria e muitos ensinamentos passados por doña Emília.

Capítulo 2

UMA FESTA FLAMENCA

Uma jovem espanhola estava no jardim.

De estatura mediana, frágil e delicada, ao mesmo tempo demonstrava decisão em seu modo de agir. Sua fisionomia aparentava calma e lucidez, e sua simplicidade destacava ainda mais sua suave beleza e seu visível bom gosto. A jovem chamava a atenção de todos por ter uma personalidade intrigante, pois, apesar de ser dócil, era irrequieta, desinibida e falava com desenvoltura com a outra pessoa que se encontrava ao seu lado.

Apesar do porte pequeno e de aparentar fragilidade, era uma pessoa decidida. Essa jovem teria dom para ser uma missionária ou uma revolucionária? Suas atitudes confundiam as pessoas.

Ela conversava com um homem de porte imponente e elegante, condizente com a farda de oficial do exército português que ele exibia com distinção e orgulho.

A festa no luxuoso palácio de doña Cristina era em homenagem a seu marido, don Juan Fernandez, que receberia uma rica comenda do rei da Espanha.

Luzes de velas e lampiões iluminavam o esplendor do ambiente onde a corte se reunia com a alta sociedade espanhola, mostrando muita beleza, riqueza e poder. Nada poderia dar errado, pois seus amigos eram pessoas ilustres, nobres e de alto poder econômico. Toda a corte desejava homenagear don Juan Fernandez.

O vestido luxuoso e esvoaçante, na cor vinho, da anfitriã doña Cristina, fora confeccionado por um dos mais renomados figurinistas de Paris, e, embora tentasse demonstrar tranqüilidade, caminhava inquieta de um lado para o outro. Sorrindo com muita simpatia, andava pelo salão entre as pessoas, deixando no ar a suavidade do seu perfume.

O olhar de doña Cristina estava atento a tudo, porém ela só não percebia as conversas ao pé do ouvido, disfarçadas pelos leques que escondiam as bocas das pessoas palpiteiras e invejosas que falavam apenas da vida alheia.

A organização da festa fora conduzida durante meses com muito apuro e cuidado, para evitar constrangimentos e comentários maldosos da corte e da alta sociedade. A responsabilidade corria nas veias de doña Cristina, que por ser uma pessoa extremamente exigente e organizada não admitia que pudesse ocorrer algum erro.

Doña Cristina, como uma maestrina, conduzia a festa, pensando em tudo e em cada pessoa que estava naquele ambiente. Todos os convidados eram muito importantes para ela.

Mas, como o inevitável é sempre provável, existem pessoas desagradáveis, que não têm sensibilidade e não sabem aproveitar um dia festivo, só querem comer, beber, desfrutar das boas iguarias da festa e falar da vida alheia. São pessoas aparentemente ricas por fora, mas pobres e vazias por dentro. Ao final da festa, saem sem ao menos ter a gentileza de agradecer os anfitriões.

Como diz um ditado popular, não se deve "sair à francesa", isto é, sair sem ser notado e sem agradecer devidamente os anfitriões, que se esforçam tanto para oferecer uma linda festa aos convidados. Se por algum motivo não for possível, no dia seguinte, a pessoa deve enviar flores ou algum outro mimo para agradecer a gentileza do anfitrião.

A pobreza espiritual mora no coração dos invejosos e dos covardes, que são os "ratos de festas". Por serem incapazes, se incomodam com o sucesso do próximo e vivem à sombra dele.

Nesse ambiente festivo, de ilusão e fantasia, cada pessoa desejava ostentar sua riqueza, exibindo roupas finas, jóias extravagantes e de muito valor herdadas pela família.

Os invejosos, presentes em todos os ambientes, planejavam e imaginavam como realizar uma festa melhor que aquela, para que fosse comentada nos arredores da província e até nos países próximos. Não percebiam quanto a inveja destruía suas próprias vidas e pensavam que ter dinheiro era suficiente para obter êxito, mas esqueciam que é preciso caráter, classe, postura, educação e criatividade — qualidades que o dinheiro não compra, nascem com a pessoa.

No jardim, como se estivesse alheia a tudo o que acontecia na festa, uma jovem falante dava poucas chances para que o militar que conhecera há pouco pudesse se expressar. Seu traje tinha o requinte dos moldes utilizados pelos mais famosos estilistas de moda, e, pela desenvoltura e modos refinados, certamente essa senhorita pertencia a uma família nobre.

O casal permaneceu no belíssimo jardim, rodeado de flores, árvores majestosas e jasmins que envolviam o alpendre com inebriante perfume, pois durante a primavera as flores redobram o esplendor de seus aromas delicados. Era um ambiente romântico e encantador.

Mas a senhorita que estava no jardim era realmente diferente... Tinha educação apurada, porte elegante, e natural simplicidade, em que estava todo o seu encanto. Em suas delicadas e alvas mãos, somente um pequeno anel, que brilhava quando a lua refletia nele seus belos raios prateados.

O rosto cândido não tinha uma beleza acentuada, como o de outras jovens que estavam dançando o minueto, exibindo todo o esplendor e a sensualidade, mas algo diferente a tornava doce e sublime. Por outro lado, a jovem deixava transparecer uma fisionomia marcante, com traços fortes de personalidade de quem sabia o que de fato queria para si.

A festa transcorria com bom gosto ímpar, regada a bons vinhos e finas iguarias, preparadas por *chefs* de cozinha famosos vindos das cortes mais próximas.

Andaluzia recebia os convidados mais nobres das províncias da Espanha, tais como pintores famosos que cobravam fortunas para fazer os retratos das ilustres famílias e as artes sacras das igrejas. Também estavam presentes músicos clássicos, escritores, escultores de obras consagradas, poetas famosos e prósperos comerciantes com fonte de renda invejável. Só pessoas de nível social elevado e de muito poder marcaram presença nessa festa.

O bispo da matriz de Nossa Senhora da Cabeça estava entre tantos outros convidados ilustres, desfrutando da bela festa. Todos pareciam se divertir muito, enquanto apreciavam as regalias oferecidas prazerosamente pelos anfitriões.

As damas estavam recostadas entre as almofadas douradas dos sofás revestidos de veludo adamascado vermelho, que destacava seus luxuosos vestidos. Os cachos de suas longas perucas artificiais caíam como cascatas adornando os generosos decotes.

Cada dama usava seus truques para salientar a beleza, como o sufocante espartilho ou mesmo os sapatos apertados para disfarçar o tamanho dos pés. Tudo era válido para parecer mais sensual, ainda que para algumas mulheres fosse um imenso sacrifício camuflar as falhas ou os complexos.

As jovens casadoiras usavam e abusavam dos adornos, porém as mães obrigavam-nas a manter toda a delicadeza, postura, educação e sutileza que cabiam a uma jovem da época. Deveriam sorrir cobrindo o rosto com o leque, deixando à mostra somente os olhares aparentemente inocentes, puros e indefesos.

Por outro lado, os pais permaneciam sempre atentos às suas preciosas donzelas para que nada saísse errado, pois as festas desse porte, com tamanho requinte e bom gosto, eram raras.

A nata da sociedade espanhola, bem como a de outros países amigos, estava ali reunida. Era a chance para que as jovens encontrassem um bom partido, e quem sabe casarem na próxima primavera. Tudo era possível na mente fértil dos pais, que, ansiosos, desejavam se livrar do compromisso de ter uma filha solteirona.

Para os homens, os negócios e interesses políticos, sociais e financeiros eram muito aparentes. Já as donzelas pareciam borboletas, flutuando no salão entre uma coluna e outra.

Com seus gritinhos histéricos e irritantes, todas passavam perto dos rapazes, fingindo encontros casuais. Mas a intenção era conquistar o mais afortunado e renomado pretendente, por interesse próprio e também pelo interesse de seus familiares. Era uma forma de unir poder e riqueza.

As meninas recebiam instruções para que lançassem olhares e charme apenas aos rapazes abastados e de origem nobre, de preferência aqueles que ostentassem um brasão de família, o que era de suma importância para contrair um matrimônio. Já o amor tinha pouco valor, pois, segundo as mães, isso só existia na luxúria dos romances — livros que, por sinal, eram proibidos de entrar nos lares de respeito. Mesmo assim, as moças os liam secretamente.

Sendo continuamente observadas, as jovens podiam se divertir, desde que fossem discretas e disciplinadas. As infelizes donzelas não sabiam ao certo como deveriam se comportar, viviam em conflito e se sentiam como borboletas, saindo dos casulos sem saber voar. Uma lástima!

Se não fossem bonitas, caíam em desgraça, não arrumavam pretendentes. No entanto, quando garbosas e *salerosas*[1], poderiam cair na difamação das línguas maldosas do povo da aldeia.

Os rapazes, muitas vezes, casavam com as feias, mas só por interesse; era uma forma de obter poder e riqueza. Depois de alcançar seus objetivos, se encantavam pelas moças belas.

Dizem que as mulheres bonitas são perigosas por serem muito assediadas; dessa forma, seus maridos nunca terão sossego na vida — só mesmo depois que ambos envelhecerem.

A inveja corrói o coração e solta a língua dos seres humanos.

A "língua" é uma das armas mais perigosas da vida. Se a usarmos para promover o bem e levar a paz às pessoas, teremos as bênçãos do céu. Porém, se essa mesma "língua" for usada para amaldiçoar, caluniar ou difamar o seu próximo, pode fazer com que o malfeitor seja contaminado pelo próprio veneno.

---

[1] Graciosa; ardente; cheia de vida.

As donzelas desprovidas de atrativos físicos, cansadas do vai-e-vem à procura de seu par, buscavam se esconder do mundo cruel entre montes de almofadas, até ficarem exaustas pela espera, pois nenhum rapaz viria procurá-las.

As mães, inconformadas, beliscavam discretamente as pobres jovens, para que saíssem em busca de um pretendente.

Essas mesmas matronas mantinham seus ouvidos bem atentos para escutar os comentários que eram feitos. Elas bisbilhotavam a vida das pessoas, levantavam suposições maldosas e, às vezes, pareciam deixar escorrer de suas bocas, pintadas com apuro e perfeição, um líquido verde e mortal — seu próprio veneno! Depois, sorriam ironicamente umas para as outras, sob o leque de renda rebordado com madrepérolas.

Entre um comentário e outro, estava o jogo fútil e vil sobre a vida das pessoas, agredidas pelo demônio da incapacidade. Essas matronas eram especialistas em conversas que não levavam a nada, só à destruição do ser humano.

Toda a dedicação de doña Cristina, que se empenhara de corpo e alma para que a festa saísse a contento, fora uma pena, porque ela não percebia a maldade das pessoas, camuflada entre tanta beleza e requinte, e acreditava que seus convidados de honra estivessem ali para compartilhar o momento com alegria e estreitar os laços de amizade de tantos anos.

Pobre senhora... Como estava enganada! Doña Cristina pensou que estivesse agradando a todos com seu amor e atenção, no entanto, o perfume das flores e frutas que enfeitavam o salão mesclava-se com o cheiro de enxofre que exalava de certas pessoas malignas. Todos estavam entre o céu e o inferno. O bem e o mal andavam juntos naquele ambiente requintado.

Lá pelas tantas da noite, sem perceber nada de errado, a anfitriã estava aparentemente tranqüila e feliz, pensando que estivesse tudo em paz e que as pessoas estariam se divertindo.

Porém, entre tantos comentários sobre a vida alheia e pessoas sem caráter, uma família amiga se destacava por ser completamente diferente. Quem seriam seus componentes e o que faziam entre tantos convidados mal-intencionados?

Em pouco tempo, ficou claro que se tratava da família Flores Blanes.

Pessoas abastadas, mas sem títulos de nobreza, faziam parte da alta sociedade por serem os fazendeiros mais prósperos e produtivos da província, beneficiando muitas pessoas com seus inúmeros recursos. Em suas terras, trabalhava um grande número de lavradores, que eram tratados com muito respeito e consideração. Por essa razão, eles eram trabalhadores dedicados, amigos, e respeitavam muito a nobre família Flores Blanes.

Possuidor de caráter exemplar, don José, um dos mais valentes e respeitados generais que a Europa já tivera, mantinha seu uniforme repleto de medalhas. O reconhecimento de seu grande valor era notado pelo grande apreço que todos tinham por ele.

— Uma boa árvore dará sempre bons frutos — dizia ele.

Don José, sendo muito amado por sua esposa, doña Emília, e por seus quatro filhos, Antonio, Pepe, Pilar e Carmel, a caçula, era um homem feliz e realizado.

Antonio, o mais velho, era um rapaz de porte elegante, forte, alto, com cabelos escuros que emolduravam sua pele rosada e os olhos castanhos amendoados. Seus belos e elegantes trajes foram feitos especialmente para ele. A elegância fazia parte da sua personalidade e do gosto refinado que adquirira em Paris, de onde chegara há pouco tempo, após concluir seus estudos.

Antonio fascinava as mulheres com um sorriso espontâneo que iluminava seu belo rosto. Ele falava fluentemente o idioma francês, e sua cultura encantava as jovens e conquistava seus corações.

Apesar de todos esses atrativos, perdia para seu irmão mais novo, Pepe, que mesmo sem tantos dotes aparentes tinha seus segredos para seduzir. O bom humor emanava de sua alegria espontânea.

Pepe, sendo perspicaz e atencioso, tratava as mulheres com delicadeza e discrição. Ele falava em tom sedutor, com voz envolvente, calma, e assim enlouquecia mães e filhas. Rapaz extremamente inteligente, fazia com que cada senhorita se sentisse única na festa.

Por todos esses predicados, Pepe era o genro que toda mãe desejava, mas o rapaz não se prendia a ninguém, pois só queria testar seu fascínio e manter o jogo da sedução, como seu irmão Antonio.

Os dois rapazes eram ótimos partidos para as alucinadas jovenzinhas que os fulminavam com olhares furtivos, sempre escondidos atrás dos leques rendados.

O olhar dos espanhóis é profundamente misterioso e fascinante, o que conduz à sensualidade e sedução. Esse magnetismo transmite coisas que as palavras jamais conseguirão exprimir, ainda mais se tratando de sentimentos e emoções. Somente os espanhóis possuem esse encanto. Para que palavras, se o olhar é uma arma infalível?

Discretamente, Pepe pegou sua guitarra e sentou-se debaixo de um alpendre repleto de flores multicoloridas que exalavam inebriante perfume. Assim que começou a cantar, ele foi rodeado pelas mais distintas "borboletas casadoiras" em busca do mel de seus lábios, que inspirava tantos sentimentos e emoções. As canções românticas que interpretava penetravam no íntimo das mulheres, principalmente no das mais jovens.

O olhar intenso e melancólico de Pepe continha os mistérios da noite, e era suficiente para que todas as jovens suspirassem baixinho, com o peito sufocado por tantas censuras.

Pilar, a terceira filha do casal Flores Blanes, não deixava nada a desejar. Sua beleza singular era comentada até nas mais distantes províncias. Sendo morena como seu irmão Antonio, a jovem alta, de silhueta escultural, possuía grande sedução, enfeitiçando a todos. Apesar de tantos atributos, era uma moça simples, com sorriso contagiante e um doce olhar, às vezes, longínquo, outras, fulminante, dependendo da ocasião e do seu interesse particular.

Pilar era uma autêntica *flamenca*, que ao ouvir os acordes de uma guitarra deleitava a todos com sua graça. *Salerosa* e *caliente*[2], dançava com movimentos que insinuavam paixão e desejo. A dança lhe dava muito prazer.

A linda Pilar era invejada pelas moças da cidade e motivo de preocupação para todas as mães, por ser a jovem mais cobiçada da corte. Quando se aproximava, os rapazes só tinham olhos para seus encantos, já as donzelas, enciumadas, teciam comentários maldosos sobre sua beleza natural e resplandecente.

Pilar possuía um sorriso largo e dentes que mais pareciam pérolas. Não se importava com o que diziam, pois sabia que era realmente

---

[2] Picante; quente.

bonita e atraente, por isso ria muito e dava rodopios, segurando sua saia rodada que deixava à mostra suas belas pernas, enquanto olhava firmemente para as pessoas que a invejavam. Para ela, a vida era uma brincadeira maravilhosa.

As festas com a família Flores Blanes eram sempre muito alegres e ninguém conseguia ficar parado, nem mesmo as mais conservadoras damas, que por momentos se acomodavam e ficavam estagnadas nos sofás com medo de estragar sua fugaz elegância e as madeixas artificiais.

Quando a música invadia o salão, as normas de etiqueta eram esquecidas, e, em minutos, todos rodeavam Pepe e Pilar, que exalavam calor e sedução com sua dança *flamenca.*

Nessa noite tão especial não poderia ser diferente. Ao ouvir os primeiros acordes de Pepe, Antonio, que dançava *flamenco* muito bem e com desenvoltura, sugeriu alegremente:

— Doña Dolores, nós sabemos que admira a arte da dança. Venha bailar! *Olé!!!*

— Está certo, meu jovem! — respondeu a bela senhora.

Por tratar-se de uma amiga de sua mãe, doña Emília, Antonio sabia de seu gosto pela dança. Com muito entusiasmo, doña Dolores aceitou o amável convite do rapaz, e com seu jeito extravagante e engraçado irradiava bom humor e alegria. Doña Dolores ainda mantinha seus traços de beleza e o mesmo sorriso aberto e franco de outrora.

Esta forma de ser nos é dada por Deus como herança de nossa juventude, e é mantida até a velhice.

Apesar da silhueta rechonchuda, doña Dolores tinha o encanto dos graciosos movimentos de suas mãos, que mais pareciam duas pombas em revoada, entre as palmas ritmadas e quentes dos convidados.

Muitas jovens, envergonhadas, sentavam-se nos lugares antes ocupados pelas matronas que agora dançavam. Procuravam manter calma e postura condizentes com as normas ditadas pela sociedade, mas... tinham fogo nas ventas.

Naquela época, era muito difícil ser jovem, pois as moças podiam e, ao mesmo tempo, não podiam muitas coisas naturais da juventude que explodem nas veias quentes. Pobres jovens...

Mas doña Dolores acabou de vez com aquela rigidez das damas

embalsamadas como mortas vivas, dizendo:

— Vamos bailar e cantar, *muchachas*[3]!

Batendo palmas animadamente, disse com muita alegria:

— É festa! Vamos nos alegrar e nos divertir, pois o tempo passa muito depressa para ser desperdiçado em um sofá. A vida é como um breve suspiro, ou como as nuvens passageiras que vagam no céu. Vamos festejar a vida, que é uma bênção de *Dios,* porque o dia de hoje não voltará jamais!

Era impossível ficar parado! Aquela música inebriante penetrava nas veias como fogo ardente. Havia certa magia no ar e todos começaram a dançar, esquecendo os títulos de nobreza. Naquele momento mágico de descontração e alegria, todos se tornaram irmãos.

Dançando e sapateando alegremente, doña Dolores disse entusiasmada:

— Venha, Emília. Nós somos matronas e precisamos dar bons exemplos para os jovens acomodados, grudados no solo como as raízes das árvores. Eles desprezam a própria juventude, quando deveriam aproveitá-la e agradecer a *Dios* a dádiva que possuem. A vida!

Os filhos se alegravam ao ver sua mãe, doña Emília, bailando e se divertindo alegremente.

As duas senhoras eram as rainhas da festa, esquecendo a idade e as gordurinhas que incomodavam um pouquinho ali, outro aqui. Porém, as senhoras não se importavam com o desconforto comum da idade, porque aquele era um momento de felicidade. Deus estava ali presente, pois a verdadeira alegria o agrada.

Doña Emília, a mãe dos jovens festeiros, não resistindo a tanta empolgação, entrou na dança, com passos ligeiros, precisos e ritmados, ao ouvir os acordes da guitarra de Pepe. Sentia-se muito feliz vendo o filho tocar daquela maneira, contagiando todo mundo com sua boa música.

Doña Emília perguntou à amiga:

— Dolores, você se recorda de quando éramos jovens?

— Como posso me esquecer, Emília, se a música está fervendo em minhas veias? Sinto que a juventude lateja em meu corpo! E você,

[3] Moças; mulheres jovens.

Emília, tem a mesma agilidade de movimentos e o mesmo fascínio de outrora. O frescor aflorou em sua vida, como na minha também. *Olé!!!*

Doña Emília, entre um acorde e outro, sem sair do ritmo caliente, perguntou:

— Dolores, você lembra quando participávamos de todos os bailados nos povoados e nas províncias? Nós tínhamos uma vida boa!

— Tínhamos? — disse doña Dolores. — Ainda temos uma vida muito boa! Venha, não podemos desperdiçar esta noite maravilhosa. A não ser pelo fato de que engordamos um *poquito*[4], nada mais mudou, e a Terra gira da mesma forma.

As amigas riram gostosamente com o comentário de doña Dolores, que fez com que as boas lembranças fossem revificadas em seus pensamentos, fazendo-as retornar à juventude.

As duas senhoras eram mestras na arte de bailar. Suas delicadas mãos, agora já bem redondinhas, tocavam as castanholas em sincronia, com a precisão do sapateado que executavam com maestria, ritmo e amor.

Os convidados, envolvidos pela música *caliente,* batiam palmas freneticamente dentro do ritmo. Todos estavam muito felizes, mas doña Emília, vendo que seu marido apenas observava, aproximou-se e disse:

— Venha aqui, José! Vamos bailar, homem! Estamos todos muito felizes.

Don José, pensativo, respondeu delicadamente:

— Não, minha querida Emília! Estou muito feliz por ver nossa família reunida e se divertindo. Nesses momentos da vida, me sinto mais próximo da graça de *Dios,* e vejo quanto somos abençoados por estarmos tão unidos, espalhando felicidade e luz em todos os lugares que freqüentamos. Prefiro contemplar a linda festa, minha querida. Vá, Emília, baile e cante com os demais. Aproveite a noite para se divertir com nossos amigos e filhos. Você precisa se distrair e aproveitar esses maravilhosos momentos, pois está sempre muito preocupada com a vida. Estou admirando a festa e vocês. E me sinto muito feliz assim!

Porém, um tanto apreensivo, don José perguntou:

— Estou sentindo a falta da Carmel. Por que não está aqui se

[4] Pouco.

divertindo também? Doña Emília, carinhosamente, beijou a testa do marido, dizendo:

— José, não se preocupe. Carmel está no jardim, filosofando como sempre. Cada pessoa tem o seu modo de ser e precisamos respeitá-lo. Não há motivo para inquietação, meu querido!

— Eu sei, Emília, mas, mesmo assim, gostaria que Carmel estivesse aqui entre nós.

— Compreendo seus receios, José, mas não se deixe perturbar por pensamentos negativos. Carmel está no jardim.

Sorrindo ternamente, doña Emília abraçou seu companheiro e o levou até onde estavam seus filhos, que se divertiam e transmitiam a alegria a todos os convidados. Mais tranqüilo, don José disse:

— Está bem, Emília... Você tem razão!

Dizendo isso, o sorriso voltou ao seu rosto, para a alegria de sua esposa. Feliz, don José arriscou dançar um *paso doble*[5], que o fez lembrar-se de sua juventude e do prazer de cantar e bailar.

De repente, ouviu-se um som de castanholas que vinha dos arbustos floridos, de onde exalava um delicioso perfume de jasmim. Como por encanto, surgiu *la salerosa, la caliente* Pilar!!! Era assim que todos a chamavam.

Pilar, com sua beleza exótica, aproximou-se como uma gata mansa, com passos leves, e tocando suave e pausadamente suas castanholas envolveu a todos com sua magia e seu fascínio.

Pepe, quando viu sua bela irmã despontando com tanta graça, imediatamente deu um acorde mais vibrante, cheio de harmonia, e tocou o ritmo favorito de sua família: *La Sevillana.*

Pilar, sabedora dos seus encantos, colocou uma linda rosa vermelha entre os dentes alvos e enlouqueceu a todos com seu olhar ardente de moura. Os longos cabelos escuros caíam como cascata sobre os ombros sensuais da jovem, e emolduravam o colo, dando-lhe mais graça e beleza.

O vestido vermelho, a cor favorita de Pilar, envolvia sua silhueta perfeita, realçando a cintura. A cada rodopio, deixava à mostra o contorno de suas belas, longas e bem torneadas pernas. A brisa leve

[5] Música e dança de origem espanhola, que significa passo dobrado.

envolvia seu corpo com suavidade, como se estivesse abençoando aquele momento de encantamento e esplendor. Como fazia desde criança, Antonio foi se aproximando para bailar com a irmã.

Pepe, eufórico, tocava efusivamente, deslizando suas mãos macias e leves no braço da guitarra, como se naquele momento de êxtase seus dedos ágeis e delicados tocassem o corpo da mulher amada. Esse ritual requer muita habilidade, para poder induzir com sutileza e harmonia ao despertar do amor e assim chegar ao ponto exato do prazer.

Com sua arte musical, Pepe mostrava seus encantos e fascínios. Naquele momento, era como se estivesse sozinho. Seu corpo suado exalava um envolvente aroma sensual. A dança e a arte musical lhe proporcionavam um momento de prazer pleno. Apenas ele e a guitarra. Tanta magia e sedução envolviam o seu corpo, que era como se o seu sangue *caliente* escorresse entre os dedos a cada acorde musical.

Seus cabelos fartos caíam sobre a face suada, como se fossem pingos de ouro, e na transparência de sua camisa branca de mangas bufantes notava-se o suor que escorria pelo seu corpo. Estando semiaberta, deixava à mostra a nudez de seu peito úmido coberto por pêlos, proporcionando ainda mais sensualidade e excitando, além das donzelas, mulheres de todas as idades, que embora suando frio procuravam conter seus desejos.

Pilar e Antonio, bailarinos por natureza, naquele momento estavam entregues completamente à música, e seus olhares se cruzavam, como se não houvesse ninguém ao seu redor.

Eles sabiam do encanto e da magia que a dança exercia sobre as pessoas, e olhando-se profundamente deixavam transparecer o espírito forte e decidido da personalidade marcante do povo espanhol.

Nesse momento divino, havia uma integração total entre corpo e alma, e todos então desfrutavam do grande momento que Deus estava lhes proporcionando.

Com muita vibração, sensualidade e brilho, a festa se estendeu pela madrugada adentro, alegrando o coração dos selecionados convidados que continuavam entusiasmados, e que agora, já descompostos, não ligavam para etiquetas e formalidades — tudo era alegria!

Doña Cristina, a anfitriã, embora cansada, estava completamente realizada por ter atingido os seus objetivos. Sentia-se útil, feliz e agradecida a Deus pela dádiva de ter cumprido sua missão. Seu marido, don Juan Fernandez, merecera a grande festa. Foi uma noite especial e inesquecível para o casal.

Muitas pessoas não têm noção da importância e do trabalho que se despende para a organização de uma festa. A boa anfitriã não se preocupa apenas com a decoração, bebida e alimentação. O mais importante é saber quem vai ser convidado, porque as pessoas têm que ter afinidades entre si para que a festa tenha um ambiente harmonioso. São várias semanas, até meses, de preocupação e envolvimento para que tudo saia a contento.

Por isso, é muito deselegante e triste quando certas pessoas saem sem se despedir da anfitriã, que doou seu precioso tempo almejando o bem-estar de todos.

Deus abençoe aqueles que se preocupam em dar momentos de alegria e satisfação aos seus semelhantes.

VIVA A ESPANHA E OS ESPANHÓIS! *OLÉ!*

Capítulo 3

O PRIMEIRO ENCONTRO

Carmel andava pensativa por entre as flores, compenetrada no seu mundo, enquanto respirava o aroma exótico e excitante dos narcisos floridos. Estava em devaneios quando, de repente, percebeu a figura de um homem que se aproximava lentamente.

Com voz sedutora e jeito galanteador, ele disse:

— Boa noite! A senhorita está só?

— Sim, senhor!

Timidamente, o homem continuou:

— Como tão bela jovem não está entre os outros convidados? A senhorita não aprecia festas?

— Ah, gosto muito! Mas sinto maior prazer com o pulsar da natureza e o canto silencioso da noite. Isso sim me fascina! A noite traz mensagens de mundos desconhecidos, e somente no completo silêncio podemos ouvir a voz do criador de tanta beleza. Bem, senhor... estamos conversando e não nos apresentamos. Qual é a sua graça? — perguntou Carmel, sorrindo delicadamente.

— Perdão. Fiquei tão encantado ao vê-la entre tantas flores que esqueci de me apresentar. Meu nome é Felipe Martins. Estou a serviço da corte portuguesa juntamente com o general-mor da província de Lisboa. Qual é a sua graça, senhorita?

— O meu nome é Carmel. Mas como pode um militar da corte portuguesa estar entre nós, os espanhóis, e não estar se divertindo?

— Pois, pois, senhorita! Vim a trabalho. Estou aqui somente para entregar uma mensagem ao general do exército da corte portuguesa. Também fui convidado por don Juan Fernandez para conhecer melhor o grande general reformado, senhor don José Flores. Preciso obter algumas informações importantes desse senhor. Com certeza, aprenderei muitas coisas com ele, que já fez tanto a favor do povo europeu.

Carmel, admirada, perguntou:

— Don José Flores? Nós todos o admiramos por suas virtudes e sua coragem. É um homem respeitado em toda a Europa.

Felipe, surpreso, perguntou:

— Então a senhorita o conhece? Poderia apresentar-me a ele?

— Com muito prazer, senhor! E também à sua esposa, doña Emília, aos seus filhos, Antonio e Pepe, e à sua filha Pilar. Nós, da família Flores Blanes, ficamos muito felizes em receber novos amigos. Carmel sorriu ao pronunciar palavras tão íntimas.

— A bela Pilar é sua irmã? — perguntou Felipe admirado, e argumentou: — Fala-se sobre sua beleza e seus encantos em todos os arredores da Espanha.

Felipe ouvira comentários a respeito da beleza da linda moça. Na verdade, quando chegou à festa, pretendia aproximar-se de Pilar, encantado por seus fascínios. Mas seria deselegante um militar se aproximar de tão refinada jovem. Também se achava em situação desfavorável entre tantos rapazes da corte, que esbanjavam charme em seus belos trajes de gala.

— Nesse caso, a senhorita faria a grande gentileza de apresentarme à sua encantadora família?

Pensativa, após uma pausa causando certo suspense, afinal conhecera o senhor Felipe há poucas horas, Carmel respondeu:

— Bem... marcaremos um encontro em breve. Está bem assim para o senhor?

— Claro! A senhorita me prestará um grande favor ajudando-me a realizar um sonho que achava ser impossível.

— Não existe nada impossível! Minha graça é Carmel Flores Blanes, a filha caçula de don José, e nos orgulhamos muito de ter herdado o seu sangue.

Felipe, completamente desconcertado, sentiu seu rosto enrubescer em segundos. Pela segurança e certeza do que aquela jovem transmitia ao falar, tudo parecia muito simples.

Carmel mudou de assunto, dizendo:

— Sente-se, senhor Felipe, para que possamos nos conhecer melhor. Não acredito em coincidências. Acho que tudo tem sua razão de ser nesta vida. Quem sabe possamos nos tornar bons amigos. Com certeza, o senhor deve ter muitas histórias e fatos interessantes e agradáveis para me contar. Aprender é meu lema de vida, e faremos uma grande troca de experiências — Carmel disse essas palavras mostrando seu belo sorriso.

— Claro, senhorita! Fico feliz em saber que se interessa por minha pobre pessoa.

— O senhor disse "pobre pessoa"? E quem é tão pobre que não possa trocar experiências e, assim, acrescentar conhecimento aos outros? Cada pessoa tem suas riquezas internas, que são de grande valia, e deve compartilhá-las com os amigos, inclusive para ajudá-los.

— Fico-lhe grato. É uma honra tê-la como minha amiga, senhorita Carmel, e poderei contar-lhe sobre as experiências e fatos que vivi em terras estranhas, muito longe daqui.

— A que terras se refere, senhor Felipe?

— A um continente recém-descoberto: o Brazil.

— Brazil? — perguntou Carmel, admirada e emocionada ao mesmo tempo. — O senhor disse "Brazil"?

O semblante de Carmel ficou visivelmente transtornado, e, feliz, disse suspirando:

— Mal posso acreditar que estou conversando com alguém que conhece esse paraíso! Dizem ter tantos encantos e belezas naturais, como imensas florestas, mares e rios. Certamente trata-se de uma terra exótica e deslumbrante! A minha mãe sempre nos conta lendas e histórias sobre esse país.

— Sua mãe já ouviu falar do Brazil?

— Sim, senhor Felipe. Foram histórias que ouviu de forasteiros que visitaram o país. Quando éramos pequeninos, minha mãe contava coisas fascinantes, que pareciam irreais e fantasiosas para a mente de uma criança. Nossa família conhece quase todos os países, pois o que mais gostamos de fazer nas férias é viajar, conhecer novos lugares, saber como vivem outras pessoas e seus costumes. Por favor, quero saber tudo sobre o Brazil — disse Carmel, inquieta e empolgada.

— Quem sabe um dia terei a oportunidade de conhecer suas belezas, mas... parece algo impossível para mim!

— Como? — perguntou Felipe.

— A senhorita acabou de dizer que não existe o impossível, quando lhe disse que meu sonho era conhecer a família Flores Blanes de perto.

Carmel sorriu alegremente. Seus olhos brilhavam como as estrelas que cintilam no escuro céu de Granada. Uma transformação acabara de acontecer em sua vida, mas ela não tinha se dado conta. Às vezes, conseguimos coisas que achávamos inatingíveis, e então deixamos de lado muitas incertezas.

— Em relação à sua ida ao Brazil, não é tão simples assim, pois é uma terra primitiva, sem cultura nem raízes. Lá existem poucos fidalgos, e muitas pessoas aventureiras que desejam enriquecer à custa dos índios e dos negros escravos. É um país de muitos sacrifícios, lágrimas e sofrimento; bem diferente do conforto com que a senhorita está habituada. Jamais se acostumaria a viver lá, mesmo que fosse só para visitar. O Brazil é um lugar muito rústico, as pessoas que se dirigem para lá têm interesses próprios, desejam enriquecer enchendo seus baús e os bolsos. Depois voltam para suas terras, onde têm todo o conforto. Eu, como militar, estou acostumado à vida rude e sem comodidades.

— Senhor Felipe, o que é o conforto do corpo se minha alma se encontra inquieta?

Felipe, que observava Carmel atentamente, desde o primeiro instante em que se conheceram no jardim, disse:

— A senhorita é muito graciosa! Uma criatura frágil e pequena, cujos cabelos castanhos refletem a luz do luar. O rosto alvo e delicado contrasta com seus belos olhos, emoldurados pelos longos e espessos cílios. Sua boca tem o formato perfeito e sua tez é aveludada como um pêssego.

Irritada e confusa com tantos elogios que não esperava, Carmel foi se afastando, e, quando já se encontrava bem distante, protestou por ouvir tantas palavras vazias.

— Senhor Felipe! Não entendo por que o senhor se tornou tão galanteador sem motivos. Sei do seu interesse em conhecer meu pai, mas não é preciso gastar tantas palavras em vão. Já disse que vou apresentá-lo à minha família; pode ter certeza disso. Não gaste tantos elogios, pois sei que não sou bonita. A beleza é um tipo de escravidão psicológica, à qual não quero me sujeitar. Não gostaria de ser prisioneira da minha própria beleza. Há uma coisa muito mais importante do que aquilo que aparentamos: é a beleza interior. Essa, sim, tem valor e é eterna. Não precisa mentir!

Carmel prosseguiu com firmeza:

— A mulher tem sabedoria suficiente para saber quando precisa exteriorizar o que tem de mais belo e colocar à mostra seus encantos femininos. Quando tem interesse, é claro! Nós, mulheres, nascemos belas por fora e ricas por dentro. Essa riqueza ninguém no mundo nos tira, e precisamos saber conservar essa sabedoria que é só nossa.

Felipe ficou admirado com a clareza de raciocínio com que Carmel expunha seus pensamentos. Observou seus gestos precisos, delicados, porém diretos, além da linda voz, clara e nítida. Ele gostava do que ouvia, pois nunca teve a oportunidade de conhecer uma mulher que falasse com tanta ênfase sobre os assuntos femininos, sempre tão camuflados pela sociedade, impedindo que as mulheres exteriorizassem seus pensamentos e suas idéias.

Felipe, que sempre desejara saber sobre esse universo tão desconhecido para os homens, ouvia atentamente tudo o que Carmel falava. Sua curiosidade estava cada vez mais aguçada, pois achava que todas as mulheres tinham ataques histéricos por tudo o que desejassem. Ele pensava como a maioria dos homens que diziam: "não se deve levar a sério os chiliques de uma mulher" ou "elas só existem para nos servir, e mais nada".

Carmel, percebendo que o senhor Felipe não entendia nada sobre as mulheres, resolveu brincar com a sua ignorância e pouca informação. Sorrindo por dentro, mas muito séria por fora, abanava seu leque com delicadeza, fingindo-se de ingênua.

Com sorriso irreverente camuflado atrás de artimanhas, Carmel conduzia a conversa como só as mulheres sabem fazer, ao perceber que o homem não tem sabedoria e só conhece o universo masculino — ou o próprio umbigo.

Sobre as mulheres, os homens conhecem apenas as obrigações e o corpo que serve para lhes dar prazer. Mas de sentimentos nada sabem, pois nunca ninguém lhes ensinou algo a respeito. Acreditam que, por terem nascido homens, tudo sabem e tudo podem. Santa ignorância!

Então Carmel disse:

— Bem, se quer saber sobre as mulheres, vou contar ao senhor. Mas preste muita atenção, pois, assim, saberá como é uma mulher.

— Obrigado, senhorita. Estou muito interessado!

Carmel aproveitou a desinformação de Felipe e começou a falar, fazendo pantomimas.

— Nós, mulheres, temos uma fórmula mágica, senhor Felipe.

— Que fórmula mágica? Nunca ouvi falar sobre isso em lugar nenhum! Vocês bebem algo ou fazem algum tipo de magia? — perguntou curioso.

— Calma, senhor Felipe! Não é magia, apenas já nascemos com esse dom. Basta desejarmos e nada mais; faz parte da natureza feminina. O senhor entendeu?

— Mas como, senhorita? Como?

Carmel fazia suspense, enquanto falava mansa e calmamente:

— Nós, mulheres, misturamos os ingredientes da fórmula mágica em um caldeirão.

Por instantes, Carmel ficou em silêncio para observar a reação de Felipe, mas ao mesmo tempo ria por dentro.

Felipe, muito ansioso, disse:

— Fale logo! Quero saber do que se trata.

Carmel prosseguiu com muita calma.

— Primeiro, é preciso colocar no caldeirão um pouco de senso de humor... algumas gotinhas de fragilidade... um dedinho de inocência...

uma porção de charme... um bom punhado de simpatia... a fala mansa... uma boa medida de sensualidade... e inteligência. Depois, algumas gotas de perfumes de flores naturais, que exalam da nossa própria pele, e uma porção de feminilidade que pode até passar do ponto. Não faz mal.

Dessa forma simples, está pronta a maravilhosa fórmula! As mulheres têm o dom de simplificar as coisas, apesar de falarem muito. Nós, mulheres, precisamos repetir a mesma coisa dez vezes, mas o homem só diz que entendeu quando estamos exaustas.

— E daí, senhorita? O que mais é necessário?

— Eu não lhe disse que era fácil? Nós, mulheres, somos capazes de fazer essa fórmula mágica. O segredo é saber usá-la na hora certa e em doses homeopáticas, com o cuidado de nunca exagerar nas medidas. Não pode ser nem pouco nem muito; a medida tem que ser exata! Todos os ingredientes precisam ser colocados para ferver em um tacho, que deve ficar sobre um fogo ardente.

Carmel abriu seus pequenos olhos, fazendo suspense, e, gesticulando muito com as mãos, continuou:

— Nesse ponto, é muito importante a atuação do homem, pois, se ele não souber mexer todos os ingredientes com muito cuidado e delicadeza, a colher pode amolecer, e então todo o encanto se desfaz. Não adianta dizer: "Foi a primeira vez que aconteceu comigo." Ah, ah! Essa história é muito antiga! Todas as mulheres sabem que é mentira, mas fingem e deixam os coitados pensarem que acreditam neles. Até as mais jovenzinhas sabem disso.

Felipe, sem tirar os olhos de Carmel, ouvia atentamente:

— As mulheres não vão se enganar com essas conversas de homem fraco. A colher de pau tem que ser resistente mesmo... Não adianta usar subterfúgios, porque não resolvem nada, se o homem quiser conquistar uma mulher. Essa fórmula mágica faz bem aos dois, pois o homem também gosta desses fascínios femininos, portanto, encantam um ao outro. Essa é a razão pela qual os homens estão à procura da mulher ideal. Muitas vezes, não a encontram porque ela não usa a fórmula adequada no momento preciso. É uma lástima. Os homens são como o pássaro beija-flor que busca alimento nas flores, que são os perfumes femininos que as mulheres deixam por onde passam.

Por isso a maioria dos homens olha para trás quando a mulher passa. Como eles são curiosos, acabam se voltando para saber de onde vem aquela fragrância trazida pelo vento, e então aproveitam para olhar *otras cositas más*[1]!

Felipe perguntou, rindo:

— O que mais, senhorita?

— O que mais?! O senhor nunca saberá se a mulher com quem está é uma fada ou uma bruxa.

— Mas, senhorita, isso é muito perverso. Eu não gostaria de conhecer uma mulher com tantos contrastes de personalidade.

— Não adianta o senhor não gostar, pois todas nós, mulheres, fomos feitas do mesmo barro, e não há como fugir. Porém, tudo vai depender muito do senhor e da sua sensibilidade. Esteja mais atento aos fatos.

— Mas como posso reconhecer a mulher que desejo para mim, senhorita? Como?

Carmel ficou séria, e, agitando o leque com rapidez, disse:

— Procure ser sincero e nunca mentir, pois a mulher tem o sexto sentido muito desenvolvido. Use a inteligência e não queira ser o que não é! É horrível estar com um homem que fala só bobagens.

O homem tem que ter caráter, ser sincero, carinhoso, e saber conduzir a mulher com doçura, além de ambicioso na medida certa e possuir uma dose de feminilidade, porém, não muita, é claro! Só o necessário para saber tratar as mulheres, porque mulher não gosta de homem grosseiro. O homem deve ter braços fortes, porém sensíveis, para abraçar com amor e ternura o corpo e a alma femininos, que anseiam ardentemente o aconchego dos braços de um homem de verdade. Nesse abraço, estrelas cintilantes envolverão o belo casal, que se encontrará em um mundo fantástico onde o amor pleno habita.

— Senhorita, essa é uma poção que também o homem pode fazer?

— Não, senhor Felipe... Para o homem é quase impossível, mesmo nascendo com os mesmos dons da mulher. Apesar de todos esses encantamentos, não se esforça para utilizá-los. Não deseja aprender, tem preguiça, cansa logo e abandona a mulher que poderia amar e por

[1] Outras coisinhas mais.

quem poderia ser amado. Mas... tem que tomar cuidado! Se tomar a poção mágica em demasia, poderá virar um mariquinha.

— Mas, senhorita... por quê?

— O homem é muito orgulhoso para tirar as vestes deterioradas de seu pai e avô — mesmo sabendo que isso não é bom para ele, continua a usá-las. Com o caráter distorcido, torna-se ignorante e mal-amado pelas mulheres que são sensíveis de corpo e alma.

E continuou Carmel:

— O que esse homem insensível pode conseguir é uma mulher calculista, que esteja interessada apenas em *status* e bens materiais. Esse tipo de mulher não se importa se o homem está malcheiroso ou se é um bronco, o que interessa é o dia de amanhã, quando ela estará em situação favorável para dar-lhe "um pé no traseiro"... Com certeza, essa mulher é uma bruxa, e há de saber ludibriar o homem muito bem, e ele sentirá a dor que vem da burrice e da fraqueza, pois foi enganado todo o tempo. Cuidado, Sr. Felipe, as aparências enganam. Muito cuidado!

Felipe, bastante confuso, disse:

— Acho que, mesmo sabendo sobre os desejos e as condutas das mulheres, jamais vou mudar, porque não sei ser delicado como a senhorita sugeriu que um homem deva ser.

— Aprenda, senhor Felipe. Não se acomode só porque é homem. Bem, vejo que vai sofrer muito, e quem for sua companheira, também. A não ser... que essa mulher saiba usar as poções mágicas nas horas certas, assim o senhor nunca saberá quando está conduzindo ou sendo conduzido. Mas parece que o senhor é cabeça-dura e não deseja aprender. É uma lástima.

— Mas isso é horrível! De hoje em diante, terei um dilema constante em minha vida. Eu nunca deveria ter sentado aqui para conversar com a senhorita. Digo isso com todo o respeito e peço que me desculpe, por favor. Agora não saberei mais o que é certo e verdadeiro! Se as mulheres forem assim, não sei mais nada.

— É fácil! — disse Carmel. — É só pensar um pouco, porque o mundo não foi feito só para os homens. O mundo é nosso também!

Felipe andava de um lado para o outro, muito inquieto; estava confuso, pois agora não saberia como agir.

— Não se preocupe, Sr. Felipe, eu o entendo. E como! Quase todos os homens são assim, e não precisamos ter experiência para conhecê-los. Só os homens não sabem isso, mas pensam que sabem tudo.

— Bem, creio que a senhorita, com toda sua formosura e delicadeza, deve estar brincando comigo, pois, pois? Imagine se eu, um homem com tanta experiência de vida, vou acreditar nas pantomimas que está dizendo. É um absurdo acreditar nessa mágica das mulheres, porque elas são muito frágeis e indefesas. Não sabem nada. Nada! — afirmou Felipe, bastante irritado e inquieto.

Carmel, rindo gostosamente, provocou Felipe ainda mais:

— O senhor tem medo de ser enfeitiçado pelos encantos femininos? Com certeza, deve saber muito bem como conduzir um regimento de homens, mas não sabe como conduzir uma só mulher... *una solamente*[2]! e completou: — Creio que já conversamos o suficiente por hoje, mas, se desejar ir à minha casa, podemos marcar um novo encontro.

— Sim, senhorita, será muito importante para mim. Mas a noite ainda não terminou, e todos continuam se divertindo. Se a senhorita me conceder a honra de ficar para conversarmos um pouco mais... É que me sinto perturbado, minha cabeça está atordoada. Estou tonto!

Felipe estava com os olhos arregalados, muito assustado, e Carmel tentou tranqüilizá-lo:

— Senhor Felipe, a vida é assim mesmo, é necessário que o senhor e todos os homens fiquem atentos ao mundo que os cerca. É fácil saber como agir com uma mulher: seja gentil e provedor. Nunca deixe faltar nada à mulher que escolher para viver com o senhor. Se for seu desejo conversarmos mais um pouco, faço gosto, pois é um prazer conversar com um homem que não foge da conversa de uma mulher. É muito difícil encontrar um homem que goste de ouvir falar sobre esses assuntos femininos, porque eles geralmente os acham fúteis e inconseqüentes. Antes, porém, vou até o alpendre buscar algo para bebermos. Vou tomar um licor. E o senhor? — perguntou Carmel, com muita calma e delicadamente.

— Bem, eu gostaria de uma taça de vinho. Quem sabe ficarei mais tranqüilo.

---

[2] Somente uma.

— Deseja que eu traga alguns saborosos quitutes? O senhor está aqui há muito tempo.

— Não, senhorita. Não é preciso se preocupar, pois assim que cheguei fui logo servido pelo mestre da cozinha. As iguarias estão divinas, mas agora só desejo mesmo um bom vinho, para repor minhas energias e clarear as idéias.

— Bem, senhor, vou trazer o meu licor e o seu vinho, para brindarmos este encontro que foi permitido por *Dios*, que sempre une as pessoas.

Passado algum tempo, Carmel retornou com o licor de romã e o vinho, feliz por ver que sua família estava se divertindo. Ela observou que sua mãe, doña Emília, irradiava alegria, vida e paz por todo o salão enquanto dançava, e isso a deixava muito alegre. Era uma dádiva poder estar entre os familiares que ela mesma escolhera ao nascer. Com certeza, tinha feito uma boa escolha, pensava Carmel, pois se sentia orgulhosa em ter o sangue *caliente* dos espanhóis.

Carmel achava que as pessoas não precisavam de muita coisa para serem felizes, e olhando bem dentro dos olhos de Felipe disse, toda dengosa:

— Senhor Felipe, aqui está o seu vinho e o meu licor de romã. Agora vamos brindar à nossa amizade e... já que somos amigos, podemos trocar experiências para enriquecermos nossas vidas.

Carmel usava muito senso de humor, e com seus trejeitos engraçados brincava com as palavras e situações. Era uma boa forma de divertir-se, já que era jovem demais para levar a vida tão a sério.

Porém, Carmel era uma pessoa muito observadora, e dificilmente algo acontecia sem que ela notasse. Por ser assim, percebeu que poderia brincar com Felipe, afinal, haviam se tornado amigos e poderiam ter algumas liberdades de comportamento.

Vendo que Felipe era um homem fraco e vulnerável, e que não conhecia a si mesmo e muito menos as mulheres, Carmel deu prosseguimento à conversa, e rindo disse:

— Bem, vou lhe contar mais alguns segredos sobre as mulheres. Só falo porque o senhor me inspira confiança, senão jamais exporia estes preciosos segredos que passam de mãe para filha.

Os olhos de Carmel brilhavam e, como um tique nervoso, piscavam ansiosamente sempre que estava por fazer ou falar algo importante.

Com olhar maquiavélico e rindo entre uma palavra e outra, sentiu prazer em poder brincar com Felipe.

Carmel estava muito satisfeita, e de forma debochada fazia do jogo de palavras seu passatempo favorito. Carmel gostava de brincar com as pessoas e ria muito quando elas não encontravam saídas rápidas para a sua mente ágil.

Felipe, curioso, disse:

— Pois, pois, senhorita, conte logo! Estou ansioso, porque penso que as mulheres guardam seus segredos a sete chaves, e é muito difícil avaliar verdadeiramente uma mulher.

— É verdade. O senhor tem razão, mas não é impossível conhecêlas. É só prestar atenção e, quem sabe, poderá aprender muitas coisas, já que não temos formalidades. Não sou professora, sou sua amiga. Bem, vamos lá...

Felipe, inquieto e com as mãos suadas, cruzava e descruzava as pernas, entrelaçava os dedos, parecia não encontrar posição confortável para se acomodar. Essa postura demonstrava sua total insegurança.

— Conte logo, senhorita! — disse Felipe, ansiosamente.

Carmel permanecia calma, e somente seus olhos piscavam ininterruptamente enquanto falava:

— Preste bastante atenção, se quiser aprender a seduzir uma mulher.

E continuou com voz firme:

— Sabe, senhor Felipe, quando *Dios* criou a mulher, parecia que Adão estava adormecido, ou seja, ele não estava totalmente pronto, pois ainda era de barro. Então *Dios* pensou: "Esse homem vai me dar um trabalhão. Já que ainda não lhe dei o sopro da vida, e antes que ele possa abrir sua boca enorme e comece a me molestar e a falar bobagens, vou retirar uma de suas costelas, para que não sinta dor. Como está tranqüilamente deitado, na relva verdejante do Paraíso, sob a sombra refrescante da árvore, não vai perceber nada." Como o homem era ainda de barro mole, *Dios*, com a maior delicadeza, retirou somente uma costela de Adão. Não foi muito, claro. O que acha disso, senhor Felipe?

— Pois, pois. Não acho muito! Somente uma costela não faria falta. A senhorita tem razão, era apenas uma costelinha miudinha.

Pausadamente, Carmel continuou:

— Pois bem. *Dios* retirou a costela do homem sem que ele percebesse ou sentisse dor. Assim, abençoou-o dando-lhe o sopro da vida, transformando Adão em um homem de carne, osso e espírito. Quando acordou... Adão se espreguiçou longamente e, olhando para todos os lados, ainda meio atordoado, disse:

— O que estou fazendo aqui? Quem sou eu?

Dios respondeu:

— Você é um homem e seu nome é Adão. Eu lhe dei um corpo de carne, ossos e espírito, além deste imenso Paraíso para viver e desfrutar.

— Tudo bem, Senhor! Está tudo muito bom! Mas o Senhor se esqueceu de criar alguém que possa cuidar de mim e me servir em tudo aquilo que preciso e desejo. Alguém tem que buscar água no rio e trazer frutas frescas para me alimentar. O Senhor sabe... o Paraíso é muito grande para andar em busca de alimentos. Vou ficar muito cansado! E também... ainda estou em repouso.

Dios, um pouco decepcionado, explicou:

— Adão, você foi feito às pressas. Ainda não deu tempo para que eu pudesse presentear você com uma de minhas bênçãos.

Dios pensou: "Eu fiz o universo com todo o esplendor, e ficou maravilhoso! Mas com o homem eu falhei. Onde errei?" — questionou-se preocupado. "Mas já que ele está pronto e lhe dei o sopro da vida, não posso voltar atrás, vai ficar assim mesmo. Depois eu vejo como melhorar essa minha criação."

Enquanto *Dios* meditava, Adão perguntou:

— O que é? Que bênção é essa?

— Uma companheira! Uma mulher para ser seu par. Alguém que estará sempre ao seu lado para ajudá-lo, para povoarem a terra e se completarem.

— O que é uma mulher? Onde está essa mulher? — quis saber Adão, olhando para todos os lados.

— Calma! Vou fazer um ser igual a você de corpo e alma. Porém, com algumas diferenças físicas, pois não quero cometer os mesmos erros. A mulher será diferente no corpo, com formas arredondadas, harmoniosas e pele muito macia. Mas os desejos e direitos serão iguais para os dois. Na parte interna do seu corpo, farei um "Templo Sagrado", com vários órgãos diferentes dos seus, onde ela gerará vida e luz. Nesse templo, não será permitida a entrada de qualquer homem, mas daquele que tiver **somente uma mulher**. Esse, sim, entrará no Paraíso e será digno das minhas bênçãos.

Dios repetiu com ênfase:

— **Apenas uma mulher!** Entendeu bem, Adão? **Uma!**

Adão, enciumado, disse:

— Mas por que ela é diferente por dentro?

— Porque fiz você às pressas, não caprichei tanto. Mas parece estar feliz assim. Sinto que você gostou do que fiz. Eu é que não gostei muito. Mas o que fazer? O que está feito está feito, não posso voltar atrás. Porém, estou caprichando na mulher, para ver se ela consegue ajeitar o que saiu errado. Desejo que o homem e a mulher permaneçam unidos para sempre. Ela terá o corpo frágil, mas o espírito forte suprirá o que falta em você!

— Senhor, por favor, termine logo essa mulher, porque estou com muita fome!

— Espere, Adão! Eu necessito de mais tempo... A mulher é muito delicada, requer vários retoques em seu corpo! Preciso ter muita calma, pois estou fazendo em suas entranhas o "Templo Precioso", onde colocarei a luz do mundo. Ela terá força suficiente para carregá-lo nas costas. Estou pressentindo que será uma obra-prima, uma "Dádiva Divina". Entendeu agora, Adão, por que a mulher será diferente? Mas não é por ela ser aparentemente frágil e o homem ter carne dura, músculos e voz grossa que ele poderá pensar que é superior a ela. Isso nunca! **Jamais!**

Dios continuou:

— Os corpos são diferentes, mas os desejos e direitos são iguais, porque vocês foram feitos do mesmo pó!

— Senhor, como vou poder viver com uma costela a menos? — perguntou Adão, preocupado.

Dios respondeu:

— Quase normal. Você só dará uma mancadinha, ou talvez várias, no decorrer da sua vida. Sinto muito! Bem, Adão, vá se deitar sob a árvore e durma até eu terminar, pois, além de não ajudar, não me deixa trabalhar em paz! Vá dormir! Eu já lhe dei tudo o que um ser humano pode desejar, inclusive estou fazendo uma linda companheira para você! O que mais quer, Adão?

— Eu não quero mais nada! Só estou com fome!

— Bem, Adão, eu estou fazendo o possível — **um milagre** —, e você fica me perturbando com uma avalanche de perguntas. Como sou *Dios*, não tenho o direito de persistir no erro, por isso vou corrigir na mulher as falhas que cometi com você. Ela está quase pronta e vai ser sua companheira, mas depois não venha se queixar de nada, porque estou lhe dando o privilégio de estar ao lado de uma obra-prima, a coisa mais linda e perfeita que já fiz! Tome cuidado, Adão! Como lhe disse, ela é frágil por fora, mas justamente por isso estou acrescentando muitas outras coisas que o homem jamais terá! Mesmo que tente imitá-la, jamais chegará aos pés dela! Nunca!

E *Dios* enfatizou:

— **O homem nunca conseguirá ser como a mulher, porque não terá o "Templo Sagrado da Luz da Vida"!** Bem, agora que a mulher está pronta, receberá a vida com meu "Sopro Divino", e se chamará Eva. Mas espere um pouco... está faltando um detalhe importante!

— O quê, Senhor?

Dios falou pausadamente, para que Adão pudesse entender:

— Vou colocar uma de suas costela na mulher e ela viverá! Assim, aproveito para testar sua força e resistência. Vou abrir seu peito e colocar a costela que já é de osso.

— Não, Senhor! Não faça isso! Não posso ver sangue, porque fico enjoado e desmaio!

— Anda, vá dormir, Adão! Como pude fazê-lo tão fraco e covarde? — disse *Dios*.

— Está bem. Então acompanho tudo de perto, só que vou ficar de costas.

— Adão, estou cortando a mulher para colocar sua costela. Percebe que ela não chora, não se queixa, não faz escândalo, apesar de ser de carne e osso como você? Está confirmado o que desejava: a mulher é forte, segura, e enfrentará tudo o que vier sem medo de errar, ela é realmente corajosa. Darei mais uma dádiva à mulher: a graça de ser **sábia** e perceber o que acontece à sua volta. Mesmo a quilômetros de distância, com a **sensibilidade** que lhe darei, ela saberá tudo — até o que você não lhe disser. A mulher entenderá todas as coisas da vida, enxergando com seus olhos espirituais. Nada escapará ao seu coração e nem à sua mente! É o que tenho de melhor, e estou lhe oferecendo esta dádiva para que vocês se completem. Eu a fiz com muito amor e carinho. **Mas preste atenção:** não magoe e nem despreze aquela que me é tão cara, pois é extremamente sensível, e uma palavra mal pronunciada pode feri-la mais que uma agressão física. Saiba que estarei sempre por perto. Entendeu, Adão? Se tiver algo para reclamar, diga logo, ou fique em silêncio para sempre.

— Mas, Senhor, é muito preocupante ter uma mulher ao meu lado. O Senhor já a criou mimada, e ela vai saber de tudo, mesmo estando longe. Isso é horrível! Como vou poder viver com alguém me espionando todo o tempo?

— Meu querido Adão, entenda, você não precisa se preocupar com os dons da mulher, basta agir corretamente. É muito difícil ter um pouco de sensibilidade e inteligência? Esforcei-me bastante para criá-lo. Agora me deixe trabalhar em paz. Por favor, entenda, não é difícil pensar, aliás, não dói nada.

Assim que Eva recebeu o sopro da vida, olhou para Adão, e curiosos, ficaram se admirando. Então, *Dios* chamou os dois para perto de uma árvore frondosa repleta de flores e frutos, que oferecia uma sombra maravilhosa, e pediu a Adão para apanhar algumas flores e colocá-las nos cabelos de Eva.

Feito isso, *Dios* pediu para que eles se dessem as mãos. Meio assustados, obedeceram olhando-se profundamente admirados, enquanto ouviam as palavras sábias do Senhor:

— Não é bom para o homem ficar sozinho. É necessário que tenha uma companheira para ser o esteio de sua casa. Ela sustentará os alicerces da vida que construirão. Dessa forma, serão unidos, homem e mulher, com o sacramento do matrimônio, e você será a cabeça do seu lar. Um sacerdote da família! Saiba que essa responsabilidade é uma grande honra!

— O que é matrimônio, Senhor? — perguntou Adão, atento à resposta de *Dios*.

— É a união de dois seres que se amam e se respeitam, por isso são abençoados. Se não for assim, o homem e a mulher jamais terão minha bênção.

E logo *Dios* iniciou a tão esperada cerimônia:

— Adão, aceita Eva como sua legítima esposa, e promete ser-lhe fiel, amá-la e respeitá-la, na saúde e na doença, na alegria e na tristeza, na riqueza e na pobreza, até o final dos tempos?

— Sim, Senhor, aceito!

E *Dios* prosseguiu:

— Eva, você aceita Adão como seu legítimo esposo, doador e provedor, e promete ser-lhe fiel, amá-lo e respeitá-lo, na saúde e na doença, na alegria e na tristeza, na riqueza e na pobreza, até o final dos tempos?

— Sim, aceito, Senhor!

Dios uniu as mãos de ambos e, nesse instante, um feixe de luz os envolveu. Quando *Dios* abriu as mãos, surgiram duas alianças, e Ele as abençoou, entregando uma a Adão e outra a Eva. Assim, eles trocaram as alianças e se tornaram o primeiro casal, homem e mulher, da face da Terra. E, repetindo as palavras de *Dios*, Adão disse:

— Eva, receba esta aliança em sinal do meu amor e da minha fidelidade. Em nome do Pai, do Filho e do Espírito Santo. Amém!

Em seguida, Eva repetiu as palavras de Adão:

— Adão, receba esta aliança em sinal do meu amor e da minha fidelidade. Em nome do Pai, do Filho e do Espírito Santo. Amém!

E *Dios* concretizou aquela cerimônia de amor:

— Eu os abençôo e vos declaro marido e mulher.

A emocionante cerimônia teve prosseguimento com um lindo coro de anjos, abençoando o casal com seus cânticos, além da presença de lindas ninfas, passarinhos e outros animais. O ambiente estava envolto pelo agradável perfume das flores, e por uma claridade indescritível. A união foi festejada com muita paz e alegria, e não faltou amor, que é o principal.

Depois disso, *Dios* falou:

— Adão, não me perturbe mais, porque agora você tem uma mulher, uma grande ajudadora, que vai suprir as suas necessidades tanto nos momentos bons como nas dificuldades.

Dios também disse algumas palavras a Eva:

— Eva, vá com o seu companheiro, para ser o seu braço direito e ajudá-lo em tudo que for necessário, com seu espírito sensível e mais forte do que ele. Além disso, você possui o sexto sentido. Por outro lado, seu companheiro há de ajudá-la em todas as fragilidades naturais femininas.

Voltando-se para os dois, *Dios* encerrou a conversa:

— Sigam com minhas bênçãos e vivam um para o outro. Cuidem-se, pois tenho muito a fazer na Terra. Meu trabalho é infinito.

Felipe prestou muita atenção em tudo, e, estupefato com tantas informações, elogiou Carmel, dizendo:

— Parabéns! A senhorita tem um refinado senso de humor, é muito engraçada. Essa história é muito louca, e não está na Bíblia e em nenhum outro livro. De onde tirou essas idéias? Acho que a senhorita gosta de jogar com as palavras, e está brincando comigo.

— Sim, senhor Felipe, eu gosto de brincar. Só que essa história é verdadeira e foi tirada da Bíblia. Eu somente interpretei as palavras, usando a sua simbologia, mas são palavras de *Dios*. Nós podemos falar de assuntos sérios com humor. Bem... já que me deu atenção até agora, acho que posso chamá-lo de meu amigo. Creio que podemos trocar muitas idéias e experiências. O que acha, senhor Felipe?

— É claro, senhorita Carmel! Desejo ser sempre seu amigo, pois nessas horas que passamos conversando aprendi muitas coisas sobre a vida, algumas que jamais ouvi ou aprendi entre tantos homens. A mulher traz dentro dela uma sabedoria secreta e infinita.

— É verdade! — disse Carmel, seriamente compenetrada. — Nós, mulheres, nascemos sabendo que a desigualdade entre nós e os homens é cruel, assim como as leis. Apesar de *Dios* não ter dado o poder ao macho, ele o tomou para si, pelo fato de ter conhecido a mulher, sua sensibilidade e delicadeza. O homem é inseguro, e sua força é unicamente física; está nos músculos. Já a mulher possui a força na mente, e a demonstra por sua inteligência, doçura e sabedoria. **A mulher é como o bambu, que se dobra com a força do vento, mas não se quebra.** A palavra de *Dios* não interessa ao homem, que parece não desejar conhecer seus sentimentos e tem vergonha de demonstrar sua fragilidade e imaturidade por ser muito orgulhoso e inseguro.

Felipe foi ficando de mau humor, e, aos poucos, enrubescendo. Carmel percebeu e logo tentou suavizar a conversa.

— Não leve a sério o que eu lhe disse, senhor Felipe, pois já sabe que gosto de brincar com as palavras. Mas agora chegou a sua vez de passar suas experiências e informações. Preciso aprender muito e sempre. Quero saber, com detalhes, sobre um assunto que me encanta: a estranha e fascinante terra que é o Brazil. O senhor deve saber muito sobre esse país por pertencer à marinha. Pelo visto, já esteve muitas vezes nessa terra encantadora, cheia de belezas naturais.

Felipe contou a Carmel algumas coisas interessantes sobre o Brazil. Pelo menos, ela deixou que se expressasse sobre algo que conhecia. Foi um alívio para ele, que há horas só ouvia Carmel falar, e não tinha como argumentar.

Os dois estavam entretidos na conversa quando perceberam que a festa chegara ao fim, pois as carruagens dos convidados começaram a passar por eles. Carmel disse:

— Senhor, devemos nos apressar, pois minha família já se despede dos anfitriões e deve estar à minha procura. Em breve, teremos outras oportunidades para conversar.

— Foi um prazer conhecê-la, senhorita. A visita que desejo fazer ao seu pai me preocupava muito, no entanto, conhecendo a filha de don José Flores, sinto-me mais tranqüilo e seguro sobre os assuntos de que preciso tratar. Necessito dos conselhos dele, pois sou um aprendiz e quero crescer com sabedoria para honrar a minha Pátria. É meu desejo casar com uma boa moça, morar no Brazil e ser um militar de alta patente ostentando muitas medalhas. Só depois do casamento atingirei o meu objetivo e receberei as honrarias.

Carmel, sorridente, logo opinou:

— Nesta vida, não existem coincidências! Eu tinha tanta vontade de saber mais sobre as pessoas e os fatos do Brazil, e, de repente, chegou o senhor com todo esse conhecimento sobre o país, e ainda quer falar com meu pai? Para mim, nosso encontro foi uma bênção! Devemos prestar muita atenção quando *Dios* nos dá sinais respondendo aos nossos desejos. Agora, sei que terei um amigo no Brazil que me informará sobre tudo o que desejo. Quem sabe um dia eu possa chegar a fazer essa viagem também, hein? Quem é que sabe, não é? Só *Dios* sabe, senhor Felipe! Se for a vontade Dele, um dia irei visitá-lo no Brazil. Se meus pais consentirem, é claro!

— Mas... sozinha, senhorita Carmel? Uma mulher, normalmente, não viaja desacompanhada!

— Tenho consciência do que quero para o meu futuro, no entanto, não sei o que está por vir. Mas esteja certo de uma coisa: a sociedade nunca governou a minha vida nem a minha personalidade. Bem, espero ansiosa por sua visita, pois temos muito que conversar. Fiquei encantada em conhecê-lo, porque o senhor será mais um mestre no meu caminho como aprendiz.

— A senhorita é muito amável, divertida e possui um senso de humor invejável! Para mim, foi um imenso prazer. Obrigado por passarmos horas tão agradáveis, aprendendo um com o outro. Veremo-nos em breve!

Carmel já estava saindo quando se lembrou de que no dia seguinte haveria uma procissão na Paróquia de Nossa Senhora da Cabeça, e convidou Felipe para seguir o cortejo do Senhor Jesus morto. Seria mais uma oportunidade para rever o Sr. Felipe.

— Terei imenso prazer em acompanhá-la, e, se houver uma oportunidade, a senhorita poderia me apresentar à sua família.

Rindo com simpatia e muito feliz, pois era tudo o que desejava, Carmel respondeu:

— Com muito prazer! O senhor verá que não precisa ficar preocupado, porque meu pai é uma boa pessoa.

Carmel e Felipe despediram-se com um forte aperto de mãos. Estavam muito felizes por seus caminhos terem se cruzado e viam novos rumos e perspectivas para seus sonhos. No entanto, sabiam que enfrentariam muitos obstáculos.

Carmel aproximou-se de sua família, que se despedia dos anfitriões, quando doña Emília perguntou:

— Carmel, onde estava que não a vimos durante toda a festa? Não a vi dançar com seus irmãos. Onde estava, filha?

— Fiquei no jardim conversando com um amigo.

— Mas que amigo? — disse doña Emília, curiosa e preocupada.

Carmel, acalmando a mãe, respondeu docemente:

— *Madrecita*[3] querida, não se preocupe à toa. Esse amigo é o senhor Felipe, um militar que veio da corte portuguesa a serviço do exército.

---

[3] Mãezinha.

Ele está aqui justamente para aconselhar-se com nosso *padrecito*[4], e nos visitará a qualquer momento. É só isso, *madrecita,* não se preocupe. O senhor Felipe está com uma comitiva do exército, prestes a embarcar para o Brazil. Como sabe, esse assunto me fascina e as horas passaram rapidamente, sem que eu tivesse percebido. Perdão, *madrecita.*

Don José, ríspido e direto, com a voz áspera por não ter apreciado o que ouvira, disse:

— Mas o que ele quer de mim? Já estou fora do exército há tanto tempo! Não tenho nada para falar com um soldado de Portugal!

— Ele quer seus conselhos, *padrecito!* — respondeu Carmel, acariciando o pai para acalmá-lo.

Doña Emília, intuitivamente, ficou com o corpo todo arrepiado e sentiu medo. Mas medo do quê? Ela não entendia! Sentia-se ameaçada de alguma forma, mas não sabia o motivo. Só mesmo as mães é que têm esses pressentimentos.

— Já disse que não tenho nada para dizer! — repetiu don José, com um tom austero.

Carmel, com carinho e voz mansa, insistiu:

— *Padrecito* querido, o que custará aconselhar um jovem militar que deseja ter o senhor como exemplo de vida e de sabedoria? Hein? Quando morrer, quer enterrar seu talento e a experiência que adquiriu com sua mortalha? Não vai passar a herança que recebeu de *Dios?* É assim? Não, *padrecito* querido! Perdão, mas o senhor nos ensinou a dividir nossas experiências com humildade, e tem bons exemplos para oferecer por ter sido um militar valoroso, com muitas honrarias na Europa. Por que não deseja repartir esse seu conhecimento que vale ouro? Querido *padrecito,* o senhor nunca foi egoísta.

Carmel olhava o pai com carinho, demonstrando surpresa. Com cara de poucos amigos, don José tentou abrandar sua rispidez, dizendo:

— Está bem, minha filha. Só você, Carmel, poderia me convencer. Mas me intriga saber como esse soldado veio à festa. Quem o convidou?

Don Juan Fernandez, que se encontrava próximo, deu a resposta:

— Esse soldado foi convidado por mim, pois seu grande desejo é conhecê-lo melhor, por ser o grande general que é, afamado por sua

---

[4] Paizinho.

coragem e honestidade. O senhor, don José, sabe que sempre foi motivo de orgulho para nós, os europeus.

Don José, já mais calmo, cedeu aos pedidos.

— Está bem! Vocês me convenceram a recebê-lo! Bem, agora vamos para casa... Já se faz tarde!

Despedindo-se cordialmente, a família Flores Blanes agradeceu o amável convite de doña Cristina e don Juan Fernandez, desejando-lhes muitas felicidades e elogiando a bela e divertida festa que ofereceram a todos.

Sendo pessoas educadas, não fizeram como muitos convidados, que saíram *à la* francesa, isto é, sem agradecer os anfitriões ou se despedir.

Capítulo 4

A FAMÍLIA FLORES BLANES

Os irmãos Carmel, Pilar, Antonio e Pepe conversavam apreensivos.

— Será que nosso pai vai receber o soldado português? — perguntou Pepe.

— E quando foi que ele voltou atrás no que prometeu? — respondeu Antonio. — Nós sabemos que um homem de verdade nunca vacila em suas atitudes, e nosso pai é um deles. O sim é sim, o não é não, e ele jamais volta atrás. Sua palavra de homem é uma questão de honra! Estava escrito no céu e na terra que ele seria assim. Sabemos que a justiça mora em seu coração, e foi isso que nos ensinou, portanto, não devemos ter dúvidas. O certo é certo, o errado é errado, e nada mais! Diz um ditado popular: **"O maior pecado no mundo é apagar a tocha das almas e substituí-la pela incerteza e pela dúvida."**

E Antonio continua...

— Quem não tem coragem e tampouco caráter não enfrenta outras pessoas, evita olhar dentro dos olhos, tem medo de si mesma, não diz o que pensa e é falsa! Pessoas inseguras não crescem, sentem medo do futuro e do crescimento alheio.

— Bem, é melhor parar com esse assunto, que não foi dos mais agradáveis para nossos pais — disse Pepe. — Parece que algo doloroso se apossou de seus corações. Eles estão preocupados e muito angustiados com essa simples visita. Isso nunca aconteceu em nossa família, por isso é melhor ficarmos calados, pois não sabemos o que está por vir. Só o tempo nos dirá.

Antonio e Pepe procuraram alegrar seus bondosos pais, pois ambos estavam com a fisionomia muito triste e tensa. Os pais sempre se preocupam em demasia com a vida de seus filhos; chegam a ter um amor quase neurótico por suas crias. Desejam vê-los protegidos sob suas asas quentinhas. Por isso, Deus abençoa o amor dos pais amorosos. No entanto, lentamente... para não magoar em demasia, os filhos saem paulatinamente dessas asas protetoras.

Para tornar mais amena a dor da separação que os pais sentem e acalmar o coração confuso dos filhos, há sempre uma cerimônia na celebração do matrimônio. É uma forma inteligente de se afastarem sem ressentimentos ou mágoas. A dor se reveste com a roupa da felicidade, mesmo que seja aparente. Os pais choram no enlace dos filhos pela dor da separação. Afinal, é uma vida nova e desconhecida para todos, mas são os desígnios de Deus.

Para dissimular a tensão de todos, Pepe disse alegremente:

— Como estava divertida a festa no castelo de don Juan Fernandez! O que achou, Antonio?

Procurando disfarçar, pois conhecia bem os pais, Antonio respondeu sorridente:

— O que mais aprecio em uma festa é o jogo da sedução. Divirto-me muito com tantas *muchachas salerosas y guapas*[1]!

Os dois irmãos esbanjavam saúde e alegria e, naquele instante, iniciaram uma guerra de almofadas, até ficarem exaustos e caírem sobre um belo tapete de lã que adornava a sóbria e elegante sala, dando um

[1] Atraentes, charmosas e bonitas.

tom refinado ao ambiente. Não havia qualquer ostentação de riqueza na casa, apesar dos objetos de bom gosto impecável comprados nas famosas lojas da Europa. Doña Emília apreciava a simplicidade refinada, para que sua amada família se sentisse sempre à vontade. O propósito dela era ter conforto com bom gosto, por isso sempre dizia:

— Nossa casa é o lugar em que todos da família devem sentir bem-estar, é nosso ninho e refúgio.

No aconchego do lar, a lareira apagada no seu canto parecia descansar, silenciosamente, como se dormisse o sono dos justos. Naquele ano, sua missão já estava cumprida, e agora aguardava, pacientemente, a nova temporada de inverno, quando estaria novamente a postos para aquecer a família Flores Blanes, que se reunia sempre à sua volta para as descontraídas brincadeiras. Quando necessário, para uma conversa mais séria, passavam a noite conversando sobre coisas boas e também más, afinal, Deus uniu a família para a felicidade e a tristeza.

Doña Emília, sempre observando seus filhos, com o rosto calmo e sereno, perguntou com curiosidade, porém delicadamente, pois não desejava entrar na intimidade dos filhos ou de qualquer outra pessoa:

— Antonio, parece que vocês se divertem mais em casa do que nas festas. Por quê?

— Porque estamos em nosso ninho. Temos liberdade para tudo, e não nos preocupamos com atitudes, etiquetas ou com a postura que precisamos manter nas reuniões. A sociedade nos obriga a ter sobriedade. Existem pessoas que usam máscaras para esconder o que são na realidade. Mas a senhora nos deu uma educação completamente diferente, nos ensinando a amar e respeitar o próximo como se fosse a nós mesmos.

— É verdade! — concordou Pepe. — Em casa, meu irmão não é mais o meu rival. Não precisamos usar nossos fascínios para as donzelas casadoiras em busca de matrimônio.

Doña Emília achou aquela conversa muito estranha e interveio:

— Então, aqueles olhares prolongados eram falsos? Vocês chegaram a enganar a mim, que sou uma mulher vivida! O que dizer daquelas pobres *muchachas* sem experiência de vida?

— Não se preocupe, *madrecita*, essas *muchachas* também gostam desse jogo de sedução — disse Pepe. — Faz parte da juventude *caliente*. É *solamente* uma disputa, uma brincadeira sem maldade. A senhora e nosso pai já passaram por essa fase... Esqueceu, *madrecita*?

— Adoro seduzir! Parece que algo muito sutil envolve o meu corpo, causando arrepios e um friozinho na barriga — comentou Antonio, rindo alegremente.

— Mas... Vocês homens também sentem esse friozinho na barriga? — interveio Pilar, com curiosidade.

— Claro, minha irmã. As emoções são iguais, os sentimentos são os mesmos; o que difere são as atitudes. As mulheres são meigas, delicadas e carinhosas quando se trata de amor. Nesse ponto, são muito verdadeiras, não conseguem esconder suas doces emoções, pois seus olhos falam tanto quanto a boca molhada de desejo. O olhar brilha tanto que mais parece um *flash* de luz.

— Então, vocês não estavam encantados por aquelas donzelas? — perguntou Carmel.

Os irmãos riram gostosamente, e Pepe respondeu:

— É claro que não. Foi só um momento! Como diz nosso grande e querido amigo Giovanni, quando nos encontramos na taberna: "O que vale é somente o momento. Nada mais!" Giovanni está completamente certo. Não podemos perder as belas ocasiões de ter uma vida boa e bem vivida. E dizia também: "Vamos festejar os momentos, de maneira alegre e sadia. Beberemos um champanhe e quebraremos as taças de cristal para celebrar a vida."

Antonio, mais eufórico, foi logo dizendo:

— Bem... amanhã já teremos esquecido com quem dançamos ou conversamos na festa. E tem mais: quando terminar a primavera, voltarei a estudar em Paris. Também... não pretendo casar tão cedo. Tenho muita vida pela frente, muita diversão e coisas interessantes no mundo para conhecer. Devemos aproveitar bem enquanto somos jovens e podemos quase tudo.

"Tudo é válido por uma bela noite de sedução. Vamos festejar a vida, porém, com responsabilidade, para não cair na desgraça!"

Pepe não podia ficar fora dessa conversa e completou:

— Também quero viajar muito, conhecer o mundo inteiro, rever as belas terras por onde passei quando criança e não entendia os prazeres da vida adulta. Quero estudar e aprender tudo o que a vida possa me ensinar. Serei um excelente aluno, pois desejo aprender sempre. Tudo será muito pouco para mim.

Pilar, com um sorriso no canto da boca, censurou os irmãos pela liberdade excessiva que os homens têm.

— Isso é um desaforo! Vocês homens têm tanta liberdade que se perdem em meio a tantas regalias. Vocês não sabem observar seus limites, e é muito ruim, pois se perderem os freios podem rolar escadaria abaixo. Um dia, quando menos esperarem, podem ser laçados pelos encantos de uma mulher e, em pouco tempo, estarão rodeados de filhos puxando a barra de suas calças. Vocês, homens, têm que ter mais limites... precisam manter a cabeça no lugar para saber optar pelo melhor caminho. Quem muito escolhe, às vezes, acaba levando a pior mercadoria, porque perde tanto tempo na escolha que o que era bom acaba sendo levado por outro homem. Os desfrutadores de prazeres ficam com o resto do resto e olhe lá! Cuidado, meus irmãos, vocês vão ter que aceitar e ficar contentes com as sobras. Liberdade em demasia pode complicar a vida, porque, se não forem escolhidos, a solidão pode estar à espera de vocês.

— O que é isso, Pilar? Está com inveja da nossa liberdade e nos diz palavras negativas? O que faz a inveja, não é mesmo, minha irmãzinha? — provocou Pepe.

Pilar, muito brava, retrucou:

— Não é inveja! Basta olhar para nossos amigos e parentes mais próximos. O exemplo está bem diante dos nossos olhos, e vocês não querem ver. É melhor usarem a inteligência ao falar de assuntos sentimentais e amorosos, e tratem muito bem as mulheres. Não sabemos com quem vocês vão viver e constituir uma família.

Pepe continuou a provocar Pilar:

— É, Pilar, estou achando que você gostaria de ter nascido homem, para poder desfrutar dessa nossa liberdade.

— Nós, mulheres, temos outro tipo de liberdade, e a usamos silenciosamente, com muita sabedoria. Vocês, homens, são muito inseguros e fracos. Nós, com nosso talento feminino, fazemos o que queremos sem alarde, ao contrário de vocês, que são imaturos, meninos que nunca cresceram! — finalizou Pilar.

Doña Emília interrompeu os filhos:

— Calados! Chega de diversão por hoje. É melhor irmos dormir, pois amanhã é o primeiro dia da primavera, quando tem início as festas das aldeias e também a festa da nossa paróquia Nossa Senhora da Cabeça. Precisamos estar descansados, pois é longa a caminhada para acompanhar a procissão.

— Será que nosso pai irá, já que não é católico? — quis saber Pilar.

— Mas que dúvida sem fundamento! — respondeu doña Emília. — Seu pai nunca faltou a uma só procissão, todos iremos à paróquia. Primeiro, assistiremos à santa missa e, depois, seguiremos o cortejo do funeral de Nosso Senhor Jesus morto. Agora, todos para a cama! Durmam com *Dios,* meus queridos, e que os anjos os conduzam aos bons sonhos. Ao amanhecer, o despertar do sol iluminará toda a Espanha com seu mormaço quente e agradável, trazendo-nos muita alegria. Lembrem-se: **"Renascemos a cada dia. É uma nova vida!"** — doña Emília costumava repetir essa frase.

Todos os domingos eram dias especiais, vividos com intensa alegria e descontração. Entre tantos confortos materiais e espirituais, a família Flores Blanes se deliciava com as regalias e dádivas de Deus. Agradeciam a paz e a união que os envolviam, e se alimentavam com as saborosas delícias preparadas por doña Emília.

A família ria muito. O bom humor e a harmonia reinavam no lar, onde dançavam, cantavam, brincavam e apostavam corrida com seus velozes cavalos andaluzes, enfim, faziam tudo o que lhes desse prazer.

Mas aquele era um dia muito especial e triste, onde seria relembrada a Paixão de Nosso Senhor Jesus Cristo.

Depois da *siesta*[2], todos desceram de seus aposentos e foram assistir à Santa Missa. A carruagem estava à espera em frente ao palacete.

No trajeto divino, passavam por entre as alamedas floridas e perfumadas, onde as árvores pareciam majestosas bailarinas clássicas movendo-se ao suave toque do vento.

---

[2] Repouso após o almoço.

A natureza parecia querer exibir aos convidados um grande espetáculo de vida. Todos estavam extasiados com tanta magnitude e beleza! Estavam realmente felizes por participarem do mundo maravilhoso que só o "Mestre da Luz" poderia oferecer com tanta beleza e perfeição.

A primavera comemorava sua chegada!

— Pronto, meus senhores. Já chegamos — disse Juan, o cocheiro. — Vou esperar à sombra daquela árvore e alimentar os animais, porque devem estar famintos e com muita sede.

Doña Emília disse:

— Juan, aproveite para visitar sua família, já que a quinta onde mora se encontra bem próxima daqui. Vá descansado, pois só voltaremos após assistirmos à missa e acompanharmos a procissão. Vá com *Dios*, amigo, e diga à *su madre*[3] que mando *recuerdos*[4].

— *Muchas gracias*[5], senhora Emília. Eu estava sentindo falta de *mi madre*. Há tempos não a vejo, e esse encontro nos dará muita alegria.

A família Flores Blanes entrou na igreja. A missa estava para começar, quando don José olhou para trás e viu o senhor Felipe em um banco próximo ao deles. Intrigado, perguntou à esposa:

— Emília, o que aquele soldado que vimos ontem na festa está fazendo aqui?

— Senhor meu marido, como posso saber? A igreja é um lugar público, aberto a todos.

Doña Emília se voltou e também viu o rapaz, porém não com bons olhos, pois achava ser muita coincidência ele estar ali, e a cena não lhe agradava. No entanto, Felipe, sabiamente, permaneceu em seu lugar, mantendo-se em silêncio.

Carmel observava os pais disfarçadamente, e colocou sua mantilha sobre o rosto, fingindo nada ter percebido.

A missa começou e terminou com um grande sermão. No final, como sempre, todos se agruparam em frente à matriz, sem entender nada sobre o sermão que o Santo Padre Cura fizera.

Os religiosos colocaram-se em fila com velas acesas, terços, cantos sacros e ladainhas. Todos usavam um manto roxo, representando a dor

---

[3] Sua mãe.
[4] Lembranças.
[5] Muito obrigado.

pela morte de Nosso Senhor Jesus Cristo. Os homens, compenetrados, olhavam seriamente todos os movimentos da grande procissão ao lado dos seus familiares.

As jovens usavam roupas pretas, mantilhas maravilhosas sobre as cabeças e, através das rendas, lançavam furtivos olhares sedutores aos jovens que se encontravam mais próximos. As jovens mantinham a postura ereta e o rosto voltado para o alto, segurando os grandes babados de seus vestidos acetinados. Tudo servia para induzir um belo flerte, no entanto, sem deixar que fosse percebido pelos pais e religiosos, tão fervorosos em sua crença.

O lema dos jovens era, e é até hoje: **"O tempo é precioso demais para perdermos uma oportunidade na vida."**

Carmel agia da mesma forma: desviava seu olhar vez por outra, como se não quisesse nada, mas olhava intensamente para o senhor Felipe, enquanto ele a observava a distância.

Doña Emília já notara, é claro, porque também fora jovem e agira da mesma maneira, mas não deixou que Carmel percebesse que ela a observava há tempos.

Don José fora um jovem muito diferente desse *gajo*[6] inoportuno. No seu tempo, a juventude se comportava de uma forma muito distinta, por isso, insatisfeito com a figura daquele homem inconveniente, se manteve sério, compenetrado, embora extremamente observador. Por não ser católico, a missa não tinha grande importância para don José, que apenas seguia os rituais de ajoelhar, sentar e levantar. Na verdade, ele freqüentava a igreja em respeito à sua família, e brincando dizia tudo o que pensava.

— A missa só serve para desenferrujar os joelhos e as pernas, mais nada. Os sermões em latim são sempre os mesmos e não acrescentam coisa alguma.

Doña Emília censurava o marido, dizendo:

— José, respeite os santos presentes!

— Que santos, Emília? Onde estão que não os vejo? Só vejo estatuetas de barro malfeitas, com semblantes tristes, e mais nada.

Ao mesmo tempo que falava, don José sorria e fazia pantomimas

[6] Rapaz.

que deixavam doña Emília perturbada.

Don José, continuou:

— Se eu derrubar uma dessas estatuetas santas, ela vai esfarelar no chão. Aí quem sabe descobriremos alguns segredos escondidos dentro delas, certo? Talvez *pesetas*[7], ouro ou alguma carta secreta. Não é verdade, Emília? — don José falava mantendo uma postura engraçada.

Os filhos riam das palhaçadas do pai e até concordavam com suas idéias revolucionárias e lúcidas. Don José, por não ser católico, apenas um simpatizante que praticava todos os rituais sem nenhuma devoção, contestava os fatos aparentes, como alguém que não vê a religião com bons olhos. Achava que a religião só servia para castrar as mentes. As críticas que don José fazia não magoavam ninguém, porque todos sabiam que ele amava e respeitava sua família. Quem tem esses bons princípios ama a Deus e segue seus caminhos. Don José era temente a Deus com devoção.

— A religião serve para reencontrarmos os amigos — sussurrou don José no ouvido da esposa.

— Pelo menos respeite os nossos amigos devotos — retrucou doña Emília, irritada.

Don José riu e encabulou doña Emília, que mesmo não sendo uma devota fervorosa levava a sério esses encontros religiosos. A fé e a devoção existiam em seu coração, mas gostava de ir à missa para reencontrar seus queridos amigos. Ficava muito feliz ao ver que entre eles havia um grande respeito e carinho.

Don José continuou falando:

— Só creio em *Dios!* Mas não há melhor lugar para orar do que em nosso próprio aposento, quando estamos a sós ou então em contato com a natureza, que é a própria essência do Espírito de *Dios*.

Porém, como don José sempre respeitara seu próximo, a sociedade e, acima de tudo, amava sua família, freqüentava a missa todos os domingos e dias santos, sempre comemorados com muitas festas, procissões, cânticos e ladainhas intermináveis. Eram festas para o santo do ano, para adquirir *pesetas* e construir casas para as crianças órfãs ou para ajudar os idosos carentes — todas em louvor a um santo qualquer.

[7] Moeda nacional da Espanha na época.

Don José estava sempre presente para cooperar, achava as reuniões muito prazerosas, mas não acreditava que as *pesetas* arrecadadas chegassem às mãos das crianças ou dos idosos carentes, e duvidava dessas doações festivas porque achava que a "suposta religião" se aproveitava da fé dos menos avisados.

Em instantes, teve início a procissão, que representava a morte de Nosso Senhor Jesus Cristo, que se encontrava nos braços de sua mãe, Maria, seguido por Verônica, Maria Madalena, Bethânia e outras apóstolas, que choravam atrás do funeral. Uma encenação teatral, nada mais. A representação era perfeita: todos usavam roupas roxas escuras, e o silêncio entre uma ladainha e outra supunha uma atmosfera fúnebre — sentia-se o odor dos funerais de verdade. Os coroinhas balançavam os castiçais com incenso... Vez por outra, ouvia-se o toque de um sino solitário, como se fosse um lamento.

Don José achava esses rituais muito fantasiosos e dramáticos para serem usados como forma de se chegar a Deus, e pensava: "Nosso Senhor é um ser puro e maravilhoso em sua essência, como uma gota de orvalho na relva ao amanhecer; esta encenação não tem nada a ver com fé e devoção."

No entanto, em respeito a todos, não emitia sua opinião. Já que o povo era muito devoto em sua crença, quem era ele para desrespeitar a fé do próximo? Sendo muito educado, sensível e inteligente, don José não se manifestava em relação à sua fé, a não ser com seus familiares. E pensava: "Todas as pessoas que freqüentam a missa são nossos amigos, vivemos na mesma província. Eles são católicos fervorosos ou, pelo menos, aparentam ser. Na igreja, estamos todos unidos, ricos e pobres, e essa união é vivida pela comunidade. O que importa é a união entre as pessoas."

Para don José, a religião não era tema para ser discutido, pois achava que cada um tinha seu Deus interior, e só a Ele deviam reverência e adoração. Don José costumava dizer: "Cada pessoa recebe os milagres de acordo com a própria fé, que é semelhante a uma árvore: primeiro plantamos para depois colher o fruto. Se tivermos fé e perseverança, os frutos serão bons."

Tendo uma posição extremamente política, don José contestava o que achava errado sobre o reinado e sua corte. Porém, às vezes, era obrigado a silenciar para não desviar a conversa para outro lado, o que só o prejudicaria, já que não podia fazer nada pelo seu povo, e muito menos mudar seus ideais. Dessa forma, dizia aos seus filhos:

— Nunca discutam política e religião se não quiserem ter inimigos ocultos. Esses assuntos que não levam a lugar nenhum só servem para nos afastar dos outros, trazendo desarmonia aos nossos corações. O desejo de *Dios* é ver a união de todos os seus filhos na mesma fé e sintonia do amor.

Ao término da procissão, todos voltaram felizes para casa. Era sempre uma alegria o reencontro com amigos e parentes.

No dia seguinte, Carmel acordou radiante, cantarolando pelos cantos da casa. Muito serelepe, andava como se estivesse sempre pulando, como quase todos os jovens quando estão em estado de graça. Parecia que algo muito especial estava para acontecer.

Carmel achava que seus familiares não haviam percebido seu interesse pelo senhor Felipe, mas estava enganada! Todos observaram sua estranha alegria.

Doña Emília sabia o nome do responsável pela mudança de Carmel. Essa atitude da filha não a agradava e a deixava preocupada.

Don José tinha o mesmo pressentimento, coisas que só os pais, que amam realmente seus filhos, podem sentir.

Amor e cuidado andam de mãos dadas com Deus!

Capítulo 5

A VISITA DO SENHOR FELIPE

Era uma noite calma e silenciosa. Don José encontrava-se na varanda à espera do senhor Felipe, que viria visitá-lo.

Batendo à porta dos quartos, doña Emília chamava seus filhos para a ceia, que já espalhava seu delicioso aroma pela casa.

— Crianças, venham jantar, pois o pai de vocês vai receber a visita do senhor Felipe para falar sobre negócios. Não devemos atrapalhar. Venham rápido, meus queridos.

— Só um minutinho, *madrecita!* — responderam seus filhos, que estavam terminando as tarefas de seus estudos.

Nesse meio tempo, doña Emília pensava: "Graças a *Dios* pudemos proporcionar várias viagens aos nossos filhos, o que contribuiu para sua educação e cultura. A escola tem muito pouco a oferecer para quem tem sede de saber, por isso a vivência de cada um é muito importante. Temos que sentir na pele o aprendizado que a vida nos oferece. A natureza tem muito a nos ensinar, basta prestarmos atenção em tudo o que nos rodeia, além de ler muito, é claro."

Don José e doña Emília sempre se preocuparam em fazer com que seus filhos pudessem conhecer outras culturas, além da européia. Sabiam que, se um dia precisassem sair do ninho, teriam condições de voar bem alto e se defenderem sozinhos, sem a presença dos pais. Os dois diziam: "O saber sempre tem espaço dentro do ser humano." Doña Emília tinha muito orgulho dos filhos!

Mais uma vez, doña Emília chamou os filhos, dizendo que precisavam se alimentar para se manterem belos, sadios, e para poderem estudar, cantar, dançar, tocar e ter recreação; porém, a saúde vinha em primeiro lugar, o restante era conseqüência. Se dependesse dela, os filhos seriam eternas crianças. Em poucos minutos, todos estavam na sala, e Pilar foi logo falando:

— *Madrecita,* estou morrendo de fome! Estudei tanto, tanto que fiquei até zonza.

Doña Emília, com o semblante severo, mas rindo por dentro, a advertiu, dizendo:

— Mas o que é isso? Muito bonito! Sentando para jantar sem lavar as mãos e sem agradecer a *Dios* por nossa refeição, hein?

— Perdão, *madrecita!* É que o cheirinho da sua comida está divino, por isso fiquei com mais apetite — argumentou Pepe.

— E o nosso pai, não vem jantar? — quis saber Carmel.

— Já vem, querida. O senhor Felipe, o militar que veio de Portugal e conhecemos na festa de don Juan Fernandez, acabou de chegar. Eles estão conversando no alpendre.

— É melhor esperarmos por eles — disse Antonio.

Doña Emília foi ao alpendre para chamar o marido:

— José, por favor, nossos filhos estão à sua espera para jantarmos juntos. Senhor Felipe, venha também. Será uma honra tê-lo em nossa companhia, acredite.

— Agradeço toda a gentileza com que estou sendo recebido, senhora — disse Felipe, rindo simpaticamente. — E com este aroma delicioso da boa comida espanhola, não posso nem penser em recusar tanta amabilidade. Muito obrigado!

— Os amigos são sempre bem-vindos à nossa casa, e o senhor faz parte deles por estar entre nossa família. Por favor, vamos passar para a saleta de jantar. Quero apresentar-lhe meus filhos.

— Este é Antonio, o mais velho. Galanteador e dançarino como ninguém por essas bandas.

— Pepe, o pimentinha da família, pequeno e muito divertido. É um grande músico, e ninguém o supera com a guitarra.

— Pilar, a mais *salerosa,* parece uma cigana, dança e sapateia como poucas, e é extremamente vaidosa.

— E aqui... Carmel, a caçula, nossa menina de muita personalidade. Aliás, vocês se conheceram na festa, e com certeza, senhor Felipe, percebeu que ela é uma revolucionária, pois não fica em paz quando percebe uma injustiça; outras vezes, parece uma missionária. Se houver algo que vai contra seus princípios morais, fica extremamente revoltada. Bem... ela é do contra.

Repentinamente, Carmel interrompeu as apresentações para pedir uma maçã à mãe. Doña Emília solicitou a Pilar que passasse a maçã à irmã. Pilar, um tanto contrariada, pegou a maçã e chamou a atenção de Carmel por ter interrompido a conversa dos pais, dizendo com ar de censura e, ao mesmo tempo, ironia:

— Aqui está a maçã, irmãzinha!

Carmel, rindo, respondeu entre os dentes:

— Por favor, querida, passe logo essa maçã, porque a estou desejando muito!

Todos riram da cena e do jeito descontraído de Carmel, que mais parecia uma menina frágil e mimada. Doña Emília, encabulada com a situação, explicou ao convidado que Carmel gostava dessa fruta desde muito criança, e comentou:

— Carmel come maçã todos os dias. Desde sua tenra infância, habituou-se a comê-las religiosamente.

— É que essa fruta tem algo diferente das outras. É saborosa e perfumada. Creio que jamais poderei viver sem saborear uma maçã. Sinto que tem certa magia e encantamento nela — explicou Carmel com muita graça.

— E o que você faria se tivesse que viver em um país em que não existisse essa fruta? — provocou Pilar.

Carmel reagiu impulsivamente:

— Eu daria um jeito, minha irmã! Jamais poderia me acostumar sem minha querida família, meu pomar, as belas flores do campo, os cavalos e os cachorros; estes animaizinhos que tanto amo! Jamais! Existem coisas que, mesmo que quiséssemos, não conseguiríamos nos desapegar delas, principalmente das minhas *manzanas*[1].

Antonio, rindo, dirigiu-se ao pai:

— *Padrecito,* Carmel é muito orgulhosa e teimosa para confessar quanto nos ama e como somos importantes para ela. Por isso diz que é apegada a todas as coisas, no entanto, tem um imenso amor por toda a família, maior que tudo no mundo.

Pepe retrucou, rindo e debochando da irmã, com o jeito divertido e próprio de sua personalidade:

— O que Carmel ama realmente é filosofar, cantar, rir, falar e contestar a tudo e a todos. Gosta de deixar as pessoas em situações difíceis e se diverte com o jogo de palavras. Aqui ela pode contestar e fazer o que quiser porque está em casa; mas não em outro lugar, pois talvez muitas pessoas não suportem seu modo irreverente de contestar.

Carmel não deixou por menos, e argumentou:

— No entanto, o senhor Felipe até gostou de conversar comigo, apesar de ter ficado um pouco constrangido. Mas eu estava apenas brincando com ele, para passar o tempo. E tem outra coisa... se eu não estiver aqui com minha família, que tanto amo, nada terá valor para mim. Esta terra é tão importante para mim porque estou ao lado de meus familiares e amigos. Nunca os deixarei... por nada!

— Será verdade? — perguntou Pilar, duvidando da palavra de Carmel. — Mesmo com seu gênio inquieto e esse espírito desbravador? Você é muito curiosa e gosta de conhecer lugares diferentes. Se tivesse nascido homem, eu teria muita pena de nossos pais, porque, certamente, você estaria entre o céu e a terra, voando como uma gaivota em terras desconhecidas.

Antonio tentou tranqüilizar o ambiente mudando de assunto, e perguntou a Felipe com serenidade:

— Senhor Felipe, por que veio de Portugal para falar com meu pai?

---

[1] Maçãs.

É sobre sua viagem? Soubemos que o navio que está atracado no porto vai para o Brazil! Temos muita curiosidade em saber não só as coisas boas e maravilhosas desse país, mas também as desagradáveis. É verdade que acontecem coisas horríveis naquele continente? Segundo informações, essa colônia está nascendo entre dores e muito sangue, o que é uma pena, pois é um país onde dizem haver pessoas boas e alegres. Sabemos que o país é muito rico em minerais e outras riquezas naturais. Possui uma imensa floresta, com uma flora deslumbrante, os mais diversos animais e aves de coloridos inimagináveis.

Após pequena pausa, Antonio perguntou contestando:

— Em que nosso pai poderia ajudá-lo, senhor? Ele não conhece essa terra, e também está aposentado. No momento, seu desejo é estar ao nosso lado e desfrutar da vida com mais tranqüilidade. Já lutou muito, e queremos usufruir mais de sua companhia. Creio que não poderá ajudá-lo.

Antonio disse essas palavras com certa apreensão, pois não se sentia à vontade com aquele estranho em sua casa.

Carmel, inquieta, disse:

— Nós conhecemos vários países, alguns bem distantes, mas para nós o Brazil é uma lenda. É estranho que o senhor queira os conselhos de uma pessoa que desconhece esse lugar, inclusive, ignorado por muitos.

Carmel piscava os olhos rapidamente, parecendo não acreditar nas intenções aparentes daquela visita tão inoportuna. Ela queria uma resposta, pois todos os filhos amavam muito o pai e não desejavam que algo o tirasse do aconchego do lar, já que pela chama profissional todos ficaram muito tempo sem sua amada presença.

Felipe, preocupado, pois estava em um lugar de pessoas esclarecidas, respondeu sem hesitar:

— Seu pai é uma pessoa muito respeitada, e todos os conselhos que puder me oferecer serão de grande valia para o meu futuro. É de fundamental importância para a minha vida ouvir a palavra de um homem tão experiente e sábio; não é minha intenção tirá-lo do convívio familiar. Fiquem tranqüilos, pois não desejo de modo algum macular a harmonia do lar.

Doña Emília explicou:

— Senhor Felipe, aqui em casa temos liberdade para expor nossas idéias, e agradeço ao meu marido José que sempre nos trouxe informações sobre vários assuntos. Assim, passamos novos conhecimentos para os nossos filhos.

Felipe, que ouvia tudo atentamente, continuou:

— Eu gostaria de ter nascido em um lar com pais tão esclarecidos como os senhores. Mas, infelizmente, já não tenho a minha família. Meus pais faleceram em favor de uma causa nobre, durante uma rebelião de negros na Guiné. Foi horrível! Houve muitas mortes, e, entre elas, a dos meus pais, que estavam lá para capturar escravos. A partir de então, vivo sozinho, e, por essa razão, há anos me alistei no exército português. Nas embarcações estou sempre acompanhado pela comitiva de soldados, e também do capitão-mor; dessa forma, não me sinto tão solitário. Sou uma pessoa que goza de plena confiança entre a capitania portuguesa.

Don José, que permanecera em silêncio durante todo o tempo, observava tudo o que o senhor Felipe falava, mantendo um certo tom de altivez. Aquele assunto mais parecia um discurso encomendado, por isso contestou severamente:

— Senhor Felipe, seus pais foram até Guiné para capturar escravos e acha isso uma causa nobre? Para mim, é muito estranho, porque nobreza é algo muito diferente do que o senhor pensa — disse don José, irritado.

Confuso, Felipe respondeu:

— Meus pais não foram por vontade própria, apenas cumpriam ordens do rei de Portugal, obedeciam à corte. De certa forma, também eram submissos aos escravocratas. Bem, mas já se passou muito tempo, agora vou para o Brazil, onde terei um regimento sob o meu comando, e pretendo cooperar para o bem-estar do povo. A minha missão é ajudá-lo, para que o país se torne progressista no aspecto moral e financeiro, e assim possa ser respeitado por todos os povos. Vou fazer tudo o que for possível para ser condecorado e respeitado, como o senhor. Para mim, é muito importante ser promovido e seguir carreira, já que conquistei a confiança dos meus superiores.

— Como o senhor pode se aventurar em uma terra tão estranha, misteriosa, sem conforto algum e sofrida? O senhor também pretende tirar proveito do Brazil, como os outros? — perguntou Pilar, intrigada.

Felipe, espantado e constrangido com tantas perguntas, ajeitou seu paletó de gala, que usava para causar boa presença, e disse:

— Mas que absurdo! Como eu poderia cometer uma barbaridade dessas? Sou um simples soldado, não tenho os recursos dos nobres nem dos escravocratas; jamais teria coragem de fazer mal a essas pessoas que já sofrem tanto. Acreditem... já vi muito sangue de pessoas inocentes ser derramado.

Carmel, que tinha muita curiosidade sobre o Brazil, perguntou de forma impulsiva e contestante:

— Senhor Felipe, nossa mãe sempre contou muitas histórias sobre o Brazil, passando informações sobre as pessoas e seus costumes primitivos. Sabemos das inúmeras belezas naturais, da riqueza mineral, como o ouro e as pedras preciosas, além da existência de madeiras muito valiosas. *Madrecita* fala de uma enorme floresta intocada pelas mãos dos homens, da quantidade de água dos mares, dos imensos rios, das cachoeiras de água doce, enfim, o Brazil é um país muito rico em elementos naturais. Já em países industrializados não existe essa riqueza, porque os próprios povos devastam seus solos. Agora eles querem devastar e roubar, ainda mais, essa terra abençoada e virgem?

Carmel falou com muita indignação, aliás, todos da sua família tinham os mesmos princípios. Carmel prosseguiu:

— Nossa mãe também comenta sobre os negros, que são retirados de seus países de origem e transformados em escravos pelos portugueses, que, além disso, tiram tudo dos legítimos donos, que são os índios. O que o senhor pensa sobre esse assunto?

Antes que Felipe respondesse, Carmel continuou o interrogatório:

— É muita maldade! Não acha, senhor Felipe? Nós temos consciência de que alguns patrícios espanhóis foram para o Brazil, e também para outros países da América Latina, à procura de riqueza fácil, mesmo que fosse ilícita. Isso é vergonhoso para a nossa pátria. Essa história teve início com Cristóvão Colombo, mas existiram muitos outros como ele, que estavam apenas à procura de riquezas ilícitas; o que é uma lástima!

Com os olhos bem atentos, Carmel aguardava uma resposta de Felipe. Antonio mostrou-se exaltado, o que não era do seu temperamento, e interrompeu o senhor Felipe quando ele se preparava para responder a tantas perguntas curiosas.

— Quando o senhor se alistou na marinha, já sabia desses contratempos? Teve informações de onde encontraria riqueza de uma forma fácil, mesmo que de forma desonesta? Os países europeus presenciaram muitas mortes de pessoas inocentes, que perderam a vida sem saber a causa que defendiam. Eu acredito que o Brazil pode prosperar, mas nunca vai se livrar dos oportunistas, sejam eles estrangeiros ou mesmos os simpáticos brazileiros, que não se importam em enganar seus próprios patrícios, que iludidos se vendem por qualquer preço, achando que estão levando vantagens.

Depois de interromper a resposta de Felipe, Antonio expressou seu pensamento:

— É lógico que fazem tanto mal ao Brazil. Lá existem somente índios acostumados com as grandes florestas, os mares e rios. Há muitos anos, vários países estão invadindo e tirando as riquezas daquela terra próspera. A maior parte de seus habitantes é passiva e inocente e ficam felizes com algumas quinquilharias ridículas que os brancos oferecem. Os habitantes são apáticos por não precisarem trabalhar na terra, que proporciona tudo de graça. Dormem em ocas, redes de palha ou sobre folhas, e se alimentam do que a natureza lhes oferece: peixes, frutas, ervas, raízes e animais. Comem, dormem, fazem filhos e são **"anjos guardiões da natureza"**. Dessa maneira, todos são felizes sem necessidade de deteriorar a terra de ninguém.

Felipe, fingindo emoção, respondeu a Antonio:

— Fico feliz por você ser tão jovem e saber tanto sobre o Brazil, que dizem ser uma terra de desfrute, e, como se diz por aí, uma terra de ninguém, sem dono, infelizmente! Entretanto, essa terra tem dono, sim!

Os filhos de don José e doña Emília não viam problema no que estavam falando, pois seus pais os ensinaram a ser contestadores, idealistas, humanitários e livres de pensamento e opinião. A liberdade morava naquele lar.

Antonio, com voz alterada e nervosa, falava veementemente. Tenso e inflamado com o assunto que todos os estrangeiros procuravam esconder, fazia mil perguntas ao senhor Felipe sobre as agressões que eram feitas contra aquelas pessoas inocentes e humildes do Brazil, e contra a própria natureza, devastando matas e levando as madeiras nobres.

Antonio falou:

— O senhor já pensou o que sentem os inocentes índios quando são obrigados a ver árvores majestosas, com centenas de anos, sendo retiradas do seu solo e jogadas ao chão? Acaba sendo um assassinato contra a própria humanidade do Universo, e não só contra o Brazil, que está sendo agredido cruelmente. O planeta Terra nos anos vindouros há de sofrer graves conseqüências por essa agressão desmedida e desumana. Será que esses homens sanguinários não percebem que estão tirando as raízes de uma terra inocente?

Felipe se sentia encurralado, sem saber como se defender de tantas perguntas, principalmente dos jovens, que mais pareciam nobres ávidos de informação. Para amenizar a situação, fingiu estar em comum acordo com a família, e falou em tom de concordância:

— As nações precisam respeitar essa terra-mãe que pertence ao mundo! — E, querendo mudar de assunto, prosseguiu: — A colônia inglesa da América do Norte foi descoberta ao mesmo tempo que o Brazil, e é um lugar completamente diferente. Os negros que vão para lá são escolhidos e selecionados pelos ingleses e por outros países culturalmente desenvolvidos. Os ingleses desejam pessoas com certas qualidades para o trabalho artesanal. Alguns escravos estudados levaram suas culturas e crenças, além de seus costumes sociais. Esses negros tinham hábitos completamente diferentes dos negros que foram levados para o Brazil. Infelizmente, os poderosos humilham os aparentemente fracos, mas não tolos!

Todos os olhares da família pareciam flechas dirigindo-se para o senhor Felipe, que se sentia encurralado. Ele nem imaginava que essa família que estava tentando ludibriar fosse tão esclarecida e humanitária. Para ele, foi um golpe inesperado, e tentava de várias maneiras sair da situação que provocara. Assim, disse:

— Os ingleses têm muito interesse em ver o progresso de sua colônia americana, mas nem por isso esses homens negros deixaram de sofrer maus tratos. De alguma maneira, eles sofrem injustiças, como em todos os lugares em que há escravos. O preconceito é o mesmo que existe no Brazil. Também existem o racismo e uma diferença enorme de classe social, porém, tudo é disfarçado pelos visíveis modos refinados dos colonizadores brancos. Mas os escravos negros sofrem muito. Os estrangeiros que exploraram a colônia americana têm outra formação!

Sem pausa, com receio de novas perguntas, Felipe continuou:

— Boa parte das pessoas que foi enviada ao Brazil para povoá-lo é simples e sem cultura. Muitos países europeus, entre eles, Portugal, Espanha e Holanda, também tiveram grandes interesses em negociar com o Brazil.

Em seguida, Felipe falou sobre a colônia portuguesa:

— Depois de muitas brigas e acertos, Portugal ficou sendo o dono de quase a totalidade das terras brazileiras. Os portugueses são impulsivos, desbravadores, sem medo de infortúnios. Para eles, o que importa é vencer à custa do sangue de quem quer que seja, até mesmo do próprio sangue, porque a ambição é mais forte em suas veias. A riqueza que se vislumbra no Brazil enlouquece e cega os portugueses, que só vêem as imensas oportunidades de enriquecer. Dessa forma, os invasores entraram sem pedir licença, porque o Brazil parece um país sem dono, onde os governantes querem enriquecer em pouco tempo, ignorando a existência do seu povo humilde e sem acesso à cultura. Aliás, é conveniente ao governo manter um povo inculto, pois assim ele permanece manso e calmo, que é o que acontece com os brazileiros, e poucos reivindicam usando suas leis e seus direitos de cidadãos.

Felipe também lembrou que em Portugal muitas mulheres perderam seus maridos, filhos e parentes em sangrentas batalhas pela posse das terras. E afirmou:

— Diz um ditado popular da província: "A água do mar é salgada de tanto as mães chorarem pelos filhos que se foram e nunca mais voltaram." Por isso, essas mulheres usam somente roupas pretas... isso significa luto eterno, principalmente para as mulheres de idade mais avançada. Com o tempo, esperamos que os seres humanos tenham uma maior consciência de vida, porque nascerão outras pessoas, e, se Deus permitir, com melhores princípios humanitários, e não carregarão as culpas de seus antepassados ambiciosos. As novas pessoas hão de nascer diferentes, porque Deus apaga o passado e suas marcas. Portugal também sofreu muito sem nada poder fazer, pois o rei manda no povo e faz o que quer. Os pobres portugueses que ficaram em seu país estão de mãos atadas. Só lhes resta chorar e orar. Convivo com eles... sei do sofrimento dos meus patrícios.

Felipe, que se esforçava para ser simpático com a família Flores Blanes, fez uma pequena pausa e continuou:

— O território brazileiro ainda é muito rico. No Brazil, tudo o que se planta nasce, porque a terra é doadora e o clima, favorável. Porém, o povo brazileiro não deve menosprezar a natureza, pois, se não a respeitar devidamente, um dia ela poderá se revoltar contra ele mesmo.

Suando muito, tentava convencer a família de que estava preocupado e atento a tudo, por isso falou com eloqüência:

— Enfim, o Brazil tornou-se mais rico porque homens negros foram capturados em suas terras de origem para trabalhar, e o único direito que tinham era o de respirar e fazer muitos filhos, para manter a mão-de-obra escrava. Apesar de tentar sobreviver no meio de tanto roubo, o Brazil é uma nação forte, que tem personalidade própria, independentemente de quem o descobriu, e vai vencer através de pessoas progressistas e trabalhadoras. Com certeza! Com o tempo, os brazileiros serão mais participantes, e seus ideais de progresso e cultura, exaltados em todos os cantos do planeta Terra. O progresso virá de forma honesta, afastando as pessoas interesseiras e corrompidas.

Dando prosseguimento e interrompendo o discurso interminável do senhor Felipe, Antonio tomou a palavra, tentando constrangê-lo:

— Sabemos das grandes explorações feitas pelos espanhóis, portugueses e também por outros países que enriqueceram à custa da inocência dos índios e do trabalho forçado dos negros escravos. O senhor está consciente desses fatos reais?

— Mas é claro que sim, senhor Antonio! — respondeu Felipe, com certo constrangimento.

A voz de Felipe estava rouca de tanto falar para tentar ludibriar a família. Queria convencê-los de sua honestidade. Felipe sabia dos fatos e falcatruas e mostrava-se contra. Mas... seria verdade?

Pilar nunca tivera tantas informações tão diretas e claras sobre o Brazil e outros países. Atenta e admirada, perguntou:

— Senhor Felipe, por que está tão interessado em uma terra que se encontra tão distante? Como sabemos, muitas das pessoas que se aventuraram para chegar lá acabaram morrendo no meio do caminho, enfren-tando o mar revolto. Para que se arriscar tanto por ganância? O que o senhor me diz?

Felipe já bem nervoso, agora sem o galanteio do início, respondeu:

— O Brazil tem riquezas que não existem em outros países, como madeiras nobres, tipo cedro e pau-brazil, e outras árvores frondosas que estão enraizadas na terra há muitos séculos, valendo fortunas incalculáveis. A Europa e outros continentes importam essa madeira para construir suas casas e móveis com muito requinte. Aliás, a madeira do Brazil já foi utilizada em muitos castelos! No Brazil, ninguém fala nada, porque há um jogo de interesses. O lucro e as vantagens valem mais que o amor à pátria.

Felipe, que conhecia o Brazil há muitos anos e sabia bem do que estava falando, continuou sua explicação, expondo todo o seu conhecimento sobre o país:

— O Brazil possui minas de ouro e pedras preciosas, como o diamante. Essa nação tem um grande futuro, mas, infelizmente, é explorada sem nenhum pudor, não só pelos estrangeiros corruptos, mas também por alguns brazileiros imprudentes, injustos e desonestos, que desfrutam das maravilhas do próspero país sem qualquer respeito! Não dão o devido valor à sua própria terra, que é abençoada e lhes fornece o pão de cada dia.

Depois da explicação dada pelo senhor Felipe, Pepe perguntou:

— Senhor Felipe, como tantas pessoas de distintas culturas e costumes podem conviver em uma terra onde não há ninguém responsável, ninguém que mantenha a lei e a ordem? Nesse caso, a baderna é coletiva. Esse povo não ama o Brazil? Há muitas pessoas se aproveitando das imensas riquezas naturais desse país, retirando-as e enviando-as para outros países. Pelo que se ouve dizer, os próprios brazileiros são comparsas dos estrangeiros. Se o Brazil não reagir, os estrangeiros e os próprios brazileiros desonestos se encarregarão de acabar com ele. Infelizmente!

Felipe respondeu:

— Pepe, existem pessoas astutas em todos os lugares, que usam sua inteligência maldosa para obter o que for em proveito e benefício próprio, e também para seus amigos e familiares mais próximos, que recebem cargos vantajosos no governo. No Brazil, muitos mandam e poucos respeitam o solo abençoado que possuem. Infelizmente, os habitantes honestos e trabalhadores sofrem as injustiças de muitos brazileiros desumanos e aproveitadores, que por terem algum cargo de destaque abusam do poder e só pensam em desfrutar das coisas da boa terra. Outros brazileiros nascem pobres e sem recursos, porém orgulhosos. Estes possuem o dom da palavra para enganar os inocentes e menos favorecidos. Por vezes, eles se projetam, crescem, mandam e desmandam, iludindo as pessoas inocentes e pouco esclarecidas. Enganam os pobres brazileiros que então não podem nem acreditar em seu próprio irmão de raça.

A família Flores Blanes era lúcida e muito bem informada sobre o mundo. Bastante decepcionada, e atenta a cada palavra, Carmel disse ao seu irmão:

— Antonio, é por isso que *madrecita* achava que o Brazil era uma lenda. Mas é a mais pura e dolorosa realidade! Agora sei que não era imaginação da nossa mãe.

Querendo mudar de assunto, para sair do vendaval de perguntas coerentes e esclarecedoras, Felipe comentou um dos ridículos costumes dos nobres:

— Senhorita Carmel, os menos favorecidos passam por coisas muito constrangedoras. Sabemos que os fidalgos usam penicos de porcelana para fazer suas necessidades fisiológicas. Já os escravos vão colocando os excrementos em uma tina enorme, que mesmo bem tampada exala um cheiro desagradável, que invade todo o ambiente em que vivem. Uma vez por semana, a sujeira é jogada no mar; e não foram raras as vezes que essa tina estourou na cabeça dos escravos. Muitas vezes, presenciei essa cena degradante. Os poderosos obrigam os escravos a colocar os penicos com excremento em suas cabeças, humilhando-os. Se vocês pensarem bem, isso está acontecendo há anos. Todos os excrementos são jogados na cabeça dos menos favorecidos, e assim vai continuar, pelo que parece.

Felipe concluiu:

— Diante disso, os verdadeiros brazileiros têm que se unir para dar um basta nesse silêncio doloroso, tomando atitudes firmes e de caráter, não aceitando carregar esses penicos na cabeça pela vida toda. Eles precisam reagir dignamente.

— O que disse? — perguntou Pepe admirado. — As pessoas vivem sem conforto e sem higiene naquele país?

Felipe contou o que sabia:

— Algumas pessoas moram lá há muitos anos, e como não puderam sair por razões particulares, habituaram-se ao sistema. Não pagam impostos e vivem muito sossegadas perante as leis brazileiras. Geralmente, são pessoas de alto poder aquisitivo, bem estabelecidas, por isso, não desejam sair do país. Muitos visitam seus parentes que moram distante, e aproveitam para levar o que podem. Quando retornam, trazem coisas sofisticadas, para ostentar luxo e conforto em suas luxuosas residências. Os padres-curas ficam porque são missionários, os ricos porque desejam lucrar cada vez mais e os escravos porque não são donos da própria vida. O Brazil é um país sem comando, onde todos vivem ao léu. Mas, mesmo assim, ninguém quer sair de lá, porque no mundo não existe terra melhor.

Depois de tomar fôlego, Felipe continuou:

— Todas as fazendas possuem sua própria igrejinha particular, além de acomodações muito confortáveis para os padres missionários, que não desejam outra vida. Também... comem, bebem, dormem, e, vez ou outra, fazem uma missa encomendada pelo dono da fazenda. É uma forma de amedrontar com palavras diabólicas os pobres escravos, caso não cumpram as ordens de seus sinhozinhos. Na verdade, não passa de uma reunião para obrigá-los a obedecer, fazendo com que se julguem pecadores e cheios de culpas. A própria igreja sendo machista induz os escravos a agredirem suas mulheres. Depois de tanto sermão, só lhes resta beber cachaça, e, embriagados, surram suas famílias e brigam com os amigos de infortúnio. Os padres-curas só servem para criar rivalidades entre as próprias criaturas, que não sabem escapar da agressão que explode em seus corações desesperados.

Sendo uma pessoa vivida, Felipe percebeu que Carmel estava embevecida com suas consideráveis, mas falsas, palavras. Seu discurso humanitário e revolucionário, repleto de conteúdos morais e intelectuais, fazia com que ela se mantivesse atenta, afinal, já tinha vivido o bastante para saber encantar uma jovenzinha que só tinha fantasias em sua mente inocente.

Carmel jamais saíra da barra das calças do pai nem do lado da mãe, e com a segurança que eles lhe davam nada conhecia do sofrimento da vida — vivia apenas de sonhos. Apesar de muito esperta, pela pouca idade, era uma jovem ainda imatura. Desejava conhecer pessoas boas, de bom caráter, pois tinha a esperança de que tudo na vida poderia se transformar para melhor.

Felipe, com sua forma correta e fluente de falar, deixava Carmel tão encantada que, às vezes, mal conseguia respirar. Suspirava ao ouvir tanto idealismo e justiça da parte de Felipe, e pensava que aquele era o homem com que sonhara, por seu caráter humanitário e pelo discernimento que demonstrava ao argumentar sobre vários assuntos. Felipe parecia uma pessoa ponderada e lúcida. Só mais tarde Carmel descobriria quanto estava enganada!

Sendo um homem vivido e percebendo o interesse de todos, Felipe contava as coisas mais convenientes para todos, principalmente para Carmel. Assim, seus olhares se cruzavam entre pratos, frutas e flores; porém, seus pais e irmãos já tinham observado toda a sutileza daquele homem mais velho e muito experiente. Por sua vez, Felipe procurava esclarecer todas as perguntas, principalmente as de Carmel, a mais interessada, e se empenhava em falar com clareza e palavras ilustrativas.

Olhando firmemente nos olhos de Carmel, o *gajo* perguntou:

— Senhorita Carmel, sabia que muitas das pessoas mais abastadas não estão mais no Brazil?

— Ah, é? E por que isso aconteceu, senhor Felipe? — perguntou Carmel, admirada.

— Elas acharam que depois de vários anos seguidos de desfrutes tinham esgotado as riquezas do país, pois a cada viagem que faziam de volta ao seu país de origem levavam navios sobrecarregados com valiosas mercadorias. Agora outras pessoas estão enriquecendo, porque o Brazil continua produzindo riquezas. Só que já não se encontra mais ouro na beira dos rios ou nas montanhas com a facilidade de antes. Hoje é necessário trabalhar com afinco e cavar muito. O homem precisa trabalhar do mesmo jeito que as formigas para achar as riquezas escondidas nas rochas, minas e águas dos rios.

Percebendo que a cada instante Carmel estava mais encantada, Felipe então continuou:

— Infelizmente, esses novos ricos mantêm escravos que trabalham rudemente, sem descanso e sob maus tratos. O Brazil é como se fosse uma pessoa com uma enorme fortuna, porém nua em pêlo, sem uma peça de roupa para vestir. Moralmente, é um país pobre e ninguém o respeita, porque é assim desde quando foi descoberto. Infelizmente, a ganância e o enriquecimento ilícito permanecem até hoje, pois no Brazil existem muito larápios estrangeiros e também muitos brazileiros espertinhos que sacrificam, cada dia mais, o povo carente.

Carmel colocou seus braços sobre a mesa e as mangas de seu vestido, que eram de seda pura, enfeitadas com a mais fina renda, deixaram à mostra a sua branca e aveludada pele. Seus olhos abriam e fechavam rapidamente, como sempre fazia quando se sentia ansiosa ou emocionada. O sorriso largo denunciava seu interesse pelo convidado, e olhando-o firmemente perguntou:

— Senhor Felipe, se existisse uma pessoa com boas intenções, talvez muitas coisas pudessem mudar! Tratando-se de um país tão rico e novo, acho que muito ainda pode ser feito em seu benefício. Concorda comigo, senhor?

Felipe respondeu amavelmente, sempre com um sorriso sereno, aparentando estar calmo, porém seus olhos deixavam transparecer uma falsidade que só Carmel não percebia.

— Sim, senhorita Carmel, tenho certeza de que há muito a fazer no Brazil, se houver o empenho de pessoas dignas e honestas que estejam dispostas a trabalhar e não se deixem corromper. O corrompido também é um criminoso e deve pagar pelos seus erros, pois não passa de um comparsa fazendo uma troca de interesses.

— Concordo com o senhor — respondeu Carmel. — Essas pessoas têm que amar o Brazil, respeitando a si mesmas e ao seu povo, precisam ter intenções nobres e impor sua honestidade. Chega de pessoas aproveitadoras do sistema, visivelmente gananciosas, ricas financeiramente, mas pobres de alma, egoístas e ignorantes. Diz um ditado popular: "Não preciso conhecer seu país, pois já o conheço através de você." Muitas vezes, os brazileiros honestos passam vergonha por onde passam. Não são respeitados, pois a fama que carregam não é das melhores. No entanto, as pessoas não são iguais, o caráter do homem vem do berço, e só podemos confiar naqueles que receberam bons princípios morais de suas famílias conservadoras. Essas pessoas são abençoadas pelos seus pais e por *Dios*, portanto, merecem a atenção e o respeito de todos. O povo brazileiro é um povo que tem fé e esperança de um tempo melhor!

Antonio, com muita impetuosidade, perguntou:

— Se Portugal tem rei e rainha, porque o Brazil não tem rei, se o país tem como raiz o reinado? Dessa forma, o Brazil é como uma árvore sem raízes! Se tivéssemos um reinado, os brazileiros saberiam de onde vêm os nobres, que têm a incumbência de respeitar seu povo e de serem respeitados por ele. Saberiam a origem desses malfeitores e, nesse caso, já seria alguma coisa, pois descobririam quem é quem e não ficariam no escuro. O senhor concorda com o meu raciocínio? No Brazil, existem muitas pessoas que mandam e não chegam a nenhum acordo.

E, finalizando seu pensamento, Antonio enfatiza:

— *Si hay govierno soy contra.*[2]

Carmel, muito dengosa, perguntou com toda a delicadeza:

— Senhor Felipe, quando o senhor vai para o Brazil? Eu gostaria de saber muitas coisas sobre essa terra pela qual tenho tanto interesse.

Don José, nervoso, interrompeu a conversa já sem conteúdo, pois o assunto estava se estendendo demasiadamente para o seu gosto. Com ar de imposição e autoridade disse:

— Carmel, já se faz tarde. Por favor, queira se despedir do senhor Felipe e vá para o seu aposento descansar. Você já falou muito e perguntou demais ao nosso amigo e convidado, que deve estar muito cansado pelo longo interrogatório. Eu, particularmente, não posso ajudar em nada nesse assunto, muito menos você. Portanto, vá se deitar imediatamente!

Felipe interveio:

— Não se preocupe, don José, este é meu trabalho. Gosto muito de falar sobre o que faço, e o que contei é a pura realidade. Descrevi tudo com realismo, pois conheço bem o Brazil, seu povo e tudo o que se passa à sua volta. Faz parte do meu desenvolvimento. Como já disse, meu desejo é vencer e chegar a um alto escalão. Sendo assim, agrada-me muito falar sobre esses assuntos, já que nem todas as pessoas gostam de ouvir as verdades, e muitas preferem viver na ignorância por ser mais cômodo. Acham que viver é só respirar!

[2] Se existe governo, sou contra.

Carmel, sem dar atenção ao que o pai falou, colocou os dois braços sobre a mesa e, com a cara amarrada, permaneceu sentada. As mangas do seu vestido cobriam grande parte de uma linda cesta de frutas que decorava a mesa.

Doña Emília fez um discreto sinal com a cabeça, para que a jovem respeitasse as ordens do pai. Carmel fingiu não notar, e nem ao menos se mexeu. Permaneceu com os braços cruzados sobre a mesa apoiando a cabeça entre eles. Seu rosto, emoldurado pelos cabelos castanhos dourados, longos e cacheados, parecia compor o adorno da mesa. As longas mangas de seda e renda cobriam o seu sorriso maroto. Com seus pequeninos e reluzentes olhos, Carmel estava atenta a todos os movimentos do senhor Felipe.

Os irmãos olharam-se, compreenderam o sinal da mãe, mas não disseram nada. Da mesma forma que Carmel, eles ficaram, pois desejavam ouvir mais e mais. No entanto, também não concordavam com a caçula Carmel.

Don José, educadamente, mas com indignação contida e sufocada, disse:

— Senhor Felipe, sei que suas intenções são as melhores, porém, o que existe de tão extraordinário no Brazil para que tenha tanto entusiasmo? O senhor poderia fazer carreira em sua terra natal, e não precisaria ir tão longe. O Brazil é um lugar onde existe muita beleza, mas também muita desgraça. O que pretende fazer lá? Qual é o seu real interesse?

— Don José, fui designado para essa missão. Meu país, Portugal, está selecionando os negros mais fortes, independentemente das origens ou situação econômica. Esses homens são capturados, colocados em navios negreiros e enviados para o Brazil, que precisa de muita mão-de-obra para plantar, cortar árvores e escavar em busca de pedras preciosas. Tudo isso porque os homens que estão no poder querem enriquecer cada vez mais.

Don José, nervoso com o que ouviu de Felipe, replicou:

— Mas a exportação clandestina é ilícita, é contra a lei, senhor Felipe! Como continuam fazendo essa barbaridade, e escravizam ainda mais esse povo, que suponho ser inocente! Será que os brazileiros são tão ignorantes?

Felipe, meio sem jeito, respondeu:

— O pior é que os brazileiros têm noção e sabem o que se passa, mas não fazem nada e deixam a vida acontecer. Sabe, don José, por causa do perigo iminente dos piratas ingleses e também dos holandeses, espanhóis e franceses, que durante a noite invadem os navios que saem do Brazil para saqueá-los, os negros escravos são obrigados a defender a embarcação e levar para outros países o que ainda resta. Eu tenho a missão de proteger essas mercadorias. Mesmo sendo ilícito, sou somente um soldado, e não posso fazer nada porque não há ninguém que mantenha a ordem e o respeito no Brazil. Dessa maneira, os conchavos vão existir até que o povo se revolte contra tanto roubo feito descaradamente, sempre tirando dos pobres trabalhadores indefesos. Creio que ainda vai demorar muito até os brazileiros tomarem consciência de que estão sendo lesados e usados por pessoas sem caráter, mas aparentemente honradas e honestas. Como vocês dizem... é uma lástima! O pior disso tudo é que essas pessoas desprezíveis continuam no comando. Sai ano, entra ano e eles continuam no poder. Se tivéssemos um rei, só haveria o primeiro-ministro, e não existiriam tantos mandantes; dessa forma, os brazileiros saberiam quem são os gatunos. Mas do jeito que está eles se misturam entre si. Como saber quem é bom? Como?

Sob os olhares atentos da família, Felipe, para demonstrar que entendia de tudo, prosseguiu:

— Os piratas invasores levam para a Inglaterra e demais países as preciosidades roubadas no Brazil. Não existindo fiscalização, ninguém relaciona a qualidade ou a quantidade do produto que é subtraído do país. As mercadorias são vendidas sem qualquer critério de compra e venda, porque sendo roubada não tem registro, e roubo não pode ser controlado. Com isso, infelizmente, quem perde são os trabalhadores, e nunca os governantes, é claro! Aqueles que mantêm o poder estão sempre viajando para fora do país. Além disso, recebem condecorações e são transportados aos castelos por carruagens e soldados de honra, como se fossem príncipes ou pessoas nobres. Acredito que ninguém vai endireitar a desordem do mundo, pois sempre existirão os exploradores dos pobres, e os ricos, que ficam cada vez mais ricos. Como sabemos, os postos mais elevados de um governo geralmente são ocupados por pessoas esclarecidas, é claro, e com pouquíssimas exceções! Sai um governante, entra outro, porém quem saiu não deseja que o seu sucessor saiba mais que ele. Assim vão acontecendo as injustiças coletivas. Homens com novas idéias, mas sempre a favor deles, não do povo. Infelizmente, talvez pouquíssimas pessoas ainda mantenham a esperança de ver um Brazil justo e sem roubos, porque a maioria, quando tem a chance de galgar um alto escalão, acaba se deixando contaminar.

Carmel tentou amenizar a conversa, e perguntou:

— Senhor Felipe, será que um dia esse país poderá ter uma saída vitoriosa? Eu acredito que isso só será possível se o povo se reunir e se ajudar, sem a participação dos governantes.

Felipe respondeu:

— Espero que sim, senhorita Carmel. Se existirem homens honestos e honrados para ajudar com amor, atenção, bondade, caráter e respeito por outro ser humano, quem sabe! Afinal, somos todos irmãos. Se os homens que estão no poder deixarem Deus entrar em seus corações, pode acontecer um milagre.

Carmel completou:

— **Somente um milagre mesmo pode mudar o Brazil!**

Don José, quase apontando a porta de saída para o senhor Felipe, que fingia não entender sua atitude, foi logo dizendo:

— Filha, despeça-se do senhor Felipe, pois ele já está de saída. Por favor, vá para o seu aposento, eu já lhe pedi isso! Você entendeu, minha filha? Entendeu?

Don José estava nervoso com a atitude da filha, que não tinha limites. Carmel despediu-se e saiu pulando como sempre. Assim que ela se afastou, don José disse, irritado:

— Emília, o que aconteceu com Carmel? Ela está tão interessada no assunto. Parece até que ela quer resolver a situação do Brazil e do mundo! *Madre mia!*[3]

— É verdade, José, eu nunca a vi assim, com uma preocupação tão evidente. Tenho a impressão de que Carmel, embora pareça tão frágil, pensa poder resolver os problemas dessa nação e também do Universo.

[3] Minha mãe!

Essa *niña*[4] tem sangue *caliente!* Se fosse homem, já teria saído de casa em busca de aventuras, por isso não a censuro. Fique calmo.

Carmel, que se retirava lentamente, ouviu a conversa dos pais, e rindo com graciosidade disse:

— *Madrecita* querida, eu bem que gostaria de viver uma aventura nesse país tropical! Creio que o senhor Felipe é um homem muito corajoso e valente. Gosto de homens que sabem o que querem, têm uma meta na vida e são desbravadores, sem medo do perigo.

Fazendo um gesto como se fosse um toureiro, Carmel brincou:

— *Venga, toro, venga!*[5] Que vença o toureiro ou o touro, não importa, os dois estão na mesma arena. Que vença o mais forte! Se o toureiro for valente, é lógico que vencerá, e vitorioso sairá sob aplausos. O senhor Felipe é como um toureiro, não tem medo do perigo. A coragem me fascina!

A família ficou boquiaberta com as palavras de Carmel.

— *Madrecita,* Carmel está enlouquecida — disse Pepe.

— Não, meus filhos, ela não está! — interrompeu don José. — Penso como ela. Mas é uma pena que eu já não tenha idade para me aventurar na vida. O sangue corre quente nas minhas veias e minha filha herdou de mim esse sangue maldito, contestador e revolucionário. É muito difícil as pessoas entenderem tais atitudes, principalmente quando se trata de mulheres, pois a maioria vive na mais cega ignorância. As mulheres submissas são mais bem aceitas na sociedade, mas Carmel já nasceu assim, contestadora e sempre atenta a tudo o que se passa ao seu redor. Ela herdou meu sangue. Infelizmente, vai sofrer por não aceitar certas atitudes que vão contra os seus princípios.

Don José, disse essas palavras do fundo do seu coração, cabisbaixo, como se sentisse culpa e arrependimento por passar seu gênio forte e contestador para a filha caçula. Lentamente, saiu da sala, para que ninguém notasse as lágrimas em seus olhos.

Felipe tentou disfarçar com um ar inofensivo, mas sentindo-se culpado por ter provocado aquele desacordo familiar. Com a tez pálida, ele disse:

---

[4] Menina.
[5] Venha, touro, venha!

— Não tive a intenção de provocar esse mal-entendido entre sua família... Perdoem-me, don José e doña Emília.

Muito educada, doña Emília respondeu:

— Não se preocupe, senhor Felipe. São coisas de jovens... isso passa. Uma boa noite de sono acalmará as idéias. Os jovens acham que podem tudo e não têm medo do perigo e nem de suas conseqüências, quaisquer que sejam.

— Não acredito nisso, Emília — exclamou don José, que ainda estava à porta.

Felipe pediu licença, e, saindo meio sem jeito, tropeçou no tapete, bateu a cabeça na porta e, um tanto atordoado, foi embora pedindo desculpas.

No dia seguinte...

Carmel acordou alegre, muito bem disposta, e foi logo perguntando à sua mãe:

— *Madrecita,* quantos anos a senhora acha que deva ter o senhor Felipe?

— Creio que mais de 45 anos. Ele parece uma raposa velha — disse doña Emília, de uma forma desconsolada.

— Sabe que não parece? — disse Carmel.

Doña Emília falou, olhando Carmel firmemente:

— Filha, ele é um homem experiente, que conhece bem a vida e o Brazil, mas um homem que não tem raízes, está solto no mundo. Talvez por isso, às vezes, seja um pouco desagradável. Afinal, não teve família para lhe impor o respeito. Pelo que pude observar, o senhor Felipe não tem estribeira, é uma pessoa rude, astuta e oportunista!

— *Madrecita,* mas por que ele insiste tanto em ouvir os conselhos do nosso pai?

Doña Emília, meio intrigada com tantas perguntas de Carmel, mas não desejando demonstrar sua preocupação, respondeu:

— Você ouviu bem que ele não tem família, por isso se sente tranqüilo em trocar idéias com alguém tão respeitado como seu pai. E você? Por que está interessada em um homem tão velho? Acha-o muito audacioso, mas esse homem já é calejado, vivido, conhece o mundo e todas as trapaças. Ele pode enganar você e seus irmãos, mas a mim e a seu pai, jamais! Não gostamos dele, e esperamos que esse senhor

Felipe desapareça de nossas vidas, que até aqui foi muito tranqüila.

Carmel, deixando sua mãe intrigada, disse:

— Acha o senhor Felipe velho, *madrecita*? Ah! Até que ele é *muy guapo*[6] e simpático! A senhora concorda?

Doña Emília falou rispidamente:

— Olhe aqui, Carmel, deixe de irritar-me! Seu pai, seus irmãos e eu não gostamos desse homem. Você entendeu? Não vá inventar algo que possa nos trazer desgostos. Você é apenas uma adolescente. Seu pai e eu desejamos o melhor para você e seus irmãos.

Carmel saiu rindo, cantarolando e dando seus pequenos pulinhos, como fazia habitualmente. Doña Emília percebeu que estava falando em vão, pois a filha não ouvira suas palavras. Nesse momento, sentiu que o pior estava para acontecer.

As mães sofrem muito porque têm pressentimentos, mas oram incessantemente para que eles não sejam verdade.

Carmel não ouvira uma palavra sequer do que sua mãe havia dito. Naquele instante, encontrava-se nas nuvens, vivendo um grande sonho. Era um momento de ilusão e encantamento próprio da juventude, que pensa que nada de desagradável pode lhe acontecer. Vêem somente a felicidade, e, assim, vão contra a orientação e experiência dos pais. Quem vai mudar os jovens? Quem?

Os jovens só mudam através do próprio sofrimento, que os impulsionará a crescer. Não ouvem os conselhos dos pais, porque acham que eles pararam no tempo. Assim, a vida passa, e mesmo depois de adultos permanecem sem saber o que é certo ou errado, sofrendo as conseqüências de suas atitudes impensadas. É a ignorância própria do ser humano.

---

[6] Muito charmoso.

Capítulo 6

O CAPRICHO DE CARMEL

No dia seguinte, Carmel estava no alpendre de sua casa, quando viu o senhor Felipe que apontava na alameda. Seu coração disparou, e sentiu um arrepio percorrendo todo o seu corpo. Ficou vermelha como uma pimenta. Seus olhos piscavam nervosamente, parecendo asas de borboleta, e as pupilas cor de folha seca brilhavam como luzes resplandecentes. Imediatamente, correu até seu aposento, tirou um cravo vermelho do vaso, pegou o leque e o xale também vermelho e voltou calmamente para o alpendre, como se nada tivesse visto.

Carmel procurou ser o mais natural possível, agitando o seu leque rapidamente e sorrindo disfarçadamente. Felipe, que já se encontrava próximo, tirou o quepe e cumprimentou-a sorridente, dizendo:

— Bom dia, senhorita Carmel!

Carmel, fingindo que estava distraída, perguntou:

— O senhor está falando comigo?

— Estou. A senhorita está muito formosa!

— Ah, sim, obrigada! Bom dia também para o senhor — Carmel falou fingindo certo constrangimento.

— Fiquei preocupado com a conversa de ontem, senhorita. Seus irmãos e seu pai ficaram muito nervosos. Não era essa a minha intenção.

— Não se preocupe, senhor Felipe! — respondeu Carmel. — O meu pai tem um bom coração, mas o gênio forte e decidido. O senhor não conhece o gênio dos espanhóis? Meu pai é muito genioso, mas uma pessoa boníssima.

— Então... aquela atitude foi normal? — disse Felipe, meio sem jeito.

— Normalíssima! — respondeu Carmel, sorrindo.

Fez-se um instante de silêncio, até que Felipe perguntou:

— Senhorita Carmel, dar-me-ia a honra de sua companhia para um passeio na Praça das Fontes?

— Com muito prazer, senhor Felipe! Gosto de andar entre as alamedas floridas que exalam um perfume delicioso.

Porém, sendo muito curiosa e desejando saber mais sobre a vida particular de Felipe, Carmel perguntou:

— Senhor Felipe, por acaso o senhor tem algum compromisso? Meus pais não admitiriam que eu saísse com uma pessoa comprometida.

— E quem lhe disse que sou comprometido? Ainda não encontrei a mulher certa para ser minha companheira de vida. Como sabe, minha missão é muito árdua e perigosa. A mulher que estiver ao meu lado terá que ser forte o suficiente para enfrentar as dificuldades do meu trabalho. Com a missão que tenho, não vai ser fácil encontrar quem queira casar comigo.

Carmel, que estava vestida com o máximo requinte, usava roupas de cores vistosas e seu perfume preferido. Pronta para conquistar quem quisesse.

Antes de sair, Carmel foi até sua mãe e disse:

— *Madrecita,* vou dar uma volta na Praça das Fontes. Não se preocupe, voltarei logo.

— Está bem, filha! Vá se distrair um pouco, mas não demore!

Carmel saiu sorridente, saltitando e ajeitando as flores nos cabelos.

Abriu a sombrinha e foi triunfante ao encontro do senhor Felipe.

Felipe e Carmel encontraram-se na Praça das Fontes e sentaram-se em um banco, constrangidos e encabulados.

Carmel tomou a palavra e, muito curiosa, perguntou:

— Senhor Felipe, o senhor vai viajar para o Brazil ainda este mês?

— Sim, senhorita Carmel, viajarei com várias pessoas, e o navio está lotado. Na embarcação, virão passageiros provenientes não só de Portugal, mas também de outros países. Permaneceremos pouco tempo aqui na Espanha.

— Quem são essas pessoas, senhor Felipe?

— Bem... amigos militares, alguns missionários católicos, sacerdotes, negociantes ricos, aventureiros e pessoas que vão visitar seus familiares, que se encontram no Brazil há alguns anos. O navio sairá daqui levando encomendas e mercadorias de primeira necessidade para parentes e amigos, e, na volta, virá carregado de preciosidades brutas e valiosas, que serão levadas para outros continentes. Dessa forma, não pagam os impostos obrigatórios, afinal, ninguém paga imposto das matérias-primas que saem do Brazil! No entanto, tudo o que sai da Europa, com certeza, tem que ser muito bem documentado e com o pagamento das devidas taxas, caso contrário, não sai uma agulha sequer do país. Na Europa, o regime é rigoroso e levado a sério, mas como o Brazil é uma terra sem dono, cada um faz o que quer, do jeito que lhe convém, principalmente aqueles que comandam o país, porque para esses não existem regras nem limites. Eles fazem as suas próprias leis.

Diante dos olhos curiosos de Carmel, Felipe continuou:

— No mesmo dia do meu embarque, sairão de Portugal vários navios negreiros. É ilícito, mas os governantes fingem que não vêem, e, assim, infelizmente, levam os negros como se fossem animais, para serem usados na mão-de-obra pesada. Toda a escória de Portugal, como os presos, inclusive os que estavam na masmorra condenados à morte, mendigos, prostitutas, enfim, os chamados "malfeitores", são levados para o Brazil. Assim, eles limpam sua terra, mas sujam o país dos outros. Porém, aquelas pessoas são simples, não tem malícia e respeitam os estrangeiros. Os brazileiros pensam que os europeus são mais cultos e que estão lá para ajudá-los. Puro engano! Eles só têm mais vivência e malícia para enganar os indefesos habitantes. Dessa forma, os malfeitores escaparam das leis e do governo severo de seus países, e se tornaram pessoas livres, já que no Brazil ninguém os conhecia, e muito menos suas sujeiras. O país foi povoado por vagabundos, sem nenhum interesse pela pátria, e que trouxeram seus maus costumes. Um dos piores males que assolam o país é que os próprios filhos da terra cometem o grande erro de querer levar vantagem em tudo.

Carmel ficou estarrecida ao ver que Felipe sabia tudo a respeito do povo brazileiro, até mesmo dos seus costumes. Ele parecia estar muito preocupado com a vida do próximo, e demonstrava imensa inquietação com o Brazil. Ela achava que Felipe era um homem de coragem, esclarecido, desbravador e justo. Como era possível existir tanta sabedoria em uma só pessoa? Ela pensava: "Esse homem é muito correto."

Carmel fitou Felipe com carinho. Gostou do que ouvira, afinal, ele não tinha o vício da mentira. Depois de uma breve pausa, Carmel perguntou de forma direta:

— Então o senhor não é casado? Não tem uma esposa para acrescentar em sua vida, e que seja sua fiel ajudadora até o fim da sua existência?

Sem esperar a resposta e olhando profundamente nos olhos de Felipe, continuou seu interrogatório bastante compenetrada.

Com olhar audacioso, perguntou:

— Já que não tem esposa, o senhor então me levaria para o Brazil como companhia?

Felipe, que até o momento estava induzindo Carmel a se interessar por ele, usando seu charme e palavras que a convenciam completamente, não pensou que a jovem estivesse levando tão a sério sua conversa de homem. Estava apenas fazendo um jogo para testar seus galanteios, como fazem alguns homens de idade mais avançada diante de uma jovem inexperiente que os vê com tanto valor e experiência de vida. Felipe sentia-se envaidecido por encantar uma jovem tão culta e também tão educada.

Carmel tinha requinte, postura, elegância e a boa educação que só a nobreza possui. Mas estava tão deslumbrada pela riqueza interior que via em Felipe que nem passou por sua mente que estava sendo enganada. Seu desejo de ir para o Brazil era maior do que qualquer dúvida que pudesse existir.

No entanto, Felipe era como tantos homens: um aventureiro em busca de riquezas no Brazil. Preocupado consigo mesmo, pouco se importava com o sofrimento das pessoas — não tinha raízes, nem passado ou futuro. Para ele, só importava o aqui e agora!

Que mente pequena e pobre — isso é muito pouco para um ser humano. Viver apenas o momento presente pode servir para ele, que só come, bebe, dorme e quer se promover à custa dos outros, mas não para constituir uma família e tornar-se um ser humano produtivo. Aliás, estes pensamentos nem passavam por sua cabeça.

Trêmulo, Felipe ficou imóvel, e, assustado, respondeu:

— Como? O que disse? A senhorita é tão jovem, frágil, inexperiente... morreria no meio do caminho. Desculpe-me, mas não posso levá-la comigo. A senhorita é bela, culta, de uma família tradicional... O Brazil não é um lugar apropriado para que possa viver bem. E depois... não somos casados. Certamente, isso não passa de um capricho juvenil. Com essa pele branquinha que mais parece uma porcelana... Não, isso nunca! Eu estava apenas sendo amável com a senhorita. Desculpe-me... a senhorita interpretou mal as minhas palavras.

— Ora, esses argumentos não são motivos para me impedir! Podemos nos casar antes do fim do mês, e viveremos nesse paraíso dos meus sonhos! Esta é a grande oportunidade que eu esperava — disse Carmel com firmeza. E continuou:

— O senhor disse que tem muitas coisas para fazer, certo? Pois bem, trabalharemos juntos, e assim vamos poder ensinar os mais necessitados, além de aprendermos muito com eles. Não tenho nenhum compromisso na Espanha, a não ser minha família, que tanto amo. Mas, como cada pessoa tem o seu destino, também tenho o direito de escolher o meu. Meu desejo é ir para o Brazil, e agora com o senhor terei a oportunidade de servir e aprender, tornando-me uma pessoa mais esclarecida e completa. Quero ajudar as mulheres sofridas, entrar em suas almas carentes. Enfim, desejo entender a **"vida das mulheres"**. Sei que pareço frágil, por ser magra e pequena, mas tenho certeza de que em muitos sentidos sou mais forte que o senhor. Isso se deve ao fato de eu ser MULHER, e pensar longe!

Depois da explicação tão convincente de Carmel, Felipe disse:

— Se é assim, aceito! Gostei do seu modo de pensar, senhorita, e, se não se adaptar, pode voltar, é claro.

— Voltar? Eu? — disse Carmel espantada, e franzindo a testa com ar de repreensão. — Se ainda nem fui, como posso pensar em voltar, senhor Felipe? Não se preocupe, pois não desisto fácil das coisas que tanto desejo.

Felipe olhava Carmel admirado e impressionado pela certeza que ela passava de que sabia o que queria. Percebeu que a menina falava sério e era determinada, mas mesmo assim tentou desencorajá-la.

— Escute... pense bem... a senhorita é muito frágil, não tem estrutura para viver em um país onde verá e sentirá muitas coisas desagradáveis, sem ter o mínimo conforto. No Brazil, há pessoas boas, mas outras também muito más e perigosas. Os costumes são muito diferentes, e não terá o carinho de sua família. Pense melhor, senhorita Carmel, pois os seus pais não aceitarão sua decisão.

Felipe falava de uma forma angustiada, e pensava: "Fiz alguma coisa errada. Como vou sair dessa situação?"

Depois de tentar mudar o pensamento daquela jovem cheia de vida, Felipe pensou: "O que vai ser de mim? Como vou poder me desvencilhar de Carmel? É impossível levá-la comigo, pois minha noiva, Maria da Glória, está à minha espera em Portugal."

Carmel não aceitou os argumentos de Felipe para persuadi-la a desistir da idéia, e disse com seu jeito direto e firme:

— Não há nada impossível quando temos desejos nobres de crescimento e ajuda para o próximo. Acredito em *Dios* e no potencial de cada um de nós. Também simpatizei com o senhor, e admiro muito o seu caráter nobre e sua forma de ser. Desejo constituir uma família no Brazil, e quem sabe com o senhor. O que acha? — disse Carmel, muito dengosa.

Assustado com aquelas palavras, Felipe resolveu ceder. Mesmo gaguejando pelo tremor que percorria o seu corpo, foi em frente, afinal, ele era um homem, um macho, e sabia que um *gajo* de palavra não volta atrás.

— Está bem! Esta noite conversarei com o seu pai, e, se ele permitir nossa união, pegaremos o navio que sairá daqui a um mês. Mas só iremos se estivermos casados.

Carmel, radiante de felicidade, colocou o cravo vermelho na lapela do uniforme de Felipe e disse:

— Como ficou *guapo,* senhor Felipe! Bem, o senhor tem razão, só irei se estivermos casados. Com a bênção de *Dios* e dos meus pais.

Felipe também sorriu, e temeroso explicou:

— Preciso agilizar as coisas. Vou me comunicar com o alto comando do exército para dar entrada na documentação civil. Já que teremos mais uma pessoa na embarcação, com o compromisso de formar uma família no Brazil, meus documentos devem ser alterados, e a senhorita deverá me acompanhar para oficializar o seu embarque.

Felipe continuou:

— O regime é rigoroso quando se trata de constituir família e oficializar a permanência no país. É necessário apresentar muitos documentos, a fim de que fique tudo legalizado e não tenhamos problemas futuros, entende?

No entanto, Felipe achava que Carmel desistiria ao saber de todo os trâmites para embarcar. Era sua última esperança...

— Mas para que tantos documentos? — perguntou Carmel.

— É que a maioria das pessoas que vai ao Brazil o faz de forma ilegal — afirmou Felipe. — As autoridades fazem vista grossa, mas como somos pessoas honestas e de boa índole não devemos deixar que paire nenhuma dúvida no ar. Para quem tem bons princípios, a lei não é motivo de preocupação. Só precisamos perder um pouco mais do nosso tempo para fazer tudo dentro do que é permitido. Como sabe, as autoridades são muito exigentes e a burocracia exige muitos documentos. O que acha?

— É muito justo — afirmou Carmel. — Vamos providenciar toda a documentação necessária, porque eu jamais entraria em um lugar sem que me abrissem a porta da frente. Quero ser bem recebida e estar de acordo com as leis e os costumes do país.

— Se todos pensassem como a senhorita, o Brazil não seria uma terra tão desrespeitada e sem dono. Lá entra quem quiser e puder — criticou Felipe.

Preocupada, Carmel disse:

— Pensei em tudo, mas esqueci o mais importante: meus pais. Como vão receber essa notícia? Espero que minha mãe compreenda; quanto ao meu pai, estou tranqüila, pois sei que ele faria o mesmo.

— Senhorita Carmel, imagino que seu pai tenha falado aquelas palavras porque não sabia o que estava em sua mente e em seu coração. Creia, a senhorita dará um grande desgosto aos seus familiares. Por favor, volte para casa e pense melhor — sugeriu Felipe, que estava amedrontado com a decisão precipitada de Carmel.

— Tem razão, meu pai não podia imaginar o que havia em meu pensamento, mas, com jeito, eles vão entender. Como o senhor disse, poderei retornar quando quiser. Já está resolvido!

— Bem, Carmel, não será fácil voltar quando quiser, mas sim quando a marinha portuguesa permitir.

— Está bem, senhor Felipe, depois eu penso nisso! Hoje à noite, poderia ir à minha residência para pedir minha mão em casamento?

Felipe, novamente, sentiu tremores por todo o corpo, mas procurando se controlar respondeu:

— É claro, senhorita Carmel! Acertarei tudo com seus pais esta noite mesmo, pois o tempo é precioso e passa rápido. Temos que nos apressar.

Felipe estava preocupado e confuso, pois seduzira uma jovem inexperiente de uma das mais respeitadas famílias da Espanha. Agora não tinha saída, mas mantinha a esperança de que Carmel desistisse daquele capricho.

Quando chegou a sua casa, Carmel não contou nada à sua mãe sobre o que tinha planejado. Correu para seu quarto, cantarolando e rodopiando, como qualquer jovem de sua idade, sem malícia ou medo. Os jovens acham que podem tudo, e não pensam nas conseqüências.

Doña Emília, percebendo a alegria de Carmel, foi até seu quarto e perguntou aflita:

— Filha querida, você voltou do passeio como se fosse um pássaro livre e feliz. As canções que está cantando me fazem recordar sua infância. Fico contente por ouvi-la cantar. Essa alegria significa que o passeio lhe fez bem, porém sua atitude deixa-me preocupada...

— Sim, *madrecita!* Estou feliz por ser uma pessoa livre e ter ao meu lado pessoas inteligentes e compreensivas como meus pais, que aceitam seus filhos como são.

Carmel beijou a mãe carinhosamente, e, enquanto acariciava o seu rosto angustiado, pensou: "O que meus pais vão dizer quando souberem da minha decisão?"

— Filhinha, você é muito esperta, mas não poderá me enganar porque não sou tonta. Seu coração esconde algum mistério, e pressinto que essa alegria não será boa para mim. Peço a *Dios* que você não me machuque muito nem faça algo de que possa se arrepender um dia.

Carmel olhou para a mãe admirada. Parecia que doña Emília sabia o que estava em seu íntimo. Mais uma vez, olhou-a ternamente e abraçou-a com muito carinho, dizendo:

— *Madrecita* querida, não desejo entristecê-la nem magoá-la jamais. No entanto, há coisas nesta vida que somente nós podemos resolver, mesmo recebendo o grande amor e a proteção de nossos pais. *Madrecita,* por *Dios,* independentemente do que eu faça, saiba que sempre serei sua filha e a amarei eternamente.

Doña Emília, angustiada e apreensiva, sentiu suas lágrimas rolando pela face, e exclamou:

— Carmel, minha filha, por *Nuestra Senhora Del Carmen*[1], não me deixe tão agoniada! — Enquanto falava, doña Emília acariciava o rosto da filha.

— *Madrecita*, por favor, não se preocupe, sinto que *Dios* tem um propósito comigo.

Mãe e filha se abraçaram e choraram por um longo tempo, pois sabiam que alguma coisa mudaria suas vidas e lhes causaria muito sofrimento.

Por um capricho de Carmel, tanto ela como toda a família sofreriam.

— Bem, seja o que for, você já resolveu. É uma bobagem tentar preveni-la, porque a conheço o suficiente para saber que não voltará atrás. Nunca a impedirei de seguir o seu destino. Só peço a *Dios* que a proteja, e a nós também. ***Dios* nos bendiga!**

Doña Emília, com o coração agoniado, saiu do quarto, e, sem saber o que fazer ou falar, permaneceu em silêncio profundo durante horas. Sua alma estava dilacerada, doía. Doía muito! Ela sabia que se tratava de algo muito sério, e, com certeza, Carmel não voltaria atrás no que estava planejando, e já decidira o seu destino. Certamente não havia mais nada a fazer.

---

[1] Nossa Senhora do Carmo.

Esse foi um dia longo e muito triste para doña Emília.

À noite, quando todos estavam entretidos com seus afazeres, ouviu-se o som do sino no alpendre. Em seguida, um dos serviçais comunicou que o senhor Felipe desejava conversar com don José.

Doña Emília estremeceu, pois já sabia do que se tratava, mas procurou manter-se firme e pensar que talvez não passasse de um mau pressentimento, de uma simples preocupação de mãe. Como queria estar enganada! Pelo menos dessa vez.

Don José, estranhando a visita, falou rapidamente:

— Entre, senhor Felipe! Como tem passado? Já vai partir para o Brazil? — E sem esperar resposta continuou: — Bem, quando retornar, está convidado para um outro jantar, assim trocaremos novas idéias. — Don José disse essas palavras tranqüilamente, sem perder o fôlego ou parecer agoniado.

— Fico muito agradecido, senhor e senhora Flores Blanes, mas vim por outro motivo. Vocês permitem que eu entre para conversarmos mais tranqüilamente?

Doña Emília, muito apreensiva, apertava seu peito, pois seu coração acelerado parecia querer saltar para fora.

Dentro da saleta, Felipe respirou profundamente e disse:

— Bem, senhores, o motivo que me traz aqui é sua filha Carmel. Resolvemos nos casar o mais breve possível e viajar para o Brazil. Portanto, vim pedir o consentimento e a bênção dos senhores. Carmel não deseja recuar em sua decisão. Apesar da minha insistência, ela se recusou a voltar atrás — Felipe falou atropelando as palavras, muito constrangido com a situação.

Os pais de Carmel permaneceram sentados, imóveis como fantoches, quase sem respirar. As lágrimas brotavam dos olhos de doña Emília, sem que ela conseguisse contê-las. Era inesperado, o que estava acontecendo com sua pequena Carmel.

Doña Emília ficou desconfiada desde o momento em que viu sua filha chegar do passeio na Praça das Fontes; no entanto, ela não queria acreditar. Naquele instante, desejava que tudo não passasse de um engano do seu coração, e que fosse apenas um pesadelo ruim.

Don José, aos poucos, foi retornando ao seu estado normal, e perguntou a Carmel se tudo aquilo era verdade.

Carmel, constrangida, respondeu:

— Sim, *padrecito,* é verdade! Pretendemos nos casar ainda este mês.

Carmel falou sem qualquer emoção. Foi direta, em seu propósito de jovem imatura.

— Quero que saiba que não é do meu agrado. *Tu lo sabes*[2], Carmel! — disse don José, com a voz embargada. — Vocês se conhecem há muito pouco tempo, é essa é uma decisão muito séria na vida de qualquer pessoa. Mas não tenho o direito de interferir... é a sua vida.

Dirigindo-se ao senhor Felipe, don José disse palavras que saíram do fundo do seu coração:

— Senhor Felipe, como sabe, minha filha é muito jovem e ainda não conhece nada sobre a vida, no entanto, não vou impedi-la de ter suas próprias experiências. Somos contra esse casamento, mas nada podemos fazer para impedir. Aceito o seu pedido, mas saiba que nunca terá minha simpatia. Como pai, desejo o melhor para minha filha. Sei que Carmel ainda é muito jovem para assumir tal responsabilidade. Saiba que o senhor nunca será bem-vindo a esta casa nem à nossa família. Apesar de muito jovem, Carmel tem idade suficiente para decidir sua vida.

Doña Emília não disse uma única palavra. As lágrimas banhavam seu rosto, e o silêncio era o sinal de sua reprovação. Nada poderia fazer... Para ela, só importava a felicidade de sua filha, e, se Carmel acreditava que esse era o melhor caminho, tinha que aceitar. E precisava ter forças e resignação.

Dessa forma, foi oficializado o pedido de casamento que Felipe fez a Carmel, contra o desejo dos seus familiares.

A tristeza invadiu aquela casa, que até então fora só alegria, e entrou como um furacão, sem pedir licença, devastando tudo e todos com a imensa dor da separação.

Apenas don José conseguiu falar:

— Bem, senhor Felipe, já disse tudo o que era necessário. Agora, por favor, deixe-nos a sós. Vamos providenciar esse casamento e organizá-lo da melhor maneira possível. Agora... retire-se, por gentileza, a porta está aberta.

---

[2] Você sabe.

— Don José, prometo fazer tudo o que estiver ao meu alcance para que sua filha seja feliz. Peço desculpas aos senhores pela precipitação e, por favor, tenham confiança em mim. Podem acreditar que vou amar e respeitar Carmel como minha esposa — assim, temeroso, Felipe terminou sua conversa.

Don José, bastante nervoso e apontando a porta de saída, disse:

— Senhor Felipe, queira se retirar, por favor! Peço desculpas, mas estamos muitos cansados. Conversaremos em outra ocasião.

Doña Emília apenas acenou com a mão, e, cabisbaixa, retirou-se para o seu aposento, onde se ajoelhou aos pés da cama, e chorou silenciosamente. Don José entrou logo em seguida, olhou a esposa e não disse uma única palavra. Ficou ao seu lado, e, com as mãos entrelaçadas, choraram muito. As palavras não eram necessárias, pois sentiam a mesma dor. Não podiam fazer nada, e qualquer coisa que dissessem seria sem sentido. Entre um soluço e outro, doña Emília orou:

— Senhor Jesus, Vós sabeis que não tenho o direito de mudar o destino dos meus filhos, mas posso fazer uma coisa: eu, como mãe, e José, como pai, entregamos nossa amada filha em Suas sagradas mãos. *Dios,* só o Senhor entende nossos corações, porque ela também é Sua filha. Cuide dela, proteja-a e ampare-a, dando-lhe inteligência e sabedoria para que possa saber o que é correto. Pai... coloque fé no coração da minha menina. Muita fé! Nossa família se manterá em oração a cada minuto de nossas vidas. Sei que a verdade sempre vence, portanto, pedimos consolo para este grande sofrimento que estamos passando. Este dia que nos causou tanta tristeza há de ser abençoado por Suas Mãos Benditas. As nossas preces não serão em vão.

Desconsolada, doña Emília fechou os olhos para tentar descansar e amenizar a imensa dor da separação de sua filha querida. Carmel iniciaria uma nova família ao lado de um homem que ninguém conhecia.

Procurando aliviar o coração do seu marido, disse:

— José, só *Dios* poderá consolar nossos corações de pais amorosos e cuidar da nossa menina. Ainda bem que plantamos sementes boas em seu coração e em sua educação. Essa semente há de dar muitos frutos sadios.

Este pensamento era o único conforto de doña Emília.

Capítulo 7

PREPARATIVOS PARA O CASAMENTO

Maria amava doña Emília como se ela fosse sua mãe. Preocupada com a apatia da senhora, e desejando agradá-la, disse:

— Hoje o almoço será por minha conta. A senhora não precisa se preocupar com nada.

Porém, como doña Emília ainda não ensinara Maria a fazer os seus deliciosos quitutes, embora a menina tivesse muita boa vontade, fez uma sopa de caldo verde que ninguém conseguiu tomar, pois estava muito ruim. O jeito foi todos comerem frutas no pomar, mas valeu a boa intenção de Maria.

Aproximando-se de Pilar, Maria perguntou por que doña Emília estava tão triste. Pilar respondeu:

— Carmel vai se casar ainda este mês, e partirá para o Brazil com o senhor Felipe, um patrício seu que exerce função na marinha de

Portugal. Ele já esteve várias vezes no Brazil, só que agora quer levar uma esposa para legalizar sua situação. Por isso, os dois pretendem casar o mais rápido possível. Mas nesse relacionamento existe apenas um acordo de interesses. Não há amor, por isso nunca será um verdadeiro matrimônio.

Sorrindo, Maria disse:

— Que sorte a de Carmel!

— Por quê? — perguntou Pilar, irritada. — Como isso pode ser bom? Minha irmã vai se casar sem amor, apenas deseja ser uma missionária para ajudar outros povos, mas creio que com o gênio que tem vai ser uma revolucionária! Carmel é muito diferente de mim, que gosto de viver na corte rodeada de todo o conforto possível, com criados à minha disposição, muitas festas, teatros, museus, viagens e tudo o que se refere à arte e cultura. O bom gosto me fascina e a mordomia é primordial para minha vida.

Maria disse carinhosamente:

— Pilar, cada um tem seu destino predeterminado ao nascer, mas tem liberdade para seguir o caminho que desejar. Talvez esse seja o melhor caminho para Carmel. Ela é bem diferente de todos, e tem idéias próprias.

— Tem razão, Maria — disse Pilar. — Talvez Carmel vá ajudar muitas mulheres que estejam necessitando. Minha irmã é muito decidida, corajosa, doadora, piedosa, e tem personalidade altruísta, estava apenas esperando uma oportunidade na vida.

— Pior é minha irmã Glorinha — disse Maria, aborrecida. — Ela está noiva de um soldado da marinha portuguesa há uns bons anos e o rapaz ainda não a pediu em casamento. Como não temos família, a pobre coitada fica à espera do noivo, que, vez ou outra, vai do Brazil para Portugal, fica algum tempo com ela e, depois, volta para o Brazil. Às vezes, o gajo demora anos para retornar, enquanto ela permanece à sua espera. Toda vez que chega um navio, ela vai desesperada até o porto com esperanças de encontrar o noivo, mas ele não vem. Depois do que fez com minha irmã, ele deveria assumir um compromisso. Sabe, Pilar, Glorinha se entregou a esse soldado e acha que ele tem algum dever com ela. A pobre é uma tola! Qual homem que depois de se aproveitar de uma moça casa-se com ela?

Pilar perguntou:

— O que sua irmã faz em Portugal, além de vender peixes nas aldeias?

— Ora, espera o noivo! Espera... espera... um homem que não lhe dá esperanças, que prometeu casamento, e, é claro, jamais cumprirá sua palavra, porque só quis se aproveitar dela. Para que casar?

Pilar disse:

— Os soldados da marinha não têm paradeiro, e são aventureiros que possuem um amor em cada porto. É melhor sua irmã esquecer esse homem e casar com um colono português, assim ele não a deixará tão sozinha e ela terá uma união estável, família, filhos... enfim, um lar feliz!

Maria perguntou:

— Mas como, Pilar? Você sempre diz que não devemos acreditar nos homens? Aquele soldado fez o pior a ela! Quem vai querer se casar com a Glorinha depois disso? Quem? As mulheres infelizes no casamento e futriqueiras já espalharam isso para a aldeia inteira.

Pilar retrucou:

— Não é que não podemos acreditar em nenhum homem, e não devemos achar que todos são iguais, pois deve haver homens diferentes por aí. O mundo é muito grande, e acho impossível que não haja um homem sequer que seja honesto e tenha caráter. Tenho certeza de que existem homens corretos e sinceros, mas, provavelmente, virá de uma família boa e honrada. Se certos homens têm caráter e responsabilidade é porque receberam isso de suas mães, que educaram os seus filhos e estiveram sempre atentas ao seu lado, dando o exemplo na própria família.

— Eu sei — respondeu Maria, desabafando. — Mas, quando se trata da honra de uma rapariga, tudo muda. A difamação é uma ferida aberta, quando menos se espera surgem pessoas desumanas e trazem à tona o passado guardado há tantos anos.

Pilar perguntou:

— Mas o que aconteceu de tão grave com sua irmã? Foi só o fato de ela ter acreditado nesse homem? Ela entregou sua confiança e seu amor a ele, e é uma coisa normal, porém esse assunto deve ser mantido em sigilo, nada mais.

Maria respondeu:

— Sigilo entre nós, mas não em Portugal inteiro. Glorinha acreditou na boa lábia desse *gajo* experiente e bem mais velho, e entregou-se pensando que ele casaria com ela. Minha pobre irmã confiou no seu bom humor. Como o *gajo* ri muito e é brincalhão, ficou encantada por ele! Era tudo alegria!

Maria contou a Pilar a história de sua irmã:

— Antes de conhecer esse aventureiro, Maria da Glória tinha um noivo muito sério e sisudo, com grandes pretensões de ser um famoso farmacêutico na aldeia. O gênio deles não combinava, porque ele tinha um porte austero e educado, e, embora minha irmã se empenhasse em ser uma rapariga delicada e fina, tem um temperamento rústico. Além disso, seu corpo é um pouco disforme, pernas grossas demais, seios muito pequenos, sem cintura e tornozelos sempre inchados, devido a uma doença que adquiriu na infância. Maria da Glória é muito desajeitada e fala sem pensar. Bem que ela tentou, e até insistiu, mas não deu certo. Afinal, no cais a Glorinha convive com os pescadores, que são homens muito brutos. Quando conheceu o soldado português, Glorinha largou o farmacêutico formado para ficar com aquele que ela pensava ser bem-humorado e alegre. Acreditava que com ele seria mais feliz. No entanto, esse homem não tem responsabilidade, só boa conversa, e mais nada. Só ela não enxergava, pois estava iludida com as *gracias* que fazia para ela. Tudo era bom!

Maria continuou:

— Não acredito que depois de ter abusado da minha irmã ainda se case com ela. Além do mais, Glorinha gosta de mandar em todas as pessoas. Acredita que só ela está certa. Que homem suporta isso? Além disso, é muito geniosa, e não tem ninguém que possa lhe ensinar boas maneiras. Ela pensa que sabe tudo.

Maria suspirou e disse irritada:

— Acho até melhor que ela fique calada, para não ser ainda mais difamada na aldeia, como se fosse uma rapariga fácil. Seu destino é ser mais uma beata faladeira e frustrada, que não deseja ver a felicidade de ninguém. Quando o noivo demora a vir, ela namora até com homens casados que possuem algumas terrinhas, assim, vai estragando casamentos por causa de suas amarguras. Ela já está acreditando até em homens casados, que se dizem infelizes ao lado da esposa. Os homens casados falam que a esposa é doente, histérica, que estão cansados e infelizes no casamento, porém, esses homens nunca vão deixar suas companheiras, porque é muito cômodo ter duas mulheres à sua disposição. Conheço bem minha irmã. Se é assim agora, então o que acontecerá quando levar um pontapé do noivo? Vai se enfurecer e colocar suas ventas de fora. Sei quem é essa rapariga, e, se um dia o gajo se casar com outra, tomara que ela nunca venha a saber, pois do jeito que é vingativa destruiria a união dos dois. Infeliz da mulher que se casar com um homem assim, porque ele tem muita lábia, é aparentemente ricaço e as raparigas acreditam em sua forjada boa índole e falsa educação.

Maria, respirando fundo, disse:

— É melhor mudarmos de assunto. Pilar, não se preocupe com Carmel, afinal, ela é uma boa rapariga, muito esperta e honesta. É sensível, preocupa-se com as outras pessoas e deseja o bem de todos. Com certeza, Carmel terá um futuro feliz, e nós vamos ajudá-la.

Apreensiva, Pilar disse:

— Maria, pelo seu jeito de falar, percebo que sente uma grande mágoa de sua irmã. Por quê?

Mariazinha, cabisbaixa, respondeu:

— Tenho sim, e muita! Mas prefiro não dizer nada. Deus há de se encarregar do que ela me fez. Todas as pessoas frustradas e incapazes são revoltadas, não gostam de ver a felicidade dos outros. Ainda bem que estou muito longe dela, graças a Deus e à Nossa Virgem de Fátima!

— Esqueça esse assunto, Mariazinha, vamos falar com *madrecita,* quem sabe possamos dar-lhe um pouquinho de felicidade — disse Pilar. — Não temos nada a fazer, a não ser verificar o enxoval de Carmel para ver o que está faltando. Carmel não quer se casar na igreja, mas em nossa casa, por isso, precisamos pensar na decoração para a cerimônia. O vigário da matriz e o juiz de paz virão até aqui, e assim o casamento será realizado conforme as leis de *Dios* e dos homens. Bem, Mariazinha, vamos fazer de conta que estamos felizes, entusiasmadas com as bodas de Carmel, e demonstrar alegria. Não se esqueça: alegria! Entendeu?

As moças foram festivamente ao encontro de doña Emília, que

estava chorosa em um dos cantos da casa. Pilar se aproximou rindo e disse:

— *Madrecita* querida, o que acha de decorarmos a casa com muitas flores do campo e frutas saborosas para festejar as bodas de Carmel? O ambiente vai ficar colorido, alegre e perfumado!

Pilar falou quase sem respirar, rindo e fazendo trejeitos com todo o corpo; não queria dar tempo para que a mãe respondesse com palavras tristonhas. Era uma situação sem volta, e só restava seguir em frente. Nada mais.

— *Madrecita,* precisamos rever o enxoval de Carmel. Não podemos esquecer nada, e também temos que providenciar o vestido que ela vai usar na cerimônia de casamento.

Doña Emília olhou a filha com carinho, porém soluçando muito. Pilar tentou consolar a mãe, dizendo:

— Por favor, *madrecita,* também estamos tristes, mas não gosto de vê-la assim pelos cantos. Todos nós a amamos e precisamos muito da senhora.

Carinhosamente, Pilar enxugou o rosto da mãe. Maria, que também estava ao lado, enxugou suas lágrimas e disse:

— Doña Emília, não sou sua filha, mas a amo como se fosse minha mãe. Carmel é uma rapariga ajuizada e saberá o que fazer se as coisas não ocorrerem como ela deseja. Fique tranqüila, se algo errado acontecer, ela voltará, pois tem muita personalidade; não é tola nem orgulhosa a ponto de ficar sofrendo em uma terra estranha. Ela não é como eu que não tive família e nem uma mãe para me dar conselhos, conforto ou uma palavra de carinho. Somente agora encontrei um lar.

Doña Emília reagiu dizendo:

— A minha maior preocupação é não conhecermos o senhor Felipe. Ele não me transmite confiança... é um soldado muito esquisito! Não confio nele.

Pilar, procurando demonstrar tranqüilidade, disse:

— Parece que não conhece Carmel e sua personalidade, *madrecita!* Nenhum homem da face da Terra a fará de tonta. Ele que se cuide, pois com o gênio dela certamente esse homem levará a pior. Ela confunde as pessoas por aparentar fragilidade e ser delicada, mas na hora que seu sangue ferve se transforma em um touro.

Doña Emília argumentou:

— Para mim, Carmel ainda é uma jovem inexperiente, e não percebi que cresceu e se transformou em uma bela mulher! Nunca lhe expliquei nada sobre a vida e o matrimônio, agora... é muito tarde para esclarecer tudo de uma só vez. Sei que errei por não ensinar à minha filha sobre a sexualidade, que é tão importante para o bom entendimento de um casal. Bem, agora só me resta orar para que *la Virgen Del Carmen* a proteja, e que seu bom senso predomine.

— *Madrecita*, Carmel nunca deixou passar uma só oportunidade na vida sem aprender o que lhe interessasse. Fique tranqüila! Tenha calma, *madrecita!* — disse Pilar, acariciando a mãe com muita ternura.

Maria, que estava com os olhos cheios de lágrimas, olhou aquela cena enternecida. Nesse momento, Antonio e Pepe entraram com as mãos cheias de cerejas frescas, que haviam acabado de colher no pomar da casa.

Doña Emília, vendo esse quadro de seus filhos e Maria acariciando seus cabelos, tentou sufocar as lágrimas e, aos poucos, foi se refazendo das emoções do momento. Por fim esboçou um pequeno e singelo sorriso, dizendo:

— Perdoem-me, meus filhos. Por alguns instantes, me esqueci de vocês. A dor que estou sentindo é muito grande. Espero que vocês entendam!

Todos responderam ao mesmo tempo:

— Naturalmente, *madrecita!*

Em seguida, se abraçaram com muita ternura, selando um lindo momento de amor e carinho entre mãe e filhos, essencial para a felicidade de uma família.

Emocionada com aquela cena, Maria disse com seu peculiar sotaque lusitano:

— Eu sei fazer um chá delicioso que vocês vão gostar. Também vou preparar uma linda mesa no alpendre, com seus deliciosos quitutes e suas conservas, doña Emília. Enfeitarei tudo como a senhora me ensinou, assim, juntos, poderão conversar à vontade sobre as bodas de Carmel. O importante é que todos estejam felizes, porque este deve ser um momento de muita alegria!

Doña Emília concordou com o que ouviu e disse:

— Tem razão, *niña!* Você é muito inteligente e conhece profundamente nossas almas. Mariazinha, eu a amo como amo os meus filhos. Agora, por favor, chame Carmel, que está em seu quarto; ela deve estar angustiada e com receio do pai. É melhor conversarmos com o coração aberto, esclarecendo nossos sentimentos. No momento, é o mais sensato a fazer. A família tem que estar unida na alegria e na tristeza. Este é um assunto que diz respeito *solamente* a nós.

Don José estava no jardim, fingindo podar as roseiras. Muito triste, entre os arbustos e as flores, parecia um bichinho assustado. O silêncio denunciava sua dor.

Doña Emília comentou:

— José pensa que não o conheço. Sei que já podou as roseiras a semana passada. Pilar, por favor, chame seu pai. Vamos nos reunir no alpendre, onde conversaremos sobre coisas amenas. Uma boda tem que ser motivo de alegria. Afinal, é o nascimento de uma nova família. Brindaremos à nova família!

Doña Emília falou aparentando certa tranqüilidade, mas seus olhos continuavam vermelhos e marejados de lágrimas. Sempre fora uma mulher forte e decidida, a voz de comando da casa. Sua palavra tinha o poder de modificar as situações mais difíceis, quase insolúveis! Todos se aproximavam dela quando tinham algum problema para resolver. Doña Emília enxergava as situações com clareza, sempre tinha a solução correta, porque a vida foi seu grande mestre, e estava sempre atenta a qualquer situação.

Doña Emília dizia:

— *Dios* é *Dios!* Ele só faz duas coisas: o milagre e o impossível. Dessa forma, me sinto mais tranqüila.

A fé que doña Emília possuía movia montanhas, e todos confiavam em sua palavra forte e decidida. Sempre que falava ou tomava uma decisão, tinha a certeza de que Deus falava por ela.

Enquanto conversavam, Maria preparava com dedicação um ambiente agradável e convidativo para relaxar a tensão de todos, sem esquecer de deixar por perto a guitarra de Pepe e as castanholas. Seria um convite para se alegrarem e cantarem suas canções preferidas. Em sua inocência, Maria tinha a esperança de ver todos felizes como antes, pois, desde a noite do pedido do senhor Felipe, não havia mais paz nem alegria na residência da família Flores Blanes. De alguma maneira, todos tentavam se refazer do acontecimento inesperado, mas era pouco tempo para pensar e ordenar as idéias.

Pilar, muito alegre e desembaraçada, disse com um sorriso maroto:

— *Madrecita,* será que quando eu me casar vocês também vão sentir tanta tristeza assim? Acho que é um sinal de amor, e ficarei feliz por saber que sou tão amada e querida. Mas, quando eu me casar, vou morar perto da minha família, aqui na Espanha, e jamais me afastarei de vocês. Mas entendo que neste caso é diferente.

Carmel, que já se encontrava à mesa, muito séria, começou a se explicar:

— Sei que este não é um matrimônio como os outros, nem como vocês, minha querida família, desejavam para mim. Se pudesse escolher meu destino, optaria por outro. Jamais desejei fazê-los sofrer. No entanto, sinto um impulso estranho que me leva a agir assim. Sou levada por uma força maior que me arrasta para esse país dos trópicos. Não vou pelo casamento. Tenho consciência da minha atitude, porém, sei que minha missão como ser humano encontra-se naquele país. Como já disse, se não for como estou pensando, voltarei para minha Espanha e para minha família. Graças a *Dios* sei que terei as portas sempre abertas e seus braços carinhosos para me acolher, se preciso for. Vou embora em paz, mas meu coração e meu espírito estarão sempre com vocês. Constantemente, enviarei notícias sobre tudo o que se passar comigo e falando de tudo o que eu observar. Como gosto muito de escrever, estaremos sempre unidos.

Carmel respirou fundo e continuou:

— Espero que todos leiam as minhas cartas. Por favor, não me ignorem, preciso do parecer de vocês, dessa forma, manteremos um vínculo de crescimento. Para mim, é uma bênção de *Dios* termos uma família inteligente, principalmente porque nos aceitamos como somos e nos respeitamos, pois sabemos que cada um é único, passível de acertos e erros. **Por favor, não rasguem minhas cartas!**

Mais uma pausa e Carmel continuou:

— Peço que me ajudem, porque mais do que nunca preciso ter cora-gem. Não posso desistir neste momento tão decisivo da minha vida. Se desistisse agora, eu não seria mais a mesma pessoa, mesmo estando ao lado de vocês que amo tanto e sabendo que também me amam. Com certeza, faltaria um pedaço de nossas almas!

Don José, emocionado, falou:

— Carmel querida, nós desejamos o melhor para a sua vida. Estamos contentes por saber que há em suas veias o sangue de pessoas que têm bons princípios morais e éticos. Na arena da vida, você é corajosa como um toureiro. Também possui muita fé, e sabemos que através de você, se for possível, vai um pouquinho de nossas desculpas para aquele país tão castigado pelas injustiças praticadas, inclusive, por muitos patrícios nossos que invadiram tantos continentes, levando desgraças e sacrificando pessoas inocentes.

Don José prosseguiu:

— *Dios* escolheu nossa família para reparar esses grandes erros. Precisamos agradecer a oportunidade de resgatar tanta infâmia contra essas pessoas simples e ingênuas. Você, filha, vai ajudar aquele país de algum modo. São os desígnios de *Dios,* e agradecemos porque nós, da família Flores Blanes, estaremos doando nosso sangue limpo, honrado e corajoso por seu intermédio, aliviando as dores e os sofrimentos daquele povo. Coragem não lhe falta, e nós, aqui em sua pátria, estaremos sempre orando por sua vida e felicidade. Sabemos que essa doação é muito pouco por todo o sofrimento causado no passado, embora tenhamos a certeza de que seremos recompensados por nossas dores. Somos gratos por ser uma dor de amor.

— Sobre as cartas — prosseguiu don José —, mande-as sempre que possível, pois estaremos ansiosos à espera. Mesmo que sejamos contra certas situações, é importante lê-las para podermos entender e formar nossa opinião. Afinal, somos pessoas civilizadas. **A comunicação é a melhor forma para crescermos como seres humanos.**

Carmel levantou-se entre lágrimas, extremamente comovida pelas palavras sábias dos pais, irmãos e também de Maria. Todos estavam muito emocionados. Eram lágrimas que a família nunca havia experimentado: lágrimas de paz e conforto, uma experiência que a própria vida estava oferecendo. Todos se abraçaram com ternura e compreensão, rindo entre um soluço e outro.

Maria, que estava por perto observando aquela cena, rapidamente trouxe uma jarra de vinho, e disse:

— Doña Emília, tive a ousadia de pegar a garrafa de vinho mais antiga. Um dia a senhora disse que este vinho deveria ser aberto somente em uma comemoração muito importante para a sua família. Se a senhora permitir, eu mesma desejo oferecer o vinho a todos, e agradecer especialmente a Deus e à Virgem de Fátima por me encontrar entre esta família de almas tão nobres e bondosas, que me ensinam tantas coisas sobre a vida. Os senhores estão no lugar dos meus pais e irmãos que já se foram. Agradeço a Deus por Ele ter escolhido este lar abençoado para mim!

Maria serviu o vinho e todos brindaram pelas bodas de Carmel, e para que tivesse uma boa recepção na sua chegada ao Brazil, desejando-lhe sorte e muito amor.

Doña Emília levantou a taça e disse:

— Brindo a um encontro de paz, trabalho e união da *España* com o Brazil, que com certeza receberá *mi niña* com os braços abertos.

— Quem sabe ainda teremos um neto brazileiro com o sangue forte de uma espanhola irreverente e decidida! — disse don José.

— *Yo sere abuelita!*[1] — disse doña Emília. — Já imaginou como será nosso neto, José?

Brincalhão como sempre, Pepe disse:

— Tudo bem! Só que vocês estão se esquecendo de que o pai do nosso sobrinho será um português. Vai sair uma bela *tortilha de garbanzos*[2] e bacalhau, mas será uma *buena tortilha,* pois os ingredientes são de primeira.

— Quem cria os filhos são as mães! Eles podem se assemelhar aos pais, mas inicialmente a personalidade é orientada pela mãe. Só depois de algum tempo aparece a figura paterna, que é tão necessária e fundamental para o restante de sua existência. Os pais têm que ser muito responsáveis ao colocar uma criança no mundo e devem dar aos filhos condições de estudo e acesso à cultura, pois por meio das informações e situações vivenciadas o seu caráter será formado.

Doña Emília, a encantadora senhora, disse essas palavras com muita sabedoria, e continuou:

---

[1] Eu serei vovozinha.

[2] Omelete de grão-de-bico.

— Às vezes, o pai não está presente, mas a mãe resolve tudo. Só que depois, quando os filhos se tornam adultos, o pai aparece para receber as glórias, se orgulhar de seus filhos e dizer com o peito cheio: "Este é o meu filho."

Carmel, sorrindo encabulada e desejando mudar de assunto, disse:

— Agora, vocês não poderão rir de mim nem de minhas maluquices, porque sou uma mulher de decisão e estarei longe.

Para completar, Carmel ergueu a cabeça e com seus gestos engraçados, disse:

— *Olé!*

Pilar disse brincando, enquanto enxugava as lágrimas:

— Também, não vamos rir de suas manias com as maçãs.

— Não se preocupe, maninha, vou dar um jeito para que essa fruta me acompanhe. Não sei como, mas essa fruta faz parte da minha vida e do meu gosto apurado — disse Carmel.

De forma inteligente e sadia, todos brindaram com um bom vinho e se deliciaram com as saborosas iguarias de doña Emília, que embora tomando vinho com os filhos não dissipara a tristeza de seus olhos. Todos mantinham a mesma tristeza no olhar. Apesar do grande esforço para proteger Carmel, tudo foi em vão.

Aquele foi um dia especial para toda a família, mas ninguém tocou no nome de Felipe. Parecia que jamais existira, não fazia parte da reunião, nem tampouco da família. Felipe fora um simples acaso da vida, uma pessoa não grata.

Os pais se preocupavam com o destino da filha, que ia ao encontro de uma terra maravilhosa da qual sabiam muitas histórias, umas falsas, outras verdadeiras. Eles falavam da terra doadora, onde tudo o que se plantava dava em abundância, e que também tinha a capacidade de receber pessoas do mundo todo, independentemente de raça, credo e cor; afinal, o Brazil é uma "Terra-Mãe".

Carmel, confiante, tinha certeza de que seria bem recebida no Brazil, porque levava em seu peito e em sua alma caridosa todas as bênçãos da sua família. Suas mãos jamais estariam vazias: levava consigo esperança, fé, trabalho, humildade e sua riqueza interior, seu maior tesouro.

Mariazinha, sempre por perto, disse:

— Pepe, aqui estão a guitarra e as castanholas. Cantem como fazem em todas as reuniões.

Doña Emília, tristonha, disse:

— Obrigada, minha menina, mas a alegria que estamos sentindo é diferente, não há nenhum motivo para festejar. É um momento de muita expectativa e precisamos estar mais unidos do que nunca. Trata-se de uma reunião inesperada e um tanto tensa. Ainda estamos atordoados, mas lúcidos e desejando que Carmel seja muito feliz. Isso basta!

— Sim, doña Emília, a senhora tem razão. É uma decisão muito importante. Desculpe-me.

Todos se levantaram, e Maria, delicadamente, retirou as coisas que estavam sobre a mesa. Cada um dos familiares foi para seu aposento, talvez para poder chorar e orar silenciosamente por Carmel. Não queriam demonstrar a imensa dor que sentiam.

Capítulo 8

MARIA, A PORTUGUESINHA

A noite nunca demorou tanto a passar.

Doña Emília não conseguira dormir, por estar muito preocupada com os últimos acontecimentos. No entanto, a aurora anunciava que o sol estava nascendo e, inquieta, andava de um lado para o outro da casa. Seus pensamentos divagavam como folhas levadas pelo vento, sem direção certa.

Parecendo sonâmbula, doña Emília não sentia o próprio corpo. Algo a levava para além de si, queria e desejava que a realidade não passasse de um mau sonho, nada mais. Porém, esse pesadelo era real e teria que enfrentá-lo com dignidade.

Todos dormiam como se nada tivesse acontecido. Tudo permanecia em seu lugar habitual, e ninguém percebeu que doña Emília já estava no jardim cuidando das lindas flores, que ela e Maria, a adolescente que viera de Portugal para a casa do casal Flores Blanes, tratavam com muito carinho.

Doña Emília lembrou do dia em que conheceu aquela jovem magrinha. Uma portuguesinha que, apesar de todo o sofrimento, era muito alegre, doce e prestativa.

Na época, Maria, que morava em Portugal, vendia flores aos turistas e ofereceu uma flor para uma das filhas de doña Emília. Todos se enterneceram e quiseram comprar as flores da frágil criatura. Assim, don José se prontificou a comprar todas elas e ainda deu algum dinheiro a mais para a menina.

A família estava saindo quando Maria, ao contar o dinheiro, percebeu que o bondoso senhor se equivocara no valor. No mesmo instante, saiu correndo para devolvê-lo, e disse:

— Senhor, senhor, por favor, o senhor se enganou ao me dar o dinheiro. Olha!

— Eu não me enganei, minha pequena. É um presente para você.

Maria não cabia em si de contentamento. Agradeceu, atravessou a rua e comprou alguns bolinhos para comer.

Todos se emocionaram ao ver a frágil menina sentada na calçada, limpando as mãozinhas no avental para saborear os bolinhos. Eles notaram que seu rosto ficara muito feliz com tão pouco.

Doña Emília olhou para don José, que logo compreendeu e lhe disse sorrindo:

— Faça o que tem vontade, querida.

— Muito obrigada, José! — respondeu a esposa.

Doña Emília aproximou-se da jovem e a convidou para almoçar com eles.

A menina, muito surpresa, respondeu:

— Pois, pois, minha senhora, claro que eu gostaria! Mas... como posso? Veja as minhas roupas... estão muito velhas!

Doña Emília olhou Maria com doçura e carinho, e pegando-a pelas mãozinhas frágeis levou-a até o toalete, onde lavou seu rosto assustado, arrumou o lenço que estava em sua cabeça e ajeitou o aventalzinho feito de retalhos.

A menina notou amor nas atitudes daquela doce senhora, ao que doña Emília retribuiu com um sorriso. Ambas foram em direção à mesa, enquanto Antonio, aproximando-se, pegou delicadamente a mão de Maria, e a acompanhou até a cadeira. Os pais se encheram de orgulho ao ver o amor e o respeito que os filhos mantinham pelo próximo. Todos estavam muito felizes, e fizeram várias perguntas à portuguesinha, que respondeu a todas com desembaraço e lucidez.

Maria, com semblante muito alegre, comia e falava apressadamente, quando perguntou:

— Vocês já conheceram as belezas e as coisas típicas de Portugal?

— Não, Maria — disse doña Emília. — Se você quiser ser nossa guia turística e mostrar as belezas e a história de sua terra, lhe seremos muito gratos.

— Eu não sou guia, mas conheço minha terrinha e sua história como se fosse a palma da minha mão, afinal, passo o dia a caminhar pelas ruas e praças.

— E sua família, Maria, onde está? — perguntou doña Emília.

A menina começou a relatar sua vida, tristemente.

— Meu pai morreu quando eu era bem pequena, e, em seguida, morreu minha mãe. Meus dois irmãos, já moços, perderam a vida em uma batalha na África. Eles eram obrigados a capturar escravos, que seriam traficados para o Brazil e outros países, além de serem forçados a transportar diamantes clandestinamente. Manoel, meu irmão mais velho, foi para o Brazil como aventureiro, viajou com os escravos em um navio negreiro. Eu era muito pequena quando ele foi embora. Nunca mais tive notícias dele! Acho que deve ter morrido, como muitos dos escravos, pois nunca mandou notícias. Minha irmã, Maria da Glória, é a única família que tenho, e ela me criou como pôde. Trabalha no porto pegando as sardinhas que são desprezadas pelos pescadores, para depois vendê-las por um preço menor.

Mariazinha contou que, para sobreviver, vendia flores que as beatas jogavam pela janela da igreja. Essas mulheres enfeitavam a igreja com lindas flores, porém, como havia muita rivalidade e ciúmes entre elas, sempre vinha uma outra com mais flores e jogava pela janela as que estavam no vaso.

Maria recolhia as flores, ainda viçosas e fresquinhas, para vendê-las pelas ruas e conseguir alguns trocados.

— A maior disputa entre as beatas é para enfeitar a imagem de

Santo Antônio. O pobre santo já não tem pés, apenas um toco, de tanto ser beijado por elas — disse Mariazinha, rindo.

E continuou:

— Pela manhã encontro arranjos de lírios, à tarde de rosas, e à noite de palmas coloridas. Algumas vezes, as beatas jogam até as toalhas de renda. Quando encontro alguma toalha, vendo para os turistas, pois todas são novinhas — disse com simplicidade. — Essas senhoras também levam alimentos para o padre, mas ele não consegue comer tudo. É muita comida para uma só pessoa! O coitado já está tão gordo que nem cabe na batina.

Todos continuavam ouvindo a portuguesinha atentamente:

— Assim como as flores, os alimentos são jogados. Meus amiguinhos e eu ficamos sentados sob a janela para apanhar a comida, que é muito saborosa, assim, saciamos nossa fome. Basta ter paciência. É só esperarmos a visita das beatas e nosso banquete está pronto. Entra uma, sai outra, enquanto meus amiguinhos e eu somos abençoados pelas graças de Santo Antônio.

Mariazinha acrescentou:

— Se as crianças pedissem um pedaço de pão às beatas, elas jamais dariam, mas para o padre levam tudo do bom e do melhor. É tanta inveja e rivalidade entre elas que não sei como o padre suporta essas pecadoras no recinto sagrado e no confessionário. Entre elas, há muitas senhoras idosas que nunca tomam banho, e exalam um odor horrível, fedem muito, ou então moças perfumadas com lenços brancos na cabeça, para dizer que nunca namoraram. Porém... **"Atrás da igreja, os santos não enxergam."** — pensavam elas.

Maria foi mais longe ainda com suas histórias simplórias:

— Não entendo por que essas mulheres passam horas na sacristia. Que tantos assuntos sobre santos elas têm para falar com o padre? Já pela igreja e pelos fiéis elas não fazem nada, e nem ajudam ninguém! As crianças e os jovens não podem faltar à missa, pois as beatas contam para os padres. Depois temos que ouvir o longo sermão sobre os grandes pecados do ser humano e o fogo do inferno, que nem sabemos o que significa. Dizem que o diabo pega a gente e coloca na escuridão do limo fedorento.

Maria falava assustada e com os olhos arregalados. Depois, em voz baixa, contou um segredinho para os novos e bondosos amigos:

— Nós morremos de medo dos nossos pecados e nem sabemos como nos redimir desse sofrimento, porque, na verdade, nem imaginamos o que fizemos, porém, eles dizem que somos pecadores. Ainda bem que até a chegada da próxima missa já esquecemos tudo. Meus amigos e eu brincamos de pega-pega, roda, cabra-cega, passa-anel e amarelinha até cansar; é claro que só depois de vender minhas flores. Às vezes, se faz muito tarde e não volto para casa; durmo como meus amiguinhos, encolhida entre as estátuas da praça. Ficamos um ao lado do outro, para não sentirmos frio.

Don José disse:

— Bem, pequena rapariga, vamos esquecer as tristezas e pensar só em alegria.

Doña Emília perguntou ao marido o que ele achava de levar Maria para a Espanha, a fim de que a menina tivesse um lar verdadeiro.

— Por mim, o convite está feito — respondeu don José.

Os filhos se alegraram e disseram que gostariam muito que Mariazinha fosse morar com eles, pois era uma menina muito alegre. Dessa forma, seria mais uma pessoa para todos se alegrarem com suas pantomimas e estórias engraçadas. Não importava se eram verdadeiras ou não, mas era muito divertido tê-la como companhia, e já se sentiam íntimos de Mariazinha.

A bondosa doña Emília falou com Mariazinha, que imediatamente aceitou o convite, mas antes precisava avisar Maria da Glória, sua única irmã.

Mariazinha disse:

— Com certeza, minha irmã não vai se importar. Muitas vezes, quando não volto para casa e durmo na rua, nem pergunta onde estive. Ela só quer saber se consegui algum dinheiro.

— Mesmo assim, temos que pedir permissão a ela — disse don José, sabiamente.

Em seguida, foram falar com a irmã, que morava em um casebre perto do cais do porto. Quando se aproximaram, viram Maria da Glória, uma moça gordinha ajoelhada, recolhendo peixes e colocando-os em um grande cesto. Embora frescos, os peixes eram jogados pelos pescadores, pois não dariam o lucro desejado. Várias vezes, Maria da Glória espantou os corvos famintos, que revoavam sobre seus cestos enormes.

Ao ver pessoas tão bem arrumadas e perfumadas se aproximarem, Maria da Glória levou um tremendo susto, e perguntou:

— O que os senhores desejam? Os peixes de primeira são vendidos na cidade do Porto.

— Não é isso, senhorita — disse don José. — Viemos pedir permissão para levar sua irmã à Espanha, onde viverá conosco. Se aceitar o convite, ela ajudará minha esposa em casa e será educada no mesmo colégio em que educamos nossos filhos. Não se preocupe, deixaremos nosso endereço, para que fique tranqüila.

Maria da Glória ficou feliz por saber que sua irmã seria bem cuidada, e não mais passaria necessidades. Para ela, seria uma preocupação a menos, e como não tinham outros parentes, ela tinha a esperança de se casar com seu noivo, um oficial do exército português, ir para o Brazil e fixar lá sua residência. Esse era o seu sonho.

Depois de tudo esclarecido, Maria de Fátima abraçou a irmã, emocionada, e, após receber muitas recomendações, saiu muito feliz pulando como uma cabritinha. Vez ou outra, olhava para trás e, agitando as mãos, dizia adeus.

Doña Emília agradeceu, e tranqüilizou Maria da Glória, dizendo que cuidaria da sua irmã como se fosse sua filha. Emocionadas, as irmãs prometeram que um dia voltariam a se encontrar.

Já haviam se afastado quando Carmel disse a Maria:

— Maria, você é tão bonitinha, alegre, delicada... Como pode ter uma irmã gorda e com modos tão grosseiros? Ela tem até bigode, e exala um forte cheiro de peixe por todos os lados.

— Eu sei, mas apanhar os peixes para vender foi sua única opção para poder se sustentar. A pobrezinha tem um noivo que é soldado e traficante de escravos. No momento, ele está no Brazil, e prometeu voltar para casar com ela. Mas acho muito difícil que isso aconteça.

Rindo, os irmãos disseram:

— Claro que é difícil. Como alguém vai querer se casar com uma *muchacha* tão feia? Ui, ui, ui... credo!

Doña Emília, contrariada, repreendeu os filhos, dizendo:

— Vocês não percebem o quanto esse trabalho é deprimente e

humilhante? Acham que qualquer moça se sujeitaria a trabalhar entre homens rústicos, estúpidos e mal-encarados? Se ela tivesse condições de ter uma boa educação, tirasse o bigode, penteasse os cabelos e usasse outros trajes, com certeza, não seria assim discriminada. Mas nem todos têm as mesmas oportunidades que vocês tiveram na vida. Agradeçam a *Dios* pelas bênçãos que receberam.

Pilar retrucou:

— *Madrecita,* a senhora sempre disse que cada um é o que é, e que as pessoas não mudam.

— Sim, querida, a personalidade e o caráter de uma pessoa não se alteram. O que pode ser modificado é o refinamento e a cultura, isso pode ser adquirido e melhorado. No entanto, não podemos humilhar os que tiveram menos condições de evoluir. Muitas vezes, uma pessoa humilde pode ter muito mais valor do que outra com mais posses e *status,* mas desprovida de sentimentos nobres e caráter.

— Ainda bem que essa *muchacha* tem um noivo e vai se casar. Dessa forma, talvez mude seus caminhos e infortúnios na vida.

Carmel disse com repulsa e fisionomia de asco:

— Eu jamais me casaria com um traficante de escravos, é desumano e cruel!

Maria, que ouvia tudo silenciosamente, disse:

— Minha irmã tem esperanças de que um dia o noivo a tire dessa vida sacrificada. Maria da Glória trabalha muito, pois recolhe os peixes jogados pelos pescadores. São frescos, embora de baixa qualidade, e os carrega em dois cestos grandes de vime, levando um no quadril e outro na cabeça. Ainda bem que ela tem a cabeça grande, e, além disso, usa dois lenços enormes para reforçar o turbante e ter mais firmeza.

Maria continuou falando tudo com simplicidade.

— Minha irmã tem muita prática, é bastante esperta e trabalhadora, sabe fazer contas e lida com o dinheiro com muita facilidade. Depois, guarda o lucro do dia no avental preto com um bolso enorme, que usa sobre as roupas.

— Todas as manhãs, Maria da Glória sai pelas vielas e aldeias com os cestos carregados, gritando: "Olha o peixe fresco, freguesia! Acabou de sair do mar." Ela já tem os compradores certos. Essa minha irmã é muito esforçada, mas se casar com o traficante de escravos, aí vai sofrer de verdade.

Mariazinha, de mãos dadas com os outros filhos do casal Flores Blanes, mais uma vez, voltou seu olhar e acenou feliz para sua irmã, que já estava muito distante.

Doña Emília comprou roupas, sapatos e tudo de que a menina necessitava no primeiro armarinho que encontrou. Maria gostava das roupas típicas portuguesas: saias rodadas, aventais e lenços coloridos com muitas franjas. Também aproveitaram para fazer um passeio turístico, pois Maria de Fátima conhecia todos os arredores. Sendo educada, alegre e bem disposta, contava, entre um casario e outro, a história de Portugal e os costumes de seu povo.

Em cada viela que entravam, Maria, bastante engraçada, falava mais sobre a vida das pessoas que ali viviam do que sobre a história do país. Os jovens riam muito, e isso bastava para doña Emília, pois a história ela já conhecia. O que importava mesmo era a alegria dos filhos e da pequena Maria de Fátima.

Apesar de ter 12 anos, Maria era muito miudinha, por conta de sua vida difícil e da alimentação escassa. Todos se afeiçoaram àquela doce e extrovertida portuguesinha. Maria de Fátima seguiu viagem com a família Flores Blanes, não como empregada, mas como mais um membro da família.

A menina queria ser útil e gostava do trabalho doméstico. Assim sendo, estava sempre por perto, ajudando doña Emília tanto na cozinha quanto nos afazeres e na organização da casa, apesar de na residência ter outros ajudantes domésticos. Como desejava aprender bons costumes e etiqueta, se esmerava em tudo o que fazia.

Com o tempo, se alimentado melhor, Maria encorpou e se transformou em uma linda e saudável adolescente. Baixinha, roliça e simpática, era um encanto de pessoa! Sendo muito comunicativa, logo ficou amiga de toda a família.

A jovem era considerada mais uma filha de doña Emília, e começou a estudar no colégio próximo à província em que moravam, onde aprendeu a ler e escrever em português e castelhano. Todos os filhos de doña Emília, inclusive Maria, foram criados de uma forma sadia e com muita responsabilidade.

Sendo muito inteligente, Mariazinha tornou-se uma moça culta e esclarecida. Vez ou outra, contava inúmeras histórias que sabia sobre alguns portugueses que conhecia, pessoas mexeriqueiras que viviam cuidando da vida dos outros, mas não cuidavam de suas próprias vidas. Porém, quando alguém falava da vida deles, a conversa ia parar na polícia, para provar o que disse e o que não disse.

Esse tipo de atitude era corriqueiro nas aldeias, assim como as viúvas e noivas que esperavam pelos noivos que nunca voltariam. Sem esperanças, vestiam sempre o mesmo vestido preto, e também, quando morria alguém na família, os familiares mantinham o luto eterno.

Naquelas aldeias, havia muitas mulheres revoltadas e infelizes que não suportavam ver a felicidade dos outros, e só lhes restavam a santa missa e o padre da paróquia — Monsenhor don João Gordão!

Capítulo 9

A PARTILHA

Quando Carmel estava prestes a sair da Espanha, seus pais reuniram todos os filhos na presença de uma autoridade em leis para discutir alguns assuntos de interesse de toda a família. Ao sair do quarto e ver a família reunida com aquele senhor elegantemente trajado, Carmel logo perguntou:

— O que está acontecendo, *madrecita*?

Calmamente, doña Emília respondeu:

— Não se preocupe, filha! Estamos reunidos por uma boa e legítima causa. Os papéis referentes à documentação de nossas propriedades só chegaram agora. Como você vai para muito longe e não sabemos quando voltará, toda a documentação deve estar em ordem e devidamente esclarecida, para que todos possam assiná-la.

E doña Emília disse mais:

— Só *Dios* é dono de nossas vidas. Nós somos seres mortais, não sabemos nada sobre o dia de amanhã, mas devemos ser justos, corretos e prudentes. Quando *Dios* reuniu a família, não estava brincando. Ele é a Justiça Divina e inabalável... o que é certo é certo! *Dios* disse que todos os filhos são iguais e têm os mesmos direitos, portanto, cada filho terá o que lhe pertence.

Voltando-se para Carmel, doña Emília disse:

— Querida, só falta a sua assinatura perante as leis dos homens, porque para *Dios* essa divisão já estava certa desde que vocês nasceram, pois são nossos filhos.

Em seguida, doña Emília dirigiu-se aos filhos:

— Como Antonio e Pepe são homens, as coisas são sempre mais fáceis, mas infelizmente vocês, Pilar e Carmel, como mulheres, têm poucas regalias e quase nenhum direito, isso em relação aos homens, que são favorecidos por outros homens e se ajudam mutuamente até sem se conhecerem. O varão traz o dinheiro para casa, mas é a mulher que faz economia para que eles possam progredir, ter *status* e tornarem-se poderosos. Depois, eles dizem que fizeram tudo graças ao próprio esforço, como se tivessem carregado um fardo de pedras. Entretanto, a mulher tem experiência nessa história do homem ser um macho que só sabe dar ordens, mas, é claro, não são todos. Nós, mulheres, não temos o mesmo tipo de união que existe entre eles, que não passa de interesses e conchavos, porque todos os homens, amigos ou inimigos, estão sempre dispostos a ajudar-se mutuamente. O machismo exacerbado torna-os cúmplices.

Carmel, atordoada com o assunto, disse:

— *Madrecita* querida, para que tanta conversa? Minha cabeça está girando sem parar!

Doña Emília procurou explicar para Carmel:

— Filha, você vai se casar com o senhor Felipe. Com o tempo, ele poderá usufruir dos benefícios do nosso trabalho. Agora não damos valor a esses bens materiais porque olhamos com o lado do amor que existe em nossa família, que é tão unida. O importante é você, Carmel, a sua segurança e a certeza de que sua vida, mais tarde, quando tiver filhos, estará garantida. Entendeu? Os homens não precisam de proteção, porque não enfrentam os preconceitos que impedem e dificultam a evolução da mulher.

Doña Emília finalizou, dizendo:

— Querida, legalize sua situação assinando este documento, dessa forma, viajará tranqüilamente, porque tudo o que é meu e de seu pai também pertence aos seus irmãos, a você e Pilar. Os homens já são muito favorecidos por serem homens, mas, como não sabemos com quem seus irmãos vão se casar, devemos ter precauções. Os homens são imprudentes e se encantam por qualquer tipo de mulher, misturando seus desejos ilusórios e colocando sua vida e a de seus familiares em jogo.

Carmel perguntou:

— Por que tanta preocupação, *madrecita*?

— Carmel, Carmel, você ainda é muito inocente. Os homens são fracos e enganados facilmente. Podem se iludir com qualquer mulher, muitas vezes interesseiras e dominadoras. Casam-se sem amor, apenas atraídas pelos bens materiais ou pelo *status* que o homem possui. Depois do casamento, gastam tudo o que podem, pois geralmente não foram ensinadas a ser econômicas. Não se sacrificaram nem trabalharam para adquirir os bens que por lei também lhes pertence. Só não podemos generalizar, porque existe a mulher devastadora, mas também a trabalhadora, que deseja formar uma família decente. A boa mulher foi bem criada, trabalha no seu silêncio sábio, e faz do seu esposo um homem honrado e respeitado. A mulher faz o homem e nunca os oportunistas. Essas mulheres amam sua família e seu lar. São verdadeiras heroínas!

Sem nenhuma pausa, doña Emília continuou a falar:

— Durante a vida inteira, seu pai e eu nos dedicamos com muito sacrifício à luta pela nossa subsistência. Queríamos dar o melhor para vocês. Porém, todo o nosso esforço poderá cair em mãos de pessoas que querem usufruir do bem do próximo e não pensam em conquistar nada pelo próprio empenho, apenas querem encontrar tudo pronto. Se o homem tiver a sorte de encontrar uma *muchacha* de *Dios*, compreensiva, que aceite a família para a qual vai entrar, será uma bênção. Uma mulher que reza e se torna nossa nora também será nossa filha. *Dios* permita que seja assim com os seus irmãos.

Doña Emília complementou:

— Seu pai e eu desejamos o bem da nossa família, mas os filhos crescem e não sabemos aonde a vida os levará. Ao morrer, se não tivermos deixado tudo devidamente esclarecido, pode haver uma desunião familiar. É uma lástima ter irmãos inimigos por herança. Para que não aconteça esse desagradável imprevisto, devemos procurar a orientação de homens honrados, imparciais, que entendem sobre as verdadeiras leis. Nenhum de vocês será lesado, principalmente as mulheres. Seu pai e eu desejamos ter a certeza de que você, Carmel, e também sua irmã, Pilar, terão os mesmos direitos dos seus irmãos. Sei que o mundo é ingrato com as mulheres. Já os homens encobrem os erros uns dos outros. Aliás, conheço muitos homens que lesaram suas esposas por influência de amigos e mulheres levianas. Todo cuidado é pouco.

Don José ouviu silenciosamente todas as palavras sábias de doña Emília e concordou plenamente. Ele nascera em uma família justa e correta, assim como doña Emília. Aquelas palavras não eram em vão, pois doña Emília conhecia as leis, os conchavos, as mentiras doces e falsas ditas como palavras corretas, inverdades que prejudicariam muitas pessoas. Uma simples palavra em um documento oficial muda tudo, e não tem volta. As mulheres, quase sempre, são prejudicadas.

Antonio e Pepe, rindo nervosamente, disseram:

— Quanto receio, *madrecita!*

Pepe completou:

— *Padrecitos,* acreditam que nós somos tolos para casar com qualquer *muchacha* que queira nos envolver com seus fascínios, alguém que não tenha brios nem princípios e queira se aproveitar? Isso não, *madrecita.* Sabemos quanto vocês lutaram para conseguir o que temos hoje, e não deixaremos que qualquer *muchachita* destrua as bênçãos que vocês conseguiram através de muito esforço, trabalho e honradez, mantendo nosso nome limpo perante as leis e a sociedade. O nome de nossa família é o que temos de mais valioso e o manteremos intacto, podem estar certos disso.

— Quem vê cara não vê coração. Nem pensamentos! — disse doña Emília. — Vocês, homens, só enxergam o que lhes interessa: a aparência. Pobres tolos! Não percebem que a felicidade, o crescimento moral, espiritual e material vêm de mulheres sábias, sinceras, lúcidas e corretas, fruto das raízes de seus pais e antepassados e dos princípios morais com que foram criadas e educadas. As mulheres podem ser muito perigosas e más quando nascem com má índole e são aproveitadoras. Porém, se vocês souberem escolher uma mulher boa, sincera, correta e que tenha recebido uma boa educação, esta, sim, será uma mulher de *Dios*. Com ela, vocês poderão casar, e com o amor de ambos constituir uma família santa e próspera; caso contrário, poderão cair em um poço profundo, de onde nunca mais sairão. Elas levarão tudo o que é de vocês e da família. Lembrem-se: muitas mulheres usam o casamento como um trampolim para enriquecer e se promover. Por vezes, engravidam para que o filho inocente tenha direito aos bens que pertencem ao pai. Dessa forma, desfruta dos bens de seu filho durante muitos anos.

Antonio disse:

— Carmel vai se casar com o senhor Felipe. Neste caso, a herança também será dele?

— Sim, será pela lei dos homens — respondeu donã Emília. — Mas não por inteiro, porque Carmel não é tola, é inteligente e não se ilude facilmente com palavras mentirosas. Os homens, além de se encantarem facilmente, vivem em função do sexo, e caem aos pés dessas *muchachas* sem escrúpulos e moral. Então... lá se vai tudo o que os pais adquiriram com tanto suor e trabalho durante suas vidas. Vocês não percebem que o encantamento e o sexo acabam muito depressa, e, às vezes, é como uma noite.

Doña Emília concluiu:

— Agora estou em paz, assim como seu pai, porque vocês, meus filhos, assinaram perante a lei dos homens os seus direitos divinos. Saibam que vocês nasceram do meu amor e do amor de seu pai, do nosso sangue, do meu ventre e das minhas dores. Amo vocês quatro da mesma maneira, e desejo que sejam muito felizes. Não foi em vão que nossa família permaneceu unida pela graça de *Dios*. Não permitirei que alguém toque em um só fio de cabelo de vocês ou possa causar-lhes qualquer mal.

Doña Emília falou com a certeza que a acompanhou durante toda a vida. Don José sempre acreditou em suas sábias palavras. Se don José era um homem honesto, trabalhador e respeitado na sociedade, muito devia à sua família de sangue e a essa mulher de fibra e honesta, que sempre o ajudou e ensinou aos seus filhos o que era o bem e o mal. Ela trabalhou ombro a ombro em tudo e esteve sempre presente, ao seu lado, muitas vezes a distância, devido ao intenso e árduo trabalho do marido.

Don José passou a vida inteira no comando do exército, não teve tempo para conduzir a família, e por isso sempre dizia: "Se minha família é honrada e honesta, um orgulho perante a sociedade, devemos à minha esposa, Emília, que ficou em casa educando-os, sendo uma mulher inteligente, gentil, econômica e trabalhadora. Com o seu apoio, pude trabalhar em paz, pois sabia que ela estava no comando da família."

Doña Emília disse com firmeza e serenidade:

— Meus filhos queridos, o pai de vocês sempre foi correto, graças a *Dios*. Mas, se como homem for a favor dos filhos varões para beneficiá-los indevidamente, até a ele virarei as costas para sempre, apesar de amá-lo muito.

Doña Emília tinha certeza de que seus netos seguiriam seus caminhos, com a graça de Deus. Agora, mais calma, apesar de sentir um certo receio em seu coração, sabia que a lei de Deus e dos homens estava sendo cumprida, pelo menos por enquanto, porque a lei dos homens sempre favorece os próprios homens.

Muitas vezes, as esposas desconhecem o lugar onde o marido guarda o dinheiro, que também pertence à família. Se ele morrer, só os falsos amigos saberão onde está o dinheiro. Caso o marido tenha emprestado dinheiro, ou se fez algum tipo de sociedade sem que sua esposa saiba, toda a família terá prejuízo.

Carmel poderia seguir viagem para o Brazil e cumprir sua missão de mulher valente e forte, levando a certeza de que ela pertencia a uma família honrada e justa, que lhe dera todas as garantias de que teria o que era seu por direito. Tudo estava corretamente justo, e ela tinha segurança para o seu futuro.

A justiça do Senhor Jesus é a mais importante. Ninguém passa imune pelo Seu crivo.

Capítulo 10

O CASAMENTO DE CARMEL

Depois da longa conversa com a família sobre a partilha, tudo ficou esclarecido. Agora a preocupação de doña Emília era com o enxoval da noiva:

— Pilar, por favor, ajude Carmel a rever o enxoval e verificar o que está faltando.

Pilar, prestativa, respondeu:

— Está bem, *madrecita!*

E dirigindo-se à irmã disse:

— Carmel, eu e Mariazinha faremos a decoração da cerimônia.

Carmel concordou, dizendo:

— É claro, minha irmã! Você tem muito bom gosto. Mas quero pedir um favor: desejo que em minhas bodas estejam somente meus familiares, e, claro, todos os colonos e empregados que ajudaram de alguma forma a construir nossa casa e cuidar de nossas terras. Quero todos ao meu lado para brindar comigo esta despedida, que não será para sempre, pois em pensamento estaremos juntos. Levarei em minha bagagem mental tudo o que vi e aprendi aqui, mas essa bagagem é tão grande... Acho que não vai caber no navio.

— Tem razão — disse Pilar —, é como se os colonos fizessem parte da nossa família, por isso, é importante que estejam ao nosso lado nessa data tão significativa.

A jovem noiva disse:

— Nessas horas simbólicas devemos mostrar nosso reconhecimento a todos que de alguma forma se doaram e estiveram trabalhando ao nosso lado, porque também contribuíram para o nosso crescimento. Não devemos nos deixar levar por gentilezas e conchavos de pessoas que não têm nada a ver com nossa vida e com o momento tão sublime de união. Muitas pessoas vão às festas e reuniões mesmo sem conhecer os anfitriões, apenas por interesse próprio.

Carmel continuou:

— *Madrecita,* desejo que convide a minha madrinha de batismo, a tia Carolina. Devo muito a ela por tudo o que me ensinou durante minha vida, inclusive a ser independente. Tenho muito a lhe agradecer, por isso sua presença é tão importante. Quero que seja a primeira a me ver vestida de noiva e que esteja sentada ao nosso lado na mesa de recepção.

Doña Emília interrompeu a filha e disse, preocupada:

— Carmel, seu noivo pode não gostar. Deve querer que o general, que tem tanta importância em sua carreira, esteja entre você e ele, e não sua tia, que para ele não tem importância alguma.

— Felipe vai ter que aceitar, *madrecita!* Devo à minha tia muito do que aprendi sobre comportamento social. Generais existem vários, mas minha tia é única. Desejo que esteja à minha mesa, assim como vocês, minha família. Pedirei ao retratista que pinte um quadro com todos nós juntos; é muito importante para mim. Quero guardar esta recordação para sempre!

Enfim, chegou o grande dia!

A cerimônia transcorreu com sobriedade em uma atmosfera simples, porém requintada. Pilar e Maria enfeitaram o altar com flores do campo, maçãs e uvas. Um jantar leve e saboroso foi servido, regado com o melhor dos vinhos. Tudo estava perfeito!

O traje da noiva era tipicamente espanhol. Carmel usava uma bela mantilha, tradição da família, adornando a cabeça. A mantilha fora de sua avó, depois de sua mãe, e no futuro passaria para Pilar.

Carmel estava linda, simples, sóbria e com refinada elegância. Felipe, também muito alinhado e com pompa, usava seu uniforme de gala do exército português.

Maria, que se estava ao lado de Pilar, enrubesceu quando fixou seu olhar no senhor Felipe. Nesse momento, teve a certeza: era ele mesmo! Já conhecia aquele *gajo,* e era o noivo de sua irmã, Maria da Glória. Porém, a jovem provou ser sábia, e manteve silêncio. Ficar calada foi muito difícil, mas engoliu seu comentário com firmeza.

Após a cerimônia, enquanto os convidados se acomodavam nos lugares predeterminados, Felipe se aproximou de Carmel e disse:

— Querida, convidei mais dois militares. São pessoas influentes na corte, por isso devem sentar-se ao nosso lado na mesa. Você sabe... esse tipo de relacionamento é muito importante para o futuro da minha carreira, entende?

Carmel respondeu energicamente:

— Mas... você disse que era apenas um, e agora são mais dois! Além do mais, não os conheço, e o avisei de que não queria jogo de interesses e conchavos em nossas bodas!

Naquele momento, Felipe, constrangido e muito nervoso, começou a conhecer o verdadeiro temperamento de Carmel. Rispidamente, disse ao ouvido da esposa:

— Agora somos casados, entendeu? Você me deve obediência! Esses senhores devem sentir-se como se fossem da minha família, afinal, são meus convidados de honra! Tanto eles como o general Castro sentarão à nossa mesa.

Carmel, nervosa, retrucou:

— O lugar será ocupado por minha tia, já está decidido! Quero que ela esteja perto de mim, para ter a lembrança do meu casamento.

— Sua tia pode se acomodar ao lado dos colonos, pois, pois? Não vai fazer diferença alguma, visto que será sempre sua tia. Já eu, tenho interesses com meus amigos que dependem muito do contato de hoje.

— As máscaras vão cair! — disse Carmel bastante revoltada e decidida. — Mais cedo ou mais tarde, os que estiverem fora das leis de *Dios* e dos homens vão cair por terra. Eu nunca fui injusta, e não serei agora. Minha tia é muito impor-tante para mim, e não me venha com a conversa de colocá-la em outra mesa. Também não quero que o retratista pinte um quadro com pessoas que nunca vi e não conheço. Dispense o retratista já!

Felipe, zangado e irritado, aproximou-se gentilmente dos amigos, tentando disfarçar o desentendimento com Carmel.

— Por favor, meus amigos, esperem um instante. Vamos providenciar uma mesa especial para vocês. Não podem se misturar com pessoas simples, como colonos e serviçais. Suas excelências devem estar ao lado dos nobres.

Aproximando-se de Maria sem reconhecê-la, Felipe disse:

— Senhorita, providencie uma mesa para os meus amigos generais.

— Como queira, senhor Felipe — respondeu Maria, abaixando a cabeça com reverência.

— Assim está bem. Cada um deve manter-se em seu lugar — disse Felipe com firmeza.

Doña Emília, envolvida com a festa e atenta para que tudo saísse de acordo com seus propósitos, não percebeu o que estava ocorrendo e quanto sua filha estava contrariada.

No entanto, sua tia Carolina notou o contratempo, e como conhecia bem a sobrinha não quis magoá-la, portanto, fingiu não perceber aquela situação desagradável. Andava pela sala com sua irmã, doña Emília, cumprimentando a todos com um grande sorriso, próprio de pessoas sábias, inteligentes e educadas.

Embora preocupada, não podia fazer nada. Para ela, o importante era a felicidade de Carmel. Pressentia que a jovem tinha seu destino traçado e uma missão a cumprir.

A senhora Carolina estava muito elegante em seu vestido preto com flores vermelhas. Uma flor também vermelha enfeitava seus cabelos. Já doña Emília, encantadora, usava uma *peineta*[1] enfeitando seus

[1] Adorno.

cabelos encaracolados e um lindo vestido de cetim na cor violeta. As duas irmãs faziam as honras da festa, pois eram muito amigas, se amavam e se respeitavam.

Doña Carolina jamais esqueceria a cerimônia de casamento da querida sobrinha que ajudara a criar. Quando Carmel era criança, sua tia fazia seus lindos vestidinhos. Também amava seus irmãos e gostava quando saía com eles e seus amiguinhos. Todas as vezes que se reuniam era uma festa, pois dona Carolina inventava muitas brincadeiras e as crianças adoravam. Esses momentos foram de muita união e amor.

Muitas vezes, para ver o sol nascer, doña Carolina e as crianças subiam pelas colinas até alcançarem um morro bem alto. Para isso, saíam de madrugada, e, no topo da montanha, todos se ajoelhavam e uniam as mãos em posição de prece. Oravam ao mesmo tempo que o sol despontava na colina. Depois, de mãos dadas, agradeciam a Deus por tantas dádivas e bênçãos.

Para doña Carolina, foi uma grande emoção ver sua sobrinha vestida de noiva, e a todo instante ajeitava a calda do vestido dela.

Doña Carolina pensava... "Carmel foi educada com todo o amor, o respeito e a bênção de *Dios.* Como está escrito na *Santa Bíblia,* deixará sua casa para seguir o próprio destino e o mundo. Formará uma nova família, e levará as minhas bênçãos e o meu desejo de que o casal seja muito feliz."

Doña Carolina amava muito sua sobrinha, e em suas orações e pensamentos, mesmo na imensa distância em que vivia, estaria sempre ao seu lado. Pedia a Deus sabedoria e lucidez para que Carmel, mesmo nos infortúnios da vida, cumprisse sua missão.

Capítulo 11

A VIAGEM

Felipe não se casara antes porque vivia constantemente viajando entre o Brazil e Portugal. Essas viagens eram muito importantes para sua carreira, e com uma família teria outras responsabilidades.

Apesar de noivo de Maria da Glória, uma portuguesa que trabalhava no porto, ao conhecer Carmel, Felipe achou que teria certas vantagens casando-se com ela. Precisava resolver sua vida porque os anos não passavam em vão, assim, resolveu se casar com a espanholinha e viajar para o Brazil, onde ficariam longe do convívio de seus pais.

Conversando com um amigo que estava na mesma embarcação, Felipe falou:

— Para mim, foi lucrativo casar com Carmel. Além de graciosa, é educada e pertence a uma família honrada e muito respeitada. Com certeza, tem bons princípios, e eu desfrutarei desse privilégio. Mas a coitada é tão frágil! — disse desalentado. — Creio que Carmel não vai agüentar tantas privações, pois é muito delicada, parece uma criança indefesa. Será que errei ao escolher essa rapariga para minha esposa? Na verdade, o certo seria ter casado com uma mulher que não tivesse medo do trabalho pesado, como a Maria da Glória. Aquela, sim, era uma boa mulher para me acompanhar ao Brazil; um burro de carga, mulher para tudo, que suportaria qualquer privação da vida. É uma rapariga forte, robusta, talvez até um pouco masculinizada. Seus tornozelos são grossos, fortes para sua estatura, e no rosto redondo possui penugem e até uns bigodinhos. Uma mulher sem vaidades! A beleza não passou perto dela, porém, isso não é defeito, é o seu jeito de ser.

Felipe fez uma breve pausa e continuou:

— O importante é que Glorinha é trabalhadora e encara qualquer serviço braçal. No cais, recolhe as sardinhas rejeitadas pelos pescadores, mas frescas e em bom estado de conservação, e leva-as para as aldeias em cestos enormes. É difícil imaginar como a rapariga agüenta aquele trabalho. Mesmo sendo homem, eu jamais suportaria aquele cheiro nojento de peixe, que impregnava suas roupas e o corpo. Mas, Glorinha, por ser uma camponesa rústica, não se importava, queria era ganhar dinheiro e ir para o Brazil, pois sabia que lá ficaria rica com o seu trabalho braçal. Esse é o seu maior sonho. Pena que não sentia nenhuma atração por ela, e, depois, como uma mulher tão rústica poderia me acompanhar na corte? Fiz o que devia ser feito, escolhendo uma moça delicada, que parece até indefesa, apesar de ter percebido que Carmel tem um gênio forte. Com o tempo, eu amanso essa fera, porque é somente uma mulher.

Esse era o pensamento de Felipe. E essa conversa revelava o tipo de homem que era. Sem sombra de dúvidas, um homem insensível e sem quaisquer escrúpulos.

Felipe começou a andar inquieto de um lado para outro. O porto estava lotado. A confusão era muito grande entre os que iriam embarcar e os familiares e amigos que vieram para as despedidas de seus entes queridos.

O navio proveniente de Lisboa, que agora atracava em terra espanhola, trazia muitas mercadorias, algumas valiosíssimas, por tratar-se de pessoas da corte, e também encomendas solicitadas por pessoas mais abastadas que já residiam no Brazil. O navio também levava finas iguarias, para suprir os passageiros durante a longa viagem, além de alimentos não perecíveis que seriam armazenados nas grandes fazendas. E ainda diversos tipos de encomendas de valor que jamais seriam encontrados no Brazil, além de presentes caríssimos que os fazendeiros milionários dariam às suas amantes da corte e para suas casas-grandes das fazendas.

Na embarcação, estavam muitos escravos domésticos, para ajudar os passageiros mais ilustres, como os nobres e religiosos, além de cozinheiros, retratistas, pintores, escritores, etc.

No interior do navio, estava tudo o que existia de mais requintado e exigido para o conforto dos passageiros da primeira classe. As maletas e baús estavam repletos de utilidades domésticas, e toda essa mercadoria estava armazenada no porão.

Os irmãos de Carmel, junto com os serviçais, levaram para a embarcação os baús pesadíssimos, repletos com o rico enxoval da irmã. Carmel tinha consciência de que era um absurdo todo aquele sacrifício, mas era o desejo de sua família. Ela pensava: "Para que tantos vestidos rendados, de seda pura, rendão, brocado, linho, algodão puro, e camisolas bordadas com fios de ouro e prata? Para que tanto, se vou morar em uma terra tão rústica?"

Na despedida, doña Emília disse à filha:

— Carmel querida, você acha que não há necessidade de levar tantas jóias e coisas finas para um país ainda selvagem, não é? Mas, filha, a vida dá muitas voltas. Não sabemos o que *Dios* está reservando para você. Eu, como mãe, tenho obrigação de dar o melhor aos meus filhos.

E doña Emília ainda deu os últimos conselhos:

— Tudo será muito útil. Na sua nova vida, precisará dessas coisas, e tenho certeza de que vai pensar em mim! Quem sabe um dia poderá freqüentar a alta sociedade brazileira e necessitará desse enxoval precioso. Seu marido pode ser transferido para um cargo importante, e você, querida, deverá representá-lo à altura, pois será uma dama. Uma mulher bonita e vaidosa chama a atenção de todos. Seu marido se alegrará por ter casado com uma espanhola tão elegante e *salerosa*.

Com essas palavras, doña Emília, tentava iludir a si mesma. Como todas as mães, ela desejava o melhor para os seus filhos.

Na bagagem, Carmel também levava muitas delícias, coisas saborosas como *jamón*[1], frutas em compota, doces diversos e especiarias, além de uma grande caixa de maçãs verdes, que perfumavam o local e deveriam amadurecer com a chegada ao Brazil.

Depois de muitos abraços, recados, conselhos, lágrimas, carinho e emoção dos familiares, o casal subiu na luxuosa embarcação, onde foi recebido com muita distinção por Tomé, jovem soldado raso que estava a serviço do militar senhor Felipe Martins. O rapaz levou-os até os seus aposentos, que eram separados, afinal, fora apenas mais um casamento de conveniência.

Tomé era um homem negro, extremamente educado, que trajava um uniforme da corte portuguesa, onde estava iniciando sua carreira como militar da marinha. A seguir, pediu licença ao casal e aproximou-se para pegar as maletas de Carmel, que ao fitá-lo sentiu um arrepio percorrer sua espinha. A jovem sorriu aliviada e agradeceu, enquanto Tomé retribuiu com o olhar repleto de carinho, fazendo com que o coração daqueles dois seres que acabavam de se conhecer palpitasse alegremente. Era a certeza de encontrar um amigo e a sensação de que já se conheciam há muito tempo.

Tomé era filho de Gândia, negra escrava trazida da África entre outros tantos negros. Viera com o filho na barriga, pois os caçadores que a laçaram com uma rede para animais não perceberam sua gravidez, somente observaram sua beleza e graça; isso era muito importante para os escravocratas, pois as moças jovens e bonitas eram vendidas por valor altíssimo, e usadas para a prostituição.

A família de Gândia fora levada para a colônia inglesa da América do Norte, por isso, estava só nessa terra de estranhos costumes, muito diferentes da sua terra natal. Depois de algum tempo no Brazil, a barriga de Gândia foi aparecendo, e ela fugiu para a selva, onde passou a viver com os índios.

Gândia pertencia a uma família nobre e culta de Angola, e sua bagagem era o maior tesouro que alguém pode ter: **o saber e o estudo.** Assim, ensinava as crianças indígenas, os negros e seus próprios filhos, Tomé e Ritinha, que também nascera no Brazil, fruto de um amor

---

[1] Presunto parma.

proibido, pois o rapaz, um escravo que, embora alforriado, fora levado pelos escravocratas para uma terra distante.

O filho, Tomé, foi convocado pelo exército por ser alfabetizado e possuir educação esmerada, dada pela própria mãe. O rapagão de semblante sereno, que irradiava muita paz interior, era diferente dos outros rapazes e tinha uma conduta exemplar. Era um soldado de grande confiança e muito estimado por todos devido à sua conduta refinada.

Tomé tinha elegância no andar, cabelos curtos, nariz semelhante ao de sua raça, boca carnuda, corpo esbelto e personalidade altiva. Enfim, era um homem que se diferenciava até dos grandes nobres branquelos e sujos, que usavam aquelas horríveis perucas e roupas imundas e malcheirosas.

Os europeus que vieram ao Brazil em busca de riquezas, na sua maioria, eram pessoas sem princípios morais, sem cultura, e compravam amizade e nobreza, bens que jamais iriam adquirir por si mesmos. Faziam negociatas ilícitas por meio de pessoas nefastas, ladras e trapaceiras. Às vezes, pobres ignorantes que aceitavam fazer transações desonestas para poder sair da prisão. O único diploma que esses europeus dispunham era o poder financeiro cruelmente adquirido à custa dos brazileiros.

O capitão deu o sinal para que todos os passageiros estivessem a bordo. Pessoas ficaram tensas, muita correria, muitos abraços... mais um instante e... o último sinal, com um som comovedor, triste e melancólico. Muita emoção envolvia a todos, as lágrimas rolavam pelas faces, dor pela separação, medo, esperança, alegria, grandes sonhos de aventura e... Saudades pela distância que seria inevitável.

Carmel olhou pela última vez para seus familiares. A dor era imensa, mas se manteve firme, em absoluto silêncio. E, procurando conter as lágrimas, levou suas mãos ao peito, como se quisesse segurar seu coração que batia acelerado.

Acenando com o lenço branco, viu que pouco a pouco se distanciava de sua tão amada família e de sua querida Espanha, enquanto o som do vapor em movimento se misturava à melodia das águas revoltas.

Tomé, que a observava, aproximou-se e perguntou:

— A sinhá precisa de alguma coisa? Percebo que está muito sozinha e angustiada, enquanto o seu esposo está muito ocupado, conversando com outros militares. Meu nome é Tomé, e estou aqui para servi-la. Sou um soldado a serviço do seu esposo, o senhor Felipe Martins. Entendo sua tristeza! As despedidas são sempre muito dolorosas, mas procure se acalmar. A vida há de ensinar a sinhá a suportar essa distância.

— Senhor Tomé, eu mesma escolhi o meu destino e vou à procura dos meus ideais. Por isso, não tenho o direito de chorar como as outras pessoas. Procurarei me manter firme, e, dessa forma, tentarei amenizar meu sofrimento — disse Carmel, com a voz entrecortada pela dor.

— *Gracias,* senhor Tomé! — completou Carmel.

— Sinhá, por favor, não me chame de senhor, porque sou um simples soldado a serviço da corte de Portugal, um escravo que teve mais sorte e oportunidades, mas almejo um dia tornar-me um grande militar, e o Brazil se orgulhará da minha pessoa e da minha origem negra. Estou aqui para ajudá-la no que for necessário. Esse é o meu trabalho, não se preocupe.

— Pois bem, prefiro chamá-lo pelo seu nome, pois desde o primeiro instante em que o vi senti que seríamos grandes amigos, e entre amigos não há formalidades. Tomé, é doloroso ver como nossos familiares e nossa pátria vão se afastando de nossa vida. Sinto como se estivessem arrancando um pedaço de minhas entranhas. Aos poucos, tudo vai se distanciando, mas, ao mesmo tempo, sentimos que aqueles que amamos estão mais próximos de nossos corações. O meu peito está repleto de amor pelos meus entes queridos, e os levo bem juntinho de mim, aqui dentro do meu peito. Assim, estarão comigo onde eu estiver! — Carmel disse isso apertando fortemente suas mãos contra o peito.

Já se passara uma semana, o mar tornara-se cinzento, e o navio estava se afastando da costa da Espanha.

Para Felipe, não havia problema algum em razão das freqüentes viagens que fazia. Estava acostumado às turbulências, inclusive, por vezes, correu risco de vida, pois sendo militar devia enfrentar todos os perigos e as tempestades, tanto da natureza como da própria vida. Para um militar, não existe a palavra **medo** e **não posso**. Isso é ponto final. É honra!

Várias semanas se passaram e a viagem transcorria normalmente.

A frota era composta por vários navios, porque o número de pessoas que desejava aventurar-se à procura de minérios e riquezas era grande. Pessoas de diversas origens e culturas estavam separadas por navios de acordo com suas posses e estirpe. A embarcação de Carmel era uma das mais luxuosas.

Em outras embarcações, viajavam plebeus, boêmios, prostitutas de todos os tipos e polacas, as preferidas dos fazendeiros. E também ladrões, mercenários e assassinos que estavam presos nas masmorras, condenados à prisão perpétua ou a morrer na forca, além de feiticeiras que iriam para as fogueiras (as chamadas feiticeiras eram mulheres sábias), pessoas desempregadas, ladinos e mendigos. Enfim, a escória da Europa, principalmente a de Portugal, era trazida para o Brazil, já que o país pertencia aos portugueses, há algum tempo, por meio de negociatas feitas com outros países europeus. Negócios ilícitos e muito lucrativos.

Esses navios não tinham conforto algum e levavam somente o necessário para o sustento na viagem. Também faziam parte da frota os *navios negreiros*, que transportavam negros escravos de todas as nacionalidades e culturas. Entre os negros, havia ricos, pobres, intelectuais, estudiosos, lavradores, carpinteiros e homens com profissões honradas. Mas como os brancos diziam: "Preto é preto!", não importava de que país ou continente viessem, bastava que esses negros estivessem estabelecidos na África. Indianos, mouros e outros que tivessem pele escura eram capturados e acorrentados sem chance de defesa.

Essas pessoas não tinham acesso a qualquer tipo de higiene, recebiam o mínimo para comer e eram tratadas como animais selvagens. Também, isso não poderia ser diferente, pois esses escravos estavam nas mãos dos sanguinários europeus e dos escravocratas.

O tempo foi passando lentamente...

Certo dia, o céu escureceu de uma forma assustadora. Raios atravessavam o espaço, e os trovões ensurdecedores deixaram todos aterrorizados. Teve início uma tenebrosa tempestade, que, por vários dias, trouxe pânico, desespero e morte. Uma tragédia! A cena horrível era indescritível. As embarcações balançavam de modo assustador e pareciam folhas ao vento, sem qualquer direção.

A água avassaladora entrava nas cabines e levava tudo por onde passava. Vários navios bateram em rochedos e foram destruídos. O pânico foi geral, e muitas pessoas morreram!

Só foi possível avaliar a intensidade dos estragos depois de alguns dias. O navio em que viajavam Carmel e os nobres tinha estruturas de maior resistência e, assim, suportou melhor a fúria da natureza. No entanto, quase todas as embarcações mais simples e pobres, principalmente as que levavam os escravos e os presos, naufragaram por não terem resistência alguma. Muitas vidas se perderam: brancos, negros, ricos, pobres, nobres e escravos. A natureza não faz distinção. Um drama cheio de gritos de horror, dor e medo. Nesse momento, todos eram iguais — simples mortais unidos pelo desespero.

Quando voltou a calmaria, o sol escaldante transformou em inferno a travessia no meio do mar, outrora em fúria. Sem recursos nem reforços, os sobreviventes permaneceram amontoados nas embarcações que restaram. A água e os alimentos se tornaram escassos, fazendo-os passarem por todo o tipo de privações.

No navio em que Carmel viajava ocorreram algumas mortes, principalmente de algumas damas da corte, causadas por parada cardíaca provocada pelo medo. Muitos nobres foram atirados ao mar da mesma forma que os negros escravos.

Os corpos dos mortos e também dos que estavam doentes tiveram o mesmo destino: jogados ao mar sem piedade nem distinção. Na verdade, a vida não escolhe quem vai ser atingido por uma fatalidade.

Após o reparo dos navios, o capitão-mor deu ordem para que a viagem prosseguisse. Os negros sobreviventes dos navios negreiros, bem como as prostitutas e os assassinos, foram levados para as embarcações de luxo que resistiram à tormenta, porém ficaram presos no porão. Por segurança, a marinha militar teria que esconder, aparentemente, os fora-da-lei vindos de Portugal.

Todos se encontravam na mesma situação de desconforto diante do calor infernal que dificultava até mesmo a respiração. Os nobres jamais sofreram tanta humilhação, sendo obrigados a conviver com pessoas humildes, menos favorecidas pela vida. Não havia água para a higiene ou mesmo para saciar a sede.

O tempo oscilava em alto-mar. O calor se alternava com raios que entrecortavam o céu de ponta a ponta. De repente, trovões, a tempestade rápida e depois a calmaria.

O medo e o sofrimento permaneciam no coração de todos. Todos estavam magros, famintos, sujos e cansados, no entanto, apesar de todo o sofrimento, os mais humildes mantinham a fé e a esperança de alguma mudança.

Muitos escravos não resistiram a tanta dor e sofrimento; a fraqueza dominava seus corpos e mentes, e, dessa forma, acabaram morrendo e foram lançados ao mar sem que suas almas tivessem direito a uma única prece. Aliás, os brancos diziam que os negros e a mulheres não tinham alma, por isso, nenhum dos dois tinha valor.

Em silêncio, os padres, as filhas de Maria e as pessoas amigas faziam orações para que esses seres humanos sofredores descansassem em paz.

Os escravos eram pessoas revoltadas, que, em seu desespero, ao mesmo tempo que oravam, esbravejavam, gritavam e cantavam músicas que reverenciavam sua cultura. Os gritos e soluços saíam com toda força do mais fundo de suas entranhas. Angustiados pela violência e injustiça que estavam fazendo com seu povo, não aceitavam tamanha humilhação, pois não pediram para estar ali, e foram arrancados de sua terra natal, onde viviam muito bem e felizes.

Entre os negros capturados na África, havia nobres, reis e rainhas, pessoas que tinham sua família formada com muita dignidade, provenientes de diversas tribos que mantinham o respeito entre si, e também pessoas comuns, trabalhadores responsáveis que lutavam pelo seu país.

Os brancos estrangeiros, vindos de várias partes do mundo, invadiram as terras africanas, e, como eram caçadores de escravos, não tinham qualquer tipo de cultura, moral, espiritualidade ou senso de humanidade.

Os negros vieram conscientes do sofrimento que os esperava, mas o que mais doía era o tratamento desumano que recebiam, o desrespeito sórdido e cruel. A saudade afligia seus corações quando se lembravam dos familiares que haviam deixado em sua terra natal. Sabiam que jamais teriam notícias deles nem ao menos saberiam para onde haviam sido levados, porque vários países utilizavam aquela mão-de-obra escrava.

Os negros eram fortes, aparentemente rudes, mas ao mesmo tempo muito sensíveis — ao contrário dos brancos, que tinham mãos finas e delicadas, mas o coração duro como uma rocha. Alguns negros vieram com seus parentes, só que foram separados durante a viagem, para que não houvesse risco de conversarem entre si e se rebelarem contra os brancos. Eram vigiados pelos capatazes, que estavam sempre de prontidão, com o chicote nas mãos, atentos a tudo e a todos os movimentos dos negros.

No convés da embarcação estavam os brancos, nobres, intelectuais, militares e padres, que vieram para catequizar os índios e os negros. Também pessoas comuns, que vinham ao Brazil à procura de negócios ilícitos, como ouro e outras riquezas que o país oferecia a quem quisesse explorar a boa terra de farturas e belezas.

O Brazil é uma terra de ninguém... Uma terra sem dono!

Nessa altura da viagem, Carmel estava exausta, pálida e mais magra. Sua face já não apresentava o tom rosado, saudável, e nem seus lábios mostravam o carmim marcante. O cansaço dominava seu corpo frágil, mas o espírito forte e contestador não aceitava o que estava vendo e ouvindo. A justiça corria em suas veias! Sem perceber, estava provocando a revolta dos homens cruéis, pois Carmel era uma revolucionária e tinha sede de justiça!

Quando a embarcação atracou no Brazil, Carmel ainda sentia o balanço das ondas batendo no casco. Olhou a aglomeração de gente no cais e não viu nenhum rosto conhecido. Todos estavam à procura de seus familiares e amigos, esperançosos e curiosos com o que o destino lhes reservava.

Carmel olhou para um lado, para o outro, e nada do seu marido, o senhor Felipe. Já estava desesperada, quando viu Tomé acenando com um lenço vermelho e gritando:

— Sinhá Carmel! Veja, estou aqui... Espere... Irei até aí para ajudá-la. Não saia do lugar, entendeu?

Foi a primeira vez que Carmel sorriu depois que saiu da Espanha, pois sentiu alívio em seu coração solitário e machucado ao notar que tinha alguém para ampará-la. Tomé andava apressadamente no meio da multidão, e abanando o lenço e sorrindo de felicidade, dizia:

— Calma, sinhá... estou chegando!

Quando o navio atracou, Tomé pegou uma carroça e colocou todos os pertences de Carmel, que perdera pouca coisa durante a tempestade. Depois, *mui* gentilmente, segurou sua mão e a ajudou a acomodar-se na carroça. A bagagem de Carmel — inclusive os grandes baús com o enxoval — estava quase toda a salvo. Apenas algumas maletas ficaram para trás, flutuando entre os corpos sem vida e as bagagens de pessoas que perderam tudo o que tinham de material, mas agradeciam a Deus por estarem vivas.

Carmel e Felipe tiveram mais sorte, pois perderam pouca coisa, nada de tanta importância comparado com o valor da vida.

Capítulo 12

A CHEGADA

Os generais do comando do exército de Portugal tinham a missão de proteger as capitanias. Sabendo da existência das riquezas do Brazil, os portugueses faziam suas negociações antecipando-se a outros países que não acreditavam nas supostas lendas de que havia índios e florestas imensas no país.

Nesse ínterim, os brancos que foram chegando se estabeleciam em latifúndios sem registro algum.

No Brazil, predominavam árvores frondosas, como carnaúba, seringueira, pau-brasil, cacau, entre outras, que, além da madeira valiosa, tinham importante valor para a ecologia mundial. Também muito ouro, valiosos minérios, pedras preciosas e diamantes. Os portugueses tinham certeza de que existia muita riqueza no Brazil, porém faltava mão-de-obra especializada para sua extração.

Os índios, verdadeiros donos da terra, eram aparentemente selvagens, indolentes e indefesos. Entre eles, não existia malícia. Isso era tudo de que os estrangeiros precisavam: pessoas sem iniciativa, vaidosas, frágeis e passivas. Era muito fácil ludibriar essa gente inocente.

Bem, os escravos trazidos para o Brazil tinham seus destinos traçados: caberiam a eles os trabalhos mais rústicos, duros e pesados. Logo após a chegada, os negros eram levados à praça, onde ficavam amarrados como animais ferozes — mulheres e homens assustados e seminus tinham o preço amarrado nas correntes para facilitar a compra. Pareciam simples mercadorias.

É importante salientar que alguns negros possuem baixo número de glóbulos vermelhos no sangue, porque são portadores de uma síndrome **falciforme** — a **talassemia**, também conhecida como **anemia do Mediterrâneo**[1]. Ela é comum em pessoas dessa região, descendentes de italianos, espanhóis, gregos, asiáticos e africanos. Essa anomalia é hereditária e afeta a capacidade do organismo produzir hemoglobina, proteína existente em nossas células vermelhas (hemácias), responsável pelo transporte do oxigênio para todas as partes do corpo.

Muitos negros, além de desnutridos, também eram portadores dessa deficiência, e desmaiavam em qualquer lugar devido à baixa resistência do organismo. Os mandatários, como não sabiam dessa insuficiência, ao ver os negros desanimados e sem forças, achavam que eram vagabundos. Assim, esses pobres seres eram sacrificados.

Os negociantes tinham seus planos financeiros estabelecidos para cada "mercadoria" (assim eram tratados os negros escravos), e o preço dependia da origem e dos costumes. A praça ficava lotada de compradores apreciando as mais diversas "mercadorias".

Era um dia de festa para as prostitutas. Lá estavam quase todos os fazendeiros ricos e os nobres da região, que, depois das compras, festejavam nos bordéis com a bolsa recheada de dinheiro e ouro maciço.

Depois de muito arrumadas, com flores e fitas nos cabelos, as prostitutas se debruçavam sobre a janela, onde penduravam suas colchas

---

[1] Essa síndrome no sangue provoca uma falsa anemia. Não se trata de uma doença, mas é importante que a pessoa portadora saiba de sua existência.

de renda coloridas e cheias de babados. Era uma forma de atrair e chamar a atenção dos coronéis, escravocratas e de qualquer homem inconseqüente, que, enquanto desonrava sua família que o esperava em sua bela fazenda, se divertia de forma fugaz para saciar seus prazeres carnais.

As damas da corte que iam ao leilão vestiam seus melhores trajes e jóias valiosíssimas — enfim, todos queriam se exibir com grande ostentação. Enquanto isso, os pobres mendigos já existentes no Brazil ficavam à espreita para ver se conseguiam pegar um resto de comida e um pouco de água para saciar a sede.

Os escravos eram colocados no palanque... O silêncio entre eles era absoluto... Em seguida, tinha início o leilão. Os sinhozinhos fazendeiros diziam em alto tom:

— Senhoras e senhores, aqui tem uma boa mercadoria. São escravos vindos no navio negreiro que atracou há pouco, e possuem apenas algumas lesões pelo corpo devido ao naufrágio sofrido pela tempestade que os surpreendeu em alto-mar. Mas não é nada grave, pois, caso contrário, teriam sido deixados boiando em alto-mar. Não queremos enganar ninguém. Nosso trabalho é atribulado e exaustivo, mas os senhores podem escolher à vontade. Se tiverem algum prejuízo, poderemos repor qualquer mercadoria. Perdemos muito dinheiro com essa fatalidade, mas com o trabalho dos escravos logo recuperaremos os prejuízos. Então, senhores, vamos às compras! Quem oferecer mais leva a melhor mercadoria.

O discurso prosseguiu:

— Este negro veio da África. É dócil e útil para as prendas domésticas. Temos outro aqui ótimo para carregar pedras e fazer trabalhos pesados; entre eles há excelentes carpinteiros e também outros com várias habilidades para qualquer tipo de trabalho.

Depois, chegou a vez de uma escrava.

— Esta escrava é ótima para o prostíbulo, ou para ser sua prostituta particular. Seu preço é mais elevado porque tem predicados diferenciados. É forte, saudável e será de muita serventia dentro de casa, pois, além de cuidar do fogão e de outros afazeres, poderá dar prazer carnal ao seu dono e aos filhos jovens. Esta negra também tem tudo para ser uma ótima parideira, pois com as ancas largas vai parir com facilidade, e, em pouco tempo, fornecerá mão-de-obra sem necessidade de gastar mais dinheiro. Desde muito pequenas, os negrinhos vão para a roça plantar e colher.

E assim prosseguiu o leilão dos negros, que tinham funções diversificadas como escravos.

Os preços eram os mais variados, e podiam dobrar dependendo da função e do porte físico da "mercadoria". A saúde e a beleza dos escravos eram avaliadas da cabeça aos pés, com detalhes até humilhantes.

O silêncio entre os negros era absoluto. Eles mantinham a dor e os soluços discretamente sufocados em seus peitos, embora o medo estivesse estampado em seus olhos.

Para esses negros, existia somente a fé na clemência de Deus, porque naquele momento de humilhação só restava a ajuda vinda de suas crenças, da "mãe terra" e seus deuses da natureza. No entanto, nada podiam fazer em favor do próprio benefício ou de seus irmãos de raça e credo.

Após a negociação, os escravos saíam por uma passagem específica, amarrados como animais selvagens, enquanto os nobres saíam por outra com toda a cerimônia e pompa. Carmel estava entre esses nobres, porém, enojada com a crueldade que presenciava. Jamais imaginara tanta maldade entre seres humanos.

Com seus olhos pequenos e arregalados, Carmel não entendia nem aceitava o que via. Seu corpo inteiro tremia, numa mistura de raiva e compaixão. Seu desejo era abraçar com seus braços frágeis aqueles semelhantes que estavam sendo tão humilhados.

Como o Brazil possui uma grande extensão de terra, ninguém sabia como iniciar a colonização. Não tinham noção do que deveriam levar e trazer para comercializar. Por isso, até hoje, o Brazil tem dificuldades de negociação.

Começaram trazendo todos os tipos de pessoas, pois o que importava era a mão-de-obra para o trabalho braçal. Dessa forma, os estrangeiros limparam os porões do seu país de "gente não grata para o convívio".

O suposto lixo era mesmo mandado para o Brazil. Que lugar seria melhor para jogar doentes, muitos deles infectados por doenças venéreas e outras muitas vezes incuráveis, já que se tratava de uma terra sem dono? Assim, o país deles ficaria livre desses indivíduos que envergonhavam sua terra e sua gente. Era uma maneira de purificar as raças.

Naquela época, o país tinha poucos recursos para oferecer aos estrangeiros acostumados ao luxo e conforto. Por isso, traziam suas encomendas da Europa e pagavam os devidos impostos. No entanto, o que era levado do Brazil ficava na clandestinidade.

E os impostos? Nada!!! Infelizmente, por muito tempo, o Brazil não terá essa consciência do dever de cidadão honesto. Rouba e está sendo roubado, e sempre quer dar o seu **jeitinho brazileiro.**

Este tipo de consciência atrasa o país. O brazileiro não gosta de pagar o imposto justo, este é o grande mal da nação. Com essa mentalidade, a maioria das pessoas não progride.

O problema é que o mal exemplo vem de cima. Se os próprios governantes agem dessa maneira, que dirá o povo que é lesado pelos graúdos?

As jovens negras eram destinadas aos bordéis, mas entre elas também havia muitas brancas que foram prostitutas em seu país de origem. Como diziam os homens: "Puta é puta, não importa a cor da pele ou sua origem, elas servem apenas para f____, e nada mais."

No Brazil, as mulheres viviam sem dignidade e não tinham valor moral. Mesmo as que não queriam ser prostitutas eram obrigadas a servir os machões desumanos. Por vezes, o próprio marido tinha sua mulher, mãe de seus filhos, em casa, e mantinha várias prostitutas no bordel. Outras vezes, se deitavam com as negras que serviam em suas casas. De qualquer forma, todas as mulheres eram usadas como objeto de prazer sexual, independentemente de quem fosse, bastava ser mulher!

As cafetinas eram bajuladas pelos velhos ricos, que preferiam as mulheres mais jovens, bonitas, de corpo escultural e rígido, com dentes alvos e sadios — essas valiam mais dinheiro. Era o destino de muitas mulheres brazileiras bonitas e com belos corpos. O cultivo ao corpo já vem desde um passado longínquo.

As virgens e inocentes, sem prática de sexo, eram escolhidas para os velhos ricos e imundos, mas que pagavam muitos réis, ouro, brilhantes ou o que tivessem de mais valor.

As coitadas nem sabiam o que era um pênis, o que dirá então sexo por sexo. Os velhos eram tão impotentes que seus pênis ficavam dobrados de tão moles que estavam, e ali se esfregavam até sair a última gota de sêmen que restava em seus corpos velhos, miseráveis e flácidos. Esses infelizes e ignorantes achavam que tinham sido os primeiros.

Será que foram? Eles não tinham sequer a capacidade de erguer o próprio pênis, imagine deflorar uma virgem! Depois, saíam contando vantagem sobre sua virilidade. Coitados... Essa virilidade já não existia há muito tempo. Os pobres homens desperdiçaram sua virilidade enquanto eram jovens. Achavam que a saúde sexual seria para sempre.

As cafetinas tinham lá seus truques, e, conhecendo muito bem esses espantalhos que se dizem homens, faziam com que levassem gato por lebre. Eram muitos homens velhos para poucas virgens, mas, como era lucrativo, as cafetinas faziam o possível para ludibriá-los, orientando as jovens sobre como agir de forma inocente. Às vezes, quando esses homens conseguiam completar um ato sexual, o risco era grande e, muitas vezes, fatal, pois o coração não agüentava o enorme esforço da "brutal sexualidade".

Muitos homens morriam sobre o corpo das prostitutas, mas os inúteis eram retirados do bordel e espalhava-se o boato de que haviam sido encontrados mortos na estrada, vítimas de ataque do coração.

Isso acontecia para que a família não soubesse que fora na orgia do bordel. Sendo assim, o funeral era feito com muita pompa em sua própria casa, junto aos familiares que sentiam muito a morte do safado, com direito a missa acompanhada por vários comparsas. Tudo ficava encoberto, é claro!

Já os jovens, filhos de coronéis, queriam as prostitutas mais velhas e experientes. Quanto mais pervertidas, melhor, porque, para saciar a sede daquela sexualidade em flor, a mulher teria que ser excelente profissional no assunto. Dessa forma promíscua, desde a juventude, o homem vai dilacerando sua vida sexual.

Para o Brazil vieram muitos homens violentos, estupradores, tarados e todos os tipos de marginais sem escrúpulos e sem cultura. Também homossexuais e eunucos, a fim de venderem seu corpo para o sexo. Era um trabalho realmente muito lucrativo, onde pensavam apenas com a "cabeça de baixo" e não precisavam da cabeça de cima. Para quê? Homem é homem, acham que podem tudo. Pensam que estão acima do bem e do mal, o que é uma lástima!

Alguns homens vieram para tratar de negócios, mas se apaixonaram pelo Brazil, a terra maravilhosa, onde acabaram se estabelecendo e fazendo fortuna. Depois de tomarem posse das terras que jamais foram deles, e nunca serão pela lei de Deus, trouxeram suas esposas e filhos. Porém, outros exploraram o país de todas as formas e voltaram para seus países de origem. Mas sempre com os bolsos cheios de riquezas do Brazil.

Quem chegava ao país se apropriava do que quisesse, já que não havia comando. Era uma terra sem governo, como uma criança sem pai jogada na rua. Cada um fazia o que queria. Os coronéis enriqueciam num piscar de olhos.

O maior e mais rentável negócio da época era o tráfico de escravos, que tinha seu valor estipulado em ouro maciço, por isso eram muito bem escolhidos e tratados como mercadoria valiosa. Eles eram realmente valiosos, mas como seres humanos, e não como simples objetos de uso pessoal! Os nobres e os padres achavam que os negros e as mulheres não tinham alma.

Os negros foram espalhados em grupos por todas as partes do mundo. As negociações eram de luta sangrenta pelo poder da compra do melhor grupo de negros; seres humanos tratados como meros animais.

Dessa forma cruel, aconteceu a chegada da espanholinha Carmel ao Brazil, que presenciou tudo com pavor e desespero, e, no primeiro momento, desejou voltar. Porém... como?

Carmel revoltou-se com o que vira e ouvira, e logo pensou: "É preciso arregaçar as mangas e ir à luta, porque este povo não tem ninguém para ajudá-lo. Farei por eles tudo o que estiver ao meu alcance. Que mulher pensam que eu sou? Sou muito sensível, mas igualmente corajosa! Apesar de meus braços fininhos, sou forte, tenho bons princípios morais e muita fé em *Dios*. Acredito que Ele me dará forças suficientes para ser capaz de mudar situações inaceitáveis neste país desumano. Acredito que unidos pelo amor podemos mudar o mundo. Sei que não estou aqui em vão, mas por *Dios*, que tem seus verdadeiros propósitos."

— Para que serve essa minha cabeça sensata e justa? — Carmel se perguntava revoltada.

Embora de aparência frágil, a espanholinha tinha uma força interior imensa, e trazia a certeza de que com essa força derrubaria muitas barreiras e muralhas invisíveis, pois eram espirituais.

Entretanto, os costumes do Brazil eram muito diferentes dos da Europa, e também de sua família. Carmel teria forças para suportar os obstáculos que provavelmente enfrentaria?

O Brazil era uma aglomeração de povos, e cada qual carregava seus hábitos de origem. Mas o país tem dono, é claro! Só não foi oficializado. Os índios nativos são os verdadeiros donos da terra que parece não ter poder real. Porém, antes dos índios existiram outros povos também sábios.

Quem descobriu o Brazil? Quem?

Não sei, mas sei que Deus nos deu essa dádiva, e não Cristóvão Colombo, muito menos Pedro Álvares Cabral, que apenas se apossaram da terra que nunca foi deles e nunca será — em nome do Senhor Jesus. Há de chegar o dia em que este país, o Brazil, brilhará no ponto mais alto do universo. Creio firmemente que isso vai acontecer, porque não há segredo que um dia não seja revelado. Nada fica oculto entre o céu e a terra.

A cultura natural e verdadeira do Brazil era a dos índios nativos mantidos em suas aldeias. O povo da mata tem suas leis, seus deuses, suas crenças e sua fé. Os índios eram indolentes, simples e calmos, porque não precisavam se preocupar com a terra — ela doava tudo de que necessitavam: seu berço rodeado de matas, frutas, flores, raízes, alimentos, água, mares, rios, nascentes, cachoeiras e terras férteis para plantar ou simplesmente colher os alimentos, que nasciam sem a interferência das mãos do ser humano. Deus criou esse paraíso natural.

O BRAZIL É ABENÇOADO POR DEUS!

Os índios têm seus rituais, a fé e a crença no deus Sol, na Lua e nas Estrelas. Para que desejar mais do que viver na paz dos braços da natureza? Isso é só bênção!

Foi quando, ninguém sabe ao certo, o português Pedro Álvares Cabral chegou e simplesmente disse... "TERRA À VISTA!!!" — batendo no peito fedorento, achando que tinha descoberto esse paraíso terrestre. Foi avançando terra adentro como se tudo fosse dele e dos que o acompanhavam.

QUE AUDÁCIA!!! Não passavam de pessoas malcheirosas, que fediam mesmo! E, como estavam sem ter sexo há meses, usavam e abusavam das lindas e inocentes mulheres índias.

A partir daí, acabou o grande, maravilhoso, esplendoroso e encantador paraíso, que **certamente foi obra de Deus**. Os índios, donos da terra, também se tornaram escravos dos homens brancos.

A mistura de tantas raças deu origem a esse "Brazil Brazileiro", mescla de culturas e povos. No sangue dos brazileiros existe a mistura de negros, índios e europeus, por isso temos tantas pessoas lindas e diferenciadas. Pelo menos a mistura foi boa. Deu certo! Todo o sofrimento foi recompensado por esse povo: os brazileiros.

Carmel, muito observadora, percebeu as diferenças e pôde comprovar que o que antes era uma lenda contada por sua mãe doña Emília, agora era a pura realidade.

Depois da grande decepção que Carmel teve no desembarque, eles seguiram rumo à choupana da Mãe Dica. Tomé fez muitas recomendações a essa senhora negra, bondosa e hospitaleira. Disse que voltaria todos os dias, mas, caso fosse necessário, poderia chamá-lo a qualquer hora. Frisou que estava a serviço do senhor Felipe Martins e nada poderia impedi-lo de atendê-la, porque devia obediência ao seu superior.

Mãe Dica, até um pouco decepcionada, pensou: "Até parece qui tô recebendo uma princesa nesta chopana tão pobre e sem quarquer conforto! Pobre moleca... veio pra este mundão de terra só pra modo di sofre. Que Oxalá tenha clemença desta branquela."

Na choupana paupérrima, havia muitas pessoas, bagagens e animais, porém todos tinham um teto para se abrigar, uma rede para descansar o corpo e a alimentação necessária para suprir a fome, além do carinho e da simpatia da negra, nada mais. Isso era o suficiente, pois afinal todos estavam apenas de passagem para algum lugar.

Carmel acomodou-se em uma rede rústica. Graças a Deus estava salva. Nesse momento, Carmel olhou aquelas pessoas estranhas e sofridas. Pessoas com fisionomias austeras, onde se via a alma e o coração desumanos.

"Era muito descaso com o pobre povo brazileiro, tão sofrido!" —

pensava Carmel, observando tudo com seu olhar de missionária, por vezes revolucionária. Certamente, a injustiça não nascera em seu coração.

Outras pessoas, humildes e miseráveis, tinham os olhos tristes e cheios de mágoas. Era uma cena revoltante para alguém que conhece a justiça de Deus.

Carmel orou:

— "*Dios*, ajuda-me a prosseguir com minha missão, para que eu possa auxiliar os mais necessitados. Mostre-me aqueles a quem devo ajudar, pois não quero perder tempo com pessoas vagabundas, desordeiras, mentirosas e oportunistas. Principalmente com os caluniadores, invejosos e sem princípios morais. Pessoas que destroem uma das coisas mais sublimes que *Dios* nos deu: **A paz no coração!**"

Carmel se sentia só! Seu marido, o senhor Felipe, como de costume, não estava presente, e nem sabia onde ele se encontrava. A partir daí, começou a ver e sentir a indiferença de seu esposo.

Na Espanha, perante seus familiares, ele se mostrara amável, solícito, simpático e atencioso. Agora, quando ela mais precisava, ele se afastava — a gentileza acabou logo que chegaram ao Brazil.

CASOU, ACABOU! Agora ele se achava dono e senhor da esposa — era o que ele pensava!

Carmel, recostada na rede, chorava silenciosamente, lembrando-se dos seus familiares e da dor que sentiu ao deixar sua querida terra, a Espanha. As lembranças vinham sem que desejasse, mas o sentimento era mais forte que sua própria natureza. Assim, melancólica, lembrou-se do embarque, onde a tristeza invadiu o coração de todos os que estavam no porto, acenando com seus lenços e o coração sangrando. Os que haviam embarcado sentiam uma dor tão grande que achavam que seus corações não agüentariam a emoção da separação.

"*Dios*, como estou cansada!" — pensava Carmel. "Eu só queria tomar um banho, nem que fosse no rio, depois, comer algo limpo e saudável, para poder deitar-me e esquecer essa loucura toda. Preciso descansar. Amanhã, com mais tranqüilidade, pensarei no que estou fazendo neste lugar. O quê, *Dios mio?*"

Algumas horas depois, Tomé retornou com a bagagem do senhor Felipe. Tinha as mãos e as costas sobrecarregadas pelos enormes e pesados volumes.

Felipe vinha um pouco mais atrás, conversando calmamente com um dos seus amigos de regimento, que também se hospedaria na choupana provisoriamente. Clóvis, seu amigo, um militar francês aparentemente educado, estava ajudando o seu criado a carregar as bagagens, pois eram pesadas demais para que um ser humano pudesse suportar.

Quando Felipe chegou, Tomé, com sua postura de soldado frente ao seu superior, disse:

— A sinhá Carmel já se acomodou e está descansando. Se os senhores precisarem de mais alguma coisa, estou à disposição.

Felipe respondeu:

— Soldado, converse com minha esposa para que não se sinta tão sozinha. Carmel entende e fala muito bem o português, porque a família Flores Blanes adotou uma portuguesinha em Lisboa e a levou para morar com eles. Desde então, todos aprenderam a falar o português de Portugal.

Tomé, sorrindo, respondeu:

— Não se preocupe. A sinhá é uma pessoa muito boa e educada. Já conversamos no navio, pois eu levava a sua alimentação e algumas coisas de que precisava. Quando ficou enferma, com febre e problema no estômago, chamei o médico da embarcação, e, graças a Oxalá, a quem orei muito por sua cura, se recuperou rápido. O senhor se recorda?

Felipe respondeu:

— Eu estava muito ocupado. Não lembro do fato de minha esposa ter adoecido.

— Muitas vezes conversei com sua esposa sobre as coisas que desejava saber e aprender a respeito do Brazil. Não se preocupe, senhor Felipe, pois não deixarei que a senhora Carmel sinta falta de nada, e farei tudo o que estiver ao meu alcance. Fique tranqüilo, seguirei suas instruções e ordens.

Satisfeito com o trabalho de Tomé, Felipe disse ao amigo:

— É uma pena que em Portugal não existam escravos e empregados como aqui no Brazil. Quase todos são muito submissos, apesar de não fazerem mais que sua obrigação, é claro.

Voltando-se para Tomé, disse rispidamente:

— Vamos, soldado. Quero ver como está Carmel, pois há mais de uma semana não a vejo. Mesmo estando na mesma embarcação, não nos encontrávamos. Ela só lê e dorme. Quanto a mim, gasto o meu tempo jogando cartas e me divertindo. Tenho que aproveitar, já que por enquanto não fui escalado para reunir o regimento. Como consegui alguns dias de folga no quartel, vou aproveitar para rever tudo o que deixei por aqui, portanto, estarei ausente durante algum tempo, talvez meses. Quero que siga cumprindo minhas ordens, como se estivesse na minha presença.

Felipe saiu bruscamente e aproximou-se de Carmel, que estava triste e com os olhos vermelhos de tanto chorar. Aproximando-se, perguntou rispidamente:

— O que é isso, rapariga? Estar no Brazil não era o que mais desejava? Você não tem o direito de chorar. Agora é tarde demais para lamentar!

Tomé, que se encontrava por perto, disse prestativo:

— Sinhá, não se preocupe! Mãe Dica é uma pessoa muito generosa, carinhosa e alegre. A sinhá vai ter o máximo conforto que se pode dar aqui. Sei que é pouco, mas não lhe faltarão amor e dedicação. O amor alimenta, acalma as dores, nos dá alegria e paz. Fique calma, sinhá, tudo vai ficar bem, acredite! Estarei de prontidão para o que precisar. Sempre que minha presença no quartel não for necessária, estarei aqui à sua disposição.

Tomé disse essas palavras com a fisionomia tranqüila e um olhar muito terno. Felipe, irritado com tanta gentileza, disse grosseiramente:

— Chega, negro! Fique no aguardo das minhas ordens.

Carinhosamente, Carmel disse:

— Muito obrigada por sua dedicação, Tomé.

Felipe se afastou novamente e Carmel pensou: "*Dios mio,* como estou cansada!"

No fogão a lenha, Mãe Dica fritava muitos peixes, mas não se podia definir se o cheiro era bom por causa da fome, ou se era fedorento pela sujeira e o odor das pessoas que não paravam de chegar com suas bagagens. Eram mulheres, crianças, homens, entre eles, capatazes, andarilhos, vagabundos e bêbados, além de cachorros, gatos, cabras e muitos insetos indesejáveis que ali se instalavam. Carmel se sentia confusa, pois estava conhecendo um mundo completamente diferente daquele onde nascera.

Quando Felipe retornou, notou que Carmel estava novamente com os olhos vermelhos, e rispidamente perguntou:

— O que foi agora, Carmel? Está chorando outra vez?

Carmel, entristecida, respondeu:

— Não é nada. Deve ser a poeira! Vou me acostumar logo. O tempo nos ensina a aceitar até aquilo de que não gostamos. Não se preocupe, porque não vim até aqui para me divertir nem para fazer negócios. Estou aqui para cooperar, trabalhar, aprender, ensinar e acrescentar. Jamais subtrair.

Felipe respirou profundamente.

— O que mais o senhor Felipe, meu digníssimo esposo, deseja saber? — perguntou Carmel com ironia.

— Não é nada, pois, pois? Só estava com muita saudade deste país! Há muito tempo não respirava o cheiro de terra pura, da mata, da brisa fresca. Quando estou aqui, me sinto mais saudável, tenho disposição e energia para tudo. Agora me dê licença porque vou visitar meus companheiros. Preciso me divertir um pouco. Esta viagem me deixou entediado.

Tomé, que estava ao lado, disse:

— Tem razão, senhor. Esta terra é boa, e dá tudo de que precisamos. **Só não temos paz!**

— E quem vem aqui em busca de paz? — respondeu Felipe, colocando seu peito para frente como se fosse um pombo.

— Tem razão, senhor. Ninguém que conheço por aqui procura paz, mas, sim, fortuna e enriquecimento fácil, mesmo que seja ilegal. Salvo algumas pessoas de boa índole, pessoas íntegras, que ajudam o Brazil a se manter em pé. Pessoas trabalhadoras, de muita fé, que acreditam no futuro deste país.

Felipe, irritado, disse:

— Tomé, chega de conversa inútil, arrume nossas bagagens! Há muitas pessoas estranhas, com caras esquisitas, algumas desonestas, pois sabem que os navios trazem pessoas vindas de todas as partes do mundo, e muitas com dinheiro. Fique atento e tome muito cuidado!

A choupana estava lotada com os mais variados tipos de pessoas, formando uma mistura de raças e costumes, cada qual se acomodando como podia. O chão da choupana por ser de terra vermelha batida soltava pó para todos os lados. Insetos voavam e passeavam naturalmente pelos alimentos. Em um canto, havia uma mesa preparada com talheres tortos, pratos quebrados, alguns de lata, toalhas sujas e o cheiro insuportável de peixe.

O estômago de Carmel não era tão forte quanto seu espírito e força de vontade. Seu organismo era muito delicado. Como não comia há dias, sentiu náuseas ao ver os alimentos rodeados por insetos voadores. De repente, sua cabeça rodopiou e Tomé percebeu que sua patroa não estava bem. Correu ao encontro de Carmel e a amparou no exato momento em que seu corpo desfalecia sobre o chão da terra que tanto almejara conhecer e queria viver.

Mãe Dica se aproximou rapidamente para socorrê-la. Em seguida, preparou uma caneca de chá bem quente, mas com certo receio, pois talvez Carmel nunca tivesse experimentado esse tipo de erva medicinal. Quando ofereceu o chá a Carmel, a bondosa senhora falou carinhosamente:

— Chá é chá em quarquer lugar do mundo, e seu estômago vai logo se acarmá com estas erva santa. Beba, sinhá.

Carmel pegou a caneca de barro, quebrada dos dois lados, e fechou os olhos para não ver, bebendo tudo de uma só vez. Tomé, atento e preocupado, disse com seu sorriso fácil e feliz:

— Graças a Oxalá ela tomou tudo, e nem fez cara feia!

Aos poucos, a cor foi voltando à face clara de Carmel. Então, Mãe Dica disse:

— Sempre dá certo, porque essas erva são milagrosa. Tá se sentindo mió, sinhá?

— Sim. *Gracias!* Estou muito melhor, mas um pouco mareada. Desejo tomar um pouco de água.

Mãe Dica disse:

— Agora num convém da sinhá tomá água. Vô trazê argumas frutas fresquinha que vai gostá mucho. São doce por demais e tem a água que a sinhá carece pra saciá a sede.

Felipe nem notou a falta da esposa. A fome era demasiada para que se preocupasse com qualquer outra coisa que não fosse ele próprio. Assim, comeu toda a comida que Mãe Dica lhe dera, e também a que estava ao seu lado e pertencia a Carmel. Depois de ter saciado a fome, ergueu os braços e, batendo no estômago, disse:

— Agora estou feliz e com a barriga cheia. Isto é que é vida boa.

Felipe saiu tranqüilamente sem perguntar pela esposa. Mãe Dica tinha um jeito muito engraçado, pois, com o corpo avantajado e seu balanço ao andar, a boa baiana saía atropelando tudo com seu gingado. Era cadeira que caía, cachorro que era pisado... Muito estabanada, era a alegria em pessoa.

Após alguns minutos, Mãe Dica trouxe as frutas em uma cesta de vime e disse:

— Sinhá, estas fruta tão madurinha, docinha quiném mér, e dão mucha sustança. Come que elas são uma gostosura. A sinhá vai vê como vai ficá forte, corada e vai vortar toda sua belezura.

Mãe Dica sorria com satisfação. Seu rosto emanava bondade e carinho; seus cabelos branquinhos trançados em mechas envolviam toda a cabeça. Carmel começou a comer as frutas, enquanto Mãe Dica olhava com seu jeito carinhoso e sorria com satisfação, dizendo:

— É assim que faço gosto!

— Pode rir, Mãe Dica, está uma delícia! *Gracias, gracias,* as frutas são muito saborosas. E quero comer mais — disse Carmel.

A negra escrava saiu apressada e contente. Como sempre, ia batendo em tudo com seu grande traseiro rebolativo, que mexia como um pudim. Batia nas cadeiras, nas pessoas, nos animais, e depois pedia desculpas, mas sempre mostrando seus dentes abertos num grande sorriso, parecendo um coelhinho esperto. Mãe Dica dizia:

— Quem num quisé sê atropelado sai dos meus passo. Num tenho curpa di tê este bundão. Aqui a sinhá vai comê di tudo e vai ficá forte e gordinha, porque tá mucho da magricela, dá inté pra vê os ossos do lombo. Si num comê, seus braço e canela vão quebrá de tanta finura e fraqueza. Sabe, sinhá, a saúde é a maió bênção que Oxalá nos deu di presente. Nóis temu a obrigação de conservá ela.

Carmel disse:

— Obrigada, Mãe Dica. Estou bem melhor. Pode auxiliar as outras pessoas agora.

Mãe Dica respondeu:

— Vô, mas se a sinhá carecê eu vorto, porque sinto qui sendu tão branquinha é muito especiar entre nóis, que somo nativo e negro de pele forte. A pele do negro é iguar o coro, duro de tanto toma sór.

— Mãe Dica, só desejo uma coisa — disse Carmel.

— Fala, sinhá, tô escuitando.

— Sabe, mãe, queria ter um lugar para tomar banho... Estou muito cansada. E também uma acomodação só para mim, pois preciso repousar e colocar minhas maletas em ordem.

Mãe Dica respondeu:

— Ah, sinhá! Se pudesse, faria o mió, mas nóis aqui num temu lugá nem cômodo separado. Aqui, é só este garpão de forasteru que tão di passagem só por argumas noiti. O que nóis temu é só isto que a sinhá tá vendo. Perdoa a nega, mas vô procurá arrumá um cantinho mió e uma rede mai limpinha, assim a sinhá podi acomodá mió suas cousarada.

Em seguida, Mãe Dica saiu balançando novamente o traseiro, enquanto Carmel, espantada, perguntou:

— Mas como? Vamos dormir todos juntos? Um perto do outro? Não diga que isso é verdade! Não, por favor!

Aos poucos, as lágrimas foram caindo pelo seu rosto. Carmel enxugou os olhos com as mangas de seu vestido de renda e organdi e disse:

— Onde coloco minha bagagem?

Mãe Dica respondeu:

— Num se avexe... vô colocá pertico da rede e a sinhá amarra com uma corda forte. Deixa que eu ajudo.

Tomé, que observava tudo de longe, se aproximou e disse:

— O que estão fazendo? Por que não pediram minha ajuda?

Muito grata e delicadamente, Carmel disse:

— Tomé, meu amigo, por favor, ajude-nos a amarrar bem forte as maletas na minha rede e na do senhor Felipe, para que eu possa dormir despreocupada.

— O senhor Felipe vai saber que a sinhá está aqui?

Carmel respondeu:

— Ele não chegou até agora, mas tenho certeza de que me encontrará. Diga-me uma coisa: aqui existem muitos ladrões como meu marido falou? É verdade que precisamos tomar cuidado?

Mãe Dica falou, rindo:

— É naturar tê robo. Tamo no meio de gente muito estranha e com muchos vícios que trazem de seus países. Vem gente de mucho longe. Tem mucho larápio, por carsa disso temu que tomá cuidado, assim nada de mar vai acuntecê. Quarquer coisa, a sinhá e seu esposo vão percebê. Durmam tranqüilu!

Naquela noite, Felipe dormiu como um porco, e Carmel, exausta, logo adormeceu. O galpão estava lotado com os mais diversos tipos de pessoas: criminosos, prostitutas, eunucos, mas também pessoas respeitáveis. Ninguém teve privilégios; todos dormiram coletivamente. Somos todos seres humanos, ninguém tem privilégios nos infortúnios da vida.

Somente os escravos, que já haviam passado pelo crivo dos escravocratas, foram levados para seu cruel destino. Permaneceram amarrados, pois os comerciantes tinham medo de que suas preciosas e valiosíssimas presas fugissem ou fossem confundidas com outros negros. Todo cuidado era pouco! Os comerciantes eram muito exigentes com seu “empreendimento” mais lucrativo: os escravos negros.

Desde aquele dia, Tomé e Mãe Dica tornaram-se os melhores amigos da encantadora espanholinha.

Capítulo 13

O BANHO NA CACHOEIRA

O sol entrava pelas frestas das palhas de que era feita a choupana, e com seus raios dourados despertou Carmel suavemente. Ela olhou para os lados e achou tudo muito estranho. Havia pessoas aglomeradas, algumas roncando alheias a tudo, outras semi-adormecidas. Seu marido, Felipe, em sono profundo, tinha um semblante despreocupado e tranqüilo.

Ao escutar o canto dos pássaros, Carmel ficou fascinada, porque jamais ouvira uma revoada de pássaros como essa tão próximo assim. Aos poucos, sentiu o aroma suave dos lírios brancos invadindo o ambiente. Tudo parecia mais calmo, limpo e perfumado. O orvalho que caíra durante a noite umedecera a terra, que agradecida exalava seu cheiro tão característico e agradável.

Carmel respirou profundamente... com calma... e agradeceu a Deus pelo alívio que sentia no coração! Já não estava apreensiva, o medo se esvaíra, tudo se transformara. Era como se conhecesse aquela terra há muito tempo.

Carmel olhou novamente para seu marido e notou que permanecia em sono profundo. Levantou-se e saiu caminhando lentamente. Desejava ver de perto tudo o que ouvira falar sobre o Brazil. Histórias que encantaram sua infância e aguçaram sua curiosidade. Sua imaginação de jovem queria comprovar todas as maravilhas e belezas naturais que diziam existir.

Carmel percebeu que ao lado, bem junto à choupana, havia uma plantação de lírios do campo, que, banhados pelo sereno da noite, exalavam um agradável e doce perfume. A pequenina espanhola sentiu-se flutuando entre o canto dos pássaros e o perfume das flores. Parecia que a natureza lhe dava as boas-vindas, e homenageava-a por estar no Brazil e oferecer o melhor de si para ajudar os humildes de corpo e alma. Pessoas que foram trazidas para trabalhar em serviços animalescos, rudes, nos quais tinham muitos deveres e nenhum direito.

Carmel permaneceu em absoluto silêncio, e sentiu o pulsar da natureza que falava ao seu coração. Apenas ela ouvia a voz que vinha da paz do Senhor. Olhando para o lado, viu uma árvore repleta de frutas que chamou sua atenção pela grandiosa beleza e majestade. Pelo fato de as frutas serem pesadas, faziam os galhos pender até o chão. O fruto muito perfumado induzia o aroma através de suas narinas, percorrendo seu corpo todo. Seus pulmões, com certeza, agradeciam pela limpeza que a natureza lhes proporcionava. Naquele momento, Carmel recebia uma higiene mental, corporal e espiritual.

Em instantes, o rosto de Carmel retomou a cor e voltou a brilhar irradiando bem-estar. Abraçou a árvore e notou que seus braços delicados não conseguiam envolvê-la completamente. Emocionada, encostou seu rosto no tronco e pediu licença à natureza para entrar em seu templo sagrado e desfrutar da grandiosa paz! Desejou que aquele instante permanecesse inalterado em sua mente como um presente de Deus.

Carmel sentiu que os galhos floridos a abraçavam com carinho e lhe deram a certeza de que estava sendo bem recebida pela terra-mãe. A emoção foi grande, sentiu-se muito próxima a Deus, e lágrimas de felicidade rolaram por sua face delicada.

Carmel andou mais um pouco, quando encontrou um pequeno atalho e mais adiante um lago límpido. Olhando à frente, viu uma bela cachoeira entre as rochas, que jorrava água cristalina. Ao seu redor, notou vários arbustos com os mais diversos matizes, além de muitas flores delicadas, coloridas e suavemente perfumadas que completavam aquela imagem de Luz Divina. A espanholinha ficou emocionada, pois nunca vira tanta magnitude e beleza em um só lugar! A cachoeira banhava com suavidade toda a vegetação.

Carmel caminhou um pouco mais e viu um lago, e ao lado dele uma gruta. Aproximou-se e observou uma nascente com água cristalina. Decidiu voltar rapidamente à choupana, pegou uma maleta onde tinha algumas roupas e objetos íntimos e novamente, pé ante pé, para não correr o risco de acordar alguém, saiu silenciosamente. Aquele era um momento único, pertencia só a ela, não queria que ninguém participasse de sua aventura e desejava desfrutar sozinha da magia da natureza. Era um desejo egoísta. Mas que mal havia em ter esse sentimento uma vez ou outra?

"Há coisas e situações que *Dios* reserva somente para nós, para mais ninguém!" — pensava Carmel. Sentia-se imensamente feliz por desfrutar da magia que era dela, dos anjos, das ninfas, fadas, borboletas, dos pássaros e até de alguns insetos. A natureza também queria ficar a sós com Carmel. Por ela ser uma pessoa gentil e grata a tudo, estava recebendo um tesouro de Deus: a natureza jamais tocada pelas mãos dos homens, e elas pareciam se entender e falar a mesma linguagem.

Carmel amava as árvores e respeitava seu hábitat, por isso era bem-vinda ao Brazil. Sua mãe, doña Emília, plantou no coração dos filhos o amor e o respeito pela vida, porém nunca imaginou que um deles, principalmente a caçula, teria o desejo e a coragem de enfrentar uma aventura nessa terra de contrastes, onde a beleza e a pobreza caminhavam lado a lado.

Carmel foi apressadamente para a nascente do rio, e sentindo-se inebriada por tanta perfeição, aos poucos foi se despindo. Primeiro a blusa, que colocou entre as folhagens, depois as botas, que apertavam seus delicados pés, as meias, a saia, o espartilho, e, finalmente, soltou os cabelos. Agora estava completamente desnuda de corpo e alma, e tinha a oportunidade e a felicidade de desfrutar a sós daquele momento único em sua vida.

A alegria que a doce espanholinha sentia era imensa! Uma nova vida tinha início naquele momento, praticamente em frente àquele altar sagrado: "A Natureza." Rindo e completamente feliz, Carmel banhou-se prazerosamente, bebeu da água límpida e cristalina e se refez dos dias amargos e terríveis que passara durante a viagem.

Depois, mergulhou na fonte e aproveitou tudo o que era seu por "Direito Divino", com o maior prazer e imensa alegria. Completamente energizada, vestiu suas roupas, mas sem colocar o espartilho apertado e as calçolas compridas com imensos botões. Preferiu deixar de lado as botas que incomodavam tanto seus delicados pés, e pela primeira vez colocou os pés descalços na terra que tanto amava mesmo antes de conhecer.

Deus lhe deu a graça de sentir a energia que brotava do chão. Só as pessoas que respeitam a natureza conseguem sentir essa magia.

Carmel amarrou os cabelos e sentou confortavelmente sobre uma pedra. Depois, deitou-se na relva, onde sentiu o perfume das flores que abraçava e beijava carinhosamente, agradecida por existirem. Voltando à pedra, pegou sua caneca de porcelana na pequena maleta e tomou água doce e fresca. Levantou-se, começou a caminhar em direção à choupana e viu novamente a árvore repleta de frutas amarelas com matizes vermelhos.

Aproximou-se e, com muita delicadeza, colheu uma das frutas perfumadas. Ao mordê-la, percebeu que deveria retirar a fina casca, e o fez com os dentes, saboreando com prazer a fruta doce como o mel, de polpa carnuda e deliciosa. Suspirando de satisfação, pensou: "Estou alimentada até o fim do dia."

Ao longe, Carmel percebeu algumas pessoas caminhando de um lado para o outro. Já não estava só, e tratou de apressar o passo para encontrar-se com seu marido. Quando chegou, Felipe estava acordado, e ao vê-la feliz e sorridente perguntou estupidamente:

— Carmel, minha mulher, onde estava? Quando acordei, sua rede estava vazia. Sabe muito bem que este é um país estranho, e você não conhece as pessoas nem os perigos naturais da selva.

Sorrindo, Carmel respondeu:

— Meu querido esposo e senhor. Não se preocupe comigo, pois sou auto-suficiente, bastante inteligente e sempre saberei o que estou fazendo. Não teria aceitado vir para o Brazil às cegas, e conheço os perigos. Se não fosse assim, eu não estaria com o senhor neste momento.

Felipe respondeu grosseiramente:

— Pois, pois, sou o seu "dono" e esposo, e você é minha mulher! Não admito que saia sem minhas ordens.

O rosto de Carmel enrubesceu, parecendo uma pimenta vermelha. O sangue quente percorreu todo o seu corpo, fervendo de repulsa. Revoltada, respondeu ironicamente com ar de tola:

— Sim, meu amo e senhor, meu idolatrado esposo! Vou procurar cumprir seus desejos, minhas obrigações e deveres de esposa castrada pelo casamento.

Nesse instante, Carmel fez menção de ajoelhar-se, e, sorrindo, continuou sarcástica:

— Mas de uma coisa eu gostaria que soubesse: o senhor, meu esposo, poderá mandar nas minhas atitudes e no meu corpo, mas nunca mandará na minha mente, nos meus pensamentos, no meu espírito e no meu coração. Isso é impossível porque *Dios* me deu o livre-arbítrio! Entendeu, meu amo e senhor?

Muito séria, Carmel ainda completou:

— Estamos resolvidos, por enquanto? Não sou eu, mas, sim, o senhor que deve se precaver de sua enorme liberdade. Fui clara, senhor Felipe?

Felipe estava muito nervoso, mas procurou se conter. Carmel seguiu adiante:

— Sei que nós, mulheres, parecemos escravas do casamento, somos consideradas posse dos maridos, da mesma forma que os negros pertencem e obedecem aos seus compradores, mas nunca ninguém poderá penetrar no nosso ser e comandá-lo ou dominá-lo. ***Dios* nos deu uma alma livre!**

Felipe, muito irritado, disse:

— Chega de conversa, mulher! Você sabe muito bem que me pertence por lei, e terá que me obedecer, pois sou seu marido. Ou já esqueceu que assinou um contrato perante o juiz e a sociedade, além, é claro, de ter feito um juramento religioso? Sou seu dono e deve fazer o que quero e como quero! Você me deve obediência.

Carmel respondeu à altura:

— Muito bem, senhor meu marido! O senhor poderá ter uma esposa, mas nunca terá uma mulher de corpo e alma, principalmente perante *Dios,* onde juramos igualdade. Saiba que nada é eterno ou para sempre.

Carmel estava extremamente nervosa, mas Felipe era seu marido, e, naquele instante, por conveniência, seria mais prudente se não contestasse mais, afinal, estava no Brazil há poucas horas, não conhecia os costumes do país nem o seu marido. No momento, era melhor acalmar-se e esquecer aquele fato desagradável. Muitas vezes, o silêncio fala mais alto que as próprias palavras.

Mãe Dica aproximou-se, rindo alegremente, e disse:

— Sinhazinha, como passô a noite? Deu pra durmi bem na rede?

— Eu dormi muito bem, pois estava bastante cansada. Estou muito bem, Mãe Dica... *gracias!*

— Parece que o sono te fez mucho bem, pois vois mecê tá inda mais bunita e cheia de vida. Inté parece feliz, sinhazinha!

— É, Mãe Dica, esta terra é abençoada mesmo. Quando despertei, ainda era madrugada, pude sentir o perfume dos lírios do campo e ouvir o suave gorjeio dos pássaros. Saí caminhando e notei que aqui existem muitas espécies diferentes de plantas. Fiquei encantada com a majestosa natureza, tão diferente de outros países que conheci. Andei até a gruta, banhei-me na cachoeira, tomei água da fonte e me alimentei com uma fruta deliciosa, grande e amarela, que colhi em uma daquelas árvores enormes.

Mãe Dica explicou:

— Essa fruta nóis chamamu de manga. Truxeram de otros país e prantaro aqui. Tô vendo que a sinhazinha é mucho esperta e num vai encontrá dificurdade de se irmaná entre nóis. Tô satisfecha cum isso.

Carmel disse sorrindo:

— Obrigada, Mãe Dica! *Dios* abençoe a senhora e a sua terra. Gostei muito daqui e sei que serei muito feliz!

Nesse meio tempo, as demais pessoas foram acordando e aos poucos cada um seguiu o seu destino. Ali havia todo o tipo de gente: pessoas amorosas e educadas, outras estúpidas, sem higiene nem o mínimo de educação. Porcos, gatos, cachorros e galinhas passeavam tranqüilamente entre as redes, mesas e bancos imundos.

Como era um hábitat temporário, as pessoas não se importavam com a sujeira e situações constrangedoras. Mas... Carmel estava revoltada. Como era possível viver naquele ambiente imundo? Achava uma grande falta de respeito pelo abrigo que a acolhera com tanto amor e benevolência.

Muitas crianças negras e outras indígenas estavam com o nariz escorrendo e tinham o corpo recoberto de feridas, por vezes, cheirando mal.

Nessa hora, Carmel esconjurou a sua vinda ao Brazil. Fazia parte desse grupo de pessoas, era mais uma entre tantos, porém tinha que conter sua revolta. Seu marido não podia desconfiar de seus pensamentos, por essa razão, achou melhor ficar em silêncio em vez de fazer qualquer comentário ou tomar alguma atitude precipitada.

Carmel precisava esperar a hora certa para agir. Sabia que teria tempo para tudo, era uma questão de paciência e sabedoria, porque quem espera e age na hora certa não se arrepende.

O povo ainda era muito primitivo e não tivera oportunidade de aprender muitas coisas, pois não tinha ninguém que se preocupasse com ele ou o ensinasse.

Os gananciosos, que vinham de tão longe arriscando a própria vida, não se importavam com as pessoas, mas, sim, com o que poderiam obter de lucro. Esses usurpadores se aproveitavam da miséria e da ingenuidade dos pobres brazileiros sem qualquer recurso para se tornarem seres humanos civilizados e culturalmente instruídos. Não convém aos governantes que o povo seja esclarecido, porque poderia fazer cobranças e pedir explicação sobre as decisões tomadas. Para eles, quanto menos o povo souber, melhor!

Carmel estava revoltada, mas que atitude tomar? Qual? Nem ela sabia. Seu marido era a favor da humilhação desse povo faminto de saber. Infelizmente, somente agora conhecera o homem com quem estava casada.

Para o povo, tudo era proibido. Mas Carmel tinha certeza de uma coisa: a mente é completamente livre, portanto, todas as pessoas poderiam se unir e formar uma sociedade livre de corpo e alma. Essa era sua esperança. Quem dirige a nação não se preocupa nem ajuda ninguém. Os irmãos têm que dar as mãos, unir forças e seguir em frente com a "Marcha da Vitória".

A arma do povo é a sabedoria, pois esta sempre vence no final da luta democrática que conduz à evolução do país. Todos nós temos o direito de sermos felizes e vivermos em paz, e não podemos deixar que isso morra.

O Brazil deseja:

ORDEM, PROGRESSO E PAZ PARA O SEU POVO VARONIL!

Carta 1

A PRIMEIRA CARTA DE CARMEL

Depois de alguns dias, Carmel resolveu escrever uma carta para sua família, a fim de tranqüilizá-la e colocá-la a par de tudo o que estava acontecendo com ela.

Querida Madrecita,

Passadas as primeiras angústias sobre as quais escrevo, relembro os seus sábios conselhos, não com arrependimento das atitudes que tomei, mas sentindo que estou me tornando uma mulher mais forte. No entanto, ainda tenho receio, pois não sei o que Dios está reservando para mim.

Tenho fé que será o melhor.

Não se preocupe, madrecita amada, pois esta viagem significa a busca dos meus ideais e o desejo, até aflito, que se instalou no meu coração de mulher desbravadora e consciente dos meus anseios.

Durante a viagem, tivemos uma forte tempestade, que ocasionou muitas mortes e o naufrágio de alguns navios. O pavor tomou conta de todos — foi um sofrimento indescritível. Tivemos que nos acomodar nas poucas embarcações que restaram, sem qualquer conforto ou o mínimo de higiene. O importante é que conseguimos sair salvos.

Lembro que, vez ou outra, gaivotas rodeavam a embarcação, disputando com os negros famintos pedaços de peixe que já se encontravam em putrefação. Ah, que odor horrível de carniça! Era o cheiro da luta pela sobrevivência!

Ao chegar à Bahia, vi uma terra completamente diferente da nossa querida Espanha, e, embora assustada, mantinha a fé de que tudo aquilo seria passageiro.

Quando ocorreu o desembarque, havia várias pessoas à espera dos diversos navios que vinham da Europa e da África, ansiosas para ver os sobreviventes dos infortúnios da longa viagem sem qualquer recurso. Apenas Dios estava presente no coração de todos.

Os navios chegavam e os habitantes das aldeias se aproximavam para receber as pessoas. Se é que posso dizer pessoas, pois mais pareciam animais famintos e domesticados. O povo tinha consciência do que via e do que estava para acontecer, sem que houvesse dó ou piedade.

A dor e a ansiedade eram imensas, e eu assistia a tudo sem saber o que fazer ou como agir. Mas, depois de ter sobrevivido a essa experiência, pude ver quanto sou forte. Risos e lágrimas de dor se confundiam nesta terra que aparentemente é um lugar de sonhos e encantamentos.

Naquele instante, eu estava zonza, só pensando em sair daquele lugar onde havia muita gente e, devido ao calor, um cheiro forte e desagradável como nunca senti. Observei que as mulheres ainda trajavam roupas da corte da Europa — roupas pesadas como as minhas e inadequadas para este calor infernal. Os brancos e vários compradores de escravos usavam roupas sóbrias.

Mais adiante, vi um palanque onde os negociantes recebiam os infelizes escravos. Tomé me informou do que iria acontecer. Era um dia de festa para os brancos compradores, mas, para os negros, um dia de muita dor, desespero e medo. Nunca poderia imaginar o que meus olhos viram.

Madrecita... como a senhora tinha razão quando, algumas vezes, tentou impedir que eu viesse para cá. Não entendia o porquê de tanta preocupação, e agora sei que somente quando tiver filhos compreenderei a angústia e a dor do seu coração de mãe. Se me for permitido por Dios, peço perdão por não entender as suas duras palavras, porém repletas de amor, preocupação e ensinamentos.

Madre querida, pensei que ao chegar aqui teria mais tranqüilidade, mas foi só uma ilusão, pois ainda ouço os gritos de lamentação dos negros e os sons dos tambores, que era o jeito de eles se comunicarem entre si.

Todos nós estávamos cheirando mal, pois viemos amontoados, sem nenhum conforto. Brancos e negros passaram pelo mesmo sofrimento, e pela dor que era muito grande em nosso coração. Com certeza somos irmãos. Todos iguais!

Felipe, meu marido, como já conhecia o Brazil, não estava preocupado; para ele era tudo normal. Já no momento da chegada ele me deixou para trás, mas, graças a Dios, pude contar com a gentileza de Tomé, um jovem soldado negro que se acercou de mim e mui gentilmente me ofereceu ajuda.

Tomé foi designado por Felipe, que é seu superior, para ficar à minha disposição, e assim, durante a viagem, mostrou-se muito atencioso, solícito e preocupado comigo. Tomé é uma pessoa prestativa, educada e encantadora!

Acomodamo-nos em uma carroça de boi, e aos poucos nos afastamos da embarcação em direção a uma "choupana de pau-a-pique", localizada no meio da floresta. Assim são chamadas as casas paupérrimas onde os forasteiros ficam hospedados.

Essas casas são feitas de barro socado, areia do mar e madeira entrelaçada, o que as torna mais firmes, pois, com o vento que sopra do mar, há muito desgaste e necessidade de trocar as madeiras de tempos em tempos, caso contrário, as casas serão devastadas pela fúria do mar aberto.

Aos poucos, Tomé explicou tudo o que eu queria saber. Mesmo atordoada e sem entender ainda o que estava se passando comigo, o rapaz teve muita paciência, pois meu marido sumiu com os amigos. Felipe estava muito feliz e ria por tudo e por nada. Eu não entendo esse tipo de alegria.

Meu nariz sangrava. Por causa do ar seco não conseguia respirar normalmente. Meus olhos estavam embaçados, pareciam cheios de areia, e meus ouvidos ainda escutavam os tambores que pareciam falar da profunda angústia do povo.

O som dos atabaques se juntava com os lamentos dos pobres negros. Muitos gritos e gemidos vinham do porão imundo daquela embarcação, que aguardava sua vez para iniciar o desembarque.

Os escravocratas, recostados em bancos improvisados ou sentados embaixo de árvores frondosas, que lhes forneciam sombra e frescor, próprios da natureza doadora por excelência, riam satisfeitos e ansiosos, esperando que as compras fossem bem-sucedidas e lucrativas.

Esses comerciantes de seres humanos fumavam ópio e haxixe, bebiam muito, comiam carne sem qualquer higiene, riam debochadamente, batiam nas bundas das negras e das índias, puxavam seus seios, beijando e lambuzando seus rostos e corpos. Eram homens completamente insanos e desrespeitosos.

Passamos entre esses homens loucos e fomos direto para a choupana da Mãe Dica. Só então me dei conta de como era o lugar. Tive ânsia de vômito ao ver onde ficaria hospedada, mas era o único lugar que tinham para me oferecer — o melhor no momento.

Na choupana, Mãe Dica, uma senhora negra bastante amorosa e bondosa, nos acolheu mui gentilmente, e ficaremos hospedados aqui até encontrarmos um lugar para morar. Mas... os dias parecem longos e intermináveis.

Graças a Dios, encontramos este ambiente rústico, simples, e com a alimentação necessária para que pudéssemos passar os primeiros dias: um galpão aberto que recebe a todos indistintamente.

Aqui ficam os forasteiros, negros, mascates e europeus que vêm sem destino à procura das riquezas naturais do

Brazil. Essas riquezas são roubadas na frente dos legítimos donos — as tribos indígenas da região.

Entre essas pessoas de diferentes tipos e raças existe muita prostituição, não importando quem está por perto, porque o desejo é carnal. O sexo é praticado ao ar livre. Um verdadeiro horror.

Madrecita, admirada e preocupada, penso... "O que este povo sem cultura está fazendo com seu corpo? O que acontecerá no futuro? O Brazil está sendo transformado em um grande prostíbulo sem censura e sem moral."

Tudo isso revolta minha sensibilidade, porque para cá vieram muitas mulheres sem caráter, com outra educação, formação e sem pudor nenhum. São mulheres à procura de dinheiro fácil, talvez de um casamento bem-sucedido, ou amasiando-se com homens ricos e poderosos. Para elas, não importa se esses homens têm esposas e família.

Na cabana, procurei me instalar como pude em uma rede que Mãe Dica preparou mais ao fundo, onde achou que eu pudesse dormir com maior conforto — como se isso fosse possível! Mas valeu o carinho, já que não havia um lugar melhor.

Ao entardecer, os habitantes do local se reuniram: soldados, negros, índios domésticos e os clientes que esperavam horas para alcançar seus objetivos. Muito assustada, fiquei silenciosamente em um canto, observando todo o movimento.

Os machões pegavam brutalmente as pobres prostitutas que vieram para cá em outros tempos, principalmente as portuguesas e polacas, e as usavam da forma que desejavam.

Ladrões, malfeitores e tudo o que não presta na Europa estão sendo enviados para o Brazil. Os estrangeiros querem limpar seus países, por isso, até os ladrões que estavam na masmorra, de onde jamais deveriam ter saído, são trazidos para cá e usados como mão-de-obra.

Que tipo de semente está sendo plantada neste país? Será que algum dia essas sementes darão frutos sadios? No lo creo!

Muitos homens e mulheres morreram em alto-mar, e os que sobreviveram e estavam feridos foram jogados na selva desta terra sem dono. Será que um dia Dios vai olhar para este povo inocente? E este povo vai se tornar civilizado? Há momentos em que perco a fé e chego a perder a esperança.

Algumas pessoas se divertiam com a vida e a desgraça, e riam da própria infelicidade. Outros dormiam, roncavam, estavam sujos, nojentos, e foi nesse local que eu me instalei, no meio do próprio inferno.

Madrecita, perdoe-me, mas estou muito assustada com tudo o que vi. Graças a Dios, tenho Mãe Dica e Tomé ao meu lado. Com eles me sinto protegida. Agora, estou compreendendo a humanidade e os diversos tipos de pessoas. Aprendi que não devemos esconder dos nossos filhos as maldades do mundo, achando que assim os estamos protegendo. Um dia, com certeza vão passar por alguns contratempos e desgostos naturais da vida, e, nessa hora, precisam estar preparados.

Como a minha chegada é muito recente, meu pensamento voltava-se a todo instante para a fatídica e agonizante viagem.

No navio em que eu estava não havia nenhum tipo de higiene, o que era humilhante como ser humano. Não tínhamos privacidade, porém, com sacrifício, encontrei um local que proporcionasse um pouco de intimidade para a higiene pessoal e as nossas necessidades fisiológicas, que depois eram jogadas no mar. Como o local era pequeno, um mínimo de limpeza era primordial, e na medida do possível todos tinham que ter consciência para limpar o local que usavam. Algumas pessoas mais civilizadas entendiam e procuravam respeitar o próximo, porém, outros não. Isso me revoltava.

As comidas que nos ofereciam eram: carnes podres e malcheirosas, pão embolorado, arroz em pelotas e bacalhau cru, que ficava de molho na água suja para tirar o sal. Não sei como suportei tanta humilhação e tive coragem para enfrentar tudo isso. As únicas coisas que me mantiveram firme foram a fé e a minha teimosia.

Entretanto os oficiais e também os padres missionários tinham seus privilégios, pois tomavam chá usando a água que já era escassa. Só eles tinham essas regalias. Esses padres vieram para ensinar a religião católica aos índios e negros. Eu não entendo, ou não quero entender, a vinda desses intrusos religiosos! Às vezes, penso... "Os índios têm sua própria crença, que é digna, e os negros têm os seus rituais sagrados e dedicados a Dios e à natureza." Então, madrecita, eu pergunto: Por que mudar a alma e os sentimentos dos índios e dos negros? Esta lição da vida está sendo muito dolorosa para mim.

Nós não somos Dios, portanto não temos o direito de impedir suas crenças, que é um direito divino! É muita ousadia mexer no que não nos pertence, principalmente quando se trata de pessoas adultas que sabem bem o que querem. É um crime emocional!

Yo soy contra![1]

Madrecita, neste exato momento, estou deitada em uma rede suja, coberta por uma poeira vermelha que invade até as minhas entranhas. Em pensamento, volto à embarcação e fico tensa por saber que passei por tanta intemperança na vida. Sem encontrar um motivo, perguntava a Dios: "Por quê, Pai?"

Estou muito cansada...

Madrecita, o vento traz a lembrança da sua voz, que chega aos meus ouvidos para me acalmar. Por que tive essa atitude tão rebelde, deixando o conforto do meu querido lar? Por quê? Sempre fui obediente. O que aconteceu comigo? Será que Dios tem algum propósito para ter permitido isso? Não sei! Só sei que causei desgosto e sofrimento a toda minha família.

Meu corpo fica arrepiado ao perceber que Dios está comigo, e também os anjos que me acolheram com carinho. Tenho certeza de que as suas orações, madrecita, chegam até Dios, pedindo que Ele me ajude e me proteja. Sinto este amor no meu coração e então penso... "É divino ter uma mãe que nos orienta e ora por nós, seus filhos. Muchas gracias, Dios!"

Além da fraqueza do meu corpo, sinto-me indefesa, porque nos momentos que mais preciso, não tenho meu marido ao meu lado. Eu imaginava que todos os maridos fossem

[1] Eu sou contra!

como meu padrecito. Como estive enganada! Mas sei que sou culpada por ter provocado esta situação desastrosa. Perdão.

Madrecita, durante a viagem, tive a felicidade de conhecer um senhor falante, elegante e educado que me passou várias informações sobre o seu país: a Inglaterra. Isso foi bom, porque gosto de aprender e conhecer sobre as diferentes civilizações. Ele me contou sobre o modo de vida dos ingleses e seus hábitos. É muito bom saber sobre os costumes de outros países. Dios também coloca pessoas boas no nosso caminho.

Também é confortante notar que essas pessoas não são como os exploradores que se dirigem a esta terra abençoada, são pessoas que querem somar ao invés de subtrair.

O senhor inglês tem mais esperanças do que eu, e acha que o Brazil tem tudo para vencer e ser uma grande nação. Só depende do seu povo. Cada ser humano tem que fazer a sua parte.

Conversamos durante um longo tempo e ele me ensinou muitas coisas — também às pessoas que ali se encontravam, mas principalmente para nós, mulheres, que não somos reconhecidas pela sociedade machista. Ele veio com seu sobrinho Richard, um jovem romancista, também engenheiro, que tem a intenção de abrir estradas para facilitar o transporte de mercadorias para os estados menos desenvolvidos. Esses senhores não são aventureiros, gostam de conhecer novas terras e trabalhar. Não têm preguiça, além de serem muito inteligentes e doadores.

Quando uma pessoa ensina a outra as coisas da vida com clareza, enriquece a si própria e também àquele que deseja aprender.

Infelizmente, no Brazil existem pessoas que não desejam o desenvolvimento do país por interesse próprio. Porém, esses senhores ingleses vieram com a finalidade de auxiliar no crescimento desta nação. Acreditam que este será um país progressista e de muito futuro. Fico feliz por saber que existem pessoas que têm esperança no futuro. Mas ainda me sinto confusa com tudo o que presenciei e sofri.

Falamos sobre diversos assuntos, trocamos informações e verificamos que estávamos aqui com a mesma intenção, o mesmo espírito de doação, para ajudar essa gente tão sofrida e desprezada. Só Dios fará esse milagre. Espero que Dios me abençoe com a dádiva da esperança. O meu consolo é saber que tenho uma família que me ama, apesar de tudo.

Madrecita, as noites eram longas e os dias pareciam intermináveis. Entre uma conversa e outra, ouvíamos os gritos de dor que chegavam aos nossos sensíveis ouvidos, vindos do porão do navio negreiro. Era muito triste ver nossos irmãos naquela situação humilhante, sem poder fazer nada que os livrasse da tirania dos negociantes com seu poder de decisão.

As pessoas que mantêm o domínio do poder são mais perigosas que as que possuem dinheiro. O poder corrompe a alma de quem o possui e destrói os mais próximos com sua tirania psicológica. Esta é uma maneira de enlouquecer qualquer ser humano.

Madrecita, pela graça de Dios encontrei Tomé, o homem de confiança de Felipe do qual falei anteriormente, e que me ajudou quando saí do navio. Ficou atento a mim durante toda a viagem, como meu marido pediu. Essa ajuda foi de grande valia, pois me sentia só. Muito só...

Felipe me confiou aos cuidados de Tomé, não porque estivesse preocupado, mas, sim, para se ver livre de compromissos comigo. Ele não desejava que o incomodasse, e, assim, deixou a tarefa de me acompanhar para uma pessoa que eu não conhecia.

Felizmente, Tomé conhece bem o Brazil. Por ainda ser um homem cativo, conhece as armadilhas dos homens maus e também a selva perigosa. Ele pertencia ao quartel por saber ler e escrever. Aprendeu com sua mãe que foi professora na África. Sendo um soldado culto, desfruta de algumas regalias.

Felipe jamais me confiaria a um soldado estrangeiro, pois sabe da fama de conquistadores deles, e conhece bem a lábia e sutilezas para envolver mulheres sem experiência e aparentemente sozinhas. Afinal, é igual a esses homens, sem princípios morais, que desejam se aproveitar das viúvas de maridos vivos. Eu não tenho experiência, mas não sou tola nem ignorante como ele pensa. Sei me defender!

Meu marido é um homem experiente. Aqui no Brazil é tudo natural para ele, pois veio várias vezes para cá com seus patrícios portugueses. Felipe sabe como acontecem todas as trapaças para levar as riquezas naturais dos pobres brazileiros, por isso, não quer que eu saiba de suas andanças e muito menos quem são os seus amigos. É muito difícil saber algo sobre seu trabalho, mas mesmo com muita dificuldade, de alguma forma, seus segredos sempre chegam aos meus ouvidos. Não sei como, mas fico sabendo.

Vou juntando as palavras e situações de uma forma sutil, e assim fico sabendo algumas coisas que Felipe procura esconder de mim. As palavras têm força e fazem eco, sei quase tudo, pois, como todas as mulheres, pressinto o que se passa ao meu redor.

Agora vejo, madrecita, como você, meus irmãos e meu pai sofreram com minha decisão tão repentina, sem pensar nas conseqüências. Mas já que estou aqui tenho que enfrentar minhas responsabilidades e assumir os meus erros ou acertos, como também arcar com as dores. Ainda bem que tenho Tomé e Mãe Dica ao meu lado, que me tratam com muito carinho e atenção.

Apesar de tudo, o Brazil é um país abençoado por Dios. Quem chega até aqui se encanta por ser uma "Terra Maravilhosa".

Não se preocupem comigo, mesmo depois do que lhes contei nesta carta, pois os manterei informados sobre qualquer coisa que me aconteça nesta terra tão distante. Se não suportar, tenham a certeza de que voltarei. Acreditem! Eu jamais mentiria aos meus amados. Sei que as portas da minha família estarão sempre abertas, mas preciso testar a força da mulher que existe dentro de mim.

Reconheço que fui precipitada na minha decisão de vir para cá, mas sempre agi impulsivamente e contestava com meu gênio decidido. Porém, eu estava em minha terra e com minha família, é uma situação bem diferente.

Madrecita, o que resta agora é pedir perdão pelos meus atos. Fique tranqüila, pois Dios está comigo e no coração de vocês, meus entes queridos. Meu desejo é que todos tenham entendido minha decisão. Sei que Dios tem algum propósito para mim no Brazil. Sinto muita saudade de todos, mas estou bem, e o mais importante, com saúde e o apoio dos amigos.

Estou aguardando a chegada da Ritinha, irmã de Tomé, que ajudava Mãe Dica no galpão. Ela vai me auxiliar em tudo o que eu precisar.

Minha querida família, recebam um grande e afetuoso abraço desta que os ama e não desistirá da luta. Nunca, jamais!

Mesmo que esteja infeliz, não desistirei dos propósitos de Dios, pois creio firmemente que nasci para vencer!

As muralhas invisíveis, às vezes, são as mais difíceis de transpor! Mas, apesar das dificuldades, tenho certeza e tomo posse das palavras de Dios!

Com amor,
Carmel

Capítulo 14

O NEGRO ESPERTO

Quando Carmel e Felipe foram morar no Brazil, conheceram Mãe Dica, a velha curandeira da aldeia que hospedou o casal em seu galpão. A espanholinha sentia muito carinho e respeito por essa mulher negra maravilhosa, conhecida e admirada por todos da redondeza.

Carmel reservava o lugar mais sagrado em seu coração à sua mãe, doña Emília, mas agora também tinha uma mãe brazileira, que ouvia seus lamentos, suas alegrias e entendia o seu coração.

Com o passar de várias semanas, sem conforto algum, Felipe encontrou a choupana de um forasteiro, que partira para fazer morada em outra região devido aos seus negócios. Nessa choupana, que estava localizada nas proximidades do galpão, Carmel e Felipe, na medida do possível, tiveram sua primeira, paupérrima, porém decente, moradia.

A moradia ficou sendo um palácio para Carmel, que com muita

simplicidade e carinho arrumou e transformou seu casebre em um lar. Eles residiriam ali até que pudessem arrumar uma moradia melhor.

Carmel se contentava com o que tinha, e sabia que nada seria fácil, pois o dinheiro era pouco e viera com seu marido para trabalhar e ganhar a vida honestamente, jamais para explorar ou ludibriar alguém. Os pobres, que não tinham dinheiro, trocavam as mercadorias entre si, e dessa forma levavam a vida.

Sempre muito curiosa, Carmel desejava saber como eram feitas as casas no Brazil. Pensava consigo mesma: "Quem sabe um dia eu possa ter uma casa de verdade e não precisarei morar em um casebre perigoso, que pode ser arrastado para longe pelas grandes tempestades ou vendavais, tão comuns aqui na Bahia." Esse era o seu maior receio, viver em um local que tivesse o mar aberto.

E lá foi a curiosa espanholinha visitar as fazendas e perguntar como eram construídas as casas. É claro que ela não desejava ter uma casa tão grande como aquelas que via, pois não era sua intenção ter escravos. Carmel queria apenas conforto para ela, seu marido e os filhos, quando os tivesse.

O lema de Carmel era: **"Vamos plantar hoje para colher em dias vindouros."** E, assim, visitou várias fazendas à procura de conhecimentos e novas idéias.

Em uma dessas andanças, Carmel conheceu um negro velho, de cabelos brancos, magrinho, fumando seu cachimbo. Ele estava quase dormindo à sombra de uma frondosa mangueira quando Carmel se aproximou e sentou-se ao seu lado. O negro, assustado, perguntou:

— Ó xente! Qui é isso? Uma sinhá branca tan da dengosa sentandu pertico dum nego véio! Será qui io tô sonhandu ou será qui é uma fada da floresta qui veio mi avisá qui io morri? Será?

Carmel quase chorou de tanto rir — é comum aos espanhóis rirem das situações mais naturais.

O negro sorriu e disse:

— Intão vóis mecê é de verdade, sinhá?

Carmel riu ainda mais, e respondeu:

— Pois é claro que sou. Pode tocar no meu braço. É fino, mas é de verdade. Não sou espírito.

O negro, intrigado, perguntou:

— Mai io nunca qui prosiei anssim com uma muié branca... pareci sonho. A sinhá num é fada?

— Não! — afirmou Carmel. — Só quero conversar um pouco com o senhor.

O negro magrinho pulou de banda e perguntou:

— A sinhá mi chamô di sinhô? Quem sô io? Um nego escravo qui num tem valô nium. Se io num fosse isperto, já tinha virado reboco di casa-grandi.

Carmel, espantada, perguntou:

— O que disse? Como é isso... Reboco de casa?

O velho respondeu:

— A sinhá tá vendu essa casa-grandi da fazenda? Pois é... essa casa é feicha de mucha coisa, e tamém de osso e sangue de mucho escravo qui já num tinha serventia pra trabaiá e só dava mucho aborrecimento pro patrão. Tem uns escravo qui tenta fugi e num consegui. É certo qui essis vai morrê e servi di massa pra fazê otras casas, iguar qui esta qui a sinhá tá vendu.

— Por favor, fale melhor — disse Carmel, horrorizada. — Eu penso em fazer uma casa simples, mas, por *Dios*, não com massa feita de seres humanos! Só preciso que as pessoas me ajudem a construir as paredes. Eu também posso ajudar, pois sou forte e trabalhadora.

O negro olhou para Carmel de cima a baixo e riu gostosamente, mostrando apenas os dois dentes que ainda lhe restavam. Com olhar de deboche disse:

— Forte, a sinhá? Donde qui num tô vendu? Com toda essa magreza, mais parece um pé de espiga de mio.

— É, o senhor tem razão. Mas um pé de espiga forte e saudável, que tem muita gana para trabalhar.

— A sinhá tem cabeça boa, e o que vale mermo é a cabeça da pes soa. Ocê, sinhá, tá por demais de certa! — disse o velho, balançando todo o corpo e dando uma risada gostosa.

— Bem, então me ensine a construir uma casa. Quero aprender — disse Carmel.

— Se io cuntá cumé qui é feita as casa-grandi das fazenda, a sinhá num vai gostá de sabê e vai inté desisti de fazê a sua.

— Está bem, mas seja como for, quero aprender a construir uma casa simples. A terra eu já tenho, pois um forasteiro deixou para mim em troca de alguns alimentos e de uma pequena quantia em dinheiro. Como ele era analfabeto, colocou o dedão em um vidro de tinta que eu trouxe da Espanha e depois na folha do contrato para firmar nosso acordo. Assim, foi realizada a compra, porque tudo precisa ser documentado.

O negro magrinho contou o que sabia:

— Intão eu vou contá pra vóis mecê. Sabe, sinhá, as parede é grossa pra modo de ficá mai forte, porque aqui é pertico do mar e tem mucha tempestade e vendavar. Quando isso acuntece, parece qui um furacão leva tudo qui é fraco e qui é feito de taipa. As casa pode se feita cum terra úmida e tamém cum estrume moiado de animar. Primero, a gente vai colocando uns pedaçu de ripa, tudo anssim, na forma de cruiz, e adespois vai pegandu o barro cas mão e mistura cum areia e foia seca. Aí vai atirando cum força do lado de dentro e, adespois, do lado de fora, pra mode di fazê as parede e os muro. Nóis chama de casa de par-a-pique.

E o negro continuou sua aula sobre construção:

— Tamém pode se fazê de pedra, com um puxadinho na frente e dus lado. Nóis cobre cum paia de coquero pra mode di fazê o teiado, qui resguarda da chuva. O povo branco cumeçaru a fazê casa iguar das de sua terra, mas qui num deu certo por carsa qui o Brazil é mucho diferente da terra deles. Intão eles desistiru.

Carmel estava atenta às explicações do negro sobre como eram feitas as casas.

— Arguma das casa têm parede bem grossa e é feicha bem funda na terra. Eles usa massa misturada cum óio de baleia, que é pra dá liga. Arguns sinhô di ingenhu mai rico, põem reforço, achando que suas casa vai durá pra sempre. Por carsa disso, manda matá os escravo véio e enterra os osso na massa das casa. Eles fala qui o suor e o sangue dos nego é mai forte que o óio de baleia e ajuda a dá liga e sustentá as fundação. É desse modo qui as casa-grandi fica mucho forte.

A conversa do negro não tinha fim.

— Mai duns tempu pra cá eles pararu um bocadinho, purque ficaru cum medu dus fantasma qui arrasta suas corrente dentru das casa. Escravo é anssim: si tem saúde, serve pra trabaiá, si num tem, o sinhozinho mata, qui é pra serventia da construção das casa.

Carmel, indignada com tamanho absurdo, perguntou:

— E o senhor não tem medo de servir de parede das casas-grandes?

— Isso nunca qui vai acuntecê cumigo! — disse o velho, dando uma gargalhada.

— Mas por quê? O que o senhor tem de diferente dos outros?

O velho respondeu:

— Io num disse qui sô isperto? Entonce! Io trabaio, faço redi di balanço, redi pra mode di pesca na praia, cesta, mecho na terra pra mode di prantá na horta, recoio as fruita, limpo o terrero e o mai importante que me decha orgulhoso: io levu recadu pras dona de bordé i tamém recadu das sinhá das fazenda, quandu us marido viaja i demora mucho por essi mundão de Oxalá.

— Mas desse jeito o senhor está contando o segredo para mim — disse Carmel.

— Mai qui segredo? — perguntou o negro, rindo, com cara de esperto. — O dos bietinhos dos coroné e das muié que traem seus marido quando eles tão longe? Issu é perigoso pra vida delis e não pra mia. Dus coroné, issu num é segredo — disse o negro. — Inda mais que eles é dono de tudo, são mucho dus rico, purque são dono das terra e tem poder. Todo mundo baxa a cabeça e feicha os óio quando eles têm seus caprichu e suas farra. Isso é normar. Home é home, e podi tudo. O povo sabe, mai faiz qui num inxerga. Já disse, home é macho. O mais perigoso é pra quem io entregu os biete das sinhá, purque pra elas é segredo mortar. As sinhá nunca qui vai falá pra ninguém, purque sinão elas morre inforcada ô entonces di comida envenenada. Aqui nóis tem a lei do silenço.

— Mas e se o senhor contar? — perguntou Carmel.

O negro, pulando longe, respondeu:

— Ó xente, boca! O quê? Eu é qui num sô bocó! Si conto, morro queimado pra serventia delis — disse o negro balançando a cabeça, rindo com seus dois únicos dentes e a cara toda enrugada.

Curiosa e espantada, Carmel disse:

— Se eu contar que o senhor contou para mim, o que acontece? — perguntou ela, adivinhando a resposta.

O negro esperto respondeu rindo e sacudindo todo o corpo:

— E pur acaso a sinhá qué morrê inforcada? Isso a sinhá num qué!

— Realmente o senhor é mesmo muito esperto — admitiu Carmel.

— E vai viver por muitos anos ainda, pois é muito inteligente. O senhor está certo: segredo é segredo, morre com a gente.

— Muito obrigada! — disse Carmel ao levantar-se.

— Mai já vai imbora, sinhá? — perguntou o negro velho.

— Tenho que ir. Preciso cuidar do meu serviço, mas volto em outra oportunidade. Gostei muito de prosear com o senhor.

— Mai, sinhá, antis de i num qué iscuitá uns versu qui io mesmu fiz?

— É claro que quero! — respondeu a simpática espanholinha.

O negro levantou, abriu os braços e fez pose para recitar:

A branca é coisa fina,
a mulata cordão de ouro,
a cabocla é de cobre falso,
a negra cinturão de couro,
a mulata é faceira,
igual a ela não há,
o amor da mulatinha,
a branca não sabe dar.[1]

O negro riu, colocando a mão na boca.

Carmel disse:

— Bem, é bonito, mas há muito preconceito nesses versos.

— O que a sinhá falô? — perguntou o negro, sem entender o que Carmel estava querendo dizer, enquanto fazia um gesto de quem não tinha aceitado o comentário.

— Qualquer dia desses eu volto aqui para lhe explicar o que é preconceito. Obrigada, o senhor me ensinou muito — disse Carmel, despedindo-se dele.

Ambos sorriram e Carmel foi embora, desaparecendo na estrada. Carmel já sabia como conseguiria fazer sua casa, e como seria o seu lar verdadeiro sem ter que sacrificar nenhum negro, nenhum ser humano.

Carmel era inteligente e não precisava de muita conversa para aprender sobre as coisas da vida.

[1] Versos retirados do livro *Casa-Grande & Senzala*, de Gilberto Freyre, publicado em 1º de dezembro de 1933.

Capítulo 15

A CONSTRUÇÃO

As coisas mais preciosas do mundo são de graça.

Depois de falar com o negro esperto e conversador, de cabelos bem branquinhos, Carmel voltou muito pensativa para a sua casinha. Estava preocupada... Não sabia como reforçar sua casa, pois com certeza uma tempestade poderia levá-la pelos ares.

Refletindo mais calmamente, resolveu deixar o problema para o dia seguinte. Seria um novo dia e, com mais lucidez, teria idéias claras e objetivas sobre a construção.

Na verdade, Carmel estava indignada com o que o negro lhe contara sobre construir casas com os ossos e o sangue daqueles seres humanos já tão humilhados e desprovidos de qualquer consideração. Ela ficara revoltada com o que ouvira.

"Que ignorância desse povo!" — pensava Carmel. Ela não podia ser cúmplice desses atos desumanos: "*Dios* nos deu a inteligência para usarmos a favor do bem. Tenho certeza de que farei o melhor. Minha casa será resistente como uma rocha, mas jamais usarei ossos de pessoas para reforçar a construção. É um completo absurdo!"

Naquela noite, Carmel não conseguiu dormir; a conversa com o velhinho não lhe saía da cabeça. Estava indignada, e também pensava em como iria construir sua casa, já que não sabia o que fazer ou mesmo como fazer.

Felipe, seu ausente marido, notou sua inquietação, mas não perguntou nada. Cobriu-se com o lençol, virou tranqüilo para o lado e dormiu profundamente.

Quando o dia clareou, sem ter conseguido dormir, Carmel questionava a si mesma sobre a casa, mas nenhuma das idéias que surgiam lhe agradava. Além disso, seus recursos financeiros eram precários, e teria que usar a sabedoria para vencer mais esse obstáculo. Nesse caso, o remédio era pensar... pensar... pensar... e usar o seu lado prático. Ainda bem que já tinha o terreno.

Naquela época, cada um se apossava do pedaço de terra que queria, mas aquela situação incomodava Carmel, por isso, ficou imensamente feliz quando ela e seu esposo conheceram o forasteiro que usara aquele pedaço de chão anteriormente e lhes disse:

— Esta terra me pertenceu durante muito tempo, e agora estou passando a vocês!

Dizendo isso, e após regularizar a venda, o homem foi embora. No local, havia um casebre, e Carmel e Felipe se instalaram naquela mesma manhã.

Como uma sonâmbula, Carmel foi tomar café sentada em um banco que estava em frente à porta do casebre. Ficou por um longo tempo observando o nascer do sol, que, aos poucos, iluminava toda a vegetação. Carmel divagava silenciosamente com seus pensamentos, quando ao desviar por instantes o olhar avistou um monte de terra. Um enorme formigueiro!

Carmel, muito curiosa, chegou mais perto e pensou: "Como são rápidas essas formigas! Não vi este formigueiro antes, e venho aqui todos os dias. Certamente, as formigas constroem sua morada muito rapidamente. E como dizia *madrecita:* **'A união faz a força!'** É assim que deve ser. As formigas são símbolos do trabalho e união. Se o ser humano tivesse esses mesmos princípios, a vida seria bem melhor para todos, pois uma formiga passa a folhinha para a outra e essa união faz com que esses seres tão pequenos consigam resultados extraordinários."

Como a curiosidade de Carmel era grande demais, quis olhar o formigueiro de perto. Com um graveto, mexeu, viu que era duro como um muro forte e logo teve uma idéia! Olhou de todos os lados e observou que as pequenas formigas trabalhadoras prosseguiam com sua tarefa rapidamente. Uma passava para a outra o material necessário, sem interrupção.

As formigas não são egoístas, mas muito unidas. Por essa razão, o trabalho delas é ligeiro e perfeito; dessa forma, todas se beneficiam do próprio esforço e constroem uma fortaleza. Sempre terão um lugar para morar.

Carmel logo pensou: "Quem sabe eu poderia utilizar o mesmo material das formigas! Mas o ideal mesmo seria ter uma ajuda como a delas... com muita união."

Quando Carmel mexeu no formigueiro, derrubou uma parte que ainda não estava concluída. Pegou um galho seco, manuseou a terra e percebeu que internamente era mole e por fora muito resistente. Depois dessa constatação, pensou: "Bem... se eu retirar este formigueiro daqui, com certeza as minhas amiguinhas formiguinhas não vão ficar tristes e farão o formigueiro em outro lugar, pois essa é a missão delas. Preciso pesquisar melhor o seu trabalho."

Carmel mexia no formigueiro com curiosidade e delicadeza. Os dias foram passando, e diariamente sentava-se ao lado do formigueiro, tentando elaborar o seu projeto.

Mexia de um lado e do outro, até que as formigas, incomodadas, foram para outro lugar. Elas haviam terminado sua missão com aquele formigueiro, além disso, estavam sendo perturbadas.

Quando Carmel pegou uma maior quantidade do material para analisar, percebeu que era uma grande bola preta e macia. No interior do formigueiro havia uma matéria-prima maravilhosa, parecia ideal para a construção de sua casa, que, dessa forma, ficaria tão firme e forte quanto o formigueiro. Igual ao casario dos coronéis, porém sem a necessidade de matar velhos negros para reforçar a massa usada em suas construções.

Depois que atingiu o seu objetivo, pediu desculpas, mas pensou carinhosamente: “Minhas amiguinhas, de hoje em diante, vocês vão trabalhar para mim. Ficaremos unidas pelo amor e pelo trabalho. Eu as procurarei onde estiverem.”

Assim, Carmel foi à procura de todos os formigueiros da região. Para isso, contou com a ajuda de Tomé e de mais dois negros que eram seus amigos, além do velho negro esperto que vivia tranqüilamente sentado no tronco da árvore. Quando disse que precisava de sua ajuda, no mesmo instante, o negro esperto aceitou com seu sorriso carismático, e falou aos amigos que Carmel não o havia esquecido. Ainda por cima, chamava-o de senhor, fazendo com que se sentisse a pessoa mais importante do arraial.

Lá foram todos os amigos de Carmel à procura dos formigueiros. Quando conseguiram acumular uma quantidade considerável de material, iniciaram a construção da casa. Primeiro, fizeram um buraco grande e cobriram com o material preparado, para depois começarem a fazer a casa.

A madeira foi entrelaçada, e, quando já tinham a estrutura pronta, colocaram o barro, o esterco, as folhas secas, a areia do mar e algumas pedras que estavam perto dali. Misturaram tudo e juntaram àquela terra úmida e escura que estava dentro dos formigueiros.

Uma pessoa jogava a massa do lado de dentro da casa e a outra, do lado de fora, atirando a massa com firmeza. Esperaram que as paredes secassem e perceberam que não caía nem um torrão. Sinal que a estrutura da casa ficara firme como uma rocha.

A casa de pau-a-pique, feita com barro e teto de palha de palmeira, era como todas as outras, porém obedecia a uma divisão de espaços mais racional. Na frente, tinha uma boa cozinha, com um fogão a lenha e um armário também de barro. Lá, Carmel guardaria os utensílios domésticos, além de ter um espaço para os alimentos.

Carmel colocara a cozinha na frente da casa, pois assim receberia seus amigos que geralmente vinham de muito longe, precisavam de alimentos e um lugar aconchegante para descansar.

Em seguida, os dois quartos: um para ela e o marido e o outro para Ritinha, sua serviçal e amiga que conhecera logo que chegou ao Brazil. Era irmã de Tomé e ajudava Mãe Dica no galpão.

No fundo do quintal, foi feito um celeiro, onde estavam acomodados os animais domésticos, além de um belo galinheiro.

Mais adiante, Carmel construiu a "casinha", como era chamado o banheiro, e o manteve afastado da casa por uma questão de maior higiene e privacidade.

Na "casinha", Carmel construiu um poço bem fundo, que era a fossa, pois os excrementos tinham que ter um lugar adequado. Esse poço ficava sob a latrina, onde havia uma caixa de madeira para as pessoas poderem se sentar com maior conforto. Além desses detalhes, Carmel colocou uma porta para ter privacidade.

Porém, antes de construir a casa, Carmel fez o alicerce, que é a base para o início uma construção. Para isso, fez um buraco bem profundo, onde colocou pedras, tronco de árvores muito resistentes, e uma massa para dar a liga. Só depois iniciou a construção da casa.

A esperta espanholinha tinha noções de construção, e também de higiene e saneamento básico, necessários para não existir contaminação pelas fezes. Aprendera tudo aquilo porque tinha força de vontade, pois nunca alguém lhe ensinara alguma coisa sobre construção, mas sempre foi muito observadora.

Do outro lado, havia um poço com água fresca para beber e um tanque para lavar roupas, além de vários varais para secá-las ao sol e com o vento.

As madeiras das estruturas, portas e janelas eram cobertas por uma camada de óleo extraído das árvores da floresta. Dessa forma, estariam protegidas dos cupins e outros insetos. Se não fosse assim, eles colocariam a casa abaixo em poucos meses.

Carmel queria aproveitar bem o espaço, porque ainda que modesto teria que ser útil, e, embora primitivo, deveria ter o mínimo de conforto. "A higiene e o conforto devem estar em primeiro lugar. Para que ostentação e luxo?", pensava a espanholinha.

Depois do trabalho quase concluído, Carmel olhou... pensou... e viu a necessidade de construir um terraço na frente da casa, para dar maior proteção à construção, resguardando-a dos vendavais e da fúria do mar. Para tanto, usou folhas de palmeira fortemente entrelaçadas, para que resistissem à ventania e servissem de proteção contra o sol que castigava os habitantes que moravam em frente ao mar. Além de proteger, essa medida tornaria o lugar mais fresco e agradável.

Carmel também colocou duas redes, um banco e uma mesinha no belo terraço. Tudo para dar maior aconchego aos visitantes amigos. Ao lado do terraço, plantou uma trepadeira, que, quando crescesse, se transformaria em um lindo caramanchão, com flores lindas, frescas e perfumadas.

Para revestir as paredes e branquear a massa, Carmel usou o óleo que saía da casca de certas árvores, além da borracha líquida extraída da seringueira por meio de pequenas perfurações feitas no tronco, mas sem que isso prejudicasse as frondosas árvores. Misturava essas substâncias com areia fina do mar e água, o que resultava em uma massa clara. Com esse material, depois das paredes secas, pincelou a casa toda, de canto a canto.

A casa de Carmel ficou com um aspecto diferenciado das outras, além de mais vistosa. O que restou do formigueiro foi transformado em um forno para assar os alimentos, pois as formigas já tinham se mudado para lugares mais distantes.

Ao redor da casa, Carmel plantou manjericão, que inibia a entrada de bichos rasteiros, como as cobras, além de evitar vários outros insetos indesejáveis.

Carmel fez um belo jardim com lindas flores silvestres e colocou duas mudas de rosas vermelhas que ganhara em agradecimento pelo seu trabalho humanitário. As rosas eram flores raras no sertão, mas as de Carmel se diferenciavam. Eram lindas! Cuidava carinhosamente das roseiras, e ao tocá-las lembrava-se de seu pai, don José.

Voltando ao mundo real em que vivia, em frente à sua casa havia uma árvore frondosa carregada de jaca e, mais adiante, uma límpida nascente com água cristalina que caía entre as pedras.

Com certeza, tudo havia sido colocado ali pelas "Mãos Divinas", para que os passantes cansados das longas caminhadas tivessem sombra para descansar, frutas para saciar a fome e água para matar a sede e se refrescar, além de uma boa conversa.

Na verdade, tudo o que Carmel desejava era ajudar o próximo, e nem precisava gastar nada, bastava usar com sabedoria e bons sentimentos tudo o que Deus lhe oferecia de graça.

Assim, a casa de Carmel ficou muito agradável e aconchegante, tornando-se um verdadeiro lar. Todos os dias, ela agradecia a Deus por ter lhe dado amigos fiéis que a ajudaram tanto e tinham um grande coração.

Na vida, basta você se esforçar e acreditar, e então Deus proverá os seus objetivos. Isso se chama **fé e bênção!**

Com trabalho, fé e amor, tudo se resolve. Não é preciso mendigar nada a ninguém ou desejar que tudo caia em suas mãos sem esforço. Também nunca devemos cobiçar o que for dos outros; basta colocar essa certeza nas mãos provedoras de Deus e, se algo mais for preciso, Ele acrescentará!

Creia e receba as bênçãos!

Carta 2

CARMEL FAZ UM PEDIDO À SUA MÃE

Minha querida família,

Espero que vocês estejam bem. Graças a Dios, estou seguindo adiante com saúde, muita luta e esperança.

Madrecita, o clima aqui és muy caliente, às vezes, não sei o que vestir, pois minhas roupas são pesadas e grossas; por outro lado, não consigo usar as vestimentas das mulheres brasileiras, que são largas e transparentes.

Por favor, quando tiver oportunidade, me mande uma máquina de costura, pois assim poderei fazer minhas próprias roupas, mais leves, porém procurando manter o nosso estilo. Afinal sou espanhola!

Entre os brazileiros não existe malícia, mas, sim, entre os estrangeiros mais afoitos, que, seminus, abusam das mulheres que vivem com seus corpos livres e à vontade. O triste é que essas mesmas mulheres são aprisionadas espiritualmente, não vivem livremente. Qualquer homem usa o seu corpo, mesmo que elas não desejem.

É normal para os nativos e os negros usarem roupas leves de algodão, tecida por eles mesmos; às vezes, é apenas um pano jogado sobre o corpo. No entanto, há uma mistura de costumes diferentes porque chegam pessoas de muitos lugares do mundo, e cada um vem com seus costumes de origem.

As nativas andam com os seios de fora e não há nada de sensual, para elas é absolutamente normal e natural. Ninguém olha. Também usam muitos enfeites nas cabeças, cabelos trançados com fitas coloridas e adornos nos pulsos e nos pés descalços. Colares coloridos feitos com sementes e flores, outros com conchas do mar enfeitam o colo desnudo dessas lindas mulheres, cuja beleza é realçada pela pureza que possuem.

Algumas usam vestimentas tão leves que mal cobrem o corpo, outras se vestem com roupas brancas, cheias de babados e lenços na cabeça. São realmente muito bonitas.

Aqui não se usa espartilho, aliás, as mulheres não usam nada por baixo. Suas peles são delicadas, macias, tem corpos lindos e bem-feitos. Não é à toa que os brancos ficam deslumbrados. Porém, eles nunca olharam para o corpo de suas mulheres brancas, que também possuem sua beleza natural.

Outro dia, madrecita, me olhei nua no espelho para comparar o meu corpo com o corpo das brazileiras. Fiquei assustada. Eu não tinha reparado como eu era — não gostei! Antes eu me preocupava com os meus cabelos cacheados, a pele branca e lisa, as colônias perfumadas, os talcos finíssimos e os espartilhos, que tanto me incomodavam e agora não uso mais devido ao calor intenso. Também amarro os cabelos.

Ainda possuo o hábito das saias compridas, mas aos poucos estou me adaptando aos costumes do Brazil. Ritinha está me auxiliando nessa parte, mas desejo respeitar as minhas raízes e minha própria natureza; é difícil perder antigos hábitos.

Sou espanhola e os meus costumes seguirão sempre comigo; apesar de fazer algumas transformações, sou inteligente e procurarei o estilo mais adequado para mim.

Sabe, madrecita, sou muito magricela, meus seios são muito pequenos e desapareço perto de outras mulheres daqui. Por outro lado, elas são extremamente passivas e escravizadas de diversas formas. Mesmo sendo tão magrinha, tenho mais disposição que elas, e, apesar do meu discreto tamanho, ninguém me faz de tonta.

Os homens usam e abusam dessas mulheres, tanto nos serviços domésticos quanto no sexo. No entanto, elas não sabem dizer "não" para os homens, que as abordam em qualquer lugar. Geralmente são homens ricos e estrangeiros. Homens de poder que têm suas próprias mulheres esperando-os em casa, tão bonitas quanto as negras.

Isso me deixa enfurecida, meu sangue ferve; as mulheres brazileiras têm muito que aprender para se valorizarem perante a sociedade. Para os maridos, elas são como um bichinho doméstico... é uma submissão horrível! Elas dizem ter obrigação de fazer os gostos deles da forma como desejam.

Yo soy contra!

Sinto-me muito mal em observar tantas injustiças praticadas por esses homens que fazem sexo como se fossem animais.

Bem, madrecita e Pilar, vocês nem imaginam como as brazileiras são formosas, com os seios fartos e firmes, pernas torneadas, e, quando caminham, parece que estão dançando uma música muy caliente. O seu modo de andar é completamente diferente de qualquer mulher do mundo. Elas esbanjam sensualidade, desejo, e mexem a cintura como se estivessem soltas.

Sabe de uma coisa, madrecita? Estou morrendo de ciúmes do Felipe. Imagine, ele vive no meio dessas mulheres lindas, e como geralmente trabalha à noite fico pensando tantas coisas... Mas procuro espairecer lendo um bom livro ou escrevendo, afinal é a profissão dele e tenho que entender. O que fazer?

Aliás, estou escrevendo um livro sobre as coisas que vejo aqui e desejo que ele seja lançado em outros países. No Brazil, são poucas as pessoas que sabem ler e as que sabem não o fazem por falta de costume, preferem contar muitas histórias, algumas reais outras irreais, contam piadas e riem muito por qualquer motivo. Eu acho muito esquisito. Rir do quê?

As pessoas conversam muito, mas suas conversas são vazias de informações, por isso, estou escrevendo o livro que, além de ser um desabafo, é uma forma de preservar tudo o que vejo e ouço com muita atenção, assim como faço com as minhas cartas.

Aqui não tem mulher que escreva sobre o universo feminino, e as que ousaram, além de serem motivo de deboche pelo que escreveram, foram queimadas em praça pública. Outras se suicidaram por não agüentarem tanta injustiça e pressão. Vítimas de seus ideais, aos poucos adoeceram, até a morte chegar. Os maridos, no entanto, ficavam ilesos e diziam ter encontrado suas mulheres mortas.

Quanta ignorância e maldade! Eles nunca souberam dar o devido valor à sua mulher, que desejava apenas expor suas idéias e ideais.

Depois da morte, eles a tratam como santas. Para algumas, inclusive, atribuem inúmeros milagres, fazem romaria, levam flores, oram, acendem velas, e esquecem que, quando em vida, as trataram como prostitutas do lar, escravas e muitas vezes como animais domésticos, jamais permitindo que elas emitissem suas opiniões lúcidas e claras.

Minha querida, quando o livro estiver pronto, o enviarei para que seja publicado aí na Espanha e também em outros países, porque aqui eles não entendem — ou convém não entender.

As pessoas têm preguiça de ler e escrever; a maioria é analfabeta, mas não se importa, apenas vive a vida. Essa atitude convém aos homens, porque transforma as mulheres em pessoas submissas e medrosas pela castração mental, espiritual e material.

Os homens, estes, sim, se mantêm informados de tudo o que ocorre com as pessoas e lugarejos.

Madrecita e Pilar, voltarei a escrever com mais calma, tenho muitas idéias para ajudar este povo, principalmente as mulheres. Se elas desejarem aprender, é claro! Estou estudando o comportamento humano e aprendendo muito, pois espero um dia poder ser útil a este país.

Desejo que minhas palavras sejam como remédios para curar almas, mudar atitudes incoerentes e a própria submissão. Essas atitudes parecem uma doença contagiosa entre as mulheres e crianças.

Minha vinda para o Brazil não foi por acaso, tem os seus motivos missionários. Creio que Dios me protegerá e me encaminhará nesta missão revolucionária que levarei até o fim dos meus dias.

Acredito que isto será para o meu bem e o de outras mulheres, que têm medo de falar o que sentem e se acomodam sob os ideais dos homens machistas, sejam eles pai, marido, irmão ou cunhado — todos se acham no mesmo direito de oprimi-las.

O medo da repreensão está entrando no fundo da alma dessas mulheres, por isso acham melhor não relutarem, e se mantêm em silêncio, pois é mais conveniente ficar calada em seu mundinho.

Madrecita, eu constatei que, quando qualquer homem põe a mão na cabeça delas, se derretem e fazem o que eles querem. Isso é submissão das mulheres com sede de amor e de carinho. Caem na lábia de qualquer homem, seja ele quem for.

[P.S.: Nunca deixe um homem pôr a mão em sua cabeça; a nossa cabeça é sagrada, pois recebemos as dádivas e as luzes de Dios. Esta bênção é nossa e vem comandada do alto. Eu explico, falo, mas que nada... parece que não desejam aprender e se valorizar.]

Viver aqui é muito difícil, mas vou adiante ensinando e aprendendo.

Madre, através da leitura descobri que o meu nome — Carmel — é de uma pessoa com grande personalidade e coragem. Fiquei feliz por saber dessas minhas qualidades. É muito bom saber de nós mesmas.

"Avante, Carmel. Tu nombre és tan fuerte como tu personalidad y corajén."[1]

Madrecita, será que gostou de saber mais de tu hija[2]?

Beijos para Antonio, Pepe, Pilar, Maria, para mi padre querido e para ti, mi amada madre.

Quanta saudade!!!

Escreverei em breve.

Carmel

[1] Vá em frente, Carmel. Seu nome é tão forte como sua personalidade e coragem.

[2] Sua filha.

Capítulo 16

O DESABROCHAR DOS SENTIMENTOS

O enxoval de Carmel fora todo confeccionado com extremo bom gosto por mãos hábeis e delicadas, pois doña Emília sempre quis o melhor para seus filhos. Como toda mãe, sua preocupação era que as moças tivessem as melhores peças de enxoval, por isso, as guardava com todo o carinho entre essências perfumadas em dois baús enormes. A maioria das peças era de várias partes do mundo, já que a família Blanes tinha o hábito de viajar por diferentes países durante as férias.

Nessa época, Carmel e Pilar eram jovens demais e não se preocupavam com enxoval nem pensavam em casamento. Queriam apenas se divertir, conhecer os museus, as diferentes culturas e costumes de cada país, aproveitando bem os passeios com seus familiares, sempre tão alegres e divertidos.

No entanto, doña Emília se inquietava com o enxoval, e, embora de forma modesta, comprava tudo o que via de mais belo e de bom gosto. Era uma satisfação saber que um dia suas filhas teriam seu próprio lar!

Apesar de comprar quase tudo pronto, fazia questão de que suas filhas fossem prendadas, soubessem bordar, costurar, pintar e tricotar. Por essa razão, as próprias meninas confeccionaram boa parte das peças, afinal, para doña Emília era imprescindível que o lar tivesse conforto e bom gosto. Elas só dariam o devido valor se soubessem o trabalho que dá, por isso, além do enxoval, confeccionavam suas próprias roupas.

Mas a preocupada mãe nunca imaginou que aquele baú cheio de peças tão delicadas e belas, que preparara com tanto cuidado para Carmel, fosse parar em um país em que a roupa necessária para vestir era mínima.

Certamente, no início de vida no Brazil, seria até impossível Carmel usar coisas tão finas e de tanto bom gosto. O mundo que aquela menina escolhera era outro, e nele havia uma grande distância entre os usos e costumes do seu país.

A vida das pessoas, por vezes, se assemelha com as folhas e as sementes que, quando carregadas pelo vento, germinam bem longe do seu hábitat. Ninguém pode prever o próprio futuro.

Em uma certa manhã, pensativa, Carmel burilava no seu baú e em uma maleta as poucas coisas que sobraram do naufrágio. Estava sentada em frente à pequena janela do seu casebre rústico em um país primitivo, com uma cultura até então defeituosa, sem raízes ou princípios, onde era preciso fazer tudo. Começava uma civilização com muitas idéias ainda conturbadas e desencontradas.

Carmel retirou do baú uma cortina de renda bordada que ela mesma fez com todo o capricho. A fina e delicada peça destacava-se no ambiente rústico, e seu pensamento voltava à sua querida Espanha. Pendurou a cortina que balançava com o vento leve e morno, enquanto observava uma frondosa árvore carregada de jaca. A fruta nativa da região, muito saborosa e nutritiva, alimentava todos os transeuntes que passavam em frente ao seu casebre.

"Este país é uma bênção para as pessoas", pensava Carmel. Havia em abundância diversas e deliciosas frutas para saciar a fome e também várias nascentes de água pura e cristalina para matar a sede e banhar-se naturalmente.

O agradável aroma das frutas trazido pelo vento envolvia todo o ambiente do seu pequeno casebre. Carmel se sentiu agradecida por receber a visita de "Sua Majestade, a Natureza"!

Aquela situação a fez lembrar das saborosas maçãs da Espanha, e pensou: "Será que minha *madrecita* mandará as deliciosas maçãs que pedi? Sei que a distância que nos separa é imensa e a viagem pelo mar demora meses, mas... tenho certeza de que ela dará um jeito, porque sabe quanto aprecio essa fruta, tão diferente das que existem aqui no Brazil. Também é uma maneira de me sentir mais próxima do meu querido país."

No frescor do anoitecer, o vento agradável e livre trazia o perfume das flores silvestres, que entrava pelas frestas das tábuas da janela balançando a cortina com movimentos suaves, trazendo para Carmel as mais ternas recordações de sua terra. O silêncio tornava as lembranças mais fortes, e a pequena cortina parecia tornar presente tudo o que Carmel desejava sentir e ouvir. Os pensamentos de Carmel revoavam como inquietas borboletas. Ouvia as vozes de seus familiares, as cantorias, as castanholas e a guitarra sempre presente, quente e vibrante do seu irmão Pepe.

Com os olhos fechados, sentiu o forte perfume que vinha das matas e lembrou-se dos campos da Espanha, onde com as mais diversas brincadeiras corria atrás de seus irmãos. Em seus pensamentos saudosos, Carmel via Pilar escondendo-se atrás de um arbusto harmoniosamente esculpido.

O jardim da casa da família Flores Blanes fora todo desenhado por artesãos profissionais e parecia bordado por pequeninas flores coloridas, selecionadas e cultivadas com muito carinho. Ao longe, havia árvores tão altas que pareciam querer bater nas nuvens.

Não só os jardineiros, mas as pessoas em geral conheciam as plantas, por isso as valorizavam e tinham o máximo amor, respeito e cuidado, porque as plantas revelam com nitidez a forma como foram cuidadas e amadas. Elas têm sua maneira de agradar e agradecer todo o carinho através de seu perfume, sua cor e beleza.

Na imensa solidão que invadia o seu peito, Carmel respirava quase sufocada pela dor e pelo abandono do seu marido, sempre muito ocupado com o trabalho e os amigos, que estavam sempre em primeiro lugar. A solidão era sua amiga e confidente.

Repentinamente, Carmel despertou do seu devaneio ao ouvir a voz de Ritinha, gritando muito alegre:

— Sinhá Carmel, sinhá Carmel! Olha, sinhá! Tomé está chegando com uma caixa muito grande. Deve ser a sua encomenda. Venha depressa, sinhá! Venha!

Carmel saiu correndo e, muito feliz, disse sorrindo:

— Que bom revê-lo, meu querido amigo. Eu estava com saudades! Hum... Pelo aroma que estou sentindo, nessa caixa estão minhas deliciosas maçãs. A minha mãe não esqueceu o meu pedido aparentemente impossível!

Mãe é mãe, nunca esquece os filhos, mesmo que a distância seja muito grande. Nós, os filhos, podemos estar longe de seus olhos, mas nunca sairemos de seu coração; para ela seremos sempre crianças. Vamos precisar do amor eterno e incondicional de nossa mãe durante toda a vida, e ela o doará. Mesmo quando fizermos coisas que machuquem seu coração, o amor será sempre o mesmo. Deus perdoe os filhos e abençoe sempre os pais, principalmente as mães, heroínas na luta pela sobrevivência!

Para Carmel, a maçã significava a própria sensualidade. Ao saborear a fruta vermelha, redonda e cheirosa, sentiu uma alegria intensa percorrendo seu corpo. Era uma sensação muito agradável que não sabia distinguir, mas sentia algo pulsar em seu corpo.

Abrindo a caixa rapidamente, Carmel percebeu que, além das maçãs, havia várias cartas de seus familiares. Pegou as cartas, apertou-as contra o peito e rodopiou com muita alegria, beijando-as e dizendo:

— Meus amigos, venham ver o que recebi! — disse alegremente. — São cartas de meus irmãos, meus pais, minhas amigas do colégio, minhas tias e também de minha madrinha. Elas hão de me ajudar a suportar a solidão e a saudade que machucam tanto o meu peito. Quero ler uma a uma com muita calma, pois desejo sentir em meu coração cada palavra que foi escrita, letra por letra, para alimentar o meu espírito saudoso e carente. É divino receber cartas das pessoas que amamos! É uma sensação indescritível!

Tomé e Ritinha sorriam enquanto observavam Carmel, que parecia uma criança feliz.

Carmel, procurando transmitir a alegria que sentia, disse a seus queridos amigos:

— Hoje vou saciar meus desejos e satisfazer meus sonhos.

Voltando-se para a amiga falou:

— Viu só, Ritinha, como o pensamento vai e traz o que desejamos? Por isso, devemos pensar sempre em coisas boas, que fazem bem a nossa alma, pois *Dios* está sempre por perto, nos ouvindo e nos atendendo prontamente. Nossas palavras têm asas.

— É verdade, sinhá — respondeu Ritinha. — Ainda há pouco, estava triste, mas agora, está aí, muito feliz, porque pensou e aconteceram coisas boas.

— É tão bom vê-la feliz, sinhá! O senhor Felipe já viu a senhora tão contente desse jeito? — perguntou Tomé.

Carmel, admirada com a observação de Tomé, disse:

— Creio que não, meu amigo... Felipe não conhece o meu interior e nunca me deu motivos para tanta alegria. Ele me proporciona muitas preocupações, e, além disso, está sempre muito cansado, já que seu trabalho exige muita responsabilidade. Nós dois só falamos sobre problemas, pois a vida é muito cansativa para ele e penosa para mim, que insisto em conversar com ele. Desejo que ele me ouça, porém, é bobagem da minha cabeça, apenas ilusão...

Carmel pronunciou aquelas palavras com profunda tristeza, pois Felipe pouco falava com ela. Seus amigos e o trabalho, infelizmente, ocupavam todo o seu tempo e sua vida.

— Meu marido não conhece o meu íntimo e nem sabe quem sou!

Carmel falou aos amigos sobre os seus sentimentos dolorosos, pois desejava ser uma boa companhia ao seu marido ausente.

— Não fique triste, sinhá. A vida é alegre! Nós transformamos as coisas simples em coisas muito sérias e pesadas, mas a vida é leve. Por essa razão, devemos nos alegrar e comemorar sempre, mesmo que seja por um simples motivo. Agora, por exemplo, temos um belo motivo para isso. Vamos festejar a sua felicidade — disse Tomé, com muita sinceridade, pois tudo o que desejava era alegrar Carmel.

— É verdade, meu amigo. Tenho muitos motivos para ser feliz: o dom da vida, uma família maravilhosa que me ama e que eu amo, e muita saúde. Além de estar neste país maravilhoso e poder contar com vocês, meus queridos amigos, que me cobrem de carinho a todo instante — Carmel disse isso bastante emocionada.

— E seu marido, sinhá? — Tomé voltou a perguntar sobre ele porque achava aquele casamento muito estranho.

— Ah, isso é outra coisa! Nunca posso contar com a sua companhia ou o seu apoio. Ele é um homem muito ocupado. Como já disse, Felipe não tem tempo para mim. Sempre que tento falar sobre algum assunto, vira de costas e sai sem responder o que lhe perguntei. As minhas palavras fazem eco, mas ele não ouve.

Carmel fez uma pequena pausa e comentou:

— Bem, meu amigo, sente-se aqui para descansar um pouco.

Voltando-se para a irmã de Tomé, Ritinha, que conhecera no galpão de Mãe Dica e se tornara sua fiel amiga e ajudante, disse:

— Por favor, minha amiga, traga um suco bem gostoso de tamarindo para seu irmão, pois veio de muito longe e deve estar com sede e cansado da viagem.

— Venha, Tomé. Sente-se ao meu lado e coma uma saborosa maçã.

O rapaz acanhado, acomodou-se ao lado de Carmel, e disse:

— Obrigado, sinhá. Eu só provei dessa fruta em Portugal. É muito difícil alguém trazer frutas de outros países para cá, pois com a demora da viagem chegam estragadas. A senhora teve muita sorte!

— É verdade! Graças à minha mãe, que apanhou as frutas na árvore e as embalou uma a uma ainda verdes. Assim elas amadureceram pelo caminho e chegaram até aqui ainda firmes, como se tivessem acabado de ser colhidas.

Fez-se um instante de silêncio e Tomé, com muito carinho, comentou:

— Perdão, mas tenho que lhe dizer uma coisa. A sinhá está ainda mais bonita. Seu rosto fica iluminado quando está feliz!

Sem perceber, Tomé disse algo que estava dentro do seu coração há tempos. Essas palavras saíram como uma explosão de sentimentos intensos, mas escondidos.

Os dois jovens riram de si mesmos e, nesse exato momento, seus olhares se cruzaram com ternura e sensualidade. Sem dizer uma só palavra, perceberam a cumplicidade que havia entre eles.

Carmel pegou uma maçã e, com delicadeza, passou suas mãos sobre ela, sentindo seu aroma tão peculiar, e disse olhando firmemente nos olhos do amigo:

— Pegue, Tomé. Veja como esta fruta vermelha é sensual, *caliente!*

— O quê, sinhá? — perguntou Tomé, admirado com aquele gesto de Carmel.

— *Caliente* significa quente. É como se tocássemos o corpo de alguém que amamos, e, ao sentirmos sua pele, ficamos *calientes.*

— Ah, agora entendi, sinhá Carmel.

— Logo você compreenderá perfeitamente o idioma do meu país, meu bom amigo Tomé! Agora vamos saborear esta deliciosa fruta.

Carmel deu uma maçã para Tomé, e em seguida pegou a sua. Ela colocou a maçã contra o rosto e sentiu a sensualidade e o perfume que a envolvia percorrendo todo o seu corpo. O sangue fervia em suas veias, e sentia um grande prazer a cada mordida. Carmel mordia vagarosamente, sensualmente, e com seus lábios macios acariciava a fruta com delicadeza. Tinha receio de machucá-la com seus desejos tão ardentes.

Tomé olhava para Carmel com os olhos de um jovem assustado. Para ela, aquilo tudo era natural, apenas desejava sentir todas as sensações com aquela fruta, até certo ponto proibida por causa das dificuldades de transporte. Agora a espanholinha podia saboreá-la delicadamente e com muito prazer.

Carmel continuou a deleitar-se com a maçã enquanto o mel incolor do desejo escorria entre seus lábios. Sentiu um prazer intenso — não sabia definir o que era —, mas estava muito feliz.

— Olhe, Tomé! A maçã tem a textura da pele, sinta a sua maciez — Carmel disse essas palavras com voz melodiosa.

Meio sem jeito, ele via o desejo estampado no rosto de Carmel, e engolia discretamente a saliva que estava em sua boca. Embora aquela cena mexesse muito com ele e com sua libido, ela era sua patroa. Desejava aquela mulher, mas era um anseio impossível, pecaminoso, por isso, se conteve como seu servo, porém amigo.

O rapaz tentava disfarçar, quando Carmel disse:

— Tomé, morda a minha maçã e sinta o sabor. Veja como está macia e saborosa... parece ter sido banhada no mel.

Ele pegou a maçã com delicadeza e mordeu no mesmo lugar em que Carmel tinha cravado os seus dentes alvos.

Carmel, sem dizer nada, pegou a maçã e passou suavemente em seus lábios, acariciando-a com ternura e erotismo. Seu sangue fervia e revelava a sensação de pureza da natureza humana.

Tomé sentiu as mesmas sensações, seu sangue também estava quente. Olhava para Carmel como se fosse um adolescente que nunca vira coisa igual. Seus grandes olhos estavam bem abertos, nem piscavam perante sua sinhá e patroa.

O respeito que sentia por seu superior, o senhor Felipe, era maior que sua emoção. Tomé estava confuso com seus sentimentos, e não sabia como agir nessa situação tão constrangedora. Ele jamais poderia ofender a sinhá Carmel. Jamais! E também... poderia estar enganado com o que sentia e observava. O que dizer nesse momento único?

Mas eles não estavam fazendo nada demais, apenas conversavam... Só o pensamento revoava longe, sem limites para a censura.

Carmel não entendia o seu modo de agir. Ela nunca se comportara daquela forma ou sentira aquela sensação em nenhum outro momento, nem com o próprio marido.

O desejo carnal envolvia o seu corpo e o de Tomé. O que estava acontecendo com seus corpos e suas mentes? Aqueles pensamentos traziam sensações muito fortes, e, assim, vinha à memória de Carmel o sermão do padre-cura na Espanha. Será que estava cometendo um pecado mortal por sentir desejo? Será que, quando morresse, arderia no fogo do inferno por esse sentimento?

De repente, Carmel lembrou-se de que ela nunca fora católica, apenas ia à missa para acompanhar a família, rever os amigos e vestir roupas novas. Pensou: "Se não sou católica, não irei para o inferno, e posso pensar o que quiser. Só *Dios* sonda meu coração e conhece minhas atitudes, meus segredos e minhas emoções."

Carmel perguntou:

— Tomé, você é católico?

Ele respondeu rapidamente:

— Vou à missa para levar as esposas dos generais e de outros oficiais, mas a minha crença é o cristianismo, como a da minha mãe.

Rindo, Carmel disse:

— Então nós não somos pecadores mortais, temos *solamente* uns poucos pecadinhos.

Os dois riram, como adolescentes prestes a fazer alguma traquinagem. Sentiram-se aliviados dos pensamentos pecaminosos e do falso moralismo impostos pela religião católica.

Carmel continuou a degustar a deliciosa maçã, e enquanto o mel incolor escorria entre seus lábios, sentiu um prazer jamais experimentado. Sempre gostou dessa fruta, mas apenas agora entendia o motivo. Pela primeira vez em sua vida, ao saborear aquela maçã, sentiu-se livre de todas as castrações morais diante de um homem. Era maravilhoso não sentir vergonha, medo, repulsa, desdém ou pecado.

Carmel sentiu que Tomé era bom e delicado, e que a compreendia, admirava e respeitava, o que é mais importante... e não tinha receio de expor seus sentimentos ao amigo. Naquele momento, ela não era patroa — eram dois seres que tinham grande respeito e admiração mútua. Compreenderam que o sentimento não se escolhe, nasce até sem ser percebido, chega bem de mansinho... Quando as pessoas notam, já é tarde demais para recuar da atração. É como um estalo em suas vidas, algo supremo, uma cumplicidade de dois seres sensíveis.

Esses desejos e sensações são proibidos pelas leis do mundo, porém só para as mulheres, porque para os homens tudo é permitido. Infelizmente! Um pecado mascarado pelo falso puritanismo. **Isso é inconcebível!** Mas... Tomé era diferente dos outros homens, porque tinha uma alma pura e verdadeira.

Tomé olhava Carmel e engolia seco. Seus olhares se penetravam como raios estonteantes, pareciam flechas de luzes.

Carmel, percebendo o embaraço do amigo, disse:

— Tomé, por favor, fique tranqüilo. Não estamos fazendo nada que não seja permitido, mas apenas saboreando uma fruta. *Solamente!*

Tomé pegou novamente a maçã de Carmel e mordeu com suavidade. O caldo doce escorreu entre seus lábios e, assim, pôde sentir o calor dos lábios quentes de Carmel. Os dois perceberam que alguma coisa estranha estava acontecendo entre eles. Nesse momento, sentiram medo, mas não tinham culpa do que estavam sentindo. Nada foi premeditado. Afinal, era apenas o desejo natural de duas pessoas que se admiravam e sentiam atração mútua. Nada mais.

Ritinha, que demorou para trazer o refresco, aproximou-se e disse:

— Perdão pela tardança, sinhá. Fui buscar o tamarindo muito longe e foi difícil apanhá-lo. Até preparar o suco demorou muito. Vim correndo o mais depressa que pude.

— Não se preocupe, minha querida. Seu irmão e eu estávamos saboreando uma maçã. Coma uma também, Ritinha, e veja que delícia! Agora dê um copo grande de suco de tamarindo para o seu irmão e outro **enorme** para mim, pois precisamos nos refrescar — Carmel disse essas palavras abanando-se com o avental. Foi o único recurso que encontrou naquele momento tão delicado.

Ritinha, admirada, falou:

— Mas quanta sede, sinhá. Ainda bem que a jarra é grande!

Carmel e Tomé riram felizes! A cumplicidade já estava dentro deles e o segredo fazia parte de suas vidas — o silêncio seria seu amigo oculto. A atmosfera do local já não era a mesma, tudo parecia diferente, mais alegre, e as cores mais vivas. Os perfumes das flores, agora mais envolventes, invadiam o casebre iluminado. Lá não existia diferença de raça ou cor.

O amor que acabara de nascer era a maior dádiva que podia haver, e com o respeito que se deve ter em qualquer união perante Deus! Tudo tem a sua hora certa.

Nesse momento de encantamento, Carmel e Tomé estavam flutuando no paraíso do Rei e Senhor — **O AMOR!**

Carta 3

UMA NOVA E INDIGNADA CARTA DE CARMEL

Querida Madrecita,

Estou escrevendo em português porque estou aprendendo com o povo daqui, e Tomé também fala assim comigo. Gostaria que Maria, como sempre tão atenciosa, também lesse esta carta, pois vou contar tudo o que vi e aprendi no meu tempo de convívio com os brazileiros. Sei quanto é importante para vocês receber notícias minhas, saber mais sobre o Brazil e como vive o seu povo.

Maria, a nossa querida amiga portuguesinha, vai gostar de saber sobre os portugueses que estão estabelecidos aqui. Será ótimo para todos nós, que estamos interessados em saber sobre a verdadeira história deste país. Contarei sobre tudo o que aprendi, ouvi e presenciei. É maravilhoso descobrir a origem de outros povos.

Madrecita, na minha observação natural através de meus olhos carnais e espirituais, percebo que as mulheres negras têm ciúmes das brancas e mestiças!

Esses negros idealistas, com tantos valores culturais e espirituais, envergonham-se de sua raça, mas, em vez disso, deveriam ter orgulho de sua pele negra, pois são pessoas de um valor inestimável. Eles mantêm uma tradição cultural surpreendente e espiritualidade elevada, sem pecado, acreditam na natureza e que nós fazemos parte dela. A alma dos negros é livre, sem falsos moralismos, mas, mesmo assim, vejo que são racistas contra si mesmos. É um absurdo! Eles carregam nas veias um sentimento de inferioridade que lhes foi imposto desde o nascimento.

As negras sentem inveja das mestiças de cabelos lisos e longos herdados de seus avós índios e da pele branca e olhos claros, herança do pai holandês, e também das pessoas que têm em seu sangue mais de três origens. No entanto, esses são os verdadeiros brazileiros: uma mistura de raças e cores diversas. O Brazil é um país colorido sob todos os aspectos.

Os negros sentem-se humilhados porque só as crianças brancas têm direito à escola, a ir à missa e a receber a hóstia sagrada. Devido a essas proibições, os negros acham que existe algum segredo que eles não podem ou não têm o direito de saber. Ah, se soubessem que é somente preconceito moral e ignorância dos credos. Tudo não passa de simbologia para dominar o ser humano e suas diferentes etnias.

Já as mulheres brancas sentem inveja das negras na parte mais sensível: a sexualidade. Se acham sexualmente inferiores às negras pela sensualidade que estas carregam à flor da pele. Por isso, as brancas tornam-se racistas, preconceituosas, e procuram impor sua superioridade, inferiorizando os negros pela diferença de cor, chegando até a ser cruel, principalmente com suas amas domésticas.

Os homens brancos trocam suas mulheres brancas principalmente pelas mulatas fogosas e pelas mamelucas. Como eles dizem, as mulatas dão um valor especial ao sexo, que está em primeiro lugar em sua vida pela própria natureza — elas negaram outros valores. Estão sempre aparentemente dispostas a fazer sexo a qualquer hora e lugar, sem censura e com plena liberdade para sentir prazer.

Afinal, elas não têm o que perder, pois já perderam o que tinham de mais importante e precioso da vida, que é a liberdade!

O que fazer se os homens impulsivamente desejam as mulheres negras pelo prazer carnal? Eles as querem para fazer sexo às escondidas, como se fossem máquinas. As brancas servem para cuidar de suas casas, dos filhos e para apresentarem à sociedade um modelo de família perfeita. Mas são desprezadas e usadas como objeto de adorno em suas casas. Este pensamento coletivo gera os preconceitos desumanos.

Existe um ditado popular que diz:
"A branca serve para casar.

A negra para trabalhar.
A mulata para fu..."[1]

Veja, madrecita, quanto machismo e preconceito há nesta terra! Creio que serão necessários muitos anos para acabar com essa rivalidade, principalmente entre as mulheres. Os homens usam sua esposa e suas amantes como latrina, depois colocam umas contra as outras. Isso é muito triste, porque as mulheres não conseguem ser amigas, no entanto, estão ligadas pelo "sêmen do mesmo homem".

Os brancos dizem ter uma relação mais prazerosa com as mulheres de origem negra por achá-las mais quentes e sensuais, mas esses desejos são punidos pela sociedade conservadora e puritana. Por essa razão, surgiu a confusão na mente dos negros e brancos, levando ao sadismo e masoquismo entre as raças. Essa punição gerou uma espécie de rivalidade e maldição, jogando uns contra os outros pela falta de esclarecimento humano e espiritual.

Na mente dos negros, mora uma vingança doentia e solitária, e em seu coração o racismo psicológico. De alguma forma, os negros estão se vingando de todos os males que muitos homens brancos ignorantes e sem cultura lhes causaram, apesar do fato de na África existirem caçadores negros que aprisionam os seus próprios irmãos de sangue. Eles desejam lucrar mesmo que seja à custa das dores de alguém tão próximo e da própria raça. Isto é desumano!

Infelizmente, poucas pessoas no mundo sabem dessa grande crueldade que existe na África. Alguns dos que

[2] Retirado do livro *Casa-Grande & Senzala*, de Gilberto Freyre.

sabem se calam, se fingem de cegos, muitas vezes por interesse próprio, e julgam o próximo pela crueldade imposta por eles mesmos.

Esses caçadores negros são cruéis, capturam seus irmãos negros com redes, como se fossem animais selvagens. Depois, colocam homens e mulheres amarrados uns aos outros em um cubículo imundo e nojento, independentemente da idade. Porém, antes da caça, existe uma seleção dos negros, que, além de terem cultura, têm que estar fisicamente perfeitos, para assim serem vendidos por melhores preços a outros países.

Essa atitude do ser humano é um grande absurdo, inaceitável, porque somos todos iguais e irmãos, filhos do mesmo pai — Dios!

Os negros serão vendidos aos comerciantes estrangeiros que pagarem o maior valor. Isso não ocorre só no Brazil, mas no mundo todo, porque existem pessoas sanguinárias e cruéis que parecem não ter sentimento humanitário e um Dios no coração. Esses ensinamentos vêm da tenra infância.

Desculpem-me, meus queridos, por lhes enviar notícias tão dolorosas, mas é a única forma que tenho para desabafar e amenizar essa tristeza no meu coração. Escrevendo. Não é justo as pessoas continuarem vivendo na eterna ignorância, tenho que fazer minha parte divulgando essas barbaridades.

Bem, madrecita, também quero agradecer-lhe por ter mandado as deliciosas manzanas, que chegaram lindas e perfeitas. Fiquei imensamente feliz e me senti um pouco mais próxima de vocês. Foi como se eu recebesse um abraço saudoso, com as boas lembranças do que vivi entre os meus.

Madrecita, gracias pelo carinho. Prometo escrever sempre, mesmo que o assunto não seja tão alegre como gostariam, mas necessito extravasar as intensas emoções que estou vivendo. Por isso Dios fez a família. Se ela que nos conhece verdadeiramente não entender, quem entenderá nossas alegrias e infortúnios da vida? Quem? Se não compreende, não será família, mas apenas conhecidos de momentos. Solamente!

Eu os amo muito!

Beijos saudosos para todos!
Carmel

Capítulo 17

A LIÇÃO DE CLÓVIS

Felipe era um soldado que respeitava e amava seu trabalho. Estivera por diversas vezes no Brazil e sabia dos benefícios que um dia poderia receber. Ele pensava... "Quem sabe ainda ficarei rico e serei um general muito considerado. Dessa forma, ajudarei o meu país, Portugal, a prosperar e ser respeitado no mundo inteiro."

A ambição é muito benéfica quando não deixamos o nosso próximo de lado. De início, Felipe viera ao Brazil com a mesma intenção de outros homens: tirar proveito e conseguir todos os benefícios possíveis. Porém, aos poucos, percebeu que estava apaixonado pela terra maravilhosa, e seu coração ficou dividido entre o Brazil e Portugal.

Um dia, foi designado por seus superiores para visitar um bordel que ficava longe do arraial, do outro lado do rio. Ficou admirado e enojado com o que viu, e, com repulsa, relatou o fato ao seu amigo francês, Clóvis, soldado como ele, dizendo:

— Meu grande amigo, ontem fui à procura de um escravo fujão que supostamente estaria escondido em um bordel, que fica do outro lado do rio. Você tem idéia do que encontrei lá?

Clóvis, muito curioso, perguntou:

— O que ou quem você viu? A esposa de algum militar do exército ou a mulher de um dos nobres fazendeiros? Quando você a viu como ela se comportou? Como? — Clóvis falava impulsivamente, quase sem poder respirar pela grande curiosidade que sentia.

Felipe, muito desapontado, respondeu:

— Chega de tantas suposições e imaginação! Deixe-me falar! Não eram mulheres, mas, sim, homens. Entendeu? Fiquei muito desapontado, pois eram homens da corte gesticulando como se fossem mulheres.

— O quê? Homens?

Felipe, decepcionado com o amigo, disse com rispidez:

— Bem, é lógico que também havia algumas mulheres, mas apenas para servir bebidas aos fregueses. Estou profundamente chocado com o que vi. E você, Clóvis? Além de não prestar atenção, leva tudo na brincadeira? Eram homens com homens. Entendeu agora?

— Mas como? — perguntou Clóvis estupefato. — Eu sabia que isso era normal no estrangeiro, mas aqui no Brazil? Nesta terra de machões que levam as mulheres na ponta do chicote e da espora de suas botas? Não acredito! É impossível!!!

Felipe explicou:

— Os homens que estavam lá são de famílias respeitadas e conceituadas que nós conhecemos, e nem de longe passaria por nossas cabeças que são "mariquinhas". Estavam todos bêbados, aos beijos e abraços com outros homens. Alguns tinham traços tão delicados que facilmente passariam por mulheres, e ainda vestiam roupas femininas muito sensuais. Mas isso nunca poderá ser revelado, devemos guardar segredo absoluto, ou seremos expulsos do Brazil. Fiquei muito chocado ao me deparar com nobres, fazendeiros e donos de minas, os mesmos que encontramos nos bordéis que freqüentamos e recebem tratamento preferencial. Por serem ricos e respeitados na alta roda, as cafetinas sempre lhes oferecem as mulheres jovens e mais bonitas.

Clóvis, cabisbaixo e muito admirado, disse:

— Mas que coisa! Quem diria, hein? Conte mais, Felipe.

Também havia eunucos, que tinham o preço mais elevado por serem diferentes. Com trejeitos requebrados, esfregavam as bundas e coxas na cara dos "homens", que riam muito e se divertiam com as brincadeiras e palavras vulgares. As mãos dos eunucos percorriam o corpo dos homens e pegavam em seu pênis com muita firmeza. Parecia que era uma das preferências dos clientes. Creio que eles gostam pelo fato dos homens terem mais força nas mãos que as mulheres, além, é claro, dos beijos prolongados no membro. É inacreditável que homens respeitados em suas casas, que mataram suas filhas e esposas para limpar a honra, estivessem no meio daquela orgia, dando asas às suas fantasias e pagando um valor alto por aquela diversão obscena. Fiquei a pensar... Será que esses "mariquinhas" proporcionam a nós, homens verdadeiros, mais prazer que as mulheres? Não sei, mas fico a pensar. Será?

Felipe estava realmente confuso, e em dúvida quanto sua própria sexualidade, e continuou:

— Notei que eles tinham mais intimidade com os "mariquinhas" que com aquelas mulheres gostosas que nós conhecemos no prostíbulo. Talvez homens como nós se sintam mais livres com esses "mariquinhas" por serem homens também. Afinal, sabem do que gostamos e o que nos dá prazer! Naquele bordel, havia muitos negros vestidos de baiana, e soube que os ricaços pagaram suas cartas de alforria só para terem intimidades com eles, assim poderiam escolher o que achassem mais sensual, o mais experiente e melhor na prática de sexo!

— E daí, o que mais aconteceu? Conta, conta! — insistiu Clóvis, curioso.

— Bem, inspecionei tudo, entrei em todos os aposentos e não achei o tal negro fujão. Também, quem saberia quem era quem? Com tantas velas coloridas e lampiões a meia-luz, era quase impossível reconhecer alguém, porém eu tinha que cumprir ordens superiores! Agora não sei o que fazer; não posso contar a verdade, porque ninguém jamais vai acreditar. Melhor eu não dizer nada, pois não quero ser expulso do Brazil ou ficar preso na masmorra como tantos negros transgressores.

Desalentado continuou:

— É, meu amigo... preciso continuar a busca, porque não posso voltar sem esse escravo fujão. Foi um pedido do dono da Fazenda da Prata ao meu general, e ordens são ordens. Devo cumprir minhas tarefas da melhor forma possível. Como pode ver, hoje é mais um dia que não vou voltar para minha casa. Ainda bem que minha senhora está acostumada com esta minha vida. Por outro lado, posso desfrutar um pouco mais, porque me divirto e ainda digo que estou a serviço, enquanto realizo minhas fantasias e necessidades sexuais com as prostitutas nos bordéis. Sou um gajo macho, e lá tenho as mulheres da forma como desejo, pois estão sendo pagas para isso, além do mais, não tenho compromisso algum com elas. Com as prostitutas, fazemos tudo o que queremos, pagamos e vamos embora. Dessa forma, dormimos leves e felizes em nossa casa, com a roupa de cama limpinha, perfumada, e ainda temos uma esposa à espera, preocupada com a nossa demora. Existe coisa melhor?

Clóvis e Felipe gargalharam de uma forma intimista e safada, no entanto, o francês estava sendo gentil com o amigo para manter a amizade, pois tinha uma educação diferenciada de Felipe. Sua índole era refinada, com outros princípios morais.

Para completar, Felipe disse:

— Não sou "mariquinhas". O que gosto mesmo é de uma bela bunda de mulher, seios macios, gostosos, que só faltam soltar leite de tão fartos. Fico completamente satisfeito, porém, ao chegar perto de Carmel, demonstro cansaço, expressão chateada, e digo que estou exausto de tanto trabalhar. Sabe como é... preciso manter o respeito da minha mulher. Não posso demonstrar que estou bem, porque ela tem que pensar que depende de meu trabalho estafante, por isso demonstro que sou muito esforçado. Chego em casa, deito e durmo, pois não tenho assunto para falar com Carmel, que preocupada ficou à minha espera.

Em um instante de lucidez, Clóvis perguntou admirado:

— Felipe, sua senhora não é suficiente para satisfazer seus desejos e necessidades sexuais? Realmente, as esposas são mulheres muito diferentes das prostitutas. Elas têm amor, atenção, carinho, isso as prostitutas não podem nos oferecer.

— Você está louco? Ela é minha esposa! Tenho que respeitá-la e ser respeitado. Carmel é minha propriedade, não posso dar muita confiança a ela, e jamais deve desconfiar do que faço fora de casa. Ela nunca saberá como é uma relação sexual prazerosa, porque pode se acostumar e, quando eu estiver ausente, posso correr perigo. Não quero ser um chifrudo. Também estou acostumado a freqüentar os bordéis e escolher quem eu desejo. Afinal estou pagando, depois, Carmel jamais irá a um prostíbulo.

Clóvis olhou o amigo com desdém e pensou: "Este português deve ser um idiota, não conhece uma mulher de verdade."

— Bem, o que eu gosto mesmo — continuou Felipe — é de usar mulheres fáceis, pois gozo à vontade. Com aquela bocona mole, me deixam completamente relaxado. Não preciso nem pedir, pois já sabem dos meus desejos e fazem tudo o que eu gosto.

Clóvis retrucou:

— Você é burro mesmo, português. O desejo que elas sentem por você é igual ao que sentem por tantos outros homens que passam pela mesma cama. Acredita que essas mulheres sentem prazer e gozam com você?

— Claro que sim! Faço de tudo até ouvir os gritos e suspiros enlouquecidos delas. Fico arrepiado só de pensar nas horas deliciosas.

Clóvis, que estava indignado com o rumo daquela conversa, não deixou por menos:

— Deixe de mentir para você mesmo, homem! Que absurdo! Você tem uma mulher em casa e vai procurar as prostitutas! Você não acaricia nem estimula sua senhora a ter prazer com você? Com ela, você teria o prazer verdadeiro, porque ela o ama e você é o único homem da sua vida. As esposas também têm necessidade do sexo e amor de um homem. Ou você pensa que só nós precisamos satisfazer nossos instintos? Pensa que ela é uma boneca? Ela tem os mesmos desejos, que podem ser diferentes dos seus, mas tem vontade de se realizar como mulher! Isso é da própria natureza! Você desperdiça sua vida e energia com quem não conhece. Os homens colocam o pênis em uma vagina encharcada com a ejaculação de outros homens. Ou você pensa que é só você que elas lambem e por quem gemem? Além do mais, **você gasta o dinheiro que não é só seu, mas também de sua esposa e família. Você se torna cada vez mais pobre financeiramente, espiritualmente e moralmente. Fica mais burro.** Enquanto isso, sua mulher faz economia doméstica. Ela deve ser muito inocente ou muito inteligente para ficar calada. Felipe, você tem que aprender a ser homem de verdade e menos egoísta. Deixe de ser ignorante! Os que se acham espertos são os primeiros a levar os cornos, ou a indiferença da esposa. Cuidado, machão! Escute aqui, Felipe, por que você se casou?

— Bem... para ter uma esposa, um lar, alguém que faça a limpeza doméstica, escute o que desejo falar e cuide de tudo o que é meu. Carmel é a mulher certa para cuidar da minha pessoa, ajudar a resolver os problemas, além de me dar tranqüilidade e prestígio. Carmel é perfeita, pois é uma mulher séria, com classe, e posso apresentá-la em qualquer lugar. Você sabe, Clóvis, mulher não tem nada para pensar ou fazer, tem uma cabeça vazia. Mas, quando conto meus problemas à minha esposa, ela tem sempre a solução acertada. Isso acontece porque, como eu lhe disse, a cabeça dela está sempre desocupada. Além disso, você sabe que um homem bem-casado é sempre bem-visto e respeitado pela sociedade.

Clóvis, não convencido com a resposta, perguntou:

— Sua senhora aceita essa situação de inferioridade, desrespeito e desamor em silêncio?

— Carmel tem gênio forte, é uma espanholinha brava, mas sou um gajo esperto e conheço muito bem as mulheres.

Clóvis, indignado, disse:

— Bem, você pensa que sua mulher não percebe suas façanhas e mentiras? Ela, sim, é esperta de verdade, e só fica em silêncio porque é mais inteligente que você. Carmel tem muita sabedoria, só não possui a mesma liberdade que você; nem mesmo a liberdade para errar.

Clóvis enfatizou:

— Você, meu amigo, nunca será tão inteligente quanto essa cabeça de ouro. Carmel tem muito valor! Um dia ela vai descobrir as suas trapaças, pois nada neste mundo fica oculto por muito tempo, aí, meu caro, será tarde demais! Há de chegar o dia em que essas mulheres submissas, caladas, porém com muito mais responsabilidade do que nós, homens, transformarão o mundo. Elas criam os homens de amanhã de uma forma mais sensível, educada e menos preconceituosa. O nosso futuro e o futuro da humanidade estão nas mãos dessas mulheres e suas mentes maravilhosas. O silêncio delas é de grande valor, por isso lhe digo, Felipe: **tome muito cuidado!** Você precisa aprender a entender os sentimentos, os desejos e as emoções de sua mulher, além de ouvi-la, pois com ela você tem muito que aprender. O ponto-chave da libertação dos homens será no exato momento em que nos unirmos e nos preocuparmos com elas. Se não acordarmos logo, viraremos estrume de vaca, uma merda, e não serviremos nem para esterco, estaremos completamente contaminados pela incapacidade de sermos homens e machos. Só isso há de nos restar.

Felipe, com cara de bobo e assustado, perguntou:

— Clóvis, você acha realmente que o mundo vai mudar?

— Já está mudando, Felipe. Só você e alguns machões ignorantes ainda não perceberam as mudanças da mulher na sociedade. Aguarde e verá, meu amigo. Espero ter uma esposa como a sua, e sei que muitos homens que conheço e não dão o verdadeiro valor às suas mulheres vão se arrepender amargamente em um futuro bem próximo. As mulheres que você encontra lá fora não o amam, só querem tirar proveito do seu lado financeiro, porque você é um soldado do regimento e tem muita servidão.

Depois, Clóvis expressou sua aspiração:

— O meu desejo é casar, manter-me fiel à minha esposa, dar-lhe muito amor, me apaixonar por seus ideais e realizar seus desejos mais íntimos. Nós seremos unidos pelo amor e respeito mútuos. Jamais impedirei a evolução de minha esposa, e ela vai fazer o que desejar desde que seja bom para nós dois. Quero um mundo melhor para a humanidade e mais respeito para as mulheres de valor!

Clóvis encerrou a conversa com chave de ouro, dizendo:

— **Cresça, Felipe!** Pense um pouco, pois não vai lhe fazer mal. Pensar não dói. **Cuidado!** Estou lhe dizendo isso para seu próprio bem, porque as mulheres estão evoluindo cada vez mais, como se fossem soldados em batalha. Entraram na guerra contra o machismo para crescer e vencer. No seu silêncio sábio, elas se desatarão do machismo podre e rançoso.

Felipe, assustado, disse indignado:

— Clóvis, você é meu amigo ou inimigo?

— Eu só quero o seu bem e o de todos os homens que vivem no mundo da fantasia achando que tudo podem, mas não passam de simples homens frágeis e imaturos! Ainda não saíram das próprias fraldas, e precisam da mamãe para ajudá-los em tudo.

Carta 4

CARTA DE CARMEL SOBRE OS INGLESES

Querida família,

Como estão vocês? Espero que estejam em paz e com saúde.

A saudade de todos é imensa no meu coração, que ao pulsar diz quanto me amam. Se não fosse assim, eu não poderia estar aqui, seguindo os meus ideais que são tão importantes para minha vida. Obrigada por me entenderem. Amo todos vocês, e agora com a distância percebo que é bem mais do que imaginava.

Meus queridos, vou contar mais algumas outras coisas

interessantes. Se você, Pilar, que gosta de escrever, quiser mandar estas informações para os jornais de nossa província, será de grande valia para o povo brazileiro. O mundo precisa saber o que acontece realmente no Brazil. É necessário mostrar como viveu e vive o povo, com seus encontros e desencontros.

O Brazil deve ser mostrado ao mundo como uma terra de progresso e valor. Também é fundamental que todos saibam como está sendo formada esta nação alegre e, ao mesmo tempo, tão sofrida. Só Dios poderá fazer o milagre de formar homens que ajudem esta nação a crescer sem sofrimentos, porque o Brazil tem tudo para ser feliz!

Infelizmente, existem muitos aproveitadores, principalmente entre os que ostentam maiores poderes. Por outro lado, o general-mor envia constantemente cartas ao rei de Portugal, dizendo que o progresso é galopante e o povo está muito satisfeito com os dirigentes. Essa conversa é só para iludir os menos avisados.

Se Pilar propuser a divulgação desta nação para o mundo, será louvável. Mandarei informações mais detalhadas em outras cartas, pois quero que todos saibam por que o Brazil ainda não se destacou e caminha a passos lentos. Aqui, o povo é muito bom, e chega a ser até inocente.

O mundo tem que saber as causas da estagnação do desenvolvimento desta nação e o porquê desta pobreza em todos os níveis — social, moral e psicológico —, já que este país é tão rico por natureza. Os poderosos não permitem que os brazileiros cresçam e se tornem evoluídos. Esta é uma forma de deixá-los submissos, assim os mandantes subtraem suas riquezas sem serem contestados pelo próprio povo.

Os brazileiros estão conformados com tudo o que se passa ao seu redor, e aceitam com resignação o comando do alto escalão. Porém, sinto que em seu silêncio sufocado existem gritos pedindo por socorro. Por isso, peço a você, Pilar, que divulgue e passe para frente esta minha indignação e revolta.

Hoje, vou contar sobre os ingleses, que vieram para se aventurar nesta terra maravilhosa.

Os oficiais ingleses e seus soldados têm que oficializar um casamento para ter uma esposa, porque, pelas leis da Inglaterra, é proibido praticar sexo fora do casamento. Mas isso é só para inglês ver, claro. Quanta falsidade! Quanta mentira!

Bem, preste atenção e vamos à história.

Quando os ingleses chegavam ao Brazil, escolhiam mulheres que serviam exclusivamente para a sua satisfação sexual. Achavam as índias muito divertidas, alegres e ansiosas para agradá-los. Por sua vez, elas, tão inocentes, acreditavam que eles as amavam. As coitadas não percebiam que estavam apenas sendo usadas! Com o passar do tempo, os ingleses se acostumavam com elas e, mesmo que não as amassem, não havia problema — o sexo prazeroso era o que interessava a eles. Os homens mal informados e desumanos desejam somente sexo e luxúria.

Porém, quando aparecia um oficial com uma carta do exército inglês, pedindo para que o soldado retornasse à sua terra natal, era um horror! Eles se arrepiavam ao pensar que teriam de enfrentar os caprichos das mulheres inglesas ou, então, se render à fúria delas, porque as mulheres mais esclarecidas reivindicam os seus direitos legítimos.

Pilar, eu soube disso hoje ao ver o desespero de um inglês e de uma índia, pois os rituais permanecem aqui no Brazil dentro dessas leis camufladas.

O casamento deles no Brazil tem valor apenas para a sociedade em que vivem, mas para o mundo não vale nada. Como eu já disse, é só para inglês ver.

Um dia esses homens vão embora, deixando sua suposta esposa sem direito algum, além dos muitos filhos mestiços, de cabelos lisos, pele morena e olhos azuis, crianças lindas, mas sem raízes, estudo, cultura ou pai. Aqui no Brazil, é comum fazer os filhos e deixá-los com a mãe, sem lhes dar qualquer assistência material, moral ou psicológica. Muito menos amor!

Dessa forma, este país está sendo construído sem alicerces, como árvores sem raízes. Eu me preocupo e penso... O que será do Brazil com o passar do tempo? Como este povo sem formação nem estímulo pode viver em um país que não tem governo firme no comando? Eu gostaria de não me revoltar tanto. Mas como? Esse é o meu jeito de ser! Não suporto mentiras, egoísmo, falcatruas e comodismos, e achar que tudo está bom. Ainda bem que meus amigos pensam como eu. É pouco, mas é um consolo.

Como viver em um país onde as pessoas usam umas às outras sem qualquer respeito ou moral? Os governantes só pensam em lucrar, esquecendo que as crianças precisam de pai, mãe, uma família estruturada e uma nação justa, com leis dignas, severas, com sabedoria e que sejam respeitadas. Não podemos brincar assim com os sentimentos do ser humano!

Pilar, é uma lástima ver um povo com tantas dores morais e físicas. É muito triste ver pessoas sofrendo porque estão sendo mutiladas na sua essência alegre, inteligente e de paz. Aqui a competição é acirrada, sempre um querendo ser mais esperto que o outro. Assim, vão acontecendo as injustiças e as sem-vergonhices entre os próprios irmãos de raça.

Bem, meus queridos, é bom poder desabafar com vocês, que eu amo tanto! Peço a Dios, todos os dias, que nos abençoe sempre e cuide de todos nós. Também peço que Ele me proteja, pois não aceito tanta injustiça, mentiras e palavras doces e vazias, afinal, sou uma conquistadora e revolucionária!

Fiquem com Dios!

Escreverei novamente em breve.
Carmel

Capítulo 18

O DESEJO DE SER MÃE

Carmel, medindo um 1,58 metro de altura e pesando 50 quilos, era uma jovem delicada que mais parecia uma bonequinha.

Seus cabelos castanhos acobreados tinham um brilho singular e os cachos, que adornavam sua face rosada, caíam sobre os ombros alvos. Os olhos expressivos, muito vivos como ela, piscavam incessantemente quando ficava nervosa ou apreensiva, enquanto os curvados cílios envolviam seu meigo olhar. O nariz parecia esculpido de tão delicado que era, e sua boca mostrava um sorriso franco, deixando à mostra os dentes pequenos e muito brancos, contornados por lábios que pareciam pintados com o mais puro carmim. Seus seios, como os de uma adolescente, pareciam dois botões de rosa em tom pálido. O abdômen, quase liso, deixava em evidência o quadril arredondado em relação às pernas delgadas e firmes.

O semblante de Carmel demonstrava que era uma senhorita de grande responsabilidade e respeito. Caminhava elegantemente, como se fosse uma bailarina, com passos curtos e rápidos, como se estivesse sempre apressada.

Às vezes, Carmel gostava de imaginar como seria quando estivesse grávida. Olhava-se no espelho e pensava: "Como ficarei quando meu corpo começar a se transformar para ter um bebê? Que sensação terei? Acho que não tenho espaço para abrigar um bebê em minha barriga. Ela é pequena demais."

Carmel tinha ciência de que a sábia natureza se encarregaria sozinha disso, pois tinha os seus segredos, mas, no momento, era impossível prever o que aconteceria.

No início, Carmel pensava com paixão em ter vários filhos, e, mais tarde, com naturalidade. Imaginava como seriam seus bebezinhos... "Com certeza, o meu bebê vai nascer igual a um coelhinho bem branquinho, pois minha família é morena, de tez clara e cabelos escuros. Eu sou clara, e Felipe, meu marido, quase loiro, com cabelos lisos e olhos verdes. Apesar da nossa mistura, o bebê será branquinho como a neve. No entanto, se for uma menina, eu gostaria que se parecesse com minha irmã, Pilar. Ela é tão bonita! Morena, com os cabelos em tom castanho-escuro, olhos que guardam o mistério da noite, repleta de graça e grande formosura. Se for um menino, que seja parecido com meu irmão Antonio — rapaz forte, elegante, também de pele morena clara e cabelos castanhos. Como meus irmãos são bonitos."

O pensamento de Carmel não tinha descanso: "Aliás, todos em minha família são bonitos. *Padrecito* e *madrecita* são lindos. Pepe, um encanto de rapaz: alegre, extrovertido, gosta de cantar e domina a guitarra como ninguém. Ele tem seus encantos. Eu gostaria que meu filho tivesse sua alegria e seu bom humor — a alegria é uma virtude, uma bênção! Realmente, todos são encantadores em minha família. "

Infelizmente, Felipe não tinha a mesma opinião que Carmel, e se recusava terminantemente à idéia de ser pai. Era impossível sequer pensar em ter uma criança naquele lugar — ele não admitia nem que tocassem nesse assunto, era algo proibido no momento. Carmel achava sua atitude muito estranha e egoísta.

— Não quero tocar nesse assunto, e basta! — dizia Felipe, enfurecido.

A aversão a ter um filho era tanta que Felipe se recusava a manter relações sexuais nos prováveis dias férteis de Carmel, mesmo que ela insistisse. Ele não queria beijos nem abraços, e procurava dormir do outro lado da cama, sem encostar os pés em Carmel, por receio de sentir-se atraído.

Nesses dias, Carmel ficava mais carente, tinha necessidade de ser acariciada, desejava falar sobre vários assuntos e ficava extremamente afetuosa. Queria agradar o marido, por isso fazia os doces de que ele mais gostava, perfumava-se toda após o banho e deixava os lindos cabelos soltos. Mas ele não tinha nenhum tipo de reação.

Quanto mais Felipe se afastava, maior era o desejo de Carmel. Às vezes, se sentia rejeitada, como se estivesse com lepra, uma doença muito contagiosa, tal a repulsa do marido.

Só lhe restava dormir, toda encolhida, triste, magoada, sem saber o que dizer, fazer ou com quem desabafar. A tristeza penetrava em seu coração e se instalava por vários dias... depois passava.

Nas raras ocasiões em que tocavam no assunto, Felipe dizia:

— Isso é coisa de mulher que não tem o que fazer! Primeiro, devemos ter nossa casa, o casamento estabilizado e uma reserva de dinheiro. Caso precisemos voltar para Portugal, o que faremos com você grávida e sem dinheiro? Não quero que o meu filho nasça no meio deste povo enfermo, sem princípios. Meu filho deve nascer na corte e ser assistido pelos melhores médicos de Portugal.

Muito nervosa, Carmel gritava:

— PORTUGAL? Ora! Lá os médicos não usam luvas nem lavam as mãos! Quantas pessoas morrem até sem motivo? Morrem porque todos os lugares estão impregnados de bactérias, as pessoas não sabem o que é higiene hospitalar. Quero ter o meu bebê na Espanha, com a parteira que socorreu minha mãe e minhas tias. Ela sabe mais que muitos médicos por ter sentimentos de mulher.

Felipe disse:

— Mas por que estamos brigando se você não está grávida, e nem vai ficar se eu não quiser? Temos que evitar a qualquer custo a possibilidade de acontecer um imprevisto, por isso, é melhor você dormir bem longe de mim.

Carmel levantou-se e deitou-se na rede. Felipe virou para o outro lado, se esborrachou na cama, adormeceu e roncou despreocupado. Parecia uma lesma morta. Antes de adormecer, pensou: "Essas mulheres têm tantas besteiras na cabeça! São muito emocionais e sensíveis, além de chorar à toa. É uma pena que nós, homens, não possamos viver sem essas criaturas, que nos aborrecem o tempo todo com suas manias idiotas. Não sei como agir, pois elas são extremamente melindrosas, talvez por excesso de mimo dos pais."

Apesar de Felipe e Carmel não terem casado por amor, mas por interesse de ambas as partes, Carmel se preocupava em manter o casamento. Seu propósito no momento era conquistar seu marido, para que tivessem uma convivência agradável que lhes proporcionasse crescimento em todos os sentidos, porque estavam casados pelas leis dos homens e de Deus.

Já para o senhor Felipe era importante estar casado com uma moça de classe, vinda de uma família renomada, de posses, principalmente porque pretendia se estabelecer em um país estranho e próspero. Essa união lhe daria posição e notoriedade perante a sociedade. Felipe tinha a ambição de vencer e tornar-se rico e respeitado, para tanto, achava que sua esposa deveria ser uma donzela, que freqüentasse a corte européia e pudesse ser apresentada aos amigos e oficiais superiores nas grandes festas, sem qualquer tipo de receio.

Felipe exibia a esposa como se ela fosse um troféu. Carmel não aceitava isso de bom grado, pois viera para o Brazil com uma missão nobre, no entanto, a boa educação a obrigava a aceitar os convites para as festas na aldeia.

Como diz um velho ditado: **"Um homem não é ninguém se não tiver ao seu lado uma mulher que seja companheira e o incentive a ultrapassar os obstáculos da vida."**[1]

A maioria dos homens acredita que o ideal seria ter uma esposa dentro de casa para cuidar dele e dos filhos e outra fora para se divertirem às escondidas dos olhares da sociedade. Mas só a mulher bem escolhida e sábia poderá dar ao homem uma família abençoada, próspera e

[1] Nota da autora: Queridos leitores, pesquisem na memória e verão que tenho razão. Vocês não encontrarão um só homem que tenha vencido sem uma mulher ao seu lado. Não importa o estado civil. Até uma concubina sensata e inteligente poderá ajudar seu companheiro, se a esposa oficial preferir viver na conformidade sem se importar com os sentimentos. Algumas mulheres casam para não carregar o estigma de "solteirona" e se mantêm ao lado do marido mesmo sendo infelizes, pois acham desonroso serem "separadas".

a respeitabilidade de ser provedor. Esses homens faziam-se de senhores honrados e respeitados perante a sociedade machista.

Carmel, sendo uma mulher independente, dirigia sua própria vida e estava à frente do seu tempo. Queria seguir seu destino longe dos compromissos da corte e, talvez, da obrigação de um casamento por comodismo com um de seus patrícios espanhóis, como era o desejo de seus pais. Na época, era costume as moças casarem com quem tivesse fortuna dos pais.

Carmel era uma jovem teimosa e humanitária, e, claro, estava sempre ajudando as pessoas. Desde criança, demonstrara princípios nobres em seu coração, como uma verdadeira missionária. Ela honrava a luta pelas mulheres, sempre tão oprimidas e desvalorizadas pelos homens, que há séculos as mantêm sob seu poderio em cárceres domésticos. O casamento era um preço muito alto para essas jovens inexperientes.

Na adolescência, Carmel imaginava que o casamento seria uma espécie de libertação, pois em sua casa devia obediência aos pais, que, embora muito carinhosos, eram extremamente severos. Os filhos seguiam suas determinações, e mantinham essa postura rígida por amor aos pais e respeito à sociedade.

Carmel era um tanto quanto revolucionária, mas seus pais achavam que seu jeito contestador era coisa da juventude e que deixaria esse lado irreverente quando ficasse adulta e adquirisse maturidade.

Na época, a mulher era preparada para casar, cuidar do marido, mantendo sua casa sempre em ordem, e dos filhos, tornando-os pessoas educadas, sadias, estudiosas e obedientes. Além disso, era sua obrigação manter a casa em harmonia, fazer toda a limpeza, e ter os cuidados necessários com a alimentação e o bem-estar da família. Também deveria ser extremamente atenciosa com a família do marido, o que era obrigatório, além de receber as visitas como uma ótima anfitriã, principalmente os amigos de trabalho e de farra do marido, demonstrando delicadeza e bons princípios, pois a educação estava sempre em primeiro lugar.

As moças não casavam apenas com o marido, mas também com a família dele. Essas famílias mandavam e desmandavam em tudo. Se o seu marido tivesse mais sorte que os demais irmãos, a vida dessa pobre esposa seria um inferno.

Quando as jovens virgens saíam da casa dos pais vestidas de noivas, mais parecia que iam para um enterro, pois sabiam que não poderiam retornar. Nunca mais! Algumas vezes, se fazia uma pequena reunião para festejar o enlace, mas isso era somente para disfarçar o próprio sepultamento da jovem inocente.

Essas atitudes radicais da sociedade revoltavam Carmel, pois sendo ao mesmo tempo revolucionária e missionária não admitia que as moças precisassem sofrer para sempre se estivessem infelizes ao lado do seu marido. Tinha muita pena dessas jovens que casavam iludidas. O que elas mais desejavam era colocar um vestido de noiva. Pura ilusão!

Como Carmel ficaria nessa história? Seria uma princesinha aparentemente respeitada pelo marido ou deixaria desabrochar a mulher forte e revolucionária?

A espanholinha não desejava ser como as jovens entojadas e sem cultura, que não tinham conteúdo algum como mulheres e pensavam apenas na beleza exterior e em outras futilidades que acabam rapidamente. Apesar de viver muito bem em sua terra natal e ser muito amada, Carmel tinha outras aspirações para sua vida. Não admitia ser como certas mulheres que conhecia e que eram completamente dependentes do homem, primeiro do pai e dos irmãos, depois do marido. Mulheres que viviam sob o domínio do machismo e das ordens da família, às vezes, até de pessoas que desconheciam.

Carmel lutava para conseguir alcançar seus objetivos e sua independência. Era reservada, não falava sobre seus sentimentos e procurava se manter calada. No entanto, em seus gestos, deixava transparecer a força e a alegria natural de sua juventude, embora, por vezes, fosse até proibido sorrir demais. Era muita liberdade para as jovens demonstrar a felicidade.

Como toda moça, Carmel tinha o desejo de casar, mas não alimentava o sonho de viver um grande amor. A jovem espanhola tinha outras metas na vida. Para ela, o casamento era uma forma de companheirismo, em que a mulher necessitava se sentir apoiada, como se tivesse uma mão estendida para auxiliá-la quando necessário. Acreditava no respeito mútuo e na complementação do casal, achava que juntos poderiam crescer e alcançar seus objetivos. Um dos seus grandes desejos era conhecer o Brazil e ajudar as mulheres que, pelo que sabia, eram carentes de qualquer tipo de informação.

Quando conheceu o senhor Felipe, Carmel percebeu que teria a possibilidade de ser livre, de realizar seus sonhos e ser uma missionária, mesmo casando sem a expectativa de viver um grande amor. Mas, ao chegar ao Brazil, percebeu que tinha muito a aprender com os nativos sobre a riqueza que existia em suas almas. Entre os nativos e os negros não havia luxo nem ostentação, e era dessa forma que Carmel desejava viver, porque é na simplicidade que encontramos a riqueza e o valor verdadeiros.

Sendo jovem, Carmel sentia falta do apoio da sua família, afinal, se encontrava em uma terra estranha e sem amigos. Algumas vezes, sentia medo e desespero, queria correr para os braços de sua amada mãe, mas... era impossível! Ela estava muito distante de sua querida família e de sua pátria. Era casada!

Como dizia seu pai, don José: "O mundo foi feito para os fortes. Os fracos caem por terra antes que possam dar o primeiro passo. Por isso, siga o seu caminho, minha filha, e não olhe para trás. NUNCA! Na estrada da vida, devemos seguir sempre em frente, como se fôssemos um soldado na guerra. Se você tentar recuar, vão pisar em sua cabeça. Por isso, minha menina, avante, sempre! Você tem a minha bênção e também a de sua mãe. Um dia, quando for uma mulher forte e segura, voltará vitoriosa e trará seus filhos. Os nossos netos! Carmel, você será uma vencedora, pois é uma mulher que vai à luta sem se intimidar, e suas armas são honestidade, dignidade e amor ao próximo, além da luz tão forte que emana de suas entranhas. Esta casa estará sempre com as portas abertas para você. Tudo permanecerá no mesmo lugar, porque estaremos à sua espera. **DEUS TE PROTEJA, MINHA FILHA!**"

Na época, a maioria das jovens não tinha a possibilidade de voltar para a casa de seus pais, caso o casamento não desse certo. Isso nunca! Porém, don José era um homem evoluído e sempre ensinou a liberdade com sabedoria aos seus filhos.

Carmel sabia que seu pai tinha razão, pois acumulara muita experiência ao longo da vida, mas, como experiência é roupa usada que não serve para ninguém, don José permitiu que a filha vivesse a sua própria vida, mesmo que isso o fizesse sofrer muito. Aliás, todos da família Flores Blanes estavam sofrendo pela grande irreverência de Carmel, que casara sem amor, só para sair do casulo de proteção familiar e se aventurar em outro país.

Após a partida da filha, don José perdera a alegria que sempre fez parte dele; já não tinha o mesmo prazer de viver. Sentia falta da sua menina, sempre tão alegre, decidida e justa.

Levando no coração as palavras de seu pai, Carmel deixou a Espanha. Jovem e inexperiente, sofreu muito. Apesar de toda a expectativa no futuro, deixava para trás as lembranças, a segurança e o conforto de sua casa para se aventurar em uma vida nova e nada fácil. Não imaginava o que iria passar no Brazil.

Por muito tempo, Carmel imaginara chegar a essa terra de sonhos! Muitas fantasias povoavam sua mente em relação ao país abençoado, e se perguntava: "Por que tenho tanta vontade de conhecer o Brazil? Será que meu destino está nessa terra? Não sei o motivo de tanta atração por esse solo." Outrora ela pensava que, deixando a família, seria livre, mas estava presa pelo casamento castrador.

Esses pensamentos a deixavam confusa e intrigada. Sempre ouvira falar das músicas, da natureza selvagem, das praias, frutas saborosas e flores exóticas que não existiam na Europa, além do misticismo que envolvia as pessoas e do povo acolhedor e amável.

Tudo o que Carmel aprendera a respeito do país a encantava! Tinha um grande desejo de ajudar as pessoas humildes que começavam a descobrir um novo horizonte. O trabalho seria árduo, pois as coisas ainda eram muito rudes, precisava dispor de muita dedicação e empenho. Carmel tinha uma vasta bagagem de informações, que, com certeza, poderia ajudar no desenvolvimento dessas pessoas tão carentes de instrução e afeto. Na Europa, ao contrário, tudo estava pronto e definido.

No peito de Carmel existia uma jovem mulher audaciosa, sem medo do amanhã. O trabalho regia a sua vida.

Desde pequena, Carmel direcionou seus estudos para a aprendizagem dos costumes e das culturas da humanidade em geral. Quando viajava com seus pais, procurava trocar experiências para saber como viviam as pessoas nos diferentes países. O tempo foi passando, e agora a situação era bem diferente. Ela já não tinha a proteção de seus pais e precisava do amparo e da companhia do seu marido, Felipe, que nunca estava por perto para ampará-la.

No início, quando Felipe chegava em casa, era uma alegria. Porém, aos poucos, Carmel percebeu que seu sentimento em relação a ele estava mudando. Além da sua companhia, amizade e carinho, queria o seu amor, e desejava ardentemente sentir o prazer do seu corpo. Necessitava sentir-se mulher, e seu corpo jovem ansiava por outro corpo que a desejasse.

Carmel sempre gostou de trocar idéias progressistas, comunitárias, mas, com o tempo, os seus ideais foram se transformando. Agora, queria um casamento sólido e verdadeiro, um marido presente, enfim, uma família unida. Procurava ser uma esposa exemplar, mulher afetuosa, e até se esforçou para entender coisas que antes não aceitava ou não lhe era permitido saber. Queria manter o sexo com seu esposo, livre de qualquer preconceito.

Carmel fazia tudo em nome do seu casamento, porque tinha esperança de que um dia Felipe mudasse de comportamento e pudessem desfrutar de seus corpos num amor pleno e verdadeiro. Afinal, eram casados e tinham direito à felicidade. Existia uma grande esperança em seu coração.

O afeto nasce como um botão de rosa perfumada que aos poucos vai desabrochando. Era o que estava acontecendo com Carmel. Descobriu que amava seu marido e despertara para o desejo de ter filhos, lutar, trabalhar, desfrutar da vida e de tudo de bom que Deus estava lhe oferecendo. Tinha vontade de sair, rir, divertir-se, falar de coisas agradáveis, enfim, viver a vida com a plenitude de uma família unida.

Carmel sabia que o casamento precisa ser nutrido, cuidado com carinho, e só seguirá adiante se houver amor e respeito de ambos os lados. É como uma árvore que precisa de cuidados especiais para que, com o tempo, possa frutificar e acolher com sua sombra.

Mesmo com os novos ideais, mantinha o desejo de ser livre em pensamento e ação, com idéias progressistas, humanitárias e missionárias. Isso nunca mudaria em seu coração, porque essa era a sua missão e saberia coordenar tudo: marido, filhos e também ajudar quem precisasse.

Sendo jovem, era natural que desejasse ter amor e realização sexual. Mas, como nunca conhecera outro homem sexualmente, procurava aprender com os livros tudo o que queria saber sobre o relacionamento íntimo entre um homem e uma mulher. Desejava ser boa esposa e amante para seu marido, no entanto, era muito difícil pôr em prática tudo o que lia, pois o marido não lhe dava abertura. Sentia-se extremamente frustrada, seu casamento não era satisfatório, encontrava-se desiludida e não sabia como reagir ou comportar-se. O que poderia fazer com seus desejos se tinha um marido assexuado? Ele era avesso a sexo. Porém, isso somente na casa dele, com Carmel.

Quando Carmel pedia a Felipe que mudasse algo em relação ao sexo, desejava que ambos sentissem a plenitude que existe quando os corpos e as almas se entrelaçam, dando maior prazer e cumplicidade. Certo dia, ela resolveu conversar a respeito, mas, muito desconfiado e preocupado com os desejos da mulher, Felipe disse de forma agressiva:

— Que vontade é essa? Isso só as mulheres da zona sentem. Quem lhe ensinou essas coisas, Carmel? Alguém está lhe dando orientações ou você tem um amante? Estou desconhecendo você! Mulheres direitas não têm certos desejos, que são próprios das que vivem na rua à procura de homens. Você está igual a elas, não há nenhuma diferença!

Ainda mais agressivo, Felipe continuou gritando:

— Aliás, por que você está usando essa roupa transparente? Não vê quanto a deixa vulgar? Mais parece uma dessas vagabundas, que usam esse tipo de roupa para trabalhar no prostíbulo.

E rispidamente continuou:

— Tire essa roupa nojenta e nunca mais a coloque! Entendeu bem?

Irritado, Felipe virou para o outro lado da cama e roncou, dormindo profundamente. No dia seguinte, já esquecera tudo o que se passara e o assunto estava encerrado.

Com o tempo, Carmel passou a não mais falar sobre "coisas proibidas", odiava a situação de pedinte; era humilhante implorar amor e, em troca, receber ofensas grosseiras e o desprezo cheio de censura e desconfiança. Como podia sufocar o desejo que corria em suas entranhas? Como?

Carmel dava amor e compreensão ao marido, mas recebia indiferença, por isso dizia:

— Felipe, eu farei o possível para entender o que for, mas, por favor, precisamos ter uma conversa franca.

Carmel perguntava a Deus se estava pecando, porque achava esse desejo natural entre um homem e uma mulher que estavam unidos por Ele e pelos homens. Afinal, com o sacramento do matrimônio, se tornaram uma só carne e um só espírito: "Como um casal pode fazer perdurar uma união se não se entendem, mesmo dormindo na mesma cama? *Dios*, o que faço para me realizar como mulher sem ser chamada de prostituta?"

Os pensamentos atormentavam a cabeça de Carmel, que, atordoada, perguntava a si mesma: "Meu sangue é quente, sadio, forte, e desejo meu marido ardentemente, mas não o tenho. Onde errei? Tenho certeza de que devo ter falhado em algum momento. Mas onde?"

Mil perguntas confundiam sua mente de mulher inexperiente, até que, sentindo um turbilhão de dúvidas, Carmel resolveu ir até a fazenda dos Rodrigues — uma família numerosa que também viera da Espanha há muitos anos.

Naquela fazenda, vivia doña Rosário, uma senhora de meia-idade, muita simpática, carinhosa e com grande experiência de vida. Vida limpa e honesta.

Carmel pensava... "Doña Rosário poderá me ajudar a entender o que está acontecendo, porque não estou aprendendo nada com os livros, ou talvez não saiba interpretar o que eles dizem. É muita teoria e pouca prática! Preciso falar com alguém que já viveu o suficiente e saiba me esclarecer e ensinar como conduzir o meu casamento. Tem que ser uma pessoa muito experiente, pois quero ser feliz ao lado do meu marido. Não posso ter medo nem vergonha de desabafar, porque meu casamento está em perigo!

"Toda mulher precisa falar sobre suas dúvidas, pedir auxílio se necessário, e jamais ter vergonha de expor seus sentimentos sufocados e censurados. Claro que isso deve ser feito com a pessoa certa, e doña Rosário há de ser uma ótima professora. Garanto que serei uma boa aluna, pois estou muito empenhada em aprender o que for necessário para salvar meu casamento."

Reunindo toda sua coragem e determinação, Carmel decidiu procurar a ajuda da amiga, que com certeza lhe daria ótimos conselhos para melhorar sua vida conjugal e lhe ensinaria o prazer de viver a vida ao lado da pessoa que amava.

Carta 5

CARMEL REVOLTADA COM A SITUAÇÃO DO BRAZIL

Certa tarde, estando muito contrariada com as injustiças que ocorriam no país, Carmel resolveu escrever novamente para a sua família. Era uma forma de desabafar a revolta que sentia e também de alertar o mundo sobre os horrores que presenciava — como o povo que permanecia passivo enquanto os governantes estavam sentados em seus tronos de veludo.

Querida e amada família,

Estou aqui na Bahia trabalhando nas aldeias e fazendas, consolando as mulheres que chegam até mim em busca de auxílio e orientação. Vim para servir e não para ser servida, tenho consciência da minha existência na terra e do meu dever como ser humano. Tenho muito a fazer, por isso não posso perder tempo.

O tempo é precioso!

Aqui está mais um relato desconhecido por vocês. Espero que um de meus irmãos possa publicar alguma coisa do que escrevo sobre esta terra maravilhosa, a qual me recebeu de braços abertos, tal como recebe a todos indistintamente. Não estou sozinha na minha luta, tenho comigo Ritinha, grande amiga e companheira de todos os momentos, que me auxilia em tudo de que necessito. Ela é irmã de Tomé, o soldado do exército português que me ajudou no embarque do navio quando saímos da Espanha para o Brazil.

Ritinha está aprendendo muito comigo e eu com ela, pois temos a mesma vontade e os mesmos objetivos: ajudar as pessoas. Com o seu jeito simples, mantém-se sempre atenta e disposta para ajudar em todos os deveres humanitários.

Sinto-me querida, útil e respeitada em todo lugar que vou, pois sei que estou ajudando muitas pessoas que precisam de esclarecimentos e até de socorro imediato, principalmente as mulheres que são tão trabalhadoras, mas tratadas como seres inferiores. É uma lástima ver esses seres humanos sofrerem tanto. Este país está crescendo rápido demais, e essas mulheres maravilhosas educarão os homens de amanhã, porém, elas não têm consciência do imenso e incalculável valor que possuem.

Bem, estou enviando algumas informações a vocês e peço a Pilar que, se possível, publique tudo o que estou escrevendo, porque os europeus não têm noção do que os seus antepassados fizeram com este país. Por serem mais experientes, os estrangeiros humilham este povo que é tão carente e sem qualquer tipo de esclarecimento.

Quando os estrangeiros vieram para cá, trouxeram o necessário para viver em melhores condições, não estavam preocupados em transformar os nativos e os negros em pessoas mais civilizadas e evoluídas culturalmente, ainda que em seus costumes primitivos estas pessoas sejam muito inteligentes e sábias.

Na Europa e em outros países do mundo, muitos nunca ouviram falar do Brazil, outros sabem apenas das situações ruins que acontecem, nada mais. Só que esses malefícios vieram com os invasores gananciosos, interessados nas riquezas deste país abençoado por Dios.

Esta é uma terra-mãe! Em seu coração cabe o mundo todo, independentemente de raça, crença e cor — todos aqui são bem-vindos!

As pessoas, principalmente os estrangeiros, precisam saber que o Brazil é uma nação esplendorosa de futuro promissor. Um país como poucos, que está acolhendo e criando alguns dos familiares desses indivíduos que fizeram tanto mal a ele; alguém do seu sangue pode estar aqui ou ainda irá chegar. Por isso, os brazileiros devem ser respeitados e desejam que seu país seja reconhecido como o celeiro do mundo.

Bem, meus queridos, eu me entusiasmo quando falo desta terra generosa, mas necessito passar estas informações a vocês, para que, na medida do possível, as divulguem ao mundo. Tenho confiança no que faço, pois a senhora, minha mãe, e o senhor, meu pai, ensinaram-me a ser justa, contestante sem comodismo e jamais deixar passar nada de injusto. Entretanto, preciso da ajuda de vocês para mostrar ao mundo o Brazil como realmente é, contando a sua verdadeira história.

Aqui existem pessoas desonestas porque vieram de outros países e em sua bagagem trouxeram somente a ganância. Existe a prostituição porque os chamados "homens civilizados" trouxeram para cá a malícia, a luxúria e a maldade e ainda escravizaram as negras e as inocentes índias. Eles tomaram posse do bem mais precioso do ser humano, que é o respeito.

Os índios são donos legítimos desta terra, porém, não há avanço sem sofrimento e os brazileiros estão pagando um preço muito alto pelo que chamam de progresso com a ajuda dos africanos capturados como animais.

Muitas vezes, essas criaturas tornam-se revoltadas e chegam a comer terra para se suicidarem. Acham que a morte os libertará de tantos horrores e infortúnios.

No entanto, os índios e os negros habitantes daqui exigem respeito e consideração, pois muitos países se fizeram ricos e independentes à custa da exploração desta terra. Um dia, quando os brazileiros entenderem e tiverem coragem, vão dar um basta bem grande e se libertar dessas explorações comunitárias.

A escravidão física está entranhada como um punhal em seus corações. Existem pessoas trabalhadoras neste país que ainda não é considerado como tal, mas tenho certeza de que ele é o primeiro no coração de Dios. No futuro há de ser respeitado pelos homens honrados e de caráter sábio.

Bem, agora vou relatar o que eu vi tantas vezes e que,

infelizmente, não sei bem até quando vai durar.

Alguns donos de fazendas compram mulheres negras, belas, encantadoras, que ficam expostas em leilão na praça do cais. Elas vêm de suas terras natais em navios negreiros e estão sempre cansadas da exaustiva viagem. Para obter maior lucro na venda, é imprescindível que aparentem saúde, sejam jovens e bonitas. Os compradores olham cuidadosamente a pele e os dentes, que devem estar em perfeito estado. As pernas têm que ter canela fina por demonstrarem mais força, e as ancas largas para parirem com facilidade, assim, aumentam a mão-de-obra para o trabalho. Tudo fica mais fácil e lucrativo para os escravocratas donos de engenho.

Durante a viagem, os negros que morrem ou ficam doentes, porque não agüentam os maus tratos, são jogados ao mar. Por vezes ainda vivos. Os que têm a "sorte" de sobreviver são vendidos como escravos aos nobres e ricos fazendeiros.

Certa vez, ouvi uma conversa entre dois negociantes, que diziam:

— Eu gosto de comprar mulheres porque elas servem para cama, mesa e trabalhos domésticos, são mais resistentes que os homens. Essa é uma mão-de-obra lucrativa, porque também gera mais escravos, suas crias, que elas mesmas cuidam para que não morram. Nós, comerciantes, não precisamos dispor de mais dinheiro para comprar novas mercadorias, basta juntar um negro forte e uma negra parideira com boa saúde para que eles gerem mão-de-obra como se fossem animais domésticos, que não têm raciocínio. Dessa forma, teremos muito lucro nas lavouras, porque tudo de que precisamos é mão-de-obra agreste. Nós compramos um negro e uma negra, esperamos os negrinhos nascerem e, depois de crescidos, os colocamos para trabalhar.

Os negros são como gado de raça: seus espermas valem ouro. Assim, os negócios ficam mais lucrativos, pois entra dinheiro sem gastarmos nada. Só devemos ter cuidado para escolher o negro e a negra.

Outro dia, um senhor de engenho disse a outro que era preciso colocar os negros dentro das igrejas católicas. O companheiro que estava ao seu lado perguntou:

— Por que colocar esses negros escravos nas igrejas? Eles não têm alma! O que vão aprender? É perda de tempo!

— Ora, companheiro, os padres capelões convencem os negros sobre o pecado mortal, e, assim, todos se tornam mansos e obedientes. A igreja católica possui uma das crenças que mais criam mitos, com tantos nomes de santos que ninguém conhece e nunca existiram. Os capelões usam a idolatria para os menos avisados acreditarem e viverem aos pés dos santos de barro. Ninguém quer saber de onde vem essa mitologia, apenas se ajoelham e choram pedindo graças impossíveis. Dessa forma, nós, os proprietários, temos o poder sobre eles. Uma boa missa, bem "encomendada", muda um bando de negros revoltados. Temos que usar a inteligência, por isso mandamos buscar os padres em Portugal e na Espanha. Os jesuítas já chegam com o sermão pronto, nós lhes pagamos, damos moradia e também alimentação e vestimenta. Eles levam um vidão, e não fazem mais nada além dos "sermões encomendados" e as visitas às sinhás e moças solteiras, para aconselhar sobre os assuntos mais secretos, repletos de dores e sofrimentos. Ali os padres bebem do melhor e comem os mais deliciosos manjares, feitos especialmente para eles. É uma honra servir-lhes!

Outro senhor perguntou:

— Mas como o senhor faz? Desejo usar seus métodos; os meus escravos estão muito arredios e não trabalham como quero. Às vezes, um escravo mais exaltado instiga os demais, o que acarreta prejuízo na lavoura, por isso, sou obrigado a sacrificá-los. Até parece que eles pensam.

— É muito simples. Em minha propriedade, construí uma capela ao lado do meu casario. Encomendo uma missa e o capelão faz a cerimônia de iniciação, envolvendo as minhas ordens em clima religioso. Isso é para atingir principalmente as mulheres, que aparentam ser mais espertas. Não sei por que, mas tenho que admitir isso. Como elas vão criar os nossos futuros escravos, temos que as impedir de usar suas cabeças pensantes. As mulheres são mais religiosas que os homens, por isso, são presas fáceis de se deixar dominar pela fé. Também, quase todas são mães, e mães só desejam o melhor para os seus filhos. O pior é quando elas ensinam e instigam as revoltas, causando prejuízo aos negócios.

O senhor do engenho explicou que a organização religiosa tem a função de castrar as mentes dessas mulheres, principalmente por meio do pecado mortal e do inferno (com labaredas, diabos, demônios, trevas, lama e escuridão total), que na verdade amedrontam até mesmo os homens. Todos ficam mansos, calados e trabalham com mais afinco. Só ouvem o comando do capelão.

— Eu obrigo as mães a batizarem os negrinhos, e assim todos se tornam devotos, devendo seguir os mandamentos e ouvir os sermões do padre, encomendados, é claro!

E o senhor de engenho continuou:

— Essas missas têm a função de direcionar e condicionar a negrada a obedecer aos seus donos, ou seja, a nós, proprietários das fazendas. Há também o interesse dos próprios negros de que as negras sejam submissas a eles, fazendo o uso da religião com ameaças do castigo do fogo do inferno. A partir de então, está marcado o começo da vida dos negrinhos, que se transformarão em adultos medrosos e covardes.

Iniciados os rituais que acontecem aos 6 anos de idade, já estão prontos para servir ao sistema econômico com muitos deveres e poucos direitos, cheios de pecados e muito temerosos. Há muito tempo, os portugueses perseguem e caçam os negros africanos, como também os negros de outros países.

Carmel continuou sem trégua com os comentários verdadeiros.

Meus queridos familiares, assim que o senhor do engenho começou a falar o que vou relatar agora, fiquei horrorizada, e cheguei a sentir nojo. Precisei me conter para não avançar no pescoço dele. Prestem atenção nesta monstruosidade:

— As igrejas e os capelões são nossos aliados. Andamos de mãos dadas desde o início da exploração colonial no Brazil. Esta mesma igreja recebeu grandes quantias em dinheiro exclusivamente para ensinar os ingênuos indígenas das colônias a se tornarem os maiores cúmplices deles, um acusa e vigia o outro, nós sabemos disso. Os missionários religiosos abriram fogo contra a cultura africana, proibindo as manifestações de seus rituais e de suas crenças, que são consideradas pagãs. Os negros não acreditam em pecado e isso dificulta sua submissão ao nosso sistema. Nós doutrinamos todos os escravos, obrigando-os a obedecer às nossas ordens. Como eles têm medo da morte, obedecem-nos em tudo — não só os negros adultos, mas também as negras e seus filhos.

Madrecita, percebeu como esses negros africanos são indefesos? Os poderosos castraram a mente, a vida, a devoção e a fé desses negros, que nada mais são que meros fantoches nas mãos dos homens brancos.

Infelizmente, os métodos usados no período da Inquisição são os mesmos até hoje, apesar de muitos anos já terem se passado. Não sei qual dos dois métodos é mais temeroso: o dos escravocratas ou o dos religiosos. Um fala de fé e escraviza as almas; o outro escraviza o corpo. Como este povo pode viver sem ser revoltado? Como? Isso é impossível!

Mas eles são seres humanos conscientes, e, sendo inteligentes, usam suas crenças africanas, colocando o nome dos seus orixás nos santos das igrejas católicas. Seus atabaques e tambores falam mais alto que a própria voz de qualquer branco, dessa forma, eles se comunicam entre si.

Madrecita, voltarei a escrever quando tiver mais tempo e souber de outras verdades que possam esclarecer a visão do mundo para este país de progresso, porém sem ordem e com muitos aproveitadores, que dizem não ter conhecimento do que acontece de errado nem querem saber dos horrores que os escravocratas fazem na sua presença. Na frente dos seus olhos!

O que se pode esperar de um governante que tem um larápio como amigo? Esperamos o que desse governo? Os poderosos se fingem de inocentes e ficam cegos quando têm o poder, e isso pode trazer graves conseqüências no futuro.

Ter um governo que não sabe nada do que se passa ao seu redor é perigoso. O que podemos esperar do futuro do Brazil?

Se o governante não sabe o que se passa com o seu povo... Quem vai saber agir, se o próprio governo não tem consciência do seu dever com a nação? Depois, esse governante fica triste quando o povo se manifesta.

Realmente, este governante é muito fragilizado. É fraco!

Bem, meus queridos, fiquem tranqüilos, pois, apesar de tudo, sei me defender e estou procurando viver da melhor forma. Mesmo sendo mulher e enfrentando o machismo e o paternalismo, não acredito nas conversas dos mandantes inexperientes. Sinto-me protegida, porque não sou ignorante nem fraca, sou uma mulher esclarecida que pensa no próximo sem qualquer preconceito de raça, cor ou credo. A dor que dói no meu irmão dói também em mim.

Também existem vários protestantes que ameaçam os fazendeiros e os nobres para obter dinheiro ou ouro. Tudo em nome de Dios e da fé para não morrer no fogo do inferno. Todos querem enriquecer em pouco tempo à custa dos devotos. Eu creio que se os poderosos cuidassem do seu povo seus irmãos não precisariam de mandantes nem de tantos religiosos comercializando com o nome de Dios.

Meus amados, perdoem-me por escrever tanto. Preciso desabafar... Mas com quem? Só minha família, que me ama verdadeiramente, entende e conhece este sangue quente que corre em minhas veias desde que nasci.

Amo todos vocês!

Beijos,
Carmel

Capítulo 19

A SEXUALIDADE

No dia seguinte, Carmel chegou com o coração cheio de esperanças à casa de doña Rosário. Ao se aproximar da porteira, sentiu-se constrangida, mas tomou fôlego, bateu palmas e foi logo entrando.

Doña Rosário, uma espanhola gordinha, com sorriso fácil, recebeu Carmel alegremente, e a abraçou com tanto carinho e tão fortemente que quase a partiu ao meio. Ficou imensamente feliz ao ver Carmel, pois já há algum tempo não conversavam. Chamou o seu serviçal e pediu-lhe que trouxesse algo para beber, de preferência um licor de romã proveniente da Espanha, que guardava com carinho para momentos especiais.

As duas amigas saboreavam o delicioso licor enquanto conversavam sobre várias coisas, e, após matar a saudade, Carmel respirou fundo e foi direto ao delicado assunto, dizendo:

— Doña Rosário, preciso de sua ajuda, pois tenho muitas dúvidas sobre como devo me comportar para ser uma boa esposa e amante do meu marido. Por favor, não me julgue mal por esta atitude impulsiva, tampouco pelas perguntas constrangedoras, mas seus conselhos serão muito importantes para mim.

Respirou fundo e disse:

— Bem, doña Rosário, não sei como conduzir meu matrimônio. Sinto que está desmoronando, mas não tenho com quem falar para desabafar o que sinto. Meu marido, Felipe, não colabora, só sabe me acusar e humilhar.

Carmel falava, falava... quase sem respirar. Vez ou outra rolavam lágrimas em sua face, porém disfarçava enxugando rapidamente com seu delicado lencinho de cambraia.

A amiga, acariciando o rosto de Carmel, disse calmamente:

— Filha, não se preocupe, eu a ajudarei no que for preciso. Pergunte o que quiser. Liberte sua alma, porque tudo o que disser aqui será um segredo só nosso. Aparentemente, você me parece muito feliz, e eu soube que fez um belo matrimônio; no entanto, sinto que está triste. O que há de errado? Tenha confiança em mim, e conte-me o que a está angustiando. Pense que estou no lugar de sua mãe. Fale, minha querida... também já fui jovem e tive muitas dúvidas. Hoje as incertezas passaram, mas também houve muitos dias em que eu poderia ter sido mais feliz, se na época fosse uma pessoa esclarecida! Antigamente, as pessoas eram muito conservadoras e mantinham as mulheres reprimidas, apesar de em muitos lugares serem mantidas da mesma forma até hoje. As mulheres honestas não tinham liberdade para sentir o prazer natural do seu corpo, e, assim, sufocavam os desejos da carne. Caso contrário, poderiam ser tachadas de vulgares. As mães orientavam suas filhas a fingir prazer para satisfazer o marido (também era só isso que lhes ensinavam). As moças tinham esse dever, além de lhe dar filhos e cuidar da casa, é claro. **Eu não consegui ser feliz, assim como você, menina.** Mas, por favor, não me olhe com espanto e confie em mim. Naquela época, as mulheres pareciam tontas nos braços de homens que mal conheciam. Eram verdadeiros fantoches manipulados por um estranho.

Doña Rosário disse isso segurando carinhosamente as mãos de

Carmel, e, sorrindo, continuou:

— Sinto que está sofrendo muito, e, se eu puder ajudar... Estamos a sós, viu? Pode desabafar tranqüilamente.

Carmel, sentindo-se mais calma, segurou as mãos da doce senhora e prosseguiu:

— Sabe, doña Rosário, quando casei, o amor não era primordial para minha vida. Não me importava com a parte sexual. Sabia que tinha certas obrigações, já que havia casado, mas não me preocupava. Nunca alguém me ensinou algo a respeito do sexo. Meu sonho era conhecer o mundo, estudar, ter independência pessoal e financeira, a alma livre, e principalmente seguir meus ideais no lado humanitário e missionário. Isso, sim, estava em primeiro plano na minha vida; o sexo nem passava pela minha cabeça. Mas o tempo foi passando, fui me afeiçoando cada dia mais ao meu marido e, quando percebi, o amor tinha nascido no meu coração sem que eu notasse. A cada dia, sua presença era mais importante para mim e desejava muito estar mais tempo ao seu lado. No entanto, meu esposo não se importa comigo, percebo que ele tem outras mulheres, mas minto para mim mesma dizendo que isso não é verdade. Estou sempre à sua espera com muito carinho, na esperança de que possa me notar.

— E você, Carmel, já lhe falou dos seus sentimentos e de como a ausência dele a deixa triste e desamparada? Ele sabe quanto você sente a sua falta?

— Não tive coragem de falar, doña Rosário. A senhora é a minha última esperança. Preciso muito de seus conselhos, para saber como me comportar diante desta situação tão delicada. Como poderei mudar meus pensamentos e minhas atitudes perante o meu casamento? Felipe não tem hora para chegar. Além de não conversar comigo, porque nunca tem tempo, e depois parece estar sempre cansado.

— Carmel, você está casada, deve tentar compreendê-lo. Sei que é muita responsabilidade para uma mulher tão jovem e inexperiente, mas os homens são muito diferentes das mulheres.

— Entendo, doña Rosário, mas preciso de alguém para me aconselhar. Por *Dios,* seja franca. Ouvirei e respeitarei seus conselhos, como se a senhora fosse minha própria mãe. Preciso esclarecer muitas dúvidas. Por favor, oriente-me. Não quero perder meu marido! Creio que o fato de estar tão distante da minha família me fez amadurecer em pouco tempo. Não tenho ninguém para me dar apoio ou orientação, por esse motivo vim procurá-la.

— Sei quanto está sofrendo, Carmel. Mas você é sensível, instruída, tem o instinto muito aflorado e será capaz de entender o que vou lhe dizer. Escute, o relacionamento e a sexualidade são muito importantes para manter o matrimônio. Foi por isso que *Dios* fez o homem e a mulher, para que se completassem e fossem felizes. O sexo é quase tudo, mas não é tudo. Sei que para você não se trata de uma frivolidade. O sexo é bom e prazeroso se o homem o fizer só com sua mulher, e ela só com seu marido, sem que haja dúvidas em seus corações.

Carmel, mais tranqüila, respirou bem fundo e, como uma criança assustada, respondeu:

— Doña Rosário, só uma pessoa como a senhora pode entender meu sofrimento.

— Se você quiser meus conselhos, vou ser muito franca — afirmou doña Rosário. — Você deseja seu marido verdadeiramente? Bem... acredito que sim, e vou lhe ensinar algo simples para resolver seu problema de sexualidade.

— Como, doña Rosário? Fale logo, por favor!

— Olha, menina, os homens são muito orgulhosos, e, ao mesmo tempo, são pessoas inseguras perante sua própria mulher. Você tem que aprender mais sobre eles e suas fraquezas. Porém, as mulheres também são culpadas por existirem tantos homens incapazes de satisfazer sua mulher sexualmente.

Carmel, admirada, perguntou:

— Mas como assim?

— Carmel, até as mães ensinam seus filhos a serem machistas. Dessa forma, como vão conseguir penetrar nas almas femininas, tão delicadas e sensíveis? Nós, mulheres, nunca teremos a mesma liberdade que um homem tem, portanto, existe uma distância muito grande entre os desejos e a realização deles. Assim, o casal vai se distanciado um pouco mais a cada dia. A partir daí, aparecem as palavras duras, frias, sem qualquer sensibilidade, e, com o passar do tempo, o matrimônio vai se desgastando, se perde o respeito, até chegar ao fim.

Com muita firmeza, doña Rosário explicou:

— Os homens não conversam com suas esposas, não querem saber o que se passa em seu coração. Quando elas têm algo para dizer, eles viram as costas, pois não se interessam pelos assuntos que as mulheres possam querer falar. Para eles, tudo não passa de banalidade. Os amigos, os negócios e os prazeres encontrados com outras mulheres vão arrastando-os para fora de sua casa, como se fosse uma correnteza de lama. Assim, os dois perdem essa dádiva da união abençoada pelos céus. Para muitos homens, o lar só serve para que eles se alimentem, tomem banho, troquem de roupa, descansem os ossos, e mais nada. Esquecem que há uma mulher ansiosa à sua espera para saber como foi o seu dia.

Carmel olhou com seus pequeninos olhos arregalados e, admirada, pensou em como seus pais eram diferentes... Compreendiam-se, amavam-se, tinham um relacionamento estável. Como isso era possível?

— Eu não entendo — disse Carmel, espantada! — Meus pais sempre foram sinceros um com o outro.

Doña Rosário respirou fundo, olhou Carmel com cara de indagação e disse:

— Seus pais são maravilhosos, e o matrimônio deles é aparentemente perfeito. Mas você, Carmel, conhece a parte mais sensível, que é a sexualidade deles?

Carmel respondeu rapidamente:

— Imagine! Eles não falavam sobre esses assuntos conosco, nem mesmo meus irmãos faziam qualquer comentário sobre o tema em minha casa.

— As mulheres estão muito erradas por não orientarem suas filhas para o matrimônio. Preocupam-se em confeccionar os melhores enxovais, mas não preparam a cabeça das jovens para viver com um homem que tem o comportamento muito diferente do dela, geralmente com maus costumes. Mas existe um jeito. Se você quiser continuar ao lado de seu marido, basta fingir!

— O que disse, doña Rosário?

— Não se espante, pois a maioria das mulheres faz isso. E são muitas! Quando os maridos não as satisfazem, elas fingem. Dessa forma, fica tudo bem, mas carregam a frustração em seu coração eternamente.

Carmel não gostou do que ouviu e, indignada, respondeu:

— Mas como vou fingir? Jamais! Eu não estou à venda!

— Bem... — disse doña Rosário — foi só uma sugestão, e nada mais.

Doña Rosário continuou:

— O marido não se preocupa em saber se a mulher está sentindo prazer, pois não tem paciência, é egoísta demais para pensar em satisfazê-la. Nesse caso, ela finge e diz que ele é um homem atraente, sensual, uma doce criatura que a satisfaz plenamente. Mas sei que é impossível agir assim com um homem que se comporta como um "galo" ou, ainda, que tem hálito ruim, cheira a bebida e tem o corpo insensível, como se fosse uma pedra. É impossível agüentar alguém sem sutileza, que desconhece qualquer tipo de atenção e delicadeza. Nós, mulheres, muitas vezes, temos que agüentar até o vômito que eles derramam quando estão bêbados. Ele não se preocupa, pois sabe que a esposa se envergonharia de contar o ocorrido para qualquer pessoa. Isso é nojento, mas acontece.

Sem nenhum constrangimento, doña Rosário disse:

— E na hora de beijar? Enfia o nariz nos olhos, puxa os cabelos e pula no corpo frágil da mulher. Mais parece uma carroça de boi passando por cima de um corpo delicado e imóvel. O homem tem movimentos bruscos, não sabe usar de sutileza para envolver o corpo feminino tão doce e frágil. Ah, se tivesse noção de que está entrando com seu pênis no templo sagrado que é o corpo da mulher! Mas que bobagem! Ele nem ao menos sabe daquele pedacinho tão delicado, bem no meio da vulva, que se chama clitóris, muito menos que é um ponto muito sensível, e se souber tocá-lo suave e delicadamente... ah, *Dios*... o homem levará a mulher às nuvens! Antes, porém, tem que haver um doce, romântico e excitante envolvimento. Ele tem que ser compreensivo, amoroso, delicado e saber ouvir o que sua mulher deseja. Ambos devem brincar como duas crianças, rir das coisas mais sem importância e soltar os corpos livremente, como se estivessem sobre um rio calmo. Tem que existir um ambiente propício, com tanta sutileza que o cheiro da própria sensualidade chegue a perfumá-lo.

Doña Rosário parou um instante e prosseguiu:

— Tudo começa com um beijo. Por isso, não se deve beijar qualquer pessoa, pois é o início da relação sexual. O beijo provoca infinitas sensações que nos tornam vulneráveis. Nesse instante, sentimos o nível da sensualidade de uma pessoa. Quando os lábios se encontram e degustam um ao outro, molhando com a saliva doce a língua do companheiro, nesse exato momento, tem início a relação sexual. O corpo estremece e se prepara cuidadosamente para a entrega total. Daí para os pequenos lábios basta descer um pouquinho mais, sempre com suavidade, acariciando delicadamente o clitóris, como se tocasse uma harpa doce, até chegar à nota mágica. Então, a mulher sentirá um êxtase que a transportará até o infinito. O clitóris deve ser tocado como se toca um botão de rosa muito delicado e umedecido pelo orvalho. Assim, a mulher estará pronta para receber seu homem, com muita excitação e desejo, e dessa forma está convidando-o para o amor. Agindo assim, esse homem será feliz e terá a certeza de ser amado e respeitado. Nesse momento de enlevo e ternura, a mulher se entrega totalmente, como o desabrochar de uma flor perfumada, repleta de desejo e amor sincero. O homem inteligente e sensível saberá e terá a certeza de que está se banhando entre lírios perfumados.

Carmel se sentia constrangida com o assunto, mas doña Rosário, muito à vontade, foi em frente:

— Se tudo isso acontecer, a mulher jamais fingirá. Nunca! Mas, para isso, o homem precisa ser mais habilidoso e educado em relação ao sexo. Porém, estou falando de mulheres sensíveis, normais, com sentimentos delicados de corpo, alma e mente. Não são todas, é claro! Muitas mulheres têm o fascínio do demônio. Algumas gostam de agressões, naturalmente agressões normais, senão esse homem seria um estuprador, um animal. Cada mulher é uma mulher, como cada rosa é uma rosa, tem seu próprio perfume ou seu próprio veneno. Mas as mulheres estão muito magoadas e tristes, porque os homens pensam que elas têm somente a parte de baixo de seu corpo, não se preocupam com os seus sentimentos nobres. Os homens não sabem que nós, mulheres, sentimos o prazer que vem do sonho e do encantamento. Atingimos o céu e, quando retornamos à Terra, germina o amor verdadeiro, o prazer intenso, pleno e satisfatório para ambos, sem necessidade de mentiras. No entanto, se seu marido pensa como um touro, não sabendo que caminho seguir, ele não é um homem, mas, sim, um animal selvagem!

Doña Rosário não parou por aí, e sugeriu:

— Se for dessa maneira, Carmel, finja que gostou muito e saia debaixo, antes que faça de você um pastelão. Ele se sentirá o homem mais irresistível do planeta, um especialista em sexo, e pensará que a agradou como ninguém mais o faria. Coitado... Não passa de um ignorante! Esses homens animalescos enfiam seu membro em qualquer buraco, até mesmo em uma bananeira, mas não sabem como introduzi-lo em uma mulher de verdade. O que fazer com um homem tão insensato?

Carmel ria das coisas que doña Rosário falava descaradamente, sem rodeios, no entanto, de uma forma muito engraçada, interessante e sem vulgaridade.

Doña Rosário estava constantemente com o rosto vermelho, e, como era gordinha, balançava todo o corpo ao gesticular incessantemente suas mãos brancas. Ficava muito irritada toda vez que falava desses assuntos; por isso resolveu fazer uma pausa para tomarem um delicioso refresco de tamarindo.

Bem mais tranqüila e sentindo-se à vontade, Carmel resolveu fazer algumas perguntas embaraçosas.

— Doña Rosário, como devo me comportar quando eu sentir desejo pelo Felipe e ele nem perceber?

— Carmel, todas as mulheres devem tocar seu corpo para conhecê-lo melhor. Toque-se, acaricie sua pele, suas entranhas, e sentirá os pontos que lhe proporcionam maior prazer. Nesse momento, use a fantasia para pensar em *cositas* que despertem a sua vontade; o que não pode é deixar a máquina enferrujar. Fazendo isso, verá que seu corpo responde às sensações, e sentirá a vida borbulhando em você. Com sua fantasia, poderá chegar ao céu, e, quando voltar à Terra, se sentirá calma e feliz. Se não for assim, tudo adormecerá e você perderá o vigor e a sensibilidade. São coisas normais na sexualidade e poderão realizá-la plenamente, sem que seu marido jamais descubra. Seu marido nunca saberá o que se passa em sua mente, pois, para certos homens, a esposa é assexuada. Esse é um dos prazeres que o organismo precisa sentir se a mulher for sadia. Se não tiver isso, poderá ficar insensível. Aos poucos, o clitóris se esconde dentro do corpo, as paredes da vagina endurecem, ficam doloridas, secas e sem vida!

— Como é difícil ser mulher! — disse Carmel.

Doña Rosário completou:

— Bem, seu marido não quer que você sinta prazer por achar que isso é coisa de "putana". Acredita que, se despertar o seu desejo por ele, você poderá sentir o mesmo por qualquer outro homem. Na verdade, ele, como a maioria dos homens, é inseguro e não sabe a diferença entre a mulher honesta e a "putana". A mente deles é do tamanho de um grão de arroz. Se Felipe não tiver sensibilidade para conduzi-la ao prazer, finja. Ele vai se achar o maior macho do planeta, mas como sempre virará de costas e dormirá. Para expressar o prazer, não há necessidade de espalhafato nem de pantomimas ou gritos. Os homens fazem um alarde, como se fossem artistas em um trapézio; depois querem luzes, aplausos, e ainda têm a petulância de perguntar: "Você gostou?" Porém, isso não funciona, é ignorância dos pobres coitados! Fique tranqüila. Deixe que o homem pense que está dando um espetáculo sexual, porque não é capaz de perceber quanto é ridículo.

Então, Carmel perguntou preocupada:

— Mas é assim mesmo, doña Rosário? Não sei se vou conseguir mentir!

— Sei que é desagradável, minha filha, mas olhe por outro lado. Seu marido não deve ter tido uma educação sexual adequada, aliás, pelo visto, não teve nenhuma, como a maioria dos homens. Quando crianças, os homens têm as primeiras experiências sexuais sentindo prazer em um buraco feito na bananeira, ou então pegam animais, como galinhas e cabras, e enfiam o seu pequeno pênis. Os próprios meninos se satisfazem entre eles, fazendo troca-troca, e acham que isso é normal. Quando crescem, procuram as experientes prostitutas e fazem fila para entrar no prostíbulo. Sai um e entra outro. Só que essas mulheres não têm tempo para perder, ensinando os marmanjões, e vão direto ao assunto, pois precisam de rotatividade. Tempo é dinheiro! É como dizem por aí: "Dinheiro na mão e *culo* no chão, nada mais." Este ditado popular é verdadeiro. Os pobres meninos saem do prostíbulo achando que já sabem tudo e pensando que todos os buracos são iguais. Dessa forma, não saberão conduzir a própria companheira, porque são impacientes, nunca lhes ensinaram como devem tratar uma MULHER. O casamento com um homem desses só pode ir adiante se a mulher tiver sabedoria e inteligência, já que a maioria dos homens tem a mente atrofiada. Os pobres ignorantes não sabem nada, mas pensam que sabem tudo. Isso é doloroso, porque as mulheres casam com muita ilusão e várias expectativas, mas são enganadas em todos os sentidos. Pobres mulheres!

— Mas, doña Rosário, isso não é um casamento, é uma agressão! Uma estupidez!

— Carmel, se você for inteligente, amar realmente seu marido e desejar que essa relação siga adiante, deve ter muita paciência, pois, aos poucos, você lhe ensinará quais são seus pontos sensíveis e prazerosos. Se ele a amar de verdade e confiar em você, vai entender, e será muito prazeroso para ambos. Procure entender seu marido, afinal é um homem esforçado, trabalhador; e você é uma mulher inteligente, vai saber conquistá-lo. Assim, seus desejos serão correspondidos. Não está pedindo nada que não lhe pertença por direito; afinal, você e ele foram unidos num só corpo e espírito, porém cada um tem pensamentos e costumes diferentes. Isso precisa ser respeitado, afinal, vocês vieram de lares e educações diferentes.

Doña Rosário fez um alerta:

— Preste atenção, menina: apresse-se, pois, quando os anos pesarem, tudo se tornará mais difícil, acredite. Quando os homens ficam mais velhos, perdem a cabeça, paciência, vergonha, e cometem loucuras com as jovens que estão à procura de poder e dinheiro. Quando conseguem o que querem, elas dão um pontapé no traseiro deles e os mandam para o inferno. Derrotados, voltam para casa como um farrapo humano, bolsos vazios, destruídos, sem coragem para encarar a família de cabeça erguida. Eles não aceitam que estão velhos e fracos. Mesmo impotentes, esfregam seu pênis molhado no corpo da mulher até chegar ao orgasmo. Os homens são como lesma sugando o corpo feminino sem lhe dar prazer. Muitos insistem em correr atrás de menininhas, achando que elas vão curar seu membro flácido, enfraquecido pelo mau uso. Não existe pênis que agüente tanto vai-e-vem. Durante toda a vida, acham que podem tudo e na velhice não conseguem assumir sua fragilidade.

Carmel, encabulada e com o rosto corado, ria envergonhada pelo jeito com que doña Rosário colocava as verdades.

— Minha amiga, eu tenho uma curiosidade — disse Carmel. — Quero saber se as mulheres mestiças, as negras e as índias têm as mesmas dificuldades que as brancas em relação ao sexo. Tenho a impressão de que elas sentem um prazer maior, sem culpas, medo ou vergonha. Elas não precisam de tanta psicologia para serem mulheres satisfeitas e felizes em relação aos desejos do seu corpo. Percebo que as mestiças são mais realizadas, talvez pela própria inocência e liberdade, porém, não há necessidade de serem diferentes de nós, as brancas. Já que os homens são quase todos iguais — um homem já é suficiente, salvo alguns que entendem as almas femininas e respeitam a mulher. Por que as mulheres brancas têm tantos tabus e preconceitos? O que acontece conosco?!

— Filha, as mulheres e os homens brancos têm mais preconceitos porque carregam o pavor de serem traídos. A sociedade não vê a sexualidade de uma forma natural, ainda mais se a mulher teve uma educação bastante reprimida. Apesar de os homens de outras etnias, brancos ou negros não aceitarem as traições, não significa que não sejam traídos. Muitos preferem ignorar o que já sabem a enfrentar o problema, acham isso mais cômodo e seguro. São pessoas acomodadas e que têm medo de encarar a vida firmemente. Infelizmente, a traição existe no mundo inteiro, principalmente se o casal não se entende sexualmente.

Curiosa, Carmel perguntou:

— Doña Rosário, qual é a diferença, se a traição traz consigo tanta dor, sentimento de rejeição, algo que deixa uma cicatriz tão profunda que jamais será esquecida? Qual é a diferença, se as almas são iguais e os sofrimentos têm a mesma intensidade, mesmo que o casal continue junto até a morte? A mulher, principalmente, nunca vai esquecer a traição. Nunca!

— É que os negros vivem com seus corpos quase nus, por habitarem países muito quentes, como a África e mesmo o Brazil, e por isso vestem pouca roupa. Homens e mulheres se olham quase desnudos, têm liberdade, seus olhos não vêem seus corpos com malícia. Já os brancos vestem tantas roupas, escondendo quase tudo, que a mulher desconhece como seu corpo reage aos desejos e prazeres naturais; por vezes, o casal chega à velhice sem se conhecer mutuamente.

Com muita segurança, doña Rosário explicou o que afirmou:

— Carmel, você já viu como andam as negras, as mulatas e as índias? Vivem com os seios e as pernas de fora, quase nuas. Quando ficam agachadas para lavar as roupas no rio ou quando sobem nas árvores para apanhar frutas, não se preocupam se alguém as está observando, tudo é natural. Quando sentem o desejo da carne aflorado por seu homem, se entregam ao encanto, livres de qualquer preconceito. Dizem que são mulheres mais prazerosas, mas não é verdade, são iguais a todas; são seus costumes e suas origens que diferem. Elas não foram castradas psicologicamente como nós, as brancas. Ensinaram-lhes a dizer "sim" ao seu homem, enquanto em nós foi incutido um pudor exacerbado. Desde pequenas, fomos castradas emocionalmente por nossos pais, irmãos mais velhos, padres, madrinhas, vizinhas, tias, enfim, pela sociedade. Todos estavam à espreita de nossos movimentos e de nossas atitudes. Tínhamos que esconder nosso corpo até de nós mesmas. Existem mulheres que ainda tomam banho de camisola! E os órgãos genitais? Sobre eles não podíamos nem falar; era como se fossem "os chifres do diabo". Os padres, em seus sermões, só falavam sobre o pecado e quanto tudo era proibido. Dessa forma, toda a manifestação de desejo que pudéssemos sentir em nosso corpo era pecaminosa.

Doña Rosário continuou:

— Carmel, preste atenção: na própria Bíblia, que contém os ensinamentos de Nosso Senhor Jesus Cristo, está escrito: "A mãe de Jesus era virgem." Jesus veio do Espírito Santo de *Dios*.

Carmel respondeu:

— É verdade, eu creio!

— Bem, suponhamos que José não tivesse relações sexuais com Maria. Então não existia sexo, não é mesmo, Carmel?

— Sim. Eles não tiveram relação — disse Carmel com olhar surpreso, compreendendo todos os ensinamentos de sua amiga doña Rosário.

— Nesse caso, o menino Jesus nasceu sem sexualidade, depois cresceu e não teve mulheres — isso é o que diz a Bíblia. — Os padres também não se casam, certo? Porém, isso não está na Bíblia. Eles dizem que é pecado e proibido. Mas isso é para eles, e não para nós que servimos a *Dios* de uma maneira mais sincera e verdadeira. No entanto, incutiram muitos pecados em nossas cabeças, e pior, quando o nosso corpo e a nossa sexualidade estavam sendo formados, eles nos mutilaram pregando a palavra de *Dios,* mas usando a doutrina do diabo. Para mim, isso é um crime bárbaro, não verdadeiramente um pecado mortal!

Doña Rosário respirou fundo e continuou:

— Quando duas pessoas se amam, os corpos se unem em um verdadeiro feixe de luz, e, nesse instante, se entregam sem egoísmo ou malícia. A natureza humana explode como a onda do mar de encontro ao rochedo; dá-se o prazer pleno e o gozo. Sentimos o êxtase da vida! No prazer, não existem críticas. Só satisfação e o esplendor divino de entrar no outro corpo com delicadeza e respeito. Nesse instante mágico, deixamos de existir para nos fundirmos e sentirmos um só desejo, que nos torna uma só carne e um só espírito. Por isso, quando uma criança nasce, traz traços do pai e da mãe: duas pessoas unidas em um único ser. Aí habita o amor da família! A natureza nos nutre ao nos brindar com suas dádivas e realizamos nossos desejos com ternura, paz e doçura. Essa mesma natureza se exalta com a plena e completa realização de ambos.

Doña Rosário perguntou para Carmel:

— Você já teve sonhos eróticos?

Carmel começou a piscar os olhinhos como se fossem asas de borboleta. Não sabia o que dizer.

— Que bobagem, Carmel. Isso não é nenhuma vergonha. Vou ajudá-la. Os sonhos fazem parte de nossa vida e neles tudo é permitido, nada é pecado.

— Sim... já tive sonhos eróticos — respondeu Carmel, encabulada.

Doña Rosário tentou deixá-la mais solta, dizendo:

— Relaxa, menina. Não precisa me dizer o que sonhou, mas acredito que tenha sido muito bom. Escute bem, nunca reprima esses sonhos, pois eles fazem bem para o corpo e a mente. Somente você saberá deles, e mais ninguém, por isso, solte-se ao vento, rios, fontes, mares, cachoeiras, matas, grama molhada, jardins floridos, estradas, chuva e orvalho. Entregue-se à natureza e à sensualidade que lhe dão a plenitude. Não deixe sua própria mente castrar seus desejos mais sublimes. Tudo é apenas um sonho, portanto, aproveite que o inconsciente está trabalhando para sua libertação e deixe o corpo livre das amarras e preconceitos. Dessa maneira, um dia poderá gozar da liberdade de ser verdadeiramente mulher e terá mais disposição, saúde e vontade de viver intensamente, feliz e satisfeita.

Já menos tímida, Carmel ouvia doña Rosário:

— Quando possível, tome banho nua nos rios e nas cachoeiras. É bom experimentar a sensação de estar tranqüila e livre, sem ser observada, libertar os fantasmas e os medos, porque a água é um grande remédio para liberar nossas tensões e receios. Também é maravilhoso sentir o frescor da relva e do orvalho na pele. Esqueça o orgulho e as antigas crenças. Solte-se, role na grama, sinta o cheiro da terra, que é o útero da Mãe Natureza, se encante com a melodia que se espalha no ar. **A natureza pulsa e é sua aliada.**

Carmel ouvia tudo bastante atenta, e doña Rosário prosseguiu:

— O mar é muito bom para liberar as tensões do dia-a-dia, e pode lhe proporcionar o prazer que você nunca sentiu com o seu marido. As ondas batem ritmadas, acariciando seu corpo por inteiro com imenso carinho e suavidade, e, às vezes, mais forte, mas de uma forma que seu corpo vai se deleitar. Solte-se sobre as ondas, sinta a espuma quente e depois caminhe pela areia macia. Sinta-se livre, porque o mar, mesmo parecendo agressivo, é muito envolvente e sensual.

Doña Rosário falava e sorria satisfeita ao ver que Carmel estava bem mais calma. Assim, continuou com os seus ensinamentos:

— Experimente usar roupas leves, macias, menos roupas. Corra na praia, sinta o vento acariciando seu rosto e, quando você estiver cansada, relaxe o seu corpo na areia. A natureza vai lhe fornecer o que está precisando, sem perguntar ou cobrar nada. Você entendeu, minha querida?

— Sim! Agora estou entendendo, doña Rosário. Vou tentar pôr em prática tudo o que aprendi hoje, porque, se eu for esperar alguma atitude do meu marido, é melhor desistir. Ele jamais entenderá o meu desejo.

Com sabedoria, doña Rosário continuou:

— **A natureza é o nosso melhor mestre para tudo o que queremos aprender.** O perfume das flores e o cheiro da terra molhada são exóticos, mexem com o nosso desejo, levando nossa imaginação para bem longe de onde estamos. Somos livres para nos doar e nos deixar envolver plena e intensamente. Tome banho no rio com uma peça de roupa bem fina, direta no corpo e deixe que ela cole em sua pele. Você terá a sensação de que alguém que a deseja está lhe dando um abraço forte, aconchegante. Faça vários movimentos na água e perceberá a beleza do seu corpo. Os seios ficarão com os biquinhos rígidos, desejosos, prontos para serem degustados. Movimente as pernas de forma sensual e deixe os cabelos soltos. As mulheres são muito sensíveis; dessa forma, você, Carmel, se encontrará consigo mesma, livre de preconceitos e das amarras, sem receio ou timidez. Você terá a certeza de sua beleza e plenitude sexual. **A NATUREZA NÃO TEM CENSURA!**

Com carinho e muita simplicidade, doña Rosário continuou ensinando Carmel:

— Explore o seu corpo. Não importa como ele seja, porque na hora de uma relação intensa jamais se olha o corpo do outro, o que importa é o sentimento e o prazer. Se não houver censura, as almas se entrelaçarão com a bênção dos deuses, e você sentirá o prazer total, sem necessidade de fazer "caras ou bocas". Não se trata de bonecos, e, sim, de seres humanos com emoções e sangue quente. Procure entrar em contato com a natureza e deixe-se levar como as ondas do mar: leve, calma, tranqüila. Relaxe e solte a sua imaginação, porque assim viverá instantes mágicos, envoltos em luzes que iluminam sua alma e a de seu marido quando estiverem unidos pelo amor verdadeiro. Descubra tudo o que tiver direito, mas não com perguntas idiotas. Jamais seja estúpida de fingir excitação, isso é uma agressão à própria mulher. Mergulhe no planeta com toda a força e vá para dentro de si mesma; a natureza suprirá suas necessidades com calma, ternura, paz e doçura. Solte o seu ego, pois ele impede qualquer pessoa de ser feliz. O orgulho e o egoísmo também impossibilitam a relação consigo mesma e com o próximo. Não se preocupe com o que seu marido vai pensar se você soltar e explorar o seu próprio corpo, e fervendo em desejos procurar os dele. Não se inquiete, porque ele penetrará o seu corpo, mas é você quem dará o comando. Deixe seu marido pensar o que quiser, porque o corpo e o prazer são seus, não dele.

Doña Rosário explicou:

— O homem entra no corpo da mulher e pensa que a está conduzindo, mas está enganado, pois é a mulher quem conduz. É melhor deixar que continue na ignorância.

Doña Rosário colocou vários procedimentos e atitudes do ser humano para ser bem clara com Carmel, e disse:

— As mulheres pensam que estão fazendo papel de boba ou talvez cometendo um pecado mortal. Isso é o que dizem as religiões. Eu pergunto: será que os padres não sentem prazer e não sonham? E as freiras, como resolvem esta parte tão sensível que é a sexualidade? Elas são casadas com Cristo, mas Cristo é Cristo, não tem sexualidade! Além disso, quando vamos às reuniões, aos cultos ou às missas, voltamos para casa como prisioneiras, cheias de culpas e pecados incutidos pelas recalcadas religiosas! O pior é que o sermão sempre é dirigido a nós, mulheres, mas os padres nasceram de uma mulher e foram concebidos por meio do ato sexual! Coitados dos religiosos! Mas esse falso moralismo há de acabar e esses homens formarão famílias. Assim, um dia, poderão dizer que são **cristãos**. Outra coisa, Carmel, nunca deixe que seu marido castre a sua sensualidade com críticas e desprezo, ou provocando ciúmes, dizendo que outras mulheres são melhores, mais interessantes ou mais bonitas que você. Os homens costumam usar mentiras porque precisam de auto-afirmação, tornando-se altivos e menosprezando suas esposas como se fossem pessoas doentes mentalmente. Para isso, se aproveitam de mulheres frágeis, que não percebem que eles usam esses argumentos para inferiorizá-las. Com essa artimanha, impedem que as mulheres se aproximem das outras mulheres e possam descobrir seus segredos de inferioridade.

Sendo realmente esclarecida e lúcida, doña Rosário prosseguiu:

— Os homens dizem que sua mulher é má, doente, histérica, ciumenta, frígida e não o deixa trabalhar em paz. Além disso, odeiam voltar para casa só para não ver aquela cara emburrada e contestadora.

Já bastante informada, Carmel se expressou:

— Doña Rosário, não quero que meu marido procure outra mulher. Sei que sou suficiente para Felipe e só quero poder realizar minhas fantasias e meus desejos amorosos com ele. Felipe precisa saber das minhas necessidades, dos meus anseios e de quanto o amo e desejo. Não quero mentir ou fingir, desejo ser transparente, não uma intrusa na vida dele, mas...

— Filha, desde que o mundo é mundo, os homens jamais entenderam as mulheres. Na opinião de muitos homens insensíveis, as mulheres existem para serem usadas como latrina, seja ela quem for, escrava, negra, branca, prostituta ou dona de casa, todas são iguais. Ele diz que quer fazer amor, mas o amor está muito distante desse sexo em que não existe sentimento, e qualquer mulher convém para desafogar seus desejos egoístas. Basta abrir as pernas, e já serve para eles. As mulheres ingênuas pensam que eles a desejam e amam depois de ouvir qualquer palavra tola. Em minha opinião, no matrimônio o sexo não deveria ser mantido por obrigação, mas sim por amor, dedicação, respeito e desejo. Dessa forma, o casal será feliz e se realizará em todos os aspectos naturais e normais. **É simples, Carmel!** Mas, infelizmente, alguns maridos usam as esposas como se fossem tinas de roupa suja.

— Eu não entendi isso — disse Carmel.

Carinhosamente, doña Rosário explicou:

— Vou ser bem direta. Eles, os homens machões, sujam o corpo, a mente, o caráter e sua própria vida banhando-se no lodo. Quando voltam para casa e encontram a esposa à sua espera, desejam se banhar nos lírios perfumados. Estou sendo clara?

— Sim, agora entendi! Também tem outra coisa: não concordo com esse tipo de atitude de usar o corpo da mulher apenas para a procriação da espécie. É desumano! Existe o desejo e o amor.

Como sempre, doña Rosário, tinha algo inteligente para dizer:

— Quando uma criança é gerada, é preciso existir amor e respeito entre o casal. Essa criança tem que ser muito desejada pelos dois e deve nascer no seio de uma família responsável, sã de corpo e alma. Quando geramos uma criança, passamos nossas heranças genéticas; ela é uma continuidade de nós mesmos. Somos responsáveis por essa criatura que veio ao mundo por meio do milagre do amor e do sexo, por isso é favorável que a criança venha dentro de um casamento, para que não chegue ao mundo sem raízes.

Doña Rosário explicou mais:

— Esses homens, quando têm relações com sua esposa, estão lavando a alma, seu mau caráter e sua fraqueza, porque só a esposa aceita um homem de pênis frouxo, apesar de ele conseguir ejacular e sentir prazer assim mesmo. Tem uma ereção instantânea, apenas por alguns segundos, mas em seguida seu pênis amolece. Então insiste, insiste... mas não adianta mais. No entanto, se a mulher for fértil, engravida instantaneamente, mesmo que o homem não tenha ereção; é só ter contato com o corpo quente e sadio da mulher. Várias crianças foram concebidas com homens desse tipo, por isso os homens, principalmente os mais velhos, que conseguem engravidar uma mulher, acham que são muito machos e se vangloriam disso. Se não fosse pelos valentes espermatozóides à procura do ninho fértil, coitados desses homens fracassados, por vezes, física e moralmente, pois seguem ostentando o troféu da fertilidade pelo mundo achando que ninguém sabe de sua frágil virilidade. Mas, na verdade, quem venceu a batalha foram os heróicos espermatozóides. Eles sim são "heróis" e merecem todas as glórias. Outros homens, apesar de serem viris, não conseguem ter filhos, porque seu sêmen não tem vitalidade suficiente para alcançar o óvulo.

— Doña Rosário, tenho mais uma curiosidade.

— Fale, filha.

— Por que algumas mulheres têm muitos homens, enquanto outras, um só, e, às vezes, casam até sem amor, só para não ficarem difamadas ou com o estigma de solteironas ou titias?

Doña Rosário respondeu:

— O motivo é que nós temos o instinto animal. Os animais irracionais sentem desejo de fazer sexo com fêmeas que tenham coito com vários animais, pelo fato de que o cheiro do sêmen de outros os atraem. Do mesmo modo, o homem, que é um animal racional, sente atração pelo cheiro do esperma de outros homens, e as mulheres que se dizem "fáceis" são muito desejadas, não porque sejam melhores que qualquer outra mulher, mas por elas não se importarem com a censura da sociedade, e fazem o jogo da sedução. **O homem gosta do próprio cheiro.** Já as mulheres verdadeiras têm seus predicados, são mais seletivas e não desejam homens mulherengos e vulgares. Sentem que esses homens não vão ser sinceros com elas. A maioria das mulheres sinceras possui um único relacionamento, portanto, não exala esse cheiro de macho. Os pobres homens pensam que estão apaixonados pelas mulheres que vivem na clandestinidade, mas na verdade eles gostam do cheiro deixado por outros homens. **Quanta masculinidade!**

Essas mulheres são muito procuradas, mesmo que sejam feias e tenham mau caráter. É que elas também sentem desejo por vários homens e gozam duplamente. As mulheres e os homens desse tipo estão sendo enganados no próprio respeito por sua ignorância.

Doña Rosário fez uma pausa e continuou:

— Bem, Carmel, é melhor descansarmos um pouco. Podemos continuar nossa conversa num outro dia. Procure relaxar e refletir sobre tudo o que lhe falei, assim saberá o que é melhor para você. Mas tenha consciência de uma coisa, filha: seu marido não é o único homem do mundo e você é mulher suficiente para saber o que o destino lhe reserva. Pode ser que Felipe não seja o homem da sua vida. O amor e o sexo estão dentro do seu corpo e também do seu coração, e isso pertence somente a você. O que é nosso deve ser usado de uma maneira sadia, para que seja bom e nos dê prazer, pois só assim daremos prazer ao homem que amarmos. Dessa forma, seremos amados verdadeiramente.

Doña Rosário também falou sobre destino, respeito e felicidade:

— Todas as pessoas têm seu destino traçado, mas nós podemos mudar o curso dele; para isso, devemos estar ao lado de quem nos valorize, apóie e ainda nos ajude a evoluir, como homens e mulheres. O relacionamento é algo difícil e delicado, requer paciência e predisposição. Cada um tem raízes e costumes diferentes, por isso existem educações distintas. Você, querida, jamais transformará a essência de seu marido. Depois de entender bem isso, procure encontrar em você o prazer de viver feliz. A natureza, de alguma forma, nos ensina e nos conduz à felicidade. Você há de ser uma mulher realizada, porque é inteligente e sábia, saberá discernir entre o certo e o errado. Nunca deixe que alguém a despreze ou machuque com palavras ou gestos indecentes e grosseiros. Antes de tudo, você deve se respeitar e saber usar a sensualidade com sabedoria, inteligência e lealdade, não ferindo seus princípios nem os do próximo. Este mundo é muito pequeno e podemos perceber tudo no **AR**. Nada fica oculto por muito tempo, pois a verdade sempre vem à tona. Use sua integridade e sabedoria, porque sempre saberemos se nossos maridos estão nos traindo, o que leva ao **fim** do matrimônio, mesmo que o casal viva junto até a morte. Nós, mulheres, temos ainda nossos instintos para perceber um risinho aqui, um olhar prolongado ou encontros premeditados longe dos nossos olhos.

Para encerrar a conversa, doña Rosário disse com firmeza:

— **Preste atenção!** Os homens são muito burros e deixam transparecer seus pensamentos mais secretos e ocultos. Nessa altura, depois de tanta traição, muitas vezes, a mulher fica com o marido, mesmo sabendo que ele a trai de várias maneiras, não só com mulheres, mas em relação a dinheiro, amizades, negócios etc. Não vale a pena comentar, mas nós sabemos o companheiro que temos ao nosso lado. Por isso, devemos respeitar e amar a nós mesmas, e nunca colocar nossas expectativas nos outros. Jamais!

Depois dessas palavras, as duas mulheres sorriram com cumplicidade, compreenderam e compartilharam sua sabedoria. Agora Carmel estava com suas dúvidas esclarecidas. A conversa fora um pouco longa e cansativa, mas valera a pena.

Basta prestar atenção, porque a própria vida nos ensina.

As amigas se abraçaram e tomaram um licor de romã para brindar a libertação psicológica e a sexualidade livre e sadia.

— Afinal, o que é pecado? — perguntou doña Rosário. — Quem inventou o que é chamado de pecado deve ter sido o maior pecador! Você conheceu essa pessoa, filha?

— Não! — respondeu Carmel.

— **Nem eu.** Então, nada é pecado! Podemos tudo quando desejamos ser felizes, desde que seja sem magoar ninguém e respeitando nossos limites e os do próximo. Pecado mortal é humilhar uma pessoa, ser mau caráter, não respeitar o seu semelhante, entre outras atitudes inferiores do ser humano. Para não cometermos esses pecados mortais, *Dios* nos deu sabedoria e inteligência. Se há pessoas infelizes no amor, é porque são desinformadas e não dão o devido valor a si mesmas. Bem, Carmel, minha *niña, Dios* lhe dê paz e alegria para desfrutar sem culpas e sem pecados as bênçãos com que Ele nos brindou. Aproveite a vida, que é a maior **dádiva** que *Dios* nos deu. Jamais permita que alguém lhe tire esse tesouro. **Seja feliz, muito feliz, e fique em paz!**

Capítulo 20

O SEGREDO

Depois de sair da fazenda da família Rodrigues, Carmel percorreu vários quilômetros até chegar à aldeia, onde se localizava o comércio e vendiam de tudo um pouco. Estava preocupada e tensa, e para espairecer resolveu entrar em um dos armazéns e comprar algumas frutas muito saborosas que eram nativas da região.

Devido ao calor intenso da abençoada terra, Carmel usava roupas mais leves e soltas — inclusive, fez um xale de crochê vermelho de fibras naturais tingidas com diversos tipos de sementes, como o urucum e outras sementes usadas pelos índios para pintar o corpo. O chalé era vermelho, semelhante ao que usava outrora, trazido da Espanha e do qual gostava muito, mas que não podia usar por ser de pura lã, portanto, muito quente para o clima da região.

Na Bahia, as mulheres tinham o hábito de usar muitos babados e tons claros, principalmente o branco. Assim, Carmel começou a usar vestidos de alças, mas sempre com o xale sobre os ombros, pois o marido ciumento não permitia que parte alguma de seu corpo ficasse exposta. Aos poucos, Carmel foi deixando de lado as roupas que trouxera da Espanha, mas sem sair das características de sua origem, por isso, habitualmente, usava algum detalhe que a destacava entre as mulheres da aldeia.

Carmel prosseguiu seu caminho em direção à sua cabana, quando ouviu vozes dizendo:

— Corram! Venham ver a espanholinha do xale vermelho. Ela está passando por aqui!

Carmel voltou seu olhar e observou alguns sobrados coloridos pintados com cores muito vibrantes, como o rosa-choque, amarelo e azul intenso. Mulheres enfeitadas com flores e turbantes coloridos na cabeça estavam debruçadas nas janelas também pintadas com cores fortes. Carmel logo percebeu que eram casas diferentes da sua.

Ao lado das casas havia várias igrejas com santos de barro nas portas de entrada. Carmel continuou andando silenciosamente pelo caminho íngreme daquela rua de pedras que fora feita por escravos, levando em uma das suas mãos a sacola com frutas e segurando com a outra as pontas do seu xale, mantendo os ombros bem cobertos, para não deixar à mostra as alças do seu vestido esvoaçante.

Mais à frente, ouviu novamente as vozes das mulheres dizendo em bom som e em coro:

— Olhem só a espanholinha do xale vermelho! Ela é a própria "prostituta do lar"!

Outra mulher disse:

— Ela não sabe, mas a diferença está só no ambiente em que habita; uma está em seu lar e a outra, no prostíbulo. Porém, nós, mulheres, temos a mesma serventia, a diferença é que no lar a mulher não recebe o pagamento pelo sexo que pratica.

Carmel olhou para cima e percebeu de onde vinham as vozes. Inconformada, olhou para os lados e não viu ninguém. Dessa forma, pensou: "Estas vozes estão se referindo à minha pessoa?" Parou, olhou novamente, e teve a certeza de que eram para ela aquelas palavras. Sentiu um forte desejo de entrar naquela casa. Mas como? Aquele ambiente não lhe pertencia, eram mulheres diferentes das do seu convívio. Nesse momento, sentiu como o seu preconceito era grande. De acordo com seu princípio de vida, não desejava ter aqueles sentimentos, mas era inevitável. No entanto, sabia que nós, mulheres, somos todas iguais.

Nervosa, Carmel pensou em seguir seu caminho, mas tomou coragem, ajeitou seu xale e se dirigiu a uma das casas, entrando com tanta fúria que, por pouco, não derrubou a cortina de conchinhas do mar pendurada no batente da porta.

Ao entrar, sentiu o cheiro forte de perfume que exalava de todas as frestas. Deparou-se com uma ampla sala toda enfeitada com bandeirolas coloridas e cheia de cadeiras dispostas como em um salão de baile. Carmel não estava enganada, era isso mesmo: um lugar para dançar! Também observou várias portas, todas fechadas. Apesar do barulho que fizera ao entrar, ninguém apareceu para recebê-la. Carmel bateu palmas e perguntou:

— Quem mora aqui? Quero conversar com as mulheres que estavam na janela.

Em seguida, surgiu uma senhora muito bonita e atraente, aparentando meia-idade. Tinha a pele clara e cabelos compridos presos em um dos lados por uma flor vermelha. Seu belo corpo estava envolto por um penhoar de seda estampada com grandes flores verdes e vermelhas. Um laçarote preto marcava sua cintura, destacando os belos seios deixados à mostra pelo amplo decote, e trazia nas mãos um vistoso leque chinês. Quando se movimentava, exibia suas sensuais pernas através de uma profunda fenda no penhoar colorido.

A senhora bonita e extravagante dirigiu-se a Carmel com certo desdém, e disse:

— O que a sinhá está fazendo aqui? Não percebeu que este não é o seu lugar? Acaso veio pedir emprego ou um prato de comida?

Carmel, indignada e muito irritada, respondeu:

— Não vim pedir emprego, nem tampouco um prato de comida! Só desejo saber por que as moças na janela me chamaram de "prostituta do lar". Por acaso sabem quem sou, ou como vivo? Sei quem vocês são e o que fazem aqui, no entanto, **não as censuro. Eu as respeito!**

A atrativa senhora disse, rindo debochadamente:

— Quem não conhece a espanholinha do xale vermelho? Todas nós sabemos que a sinhá é uma missionária e ajuda as mulheres do arraial, mas nós... A sinhá tem preconceito? — perguntou desolada. — Saiba que todas nós já ouvimos falar da espanholinha desbravadora que luta pelas mulheres. Tínhamos muita vontade de conhecê-la pessoalmente, pois temos profunda admiração pelo que a sinhá faz, mas achávamos quase impossível que um dia viesse aqui, já que visita todas as mulheres do arraial, menos nós.

Aquela senhora manteve o sorriso tristonho na face enquanto falava, convidando Carmel com timidez:

— Quer sentar-se e tomar um licor de jenipapo? Assim, poderemos conversar mais à vontade. Se a sinhá permitir, é claro!

Carmel ficou sem jeito, mas percebeu que aquela senhora era de boa índole. Apesar de ter princípios morais diferentes dos seus, mostrava-se bondosa, atenciosa e a tratava com delicadeza. Sendo assim, resolveu aceitar o licor.

Dona Suzette, que era a cafetina do prostíbulo, chamou as outras moças que estavam na casa e disse:

— Venham, meninas! Vocês vão conhecer a "prostituta do lar" — disse essas palavras naturalmente.

Carmel não gostou do que ouvira e respondeu em tom ofensivo:

— Meu nome é Carmel!

— Então, sinhá Carmel, venha para a cozinha, estou fazendo doce de abóbora. Se quiser, pode até levar para sua casa. Preciso fazer um tacho grande, porque mais tarde chegarão muitos homens, e, por vezes, vêm para fazer suas refeições. Como aqui não é uma pensão, mas um prostíbulo, sirvo alguns salgados e doces que faço durante o dia. Também é melhor que a sinhá não fique aí na sala, pois se aparecer algum freguês poderá julgá-la mal.

Dona Suzette riu de um jeito muito engraçado, tentando descontrair a espanholinha naquela situação embaraçosa.

Carmel sentou e todas as moças, uma mais linda que a outra, sentaram confortavelmente no chão à sua volta. Elas mexiam delicadamente em seu xale, enquanto a olhavam com carinho e admiração. Curiosamente, perguntaram como ela teceu o xale, qual a trama usada, pois era muito diferente.

Carmel, simpaticamente e já gostando das novas amigas, respondeu:

— É fácil! Basta pegar algumas ramas dessas que estão nos campos próximos ao arraial, desfiá-las, tingi-las e depois entrelaçá-las. É mais ou menos um trabalho como esse que vocês fazem para suas janelas.

Sorrindo, uma das jovens perguntou:

— Ele é tão bonito! A sinhá nos ensinaria a fazer um igual?

— É claro que ensino!

— Só tem um problema — disse a moça. — Nós não podemos sair daqui. Somos proibidas e vigiadas pelo jagunço, que é nosso dono. Ele leva a maior parte do dinheiro que nós ganhamos para deitar com qualquer homem.

— Pois bem, virei para cá e ensinarei vocês aqui na cozinha. Estão de acordo?

As moças, que estavam sentadas com as pernas entrelaçadas e exibindo a beleza de seus exuberantes seios, riram demonstrando felicidade. Carmel percebeu que eram pessoas carinhosas, apesar da descompostura. Afinal, para elas, aquela maneira diferente e extravagante de ser era normal.

Enquanto conversavam, Carmel observou as mulheres atentamente, e percebeu que usavam uma maquiagem bem exótica, e suas roupas excessivamente transparentes eram muito coloridas e sensuais. Mas eram pessoas gentis; a diferença estava apenas no seu modo de viver, mais nada!

Por instantes, ficou em silêncio e sentiu um enorme desejo de conhecê-las mais profundamente, pois eram mulheres como ela, tinham os mesmos sentimentos.

Depois de algum tempo, sentindo-se ainda intrigada, Carmel perguntou aflita:

— Quero saber, por que vocês me chamaram de "prostituta do lar"? Sou apenas uma mulher que cuida dos afazeres da minha casa e da família, sou uma missionária sempre disposta a ajudar as pessoas que precisam dos meus auxílios. Ritinha, minha fiel amiga e companheira, e eu cuidamos de todos os que vêm à nossa procura, principalmente mulheres e crianças.

— Não era nossa intenção ofendê-la, sinhá! — disse uma delas. — Nunca a vimos por aqui, mas sabemos quanto é bondosa e prestativa, por isso não merece...

Por instantes, um silêncio profundo tomou conta do ambiente, mas rapidamente Carmel quebrou o mal-estar, dizendo:

— O que está tentando me dizer, hein? Fale, por favor, não faça cerimônia. Seja o que for, pode falar, afinal, somos **"mulheres e adultas"; somos iguais!**

A moça olhou para dona Suzette, que fez um sinal com a cabeça para que prosseguisse.

— Está bem, sinhá!

Meio sem jeito, a moça continuou.

— A senhora sabe que seu marido tem outra família?

Carmel empalideceu imediatamente, o seu sangue parecia ter se esvaído do seu corpo. Mesmo assim, disse:

— O que está dizendo? Por favor, continue!

— Nós conhecemos bem seu marido, o senhor Felipe, afinal vem aqui todos os dias, e sabemos que tem outra mulher e dois filhos.

Carmel sentiu o seu corpo desfalecer. Agora já não tinha dúvidas das traições de seu marido, mas o que ela nunca imaginou é que Felipe tivesse filhos.

— Inclusive, sinhá, o senhor Felipe fez um festão no casamento dele com a sinhazinha Adelaide. Só que, algum tempo depois, ele abandonou a família e nunca mais os ajudou. A pobre mulher vive escondida em uma fazenda muito distante, de difícil acesso e constantemente vigiada por jagunços, para que não se atreva a procurar o marido. Se ela se arriscar a entrar mata adentro, ninguém mais a encontrará.

Carmel estava desnorteada, e lágrimas desconsoladas rolavam por sua face, causando piedade em todas as mulheres. Certamente somos todas iguais, cada qual com o seu destino.

— Perdão por ter contado esse segredo, mas a sinhá não merece ser enganada assim. E a sinhazinha Adelaide também não — disse a moça. — As duas são vítimas do mesmo homem. Ela é uma boa pessoa, mas, como vive muito longe do arraial, nem imagina que o senhor Felipe é casado com outra mulher, e ainda por cima estrangeira.

Carmel, indignada, disse:

— Eu não só vivo com Felipe, como também sou casada pela lei de *Dios* e dos homens. Ele é meu legítimo marido! — Carmel tentava se refazer enquanto falava.

— Sinhá, é um casamento ilegal! Homem que se casa com duas mulheres é o diabo em forma de gente, pois engana as duas pessoas que se dedicam totalmente a ele. Os homens só nos usam para o sexo, e mais nada. Para nós, o que importa é que somos pagas para isso. Por outro lado, todas nós temos o sonho de um dia sairmos daqui e termos uma família linda, cheia de amor e filhos!

Madame Suzette ouvia tudo em silêncio, e concordando com as moças disse:

— Esses homens sem escrúpulos usam as mulheres como objetos, e nada mais. Quando não se interessam mais por elas, as deixam de lado como se fossem qualquer coisa, por isso dizemos que existe a "puta do lar e a puta da zona" — ela disse essas palavras de uma forma franca e natural.

Carmel, arrasada, não queria acreditar no que ouvira, embora praticamente já esperasse por isso, porque, apesar de não ter experiência, tinha discernimento suficiente para saber sobre os contratempos que aconteciam na vida, conhecia as pessoas pelo olhar, por uma palavra ou um simples gesto diferenciado.

Naquele momento, Carmel sentiu como se estivesse carregando um fardo muito pesado nas costas. Dentro dela, surgiram sentimentos de revolta, fúria e desprezo. Era muito difícil aceitar aquela situação, por isso, permaneceu longo tempo em silêncio, com os olhos fechados, como se estivesse procurando forças no fundo de sua alma. Depois, abriu os olhos lentamente e olhou ao seu redor. Desejava acreditar que tudo não passava de um sonho ruim, um pesadelo, mas, infelizmente, era a mais pura realidade. Estava experimentando a maior desilusão de sua vida.

Por instantes, Carmel observou em silêncio as lindas moças, que os homens usavam como se fossem objetos de desejo carnal, e percebeu que já não tinha qualquer tipo de repulsa ou preconceito em relação ao trabalho delas. Aliás, Carmel sempre sentiu que um dia entraria naquele lugar, só não sabia como e quando, mas sabia que aquelas moças eram carentes de informações, ajuda e carinho.

Nesse dia, Carmel teve a certeza de que nós, mulheres, somos prisioneiras em qualquer circunstância: as irmãs de caridade vivem trancadas nos conventos, ameaçadas pela religião e vigiadas pelas madres superioras e irmãs fofoqueiras; as prostitutas devem obediência à cafetina e aos capatazes e são vigiadas por jagunços e pela sociedade que dita regras com sua falsa ética. As mulheres do lar, sufocadas pelos falsos moralismos e paternalismo que a sociedade lhes impõe, são vigiadas principalmente pelos maridos e parentes mais próximos. Essa grande e maldosa censura cai sobre as mulheres.

Algumas mulheres endemoniadas são incapazes de ser felizes e sentem inveja quando encontram outras mulheres que têm um lar honrado e feliz. Porém, elas não fazem nenhum esforço para se redimirem e se tornarem mulheres felizes com o que possuem.

Cada pessoa tem seu livre-arbítrio e Deus está sempre esperando que essas mulheres infelizes, que se fazem de vítimas e coitadinhas, se esforcem para melhorar a sua vida e também a sociedade onde vivem. Existem matrimônios muito felizes; são poucos, mas existem.

Quanta perversidade a humanidade impõe às mulheres desde que elas nascem. Até parece uma sina, um carma que nós mulheres carregamos pelo simples fato de termos nascido **"mulher"**, mais nada.

Carmel sabia que aquelas moças, como tantas outras mulheres, eram encarceradas, carentes de atenção, respeito e carinho. Mas isso elas jamais receberiam daqueles homens brutos, incapazes, imundos por fora e por dentro, com tanta maldade em seu coração machista.

Ao mesmo tempo, tinha curiosidade de saber como as prostitutas viviam. E pensava... "Com certeza, são mulheres muito vividas e experientes na parte sexual pela pobre vida que levam. Talvez pudessem ajudá-la a entender muitas coisas que ainda não estavam esclarecidas em sua mente."

Por outro lado, ela as ajudaria na prevenção de doenças e nos cuidados com a higiene pessoal. Naquele momento, havia um turbilhão de idéias conflitantes, estava conhecendo uma vida muito diferente da sua, mas com certeza sentiam as mesmas dores.

Carmel olhava aquelas mulheres extravagantes, com modos destrambelhados, que riam debochadamente, e percebeu em seus semblantes que eram mulheres extremamente carentes. Todas eram carinhosas, e trataram Carmel como se fosse uma rainha. Com certeza, jamais imaginaram que um dia a espanholinha do xale vermelho estaria naquela casa, sentada no chão ao lado delas, conversando sobre os mais diversos assuntos de interesse comum.

Carmel soube como os homens tratavam as prostitutas e como as usavam sexualmente. Só que em sua casa as coisas eram muito diferentes, pois na hora do sexo muitas situações eram proibidas. Esses homens de mau caráter não reconheciam nem admiravam o valor de sua mulher nem tampouco dos seus filhos. Falavam palavrões, eram brutos, estúpidos, tinham maus modos e pouco conversavam. Pareciam homens das cavernas, já acordavam gritando e se achavam com esse direito porque eram eles que pagavam as despesas da casa. Dessa forma grosseira, ele jamais conseguirá o carinho de sua esposa, somente o respeito, porque acima de tudo ela respeita a si mesma.

Depois do silêncio de Carmel, uma das meninas disse:

— Sabe, sinhá, uma vez chegamos a perguntar a um homem por que tratava mal a própria família que escolheu para formar o seu lar e também se alguém tinha feito algo para magoá-lo. Do que ele queria se vingar? Ele respondeu que não havia mágoa nem vingança, que era só para impor respeito, porque os assuntos dele não interessavam à sua mulher nem aos seus filhos. Tratando-os assim, eles não se atreveriam a lhe fazer perguntas sobre nada. Não convinha dar certas liberdades aos filhos nem à esposa. Se a esposa tivesse liberdade, na sua ausência certamente procuraria ter intimidade com outro homem.

E a moça finalizou:

— Esse é o pensamento da maioria desses machões. Para mim, esses homens são o ranço da sociedade paternalista, como se fossem uma doença devoradora, infelizmente!

Outra moça acrescentou:

— Preste atenção, sinhá, pois o homem ainda disse assim: "Além disso, família tem que ficar em casa! Minha vida é muito dura. Tenho que tratar de negócios, cuidar das terras, além de controlar os escravos que devo manter na chibata se quiser conseguir algum lucro. Eles são molengos e adoram encostar o corpo."

E ela continuou:

— Como um desabafo, esses homens dizem: "A mulher tem que ser mantida no cabresto, senão pode criar asas e fazer o que bem entender. Claro, depois de tanto sacrifício, temos que ter o merecido descanso e prazer; por isso vamos dançar nos bordéis e aproveitar as delícias do sexo e o prazer que vocês, mulheres gostosas e pervertidas, nos oferecem. É bom saber que estão sempre a nossa espera, com as pernas e os braços abertos e cheios de carinho. Outras vezes, vamos jogar e beber nos botecos. Nós merecemos! Afinal, somos os mantenedores da casa e damos duro no trabalho. Enquanto isso, as esposas ficam sossegadas, na boa vida, só cuidando do lar e dos filhos, portanto, elas têm a obrigação de nos satisfazer e nos servir quando queremos ter sexo de uma forma diferenciada. É só para descarregar nosso desejo **rapidinho**; embora seja muito difícil ter relações com as esposas porque elas parecem 'semivirgens', não sentem prazer. É horrível manter relação com a própria mulher, porque ela nem sabe rebolar. Porém, se soubesse, em que lugar e com quem teria aprendido a se mexer desse jeito? Isso é preocupante para nós, chefes de família. Não podemos deixar a nossa família livre, ainda mais se tivermos filhas. O que será de nós, homens honrados?"

Carmel ouvia tudo estupefata, porque sabia que o que ouvia era a mais pura realidade. E a moça continuou com suas histórias:

— Sei que a sinhá está chocada e triste pelo que soube, mas pelo menos daqui para frente não vai querer ser uma "prostituta do lar". A verdade dói, mas cura. Agora já sabe da malandragem dos homens. São quase todos assim, só pelo fato de serem homens. E nós nos arriscamos com as doenças venéreas que eles podem transmitir. A sinhá também corre o mesmo perigo — disse a moça com os olhos arregalados. — Muitas esposas são enganadas, pois esses machões dizem que chegam tarde e estão cansados por causa do trabalho, mas, na verdade, estão bebendo, dançando, jogando e divertindo-se conosco, "as mulheres da zona". Infelizmente, existem muitas mulheres na prostituição, umas por inocência, outras porque desejam ser ricas. E tem mais, há prostitutas letradas, cujos pais trabalharam muito para lhes dar um bom futuro. Essas são as verdadeiras prostitutas. É necessário que todas nós, mulheres, nos conscientizemos e tomemos alguma atitude, ou isso não vai parar por aqui. Se não tomarmos cuidado, o Brazil vai virar uma enorme Sodoma e Gomorra, como está escrito na Bíblia. Muitas mulheres que vivem para o lar e sua família morrem por doenças contagiosas que os homens levam até elas, mas ninguém nunca saberá a causa dessas mortes. As doenças não são descobertas a tempo; outras vezes, o próprio médico é que esconde tais enfermidades da família.

Carmel fez o sinal da Santa Cruz e disse:

— Desconjuro! Eu não nasci para ser latrina de homem algum. Cada pessoa com seu destino. O meu é muito diferente! Daqui em diante, me valorizarei mais e exigirei ser respeitada.

Carmel e as moças se tornaram amigas, e, quando a espanholinha estava saindo, uma delas perguntou:

— Sabe sinhá, dentro destas paredes, nós sabemos muito mais da vida desses homens do que suas esposas, porque aqui eles despejam o que têm de mais nojento.

Após concluir, a moça perguntou:

— Quando a sinhá virá nos visitar novamente? Eu queria lhe fazer várias perguntas.

— Se tem algo para perguntar, fale. Eu não tenho pressa.

— Soube que a sinhá já curou muitas mulheres e fez muitos partos difíceis. O povo comenta aqui no arraial.

— Essa é a minha missão — disse Carmel. — Sempre socorrerei quem precisar de ajuda. Faço o que estiver ao meu alcance. Mas, quando não está ao meu alcance, peço ajuda para Mãe Dica; e também tenho a Ritinha, minha fiel amiga e companheira, que está sempre ao meu lado. Mas... Por que você está tão interessada no meu trabalho?

— Precisamos da sua ajuda, sinhá.

— Em que posso ser útil? — perguntou Carmel.

Todas as moças se puseram a falar ao mesmo tempo.

— É sobre as relações sexuais. Aqui, pegamos muitas doenças, porque os homens são nojentos, sujos e nos transmitem moléstias, inclusive algumas muito graves. Soubemos que a sinhá sabe lidar com as ervas e já curou muitas mulheres do arraial, porque esses mesmos homens que nos passam as doenças também transmitem para as suas esposas e para as meninas virgens que defloram, apesar de ainda serem crianças, pois têm entre 12 e 13 anos, por vezes 9 anos.

Carmel explicou:

— Eles acham que como essas meninas são puras e ninguém buliu com elas antes, têm facilidade para curar suas enfermidades sexuais, mas não é assim. Muitas molecas inocentes morreram porque foram contaminadas por homens de mau caráter. Mesmo tendo sexo à força e engravidando, elas têm que aceitar esses homens monstruosos. Quando percebem que estão grávidas, as próprias meninas enfiam uma haste dura para perfurar o útero e abortar a criança. Muitas "mulheres do lar" usavam o talo duro da couve para tal procedimento, pois tinham vários filhos praticamente criados por pais ausentes. Porém não era isso o que elas desejavam. Praticando o aborto, as mulheres se sentem extremamente infelizes e, muitas vezes, morrem sem qualquer recurso ou assistência. Ninguém fica sabendo o motivo de sua morte prematura.

Carmel ainda explica que nesta sociedade em que as mulheres são tão reprimidas, se não abortassem, certamente a família as colocariam na rua, ou seriam espancadas até a morte. De toda a forma, não teriam saída, por isso preferiam arriscar com o aborto. Faziam isso com imensa dor no coração e luto profundo na alma e no corpo, pois é uma agressão horrível contra si mesma. Elas acham que valia a pena morrer a ter que enfrentar o pai, o arraial e ser difamada, ou mesmo morrer em um convento, como muitos casos que aconteceram por aqui. Em muitas situações, esposas que tinham muitos filhos, mas se sentiam viúvas de maridos vivos e imensamente sozinhas, também praticavam o aborto, pois o marido passava em sua própria casa vez ou outra e viajava com freqüência. Muitas vezes, quando voltava, encontrava a mulher com outro filho nos braços, e pela longa ausência achava que não era dele. Pronto... estava formado o inferno. Por esse medo, muitas vezes a esposa abortava. Ela não sabia como dizer para aquele homem chucro, pois jamais entenderia que ele a fecundara em uma das vezes que estivera em seu lar.

Dona Suzette disse:

— Para mim, esses homens têm todo o meu desprezo e não possuem o direito de tocar em um só fio de nossos cabelos. Eu procuro ajudar essas pobres meninas porque eles as usam, deixam doenças em seu corpo, colocam um filho no bucho e ainda por cima somem, e acham que somos as culpadas. Aqui no prostíbulo temos que ficar caladas, porque eles são "honrados homens de família"; por isso muitas de minhas meninas já morreram provocando o aborto. Se fosse sua esposa, eles a obrigariam a ter o filho, mas da mesma forma ela não teria ajuda ou apoio de ninguém, muito menos desses paternalistas desumanos. No arraial, ninguém quer saber de nós e se envergonha de saber como vivemos.

Dona Suzette desabafa:

— Há muitos anos deixei esta vida, e agora só cuido do estabelecimento e das molecas que são jogadas na rua como se fossem cachorros sarnentos. Pego-as na rua e as coloco aqui. Se elas gostam da nossa companhia, permanecem, e pelo menos têm um teto para se abrigarem. Deveria existir um lugar para acolher essas moças sem juízo e sem cultura, mas ninguém quer tocar neste assunto delicado.

Carmel, angustiada, disse:

— Bem, vou esclarecer algumas coisas para vocês e depois veremos o que fazer. Vocês já usaram preservativos?

— O que é isso, sinhá?

— Preservativo é como se fosse um invólucro que envolve o pênis. Vou explicar melhor: é como se fosse uma luva que se coloca no pênis do homem. Assim, ao ejacular, eles não derramam o sêmen dentro do útero da mulher. É feito de tripa de carneiro e evita o risco de gravidez, além de diminuir a chance de contrair doenças venéreas. No Egito é usado desde os mais remotos tempos. Jamais devem aceitar manter uma relação sem usar o preservativo. Sei que é difícil esses machões aceitarem isso, mas vocês têm que fazer o possível, pois sua saúde está em risco, e também a de outras mulheres, que estão dentro dos lares. Elas não imaginam o que seus maridos fazem fora de suas casas, e ainda vêm com tantas mentiras pensando que estão encobertos. Não existe no mundo algo que fique oculto entre o céu e a Terra. Um dia a verdade aparece, com certeza.

Carmel ensinou-lhes como deveriam fazer:

— Basta pegar a tripa de um animal e deixar secar ao sol. Depois, com cuidado, vão desfiando parte dela para fazer a linha com a qual poderão costurar o preservativo. Cortem a tripa em um tamanho que achem adequado e costurem uma das pontas, deixando-a bem fechada e firme. Depois, é só colocar antes da relação sexual. Mas muito cuidado! Cada uma de vocês deve ter o próprio preservativo e lavá-lo muito bem com ervas antibactericidas todas as vezes que for usado. A seguir, devem deixá-lo ao sol para secar. Por enquanto, não inventaram uma forma melhor para que possamos nos prevenir, mas com o tempo surgirão preservativos mais seguros. Existem aborteiras que as mulheres casadas procuram para fazer uma espécie de curativo com uma "lança" quente, muito quente, esterilizada no fogo. A ponta é introduzida para queimar a abertura do útero, cicatrizando e impedindo a fertilização. A prática é feita mensalmente após a menstruação, porém não evita doenças.

A aula de Carmel continuou:

— Outro procedimento muito importante é a higiene pessoal. Vocês devem lavar-se freqüentemente, cuidar da limpeza do ambiente e da roupa de cama, que deve estar sempre limpa. A próxima vez que eu vier aqui, trarei algumas ervas boas para a higiene íntima e que também servem para curar muitas doenças. Algumas dessas ervas são bem conhecidas, como a malva cheirosa e a rosa-branca silvestre, mas há muitas outras também importantes. Em outra oportunidade, falaremos mais sobre isso. Não se preocupem, porque entrarei pelo quintal, assim ninguém poderá me ver. Quando precisarem, é só mandar um mensageiro me chamar. Também conheço velhas curandeiras que benzem e curam muitos males. Nós, mulheres, precisamos aprender a nos preservar desses homens desonestos, porque eles nunca se preocupam com nossa saúde ou nossas vidas. Por serem homens, pensam que são imortais e estão acima do bem e do mal .

Carmel complementou, dizendo:

— Todos nós devemos respeitar a vida com que *Dios* nos brindou através do Seu amor infinito.

Carmel se despediu abraçando as novas amigas, engoliu o choro e se fez de forte, pois não era o momento de cair em prantos. Colocou o pequeno xale vermelho nas costas e saiu cabisbaixa, pois tivera a confirmação da traição do marido, uma das piores coisas que pode acontecer na vida de uma mulher. Embora desconfiasse, ela acreditava nele. É terrível viver com um traidor debaixo do mesmo teto. Como é possível comer e dormir ao lado de um inimigo?

Carmel pensava: "Bem, eu já esperava por isso. Já vivi muitas situações difíceis, mas hoje foi um dos piores momentos da minha vida; porém, tive muitas lições verdadeiras. Aprendi muitas coisas que eu não sabia, e agora posso ajudar as mulheres que querem impor respeito.

Presenciei frente a frente o modo como a maioria das mulheres vive: ignorando o risco que correm mesmo sem sair de casa. Eu também me arrisquei. Se não adquiri nenhuma doença foi por um milagre de *Dios*. Sinto medo porque percebi quanto eu era ignorante nesse assunto tão amedrontador."

Ao sair do prostíbulo, Carmel seguiu apressadamente para sua casa. De vez em quando, parava e soluçava como uma criança. Agora tinha certeza de que seu casamento não tinha mais solução. Chegou à sua casa com os olhos inchados e vermelhos, não conseguia parar de chorar. Seu peito apertado parecia que ia sufocá-la. Ao vê-la, Ritinha rapidamente se aproximou, mas Carmel não quis conversar, porque a dor era muito grande. Mesmo assim, a fiel amiga fez um chá calmante e levou para a amiga com muito carinho, dizendo:

— Sinhá, perdão, mas não posso vê-la tão aflita! O que aconteceu? Posso ajudá-la?

Carmel abraçou Ritinha, que muito preocupada tentou acalmá-la.

— Procure descansar, sinhá. Vou chamar Mãe Dica, e a senhora conseguirá desabafar com ela. Não suporto ver sua tristeza sem saber o que fazer.

Ritinha saiu, enquanto Carmel, assustada e muito decepcionada, continuou em prantos. Tudo o que soubera não era novidade, porque já estava desconfiada. Porém, ter a certeza era insuportável, humilhante demais para um ser humano.

Ela presenciou o sofrimento de outras mulheres, assim como o dela, e pensava: "Se eu peguei alguma enfermidade, o que vou fazer? Como vou me curar? Onde?"

O senhor Felipe a fizera de tola durante todo o tempo; e pior, ela queria muito ter filhos e ele se negava. Também pudera, ele já tinha os seus. A raiva e a decepção corroíam o coração de Carmel, e não sabia que atitude tomar.

Quando Ritinha contou para Mãe Dica o que estava acontecendo, ela ficou muito preocupada e achou melhor irem em busca de Tomé, que era amigo e confidente de Carmel. Com certeza, seria a pessoa mais indicada para ajudar a sinhá.

Ritinha e Mãe Dica saíram apressadamente e foram direto ao local em que Tomé estava de plantão. Chegando lá, perguntaram por ele a um soldado que estava no posto e disseram que a mãe de Tomé estava passando mal.

Elas acharam melhor usar esse argumento, pois "mãe é mãe", e com certeza o deixariam sair para socorrer dona Gândia. Afinal, era uma "mentira piedosa", pois precisavam ajudar a grande amiga Carmel. Tomé saiu às pressas e, muito preocupado, perguntou o que se passara com sua mãe. Mãe Dica, meio sem jeito, desmentiu o que havia falado e se explicou:

— Carma, meu fio! Discurpi temo mentido, mais num careci de ficá tão afoito. Num acunteceu nada com sua mãe. É Carmel que tá quase disfalecida e em prantu. Ainda num sabemo o que acunteceu e por carsa disso nóis carecemo de sua ajuda.

Tomé pediu licença ao seu superior, dizendo que se tratava de um problema urgente e dizia respeito à sua mãe. Subiram na carroça e foram o mais rápido possível para a casa de Carmel. Quando chegaram, Tomé soube que ela estava no quarto e se dirigiu para lá, seguido por Mãe Dica e Ritinha. O rapaz nunca tivera uma atitude tão ousada, mas era necessário, pois precisava saber o que tinha ocorrido.

Quando Carmel viu o amigo, abraçou-o forte junto ao seu peito e se consumiu em prantos. Aos poucos, ela foi se acalmando, e pôde contar ao fiel amigo tudo o que havia descoberto no prostíbulo sobre o senhor Felipe e o desgosto pelo qual estava passando.

Mãe Dica perguntou a Carmel se queria que ela e Ritinha saíssem do quarto, ao que Carmel respondeu:

— Não, minhas queridas, vocês devem saber tudo o que se passa comigo e também com outras mulheres, pois agora são as únicas pessoas que tenho nesta terra. Também preciso esclarecer Ritinha sobre o que ouvi.

Todos ficaram admirados, até horrorizados, quando souberam da traição do senhor Felipe, e tentaram ajudar Carmel dando suas opiniões, até que Mãe Dica disse:

— Si essi home num presta e nóis temo como prová, vamo inté a casa da muié dele, contamu tudo e ocê, sinhá, pode largá essi home que mais parece um bicho brabo. Se ele é casado pelas lei dos home com duas muié, pode inté sê expurso do exército, purque ele enganou eles tudo pra lucrá mais e ganhá medaia. Ele num tem diferença dos capataiz das fazenda. Só queria a sinhá purque é de famia de crasse, qui tem dinhero e fama de muler rica com nome limpo.

Tomé, que entendia de leis, argumentou:

— Ele desonrou as leis e a coroa portuguesa. Como já era casado antes e não teve filhos com a sinhá, o seu casamento pode ser anulado. Só que devemos tomar todas as providências em sigilo até termos todas as provas necessárias, para depois agir.

Carmel disse:

— Tomé, gostaria de conhecer a outra família de Felipe e, se possível, ajudá-la, porque pelo que eu soube a esposa e as crianças estão passando muitas necessidades.

Ao conseguir falar estas palavras, Carmel estava mais tranqüila, pois desabafara com seus únicos amigos. Tomé abraçou carinhosamente a amiga e disse:

— Faremos o que for preciso, e, assim que tudo estiver regularizado, a senhora poderá voltar para a Espanha e ficar ao lado de sua tão querida família.

Carmel olhou indignada para Tomé e disse:

— Isso nunca! Agora esta é a minha terra! *Dios* quis assim, e jamais me separarei dos meus amigos! Permanecerei aqui, não fugirei dos infortúnios da vida. **Tudo na vida tem solução!**

Carmel abraçou Tomé e Ritinha, enquanto Mãe Dica, que estava um pouco mais afastada, olhava com cumplicidade aquela linda e emocionante cena de amor e amizade.

Capítulo 21

FELIPE VOLTA A PORTUGAL

Naquela madrugada, quando Felipe chegou em sua casa, foi até o fogão a lenha, que ainda estava quente, e pegou uma terrina de sopa suculenta. Estava do jeito que ele gostava, e da maneira habitual saboreou-a prazerosamente.

Depois, tirou suas pesadas botas e o sufocante uniforme, pendurando-o em um cabide para que não amassasse. Despido, colocou um aconchegante camisolão de algodão, se aproximou do leito em que Carmel estava adormecida e deitou-se tranqüilamente. Em segundos, Felipe repentinamente adormeceu, mas não imaginava quanto sua vida mudaria a partir daquela noite.

Carmel, como de costume, acordou cedo para seus afazeres rotineiros. No entanto, estava inquieta, pois não sabia como falar ao marido que descobrira suas mentiras e o seu casamento chegara ao fim. Não tinha outra solução.

Carmel pensou muito... teve várias idéias... mas nada! Não admitia ser uma "prostituta do lar". Nunca mais seu marido tocaria em seu corpo, pois agora sabia quanto ele era oportunista, insensível, sem o menor respeito pelo ser humano e usava a esposa como um escudo perante a sociedade.

Carmel acordou muito cedo e foi ao jardim para tentar ordenar as idéias. Quem sabe com a brisa do mar e o perfume das flores teria mais serenidade e clareza, assim, estaria em melhores condições para encontrar uma boa saída para aquela situação tão delicada. Estava com o pensamento distante quando viu chegar um menino apressado e bastante ofegante.

Preocupada e curiosa, Carmel perguntou:

— Moleque, por que esse desespero? O que você deseja?

Quase sem fôlego e mal podendo respirar, o menino respondeu:

— Sinhá, sei que é muito cedo, mas tenho um recado urgente para o senhor Felipe... não posso esperar nem mais um minuto. Olha, esta carta veio de Portugal. É necessário que o senhor Felipe leia a carta e mande a resposta ainda hoje.

Carmel pegou a correspondência nas mãos e viu que era uma carta do rei de Portugal. Logo imaginou que, provavelmente, se tratava de algo urgente. Deu umas moedas ao moleque, que saiu correndo em disparada.

Imediatamente, Carmel voltou ao seu quarto para acordar Felipe, que dormia profundamente. Chamou, chamou e, por fim, ele acordou muito nervoso e de mau humor. A estupidez fazia parte de sua vida cotidiana, pois nunca tivera uma família íntegra para educá-lo. Ao ser despertado, disse:

— Mulher, o que aconteceu? Você parece louca! Não percebe que é muito cedo e preciso descansar? Não quero ser perturbado e nem ouvir qualquer tipo de ruído.

— Felipe, jamais o importunaria sem motivo. Veja, chegou uma carta do rei de Portugal. Deve ser algo importante, porque o mensageiro solicitou sua resposta urgente. É melhor verificar logo do que se trata.

Felipe, todo garboso, bocejou. Depois se espreguiçou lentamente e, ainda sonolento, disse:

— Não se preocupe. Deve ser um aviso para que eu possa receber uma comenda e também as honrarias pelos serviços prestados. Além do mais, certamente, mudarei de posto, pois o rei há de estar muito agradecido pelas mercadorias valiosas que tenho lhe enviado. Só pode ser isso — finalizou Felipe, torcendo o seu imenso bigode, sorrindo e se espreguiçando novamente.

— Se for assim, está ótimo — disse Carmel. — Mas acho que, se um rei manda chamar um serviçal, normalmente boa coisa não é.

Felipe, indignado, falou asperamente:

— Saia daqui, mulher! Você só diz besteira! Não sabe que no Brazil sou o braço direito do rei? Sou de grande serventia para ele.

Carmel respondeu, esboçando um leve sorriso:

— É melhor se entusiasmar quando tiver certeza. Você acha que é o único no Brazil que tem os requisitos necessários para receber essas honrarias? Devem existir outros bons soldados.

Dizendo isso, Carmel saiu do quarto para que o marido pudesse se vestir. Estava muito curiosa para saber quais seriam as recomendações que seu marido receberia do rei. Achava muita prepotência e ignorância ele pensar que era melhor que os outros soldados. "Sei muito bem qual é o trabalho dele!" — pensou Carmel, aborrecida.

Felipe tomou seu café apressadamente e saiu com os ombros para trás, passos firmes, peito empinado — parecia um peru no poleiro. Pensou que fosse o único a ser chamado pelo rei, mas, pelo caminho, encontrou vários colegas que também se dirigiam ao quartel, pois tinham recebido a mesma intimação.

Ao chegar, Felipe soube que embarcaria ao entardecer rumo a Portugal; seria um dos integrantes das tropas que defenderiam a bandeira de seu país na África. Felipe voltou para casa. Já não tinha tanta certeza da sua condecoração, pois muitos homens haviam sido chamados.

Como era seu costume, com muita estupidez, Felipe ordenou a Carmel:

— Vá fazer uma boa e suculenta bacalhoada para que eu possa levar na viagem, e na quantidade suficiente para durar alguns dias.

Carmel, que já estava indignada, resolveu falar tudo o que estava engasgado em sua garganta e envenenando o seu sangue:

— Senhor meu marido, nesta casa não entra bacalhau há muito

tempo, pois a quantia de dinheiro que me dá para os gastos não é suficiente; trago apenas o necessário para não passarmos fome. Como sabe, não compramos fiado no armazém. E tem mais! Sua mordomia nesta casa acabou! Não faço mais nada para você, entendeu? Tudo tem um fim e esse fim chegou.

Carmel, muito nervosa, disse essas palavras em tom austero. O rosto de Felipe enrubesceu de tanta raiva, e gritou:

— O que deu em você, espanholinha magricela? Como ousa desacatar as ordens de um homem de valor incontestável?

De repente, pararam a discussão, porque ouviram os soldados do batalhão e perceberam que a comitiva já estava na porta de sua casa. Felipe disse a Carmel que queria a bacalhoada quando regressasse de Portugal:

— Não se esqueça de fazer a bacalhoada para comemorarmos o recebimento da minha honraria dada pelo rei. Finalmente, vou ser reconhecido pelos meus méritos e ganharei uma medalha. Quem sabe um brasão? Já não era sem tempo! — disse orgulhosamente.

Assim que Felipe partiu, Carmel sentiu-se mais tranqüila, pois teria tempo para decidir o que fazer. Depois de alguns meses, recebeu a notícia de que Felipe permanecia como um simples soldado em missão e não voltaria tão cedo para o Brazil. Estava em combate na África à procura de diamantes clandestinos. Repleta de paz, Carmel fechou os olhos, respirou fundo e disse:

— *Dios* ouviu as minhas preces! Obrigada, meu Senhor! Vou ter tempo para me recompor, e assim saberei como conversaremos. Não desejo discutir, quero apenas que tudo seja esclarecido com muita compreensão. Porém, já não aceitarei viver em um ambiente de tanta humilhação. Ninguém me rebaixará, principalmente um homem que não respeita sua esposa. Isso nunca!

Capítulo 22

O BATISMO DE TOMÉ

Carmel estava sentada em sua cadeira de balanço. Como sempre, seu olhar melancólico estava em devaneios através da janela emoldurada pelas paredes rústicas de sua choupana.

Ao seu lado, como se ouvisse seus pensamentos mais secretos, a pequena cortina bordada, confeccionada com a mais fina e delicada renda, balançava suavemente ao vento leve, como se trouxesse saudosas lembranças dos seus familiares e da sua querida Espanha.

A melancolia corroía aos poucos seu pequeno peito, e, angustiada, chorava silenciosamente para que ninguém soubesse de sua dor.

Esses pensamentos dolorosos passavam como relâmpagos por sua mente em conflito, na qual havia muitas dúvidas e decepções. Ao mesmo tempo, o remorso e a saudade machucavam como se fossem punhais cravados em seu coração.

Para realizar os sonhos de aventura e seu querer inconseqüente, Carmel feriu vários corações que amava muito. Mas seu sonho desbravador era mais forte que a própria dor.

Nos momentos da grande decisão de mudança de vida, Carmel pensou somente no seu destino, na sua felicidade e liberdade. Em momento algum se preocupou com a dor dos seus familiares.

Carmel esquecera que uma árvore tem vários galhos e eles dependem do tronco e de suas raízes para se manterem sadios. Se apenas um galho for cortado, toda a árvore sofrerá a agressão causada e nunca mais será a mesma doadora de outrora. Sua vida mudará a partir desse momento.

Da mesma maneira, todos somos responsáveis por nossos atos quando deixamos que o coração seja arrastado pelas ilusões, pelo prazer e impulso, sem pensar no dia de amanhã. Muitas coisas podem ser ilusórias e passageiras, deixando conseqüências drásticas, por isso as pessoas não devem viver em um mundo de ilusão efêmera.

Estando já há algum tempo no Brazil, Carmel sentiu que não poderia voltar atrás. Jamais! Conselhos não lhe faltaram, mas seu ego e sua determinação falaram mais alto. Porém, de que adiantava remoer o passado sombrio se, como diz a voz do povo, "o que está feito está feito"? Existem atitudes que não têm volta. As respostas aos nossos atos vêm com a idade, pois o tempo se encarrega de trazer à tona uma reflexão dolorosa de nossas atitudes impensadas.

A solidão doía em seu peito, mas, apesar do grande sofrimento, Carmel desejava ser feliz. A vida ao lado do seu marido, Felipe, não era das mais saudáveis e amigáveis. Fora um grande engano desposar um homem que mal conhecia. Só pessoas imaturas possuem esse impulso desastroso.

Dessa forma, a união tão desejada estava se deteriorando, pois era apenas por interesses. **"Só o tempo nos ensina a conhecer realmente os nossos semelhantes!"** — pensou Carmel.

Após o casamento, Felipe demonstrou ser um homem rude, sem qualquer refinamento ou educação. Não tinha qualquer sensibilidade. Era um homem orgulhoso e prepotente, independentemente do lugar em que estivesse, principalmente na própria casa, onde se comportava como se usasse uma armadura no tórax, sempre pronto para ir à guerra.

Era muito diferente do que aparentava para a sociedade. Por ser muito ambicioso, Felipe queria ficar rico, ter *status*, e esse plano incluía Carmel ao seu lado, pois teria onde se apoiar caso enfrentasse alguma dificuldade financeira ou moral. Carmel era como um baluarte que ele exibia à sociedade.

Nesse momento, em silêncio, Carmel refletia sobre sua vida. Há muito tempo não recebia notícias do marido; só lhe restava olhar fixamente através da bela cortina de renda, uma prova de suas raízes e das lembranças agradáveis dos queridos familiares, agora tão distantes. A cortina era sua fiel companheira de solidão, silenciosa, delicada e confidente.

De repente, Carmel ouviu ao longe o ruído da porteira se abrindo. Levantou-se e, ao ver quem se aproximava, seu semblante tornou-se radiante como o sol. Seus olhos brilhavam e a alegria explodiu como mágica em seu coração. O motivo da felicidade era Tomé, seu leal amigo, que da mesma forma se alegrou ao vê-la sorridente. Existia uma empatia muito grande entre os dois.

Há pouco, enquanto divagava em seus pensamentos, Carmel perguntava a si mesma por que a presença de Tomé a deixava tão feliz. Haveria algum mistério nesse sentimento que ela não sabia definir? Mas uma coisa ela sabia: a presença dele era algo bom, saudável, calmo, doce, e serenava seus pensamentos.

Mesmo sem saber o motivo daquele sentimento agradável que sentia por Tomé, Carmel voltou a sorrir. Seu pequeno rosto corou e sua pulsação estava acelerada, provocando um profundo bem-estar.

Embora entre eles nunca tivesse acontecido nada fisicamente, a alma carente de Carmel se transformava com a presença do amigo, e sua visão sobre a vida e os sentimentos também eram outros. Tudo se tornava sem maldade; pura amizade!

Com a felicidade estampada na face, Carmel correu para abraçar seu amigo tão querido. Era impressionante sua transformação em segundos, pois há pouco estava chorosa e triste. Qual seria o segredo? Sua tez voltou a ficar rosada, seus olhos brilhantes e um belo sorriso iluminaram o ambiente.

Carmel e Tomé se abraçaram fortemente por alguns minutos, mantendo silêncio profundo. O coração dela parecia querer penetrar o corpo de Tomé, para sentir as pulsações ritmadas do coração dele, também ansioso por afeto, ternura e amizade.

Depois de saciarem suas emoções, Carmel, eufórica e inquieta, disse alegremente:

— Como é bom revê-lo, meu amigo querido! Que saudades! Estou muito feliz. Entre, vamos tomar um refresco. Hoje o dia está muito abafado, até parece que o ar parou. Os coqueiros sempre tão festivos estão inertes, sem motivação, como a minha própria vida minutos antes de você chegar. Meu amigo, o seu sorriso terno me devolve o prazer de viver e a esperança de um dia poder ser feliz. Mas que boas novas o trazem por aqui? Será uma carta da minha mãe?

— Não. Sinto muito! Só estava passando quando vi a sinhá sentada em seu canto preferido. Percebi que estava tristonha, cabisbaixa e com o pensamento muito distante daqui. A sinhá sabe... não gosto de vê-la triste. Posso ajudá-la em alguma coisa?

Com ar desolado, Carmel respondeu:

— Ah, meu amigo, como eu queria que pudesse me ajudar, mas não podemos fazer nada a respeito dos meus sentimentos. São dores da alma que os remédios não curam, por vezes, nem as próprias palavras. Minutos antes de você chegar, sentia-me dentro de um casulo, quase sem respiração, meu coração sufocado por tanta angústia batia lentamente no meu peito.

Tomé insistiu sorrindo:

— Quem sabe com um dedinho de prosa eu possa vê-la sorrir. Vamos tentar, sinhá? Às vezes, uma boa conversa pode curar até grandes enfermidades quando se trata de coisas do coração. Vamos lá, deixe que eu enxugue essa lágrima que insiste em sair desses olhinhos tristonhos. Sou seu amigo, e os amigos de verdade nós não escolhemos. Oxalá os aproxima somente para unir forças e, assim, cumprir suas missões. Laços afetivos servem para que possamos ajudar uns aos outros. O acaso não existe. Oxalá é quem sabe por que as pessoas se encontram. Já é o suficiente!

Carmel, que prestava muita atenção nas palavras sábias de Tomé, concordou e disse:

— Tem razão, Tomé! O importante é ser feliz, pois o tenho como amigo e me sinto imensamente grata por sua amizade. É o bastante!

Fico tranqüila por saber que tenho ao meu lado alguém tão sincero e que me quer bem. Sendo assim, posso desabafar com você sem medo de críticas ou censuras.

— Mas, sinhá, amigo que é amigo não censura, apóia, aconselha e consola — disse Tomé, acariciando delicadamente os cabelos de Carmel.

— É verdade, Tomé. Mas mesmo com a sua amizade ainda tenho várias dúvidas e pensamentos aflitivos. Sinto uma dor tão grande no peito que chega a me sufocar. O remorso machuca minha alma! E, quando sentimos remorso, não sabemos o que fazer.

Tomé colocou suas mãos grandes e negras sobre as suaves e brancas mãos de Carmel e, olhando em seus olhos, disse carinhosamente:

— Sinhá, permite que eu a leve até um lugar de grande beleza e luz? Quem sabe lá encontrará a paz que tanto procura e também o perdão!

Surpresa, Carmel perguntou:

— Mas onde está essa paz e a luz que eu não conheço?

— É bem longe daqui, sinhá. O caminho é difícil. Muitos serão chamados, porém poucos serão escolhidos.

— Mas por quê?

— É preciso ter perseverança, paciência, renúncia e muita fé. Lá, existe muita claridade e os raios de luz que vêm do céu atravessam as grandes árvores, montanhas, cachoeiras e matas fechadas. A sinhazinha verá um enorme rio de água doce e transparente. Quando olhamos ao longe, podemos ver um arco-íris, com todo o esplendor de suas luzes coloridas, que desponta de um lado ao outro, iluminando o céu com suas cores vibrantes. As flores são tão perfumadas que o aroma envolve toda a floresta.

— Mas, Tomé, você nunca me falou desse lugar tão maravilhoso e encantador!

— Sinhá, ainda não era hora. Tudo nesta vida tem seu momento certo, seja o que for. Por isso, precisamos estar sempre atentos a todos os sinais que Oxalá nos envia por meio de situações e pessoas. Ele fala conosco através de sinais, só não os vê quem não quer. Esses sinais são mensagens preciosas para corrigir nossos erros. Pode ser um desgosto inesperado, uma grande alegria ou uma oportunidade com que nos deparamos. Muitas vezes, Oxalá aparece da maneira que menos esperamos. Quando o aguardamos de um lado, Ele chega pelo outro! Ele sabe tudo — vê o que acontece ao nosso redor e nos avisa sempre de todos os fatos. Por isso é o Pai de todos, e, independentemente da crença, raça ou cor, somos protegidos por seus anjos e por seu escudo infalível. Oxalá é sempre justo com seus filhos! Se precisar dar mel, Ele dará, mas se necessitar dar fel, assim será. Tudo depende da nossa conduta e lealdade.

Carmel argumentou, admirada:

— Na minha crença não se prega dessa maneira. Esse *Dios* que vocês falam, ou seja, Oxalá, está sempre espionando nossas atitudes, vê nossos pecados e nos dá a impressão de que só fazemos coisas erradas. Se não nos comportamos de acordo com suas leis, quando morrermos, iremos direto para o inferno, sem direito a perdão.

— Sabe, sinhá, o Oxalá que conheço não julga ninguém. Existe uma só lei, e essa lei é universal. O Pai só dá graças, bênçãos, e perdoa as pessoas que têm fé no coração e se arrependem de seus erros e injustiças. Somos pecadores por alguma coisa indevida que praticamos, por isso, precisamos perdoar a nós mesmos e ao próximo. Se as pessoas quiserem seguir as leis e os caminhos de Oxalá, basta serem sinceras e puras de coração.

— Mas só é preciso isso para entrar no reino do céu? — perguntou Carmel, sem acreditar.

Tomé disse calmamente:

— Às vezes, as coisas mais simples são mais difíceis de cumprir, porque **Oxalá é amor**, e o amor é natural apenas para quem tem humildade e pureza na alma. Podemos ser ricos materialmente, porém, se não distribuirmos os bens materiais nesta vida, onde nosso tempo é tão limitado, seremos miseravelmente pobres. No entanto, se tivermos saúde suficiente para trabalhar e nos manter, os acomodados pedintes que esperam esmolas serão amaldiçoados pela flecha certeira de Oxalá, porque, dessa forma, estarão vivendo à custa dos nossos irmãos justos e trabalhadores. Já os pobres, que não possuem bens materiais, se forem ricos de coração, espírito e bondosos de alma, com certeza ganharão o reino dos céus, suas glórias, e serão abençoados na prosperidade material.

Impaciente, Carmel disse:

— Então, vamos rápido! Quero conhecer esse paraíso!

Calmamente, Tomé respondeu:

— Se a sinhá quiser, iremos amanhã, antes do amanhecer. Será prudente irmos com a carroça de bois, embora seja mais demorado, é mais seguro. Os capatazes dos fazendeiros preferem os cavalos porque correm mais, mas ninguém suspeitará de uma carroça lenta que faz pouco barulho na floresta.

Carmel, curiosa, perguntou:

— Tomé, como você conheceu esse lugar?

— Bem, estava a serviço do exército. Enquanto caminhava mata adentro, me deparei com uma clareira, onde observei uma luminosidade intensa. Tive a impressão de que alguém estava me chamando e apontando o caminho para mim. Fui carpindo, abrindo clareiras e fazendo picadas no caminho para não perder o rumo da volta. Aos poucos, fui me embrenhando na floresta sem receio, e me sentia protegido pela grande luz. Em instantes, pude ver as maravilhosas cores cintilantes de um enorme arco-íris multicolorido, que chamou minha atenção por sua imensa beleza! Senti vontade de me aproximar para poder vê-lo melhor, e assim o fiz.

Carmel mantinha a curiosidade e queria saber de tudo. Tomé continuou narrando:

— Quando lá cheguei, vi que o arco-íris apontava para um templo onde havia um enorme trono de jade, e nele um jovem Senhor com semblante calmo e luminoso; irreal para nós, simples mortais. Ao seu lado, estava uma senhora delicada, meiga, com o mesmo semblante sereno, transmitindo muita doçura, firmeza e paz. Sua veste branca brilhava como um cristal fosco, emoldurada por um manto azul celeste rebordado com finos fios prateados. Na cabeça, ostentava uma simples e pequena coroa que brilhava a distância. Essa senhora de rosto cândido segurou delicadamente minhas mãos rústicas com as suas de uma pele morna, macia e aveludada, e me conduziu por uma espécie de gruta. Senti uma imensa proteção jamais experimentada. O meu coração era só alegria, mas, pela exultação que sentia, sabia que era um sentimento realmente muito diferente de outros eufóricos que expressam contentamento. Era algo indescritível!

Carmel estava cada vez mais ansiosa, e Tomé continuou a narrativa:

— Fui conduzido ao trono de jade, onde estava um Senhor que

parecia ter pouco mais de 40 anos. Era realmente jovem, tinha a fisionomia iluminada e seu semblante transmitia algo que não posso definir. Não conseguia vê-lo nitidamente, porque era translúcido como se estivesse envolto por névoa, mas pude perceber que sua tez era firme e morena, como a de um indiano. Um homem delicado, com algo misterioso em seu olhar, pois a luz de seus olhos refletia para todos os lados. Impossível fitar tão grande luminosidade. Tinha os cabelos semilongos escuros e a boca bem delineada favorecida pela barba bem-feita, como se tivesse sido esculpida por alguém. Seus olhos escuros e serenos olhavam-me, como se quisessem penetrar em minha alma. Era a imagem que eu desejava ver com os olhos da minha alma. Realmente, sem a minha simplicidade, seria quase impossível enxergar e tirar as minhas conclusões. O grande avatar olhava-me, dedicando-se somente à minha pessoa. Eu precisava aprender para poder auxiliar outros irmãos na fé. Vez ou outra, seus olhos iluminavam como faíscas, tamanha era a sua concentração para a minha cura espiritual. A luz que emanava penetrava em minhas entranhas. Eu me esforçava muito para enxergar nitidamente, mas era impossível; eu não estava preparado para ver tanta beleza. A luminosidade cobria o seu belo rosto translúcido, por isso não pude vê-lo claramente. Por instantes, tive algumas visões rápidas, mas a claridade poderia provocar em mim uma cegueira total.

Emocionado, Tomé continuou sua história:

— Nesse momento, percebi que estava completamente curado das minhas feridas internas! Minhas dores e o meu passado ficaram distantes da minha pessoa, só o presente era real. Sentia-me imobilizado, sem saber como agir. Nesse momento, o Senhor levantou-se do trono e pude notar suas vestes claras, de tecido leve, envoltas pelo manto vermelho escarlate. As sandálias que usava tinham um formato diferente das nossas e nunca vi outras iguais; eram de couro e meio achatadas. O jovem falava comigo através da mente. Só eu podia ouvi-lo e responder da mesma maneira.

Carmel observava Tomé atentamente, imobilizada, quase sem respirar, pois não queria perder uma só palavra.

— Diga, Tomé, o que ele falou?

Para desencanto de Carmel, o rapaz disse:

— Sinhá, não posso dizer nada, porque a conversa foi entre Ele e minha alma, não propriamente comigo. Mesmo assim, sinto em meu coração tudo o que me ensinou. Jamais esquecerei! Acredito que não exista expressão escrita ou falada para traduzir seus ensinamentos de consolo, paz e amor. Essas palavras ficaram gravadas no meu coração, no meu ser e na minha alma. Quem quiser ter esta experiência deve fazer como eu: ir até lá, e, se for merecedor dos grandes milagres da vida, viverá a experiência da mesma forma que eu vivi. A voz humana é limitada, jamais conseguiria dizer o que senti. Desculpe-me, sinhá... só sei que fui tomado por um calor interno muito agradável e, nesse momento de entrega total, percebi que estaria eternamente nas mãos do Senhor, porque senti que Ele tinha uma proposta de fé e o compromisso comigo e suas leis. Assim, lhe entreguei meu coração, minha vida e a minha alma, até então enferma e pecadora.

Cada vez mais emocionado, Tomé continuou sua explicação:

— Recordo-me apenas de algumas palavras que Ele disse: "Tomé, és meu filho legítimo e estás inscrito no livro da eternidade. A partir de agora, és outro homem, escolhido por mim mesmo antes de teu nascimento, quando te encontravas no útero de tua mãe. És meu eleito para ajudar outras pessoas."

Carmel, cada vez mais admirada, falou:

— Tomé, é lindo demais! Como pôde guardar esse segredo durante tanto tempo?

— Nós, seres humanos, devemos manter nossos segredos guardados no coração até encontrarmos alguém merecedor para compartilhá-los. Oxalá murmura em nossos ouvidos quem é a pessoa certa, por isso o silêncio é precioso!

Carmel não se continha de contentamento com as maravilhas que estava ouvindo. Sendo católica desde que nascera, sentiu-se revoltada com seus pais e também com os padres da paróquia, que não lhe revelaram que a verdadeira religião encontrava-se na fé, na caridade e nos milagres da vida. Devemos vigiar nossas vidas para ter um Deus amigo e companheiro de todas as horas.

— Calma, sinhá! Esse é um assunto delicado. Devemos ter discernimento com nossos comentários para não falar com qualquer pessoa, porque poucas têm a sabedoria e a evolução necessárias para o entendimento. Por isso algumas pessoas precisam de roupagem e fantasias para entender sua fé, necessitam estudar mais e aprender a se doar para compreender a palavra do Senhor. Oxalá só revela sua face para as pessoas preparadas; é melhor não dizer nada a ninguém para não ser ridicularizado. Nunca devemos deixar que um ignorante zombe da palavra do Senhor e de quem é filho do Pai Celestial.

Carmel permanecia em silêncio. Queria aprender mais e absorver cada palavra.

— Quero ir até lá, meu amigo. Imediatamente!

Tentando acalmar a ansiedade de Carmel, Tomé disse:

— Agora não é possível. Tudo tem sua hora. Mas vou contar mais algumas coisas que consigo me lembrar. Por favor, Carmel, fique em silêncio e ajude-me com sua mente para que eu possa prosseguir. Estas palavras são fatos e se dissolvem como uma gota de orvalho ao despontar do sol. Se for interrompido, poderei esquecer as dádivas ensinadas por Oxalá. Quem abrir seu coração para Ele terá Seu consolo. Quem acreditar deve pedir e encontrará.

— Está bem. Ficarei em silêncio.

Tomé continuou:

— Quando o Senhor ficou em pé, notei que o ambiente se iluminou. Tudo estava calmo, sereno e perfumado. Colocou suas mãos quentes sobre meus cabelos sem tocar nenhum fio, mas, mesmo assim, pude sentir o calor. Tive a sensação de que de suas mãos saíam pequenas faíscas, umas prateadas, outras douradas, que cobriam todo o meu corpo, como se fosse o fogo queimando as impurezas que eu ainda guardava. Todo o passado triste e sofrido foi tirado da minha mente e apagado para sempre. Agora sou um homem liberto das trevas e abençoado por saber que sou filho de Oxalá, nosso Pai. Depois, ele pediu à senhora de veste branca e azul que eu me despisse das roupas de cima, que eram grossas e pesadas. Também deveria deixar de lado os facões e o rifle. Fiz o que disseram, usando a mente para conduzir-me.

Carmel parecia que ia estourar de tanta curiosidade:

— Diga logo, Tomé, por favor!

O rapaz olhou para Carmel com olhar de censura, afinal, ela devia entender que tudo o que estava relatando era para seu maior esclarecimento espiritual. Assim, a repreendeu, dizendo:

— A sinhá disse que ia ficar calada, mas não pára de falar. Como posso me lembrar de coisas tão sutis, etéreas, quase imperceptíveis? Eu só estou contando porque sei que o Senhor tem um propósito e quer que a sinhá se aproxime Dele.

— Qual é o propósito? — perguntou Carmel.

Tomé, já decepcionado, disse:

— Ah! Como cansa pregar a palavra do Senhor para as pessoas incrédulas; analfabetas na fé.

Carmel percebeu que Tomé estava impaciente.

— Este assunto é muito sério para ser quebrado com tantas palavras desnecessárias.

Carmel entendeu e ficou em silêncio. Tomé voltou a falar, pois compreendeu que pessoas que não conhecem a palavra do Senhor têm dificuldades para entender. Agia como um fiel e paciente cristão.

— Bem, o rio estava repleto de folhagens, flores e peixinhos coloridos, parecia que a floresta estava em festa. Os pássaros revoavam e assobiavam belas melodias ao meu redor. Estando já na beira do rio, o Senhor conduziu-me até as águas cristalinas e derramou Suas bênçãos sobre minha cabeça, falando-me com a força da transmissão de Sua mente:

"Tu, Tomé, serás batizado pela fé, pela água e pelo fogo do esquecimento. A **fé** Eu te dou para que possas caminhar e ter consciência dos teus atos; é a certeza de que estarei sempre presente em tua vida até o fim dos tempos. A **água**, para lavar e purificar teus pecados, e a herança genética que vem de teus antepassados. Não terás maldição familiar porque a água te purificou e te abençoou. O **fogo** é para queimar tudo o que não for pela vontade do Senhor da Luz."

Carmel se manteve quieta e atenta à narrativa de Tomé:

— E o Senhor continou: "Nada mais que não seja pela lei de meu Pai o atingirá, e cairão por terra todas as palavras de maldição, os feitiços e as macumbas que os malfeitores lançarem sobre ti e a tua raça negra. Um dia, o mundo e seus descendentes saberão que a humanidade teve início na África, e os povos se unirão porque são irmãos de sangue. Todos iguais. Tomé, viestes aqui pelo meu chamado ao teu coração. Não tenhas receio deste momento sagrado, que é um momento de festa e alegria no céu. Tudo o que for ligado na terra também será ligado no céu, e todos os anjos louvarão o teu **batismo.** Estás sendo banhado e purificado pelas águas e, portanto, renascerás para o espírito e para a vida eterna. A partir deste momento, Tomé, tu estás limpo e purificado, em nome do Pai, do Filho e do Espírito Santo. Amém!"

— Aconteceu algo mais? — perguntou ansiosamente Carmel.

— **Nããããããão!!!** A sinhá precisa deixar de ser curiosa e exercitar mais sua mente. Todos os seres precisam de paciência quando a conversa é sobre nosso Pai Oxalá. São conversas profundas, não palavras fúteis ou em vão, sem qualquer sentido. Nunca converse com pessoas incrédulas que não conhecem a espiritualidade, a não ser quando for permitido por Oxalá. As palavras do Pai são sempre demoradas, porque Ele nunca se repete. Mas, se houver uma pessoa que não crê, desista. Ela pertence ao outro lado do mundo, que é demoníaco. Fique em silêncio absoluto e cubra-se com o sangue do Senhor Jesus! Para Ele, o "NÃO É NÃO" e o "SIM É SIM".

Tomé prosseguiu:

— Sabe, sinhá, fiquei muito emocionado com a senhorinha vestida de branco e azul. Ela me deu uma toalha para que pudesse me aquecer. Colocou a toalha sobre meus ombros, abraçou-me carinhosamente com amor materno e deu-me sua bênção. Depois, me ungiu com óleo perfumado e essências de flores. A toalha começou a tomar forma e se transformou em uma bela corrente de ouro e prata, de onde pendia uma cruz, o símbolo das pessoas que acreditam na Santíssima Trindade: Pai, Filho e Espírito Santo. Olhe, é esta que trago em meu peito! Em seguida, a terna senhora levou até o jovem Senhor um cálice feito de madeira maciça que continha uma bebida doce feita de uvas, e lhe deu um pedaço de pão. O Senhor olhou para o alto, levantou o cálice e o pão e disse-me em pensamento: "Tomé, meu filho... este é o meu sangue, beba em espírito, e coma deste pão, que é o meu corpo! Quando você mais precisar de mim, estarei presente em teu auxílio, porque agora és verdadeiramente o meu filho e Eu, Teu Pai legítimo. Terás a minha herança, nunca renegues o que te dei, e reparte sempre o que te foi dado pelo céu. Não são bens materiais como ouro e prata, mas algo muito mais valioso: **riqueza do espírito.** Tudo o que tiveres na terra será novo, então cuida do que tiveres porque pertence ao céu, ao mundo e aos teus irmãos na terra — **nada te pertence!** Não destrua o que existe e reconstrua o que está deteriorado — principalmente, cuida do teu corpo e do teu espírito, pois eles formam o **"Templo Sagrado em que habito"**.

Tomé contou ainda que o Senhor chamou a senhorinha de azul, beijou suas alvas mãos e disse: "Aqui está **Maria, minha mãe!** Quem não amar minha mãe em primeiro lugar, creia, não amará a mim também. Quem não amar e respeitar sua própria mãe jamais terá uma família abençoada por mim. **Sou espírito, mas nasci da carne e do corpo de uma mulher que me deu a Luz da Vida!** Não será abençoado por mim quem não amar e respeitar sua mãe! Quando precisar de amparo, consolo, conselho ou derramar seu pranto, chore no manto de minha mãe; ela te erguerá de onde estiveres caído, porque só no coração de uma verdadeira mulher e mãe encontrarás um coração puro e amoroso, cheio de piedade e consolo. Somente ela saberá perdoar os pecados, porque é mãe! Eu saí do ventre sagrado de uma mulher e isso nunca poderá ser esquecido. Se não fosse por esse ser repleto de amor, não estaria entre vós! Minha mãe é Maria, 'Mãe da Luz e do Mundo'. É 'Mãe Terra' que agasalha a humanidade, e 'apóstola', como todas as mulheres de verdade, 'Mulheres de Deus'."

Tomé pediu a Carmel para prestar atenção nas palavras que ouviu sobre a mulher: "Por isso a missão da mulher é mais árdua que a do homem. Sua responsabilidade é maior e seu amor pela humanidade tem outra dimensão; a mulher é sabia, doadora e mãe de todos os filhos do mundo. Tomé, vistes o que fiz e te dei. Porém, se não fosse pela ajuda de uma mulher, jamais poderia tê-lo ajudado. A MULHER está sempre presente na vida de um homem verdadeiro. Se um dia te der uma mulher como esposa, deverás ser merecedor dessa grande dádiva. A partir de então, nunca mais estarás só, terás sempre uma mão amiga a te amparar — mas somente se fores merecedor desse tesouro divino e cumpridor das minhas leis receberás essa bênção. No entanto, se não fores fiel aos meus mandamentos, terás muitas mulheres, de todos os tipos, mas jamais uma verdadeira mulher. Serás um homem devedor... ESTA É A LEI!"

Nesse instante, Maria, mãe de Jesus, aproximou-se com um copo cristalino cheio de água fresca e deu ao seu filho, que ofereceu a Tomé.

E Jesus disse: "Tomé, beba a água da vida e volte para casa como uma pessoa abençoada. Porém, deves ter fé e perseverança, pois uma pessoa que não possui esses bens nunca receberá os milagres da vida. Os milagres acontecem para quem tem o coração puro e limpo. As pessoas necessitadas dessa bênção poderão abrir seu coração para que Eu possa entrar e dar a minha paz."

Carmel chorava de tanta emoção, e dizia entre soluços:

— Tomé, meu amigo querido, por *Dios,* leve-me com você, para que possa ser perdoada pelo mal que causei aos meus pais. Preciso desse perdão pelo sofrimento que fiz minha família passar quando decidi casar com Felipe e vir para o Brazil. Só pensei em mim. Fui muito egoísta! Porém, sinto que tenho uma missão a cumprir com as mulheres brazileiras, e preciso estar bem comigo mesma para realizá-la, mas só será possível se tiver o perdão de *Dios*. Tenho que ajudar essas mulheres que não são respeitadas e se sentem enfraquecidas, desanimadas e carentes como eu. Sinto que não terei forças para prosseguir se não tiver ajuda espiritual.

Calma e delicadamente, Carmel fez um pedido:

— Por favor, Tomé, leve-me para conhecer de perto a sua crença, para que se possível eu possa receber o milagre de ter paz no meu espírito e coração. Quero ser fortificada pelo Senhor. Não quero que nenhum obstáculo possa me impedir de ajudar as mulheres, as crianças e todos os que precisarem de mim e da minha palavra de força e fé. Diga, amigo, como se sente depois dessa experiência?

— Bem, sinhá. Eu me transformei em uma pessoa mais alegre e próspera. Aprendi a amar o próximo, minha família, a mim e à minha vida. Sinto-me leve e livre dos meus pecados e preconceitos.

Carmel, com ar de felicidade, e olhando Tomé da cabeça aos pés, calmamente disse:

— Posso ver isso nitidamente em seu semblante, meu amigo! Quando sorri, seu rosto se ilumina, tem mais vida e serenidade. Percebo que está mais formoso e atraente.

Tomé, meio sem jeito e envergonhado com o elogio, respondeu:

— Bem, sinhá, sei que é gentil e gosta de brincar, mas não mudei tanto assim. Sou o mesmo.

— Como pode dizer isso, Tomé? Estou vendo você e tenho o direito de dizer a verdade. Você está realmente encantador!

Interrompendo a amiga, Tomé disse:

— Tenho que aprender a louvar Oxalá, e chegará o dia em que Ele há de brindar-me com a graça de entender e falar a língua dos anjos.

Tomé e Carmel se abraçaram com muita ternura e choraram profundamente emocionados pela bênção recebida. Tinham a certeza de que guardariam esse segredo divino para si mesmos.

NÃO EXISTE RIQUEZA MAIOR NO MUNDO QUE O SILÊNCIO SÁBIO. AS PALAVRAS DE DEUS NÃO SÃO EM VÃO. TODAS TÊM SEU PROPÓSITO.

Capítulo 23

O BATIZADO DE CARMEL

Naquela noite, depois da conversa que teve com Tomé, Carmel não conseguiu conciliar o sono. Refletiu sobre tudo o que o amigo lhe dissera e em seus pensamentos ouvia com muita nitidez as doces palavras do amigo falando de sua maravilhosa fé e da existência de um único Deus.

Carmel andou impacientemente de um lado para outro do quarto com a mente tumultuada por tanta informação nova e pensando na existência de um só Deus que regia o Universo. Como isso poderia ser verdade se ela nunca havia contado com esse Deus maior? Sempre procurou se unir às pessoas boas e caridosas que tivessem fé nos santos, nos anjos e em Deus. Será que estava no caminho certo?

Carmel pensou: "Não basta nascer em um lar sublime, correto, ter educação esmerada e saber fazer uso da etiqueta social. Essa formalidade deve fazer parte do cotidiano das pessoas para comunicar-se com o próximo adequadamente, com educação. Devemos tratar as pessoas da mesma maneira que desejamos ser tratados. É a lei do retorno, mas precisamos de algo mais para preencher nossas vidas."

Como Carmel era uma pessoa correta, pensou que estivesse bem com Deus. No entanto, sentia que era ignorante em relação à espiritualidade. Não conhecia as leis de Deus, pois, apesar de manter a Bíblia sempre aberta em sua choupana e também, às vezes, tê-la entre suas mãos, não se interessava em ler com profundidade. As poucas vezes em que leu a Bíblia não entendeu o significado das palavras.

A mente de Carmel estava confusa: "Sou apenas uma casca que reveste o meu corpo frágil por não ter conhecimento do *Dios* verdadeiro, que é o dono do ouro e da prata do Universo. Também é Ele quem rege nosso destino."

Com os olhos lacrimejantes, Carmel humildemente pediu perdão a Deus por sua ignorância em relação à espiritualidade: "Todos nós devemos ter educação e não devemos jamais fazer mal a alguém. Esse é um dever e compromisso só nosso. Não tem nada a ver com a espiritualidade que *Dios* nos ensina."

Estando ajoelhada em seu quarto, de repente, fez-se um silêncio absoluto e uma luz intensa invadiu o ambiente. Em seu corpo formaram-se pequenas luzes que brilhavam intensamente. Nesse instante de grande luminosidade e paz, seu coração estava angustiado por não entender o que estava acontecendo ao seu redor, porém, ao mesmo tempo, se sentia alegre e feliz. Carmel percebeu que estava levitando. Esse acontecimento era estranho para ela.

Pela experiência que Tomé relatara sobre seu encontro, Carmel compreendeu que estava sendo visitada pelo Espírito Santo de Deus. A emoção era desconhecida para seu coração e, nesse exato momento, se transformou em outra pessoa. Agora, sentia-se um ser humano completo, filha de Deus, pois conhecera e aceitara o Senhor Jesus.

Chorando em seu silêncio repleto de fé, Carmel pediu perdão a Deus por sua ignorância e pelo engano em pensar que sua fé fosse verdadeira, mas, no entanto, essa fé era manipulada pelos homens da Terra que pouco conheciam do Ser real.

Assim, mentalmente, Carmel chegou até Deus: "Pai, desejo ser Tua filha de verdade e quero seguir Teus caminhos, Teus mandamentos e Tua doutrina. Estou na Terra para espalhar a Tua santa palavra e obra. Estou disposta a doar-me a quem precisar de mim e dar testemunho de minha fé para abrandar os corações fechados, e também ensinar Teus mandamentos às pessoas incrédulas. Preciso ser útil aos meus irmãos. Senhor, esclareça-me sobre Tua palavra bendita por meio da Bíblia. Ensina-me a entender as Tuas obras para que eu nunca seja confundida por outra palavra que não seja a Tua."

Nesse momento sublime, Carmel, inerte, sentiu a presença do Senhor Jesus e também de sua mãe, Maria, que ternamente a envolveu com seu manto sagrado.

Jesus proferia palavras que soavam como eco na mente de Carmel. Ela não sabia de onde vinham, mas podia ouvir nitidamente Sua voz clara, suave e carinhosa: "Filha, estavas enganada, pois não sabias o que estavas fazendo. Eu abençôo a tua vida por tua humildade. Agora o teu corpo, onde habito, será um instrumento para a vida do teu espírito. De agora em diante, seguirás o meu caminho e acompanharei os teus passos. Proferirás palavras que o mundo nunca ouvira e verás coisas que nenhum outro ser humano poderá enxergar. Darei sempre o meu sinal, e o perceberás nas conversas enganosas dos seres humanos que não vivem a tua mesma fé. Carmel, serás sempre prudente e saberás o que está ocorrendo contigo e com os outros. Fique tranqüila, pois estarei sempre ao teu lado. Através do Espírito Santo, terás a certeza de teus atos e de tuas palavras sábias; ninguém te amedrontará, nem sentirás solidão, pois estarei sempre contigo. Sentirás sensações e situações nunca antes experimentadas. Preste muita atenção em tudo e em todos, porque falarei por bocas que jamais imaginastes; portanto, esteja sempre atenta, pois não haverá coincidência: todos os fatos serão reais. O acaso não existe! Sou eu quem vai te conduzir pelas veredas da verdade e pelo caminho da tua vida."

Enquanto recebia esses ensinamentos, Jesus encontrava-se translúcido como sua mãe, Maria. Ajoelhada, Carmel não conseguiu ver o rosto de Jesus nem o de Maria, pois a intensa luz a impediu naquela atmosfera aparentemente invisível.

Jesus pediu à sua mãe que preparasse o pão e o vinho para a Santa Ceia, e que também pusesse ao lado uma jarra de água límpida e cristalina. Depois, pediu a Carmel que abaixasse a cabeça e a cobriu com o fogo santo, a água e o sal, dizendo: "Eu te batizo em nome do Pai, do Filho e do Espírito Santo! De agora em diante, serás mais uma ovelha do meu rebanho e seguirás os meus caminhos para ajudar outras pessoas que não conhecem a palavra do meu Pai, aqueles que não conhecem a verdade. Primeiro ajudar-te-ei, depois tu ajudarás a quem mais precisar."

Carmel permaneceu ajoelhada e escutou com a máxima atenção as palavras que só ela ouvira em sua mente. Jesus pediu à sua mãe que colocasse o pão e o vinho nas mãos de Carmel e disse: "Em meu nome e em nome do meu Pai, come deste pão, que é o meu corpo, e bebe deste vinho, que é o meu sangue! Esta ceia sagrada purificará tua vida e teu corpo. Todo aquele que se aproximar de ti também será abençoado, pois serás agraciado com todas as virtudes por mim determinadas, porque **és minha filha**."

Carmel comeu o pão e bebeu o vinho sagrado. Nesse exato momento, recebeu o **"Espírito Santo de Deus"**, e falou em línguas estranhas que só os anjos podem entender.

Por instantes, o silêncio foi absoluto. Carmel chorou emocionada por receber essa graça dentro de sua casa. Ela acreditava que, para receber um sacramento tão valioso como o batismo, fosse necessário um lugar sagrado e privativo. Agora, entendera que Deus está em todos os lugares onde houver um coração puro, sincero, humanitário que tenha o desejo de conhecê-lo, onde possa entrar sutilmente e se acomodar com toda sua delicadeza, repleto de ternura e amor.

Maria, a mãe de Jesus, colocou um lenço prateado na cabeça de Carmel. Em instantes, o lenço foi tomando a forma de um xale e, envolto no pescoço, se entrelaçou transformando-se em um cordão de ouro e prata. No meio do cordão, pendia uma linda cruz de diamantes que cintilava no colo alvo de Carmel. Durante toda sua vida, jamais poderia tirar essa jóia, assim como Tomé, pois essas correntes tem a proteção do amor de Deus e são símbolos do Cristianismo.

Carmel, meio atordoada, acreditou que tivesse sonhado, mas era realidade. Essa situação pode acontecer em qualquer lugar e com qualquer pessoa que ama o Senhor Deus acima de todas as coisas.

Carmel levantou-se e correu para o quintal rindo de felicidade, sentindo-se leve. Tudo o que antes perturbava seu coração caíra por terra, não existia qualquer sofrimento em seu peito, sua mente ou seu coração. Carmel estava livre!

Nesse exato momento, Tomé apareceu na porteira e disse:

— Sinhá, o que está acontecendo? Nunca a vi tão feliz!

Carmel abraçou o amigo e contou-lhe o que havia ocorrido. Tomé, retribuindo o abraço, rodopiou com Carmel. Eles estavam muito felizes, em "estado de graça"!

— Pois é, Carmel, Deus se torna presente quando menos esperamos — disse Tomé. — Quando o aguardamos de um lado, Ele vem pelo outro; na verdade, nunca saberemos por onde ou quando, apenas sentimos que nos abençoa com Suas graças. O importante mesmo é receber e agradecer as bênçãos, pois não existe tempo para Ele. Querida amiga, agora somos irmãos pela fé e pelo amor de Deus! Porém, temos um longo caminho a percorrer para ajudar nossos irmãos. Certamente, passaremos por muitas provações, mas Deus não nos deixará sozinhos, estará sempre conosco. Independentemente da nossa vida, temos certeza de que Ele é único e não há substitutos, falsas doutrinas ou mesmo falsos profetas. Esse é o nosso caminho, nossa verdade, e a certeza de que temos uma grande e bonita missão para cumprir na Terra.

Carmel e Tomé se abraçaram demoradamente, repletos de emoção celestial, enquanto Tomé disse:

— Agora já não estamos sós, minha amiga! Juntos poderemos ajudar a mudar esta nação porque fomos escolhidos por Deus. **A UNIÃO FARÁ A FORÇA!** Inúmeras pessoas seguirão as palavras que o Pai nos incumbiu de divulgar. Nossa missão como missionários será redobrada, mas jamais cobraremos qualquer caridade, porque recebemos de graça e de graça daremos. **Dessa forma, nós evoluímos — essa é nossa recompensa!** Amém!

Carta 6

A MORTE DE FELIPE

Passou-se algum tempo e Carmel não recebeu nenhuma notícia de Felipe. Isso a deixava muito angustiada, pois queria esclarecer com o marido tudo o que descobrira sobre sua outra família e resolver de vez sua situação. Foram dias e noites cheios de angústia, até que, certa manhã, Carmel acordou ouvindo a voz de um mensageiro a altos brados. Levantou-se assustada, e, ao sair do quarto, encontrou Ritinha, que lhe entregou uma carta do exército português. Trêmula, Carmel sentiu um arrepio percorrendo todo o seu corpo.

Ao abrir a carta, ficou transtornada! Felipe, seu marido, morrera em um confronto na África. Lutou ao lado de outros homens brancos pela posse de um maior número de diamantes. Era de sua índole não se deixar intimidar ou perder, por isso morreu lutando. Para ele, o trabalho estava sempre em primeiro lugar.

Carmel aguardara ansiosa a volta de Felipe para o Brazil. Depois de tudo o que descobriu sobre ele ter outra família, já não suportaria viver ao seu lado.

Embora não amasse o marido e quase não tivessem vida em comum, Carmel se entristeceu, pois esse homem corajoso, até contra a vontade dos seus pais que mantinham seus princípios morais, lhe proporcionara a realização de seu maior sonho — conhecer o Brazil, a terra que tanto amava mesmo sem conhecer. Sentiu muito a sua morte; afinal ele tinha seus valores.

Apesar das qualidades de ser um homem desbravador, Felipe era uma criatura vaidosa, orgulhosa e desejava se destacar dos seus companheiros a todo o custo. Não existiam empecilhos para ele. Achava que o mundo girava sob o seu comando e mais nada. Ninguém era melhor que ele; seu único sonho era vencer até o impossível.

Ritinha se aproximou e amparou a amiga, que empalidecera imediatamente, e disse:

— Como era possível? Felipe?

A tristeza abateu Carmel, pois lhe era grata, apesar de todos os sofrimentos que passara nos anos em que viveu em sua ausente companhia. Sabia que tinha alguém, Felipe, seu marido durante muitos anos.

Carmel não saiu de casa por vários dias; pensava muito em sua mãe, na família, em quanto sua vida havia se transformado, mas não podia vacilar, tinha que ser muito forte e extravasar a dor que sentia em seu peito. Por isso, resolveu escrever uma carta à sua mãe.

Querida madrecita,

Eu gostaria de escrever esta carta para falar de coisas boas, mas infelizmente tenho uma notícia muito desagradável.

Sei que vocês não aprovaram o meu casamento com o senhor Felipe por estarem preocupados com a nossa diferença de idade e também porque eu iria para uma terra muito distante. Hoje, mais amadurecida, entendo o desgosto que lhes causei. Saibam que, apesar das aflições que passei (e não foram poucas), sou grata ao senhor Felipe, mesmo sem aprovar algumas atitudes dele enquanto estivemos casados. Por estar ao seu lado, consegui levar adiante o meu ideal de ajudar as mulheres e também estar neste país de idéias e costumes contrastantes.

Madrecita, há mais ou menos seis meses Felipe foi convocado para retornar a Portugal. De lá, foi enviado a Guiné, na África, onde os conflitos são muitos. Pois bem... fiquei um longo período sem ter notícias do meu marido, e, quando recebi esta carta, foi para ser informada do seu falecimento.

Fiquei muito angustiada, porque, apesar da nossa vida conjugal nunca ter sido satisfatória, ele não me impedia de seguir meus ideais, e, assim, pude ajudar muitas mulheres no Brazil.

Peço que me perdoem por não ter contado sobre essa viagem, mas não desejava que vocês ficassem preocupados sabendo que eu estaria sozinha. Fiquem tranqüilos, meus queridos familiares, Mãe Dica, Ritinha e meu amigo Tomé não se afastaram de mim nem um só instante durante este período em que minhas idéias estão conflitantes.

De acordo com o relato da carta do exército português, Felipe estava em campo e, inadvertidamente, pisou em uma das granadas colocadas no solo para surpreender os inimigos. Naquele instante, não foi possível salvá-lo, Felipe morreu imediatamente.

Com certeza, vocês vão achar que devo voltar para a Espanha, mas creia, madrecita, não posso abandonar *minha missão, e também desejo me manter forte e segura para prosseguir o caminho que escolhi. Graças à educação que recebi de minha família, sou auto-suficiente para me defender e saber como devo agir daqui em diante.*

Por favor, não fiquem preocupados... Se eu sentir dificuldade, estejam certos de que pedirei socorro, pois vocês são as pessoas que mais amo e confio nesta vida! Em breve mandarei notícias.

Um grande beijo para toda a família. Não os esqueço um só momento da minha vida.

Fiquem com Dios.
Carmel

Depois de escrever a carta para sua família contando sobre a desagradável notícia da morte de Felipe, Carmel retomou sua vida, pois as obrigações eram muitas e não podiam esperar.

A vida nos cobra a respeito de todos os atos que praticamos, ela é muito exigente. Por isso, devemos fazer tudo da melhor forma possível para nós e para o mundo, pois o que fizemos de errado já não tem conserto, ficou para trás. Não adianta o arrependimento, porque ao ferirmos alguém, mesmo que seja só com palavras, deixaremos marcas que jamais se apagarão.

A vida não espera; devemos seguir adiante.

CAPÍTULO 24

A DESCOBERTA DO AMOR

Aos poucos, Carmel foi se conformando com a morte do marido, e um belo dia decidiu ir às compras com Tomé. Ele sempre a acompanhara a todos os lugares por imposição do senhor Felipe. Isso a deixava muito feliz, pois entre os dois havia nascido uma grande e sincera amizade. A presença de Tomé, como de hábito, proporcionava-lhe muito conforto e alegria, mesmo antes do senhor Felipe morrer. Porém, o rapaz sempre se comportara de forma respeitosa com seu senhor e comandante do seu regimento.

Nesse dia, o calor estava intenso. Ao voltar para casa, quando estavam passando ao lado de uma linda e refrescante cachoeira, Carmel disse ao amigo:

— Tomé, por favor... pare! Preciso banhar-me, pois o calor está de fato insuportável.

— Está bem, sinhá. Vá tranqüila que eu ficarei vigiando.

Carmel se afastou um pouco e, lentamente, foi tirando suas roupas, até ficar completamente nua. Depois, calmamente, entrou na cachoeira e deixou que aquela água cristalina tocasse seu corpo. Uma sensação de grande desprendimento envolveu seu corpo e sua alma, e sentiu-se livre dos preconceitos e das amarras psicológicas. Discretamente, Carmel voltou seu olhar para trás e avistou Tomé, que a aguardava sentado sobre uma pedra.

Já há algum tempo, Carmel sentia atração por Tomé e tinha um forte desejo de tocar sua pele aveludada. Esse sentimento era recíproco e ela sabia disso. Tomé era um homem negro alto, esbelto, de corpo firme, que ostentava em seu semblante uma figura recatada, delicada e de boa educação. Ele era um homem muito atraente, com sorriso largo que mostrava seus lindos dentes alvos que pareciam pérolas. Sentindo um desejo incontrolável em seu corpo, Carmel o chamou, dizendo alegremente:

— Tomé, por favor, aproxime-se de mim com os olhos fechados e traga um pano para que eu possa enxugar o meu corpo.

Ele ficou confuso com o pedido de Carmel, porém ela voltou a chamá-lo enfaticamente:

— Venha, Tomé, por favor!

O rapaz pegou o tecido com suas mãos fortes e aproximou-se lentamente, orientado por Carmel, que falava mansa e carinhosamente enquanto ele ouvia com os olhos fechados.

— Aqui, Tomé, mais à direita. Venha, não tenha medo, chegue mais perto, deixe que eu seguro suas mãos. Venha! Mais para cá!

Tomé foi caminhando lentamente, apalpando a vegetação até encontrar a sinhá. Ele entregou-lhe o pano, e, quando tentou voltar, Carmel o abraçou carinhosamente e o beijou com muito desejo. Os cachos de seus cabelos castanhos dourados soltaram-se e caíram como uma cascata sobre os ombros, completando aquele momento de muita sensualidade. Tomé, envolvido pelo amor, correspondeu ao ardente apelo de seus corpos.

O desejo pulsava entre Carmel e Tomé. Os lábios dela tremiam de prazer. Os olhos castanho-escuros mostravam o mesmo desejo que pulsava em todo o seu ser, e sua juventude ansiava saciar aquele desejo tão natural e reprimido tanto pela sociedade como por si mesmos.

Mas o desejo e a sensualidade falaram mais alto que a repreensão de outrora. Naquele instante, só existia o amor ardente entre duas pessoas que durante tanto tempo se amaram silenciosamente.

Tomé sentiu-se constrangido com aquela cena e ameaçou fugir. Mas, quando viu a figura pequena e escultural de Carmel nua, sentiu um arrepio percorrer e dominar todo o seu corpo. Ele não podia conter seu instinto carnal, porque seu desejo era maior que o medo e o respeito que sentia por sua sinhá. Por instantes, Tomé se esqueceu de seu dever e da sua condição de escravo e soldado raso, pois o sangue fervia em suas veias, e ali ficou estagnado diante de tanta beleza.

Constrangido, Tomé pegou o tecido e começou a enxugar com muita delicadeza o sensual corpo de Carmel. Ele secou seu belo rosto, viu seu pequeno e belo peito ofegante e envolveu sua pequena cintura. Aquela espanholinha era realmente uma mulher muito bela, parecia uma escultura esculpida pela natureza. Tomé desceu as mãos um pouco mais, enxugou com doçura suas partes íntimas e depois as beijou como se fosse uma pequenina flor perfumada pelo desejo. O êxtase dominou os dois seres sedentos de amor.

Suas bocas entreabertas se procuravam desesperadamente. Naquele momento, o universo conspirou a favor deles, dando-lhes as bênçãos para aquele amor verdadeiro e tornando-os uma só pessoa.

Como por encanto, a aura de ambos, uma coroa intocável que temos em nossa cabeça e que só Deus pode colocar as mãos, entrelaçou-se para transformar-se em uma só. Isso é o amor!

Ajoelhada como se estivesse em preces diante de sua majestade o homem amado, Carmel chegou ao deslumbre, pois nunca tinha ousado tamanha liberdade com seu marido. Até aquele momento, ela não soubera o que era um homem de verdade, tão másculo e ao mesmo tempo tão delicado, doce e viril.

Tomé ficou imóvel e deixou que Carmel deslizasse os lábios por todo o seu corpo. Para os dois, aquilo foi a descoberta de um paraíso desconhecido, o encontro dos deuses. O céu e a floresta com sua vegetação acolheram as duas criaturas inexperientes, mas repletas de emoção, carinho e respeito. Só seus corpos falavam, gemiam e pulsavam em ritmo suave e lento, como se fossem um riacho doce e calmo. Isso os levou aos caminhos desconhecidos do prazer total. Eles se abraçaram, se beijaram, acariciaram seus corpos e tiveram seus desejos satisfeitos. Várias vezes, eles se desejaram em silêncio na relva, que agora era cúmplice no seu grande amor.

Carmel era muito diferente das mucamas. Sendo calma, movia-se sensualmente com muita leveza e sussurrava só o essencial. Tomé nunca havia experimentado um momento como aquele, com tanto desejo, sensualidade, delicadeza e ternura. Tudo parecia docemente calculado por Carmel: o toque de seus lábios, os movimentos de suas mãos afagando os cabelos do amado, depois acariciando suas costas, seu tórax, até deslizar com suavidade para envolver seus órgãos genitais com intenso desejo. Carmel emitiu sons ardentes quando o corpo de Tomé penetrou em suas entranhas. Parecia pedir licença para entrar naquele corpo alvo, sedento de desejo. Naquela fusão de corpos e almas, os dois chegaram à loucura do prazer saudável e abençoado pelo amor. Carmel e Tomé sentiram que a natureza era cúmplice e parecia se alegrar com aquele encontro de dois seres apaixonados.

As árvores se moviam levemente, tocadas pelo vento, e pareciam sussurrar diante da beleza dos dois seres desnudos e puros, envolvidos pela suavidade do vento morno. A juventude explodiu nas entranhas dos amantes, tão diferentes na aparência, mas tão semelhantes na emoção e nos sentimentos. Por muito tempo, eles tentaram esconder o que sentiam, mas o instinto explodiu como um raio no céu. Agora, o casal não poderia esconder aquele sentimento deles mesmos, pois o desejo era maior do que tudo na vida.

Depois da deliciosa loucura, Tomé pegou Carmel entre seus braços fortes, deitou-a sobre a relva suave e a cobriu com flores brancas que colhera na beira do rio. Foi a primeira vez que ele teve um relacionamento íntimo com uma mulher branca, portanto, esse amor tinha que ser festejado pelos deuses e por eles.

Tomé não conseguia acreditar naquele instante mágico que estava vivendo, e, vendo Carmel deitada na relva com o corpo coberto de flores, saiu correndo entre os campos verdejantes, abraçando as árvores, chorando e gritando:

— Meu Pai Oxalá, o que aconteceu comigo? Como eu, um simples negro e escravo, pude ter em meus braços a mulher mais linda e doce dentre todas as que existem? Como ousei macular seu corpo alvo? Responda-me, Senhor! Isto é loucura ou não passa de um delírio? Será que mereço essa dádiva? O que vai ser da minha vida agora que encontrei o paraíso nesse corpo macio, que tem o perfume das flores do campo? Por Oxalá, meu Pai, não me deixe enlouquecer!

Tomé voltou para perto de sua amada e beijou-a apaixonadamente. Carmel, que estava habituada com os modos grosseiros do marido e com o sexo rápido e obrigatório, pensou: "Como um negro escravo, que nunca teve intimidade com uma mulher branca, pode ter tanta sensibilidade? Talvez sua mãe tenha lhe explicado como uma mulher realmente deve ser tratada e amada."

Tomé e Carmel tinham descoberto e vivenciado o **amor pleno**! Ela se sentiu sobre as nuvens entre os anjos e envolvida por um lindo arco-íris, que estava banhando as duas criaturas com suas cores delicadas e quentes.

Para Carmel, Tomé não era um simples escravo alforriado, ou um mero e subalterno soldado do exército que tinha servido ao seu marido, Felipe, mas, sim, um homem com o coração transbordando de alegria e desejo de aproveitar merecidamente a vida em toda a sua plenitude e magnitude.

Os amantes libertaram suas personalidades reprimidas dos medos e das inseguranças. Eles se bastavam, o mundo lhes pertencia, e o segredo também.

Tomé não premeditara aquela situação para ter a sua primeira relação sexual com Carmel. O destino fez os dois se encontrarem e se amarem com dignidade, doçura e cumplicidade.

A sorte estava lançada. Tomé se sentiu um homem poderoso e livre por ter o amor ardente de Carmel. Daquele dia em diante, sua vida giraria em torno dessa paixão alucinante, pois nascera em sua alma um amor forte como as árvores frondosas da floresta enraizadas na terra. Todos os seus sentidos agora pertenciam a Carmel. O céu unira essas duas criaturas em um só ser.

Depois de recompostos, Tomé e Carmel foram para a carroça, olharam-se em silêncio e se abraçaram demoradamente, com muita ternura e emoção, e seguiram seu caminho, sem dizer uma só palavra até chegarem ao rancho.

O amor e o medo seriam companheiros inseparáveis de Tomé e Carmel. Talvez eles tivessem receio de que tudo não passasse de um sonho, e não queriam apagar da mente aquele momento tão sublime em que Deus lhes revelara o amor verdadeiro — tinham apenas a natureza como uma cúmplice silenciosa!

Ao chegar, Tomé ajudou Carmel a descer da carroça de boi e descarregou os alimentos e produtos alimentícios que haviam comprado em vários armazéns de secos e molhados e também os tecidos, para que Carmel confeccionasse algumas roupas com a máquina de costura que sua mãe lhe mandara da Espanha.

Carmel despediu-se do amigo, agora seu homem e amor, como se nada houvesse acontecido, porém, seus olhos falaram o que seus lábios tinham receio de pronunciar, pois ela tinha medo de que algum anjo mau ouvisse suas palavras e pudesse destruir tanta felicidade. O silêncio era uma bênção, pois, se alguém invejoso soubesse daquele amor, destruiria a vida deles. O silêncio naquele momento falava mais alto que a própria voz.

É preciso tomar muito cuidado! Se por ventura um segredo tiver que ser revelado, que seja feito com sabedoria e procurando não ferir as pessoas, porque ninguém é de ninguém, não temos o direito de decidir ou conduzir a vida do próximo. Devemos manter sempre o respeito pelos nossos semelhantes para não os machucar, pois cada pessoa é única. Para isso, temos o livre-arbítrio, o discernimento e a inteligência.

Após a saída de Tomé, Carmel fechou a porta e foi para sua cadeira de balanço em frente à janela, onde permaneceu durante um longo tempo olhando para a cortina, sua amiga e confidente de todas as horas, que parecia entender tudo o que se passava em sua mente e em seu coração assustado.

Em pensamento, Carmel reviveu os momentos mágicos que lhe devolveram a alegria de viver! Sentiu-se feliz e completamente realizada, pois sabia que amava e era amada. Deus a brindara com a dádiva do amor.

Depois daquele encontro, suas vidas mudaram radicalmente. O amor explodiu como luzes resplandecentes dentro daqueles corações jovens e até então inexperientes. Agora, Tomé só tinha um desejo: ver Carmel, abraçá-la, saborear o mel de sua boca e enlouquecer novamente entre suas entranhas macias e delicadas. Carmel sentia o mesmo desejo por aquele homem forte, viril e delicado.

Para Carmel, aquele dia foi o início da transformação de sua vida. Agora, ela se sentia uma mulher plena e completa, pois Tomé despertara todo o amor que adormecia em suas entranhas.

Carmel já não era mais a mesma pessoa, e ao seu redor e em sua vida tudo se transformara. Era uma mulher livre, porém, os dois teriam que tomar muito cuidado porque as más línguas poderiam destruir todo aquele encanto. Afinal, uma respeitável senhora, viúva de um militar português, jamais poderia se dar o desfrute de ter um relacionamento com um negro que, até pouco tempo, era serviçal de seu falecido marido.

Um misto de medo e alegria se apossou do coração dos amantes.

Capítulo 25

DEUS ATRAVÉS DAS CRENÇAS
Carmel é abençoada por Oxalá na praia, junto com os escravos.

Carmel estava sentada em sua cadeira de balanço. Seus pensamentos voavam livres e, dessa forma, voltara à sua terra, onde reviveu momentos ao lado de seus pais e irmãos, e rodopiava como bailarina entre as flores de seu belo jardim colorido, chegando a sentir o seu delicado perfume. De maneira lúcida, relembrou o que estava tão distante e onde seria quase impossível retornar.

Seu destino agora estava nessa terra vermelha, entre tantas pessoas de diferentes etnias, porém, a saudade de sua família e de sua terra era imensa. Carmel não entendia, mas podia sentir em seus pensamentos mais profundos que seu coração mantinha algum segredo que ainda não conseguira desvendar; algo inconsciente sempre a atraíra para onde estava — o Brazil. Sofria em silêncio, e tinha como confidente e fiel companheira a pequena cortina de renda da janela de sua choupana.

Naquele instante, Carmel sentiu toda a magia que envolvia o silêncio da noite, que é repleto de doação e mistério. A noite traz fluidos misteriosos por meio do sereno, que nos ajudam e se tornam um santo remédio. Ao longe, Carmel ouvia o barulho do mar banhando as areias brancas e macias com suas ondas mornas.

O calor era imenso. O sono não vinha e as lembranças persistiam em sua mente solitária. Por vezes, pensava no seu amigo Tomé, porém, ele não podia estar disponível cada vez que ela sentisse solidão. Assim, confidenciava suas aflições a Deus, que a acompanhava a todo instante.

Inesperadamente, Carmel ouviu ao longe um retumbar de tambores e atabaques africanos, em seguida, belas melodias louvando a natureza, seus deuses e Oxalá, o deus maior dos africanos. Esses cantos penetravam em seu coração e de alguma maneira aliviavam sua dor. No meio dessas vozes melodiosas, ela ouvia repetidamente a palavra axé. Carmel, que não entendia a linguagem dos africanos, imaginava que a palavra axé significava **salve** ou **glória a Deus**. Porém, sabia que naquele momento todos aqueles que vieram da África eram irmãos em espírito e mantinham a mesma fé e a mesma devoção.

Carmel estava usando uma de suas belas e envolventes camisolas de cetim, que descia até seus pés. Sentada em sua cadeira, se balançava de um lado para o outro, o mesmo que faziam os seus pensamentos melancólicos, entrando na noite e em seus mistérios que vêm através de lugares longínquos da terra.

Permaneceu nesse devaneio sem direção, como o vento que vinha do mar e que lentamente fazia esvoaçar os seus lindos cabelos agora soltos e livres.

Carmel estava deslumbrante, mas não havia ninguém por perto para admirar tanta beleza. Nesse instante, o perfume da floresta e o cheiro do mar invadiram sua pequena choupana, como se quisessem acariciá-la. A pequena cortina de renda na janela se movimentava como se estivesse dando passagem para que entrasse tudo o que era natural e de Deus.

Em meio a tantas emoções sutis e delicadas, Carmel continuava ouvindo ao longe os místicos atabaques, acompanhados por um coro maravilhoso que era ritmado pelos tambores. Nesse instante, sentiu um forte desejo e o impulso de sair para o jardim. Tirou seus chinelos e, deixando-os ao lado da cadeira, foi em direção do mar. Antes, porém, passou pelo jardim e apanhou com muito carinho algumas das belas flores que estavam molhadas pelo orvalho. Pediu licença a elas, delicadamente dizendo:

— Minhas amigas, desculpem-me, mas desejo ofertá-las para uma entidade muito respeitada e exaltada pelos meus irmãos africanos. Dizem que essa mulher linda aparece uma vez ao ano para trazer bênçãos aos homens bons e puros de coração. Bem, também tenho algo para pedir a ela, além de agradecer os muitos milagres que já consegui.

Carmel ficou imóvel por algum tempo, pois não sabia como seria recebida pelas pessoas que estavam na praia. Assim, achou melhor manter-se em sigilo para levar até o mar as lindas flores.

Caminhando lentamente com os braços repletos de flores de todos os matizes, aproximou-se do mar e colocou-as mansamente sobre as águas, até que as ondas se acercaram para recebê-las com muito carinho. Depois, deu um mergulho e as flores que estavam ao seu lado mesclaram-se com sua bela silhueta. Feliz e realizada, saiu serenamente do mar com a camisola branca de cetim colada ao corpo. Quando olhou para frente, viu algumas amigas espantadas que lhe perguntaram:

— Por que a sinhá não veio festejar conosco?

— Desculpem-me, mas fiquei constrangida para juntar-me a vocês, pois estavam louvando uma entidade muito importante e também tive receio por ser branca e de origem européia; não sabia se seria bem-aceita. Mas respeito muito a sua crença e a cerimônia que é tão importante e sagrada para todos nós. Estou feliz por me aceitarem com tanto carinho.

— Ora... a sinhá será sempre bem-vinda! Sei que é uma pessoa delicada e que nasceu em um país diferente do nosso, mas nosso povo está agradecido por todo o bem que tem praticado entre nós. Independentemente de quem seja, somos irmãos do mesmo Pai.

Um negro velho aproximou-se e, pedindo licença, abençoou Carmel da cabeça aos pés, enquanto um outro fazia uma coroa de flores, que colocou em sua cabeça. Era um modo gentil de agradecer Carmel por ajudar tantas pessoas. Outro senhor apanhou um punhado de areia fina e branca, colocou em um recipiente e entregou a Carmel, dizendo:

— Querida irmã, quando chegar à sua choupana, pegue esta areia e a espalhe por todos os cantos, porque isso lhe trará muita proteção. A areia é abençoada por *Iemanjá; a Rainha do Mar.*

Carmel agradeceu com um sorriso. Também recebeu várias conchas e caracóis raros para usar como enfeite em sua choupana. Atendendo ao pedido de outro amável senhor negro já bem velhinho, a espanholinha mergulhou novamente nas águas límpidas para receber a energia que purificaria sua mente e iluminaria sua vida, abrindo todos os caminhos. Foi como se o seu corpo se iluminasse e se tornasse resplandecente. Nesse momento, recebeu todas as bênçãos de Oxalá e dos africanos.

Ao sair da água, ganhou um ramo de flores muito colorido das mãos de uma mulher a quem ela ajudara em seu parto. Em agradecimento pelo nascimento de mais uma brasileirinha, a mãe da menina homenageou Carmel colocando seu nome na criança.

— Sinhá, estas flores são para adornar sua choupana e se lembrar sempre de seus amigos. Que a paz de Oxalá a acompanhe a todo instante. Obrigada por ser tão caridosa com o próximo e conte sempre com este povo negro. Nós a amamos muito. Axé!

Carmel agradeceu rindo de felicidade, sem qualquer tipo de preconceito ou racismo, pois eles também não foram preconceituosos com ela. Depois, todos a acompanharam até a sua choupana, onde Ritinha ainda estava dormindo. Mais uma vez, Carmel agradeceu a gentileza com muito carinho e sentou-se na cadeira de balanço para tomar chá e pensar em tudo o que acontecera naquela noite tão especial.

Quando terminou seu chá, Carmel foi dormir na paz do Senhor, pois o galo já cantara anunciando que o dia estava clareando. Assim, a noite se despedia para surgir em outro continente, enquanto no Brazil dava lugar ao sol. Amém!

Capítulo 26

O PODER DO AMOR

Carmel continuou com sua luta sem trégua, pois no Brazil havia muitas pessoas sacrificadas e mulheres humilhadas. Sendo humanitária, ficava entristecida, mas fazia o possível para ser útil e ajudar quem precisasse.

Carmel só encontrava paz e alegria quando estava nos braços do seu amado Tomé. Suas saídas tornaram-se cada vez mais freqüentes, despertando a curiosidade de certas pessoas maldosas, como a mameluca Chica, que morava perto do arraial e era apaixonada por Tomé. Por várias vezes, a mameluca tentou seduzi-lo e chegou a fazer feitiçarias para separar o casal apaixonado, porém foi em vão.

Pois bem, em uma das saídas de Tomé e Carmel, Chica resolveu segui-los. Quando se deparou com a bela cena de amor dos amantes, sentiu um ódio mortal e jurou vingança a qualquer custo. Não tardou muito para que arquitetasse um plano diabólico, e assim resolveu dizer que estava esperando um filho de Tomé.

Realmente a moça estava grávida, mas o filho que esperava não era de Tomé, e sim do escravo de uma das fazendas próximas do arraial. Ele nunca soube que fora usado por Chica como parte de um plano.

Quando a notícia se espalhou foi um desespero. De nada adiantaram as negativas de Tomé, que deveria casar com Chica de qualquer jeito, pois não tinha como provar que não tivera relações sexuais com ela e que não passava de uma conhecida da aldeia.

Pobre Carmel! Mais uma vez, o destino fora cruel com ela. Carmel pensava: "Como pode acontecer isso logo agora que estou livre e encontrei o grande amor da minha vida?" Ela não acreditou. Sabia que a mameluca era uma mestiça muito fogosa sexualmente, mas, pelo que conhecia de Tomé, achava que ele seria incapaz de tal traição.

Tomé também estava desolado. Amava Carmel com todas as forças de sua alma, mas não tinha como desmentir a maldosa mameluca. A separação de sua amada foi inevitável. Mesmo com as negativas veementes do rapaz, o casamento foi decidido e marcado pelos seus superiores. Tomé nada podia fazer a não ser aceitar as ordens impostas.

Carmel não suportou tamanha dor e, aos poucos, foi adoecendo. No dia do casamento, acamada, já não tinha forças para lutar. Para ela, a vida perdera o sentido, e desta vez dera um golpe fatal. Carmel sempre tivera muita força espiritual, mas, nesse momento, sentia-se impotente e enfraquecida. Tomé sabia que o motivo da angústia e do mal-estar de Carmel era a suposta traição e a dor da separação.

Preocupado com o estado em que sua amada se encontrava, Tomé foi à floresta na aldeia dos índios curandeiros para conversar com o pajé e pedir que preparasse uma poção contra angústia e tristeza profunda. O extrato medicinal extraído do tronco de uma árvore, além de algumas ervas, era a única esperança para impedir o sofrimento de sua amada. Com a ajuda do pajé, tinha a certeza da cura.

Tomé levou com ele um menino, que entregaria a poção a Carmel assim que o pajé terminasse de prepará-la. Quando retornou ao arraial, encontrou Chica, que logo foi ao seu encontro para saber o que fora fazer na aldeia dos índios. Tomé respondeu irritado:

— Embora nossa união não seja motivo para comemoração, pois

você enganou a todos com o seu filho, fui convidar o pajé para vir à festa do casamento. O que você fez foi muita maldade, porque quem encheu o seu bucho foi outro homem.

A mameluca respondeu com desdém:

— Nunca ninguém vai saber que não é seu, porque vocês, homens, deitam com todo tipo de mulher, só pra satisfazer seus desejos carnais. Não importa se é branca, preta ou qualquer outra cor. Basta ser mulher.

Tomé, muito nervoso, respondeu:

— Basta, Chica! Creio que com a presença dos meus amigos será mais fácil suportar a tristeza que estou sentindo, afinal, devo disciplina e obediência às ordens dos meus superiores. Chamei o pajé, alguns índios e pessoas amigas que moram na floresta na mesma aldeia em que vive minha mãe, que está inconsolável. Ela não acredita nas mentiras que você espalhou pelo arraial.

Porém, Chica não acreditou nas palavras de Tomé e foi atrás do moleque para saber o verdadeiro motivo da visita dele ao pajé. O menino, sem saber da conversa e não tendo recebido instruções para guardar segredo, disse inocentemente:

— O senhor Tomé foi buscar este remédio para a sinhá Carmel, que está muito doente. É uma doença muito esquisita!

Chica ficou furiosa e tornou-se maquiavélica. Pegou o extrato e as ervas das mãos do moleque e disse:

— Deixa comigo. Vou falar com Tomé, pois eu mesma quero levar isto para a sinhá Carmel. Eu quero ser amiga dela e vou entregar o remédio pessoalmente.

Chica trocou o extrato por um sonífero mortal poderoso usado para animais ferozes. O falso medicamento causaria a morte de Carmel sem deixar vestígios, parecendo natural. Depois, doente de ciúmes, mostrou-se carinhosa e preocupada, e delicadamente disse a Tomé:

— Meu querido, não precisava mentir para mim, pois vamos casar. Quero ser sincera com você, e também compartilho a sua dor. O moleque me disse que você foi buscar estas ervas para a sinhá Carmel, que está doente, mas eu mesma vou entregar nas suas mãos, pois não quero que guarde mágoa de mim. Desejo mostrar o meu agradecimento por ela ser sua amiga, assim como também quero ser amiga de sua mãe, dona Gândia. Sei que vocês estão sofrendo e quanto sua mãe gosta de Carmel.

Tomé, acreditando na demonstração de tanto desprendimento humano, aceitou as palavras mentirosas de Chica, e disse:

— Então vá e diga que eu mesmo fui buscar na aldeia. O pajé preparou a poção na minha frente, especialmente para ela. Carmel deve tomar algumas gotas diluídas em um pouco de água ao se deitar. Assim, a angústia que está sentindo vai passar. É a única coisa que posso fazer por ela, pois estou de mãos atadas.

Chica respondeu:

— Tomé, se eu chegar lá e entregar este extrato de ervas nas mãos da sinhá Carmel, certamente não vai acreditar em mim. É melhor você escrever o seu nome neste papel, porque ela confia na sua palavra. Conhecendo a sua letra, aceitará isto sem receio. Carmel terá uma recuperação rápida e seguramente amanhã estará recuperada, e entenderá o seu gesto de atenção e carinho. Você verá que tudo voltará ao normal, e assim poderemos casar sem mágoas ou ressentimentos. Tudo será esquecido no povoado, e você continuará no regimento como um soldado de honra.

Tomé, nervoso, disse mais uma vez:

— Eu caso porque não tenho como recuar. Jamais alguém acreditará em mim. Ninguém! Só Deus.

Chica foi até a casa de Carmel e Ritinha a impediu de entrar. Porém, quando a mameluca disse que se tratava de um extrato de ervas curativas enviada por Tomé, a menina resolveu falar com a sinhá. Carmel recebeu o extrato e agradeceu, mesmo sabendo que aquela mulher era a causadora da sua desgraça.

Naquela tarde, o casamento foi realizado e festejado com uma grande festa, no entanto, foi um dos dias mais tristes para o povoado, principalmente para os amigos de Carmel e Tomé. A tristeza de todos era evidente. Tomé permaneceu o tempo todo cabisbaixo, e as lágrimas rolavam dos seus olhos angustiados.

Em sua choupana, Carmel ouvia os atabaques e as vozes dos negros cantando. Aquele som penetrava como lanças cortantes em seu coração. Por instantes, pensou que Tomé a enganara e tudo não passava de uma ilusão de homem desejando somente sexo. Ele jamais a amara. [P.S.: Os homens têm muitas ilusões.]

Desesperada e aos prantos, Carmel tomou o extrato de uma só vez, depois ainda mastigou as ervas. Imediatamente, começou a ter alucinações, gritava e chorava desesperadamente. Os cantos folclóricos ritmados pelo batuque dos negros tornavam-se cada vez mais distantes. Carmel desejava a morte, achando que seria sua única saída. Seu sofrimento era insuportável.

Ao ouvir os gritos, Ritinha saiu correndo para socorrer a sua sinhá. Quando entrou no aposento, encontrou sua grande amiga desfalecida. Ritinha a sacudiu, gritou por socorro, chorou compulsivamente, mas de nada adiantou, os músculos de Carmel já não reagiam. Ela estava completamente desfalecida.

Ritinha, desesperada, saiu pelo arraial gritando por ajuda:

— Por favor, socorram a minha sinhazinha! Ela está morrendo! Pelo amor de Deus, tenham compaixão! Não importa a crença que vocês tenham, mas orem todos, por favor. Só as orações poderão salvar a minha sinhá.

Ritinha corria sem parar, até que chegou à cabana de Mãe Dica, que, ao vê-la em tamanho desespero, logo imaginou que alguma coisa grave teria acontecido com Carmel. Quando Ritinha falou sobre o ocorrido e disse que a mameluca Chica havia levado um extrato de ervas para Carmel, Mãe Dica, conhecendo as ervas, logo imaginou que se tratava de outra maldade daquela criatura desprezível. Uma feitiçaria!

Mãe Dica saiu apressada e pediu ao capitão-do-mato, conhecedor da trilha dos índios, que fosse com seu veloz cavalo buscar o pajé na floresta. Enquanto isso, todas as pessoas que amavam Carmel fizeram uma corrente de orações. Em pouco tempo, o pajé chegou acompanhado dos índios que faziam as fórmulas das poções, que eram guardadas em absoluto sigilo.

Ao ver Carmel, o pajé pressentiu que ela estava muito próximo da morte. Pegou o resto do extrato que estava no chão e verificou que não era aquele que entregara a Tomé, o qual ele mesmo tinha preparado, mas sim um veneno mortal, usado pelos índios para matar os animais ferozes que invadiam as suas aldeias e as ocas. Esse mesmo veneno deveria ser muito bem manipulado, pois colocava todos os índios ali em perigo mortal.

O pajé e outros índios fumaram cachimbo e invocaram os espíritos da cura, dançando e cantando em volta do leito de Carmel. Todos faziam suas orações: Mãe Dica, os amigos e também as irmãs de caridade do Convento de Santa Tereza, que, avisadas do incidente, vieram prontamente para rezar o terço fervorosamente, pedindo aos céus a cura daquela alma tão nobre e caridosa.

Os negros, com suas crenças africanas, também faziam seus pedidos. Independentemente de suas crenças, o que importava era o apelo cheio de fé para a salvação daquela vida que se esvaía pouco a pouco.

O pajé deu um antídoto a Carmel, a fim de tentar neutralizar o efeito do veneno. Ele confiava em sua ciência e no pai Tupã, e tinha certeza de que livraria Carmel daquele mal que a levaria à morte. Pediu a todos que continuassem com seus pedidos de cura, assim a força da boa energia seria maior — **o milagre da fé.**

Em pouco tempo, Carmel voltou a respirar lentamente. O veneno estava sendo expelido através do suor, das fezes e da urina, com um odor forte e desagradável. Mãe Dica enxugou a face da sinhá Carmel e secou seu corpo com um pano morno embebido numa infusão de ervas frescas e flores perfumadas trazida pelos índios. Aquilo servia para expulsar o demônio da inveja. Aos poucos, Carmel foi melhorando, e sem ter consciência do que havia ocorrido balbuciou algumas palavras, o que já foi um bom sinal. Era madrugada quando finalmente Carmel ficou fora de perigo. Os índios sabiam que ela sofrera uma tentativa de assassinato.

No dia seguinte, mais tranqüila, a sinhá alimentou-se com um caldo quente e percebeu que sua dor não teria cura, porque a alegria nunca mais voltaria ao seu coração. O martírio impregnava sua alma, afinal, tentara o suicídio tomando o extrato e mastigando as ervas em uma quantidade maior do que a recomendada, portanto, tal atitude fora contra as leis dos homens e de Deus.

Carmel amava Tomé e ele tinha o mesmo sentimento por ela, mas por ironia do destino agora ele estava ao lado de outra mulher, a quem não amava. Aos poucos, foi se recuperando lentamente e tentou procurar forças em si mesma para seguir sua vida. Deu continuidade à sua missão, ajudando as pessoas.

Mesmo sendo injustiçada pelo machismo, tinha a ousadia de enfrentar as leis da **falsa moralidade** imposta por aqueles homens sem caráter. Ela era uma defensora das mulheres, das crianças e dos oprimidos, no entanto, não era bem-vista porque sabia das traições, dos conchavos e dos amores camuflados que os "nobres chefes de famílias" mantinham com suas amantes, o que já se tornara uma atitude normal.

As esposas não queriam ver a realidade dos fatos e preferiam manter as vendas nos olhos a enxergar a traição e a falta de respeito do marido. Para elas, o importante era não perder o seu conforto. Não tinham paz nem amor, mas possuíam jóias, roupas caríssimas e todas as pompas nas recepções. Era conveniente não enxergar.

Era cômodo para essas pessoas de falsos pudores julgarem Carmel, porque seus conceitos e suas atitudes contrariavam as sinhás religiosas, preconceituosas, e também os maridos desumanos e machistas que desejavam a morte de Carmel. Ela sempre incomodou as pessoas de mau caráter. Estava claro que todos estavam felizes com o que a mameluca fizera, mesmo sabendo que aquele era um complô para destruir Carmel.

As sinhás se escondiam nas calças malcheirosas de seus maridos machões, e eram as prostitutas propriamente ditas: **PROSTITUTAS DO LAR!**

Carmel encontrou essas mulheres como mortas-vivas, que tinham que aceitar naturalmente a traição e a maldade dos maridos; elas eram usadas apenas para servi-los na alta-roda e em casa com braços e pernas abertos.

Porém, não aceitando essa situação, Carmel travou uma luta acirrada; desejava pôr um fim nos homens e nas mulheres machistas, pois achava desumano o poder sem respeito e sem limites. **A mulher machista é pior que o homem machista.**

A corajosa espanholinha não conhecia a palavra medo e queria verdadeiramente ajudar essas mulheres sofredoras que tinham sua alma trancada em um calabouço sem qualquer perspectiva de vida. Não importava se jovens, idosas ou crianças, estavam doentes na alma e no corpo. As jovens tinham aparência envelhecida e sua apatia mostrava a descrença na vida e um sofrimento que doía nas entranhas.

Já os homens eram poderosos, senhores de si, acobertados pelas amizades nem sempre verdadeiras, mas sim cheias de interesses e conchavos. Eles praticavam o sexo sem culpas, consumiam muita bebida e participavam ativamente de jogos, portanto, eram seres humanos desprezíveis, sem qualquer essência, pequenos de alma e espírito. Homens sem conteúdo, que possuem apenas uma carcaça que um dia se deteriorará e, então, se encontrarão sozinhos — a não ser que a pobre esposa ainda esteja ao seu lado para ampará-lo, pois, se não for assim, se tornará um indigente jogado em qualquer canto da vida, como um cachorro sarnento.

Pobre desses homens quando não tiverem dinheiro para pagar pelas luxúrias. Eles se acham o máximo e não percebem que a única coisa que possuem é o poder material. Mas o tempo de Deus é a própria justiça. Este sim é fiel, e fará com que tudo seja revelado. Cada um obterá o resultado das marcas que deixou pelo caminho no decorrer de sua vida: sucesso, fracassos e estupidez. Tudo vem à tona, com certeza. É a lei da causa e efeito.

Aquele que plantou maldade e orgulho e não soube ser humilde terá um triste fim, porque essa estrada não tem volta. As ofensas que deixaram na terra não se restauram mais, e essa pessoa há de ver com tristeza tudo o que deixou para trás. Se um dia perder o poder material, ficará triste e sozinha, porque esse é o único bem que o ser humano maldoso possui. Ele próprio não vale nada, vive para humilhar os que estão sob seu poder, embora, na maioria das vezes, os mais humildes tenham muito mais valor e sejam mais felizes que eles. No entanto, as pessoas humildes e simples não são respeitadas por sua grande bondade e espiritualidade.

Carmel, ao contrário, tinha muita sensibilidade e preocupava-se com o seu semelhante. A luz que emanava do seu SER ofuscava a todos, por isso era invejada e perseguida; sabia da maldade que existia, mas também conhecia seu valor, por isso não se intimidava com nenhuma ameaça e nada dizia para não se igualar a essas pessoas tão insignificantes.

Não se importava com o que os outros diziam, apenas procurava seguir sua vida com honestidade, sempre praticando o bem. No entanto, não imaginou que com o tempo ainda passaria por momentos de muita dor.

Carmel sempre ajudou todo tipo de pessoa, sem se importar com hora, lugar ou doença que iria socorrer, e também sofreu muito com a revolta do senhor Felipe, seu esposo, pois ele não aceitava que sua mulher deixasse tudo para trás e fosse socorrer alguém que precisasse de seus préstimos.

Muitas vezes, Carmel saía de madrugada, debaixo de vento e chuva forte, mas isso nunca a impediu de prosseguir com os seus princípios. Ritinha, sua amiga e companheira de todas as horas, já estava acostumada e acompanhava a sinhá a qualquer lugar que fosse.

No entanto, quando Carmel mais precisou de apoio e justiça, as pessoas que ela auxiliou e amparou outrora lhe viraram as costas.

Muitas vezes, quando alguns amigos nos vêem em situações embaraçosas, afastam-se, porque na verdade são falsos amigos e só ficam por perto enquanto estão recebendo algum benefício. Outros, por medo de represália, desamparam seus amigos, como aconteceu com o próprio Jesus Cristo, que foi negado três vezes por Pedro, seu amigo mais próximo, que disse: "Eu não conheço este homem. Ele não é meu amigo." Depois, saiu correndo, como se fosse um animal fugindo para o seu esconderijo, conforme está escrito no Santo Evangelho.

Quando Jesus mais precisou de seus amigos, aqueles que estavam o tempo todo ao seu lado, comendo, bebendo, presenciando seus milagres e sendo tratados sem preconceito ou distinção (para Jesus não importava se eram ricos ou pobres, só desejava que todos fossem seus amigos), todos o deixaram sozinho. Fraquejaram diante daquela situação difícil, e, de uma forma ou de outra, todos o decepcionaram.

O que Carmel e Tomé podiam esperar dessas pessoas? Afinal, eles eram duas criaturas simples que se assemelhavam a Jesus pelo grande amor que tinham ao seu próximo e por praticarem a justiça. Mesmo sendo puros e caridosos, o povo ficou contra eles e contra o amor que os uniu desde o instante em que se viram pela primeira vez. **A vida não escolhe a pessoa a quem vamos amar.**

Carmel e Tomé jamais imaginaram que com o passar do tempo pudessem ter uma maior aproximação, se tornando bons amigos e, sem perceber, sentirem atração e um grande e verdadeiro amor um pelo outro. Esse amor permaneceu em silêncio por muitos anos, até para eles mesmos. Os dois achavam que aquele sentimento era pecaminoso e jamais seria aceito no arraial, por isso o mantiveram em segredo absoluto. Infelizmente, o silêncio feriu essas duas almas, mas, ao mesmo tempo, era precioso e guardava muitos tesouros em seus corações. Esta era a recompensa de sua união. A amizade que os unia tinha o mesmo valor do seu imenso amor.

Nem todas as pessoas entendem uma união que nasce pela união das almas. Geralmente, se unem por interesses financeiros e desejos carnais, não por sentimentos naturais e puros.

O amor de Carmel e Tomé não foi aceito porque pessoas puritanas e moralistas que falavam sobre pudor e respeito mantinham uma vida paralela e secreta. Eram pecadores que viviam entre o céu e o inferno, viviam apenas de aparências para a sociedade.

Geralmente, as pessoas que se sentem inferiores e culpadas julgam o próximo, o perseguem e o condenam sem qualquer razão. Talvez seja uma maneira de procurar aliviar o próprio peso que carregam em sua consciência.

Sabendo de tudo isso, Carmel e Tomé procuraram sufocar seu amor. Mas, quando o amor é verdadeiro, fala mais alto, e, mesmo sem querer, aflora e se faz notar pelos outros. A própria fisionomia estampada no ar dá graça ao amor — a felicidade os denuncia; é impossível esconder as emoções reprimidas e sufocadas pelo amor.

A maldade do povo não crê na bondade, na sinceridade e honradez das pessoas, não percebe que só Deus pode julgar cada um de nós e agir com a justiça adequada. Um ser humano que não consegue enxergar a alma do outro jamais conhecerá a sua própria alma.

Quem somos nós para julgar? Quem? As pessoas maldosas não tiram a viseira dos próprios olhos e se acham no direito de julgar seu próprio irmão.

Infelizmente, as pessoas esquecem muito facilmente os favores recebidos. Pobres criaturas! Acreditam que são auto-suficientes para caminharem sozinhas, mas, um dia, vão perceber que o ser humano foi feito para andar acompanhado — lado a lado.

Chegará o momento em que esse ser tão desprovido de valores espirituais perceberá que sua essência não vale nada, apenas possuía bens materiais e usava isso para pisar nas pessoas. **Nada que é material é para sempre.** Pode ser que um dia ele seja abandonado por todos, e de nada adiantarão os bens que acumulou na terra, mesmo porque pode perder tudo o que possuíra; afinal não passa de um oportunista.

Está escrito na Bíblia, Jesus escolheu doze apóstolos homens e outras tantas apóstolas mulheres que estiveram ao seu lado na pregação do evangelho. Andavam sempre unidos e tinham a missão de evangelizar os descrentes e infelizes, além de expulsar os demônios do corpo e da mente.

É uma lástima que irmãos briguem entre si na luta pelo poder, e, às vezes, até contra os próprios pais que os colocaram no mundo e sempre ajudaram sem medir esforços para ampará-los.

Mas... de que adiantava pensar em tudo isso agora? Carmel já perdera a alegria da vida, pois jamais viveria ao lado de seu amado Tomé. Para ela, nada mais tinha sentido, tudo se tornara irreal.

Entretanto, a mameluca Chica, esposa de Tomé, embora estivesse casada com ele, não conseguiu conquistar seu coração nem encostar um dedo nele. Sabia que ele só casara com ela para não ser morto pela maldade das pessoas, pois ele não esquecera a sua amada. Mas Carmel e Tomé eram almas casadas no plano espiritual.

Tendo instintos cruéis, a mameluca resolveu espalhar o boato de que os dois amantes se encontravam às escondidas. Isso era tudo o que os homens vis desejavam para se verem livres de Carmel, que lutava por justiça. Ela foi julgada como uma pessoa pecadora e impura.

Em uma tarde de outono, alguns capangas chegaram à casa de Carmel e, apesar das súplicas de Mãe Dica e do desespero de Ritinha, levaram a valente benfeitora até o pelourinho, onde foi amarrada com correntes como se fosse uma vítima da escravidão.

Da mesma forma, Tomé foi levado para o mesmo local, ficando amarrado de costas para Carmel. Os dois tinham os pés e as mãos presas por grossas correntes para que não pudessem se mexer. Foi um desespero geral.

Muitas pessoas sabiam que aquela situação não passava de ciúme e armação da mameluca com a conivência dos falsos e desumanos moralistas. Homens machistas e mulheres invejosas juntavam-se a outros que tinham suas almas dilaceradas pelo silêncio corrosivo, e, sem nada poder fazer, sofriam igualmente. Homens, como se fossem insetos desprezíveis, rastejavam diante dos poderosos para mostrar fidelidade. Criaturas insanas, hipócritas e falsas — as mesmas pessoas que Carmel já tinha auxiliado de alguma forma através de sua caridade, bondade e educação.

Os gritos de clemência do casal de nada adiantaram. Foi bárbaro demais! Carmel e Tomé foram açoitados e humilhados como faziam com os escravos fujões. Tiveram suas roupas rasgadas, cuspiram em suas faces e jogaram urina em seus corpos como se fossem animais. Quanta crueldade!

Carmel e Tomé sentiram na própria pele toda a dor que os escravos sofriam, mas em nenhum momento se revoltaram, apenas pediam a clemência de Nosso Senhor Jesus Cristo, pois só Ele poderia tirá-los do inferno em que se encontravam. Não adiantava pedir clemência ou piedade, porque todos queriam ver os dois amantes se humilharem perante todo o arraial.

Aos poucos, sentiram que a fraqueza aumentava, pois eram humanos. Mas, como mantinham uma fé inabalável e acreditavam em um só Deus, tinham a certeza de que o Senhor da Luz iria abençoá-los e ampará-los nesse sofrimento que os homens de pouca fé estavam lhes impondo. Só Deus poderia salvá-los daquele suplício. Eles eram inocentes, e o único pecado que cometeram foi o **amor** que os uniu.

Tomé teve seu corpo todo marcado. O sangue corria por sua face, mas se manteve firme sem dar ao menos um grito de dor. Apenas suplicava clemência para sua amada que estava desfalecendo. Carmel, já sem forças, disse:

— Nunca deixei de amá-lo, Tomé. Você foi o único homem que amei em toda a minha vida.

Tomé, com a voz sufocada pela emoção, respondeu:

— Carmel, meu amor, você é a única razão do meu viver. Perdoe-me por ter sido fraco e não ter lutado contra todos os que nos separaram. Fui inocente, jamais deveria ter confiado em pessoas que nos querem mal.

— Eu te perdôo, meu querido, e onde quer que eu esteja, estarei à sua espera. Depois de dizer isso, Carmel desfaleceu.

Quando viram que os dois não tinham mais forças, os malfeitores se afastaram com a convicção de que a justiça fora cumprida. Não se importaram com os corpos inertes que se esvaíam em sangue.

Chica, que observava a cena ao longe, se sentia feliz, e, aproximando-se de Tomé, disse com ar de quem vencera:

— Tomé, você não me pertence, mas também não será dessa branquela. Até o amanhecer, vocês estarão mortos. Entendeu? Mortos!

Depois dessas palavras, virou as costas e, como os outros, foi embora sem olhar para trás. Porém, a mameluca não conhecia o poder do Deus infinito e misericordioso, que é **o Pai, o Filho e o Espírito Santo**. Aquele que fez o grande milagre da vida, **Jesus, o Salvador**, também foi açoitado e morreu na cruz por causa da multidão cega e enlouquecida pelo ódio porque pregava a justiça.

Pois bem! Esse mesmo **Cristo salvou Tomé e Carmel**, porque os poucos amigos que restaram voltaram na calada da noite e, sorrateiramente, cercaram o tronco em que os dois inocentes foram quase mutilados. Carmel, desfalecida, não percebeu nada, mas Tomé notou algumas pessoas chegando de mansinho, pé ante pé, e que cortaram as correntes com cuidado para não machucá-los ainda mais.

Estando sem sentidos, parecendo morta, os amigos pegaram Carmel e a colocaram sobre um lençol, mas notaram que ainda respirava muito fraca e lentamente. Tomé também foi envolto em um lençol amparado pelos amigos, e assim conseguiu reunir forças para sair do pelourinho.

Os amigos carregaram Tomé e Carmel entre a densa mata até a casa de Carmel. Mãe Dica, que já estava na casa, lavou o corpo frágil e todo ensangüentado de Carmel e com a ajuda de Ritinha passou ungüento de ervas curativas para aliviar suas dores. O pajé, que também se encontrava entre os amigos, cuidou dos ferimentos de Tomé.

Todos oravam à sua maneira e de acordo com suas crenças, e pediam com carinho aos anjos provedores que enviassem anjos médicos para ajudar seus grandes amigos. Seus corpos estavam dilacerados e quase nus, pouco restou de suas roupas rasgadas. Porém, o importante é que estavam vivos. Os poucos e bons amigos os ajudaram com amor e, aos poucos, Carmel e Tomé foram recuperando a vitalidade que Deus lhes dera, como o "Grande Milagre da Vida".

Eles foram castigados pela causa mais infame. Seu crime tinha um só nome: **amor!** Como duas pessoas podiam ser condenadas por causa do tesouro mais importante que Deus nos deixou? Quanta incompreensão e maldade provocadas por seres humanos incapazes!

O sol já estava alto quando Carmel e Tomé começaram a dar sinais de recuperação. Mãe Dica e dona Gândia, mãe de Tomé, que estavam presentes, se preocuparam com a alimentação. Eles sentiam sede, e, com muito carinho, dona Gândia lhes deu água como se fossem dois passarinhos, gota a gota. Ela também estava sofrendo muito com o estado em que o amado filho e sua querida Carmel se encontravam.

Depois, cobriu os dois corpos com um tecido leve para não machucar os ferimentos. Eles não tinham forças nos corpos, mas mantinham a grande força interna: **a força de Deus!**

Já era dia claro quando já mais recuperados Carmel e Tomé balbuciaram algumas palavras de agradecimento. Os dois choraram de alegria por saber que estavam vivos, juntos, e ao lado de seus poucos, mas verdadeiros, amigos. **Poucos amigos significa um amor concentrado.**

Ao amanhecer, quando alguns escravos foram até o pelourinho, ficaram assustados ao ver o tronco vazio, e saíram correndo pelo povoado gritando a altos brados:

— Os amantes fugiram do tronco! Fugiram!

Todos saíram de suas cabanas e casas para ver o milagre, pois só Deus poderia tê-los livrado daquele martírio. Como puderam sair com vida do tronco onde vários escravos já haviam morrido?

— Isto é um milagre! É milagre! — repetiam bem alto.

Depois silenciaram, e, cabisbaixos por não entenderem o que havia acontecido, voltaram aos seus afazeres.

Os homens poderosos e covardes viram com os próprios olhos que Deus fizera justiça e tiveram medo da ira do Senhor, pois certamente ela os alcançaria. **Ninguém escapa de sua lança e de sua justiça.**

No mesmo dia, correu a voz de que Chica, a mameluca, havia sido encontrada morta. A maldade daquela mulher era tanta que, quando voltou do pelourinho, resolveu tomar um chá para abortar o filho que carregava em seu ventre. Ela não desejava responsabilidades para sua vida futura e também queria se livrar de qualquer lembrança do seu passado.

Assim, chegando em seu casebre, fez um chá com ervas poderosas e tomou o copo todo sem respirar, pois queria matar a criança. Em pouco tempo, sentiu dores fortíssimas, gritou por socorro, mas foi em vão. Não havia ninguém por perto que pudesse socorrê-la. Chica foi encontrada no dia seguinte... sem vida. Ela matou seu filho, mas pagou com a própria vida toda a crueldade que cometera.

Carmel e Tomé tiveram vários dias de suplício, até ficarem completamente recuperados. O amor e a dedicação dos amigos e da mãe de Tomé foram fundamentais para essa recuperação.

Depois de tanto sofrimento, o casal assumiu seu amor. Mesmo diante dos olhares de censura e das palavras jocosas e rudes, decidiram que nunca mais se separariam. Enfim, todo o sofrimento ficou sem importância diante da alegria de ter o dom da vida.

Carmel e Tomé estavam sentindo que agora eram livres para amar e viver com liberdade. Eles tinham consciência de que a vida deles não seria fácil, pois existia muito preconceito diante da união de um negro escravo com uma branca, mas o amor que havia entre os dois era capaz de transpor qualquer obstáculo que surgisse no caminho.

SE O AMOR FOR VERDADEIRO, SERÁ SEMPRE VENCEDOR, ALÉM DA VIDA TERRENA...

Carta 7

CARMEL REVELA O SEU AMOR À FAMÍLIA

Don José amava seu jardim. Depois de deleitar-se com a primeira refeição do dia, ia para junto de seu maravilhoso jardim. Dentre as flores, as que mais apreciava eram as rosas e as minúsculas violetas roxas, flores comuns em toda a Espanha. Em quase todas as casas havia um vasinho dessa bela florzinha, pois diziam que trazia sorte pela dificuldade de encontrar as belas e minúsculas violetas selvagens entre as folhagens.

Naquela manhã clara e alegre, o sol resplandecia com seus raios dourados, e lá estava don José, apreciando e cuidando do belo jardim. Era o lugar onde se sentia bem e encontrava aconchego para o seu coração.

Desde que Carmel partira para o Brazil, don José transformara-se em uma pessoa tristonha. O jardim era o seu único refúgio e sua distração.

Uma vez ou outra saía do silêncio e conversava com alguém, mas sua voz já não tinha o tom forte e alegre de outrora — parecia que uma parte de sua alma estava adormecida. Ao mesmo tempo, sentia a dor de não ser o mesmo pai feliz e companheiro de todas as horas, pois a nostalgia invadira a sua vida. Conversava apenas sobre coisas rotineiras, alimentava-se apenas para manter-se vivo e, às vezes, tomava licor. Fazia *la siesta* (hábito que os europeus mantém de repousar após o almoço), mas não conseguia relaxar — tudo para tentar agradar a família, que também sofria por vê-lo tão deprimido.

Antes de Carmel resolver viajar para o Brazil, o palacete da família Flores Blanes vivia repleto de pessoas. Era o ponto de encontro dos amigos, que se reuniam mesmo quando iam para outros lugares; era o momento propício para trocarem informações sobre os acontecimentos atuais.

A mesa estava sempre repleta dos mais deliciosos quitutes feitos por doña Emília, além dos licores e vinhos produzidos pela família. Todos se reuniam para conversar e colocar as novidades da província em dia. Lá ficavam os filhos do casal e os filhos dos vizinhos, jovens sempre muito alegres, fazendo pantomimas e rindo de tudo.

O palacete era o ponto de encontro de todos os amigos. O grande portão de ferro trabalhado artisticamente era adornado por belos gerânios coloridos, chamando a atenção de todos que por ali passavam. A família o mantinha sempre aberto à espera das pessoas queridas, porém, aos poucos, as visitas foram diminuindo e agora o portão permanecia apenas entreaberto. Alguns amigos mais próximos e carinhosos entravam para cumprimentar a família Flores Blanes, e, passando pelo belo jardim, observavam don José, como sempre, cuidando das flores com muita dedicação e amor. E diziam:

— Bom dia, don José! Como é belo o seu jardim! Parece mais florido a cada dia. É uma alegria poder desfrutar desta visão.

Os amigos se abraçavam fortemente, depois conversavam sobre coisas rotineiras, comiam alguma coisa, tomavam licor... Tudo para amenizar a tristeza da família. Quando se despediam, don José, com toda a gentileza, dizia:

— Esperem um pouquinho, pois quero lhes oferecer algumas de minhas lindas flores.

Com maestria, montava um buquê com as mais lindas flores e oferecia a todos que vinham visitá-los, apesar de serem poucos os amigos que agora se aproximavam, pois, no palacete, não havia mais a mesma atmosfera de alegria, com risos, cantos e muitas danças. Só ficaram por perto os verdadeiros amigos, que iam até lá para dar conforto e carinho, pois sabiam da saudade que a família sentia de Carmel. Era uma forma simpática de amenizar a tristeza daquelas pessoas tão bondosas e queridas. Somente pessoas inteligentes e sensíveis têm esse tipo de atitude.

Quando nos sentimos fragilizados e tristes, precisamos ainda mais do amor, carinho e da atenção de todos. Apenas algumas palavras de conforto e amor eram suficientes para acariciar a família Flores Blanes, mas, infelizmente, nessas horas tristes, a maioria das pessoas não aparece, elas só vêm visitar quando sabem que haverá alegria. São seres humanos vazios.

Don José sempre se alegrava quando avistava algum amigo entrando em seu palacete. Também sua esposa, doña Emília, já não era mais a mesma. A solidão tomara conta do seu coração.

Quando seus filhos e a jovem Mariazinha chegavam dos estudos, ela sentia um pouco de conforto e alegria, porque sempre traziam boas novas das províncias e abraçavam a mãe com muito amor. Todos sabiam que o carinho e as conversas agradáveis conseguiam mudar o ritmo melancólico da casa dando um brilho especial à vida.

Don José olhava os movimentos de todos e agradecia a Deus pela dádiva do afeto de seus filhos. Assim, a luz invadia seu lar e ele voltava a seus afazeres com mais entusiasmo.

Como exímio jardineiro, ele próprio fazia os enxertos das rosas, e conseguia os mais raros matizes. Algumas rosas eram grandes, outras, miudinhas — enfim, cultivava flores maravilhosas jamais vistas nos arredores. Além disso, só ele sabia montar com tanta maestria e delicadeza o buquê de pequeninas violetas que levava todas as tardes para doña Emília. Don José entregava as mimosas flores para a esposa e beijava seu rosto, sem dizer uma só palavra. Doña Emília agradecia com um beijo cheio de amor, gesto que com certeza era cúmplice de suas tristezas e de quanto se amavam.

Sem dúvida, nessa atitude silenciosa, os dois faziam um clamor a

Deus, pedindo bênçãos para seus filhos e em especial para Carmel, que estava tão distante.

Certo dia, Mariazinha foi até à aldeia fazer compras e um menino veio ao seu encontro, dizendo:

— Olá, menina! Você mora no palacete da família Flores Blanes?

— Sim, moro. O que deseja?

— É que ontem atracou uma embarcação que veio do Brazil e o comandante me entregou algumas correspondências... Tenho uma carta para essa família.

Mariazinha pegou a carta alegremente, agradeceu e saiu em disparada. Suas pequenas pernas quase não sentiam o chão, parecia que estava voando, pois sabia que a carta era de Carmel. A menina chegou ao palacete sem fôlego, tropeçando em tudo o que encontrava pelo caminho. Ao entrar pulando alegremente como uma cabritinha, sem fôlego e ansiosa, entregou a carta para doña Emília e disse alegremente:

— É uma carta da Carmel. Por favor, leia, estou tão curiosa!

Ouvindo aquela gritaria, todos vieram para ver o que estava acontecendo. Doña Emília tentou abrir a carta, mas não conseguiu porque estava impaciente demais e tremia muito.

Pilar pegou a correspondência da mão de sua mãe, mas também não conseguiu abrir o envelope por causa do nervosismo. Quanta agonia! Don José observava aquela cena em silêncio, e quando Antonio pegou a carta foi um alívio para todos!

O rapaz iniciou a leitura com sua voz possante e clara, mas assim que percebeu que não se tratava de boa notícia, a voz foi sumindo. Carmel sempre escrevera de forma esclarecedora, mas havia algo diferente naquela correspondência.

Estavam todos atentos, por isso perceberam quando a voz do rapaz ficou embargada e triste. Um silêncio profundo dominou a família, pois não sentiam bons presságios. Carmel poderia estar sofrendo.

Na verdade, no momento em que escrevera a carta, Carmel estava muito angustiada. Sempre tivera autonomia para tratar de seus assuntos particulares, era decidida e procurava resolver todas as situações de imediato, porém, naquele instante, estava sem forças. O sofrimento pelo qual passara fora muito grande. No entanto, o que mais a afligia ela não escrevera, pois seus pais não entenderiam e poderiam morrer de angústia sem poder fazer nada.

Existem circunstâncias cujas decisões só cabem a nós mesmos, mas Carmel se sentia na obrigação de escrever para sua família e informá-la sobre o que estava ocorrendo em sua vida, principalmente à sua mãe, porque só mesmo as mães, com seu amor incondicional, sabem como aconselhar um filho. Por vezes, agem com severidade; é que o amor de mãe extrapola até seus próprios limites emocionais.

Ao mesmo tempo, Carmel tinha receio da revolta dos seus familiares e do desgosto que lhes causaria.

Ela sabia que todos eram contra suas atitudes audaciosas, mesmo assim as aceitavam. Também conheciam o gênio forte e decidido de Carmel, mas tinham a esperança de que ela compreendesse o que fizera e voltasse logo para a Espanha, mesmo não sabendo dos fatos reais.

No entanto, Carmel vivia em outro mundo, tinha outros ideais e tomava decisões bem diferentes de todos os seus familiares.

Agora não existiam outras alternativas. Precisava enfrentar os fantasmas e exorcizar os demônios que a mantinham enclausurada, impedindo-a de tomar outras atitudes. A família sempre fora muito importante para ela, portanto, não podia ocultar o que estava ocorrendo em sua vida.

Querida madrecita, mi padrecito y hermanos,

Estou sentindo muita dificuldade para escrever esta carta porque, quando temos que falar de nós (e o assunto é muito delicado), não sabemos como nos expressar. Por isso, após várias tentativas, somente agora criei coragem para escrever sobre a situação em que me encontro. Espero que vocês entendam o que realmente quero comunicar.

Madrecita, sei que sou responsável por minhas decisões e devo arcar com as conseqüências. Sempre soube como proceder, mas confesso que neste momento estou perdida. Não sei o que fazer! Minha vida mudou radicalmente, assim como meus pensamentos, minhas emoções e atitudes. É como se a vitalidade do meu corpo tivesse se esvaído; já não me sinto tão forte e decidida em relação à minha própria vida. Espero reagir com o tempo, que é o melhor remédio, e com a grande fé que habita no meu coração.

Peço o perdão e a compreensão de vocês para o que vou relatar, porque me sinto uma tola.

Agora, mais do que nunca, é muito importante que eu tenha o amor e o apoio de todos vocês, que eu amo e pelos quais sou amada.

Como já sabem, Felipe morreu há quase um ano. Desde então, tenho me sentido muito só e me entreguei ao meu trabalho humanitário de corpo e alma. Passei por muitas tristezas e dificuldades, mas, graças à dedicação que tenho pelas pessoas necessitadas, pude aliviar um pouco o peso dos meus problemas. Sei que com este trabalho não tenho retorno financeiro, consigo apenas o suficiente para sobreviver, mas a satisfação de poder ser útil e ajudar alguém gratifica e conforta muito mais que os bens materiais que eu poderia obter.

Madrecita, mesmo sem perceber ou desejar, apeguei-me muito a uma pessoa e, quando dei por mim, percebi que o amava perdidamente. Bem, como vocês sabem, nunca fui feliz com o Felipe, e jamais soube o que era o amor verdadeiro, pois nosso casamento foi por interesse de ambas as partes. Com o passar do tempo, tentei aceitá-lo e, durante algum tempo, achei que o amava porque desejava ter minha própria família, meus filhos... Mas tudo foi em vão. Felipe vivia para o seu trabalho, em busca de condecorações. Nos raros momentos de folga, ficava nos bordéis divertindo-se com as prostitutas, que aceitavam todas as aberrações que desejasse, e bebendo na companhia de amigos. Nunca sobrava tempo para mim; jamais foi meu amigo e companheiro. Durante o tempo em que permaneci com Felipe, vivi muito só. Completamente só.

Apesar de não ter guardado rancor dele, sofri muitas desilusões, pois, além de não me ter dado atenção, nossa vida sexual foi quase inexistente porque ele teve muitas amantes. No início, nossas relações íntimas foram horríveis; ele tinha modos grosseiros e não sabia acariciar ou falar palavras doces, afinal, estava acostumado com a vida de prostituição. Aos poucos, foi deixando de me procurar, até agir como se eu não mais existisse em sua vida. Eu era apenas sua esposa, mais nada!

Mesmo assim, eu mantinha alguma esperança, e então fui conversar com doña Rosário, nossa amiga da Espanha, que me tratou com muita paciência e carinho. Ela me esclareceu muitas dúvidas, dizendo coisas para que eu pudesse enxergar tudo com clareza, e também se colocou à minha disposição para conversamos outras vezes. Sou muito grata por tudo o que ela me ensinou, pois agiu como minha professora, instruindo-me para viver honestamente, mas reivindicando meus direitos de mulher e esposa.

Bem, pouco antes da morte de Felipe, soube que ele tinha outra família aqui no Brazil e também dois filhos. Quando as crianças eram ainda pequenas, Felipe os abandonou e nunca mais lhes deu qualquer tipo de assistência, financeira e moral, muito menos amor ou atenção.

Agora vejo quanto fui inconseqüente quando resolvi casar com esse homem sem conhecê-lo suficientemente, afinal, eu não sabia nada sobre o seu passado e suas raízes familiares. Não casei apenas com Felipe, mas com sua família, que não cheguei a conhecer verdadeiramente.

Como podem ver, meu casamento não teve validade, pois ele era bígamo. Nunca contei nada a vocês para não os deixar preocupados, mas agora encerrei esta fase horrível da minha vida.

Porém, madrecita, hoje posso dizer que sou uma pessoa completa e realizada, pois me sinto realmente desejada e respeitada por um homem maravilhoso que sempre me amou em silêncio. Ele não possui títulos de nobreza, mas é digno, honesto e de caráter admirável, tive vários e louváveis motivos para amá-lo. Ele é culto, tem a grande virtude de ser um homem bom, alegre, trabalhador e tem uma ótima família, que me aceita, me respeita e me quer bem como se eu fosse de sua própria família. Fui aceita amorosamente, graças a Dios.

Outra coisa muito importante: nós acreditamos em um só Dios e fomos batizados pelo Seu Espírito Santo. Somos devotos de nossa crença, diferente da católica a qual fui obrigada a aceitar desde a mais tenra infância, para não me indispor com a sociedade conservadora. Lemos a Bíblia todos os dias e meditamos muito sobre o Nosso Senhor Jesus Cristo.

Tomé é muito inteligente e tem a mente aberta para todas as crenças de Dios. Quando a mãe dele foi trazida para o Brazil pelos escravocratas, a separaram da família, que em sua maioria foi levada para a colônia inglesa da América do Norte.

Por ter muita formosura, um porte elegante e sendo culta

(dona Gândia fora professora na aldeia em que vivia na África), seria vendida por um bom preço para ser usada na prostituição. Dessa forma, foi capturada com uma rede pelos caçadores de escravos, a mesma usada para caçar animais ferozes.

Essa mulher suportou bravamente os infortúnios da vida, pois trazia em seu ventre o fruto sagrado de seu amor — estava grávida de dois meses. Quando sua gravidez foi descoberta, dona Gândia fugiu para a floresta e foi acolhida pelos índios. Depois de algum tempo, manteve uma união com um homem muito bom, que, além de ajudá-la a cuidar de seu filho Tomé, lhe deu uma filha, Ritinha.

Dona Gândia, mulher forte, cuidou de seus filhos com muita coragem, amor, trabalho e resignação. Porém, seu companheiro morreu quando teve um infortúnio com os capitães de escravos. Foi levado para a floresta, muito longe de seus familiares, e desde esse dia nunca mais tiveram notícias dessa criatura indefesa.

Hoje, Ritinha é minha grande amiga, companheira, e está sempre ao meu lado em todas as missões e em todas as horas. Além do aconchego de sua mãe, dona Gândia, e de sua maravilhosa família, posso contar também com Mãe Dica, uma senhora negra muito amorosa, que me amparou quando aqui cheguei.

Foi ela quem me transmitiu todos os segredos das ervas curativas para que eu pudesse cumprir minha missão e cuidar das pessoas necessitadas. Mãe Dica se preocupa muito comigo e cuida de mim com muito carinho, mas, nada se compara ao amor natural que sempre recebi da senhora, madrecita. Mesmo sendo adulta, sinto muita falta do seu colo.

O colo de nossa mãe não se encontra em lugar nenhum.

Bem, voltando ao Tomé... Ele é como eu, temos os mesmos ideais: gostamos de trabalhar e ajudar as pessoas. Nele tenho muito mais que um amigo por sua atenção e delicadeza ao me tratar, fazendo com que me sinta uma mulher plena e realizada.

Tomé é um grande companheiro de vida, tem postura de lorde inglês e fala vários idiomas, pois viajou muito por esse mundo. Enfim, é o homem que sempre desejei para ser meu marido, a pessoa certa para constituir a família que desejo.

Madrecita, ao me apaixonar por ele, sofri muito, pois não aceitava esse sentimento sendo viúva e ele solteiro. Superada essa fase difícil, quando tudo parecia estar bem, ele foi vítima de uma calúnia e obrigado a casar com uma mameluca. Mais uma vez, perdi as esperanças de ser feliz. Assim eu pensava.

Mas como Dios escreve certo por linhas tortas, aconteceram vários contratempos e Tomé também ficou viúvo. Esse corajoso homem nasceu no Brazil, mas veio da África no ventre de sua mãe, como já lhe contei. Ele é negro, mas, graças a Dios, isso não interfere no nosso amor, e espero que seja da mesma forma para vocês, pois Tomé tem caráter louvável. Ele é o homem que sempre desejei como esposo e o encontrei tão distante da terra em que nasci.

Estou preocupada principalmente com mi padrecito querido, pois não desejo causar-lhe nenhum sofrimento, e nem a vocês. Sei que não estão acostumados com essa mistura de raças. Para nós, era algo folclórico que apreciávamos nas viagens, mas nossa realidade era outra e, ao retornarmos, as coisas voltavam aos seus devidos lugares. Aqui no Brazil é diferente, pois existe uma miscigenação muito grande de raças, por isso as pessoas são tão bonitas e exóticas.

Não posso mudar as leis de Dios, por isso estou confusa. Jamais pensei em ferir nossas raízes, mas... o que fazer se amo esse homem? O quê? Ele é o meu grande amor e desejo formar uma família ao seu lado.

Madrecita, preciso de sua bênção, da bênção de mi padrecito e do apoio dos meus irmãos para poder aliviar este peso que sinto no meu coração. Não posso viver em desacordo com minha família, que respeito e amo com todas as forças do meu ser. Preciso da compreensão e do consentimento de todos vocês, porém, não posso obrigá-los a aceitar minha escolha, e mesmo com dor compreenderei se for preciso.

Sei que será muito difícil para vocês aceitarem minha decisão, e talvez isso seja quase um sonho, mas é o que mais desejo. Se um dia eu vier a casar, vocês terão netos mestiços, que terão características minhas e as de Tomé. Certamente, eles serão muito lindos. Eu tenho certeza!

Madrecita querida, por favor, eu imploro, não rasgue esta carta. Peça a Maria que envie a resposta para a choupana de Mãe Dica, que com certeza me entregará. Estou tão angustiada... não sei o que fazer. Às vezes, penso em morrer, outras, em viver muito para poder desfrutar da felicidade ao lado do homem que amo. Mas Dios é quem sabe. Só não posso ser abandonada por minha família, porque preciso de vocês como nunca! No entanto, tenho que aceitar a decisão de todos. Estou certa de que Dios permitiu que eu viesse à Terra e vivesse com os pais que escolhi mesmo antes do meu nascimento. Sei que fiz uma boa escolha.

Se eu tiver a felicidade de casar com Tomé, pretendo estabelecer residência aqui no Brazil, mas quero ir à Espanha para visitá-los porque estou com muita saudade. Tenho todos os sentimentos que se mesclam em uma alma humana temente a Dios.

Como já contei em uma carta anterior, todos nós somos brancos descendentes dos africanos. Com o passar do tempo, após muitos séculos, foram aparecendo os outros países. Essa história é muito longa, mas um dia, com mais tempo, contarei tudo o que sei e aprendi. Nós também descendemos dos negros! Existem vários países no mundo que, como a África, possuem negros e escravos, dentre eles o Egito, o Paquistão, a Índia e vários outros — não só o Brazil, como muitos pensam.

As pessoas precisam estudar mais para enxergar além de seus umbigos, porque, quando em uma família branca, de repente, nasce um negro, ficam todos estupefatos, não sabem de onde veio essa criança, o que pode gerar desavenças. No entanto, pode ser de um ancestral longínquo, cujo gene estava guardado em nossas células. Não podemos esquecer que perante Dios somos todos irmãos e iguais.

Bem, meus queridos familiares, quero dizer a vocês que minha alma se uniu a de Tomé em um Templo Sagrado, sem convidados, somente com a participação de Dios e da natureza. Nesse momento, nosso amor foi consumado e abençoado pela Lei Divina. A partir de então, nos consideramos casados, mas apenas pelas leis de Dios. Pela lei dos homens, nossa união não foi legitimada, por isso não me sinto confortável. Tomé e eu não aceitamos essa condição ilegal. Queremos casar como manda a Santa Bíblia Sagrada.

Espero receber uma resposta em breve, para que possa me sentir mais aliviada e saiba como proceder diante de tudo o que estou passando.

Tomé está mandando um grande abraço de união a todos. Tenho receio de que ele não seja bem-aceito, no entanto, confio em Dios e no seu grande amor, mi madre.

Envio beijos saudosos com muito amor.
Carmel

Quando doña Emília recebeu a carta e soube da decisão da filha, ficou enlouquecida. Gritava e chorava desesperada, pois Carmel não era de voltar atrás. A angústia da família foi grande e ninguém podia consolar a mãe. Doña Emília sabia que sua filha estava saudável fisicamente, mas não acreditava que estivesse com a saúde mental perfeita. Ela repetia: "Como uma pessoa normal poderia agir daquela maneira? *Madre mia,* como?" Andando de um lado para outro, muito inquieta e nervosa, disse:

— Um negro! Quem sabe se é um traficante de escravos? Carmel está apaixonada, e o amor cega as pessoas! Para que serviu a educação que lhe demos? *Esta niña esta loca!* Está enamorada, mas a paixão é fugaz e passageira. No entanto, durante essa fase de loucura, pode acontecer o pior para nossa família, que é tão respeitada em toda a Espanha. O que podemos fazer?

Nesse momento de fúria e desespero, todos se mantiveram cabisbaixos, e o silêncio fazia eco. O que dizer para uma mãe desesperada?

Mariazinha, que observava tudo, aproximou-se, colocou as suas pequenas mãos na cabeça de doña Emília, e disse carinhosamente:

— Controle-se, doña Emília. Isto pode ser apenas um momento de ardor, e logo vai passar. Eu também vou amar um dia, mas não sei se serei amada ou se vou casar. Carmel gosta das coisas esclarecidas e quis colocar vocês a par de tudo o que está se passando com ela; é apenas isso. Não prenda seu choro, doña Emília, pois Deus fez as lágrimas para lavar a nossa alma sofrida. Chore para acalmar seu coração, porque o choro é um santo remédio com que Deus nos presenteou para aliviar as dores.

Em seguida, Mariazinha beijou carinhosamente a face de doña Emília, enquanto Pilar disse:

— *Madrecita,* a senhora também já foi jovem e se apaixonou por uma pessoa que não era a certa. Depois, casou com *mi padrecito,* a quem amou e continua amando muito até hoje. *Mi madrecita,* compreenda, ajude Carmel. O amor transforma tudo na vida, e com a graça de *Dios* a senhora há de entender o que está se passando com sua filha Carmel.

Antonio comentou:

— Se eu casasse com todas as mulheres por quem me enamorei, a senhora, *madrecita,* teria vários netos correndo por nossa casa, sem lhe dar sossego, não a deixariam tranqüila por um minuto sequer.

Fazendo pantomimas para aliviar a preocupação da mãe e fazê-la esboçar um sorriso, Pepe completou:

— *Madrecita,* paixão não é amor, mas, sim, uma doença, como o sarampo. Ela fica por uns dias, mas passa com o tempo. A senhora vai ver isso acontecer.

Don José não disse nada, permaneceu no mais absoluto silêncio. Porém, todos notaram seu olhar preocupado franzindo a testa, tentando, em vão, esconder o seu sofrimento. Ninguém ousou pronunciar uma só palavra; todos respeitaram sua dor pela surpresa e por seus pensamentos de preocupação.

Carta 8

CONVITE DE CARMEL PARA O SEU CASAMENTO

Querida família,

Sabemos que existe uma luz imensa no Universo que cuida para nos manter unidos nesta vida. Dessa forma, estamos juntos pela graça de Dios para que possamos nos amar e nos ajudar mutuamente, mesmo a distância.

Madrecita amada, escrevo para contar-lhes algumas coisas que acontecem por aqui, pois tenho certeza de que interessa a todos vocês. Sei quanto desejam saber como estou vivendo, se estou bem e com saúde. Fiquem tranqüilos porque, embora tenha passado por alguns momentos difíceis, agora estou bem.

No entanto, vou falar de situações importantes e particulares que só os nossos entes queridos podem compreender. Sei que vocês entenderão e serei bem recebida, pois creio em um único Dios, que faz milagres onde já não há esperanças.

Ele é o Pai da Luz, é misericordioso e realiza coisas que nem imaginamos ser possível. Para isso, basta plantarmos uma semente do tamanho de um grão de mostarda, que é a menor semente do mundo. Se soubermos colocá-la com fé em terra fértil, com certeza ela germinará.

Neste momento, estou em minha cadeira de balanço, recostada à pequena janela coberta pela cortina de renda que confeccionei aí na minha amada Espanha. Como dizem os brazileiros: "Quanta saudade dos momentos em que vivemos juntos." A cortina toca no meu rosto com suavidade. Sinto que isso é um aviso de que algo bom vai acontecer. Espero com ardor que o pedido que vou lhes fazer seja atendido e que eu não o faça em vão.

Meus queridos, desejo de todo o coração que minha família, que sempre foi muito unida, aceite o convite para a cerimônia do meu casamento. Como lhes contei na carta anterior, Tomé, meu companheiro, o homem que me amou e que também comecei a amar desde o primeiro instante em que nos vimos, é negro. Nós dois só não sabíamos que, a partir daquele momento, estávamos plantando a sementinha que germinaria muito tempo depois.

Nós, seres humanos, nunca saberemos quando o verdadeiro amor, que é para toda a vida, vai habitar em nosso coração tão despreparado. Só Dios. Agora, esta semente se transformou em uma grande e frondosa árvore, que há de dar bons frutos.

Apesar da alegria que estou sentindo, sofri muito, e peço perdão a todos que também fiz sofrer com a minha distância — porém, era o que Dios tinha reservado para mim. Mesmo conhecendo a realidade do que Dios faz por nós, tenho a certeza clara de quanto já fiz vocês sofrerem. O remorso dói demais, porém, sei que Dios está ao meu lado e me trouxe até aqui porque tenho uma missão a cumprir.

Madrecita, só encontrarei tranqüilidade quando tiver sua resposta sobre a reação de todos, até de Mariazinha, que é minha irmã de coração. Acredito que ela também esteja me apoiando.

Quanto à data da cerimônia, procurarei conciliar com a época de férias, quando meus irmãos estarão livres de seus compromissos. Mi padrecito está aposentado, e como a senhora não tem descanso, pois está sempre cuidando de todos, poderá relaxar da lida estafante de uma dona de casa, a qual nunca termina. Se me perdoarem verdadeiramente, por favor, mande-me uma carta para que possamos preparar a cerimônia, que será muito simples, mas abençoada pelos anjos. Vocês, meus pais, meus irmãos e meu amado Tomé são meus anjos justiceiros e curadores para retirar as tristezas e mágoas que se formam pela distância, por vezes, sem esperança de um dia melhor, mas Dios estava conduzindo nossa família. Vocês, meus pais, são a árvore e nós, os filhos, frutos saborosos com certeza.

Por estar em um país sem cultura e no meio de pessoas que não entendem as leis da Bíblia, Tomé e eu sofremos muito para podermos ficar juntos. Quando vocês chegarem aqui, contarei com mais detalhes tudo o que para nós já está esquecido.

Bem, Tomé e eu ficamos mais tranqüilos depois de fazermos um ritual praticado por alguns nativos para exorcizar as maldições e os maus agouros.

Nós cavamos um buraco ao lado de um lindo canteiro de flores e em uma folha de papel escrevemos todas as amarguras pelas quais passamos. Coisas ruins que nos aconteceram, raiva que sentimos das pessoas que nos prejudicaram, tudo o que deixava o nosso coração agoniado.

No mesmo instante, pedimos perdão a Dios por nossos erros e oramos o "Pai Nosso" de mãos dadas, com muita fé. Dobramos o papel e enterramos no buraco, colocando uma pequena cruz feita por Tomé em cima da terra.

Com isso, sepultamos o nosso terrível passado e o de nossos antepassados, porque, mesmo que nós não saibamos, trazemos em nossas ramificações, na parte genética, a carga de nossos antepassados, que nos perturba a vida inteira sem motivo aparente.

Meu amado e eu insistimos por anos em encontrar a luz de Dios sem desanimar, e devemos prosseguir com o trabalho físico e espiritual até o último suspiro de nossas vidas.

Assim, Tomé, Mãe Dica, Ritinha, meu amigo negro esperto, eu e quem mais se acercar compreendemos que é nossa vocação e todos participamos desse louvor ao "Ser Maior — Dios". E oramos juntos para sepultar o triste passado.

Enterramos o pequeno papel junto com todas nossas mágoas e sofrimentos, depois de orar para que tudo ficasse no esquecimento eterno, e assim conseguimos nossa libertação. O local onde colocamos a cruz se tornou sagrado.

Quando passamos por perto, sabemos que já não temos pecado ou qualquer situação que nos perturbe, por vezes, vinda de outros tempos, mesmo antes do nosso nascimento. A cruz é pequena e ninguém, além de nós, precisa saber de sua existência. Ninguém precisa saber da nossa crença para limpar o passado, esquecer tudo e recomeçar uma vida nova completamente zerada.

A partir de então, a vida se renova. É como se podássemos uma árvore que parecia morrer e agora renasce florida. Dios nos dá uma nova oportunidade de sermos felizes. O crucifixo simboliza a cruz de carvalho, que está enterrando tudo o que nos faz mal e nos atrapalha.

Minha família, há um navio muito espaçoso e confortável que fará o percurso da Europa para o Brazil, só não sei a data precisa da viagem.

Por favor, não neguem esse pedido a uma espanholinha turrona, irreverente e teimosa, que, embora mereça umas palmadas e uns bons puxões de orelha, ama vocês com todas as forças do seu coração.

Desejo ardentemente que toda a minha família possa estar presente em meu casamento com Tomé para abençoar esse dia tão importante na minha vida.

Saibam que mudei muito, porque com seus golpes severos a vida me ensinou a ser bastante humilde. Algumas pessoas precisam sofrer para entender que Dios sempre deseja o melhor para seus filhos. Sei quanto errei, mas Ele perdoa a todos os que se arrependem, principalmente os pais, que procuram sempre o melhor para seus filhos. Por isso, tenho certeza de que este grande milagre se realizará e reunirá nossa família. Quando receber a resposta de vocês aceitando este convite, o meu sonho se concretizará, e assim iniciarei os preparativos para a cerimônia de casamento que me fará a mulher mais feliz do mundo.

Espero em Dios, creio no Seu perdão, na Sua justiça e Paz!

Quando o ser humano sofre e sente a dor da saudade, dá mais valor aos pais, que sempre demonstram seu amor intenso e seu verdadeiro carinho. Somente os pais têm poder de doação total, principalmente a mãe. Lembre-se da mãe de Jesus, Maria, um grande exemplo de bondade, sofrimento e resignação.

Os pais, mesmo na adolescência, nos dão conselhos, mas, viramos as costas e não desejamos ouvir suas palavras sábias. Não os compreendemos, mas, por serem mais velhos, são mais experientes. Porém, agora as palavras são claras e legíveis, as lembranças entraram em minhas entranhas e compreendo como estavam certos. Sinto muito por ter sido incoerente e tola, como a maioria dos jovens.

Ore por mim, madrecita, por favor! Preciso do seu amor materno, pois acredito que só as mães entendem o coração de seus filhos.

O pai ama e sofre com a dor dos filhos e também se alegra com a felicidade deles. Mas a mãe é diferente! A mãe está sempre à frente, como um escudo. É uma guerreira incansável, seu espírito nunca dorme e, muitas vezes, nos diz a palavra "não" mesmo nos machucando; no entanto, a mãe sabe que é para o bem de seu filho, pois ela enxerga o futuro distante. Quanto me arrependo, madrecita, por não ter seguido seus sábios conselhos! Mas meu coração diz outra vez o que fazer, é só se entregar a Dios, porque sem Ele somos nada vezes nada.

Bem, meus queridos, estou ansiosa aguardando notícias positivas sobre meu convite. Que Dios me ajude e ilumine seus corações. Mais uma vez, me perdoe, madrecita, por favor, pois agora sei que as mães enxergam em terceira dimensão. Os dias são muito longos e a noite parece não ter fim... é o dia-a-dia.

O homem não tem culpa de sua fraqueza, pois Dios, com certeza, fez a mulher diferente em todos os sentidos; porém, se o homem se mirasse um pouco mais em sua esposa, poderia melhorar muito. O que é natural para a mulher requer muito esforço do homem para que possa aprender como se ama verdadeiramente.

Um dia, uma mulher me disse que eu só iria entender minha mãe quando eu também fosse mãe. Falou mais: que depois de ser mãe a mulher nunca mais será a mesma pessoa. Nunca!

Conforme o tempo passa, compreendendo melhor o que aquela mulher quis dizer, porque percebo que não existe amor no mundo como o que você nos dá, madrecita.

Bem, meus queridos, beijos, beijos, beijos com imensa saudade.

Carmel

Capítulo 27

CARMEL, DEPRIMIDA, REPENSA SUAS ATITUDES

Carmel guardava uma angústia muito grande no peito, pois sabia que deixara muita amargura e desgosto no coração de sua família. Estava arrependida por ter vivido essa aventura à custa de tão grande sofrimento, tanto dela como de seus familiares. Mas já não podia voltar atrás, por isso derramou muitas lágrimas em seu doloroso silêncio.

Sua família sempre tivera um lar alegre, festivo e repleto de harmonia. Agora tudo estava diferente, e sentia-se culpada pelo grande mal que causara a todos, mas nem ela mesma sabia por que tomara aquela decisão em sua vida, e em seu desespero perguntou a Deus:

— Senhor, por que tomei esta missão tão árdua para cumprir? Tento fazer o bem a todos os que me procuram. Vim para um país longínquo, selvagem e cheio de contrastes para auxiliar pessoas que não conhecia, e desprezei os que são tão caros para mim. Hoje sinto que estou impotente, sem esperanças de ver um amanhã melhor para essas pessoas simples, amorosas, de boa índole, mas, infelizmente, sem qualquer perspectiva de vida... e eu me incluo nelas.

O coração de Carmel parecia não suportar tanta dor e solidão, estava muito longe das pessoas que a amavam realmente. Em sua angústia, e não desejando passar sua dor para o seu futuro marido, procurou se isolar, por isso resolveu caminhar à beira do mar, que parecia fazer eco aos seus lamentos e dessa forma acalentava sua alma carente de amor familiar. Suas idéias estavam muito confusas, por isso gritou ao vento. Seu grito sufocado pela dor interior era de lamento:

— *Dios,* por que comigo? Por favor, responda, Senhor!

Era madrugada, e, fixando seu olhar no infinito, Carmel se viu em frente ao oceano grandioso e belo, e perguntou o porquê de tanta dor e sofrimento, pois tinha o homem que amava e também poucos, mas sinceros, amigos. Deveria estar feliz e satisfeita, mas sua cabeça estava confusa, e isso a deixava mais infeliz. O vento acariciava seus cabelos, fazendo com que sentisse o pulsar da natureza. Suas roupas leves flutuavam com o calor morno e carinhoso.

Carmel tinha sua fiel amiga, Ritinha, e também Mãe Dica e Tomé, o único homem que amou em toda a sua vida. Sabia que era amada por eles e também os amava, mas, mesmo assim, não preenchiam o vazio de seu coração desesperado. Esta é a razão de Deus unir as famílias.

O problema era sua consciência, que a martirizava enchendo-a de remorsos. Quando a dor é da alma, não existe remédio para aliviar nem palavras para consolar. Só encontraremos alívio tendo paciência e por meio das lágrimas.

Deus nos deu o milagre das lágrimas para lavar com amor nosso coração aflito. O choro vem para nos consolar e é uma das bênçãos do Senhor. Chorando, lavamos nosso espírito, por isso, nunca impeça uma pessoa de chorar; ela está recebendo o consolo do Pai.

Quando somos jovens, tudo é lindo, bom e maravilhoso, e não nos preocupamos com o amanhã, pois nos sentimos fortes e destemidos. Sentimo-nos poderosos, sabemos tudo, acreditamos que nada poderá nos atingir e somos imbatíveis, como se a velhice nunca fosse nos alcançar e nos manteríamos jovens para sempre. Mas com o passar do tempo percebemos que não podemos voltar atrás — temos a cobrança dos nossos atos, sejam eles quais forem.

Carmel estava chorando, inconformada, pois sempre procurara manter uma postura correta, honesta, com atos louváveis. Por que tanto sofrimento agora?

Nesse instante, junto a Deus e em contato com a natureza, Carmel pôde encontrar a si mesma, mergulhando no seu íntimo. Estava em prantos, ajoelhada, sentindo as ondas do mar sereno, e, enquanto a lua banhava seu corpo frágil, parecia ouvir vozes que vinham do infinito. Era um idioma esquisito, confuso, talvez muitas pessoas falando ao mesmo tempo, e não sabia de onde vinham essas vozes. Eram dos anjos curadores!

Apesar de não entender o significado das palavras, ela sentiu um grande alívio em seu peito. Depois, Carmel deitou-se sobre a areia e deixou-se envolver pelas delicadas ondas do mar. Olhou ao redor e sentiu o perfume da mata. Aos poucos, foi se despindo de seu próprio orgulho e do **ego, o nosso maior inimigo**, que nos causa tanto mal, impedindo-nos de ver a vida com clareza.

Entretanto, Deus, que é infinito e Nosso Pai consolador foi acalmando a ansiedade daquela frágil mulher que só desejava ser feliz, sem querer magoar qualquer pessoa e respeitando a tudo e a todos. No entanto, inconformada por ter machucado profundamente sua família, que tanto amava, se perguntava como uma pessoa que sentia tanto amor podia magoar as pessoas mais importantes de sua vida?

Nesse instante, Carmel avistou ao longe uma luz com raios platinados, e, acercando-se, sentiu-se envolvida por muito amor, ternura e compaixão. Esgotada de lutar contra suas próprias forças e suas limitações carnais, desistiu da batalha e entregou tudo nas mãos de Deus. "Só Ele sabe o que é melhor para todos — só *Dios,* o Pai de todos" —, pensou Carmel.

A consciência é causadora da mais terrível das dores, porque sabe que o passado não tem volta e os atos cometidos não podem ser apagados. Podemos reparar nossos erros, estes podem ser desculpados, porém só Deus pode perdoar, mais ninguém!

Carmel precisava reunir forças para o reencontro com sua família, principalmente com sua querida mãe, que era a pessoa mais importante da sua vida.

O coração de uma mãe é como a ostra no fundo do oceano. Ela vive em seu silêncio doloroso, tudo aceita e, como a ostra, cultiva em seu interior a mais sublime pérola: **o amor!** Porém, um dia, o filho abre o seu coração e percebe que não existe beleza mais sublime na vida do que o amor de mãe!

Nesse momento, Carmel recordou as alegrias e angústias de Maria, Mãe de Jesus, e entendeu a mensagem. Em seu silêncio, a mãe guarda um amor incondicional, onde trabalha, cuida e se entrega sem medidas, e, sem que ninguém perceba, deixa resplandecer o amor e a sabedoria que recebeu das mãos de Deus, como se fosse uma pérola maravilhosa cultivada em seu ventre silenciosamente e em segredo. Dessa maneira, a mãe guarda o segredo de seus filhos — como uma ostra. Mas ela nada pode fazer para mudar o ciclo da vida daqueles a quem tanto ama. Só Deus tem o poder de modificar os caminhos da mãe e do filho!

Enquanto a pérola não está pronta, continua sendo protegida pela ostra. É como uma mãe que tem paciência e sabe esperar o desenvolvimento dos filhos, e, assim, vencerá todos os obstáculos e tudo o que for necessário para protegê-los em segurança.

Aos poucos, Carmel foi se recompondo e levantou meio atordoada, quase caindo sobre a areia fina. Estava completamente molhada pelas ondas do mar e pelas lágrimas que brotavam de seus olhos. Quando finalmente ficou em pé, voltou a ouvir as palavras estranhas vindas dos anjos, mas, dessa vez, em louvores e adoração ao Senhor Jesus, pois os anjos entoavam uma melodia celestial de consolo.

Carmel foi retomando suas forças e sentiu que Deus a havia perdoado pelo grande sofrimento que causara aos seus entes queridos e também a ela mesma. Agora se sentia segura para receber sua família, que em breve chegaria ao Brazil. Sim, tinha esperança de que eles viessem. Sentiu uma imensa felicidade porque recebera o perdão de Deus e a resposta por suas perdas.

Carmel se perguntava como iria receber seus familiares: "Como vou fazer isso, *Dios mio*? Meu coração parece querer saltar por minha garganta. Estou imensamente feliz, e não sei como agir."

E Deus respondeu bem lá no fundo do seu coração: "Filha, não temas! Estou à tua frente, não te sintas pecadora. Fui Eu, teu Pai maior, quem reservou esta missão aqui na Terra para ti. Hás de colher bons e sadios frutos pelas boas sementes que plantastes. És minha filha amada e, daqui em diante, terás muitas alegrias em tua vida, mas deves continuar tua missão. Onde quer que esteja, jamais te negues a ajudar alguém, pois onde estiveres sempre haverá alguém precisando de ti, e Eu estarei sempre ao teu lado abençoando tudo o que fizeres, porque sou Eu que a estou conduzindo. Eu sou teu guia e tua estrela no firmamento. Não temas!"

Carmel ficou emocionada com o que a voz de Deus transmitia ao seu coração e permaneceu em silêncio para ouvir o final daquela mensagem: "Filha, teu coração é puro como a gota de orvalho caída sobre a relva molhada. Tu passastes pelo fogo do inferno, mas sobreviveste, desabrochaste e cresceste. Agora és uma mulher de Deus, digna de ter um homem de Deus que trará alegria a ti e também à tua família. Creia nisso e vencerás! Estarei sempre ao teu lado. Confie em mim!"

Carmel sentiu-se tranqüila. Voltou para casa, tirou a roupa molhada, colocou um camisolão e deitou-se na cama perfumada, como se alguém tivesse espalhado rosas delicadas por todo o seu leito. Ela dormiu até o amanhecer. Ao acordar, viu que seu corpo estava cheio de areia. Tomou um banho e foi alegremente, dando pulinhos como se fosse uma adolescente, ao encontro de Ritinha, e disse:

— Minha querida moleca, estou com fome. Por favor, faça aqueles bolinhos de chuva deliciosos que só você sabe fazer e me traga também uma gostosa caneca de café com leite. Enfeite a mesa com algumas flores do jardim, porque preciso festejar a recuperação da minha saúde mental, que há muito estava abalada. É muito importante saber o que queremos e sentirmos tranqüilidade com a certeza de que não estamos prejudicando ninguém. Preciso cuidar de mim para depois cuidar de quem precisar do meu apoio. Necessito da bênção e da cura do meu espírito, da minha alma e do meu corpo, porque o Universo conspira a meu favor.

Carmel dizia essas palavras alegremente. Tinha certeza de que Deus ouvira o seu clamor de fé e seu arrependimento sincero. Radiante, ria e rodopiava como uma criança feliz. Admirada com aquela alegria contagiante, Ritinha perguntou:

— Quem disse que a sinhá prejudicou alguém?

— Minha amiga, prejudiquei a mim mesma. Sou responsável por mim e me incriminava por ter a consciência pesada, mas agora estou leve, solta e livre desse pesadelo e de minhas próprias amarras. Agora, sim, posso iniciar os preparativos para o meu casamento, que será maravilhoso porque *Dios* estará à frente de tudo. Esse *Dios* é mesmo da **justiça** e do **perdão**!

Carmel, muito feliz, festejava a vitória da libertação da grande depressão que invadira seu coração por tanto tempo. Agora, precisava ter muita força, pois contava somente consigo mesma. Tinha consciência de seus atos e valores, jamais esqueceria de como viera para o Brazil e também da responsabilidade que tinha em relação à vida de muitas outras pessoas que chegassem até ela. Essa era sua missão brazileira.

Carta 9

A RESPOSTA DA MÃE DE CARMEL

Passado algum tempo, chegou a tão esperada carta. Carmel já estava angustiada, e, às vezes, ficava sem esperança. Ela sabia que seus pais tinham boas razões para estarem apreensivos com esse casamento inesperado. Porém, a tão ansiada correspondência finalmente chegou às suas mãos.

Quando Carmel recebeu a carta de sua mãe, doña Emília, sentiu um frio intenso percorrendo sua espinha. Ela tinha medo da censura de seus pais, pois eles eram extremamente corretos. Mas, como os conhecia muito bem, sabia que se esforçariam para fazer o melhor possível, porque eram muito bondosos. Assim, sentou-se em sua cadeira de balanço e abriu a carta.

Carmel,

Será que errei na sua educação? O que houve com seu bom senso? Eu sempre procurei agir da melhor maneira possível e deixar que vocês, meus filhos, tomassem suas próprias decisões. Apenas procurei orientá-los. Por isso, quando você decidiu ir para o Brazil, todos nós ficamos preocupados e sofremos muito, mas não tentei impedi-la de partir porque sempre acreditei que cada ser faz o seu caminho e deve viver suas próprias experiências. Mesmo com receio de como você viveria afastada de sua família, nada tentei para fazê-la recuar, já que era sua vontade seguir o seu destino.

Carmel, você não quis me ouvir, e não insisti porque ninguém tem o direito de impedir os desejos do outro. Naquele momento, você não refletiu sobre quanto estava nos ferindo e a preocupação que invadia o nosso peito. Pensou somente em si mesma, e de uma forma muito egoísta. De nada adiantaram nossas orientações, preocupações e receios sobre os possíveis obstáculos e perigos pelos quais você poderia passar. Só restou orar e pedir a Dios que a protegesse de suas atitudes desvairadas.

A sua partida feriu muito os nossos corações. Sei que você também deve ter sofrido, sentiu nossa falta e ainda sofre por causa do seu gênio irreverente. Mas não havia outra alternativa, não podíamos impedi-la de ter suas experiências; afinal, é a sua vida!

Mesmo sem conhecer os reais motivos de sua angústia, sei que precisa de nós, Carmel. Sempre acreditei que com o tempo seria inevitável você precisar de sua família, pois não nascemos para estar sozinhos, e, ao nos afastarmos dos que amamos, nos tornamos muito fragilizados. Sendo assim, fizemos uma reunião e decidimos que iremos todos ao Brazil para assistir ao seu casamento. Espero encontrá-la mais sensata, mais forte, mais mulher, e, desta vez, espero que esteja tomando a decisão certa para a sua vida.

Em pouco mais de dois meses, um navio com destino ao Brazil partirá da Espanha. Trata-se de um navio grande e luxuoso, onde viajarão muitos nobres, pessoas letradas, pintores e padres-curas, além de outras pessoas de posse.

Não desejávamos viajar com tanto luxo, mas, no momento, é a única embarcação que tem viagem prevista para a América do Sul. Creio que esse tempo seja satisfatório para que você possa realizar os preparativos para o seu casamento.

Quanto à nossa permanência no Brazil, infelizmente, será por pouco tempo, o suficiente para darmos nossas bênçãos e matarmos um pouco la añoranza[1]. Como você sabe, temos os nossos afazeres, e a viagem de navio é muito demorada. Mas o importante mesmo é que estaremos juntos novamente, mesmo que por pouco tempo.

Nós temos um compromisso com você, que é apoiá-la. Afinal, foi para isso que Dios criou as famílias, para que seus membros se respeitassem e se amassem, estando próximos sempre que necessário. Assim, devemos aceitar as coisas agradáveis e as desagradáveis, como essa união inesperada que nos deixou tão apreensivos e confusos.

[1] A saudade.

Embora já soubéssemos do seu relacionamento com esse rapaz, confesso que o casamento nos pegou de surpresa. Carmel, desejamos que seu noivo seja tão bom como você descreve, seja verdadeiro e que a faça feliz!

Para nós, a sua felicidade será um consolo, depois de tanta dor e decepções que você nos fez passar através de suas atitudes. Com certeza, você também passou por maus momentos como conseqüência de sua teimosia.

Nós, pais, deveríamos estar acostumados ao estrelismo dos jovens, que se acham adultos e auto-suficientes para decidir suas vidas sem ao menos ouvir uma orientação, mas somos impotentes, pois a dor da separação é inevitável. No entanto, não nos preparamos para isso e acreditamos que os filhos vão estar sempre ao nosso lado, porque, de algum modo, eles sempre voltam... e quase sempre no sofrimento.

Como mãe, desejo levar o seu vestido de noiva, que mandarei confeccionar aqui na Espanha. Em sua primeira união, você casou com o meu vestido branco e com o véu e a grinalda que pertenceram à sua avó. Agora tudo é diferente. Não ficaria bem você usar branco, e muito menos véu e grinalda, por representar a pureza da moça que vai se entregar pela primeira vez ao seu homem. Você já foi casada, portanto não tem o direito de usar branco nem véu e grinalda. Esta é a "Lei de Dios".

Quando se trata de uma moça solteira, tudo bem, porém, se for de outra forma, essa moça terá maus presságios durante toda a sua vida. Pode até esconder dos outros, mas não de Dios. A moça tem que ser pura, assim como o noivo, se tiver a mesma idade. Isso traz respeito.

Mesmo assim, pode ter certeza de que você ficará

encantadora com seu vestido de noiva, que terá um tom rosa-pálido e algumas flores brancas aplicadas. Não se preocupe, pois sei quanto o clima do Brazil é quente, por isso escolherei um tecido leve, e, ao mesmo tempo, sem luxo ou ostentação; seu vestido de noiva será de muito bom gosto e elegante.

Na cabeça, em vez do véu tradicional, você usará uma peineta, o pente que tradicionalmente usamos nas festas da Espanha, com algumas flores miudinhas e de cores claras. Nas mãos, levará o lindo leque de madrepérola que pertenceu à sua avó. Não será preciso mais nada, pois ficará tudo muito bonito! Quanto à cerimônia, deve organizá-la do jeito que achar mais conveniente.

Bem, precisamos de alguns meses para nos preparar, já que essa viagem não estava programada. Como sabe, seu pai não anda muito bem de saúde e seus irmãos já tinham traçado planos para as férias. Pilar viajaria com seus primos para uma das quintas da tia Ana, e Antonio e Pepe haviam programado uma viagem a Paris com os amigos.

Carmel, você viu que reviravolta causou em nossa família? Será que você só pensa em si mesma e só enxerga o próprio umbigo? O mundo e as pessoas não giram à nossa volta, sabia? Aprenda que ninguém pode ficar à sua disposição para satisfazer os seus desejos. Agora você é uma mulher de verdade. Mas... já não importa. Mudamos nossos planos por sua felicidade e a nossa.

Em certos momentos, temos que ceder um pouco para alegrar e tranqüilizar nossa família. Tenho esperança e fé de que tudo se realizará da melhor forma possível em louvor *ao Senhor!*

Dios a proteja, Carmel! E saiba que faremos tudo o que for possível para proporcionar-lhe este reencontro, pelo crescimento de sua espiritualidade e pela nova família que vai nascer. Juízo!

Saudações,
de sua mãe

Ao terminar de ler a carta, Carmel chorou de emoção e pediu clemência a Deus, agradecendo por dar a ela a chance de rever seus familiares e de pedir perdão por todo o sofrimento que lhes causara.

Naquela noite, sentada em sua cadeira de balanço, Carmel se perguntava se merecia o perdão daquelas pessoas abençoadas, às quais causara tanta angústia.

Já era madrugada quando a brisa do mar tocou o rosto de Carmel através da cortina de renda que bailava com o vento leve. Ao longe, ela ouvia o som da melodia das ondas do mar quebrando suavemente na praia, e, nesse instante, teve a resposta que tanto pedira a Deus. Adormeceu segurando entre as mãos a carta que estava molhada pelas lágrimas de saudade e de remorsos. Sabia o mal que causara à família, mas não tinha como voltar atrás. Porém, Carmel tinha a certeza de que não erraria mais.

Somente no dia seguinte Carmel deu a notícia a Tomé. Ele ficou muito feliz, e, como não lera a carta, não sabia da frieza do conteúdo e das duras, embora amorosas, palavras. Ele agradeceu a Deus, e radiante disse a Carmel:

— Carmel, minha querida, vou vestir o meu uniforme de gala na cerimônia do nosso casamento. Assim, ficarei elegante e causarei uma boa impressão aos seus pais. Já posso dizer que os amo até mesmo sem conhecê-los, pois os vi apenas ao embarcamos para o Brazil.

Em seguida, Tomé perguntou para Carmel:

— Querida, como será o seu vestido de noiva? Vai confeccioná-lo com a máquina de costura que sua mãe mandou logo que você chegou ao Brazil? A máquina foi muito útil para você e para todos da aldeia, lembra?

Carmel respondeu:

— Tomé, a máquina é muito útil, mas minha mãe quer trazer o meu vestido da Espanha. Embora não conheça o Brazil, saberá o que é mais adequado para este clima quente. Minha mãe sempre soube decidir tudo sozinha, tem espírito de liderança e sabe o que é melhor para todos. Carmel abraçou Tomé com muito carinho, e após beijar seu rosto perguntou:

— Quem vai abençoar a nossa união?

Tomé respondeu rapidamente:

— O casamento civil será feito pelo escrivão e pelo juiz de paz, portanto, a união estará de acordo com as leis dos homens. Perante Deus, nossa Bíblia diz, em um dos versículos dirigidos aos noivos, que as melhores pessoas para abençoar uma união são os pais, pois eles entram em sintonia com o amor Divino e conhecem o coração de seus filhos. A palavra de Deus torna tudo perfeito, pois não existe o pequeno nem o grande, mas a medida certa do amor e da união da família. Assim, seremos abençoados por seus pais e por minha mãe, Gândia, além, é claro, do meu pai, pois onde estiver, na terra ou no céu, será sempre meu pai! A cerimônia de devoção será dirigida por seu pai, don José Flores, e todos nós estaremos em comunhão com Deus.

Capítulo 28

A PREPARAÇÃO PARA A CHEGADA DOS PAIS

Carmel estava muito ansiosa e feliz por saber da chegada dos pais, mas existia um problema. A casa dela era pequena e não tinha condições de acomodar a todos. Isso a deixou apreensiva.

Ritinha, percebendo que Carmel estava com um ar preocupado, perguntou:

— Sinhá, aconteceu alguma coisa? Eu percebo que a senhora está tão pensativa.

— Minha amiga, meus pais estarão aqui em três meses.

Ritinha disse sorrindo:

— Ora, isso é motivo para a sinhá estar feliz!

— Realmente estou muito feliz, mas preocupada, pois não sei como irei hospedá-los.

— Sinhá, deixe de ficar apreensiva! A senhora, com a ajuda de seus amigos, fez esta casa tão bonita, que já acolheu muitas pessoas que por aqui passaram. Portanto, não vejo razão para se sentir tão insegura, afinal, seus amigos poderão ajudá-la a ampliar sua casa.

— É verdade, minha amiga! — disse Carmel. — Certamente poderei contar com a ajuda dos nossos amigos. Para isso, preciso que você se apresse e chame o negro esperto e seus companheiros.

— Tem razão, sinhá. Mãe Dica, Tomé e eu também podemos ajudar na construção.

Ritinha saiu no mesmo instante e foi falar com o negro esperto, o qual ficou muito feliz com a responsabilidade que iria assumir. Ele pediu que Ritinha dissesse à sinhá que estaria em sua casa no dia seguinte, bem cedinho.

Ao amanhecer, lá estava o valente amigo e os companheiros. Carmel não cabia em si de contentamento ao rever o amigo, que a socorrera em um dos momentos que ela mais precisara. Depois dos cumprimentos, Carmel pediu a Ritinha que lhes trouxesse um suco de pitanga, e após tomar o suco bem fresquinho os amigos prosearam muito, felizes pelo reencontro. Carmel explicou o que desejava, e o negro esperto então perguntou:

— Entonce, sinhá, quando podemo começá?

— Imediatamente! — disse a espanholinha, decidida como sempre. — Desejo que amanhã cedo todos estejam a postos, por favor.

No dia seguinte, lá estavam os valentes companheiros à espera das instruções da sinhá. Carmel foi ao encontro dos amigos, ainda meio adormecida e bocejando, fitou-os demoradamente e disse:

— O que houve? Por que estão todos aqui, e tão cedo?

O negro esperto foi logo falando:

— Minha sinhazinha, carece da senhora acordá. Nóis viemo pra começá a construção conforme proseamo onte. Foi este o combinado, não é, sinhá?

Carmel coçou os olhos, bebeu água e pediu que eles a aguardassem, pois tomaria um pouco de café para despertar:

— Desculpem-me. Vou ordenar minhas idéias e já volto para lhes dizer o que devemos fazer. Sou responsável por tudo que desejo e vocês seguirão as minhas ordens.

Depois de alguns minutos, Carmel retornou e disse:

— Meus queridos amigos, é maravilhoso poder contar com vocês tanto nas horas alegres como nas tristes! É uma bênção podermos estar em aliança com *Dios*. Então, vamos ao trabalho. Imediatamente!

Como havia bastante espaço no terreno, começaram a construir mais dois quartos, um para os pais, outro para seus irmãos, Antonio e Pepe. Pilar ficaria no quarto da Ritinha. Quanto às camas, ficariam por conta de Tomé, que era um excelente marceneiro. Os colchões seriam feitos de paina e palha desfiada.

O negro esperto, com a ajuda de outros amigos, fez os cômodos com janelas grandes, posicionadas para a nascente do sol, pois Carmel desejava que a sua casa fosse clara e bem arejada; afinal, ela tinha certeza de que o sol é fonte de energia, uma dádiva de Deus que atua em nosso organismo repondo a saúde das células. Carmel disse:

— O chão deve ser de vermelhão, uma mistura de urucum e areia, o restante será da mesma forma que a minha casa.

Passados alguns dias, a casa ficou pronta, com todos os detalhes de acabamento. Carmel a decorou com muito capricho, ainda tinha todo o enxoval que a mãe lhe dera. Bastou recorrer ao seu baú e tudo ficou impecável, confortável e aconchegante.

Carmel utilizou a mesma "casinha" (o banheiro), portanto, todos usariam o mesmo. Porém, a higiene corporal seria feita em uma nascente de água límpida, que ficava ao lado de sua casa e que Carmel rodeara de bambus para que existisse uma maior privacidade. Nada mais delicioso que tomar um banho em água pura e cristalina, cuja nascente se encontrava entre as pedras, na mata fechada. O banho da fonte revitaliza as energias perdidas. É abençoado pela natureza.

Carmel estava eufórica e entusiasmada porque desejava agradar à sua família. Colocou as cortinas de renda, que mantivera em seu baú, nos quartos, e também os maravilhosos lençóis de linho e as colchas bordadas que sua mãe lhe dera para o enxoval. Ela mesma fez confortáveis travesseiros de penas, pois a natureza sábia promove a troca das penas das aves todos os anos.

Carmel sempre fora econômica, e conhecia a época em que as aves trocavam as penas, assim, as recolhia, guardava, mesmo sem saber se um dia as utilizaria; mantinha o algodão e as penas em um lugar seco e ensolarado.

Dessa forma, Carmel terminou a obra, fazendo uma casa confortável para todos, pois tinha bastante amor e boa vontade, que é o principal. Desejando oferecer à sua família o melhor conforto possível, procurou usar tudo o que era natural. Tem coisas que o dinheiro não compra.

Depois de tudo pronto e arrumado, Carmel se sentiu radiante e orgulhosa de seus grandes amigos e de si mesma. Seus pequeninos olhos brilhavam e seu semblante demonstrava muita paz e alegria. Os seus grandes amigos, Ritinha e Tomé, nunca haviam visto a espanholinha tão radiante. Essa atitude demonstrava a grandeza de sua paz interior.

Para Carmel, aquela casa humilde, porém com conforto, era como se fosse um palacete. Sentia-se grata a Deus e também aos seus fiéis companheiros, pois, graças a eles, poderia receber muito bem a sua família, de uma forma completamente diferente da que fora criada. Carmel aprendeu com a natureza, que nos fornece tudo de graça. Bem, agora já podia dormir tranqüila!

Nos dias que se seguiram, Carmel começou a preparação para as bodas com entusiasmo. Seria tudo simples, porém com bom gosto. Os seus grandes amigos a auxiliavam em tudo o que fosse preciso. Seu grande desejo era alegrar sua família. Mas ainda havia outra coisa para resolver. Onde Tomé e Carmel celebrariam a cerimônia para receber a bênção de seus pais?

Carmel refletiu, pensou muito, e decidiu colocar no confortável quintal de sua casa quatro toras de madeira para sustentar um telhado revestido com palhas secas, aparentando uma manjedoura suspensa. Tomé fez um altar com madeira rústica, onde Carmel colocou uma toalha branca de renda e em cima os castiçais e a Bíblia Sagrada.

Para o dia do casamento, Carmel desejou adornar o altar com dois buquês de flores frescas colhidas na beira do rio. O local onde essas flores se encontravam era de difícil acesso, mas somente lá nascia essa espécie tão rara e perfumada. Carmel contou a Tomé sobre seu desejo, e Tomé disse:

— Essa incumbência é minha. Como conheço a mata fechada e toda a região, não terei dificuldades para apanhá-las. A área é pantanosa, e, portanto, perigosa para pessoas inexperientes. Desejo ter o privilégio de colher essas flores. Serão as mais belas flores para louvar a Deus, nossos amigos e nossa união.

Assim, já estava tudo pronto e decidido. Bastava apenas esperar o grande momento! Os dias foram transcorrendo lentamente e a ansiedade foi invadindo o peito de Carmel. Eram muitas emoções diferentes para o seu tão sofrido coração.

Tomé, preocupado com o fato de que Carmel se alimentava cada vez menos, disse:

— Querida, sua mãe vai trazer o vestido de noiva, mas você está tão magrinha! Será que vai se amoldar ao seu corpo?

Carmel respondeu prontamente:

— Não se preocupe, Tomé, eu darei um jeito. O meu corpo está miúdo, mas a minha alma e o meu coração são do tamanho do Universo, tão grande é a felicidade que estou sentindo. Depois do casamento, tenho certeza de que vou engordar, mas agora não quero me preocupar com isso. Existe um tempo para tudo. Como diz a Bíblia, o nosso tempo não é o tempo de *Dios*. Não se inquiete, porque me sinto muito bem disposta.

Naquela noite, Carmel estava agitada, e não conseguiu dormir ao lembrar que Tomé não tinha pijama. Pensou... pensou... e resolveu que no dia seguinte sairia para comprar um tecido. Assim, logo ao amanhecer, quando Tomé passou em sua casa, Carmel tirou suas medidas e foi para um armarinho localizado no arraial.

Carmel entrou no armarinho e viu um tecido muito bonito, que pela poeira da peça já estava ali há um bom tempo. O pano viera da Europa, porém, devido ao seu valor elevado, ninguém tinha moedas suficientes para comprá-lo. Carmel abriu sua bolsa, mexeu, procurou, voltou a olhar, mas nada! O que fazer se ela não tinha as moedas necessárias e não desejava comprar em prestações?

O senhor Najib, homem muito ambicioso, não queria diminuir o preço, e insistia para que ela levasse o tecido fiado. Sabia que Carmel era uma pessoa honesta, e disse:

— Leve, senhorinha. Eu faço fiado porque sei que vai pagar. Além do mais, já está baratinho... baratinho. Eu vendo muito baratinho.

O vendedor era um turco capaz de vender sua alma e a de sua própria família para se desfazer daquele tecido, que já estava há anos em um canto de sua prateleira, porém... sem perder um tostão! A insistência irritou Carmel, que saiu da loja nervosa e aparentando tristeza, enquanto o senhor Nagib a seguia, dizendo:

— Fique com o tecido, senhorinha. Pode levar agora e pagar depois... está baratinho! Leve! Paga depois!

Carmel, que estava a ponto de perder a boa educação que sempre tivera, foi embora aborrecidíssima. Estava caminhando cabisbaixa quando esbarrou em uma moça, uma das mulheres do prostíbulo. Elas se olharam com carinho e se abraçaram em um cumprimento amável entre amigas.

— Sinhá Carmel. Soube do seu casamento, e todas nós ficamos muito felizes. A sinhazinha não apareceu mais para nos visitar. Se alguém a magoou ou se não gostou de alguma coisa, pode dizer-me. Estamos sentindo muito a sua falta, sabia?

Carmel, triste, respondeu:

— Não é nada disso, minha amiga. Vocês são pessoas maravilhosas. É que tenho andado muito ocupada, ainda mais agora que a minha família está vindo da Espanha para assistir à cerimônia do meu casamento. Fique tranqüila, pois assim que puder irei visitá-las.

A moça perguntou:

— Vi que saiu chateada do armarinho. O que aconteceu?

— Fui comprar um tecido, mas não tinha moedas suficientes para pagá-lo. Apesar do tecido estar há um bom tempo na loja, o senhor Najib não quis fazer desconto.

— Mas para que deseja o tecido?

— Desejo fazer um pijama para Tomé, o meu futuro marido, e, como ele é grande, precisa de maior quantidade de pano. Com o dinheiro que tenho, só posso comprar os botões, a linha e mais nada! O tecido, apesar de ser de boa qualidade, está muito caro, e esse turco prefere deixá-lo empoeirar a diminuir o preço.

A moça pegou Carmel pelo braço e disse:

— Ó xente, sinhá! Vem cá! Vamos ver se juntando minhas moedas com as suas economias dá pra comprar esse tecido.

Carmel, encabulada, respondeu:

— Imagina! Eu não posso aceitar uma coisa dessas. Seu trabalho é sacrificado e ingrato. Como vou usar suas moedas, que custou tanto para receber? Isso nunca!

Rapidamente, a moça perguntou:

— Sinhá não quer minhas moedas porque vieram do prostíbulo?

Carmel, encabulada, respondeu:

— Não, querida. Não tenho preconceitos. É que não costumo me aproveitar das pessoas boas e de coração puro... nem de ninguém. Não tenho o hábito de tirar vantagem das pessoas.

A moça foi insistente e levou Carmel de volta para o armarinho. Ao chegar, aproximou-se do velho turco e lhe disse alguma coisa ao pé do ouvido. O homem abriu um grande sorriso com seus dentes enormes e amarelos, e disse:

— É claro que eu aceito!

Carmel já sabia como aquela infeliz mulher pagaria aquele pedaço de pano. No mesmo instante, todo animado, o turco pegou o rolo de tecido e perguntou de quantos metros a senhorinha precisava. Carmel emudeceu, ficou sem palavras, paralisada.

A moça disse:

— Quanto a sinhá deseja? Diga!

Carmel olhou para ela completamente constrangida por sua bondade.

— Nunca devemos recusar um presente, seja ele qual for. A sinhá está rejeitando o presente de uma amiga? — a moça perguntou.

Carmel pensou: "Bem, estou mesmo sem saída, pois não tenho as moedas necessárias para comprar o tecido, mas não posso ser orgulhosa, porque isso não agrada a *Dios*. Além do mais, é um presente dado com afeto." Assim sendo, respondeu Carmel:

— Está bem! Desejo 2 metros e meio desse tecido.

O senhor Najib cortou e mostrou a Carmel que se tratava de uma fazenda muito fina, e estava lá há um bom tempo, mas o povo brazileiro, na sua simplicidade, não sabia o que era bom. Também não tinha recursos para pagar o devido valor. Assim, o tecido, uma cambraia leve, ficara em um canto há anos, no esquecimento.

Com a felicidade estampada no rosto, a amiga disse:

— Pronto! Já é seu. E não me pergunte quanto paguei, que é para não perdermos a amizade, entendeu, sinhazinha? Esse é meu presente de casamento. Certo?

O senhor Najib apressou-se em dizer:

— É presente meu também, porque, afinal, deixei por um preço baratinho, baratinho.

A moça, indignada, com as mãos na cintura e um jeito rebolativo, respondeu:

— Deixe de ser tinhoso, turco sujo! Eu o conheço muito bem e sei que não saiu perdendo.

Sem jeito, mas com cara de sem-vergonha, o turco resmungou:

— Sim, é claro, mas o pagamento tem que ser muito proveitoso, porque o tecido é bastante caro. Além do mais, a senhorinha também está levando os botões, os cordões, as linhas e os alfinetes. O pagamento tem que ser de acordo, certo?

Quando as duas amigas saíram do armarinho, Carmel agradeceu. A sinhá entendeu qual seria a forma de pagamento ao turco Najib, e sentiu asco por aquela situação desagradável. Porém, não poderia mudar o mundo. A amiga desejou que Carmel fosse muito feliz em seu matrimônio, e depois de lhe dar um grande abraço seguiu seu caminho. Carmel retribuiu o abraço, mandou lembranças para todas as companheiras e disse que em breve iria visitá-las.

Chegando à sua casa, Carmel cortou o tecido e, com muito carinho, foi costurá-lo em sua máquina. Quando Tomé chegou à noitinha, ela lhe deu o pijama, dizendo:

— Meu querido, fiz este pijama para você usar em nossa noite de núpcias. É um presente meu, mas tive a ajuda de uma amiga piedosa.

Tomé disse:

— Este pijama não vai servir para mim!

Carmel explicou:

— É para que você fique mais confortável ao dormir.

— Mas... Carmel, minha querida, não estou acostumado a dormir assim... amarrado.

— Eu o fiz com muito amor! O tecido é leve e vai ficar bem folgado. Pode ficar tranqüilo, Tomé, não vai incomodar você. Creia!

— Ainda bem! Imagine eu dormindo com a minha princesa sem poder me mexer. Isso nunca! Desejo abraçá-la e beijá-la dos pés à cabeça. Você, Carmel, é a minha rainha, e eu sou o seu subalterno.

Carmel, intrigada, respondeu:

— O que você disse? O meu subalterno? Para começar, não sou princesa, e muito menos rainha. Sou uma mulher repleta de amor, desejo, carinho e ternura para lhe dar, além do mais, não é o meu subalterno. Você será meu homem e meu esposo, e eu, sua mulher e sua esposa.

Carmel continuou falando, olhando dentro dos olhos do seu futuro e amado marido:

— Tomé, desde o dia em que nos entregamos ao amor carnal, nos doamos por inteiro a nós mesmos. Porém, agora nós doaremos este amor ao Senhor Jesus. Decidimos ficar em abstinência dos nossos corpos até serem proferidas as palavras do juiz de paz e recebermos as bênçãos de nossos pais. Depois dessa pequena festa na Terra, que, porém, será grande no céu, com todos os anjos tocando suas clarinetas em louvor à nossa união, viveremos um para o outro. Seremos uma só carne e um só espírito. Dessa maneira, estaremos casados de verdade: com as bênçãos de nossos pais e abençoados por *Dios*. Só assim serei a sua mulher e você, o meu homem. O nosso lar será abençoado para sempre! Todos os que vierem de nossa carne e do nosso espírito nascerão como seres abençoados. Será uma nova geração que seguirá os caminhos do Senhor!

Capítulo 29

A ANSIEDADE DA ESPERA

Antes de ir para o porto, Carmel verificou se estava tudo em ordem, pois desejava que sua família tivesse aconchego e se sentisse feliz em sua casa, que era simples, porém confortável e adornada com muito bom gosto e carinho.

Ela olhou para a mesa admirando a toalha branca de linho bordada com fios de seda. Sobre ela, destacava-se um vaso de barro com muitas flores tropicais das mais variadas cores.

As iguarias saltavam aos olhos: doces e compotas de diversas frutas brazileiras, além de bolo de aipim e curau de milho. Tudo estava na mais perfeita ordem. Sob cada prato, Carmel colocou uma delicada mensagem de gratidão e amor, pois aquelas pessoas eram as mais importantes de sua vida.

Carmel também cuidou para que os quartos estivessem na mais

perfeita ordem. Um para os seus pais, outro onde dormiriam Pilar, Maria, Ritinha e dona Gândia, mãe de Tomé, e o terceiro para Antonio e Pepe. Olhou cada detalhe e viu que estava tudo perfeito, como ela desejava.

Depois, Carmel foi para o seu quarto de núpcias. Era um encanto! Ela mesma teve o prazer de arrumá-lo. Notava-se o mais profundo bom gosto. Feliz, fez uma prece silenciosa e agradeceu emocionada por tudo o que Deus lhe dera.

De repente, Carmel sentiu como se um filme passasse em sua mente e reviveu cenas do passado. Nesse enlevo, ouviu uma voz que lhe disse:

— Lembra, Carmel, quando achou que sua mãe estava exagerando porque desejava que você trouxesse para esta terra um enxoval tão delicado? Você relutou porque pensou que nunca usaria aqueles lençóis de puro linho, as colchas de cetim e as roupas pessoais em seda, bordadas com tanto capricho. Era tudo muito fino e belo. E você, Carmel, riu, achando que era um gasto inútil, e pensou em como usaria peças tão finas e delicadas em um lugar tão agreste.

Carmel olhou ao redor por mais um instante e, vendo tudo tão lindo e aconchegante, pensou no que sua mãe lhe dissera pouco antes do seu embarque:

— Carmel, minha filha, um dia você vai precisar dessas coisas, pois bom gosto e delicadeza cabem em qualquer lugar. Por mais simples que seja a sua casa, procure mantê-la sempre muito bem arrumada e asseada. A casa é o reflexo de nossa personalidade e do que existe em nossa alma.

Carmel sempre fora muito caprichosa. Mas agora, mais feliz, sentiu imensa satisfação em poder usar aquelas peças lindas que sua mãe, prevendo seu futuro, lhe dera com tanto carinho.

Os móveis dos quartos, rústicos e resistentes, foram feitos por Tomé: criados-mudos, camas e cômodas para acomodar as roupas — enfim, tudo o que era preciso para proporcionar o conforto necessário.

O pai de Tomé fora o melhor marceneiro da aldeia em que vivera na África. Ele fazia as belas mobílias dos nobres e fazendeiros mais abastados da região. Dona Gândia, mãe de Tomé, ajudava-o sempre que possível com as encomendas, e nas folgas lecionava para proporcionar cultura aos habitantes da aldeia, sendo uma professora da vida e da cultura em geral.

Dessa forma, Ritinha e Tomé se tornaram pessoas íntegras, de esmerada educação, mantendo a tradição de suas origens — ambos trabalhadores e úteis à sociedade graças aos ensinamentos e à sabedoria de sua mãe, que descendia de uma tradicional família africana.

Dona Gândia ensinara ao filho Tomé tudo o que aprendera com o seu marido, por isso ele fazia as mobílias com certa facilidade. Tudo o que Tomé e Ritinha aprenderam durante a infância e a adolescência seria muito útil para o resto de suas vidas.

Diz um ditado popular: "O que aprendermos durante a infância nos será útil quando formos adultos." (Até os 7 anos de idade, tudo o que uma criança aprende é determinante para o seu futuro e sua vida até a velhice.) Podemos nos aprimorar, mas nossa personalidade não será alterada e estará de acordo com os ensinamentos e a forma como vivemos. Uma árvore nunca mudará suas flores e frutos que dependem da sementinha que foi plantada. Será a mesma para sempre. Da mesma forma, nós somos árvores humanas.

O conhecimento não ocupa espaço, e, no momento necessário, poderá nos ser muito útil em qualquer tempo de nossas vidas. Assim, Carmel adquiriu muito conhecimento com seus familiares, e também Tomé e Ritinha com sua mãe, dona Gândia.

A vida nos ensina e tem a incumbência de nos aproximar. Semelhante atrai semelhante e todas as situações têm a conivência de nossos princípios morais e intelectuais.

Carmel colocou alguns vasinhos com flores perfumadas nos quartos, mas seriam retirados na hora de dormir, porque as flores respiram e expelem gás carbônico, que é prejudicial para a saúde.

O seu quarto de núpcias estava lindíssimo! A cortina de renda branca, bordada e adornada com fitas de cetim em tons pálidos, e a colcha de seda, bordada com fios dourados foscos, os mesmos utilizados para o bordado da cortina, davam um ar romântico ao ambiente.

Para fazer os travesseiros, Carmel fora buscar algodão em algumas fazendas da redondeza, onde os europeus haviam plantado as mudas que trouxeram de suas terras. Também utilizou as penas que as aves deixavam no campo após a troca.

Naturalmente, Carmel fez os travesseiros como eram usados na

Europa: um único rolo que vai de um lado a outro da cama, além de duas almofadas também bordadas. Ela tivera o cuidado de trocar sua cama e seu colchão, pois não queria se deitar com Tomé onde pudesse existir qualquer recordação do seu falecido marido, Felipe.

Carmel, também colocou um par de tapetes de pele de ovelha nas laterais da cama. Sabia que não os usaria sempre, pois o calor no Brazil era intenso, mas aquela era uma ocasião muito especial e não queria deixar faltar um único detalhe.

Carmel pensou: "Agora usarei a camisola de cetim que minha mãe confeccionou com tanto carinho."

Era uma camisola branca, do mais puro cetim de seda, com pequenas rosinhas aplicadas na barra e no decote. As rosas foram confeccionadas com finíssimas fitas de veludo e cetim em tom pastel, enquanto as mangas, de uma cambraia muito leve. Carmel pegou também seus chinelinhos de pele de carneiro, que sua mãe fizera após a última tosquia da qual Carmel participara na fazenda da Espanha, o que dava um toque especial à camisola e ao penhoar que usaria em sua tão esperada noite de núpcias.

Pronto... estava tudo completo e preparado com muito carinho e bom gosto para o grande dia. Carmel, finalmente, estava um pouco mais tranqüila, mas a ansiedade era imensa para rever sua família e matar a saudade que sentia em seu coração. Agora estava em paz, porque tinha a certeza de que tudo o que ela fizesse seria do agrado de sua família e de Deus.

Capítulo 30

A CHEGADA DOS PAIS AO BRAZIL

Carmel chegou ao porto acompanhada dos amigos para esperar sua família. Eles se mantiveram em um canto com muita sobriedade, como manda a etiqueta, pois o cais estava lotado de pessoas à espera de seus familiares.

Carmel usava um vestido simples, porém de muito bom gosto, que adornava sua silhueta delicada. Ela mesma o confeccionara. Colocara sobre os ombros o seu xale vermelho, e nas mãos, um buquê de rosas cultivadas com muito carinho para presentear sua mãe. Sua beleza natural e o perfume que exalava de seu corpo eram suficientes para que ela fosse notada. Carmel não precisava de nenhum artifício para chamar a atenção.

Tomé, Mãe Dica, Ritinha e também dona Gândia, mãe de Tomé, usavam roupas simples, mas estavam elegantemente vestidos.

Carmel estava ansiosa porque ia rever sua família depois de muitos anos, e Tomé, tenso, afinal, iria receber aqueles que passariam a ser também sua família.

Embora continuasse muito bonita, a espanholinha já não usava as mesmas madeixas de cabelos castanhos cacheados que enfeitavam seu delicado rosto e caíam sobre os ombros. Não sobrava muito tempo para Carmel cuidar de si, porque o trabalho no Brazil era árduo; por isso, prendia seu cabelo em um coque. Apesar de não se apurar como antes, mantinha uma postura elegante e harmoniosa, porém continuava firme em suas idéias e princípios morais; afinal se tornara uma mulher com muitas responsabilidades. A sua adolescência, claro, passara já há muito tempo.

A inquietação tomou conta de todos que estavam presentes quando o navio se aproximava. Algumas pessoas estavam afoitas, outras, rindo por qualquer motivo, tamanho era o nervosismo e a ansiedade que dominava seus corações. Carmel e seus amigos, embora também nervosos, permaneciam discretamente em seu canto, mantendo a cabeça elevada e os corpos eretos, dando um ar de altivez.

Ninguém poderia humilhá-los. Carmel ensinou as regras de etiqueta a todos para que soubessem se comportar, já que naquela embarcação viriam muitos nobres e pessoas ilustres. Com certeza, eles não fariam feio. Até Mãe Dica acatou todas as recomendações e as assimilou rapidamente. Todos eram pessoas educadas nos seus princípios.

A espera parecia interminável! O corpo de Carmel tremia, as pernas bambas já não tinham forças e o peito, de tão apertado, parecia querer sufocá-la. Porém, contava com o apoio de seu amado Tomé, que a amparava fortemente.

Finalmente, o navio atracou. Foi um grande tumulto, um corre-corre de pessoas desesperadas e ansiosas por rever seus familiares. A escada de madeira foi inclinando-se lentamente, até tocar a terra vermelha do Brazil. No navio, estavam hasteadas as bandeiras de todos os países de origem dos passageiros — e isso aumentava ainda mais a sua emoção.

Carmel olhou para o alto e viu a bandeira da Espanha tremulando ao vento. Por instantes, um frio gelado percorreu sua espinha e ela sentiu o peito apertado, dificultando sua respiração. Seu corpo todo estremecia sem controle, enquanto Tomé a amparava amorosamente.

Os passageiros começaram a descer lentamente, um a um, trazendo no rosto muita expectativa. Todos mantinham boa aparência e elegância, mas com demasiada ostentação.

Carmel olhou ao redor e viu quando se aproximavam pessoas de todos os tipos e com as mais variadas vestimentas. Nobres vestidos a caráter, com seus jalecos de veludo, chapéus europeus e sapatos bicudos. As mulheres, com pesados e luxuosos vestidos que mal as deixavam caminhar, além de jóias caríssimas que exibiam com altivez.

Os meninos pareciam miniaturas de homens vestidos como seus pais e as meninas usavam pesadas armações nas saias, como as de suas mães. É claro que não podiam faltar os chapéus com penas e flores. Aquele visual todo parecia um cenário para exibir as riquezas que cada um possuía.

As amas das crianças usavam saias brancas de renda bem rodadas, e uma touquinha na cabeça, contornada também com renda, além dos aventais. Estavam impecáveis, e cuidaram das crianças com muito carinho e respeito durante todo o trajeto.

Naquela embarcação vieram muitos nobres provenientes de vários países, pessoas da alta classe, bem como padres, bispos, pintores, escritores, entre outros. Era uma disputa acirrada para aparentar mais do que tinham. Quanta ignorância!

Mas, para Carmel, esse tipo de ostentação não dizia nada. Ela achava tudo muito fútil: aquelas pessoas mais pareciam fantoches humanos. Pobres coitados que só vivem de aparências, esquecendo-se que dentro deles há um coração e uma alma que requerem carinho e simplicidade.

"Para que tanto luxo se nossa passagem pela Terra é tão curta?" — pensava Carmel. Ela não dava valor à riqueza material; o importante era alimentar o espírito. Sua família também pensava como ela, mas a embarcação luxuosa era a única disponível naquele momento, já que eles tinham pressa de chegar ao Brazil.

Carmel permaneceu simples, como um lírio no campo, desde a mais tenra infância. Para ela, o importante era a presença de seus pais, irmãos e dos amigos queridos. Carmel dizia:

— Isto é tudo de que um ser humano precisa: saúde, amor, paz, união, amizade sincera e respeito.

A emoção estava estampada no rosto de Carmel. Por vezes, ficava na pontinha dos pés para ver se reconhecia alguém familiar no meio da aglomeração de pessoas apressadas. Mas era impossível. Tantos chapéus com penas e flores artificiais, além de coloridas sombrinhas para proteger as damas do sol intenso, a impediam de ver qualquer outra coisa.

As moças e senhoras procuravam proteger ao máximo suas peles alvas usando inúmeros acessórios, porque, além do sol causticante, também havia o problema dos mosquitos traiçoeiros. Eram comuns e engraçados os gritinhos e o corre-corre daqui para lá para se resguardarem.

Tomé observou que sua noiva estava muito nervosa, e, preocupado, disse logo:

— Carmel, minha querida, dificilmente encontraremos seus familiares no meio de tanta gente. A confusão é grande na plataforma de desembarque. Aguarde aqui, enquanto eu entro no navio para procurálos. Fique tranqüila, os ajudarei no que for preciso e levarei suas maletas para a carroça. Como estou com o uniforme do exército, não terei problemas para entrar na embarcação. Fique calma, logo estaremos todos juntos.

Carmel compreendeu e orou em silêncio, pois não queria causar má impressão aos seus. Tomé afastou-se e entrou no navio, onde, embora houvesse muita segurança, ninguém se opôs à sua entrada porque estava com o uniforme da marinha. Carmel subiu em um morro e avistando seu pai ao longe começou a gritar:

— Tomé, vá naquela direção. Eles estão bem perto!

O rapaz voltou seu olhar e viu don José. Aproximou-se dele e de seus familiares e foi logo se apresentando, ansioso por receber o tão sonhado abraço.

Don José, muito amável, apertou suas mãos e o abraçou demoradamente. Doña Emília aproximou-se e também o abraçou afetuosamente. Tomé recebeu carinhosos cumprimentos de toda a família, e, muito gentil, pegou a bagagem para colocá-la na carroça. Ao descer as escadas, com entonação de orgulho e voz possante e firme, disse:

— **Este é o Brazil!** Terra amada por Deus e que se sente honrada em recebê-los como se também fossem seus filhos. Sejam bem-vindos!

Ao ouvir essas palavras, todos bateram palmas. Doña Emília sentiu o coração palpitando muito forte, abalado pela emoção. Tinha receio de não resistir ao ver sua filha amada.

Por fim, quando Carmel se viu diante de sua mãe, suas mãos ficaram trêmulas e seus pés, que pareciam ter criado raízes, a prendiam ao solo. Mesmo assim, criou forças e correu para os braços da pessoa mais importante de sua vida. Chorou, riu e murmurou palavras que ninguém entendia. Eram doces palavras de amor e de saudade. Depois, abraçou seu pai, beijou-o muitas vezes e disse-lhe palavras saudosas.

Carmel também permaneceu longo tempo abraçada com os seus irmãos e Mariazinha. Todos riram felizes e demonstraram seu contentamento efusivamente. Aos poucos, as pessoas foram saindo do porto, cada qual para seu destino.

Tomé procurou acomodar todos da melhor maneira possível na carroça de boi que usava no quartel e em outra de um amigo, que muito gentilmente se oferecera para acompanhá-los. Pelo caminho, encontraram muitas pessoas alegres que cantavam músicas africanas. Vendo isso, don José disse:

— Emília, cante aquela música que sempre cantávamos juntos.

— Meu querido, estou cansada, e o que mais desejo neste momento é ficar abraçada à minha filha.

Don José mudou de assunto e comentou:

— Como você emagreceu, filha!

Pepe, brincalhão como sempre, falou:

— É verdade, Carmel... quase não consigo vê-la.

Pilar abraçou a irmã, e, afagando seus cabelos, perguntou:

— Onde estão os lindos cachos que cobriam seus ombros alvos, agora tão moreninhos?

Já Antonio riu meio sem graça diante de Tomé, e, abraçando a irmã, disse:

— Por que esconde os seus cabelos nesse coque atrás da cabeça? Quando saiu da Espanha, você estava muito diferente!

Doña Emília retrucou:

— Meninos, deixem sua irmã em paz! Logo voltará a ser a *muchachita* de outrora, corada, mas também moreninha de sol. Você está muito bonita, minha filha, e até mais do que antes, porque essa pele bronzeada lhe caiu muito.

Tomé observava tudo em silêncio, e, sorrindo, segurou carinhosamente as delicadas mãos de Carmel, agora um tanto rústicas, no entanto, mãos doadoras, trabalhadoras e firmes, que precisavam do amparo daquele homem forte, bom e afetuoso.

Carmel recostou sua cabeça no ombro de Tomé. Duas lágrimas de felicidade rolaram por sua face e caíram sobre as flores que ela segurava para sua mãe. Carmel sabia que Deus estava junto deles, abençoando-os e tornando-os vencedores. Assim, todos seguiram felizes para a casa de Carmel.

Os irmãos, que estavam com muita saudade da irmã, fizeram todas aquelas perguntas para poder voltar à intimidade de outrora.

Imediatamente, despertou o interesse em relação ao Brazil, e eles olhavam tudo com muita curiosidade. Pepe, o mais falante, perguntou sobre tudo o que viu e achou diferente; por isso, quando passou por uma negra com os seios de fora, logo chamou a atenção de Antonio, dizendo, admirado:

— Veja, meu irmão, aquela negra está com os seios de fora!

Logo após, viram as índias caminhando pela estrada. Enquanto algumas carregavam cestas enormes na cabeça, outras levavam os filhos nas costas, amarrados por um pano. Os bebês pareciam estar muito confortáveis.

Pilar logo fez uma observação:

— Vocês, homens... Parece que nunca viram os seios de uma mulher!

Antonio respondeu:

— Realmente, mas também nunca os vimos assim, expostos com tanta naturalidade!

— Em Paris, nos espetáculos teatrais, com certeza, vocês já viram!

— Sim! — disse Pepe. — Mas era um espetáculo de teatro.

Pilar continuou:

— Mas não deixam de ser os seios de uma mulher. Só que para aquelas mulheres a proposta é de divertimento, embora estejam trabalhando. Já para estas, a nudez é muito natural, sem interesse. Meus queridinhos, vocês devem prestar homenagens aos seios femininos e respeitá-los muito, porque pelo seio de uma mulher vocês receberam o primeiro alimento da vida. Por isso hoje vocês são tão fortes e cheios de saúde.

Antonio refletiu por um instante e disse:

— É verdade, *hermanita!* Eu tomei o leite de minha *madrecita*, e, por sinal, nós todos. Hoje estamos vivos e saudáveis.

Carmel resolveu entrar na conversa, e completou:

— O leite de uma mãe é sagrado.

Doña Emília resolveu participar da conversa dos filhos:

— Vocês, homens, vêem maldade onde não existe. Precisam estudar mais sobre a humanidade e entender que o ser humano é uma obra-prima de *Dios*. Pura em sua essência. Os pensamentos maus é que corrompem a humanidade.

Dizendo isso, doña Emília voltou-se e viu uma linda cachoeira. Encantou-se tanto com aquela beleza que pediu a Tomé que parasse a carroça por um instante. Desejava se aproximar e apreciar aquela obra divina com a qual tanto sonhara.

Desceu e ficou embevecida. Nunca vira uma nuance tão linda de cores que enfeitavam as flores e os pássaros tão exuberantes. Como se não bastasse, um arco-íris cortava o céu de ponta a ponta. Nesse instante, seus olhos encheram-se de lágrimas, e, erguendo as mãos para o céu, deu graças a Deus pela bênção de poder apreciar tanta beleza, e pela alegria de estar ao lado de sua família. Admirou encantada as majestosas palmeiras e os límpidos riachos que corriam entre as matas.

Mais uma vez, doña Emília fixou seu olhar no mar e percebeu que ele mudava de cor a cada instante. Aproximou-se de Carmel, abraçou-a ternamente e disse:

— Agora entendo por que conseguiu ficar tanto tempo longe da Europa. Essas belezas naturais não existem em nenhum lugar do mundo. *Dios* criou aqui uma réplica do paraíso!

Doña Emília fitou o céu de uma beleza sem igual, pintado de um azul da cor do anil e se emocionou. A emoção também invadiu todos os que ali se encontravam, e se abraçaram com muita ternura pela união da família.

Carmel beijou a mãe e disse:

— Agora vamos para casa, pois vocês devem estar exaustos da longa viagem. Assim, poderão descansar e tirar essas roupas grossas. Amanhã, quando já estiverem recuperados do cansaço, sairemos bem cedinho, pois quero lhes mostrar algumas das belezas deste lugar.

A única coisa ruim que temos no Brazil são os governantes. O povo é bom, alegre e trabalhador, só não fazem mais porque são impedidos pelos mandantes, que mantêm a submissão de todos em benefício próprio. Para eles, não interessa que as pessoas adquiram qualquer tipo de informação, pois se tiverem conhecimentos e cultura poderão reivindicar seus direitos. Por enquanto, o brazileiro só tem deveres e obrigações. Os nativos, ou mesmo os escravos que foram trazidos da África, são extremamente passivos e acham tudo natural, porém suas sabedorias são camufladas de alguma forma.

Mariazinha, que durante um longo tempo permanecera calada, perguntou afinal:

— Mas por que os governantes tratam as pessoas dessa maneira? Por que tanta ambição se Deus lhes deu tudo de bom? Com tanta riqueza e recursos naturais, não precisam agir dessa forma, afinal, é suficiente para todos.

Carmel respondeu:

— Pois é, Maria. Os poucos privilegiados vivem à custa da ignorância do povo, que trabalha de sol a sol para enriquecer ainda mais os poderosos. O que falta mesmo são pessoas que amem este país, trabalhem com afinco, respeitem esta terra bendita e lutem por ela.

Don José também deu sua opinião:

— É uma lástima saber que esta nação, possuindo tantos recursos para si e para ajudar outros países, é impedida de crescer e expandir seus horizontes por causa do egoísmo de uma minoria que ostenta o poder. Felizmente, o Brazil é uma terra muito nova.

— Quem sabe, no futuro, seja dirigida por homens de caráter íntegro que não se deixem corromper pela ganância. Brazileiros que realmente amem sua pátria e queiram transformá-la em um país de futuro, respeitando seu solo para os anos vindouros! — completou, indignado.

Tomé retrucou:

— Isso é quase impossível, don José.

— Por que diz isso, Tomé? Você não tem esperança no futuro?

— Não é que não tenho esperança. É que esses homens que estão nos altos postos, como administradores, usam o Brazil como se ele fosse um animal: comem a carne boa e deixam os ossos. Como se isso não bastasse, depois vêm outros e ainda roem os ossos que sobraram.

Assim, para uns há muito e para outros não sobra nada! Só Deus pode dar um jeito nesta bagunça aparentemente civilizada. Mas o Brazil é muito grande. Um dia, esses mandantes que mantêm o poderio hão de cair por terra. Nós, brazileiros, não devemos desanimar jamais! Devemos nos manter unidos e trabalhar muito, fazendo a nossa parte com bastante dedicação e perfeição, porque chegará um tempo em que ninguém terá o suficiente para progredir e crescer no Universo. Nós fomos enviados à Terra para ter um meio de aprendizado e evolução. Precisamos uns dos outros, portanto, não devemos nos deixar corromper pela maldade e avareza contra os menos favorecidos.

Carmel interrompeu e disse:

— Por favor, vamos parar de falar de coisas tão ingratas. Vamos viver este momento de união e alegria que *Dios* está nos proporcionando. A dádiva deste amor que estamos sentindo há de se multiplicar e contagiar mais pessoas. O Brazil há de ser o melhor país do mundo pelos recursos naturais que possui. Os brazileiros vencerão os infortúnios, porque aqui existe gente de muita fé e essa fé é capaz de remover montanhas. Na Bíblia, encontramos consolo e solução para os nossos problemas: basta prestar atenção na leitura, pois *Dios* nos diz tudo. Ele é o dono do ouro e da prata. Devemos confiar e crer.

Quando todos perceberam, já estavam na casa de Carmel. Doña Emília desceu da carroça com a ajuda de Tomé, e, diante da casa da filha, disse emocionada:

— Carmel, perdoe-me, porque as mães sempre pensam que nunca conseguirão educar os filhos da forma que desejam, e isso acontece por amá-los demais. Para nós, os filhos não crescem jamais, e procuramos cuidar deles como se fossem eternas crianças. Nós não percebemos que, no decorrer da vida, eles aprendem observando nossos acertos e erros. Somos o espelho dos nossos filhos, por isso devemos tomar muito cuidado com nossos gestos e nossas atitudes. Um dia, quando menos esperarmos, nossa cria se torna independente e sai à procura de novos horizontes. Não percebemos quanto cresceram, e na hora em que eles se afastam nos sentimos órfãos e daríamos tudo por um abraço ou um simples sorriso. Mesmo assim, a distância, continuamos nos preocupando com eles e orando para que *Dios* os proteja, e ainda continuamos enviando um beijo de boa noite e também lhes desejando um bom dia a cada amanhecer!

Doña Emília, em tom de desaprovação para si mesma, disse:

— Há certas mães que demoram muito para entender que os filhos não são nossos, e, sim, filhos do mundo! — disse isso com seu jeito simples e gracioso de ser, e continuou:

— Sinto-me feliz, pois tive a ajuda do seu pai, embora, muitas vezes, ele estivesse ausente por causa do trabalho. Essa ausência era necessária para suprir as necessidades da família. No entanto, tenho a certeza de que fui mais feliz que ele, pois pude ter vocês mais tempo em meus braços ou segurando a barra da minha saia. Agora, vendo todo o carinho que recebo, e sabendo que são capazes de seguir seus próprios caminhos com muita honestidade e dignidade, sinto-me recompensada. Sei que vocês são incapazes de pisar em quem quer que seja para atingir algum objetivo lucrativo ou de oportunismo. Esta é a maior recompensa que eu podia ter: filhos honrados, honestos, trabalhadores, de bom coração e alma boa.

Nesse momento, quando doña Emília olhou para trás, viu Pilar, Mariazinha, Pepe e Antonio só com as roupas de baixo, pois o calor estava insuportável. Rindo muito, Carmel disse:

— Meus queridos irmãos, vocês falaram das mulheres brazileiras, e vocês, europeus, estão quase pelados. Entenderam o motivo da nudez?

Todos riram muito, entraram na casa de Carmel e ficaram encantados com tantas redes. Foram logo se deitando gostosamente, pois nunca tinham usado uma rede. Os jovens balançavam como crianças, achavam tudo muito divertido. A família Flores Blanes estava muito feliz!

Pepe resolveu ir ao quintal, viu onde iria ser celebrada a cerimônia e ficou encantado. Seguindo um pouco mais adiante, disse:

— Vejam! Vamos tomar um delicioso banho.

Os jovens saíram correndo e se depararam com uma nascente de água cristalina. Aproveitaram para brincar e se banhar naquela água deliciosamente morna. Enquanto isso, Tomé e Carmel foram mostrar a casa aos pais. Doña Emília ficou admirada ao saber que Carmel construíra tudo sem qualquer recurso.

Carmel disse:

— *Madrecita,* quando temos boa vontade, encontramos tudo de que precisamos, pois em todas as coisas existe a mão de *Dios* para nos ajudar. Também tive a sorte de tê-los como meus pais e receber a educação tão esmerada que vocês me deram. Tudo que tenho foi feito com muito amor, trabalho e união. E, se não fosse a ajuda dos meus amigos, nada estaria aqui agora.

Apontando para o negro esperto que estava presente, Carmel disse:

— Este senhor que está aqui é o responsável por eu ter conseguido construir minha casa. A ajuda dele foi de vital importância. Já Mãe Dica, esse encanto de criatura, me ensinou todo o segredo das ervas curativas, com as quais tenho ajudado muitas pessoas por aqui. Ritinha — disse Carmel abraçando a menina — é minha fiel companheira de todas as horas, e dona Gândia, mãe de Tomé, esteve ao meu lado nos momentos mais difíceis. Como vê, não somos nada sozinhos, *madrecita!* Também devo muito ao meu grande amor, Tomé, que sempre esteve ao meu lado, amando-me em segredo. Agora sei que, quando a gente ama de verdade, tudo se transforma como um milagre e o pouco que nós temos é muito; nos basta. Esta é a força do verdadeiro amor e da amizade. *Madrecita,* agradeço a você e ao meu *padrecito,* porque vocês passaram esta sabedoria durante a minha infância.

Don José riu alegremente, e, abraçando a esposa com ternura, disse:

— E nós, Emília, nem percebemos todo esse tempo que éramos tão bons professores!

A essa altura, todos já estavam famintos, e foram saborear um delicioso almoço, com muitos quitutes saborosos bem brazileiros. A seguir, os amigos voltaram para as suas casas, enquanto a família de Carmel retirou-se para descansar da exaustiva viagem.

As emoções foram muito intensas naquele dia, e, por isso, todos acordaram apenas no dia seguinte. Carmel foi bem cedinho ao quarto de seus amados pais e acordou-os com muitos beijos. Em seguida, pediu a bênção, pulou alegremente na cama e começou a cantar músicas espanholas.

Os irmãos acordaram radiantes ao ouvir aquelas músicas e também foram para o quarto dos pais. Foi um momento de muita ternura e eles reviveram os bons tempos de infância, quando esses momentos eram habituais em suas vidas. Todos cantaram, se abraçaram, riram, choraram e agradeceram a Deus pela oportunidade de estarem juntos novamente.

Depois de tantas manifestações de amor, resolveram banhar-se na nascente antes de saborear o delicioso café da manhã. Quando voltaram, a mesa já estava preparada com as mais deliciosas e nutritivas iguarias, e comeram de tudo um pouco.

Após o café, vestiram uma roupa leve e saíram para passear. Doña Emília, sendo a mais curiosa, queria ver de perto a terra que achava que fosse uma lenda. Agora, finalmente, sabia que tudo era real e verdadeiro. O trajeto foi muito animado, pois todos falavam sem parar e ao mesmo tempo.

Carmel os levou até a cachoeira, onde tomara o primeiro banho logo que chegou ao Brazil. Lá, brincaram e se refrescaram. Pilar, Antonio, Pepe, Mariazinha e Ritinha pareciam crianças jogando água um no outro, e, exaustos, nadaram até a lagoa que estava coberta por flores brancas.

Carmel, vendo a alegria dos jovens, disse a seus pais:

— Venham, meus queridos, *Dios* está nos brindando com esta maravilha. Também quero banhar-me junto com vocês nestas águas límpidas. A primeira vez que estive aqui me sentia muito sozinha e triste, mas agora quero recuperar a felicidade junto das pessoas que mais amo em minha vida.

Depois do delicioso banho, Carmel lhes deu toalhas e roupas secas, e seguiram em frente, pois teriam muitas maravilhas para conhecer. Após longa caminhada, resolveram tomar banho de mar. Lá foram todos novamente, inclusive Tomé, que após o trabalho veio ao encontro deles e se sentiu muito feliz ao ver a alegria de sua amada.

Quando a fome começou a incomodar, a família Flores Blanes resolveu voltar para casa. Ao chegar, doña Emília disse:

— Hoje eu faço o almoço. Estou com saudades de pegar nas panelas. Vou preparar *garbanzos*[1], como é costume na Espanha, e trouxe de lá todos os ingredientes necessários. Sei que você, Tomé, e também Ritinha, dona Gândia e Mãe Dica vão saborear muito. Para acompanhar, José trouxe os melhores vinhos, extraídos de nossas videiras. E não pense que esqueci suas *manzanas,* Carmel, pois sei que há muito tempo não as saboreia.

[1] Grão-de-bico.

Após fazer uma pausa, doña Emília disse:

— Só peço uma coisa. quando eu entrar na cozinha, o meu "Templo Sagrado", me deixem sozinha. Apesar de ainda não estar muito familiarizada com o fogão a lenha, creio que não terei problemas, pois Carmel já me deu as instruções necessárias.

Assim, enquanto pensava, doña Emília se sentiu em casa e colocou um vaso de flores para Santa Ana: "O silêncio é uma prece. Vou fazer pratos muito saborosos, pois saber cozinhar é uma das mais belas artes, e *Dios* me agraciou com esse dom."

Assim, os alimentos foram tomando forma e sabor. O aroma dos legumes aromatizados com as ervas lembrava as mais finas e raras iguarias, e adquiriam um sabor especial ao passar pelas mãos doadoras de doña Emília. Ela trouxera da Espanha algumas essências e especiarias que ainda não existiam no Brazil.

Depois do delicioso almoço, todos foram fazer a *siesta* — um hábito europeu de repousar após o almoço. Enquanto Ritinha e Mariazinha cuidavam da louça, doña Emília aproveitou para fazer um lindo bolo de noiva. Com sua prática, foi muito fácil e rápido fazer um bolo de três andares recheado com compota de amoras. Como havia muitos ovos, pegou as claras e fez um delicioso suspiro para cobrir o bolo, e com as gemas fez os fios de ovos que complementaram a ornamentação. O bolo mais parecia uma jóia esculpida pelas mãos de uma artesã.

Doña Emília estava muito feliz, e, enquanto cozinhava, cantava sua música preferida — um envolvente *passo doble*.

Olhava para cá e para lá, encantada com tudo o que via, quando notou uma linda garrafa com licor de amoras sobre uma prateleira. Resolveu experimentar e achou delicioso. Envolta pela alegria, doña Emília se lembrou de uma toalha lindíssima que dera a Carmel e que seguramente estaria guardada em seu baú. Comprara-a de uma senhora rendeira que morava em Trás-dos-Montes, Portugal.

A toalha toda de renda era bordada à mão com fios de seda de vários matizes, formando minúsculas rosinhas — tudo entrelaçado com fios dourados e franjas no mesmo tom. Doña Emília encontrou a toalha e colocou-a sobre a mesa disposta ao lado da janela da cozinha. Impulsivamente, olhou para o licor e resolveu tomar mais um golinho, e depois... mais um.

Doña Emília desejava fazer um arranjo de flores para enfeitar a mesa e procurou um vaso em vários lugares, até que encontrou uma terrina de porcelana branca, lascada em um dos cantos. Colocou algumas flores dentro, mesclando os tons.

O trabalho ficou perfeito! Ninguém perceberia as imperfeições da terrina. Deu mais uma olhadinha e percebeu que o arranjo ficara muito lindo. Estava tão feliz que ria silenciosamente, pois desejava que, embora simples, a cerimônia fosse muito elegante e de bom gosto apurado.

Doña Emília fora muito previdente ao fazer o requintado enxoval de Carmel, pois, embora não soubesse onde iria morar quando casasse, teria o que precisasse para decorar uma casa com muito bom gosto. Tudo o que Carmel trouxera estava sendo muito útil. Depois de adornar a mesa, tomou mais um golinho do delicioso licor, e, em pouco tempo, já estava trançando as pernas.

A partir daí, começou a cantar com mais entusiasmo e se pôs a dançar. Cantarolava as músicas ardentes que vinham à sua mente, e dançando com muito garbo usou o seu avental como se fosse uma saia rodada. De repente, pensou: "*Dios mio*... estou mareada! E agora?"

Doña Emília decidiu tomar bastante água e molhou a cabeça várias vezes na fonte. Assim, logo se sentiu melhor, a tontura foi amenizando e imaginou a vergonha que sentiria se os filhos a vissem mareada.

Felizmente, quando os filhos acordaram, já terminara a decoração da mesa e estava mais tranqüila, porém, os cabelos estavam desalinhados e ainda mantinham a flor vermelha que ela colocara anteriormente. Pepe logo notou algo diferente em sua mãe, e perguntou:

— *Madrecita,* o que aconteceu com seus cabelos, que estão molhados e com essa flor murcha?

Doña Emília, meio sem jeito, disse:

— Molhei os cabelos porque estava com muito calor. Depois, resolvi colocar esta flor vermelha para experimentar, pois queria usar uma na cerimônia. Vocês acham que fica bem em mim?

Dizendo isso, começou a rir descontroladamente, mas logo disfarçou, dizendo:

— Meninos, vocês notaram a flor no meu cabelo, mas não perceberam a mesa e o bolo, que parece uma cascata de ouro.

Todos se voltaram e, deslumbrados com tanta beleza, abraçaram a mãe e não tocaram mais no assunto do cabelo e da flor.

Carmel não cabia em si de contentamento, e beijou a mãe repetidas vezes, agradecendo o seu lindo gesto de amor. Doña Emília olhava para a mesa e sentia que estava faltando alguma coisa. Mas o que seria, afinal?

— Ah! Já sei. São as duas pombinhas de *biscuit* que comprei em uma de nossas viagens. É isso mesmo. Este é o lugar delas... em cima do bolo!

Doña Emília dera as pombinhas a Carmel quando ainda era criança. Em todas as viagens que faziam ela comprava algo para que os filhos guardassem de recordação. Nesse instante, lembrou-se de como eram divertidas aquelas viagens, e pensou: "*Dios* planeja tudo. Ele não esquece de nada, nem grande nem pequeno."

Em silêncio, agradeceu: "Obrigada, Senhor, por mais este milagre; porque em tudo o que *Dios* põe a mão existe o milagre. Com certeza, o Senhor sabia da finalidade destas pombinhas que comprei não lembro onde, nem por que, por isso fez com que as trouxesse para Carmel."

Com lágrimas nos olhos, agradeceu novamente e pensou: "Tudo o que fizermos será sempre muito pouco para agradecermos os milagres de *Dios.*"

Depois, já mais tranqüila, doña Emília tomou o seu banho na fonte que estava no quintal da casa. Carmel cobrira a fonte com uma cerca de bambu para as pessoas terem maior privacidade. Doña Emília banhou-se por um longo tempo, e naquele momento, sentiu a presença do Espírito Santo de Deus.

Erguendo suas mãos para o alto e olhando o céu de anil profundo, agradeceu mais uma vez e disse para si mesma: "*Dios* sempre tem o seu propósito! Só Ele sabe o que é bom e maravilhoso para os seus filhos. Nós, seres humanos, não entendemos, mas devemos seguir o caminho correto, sem olhar para trás. O que passou já não volta mais, nem o bom nem o ruim."

Pensando assim, envolta em sua toalha, doña Emília foi para o quarto vestir-se para o jantar. Depois, pegou uma toalha seca e a deu a seu marido, dizendo:

— José, vá se banhar, e agradeça aos céus todas as dádivas que recebemos.

Don José tomou seu delicioso banho e voltou renovado. Aquela água divina que corria entre as matas era abençoada por Deus.

Após a ceia, todos foram cedo para a cama, pois a cerimônia aconteceria no dia seguinte. Seria um momento sagrado e tudo deveria estar na mais perfeita ordem.

Capítulo 31

A CERIMÔNIA DE UNIÃO

Era madrugada quando Tomé acordou e foi até o pântano apanhar as flores brancas para adornar o altar da cerimônia de casamento.

O pântano era um lugar extremamente perigoso, mas Tomé, experiente e audacioso, não teve problema algum, pois conhecia bem todos os obstáculos e os lugares mais arriscados daquela região. Tomé levou as flores até a casa de Carmel e silenciosamente colocou-as sobre a mesa da cerimônia, procurando não fazer barulho.

Em seguida, voltou para sua casa, pois desejava se arrumar com apuro ao vestir o seu uniforme de gala. Teve o cuidado de colocar as alianças no bolso, e as entregaria a Carmel na hora da cerimônia. Sua mãe, dona Gândia, também estava elegantemente vestida, com um lindo vestido azul feito por Carmel.

Enquanto isso, na casa da noiva, o corre-corre era engraçado.

Estavam todos apressados, pois desejavam se vestir ao mesmo tempo. Pilar, Mariazinha e Ritinha estavam muito bonitas, encantadoras e felizes. Os rapazes, muito elegantes, pareciam noivos, e os pais de Carmel estavam sóbrios e muito bem vestidos. Realmente uma família muito alinhada!

Depois de arrumados, foram para a cozinha, que era o lugar mais amplo da casa. Lá estava a bela mesa adornada com o bolo dos noivos.

Aos poucos, os convidados foram chegando: Mãe Dica, as irmãs do Convento Santa Tereza, doña Rosário, o pajé e alguns índios vestidos a caráter e com o corpo pintado, usando cocares de penas de pavão e de outras aves nobres. As penas eram apanhadas na floresta, depois que as aves faziam suas trocas anuais.

Essas eram as pessoas que Carmel e Tomé realmente desejavam que estivessem presentes em seu casamento — os seus verdadeiros amigos! Só o negro esperto ainda não chegara.

Carmel, em seu quarto, olhava encantada para o seu vestido de noiva, em tom rosa-pálido, que estava sobre uma cadeira. Olhou em cima da cama os lindos adereços que usaria. Verificou cada detalhe da decoração da cerimônia para ter certeza de que tudo estaria em ordem, por isso foi a última a banhar-se.

Pronta, Carmel ajoelhou-se aos pés da cama e agradeceu a Deus os muitos milagres que Ele lhe concedera e a chance de poder começar uma vida nova, agora seguindo os passos do Senhor Jesus e sua doutrina. Também agradeceu por sua família estar ao lado dela nesse dia tão importante e a família de seu noivo, e, ainda, Mariazinha, que viera de Portugal, e Ritinha, sua fiel amiga e irmã do coração, e principalmente por ter encontrado seu noivo, Tomé.

Carmel agradeceu também por todos os amigos queridos que permaneceram sempre ao seu lado e foram seus mestres, contribuindo para sua evolução na Terra. Deu graças pelo solo que a acolhera e lhe dera um homem temente a Deus, que seguia os caminhos da fé.

Para Tomé, nada era impossível, pois sabia que Deus é quem faz todas as coisas boas acontecerem, e, às vezes, até as ruins. Mas devemos agradecer as coisas ruins, porque com o sofrimento crescemos com sabedoria. Tomé, esse homem de Deus, sem os vícios da carne humana, vivia mais para o espírito do que para a matéria.

Carmel agradeceu também por seu ex-marido, Felipe, pois por meio dele conhecera o sofrimento e a dor que a levaram a se tornar uma mulher de Deus. Agora estava cumprindo o desejo do Deus Pai. Depois, Carmel ungiu sua fronte com o óleo que Tomé lhe oferecera de uma forma muito sublime no dia do seu batizado.

Quando a porta do quarto se abriu, todos ficaram completamente encantados, porque a noiva, envolta em luz, tinha o semblante de uma deusa. Seus belos cabelos cacheados, atingindo a cintura, pois não os cortara desde que viera da Espanha, adornavam seu corpo como uma cascata dourada. Todos a aplaudiram e disseram:

— Aleluia, aleluia! Viva a noiva!

Carmel olhou os seus familiares, os amigos, e agradeceu os aplausos com um terno sorriso. Mas percebeu que faltava alguém, e perguntou:

— Onde está o meu querido amigo negro esperto?

No mesmo instante, ele apareceu todo esbaforido, explicando-se:

— Eu tô aqui, sinhá! Mi sinto mucho honradu di sê um cunvidadu desta festa qui só tem genti fina e bunita.

— Como você está elegante, meu amigo! Onde conseguiu essa roupa tão linda? — perguntou Carmel.

— Brigadu, sinhá. Foi seu irmão Pepi qui mi deu. Só qui num sei cumé qui vô fazê com esta manga isquisita, qui tem tanto panu nas mão. I esta carsa apertada intão? É mucho ruim vesti ropa iguar a dus branco, mais pela sinhá io faço quarqué sacrifício, e adespois num é pra sempre. A sinhá gostô di vê esti nego véio cum tantu du luxu?

Todos riram ao mesmo tempo, e Pilar disse:

— O senhor está *muy guapo*, até parece um *gitano*[1]! Só é um pouquinho mais escurinho, mas está tão elegante quanto um.

O negro riu, deixando à mostra seus dois únicos dentes, assim conseguiu quebrar o gelo e amenizar a ansiedade e a emoção de todos.

Nesse instante, todos perceberam que a carroça com Tomé e sua mãe havia chegado. Ele estava muito elegante, com sua postura altiva, sentindo-se orgulhoso e feliz porque ia desposar uma mulher maravilhosa, o grande amor de sua vida. Dona Gândia também estava muito contente, pois gostava imensamente de Carmel e sabia que ela faria

[1] Cigano.

seu filho feliz! Assim, ela disse a Carmel:

— Minha querida, espero que eu tenha educado bem o meu filho para que seja um homem digno e saiba fazê-la feliz.

Logo depois, todos se dirigiram ao altar, perfumado pelo aroma das flores brancas que Tomé colhera no pântano. Sobre a toalha de renda branca havia uma cruz vazada, sem a imagem de Jesus morto porque Ele está vivo entre nós e se apresenta de várias formas. Ele é o Espírito Santo de Deus que habita entre nós.

O juiz de paz e os pais dos noivos estavam a postos e muito emocionados. Tomé, aparentemente nervoso, tentava segurar as lágrimas que brotavam de seu coração repleto de amor por Carmel. Todos estavam à espera da noiva.

Carmel foi conduzida ao altar pelos braços de seu irmão mais velho, Antonio, que com delicadeza a entregou a Tomé, enquanto o cumprimentava movendo a cabeça com reverência. Tomé agradeceu, segurou as mãos de Carmel e beijou sua testa. Imediatamente, deu-lhe o braço e posicionaram-se diante do juiz de paz e de seus pais. Nesse momento singular, o juiz celebrou as escrituras oficiais do matrimônio.

Após as palavras do juiz, don José proferiu as palavras sábias de Deus lendo um dos versículos da Bíblia, em que o Senhor Jesus abençoa os noivos:

"O AMOR É O DOM SUPREMO"
(1 Coríntios 13)

1 Ainda que eu fale as línguas dos homens e dos anjos, se não tiver amor, serei como o bronze que soa ou como o címbalo que retine.

2 Ainda que eu tenha o dom de profetizar e conheça todos os mistérios e toda a ciência, ainda que eu tenha tamanha fé, a ponto de transportar montes, se não tiver amor, nada serei.

3 E ainda que eu distribua todos os meus bens entre os pobres e ainda que entregue o meu próprio corpo para ser queimado, se não tiver amor, nada disso me aproveitará.

4 O amor é paciente, é benigno; o amor não arde em ciúmes, não se ufana, não se ensoberbece,

5 não se conduz inconvenientemente, não procura os seus interesses, não se exaspera, não se ressente do mal;

6 não se alegra com a injustiça, mas regozija-se com a verdade;
7 tudo sofre, tudo crê, tudo espera, tudo suporta.
8 O amor jamais acaba; mas, havendo profecias, desaparecerão;
havendo línguas, cessarão; havendo ciência, passará;
9 porque, em parte, conhecemos e, em parte, profetizamos.
10 Quando, porém, vier o que é perfeito, então, o que é em parte
será aniquilado.
11 Quando eu era menino, falava como menino, sentia como meni-
no, pensava como menino; quando cheguei a ser homem, desisti das
coisas próprias de menino.
12 Porque, agora, vemos como em espelho, obscuramente; então,
veremos face a face. Agora, conheço em parte; então, conhecerei como
também sou conhecido.
13 Agora, pois, permanecem a fé, a esperança e o amor, estes três;
porém o maior destes é o amor.

Depois da sábia leitura da Bíblia, don José disse:

— Estamos todos muito felizes em poder dar a nossa bênção aos nossos filhos, Tomé e Carmel. Eles estão casando com o consentimento e a alegria dos familiares, e com o mais importante: as sagradas bênçãos de *Dios*.

Com essas palavras proferidas por don José Flores, ele e sua esposa, doña Emília, aceitaram Tomé como filho, e, da mesma forma, dona Gândia aceitou Carmel como filha.

Em seguida, os noivos trocaram as alianças e a cerimônia foi encerrada com um louvor a Deus por essa união e pela paz nos corações das poucas, mas queridas, pessoas que estiveram no enlace.

Doña Emília, muito emocionada e com lágrimas nos olhos, abençoou o casal com a água benta de um pequeno frasco que estava guardado para essa ocasião. Depois, com seu jeitinho saleroso que só os espanhóis têm, disse brincando:

— Vocês não vão se beijar? Agora já podem, nós deixamos.

Carmel e Tomé uniram seus lábios em um beijo prolongado, mas Pepe, com o humor de sempre, brincou:

— Vamos com calma, chega! O mundo não vai acabar, vocês têm a vida inteira pela frente.

Tomé riu, mostrando seus dentes brancos como pérolas, e sentiu que ganhara uma numerosa e amorosa família que o amava como ele os amava.

Carmel, feliz e *salerosa,* segurou a pequena cauda do vestido e, abrindo o leque que estava em suas mãos, dirigiu-se à mesa onde estava o seu lindo bolo. Olhou, percebeu que faltava alguma coisa e, pensativa, perguntou à sua mãe:

— Está faltando alguma coisa, *madrecita?* Ah, claro! A senhora esqueceu de colocar pratos e talheres.

— Bem, minha filha — disse doña Emília meio sem jeito —, eu sabia que faltava alguma *cosita,* mas você não pode imaginar a razão desse meu esquecimento.

— Diga, *madrecita.* O que foi?

— Eu resolvi experimentar o licor de amora que estava na cozinha. Como estava muito saboroso, tomei um *buchito*[2], depois, mais um e mais um... Quando percebi, já estava mareada.

Rindo, Carmel disse:

— É claro, *madrecita!* O licor tem pinga e a senhora não está acostumada com bebida destilada! Mas fique tranqüila que é pinga da boa, trazida do alambique de uma fazenda próxima. Não se preocupe, porque é tão boa como nossa bebida. Bebendo sem abusar, é claro!

Carmel, rindo muito, abraçou a mãe carinhosamente e disse:

— Só a senhora, *madrecita!* Eu a amo de paixão! Mas agora vamos brindar com o vinho que meu *padrecito* trouxe de nossa querida Espanha. Com certeza, deve ser um vinho muito especial e saboroso, pois foi feito em nossa vinícola, com o fruto das parreiras plantadas por nosso avô.

Rapidamente, Ritinha pegou pratos e copos para colocar sobre a mesa. Depois de brindar com o delicioso e suave vinho, Carmel disse:

— Pepe, não pense que eu esqueci que você trouxe sua guitarra. Venha! Cante aquelas músicas *calientes* das quais tenho tanta saudade!

Pepe pegou a guitarra e todos se puseram a cantar e dançar com muita alegria.

— Vamos, Antonio, quero dançar uma *sevillana.* Quanto tempo,

---

[2] Golinho.

meu *Dios!*

Doña Emília, ao ver seus amados filhos juntos naquela festa e tão alegres, disse radiante:

— Venha, doña Rosário, lembrar da nossa Espanha! E vocês também, dona Gândia, Tomé e Ritinha. Ninguém pode ficar fora desta alegria, nem mesmo o negro esperto! Desejo ver todos mexendo *el culo!*

— *Madrecita*, aqui não se diz *culo*, e sim bunda — retrucou Carmel.

— Não é correto? — perguntou doña Emília, confusa.

— É claro que não!

— Pois bem, vamos todos mexer a bunda, como disse minha filha.

Os índios observavam a alegria de todos com admiração e riam muito entre si, pois aquela comemoração era muito diferente da cerimônia deles. A festa ficou animada até altas horas, quando cansados, porém felizes, todos se retiraram para os seus quartos.

Mãe Dica, doña Rosário e dona Gândia acomodaram-se nos quartos com as moças, e o negro esperto ficou com os rapazes. Só o pajé e os índios não ficaram, pois saíram mais cedo da festa, fazendo as reverências habituais de sua tribo.

Carmel e Tomé, agora sozinhos e sentados em uma rede, olhavam a lua e as estrelas que iluminavam o romance dos lindos pombinhos. Eles se abraçaram, se beijaram ternamente e, naquele momento, sentiram a presença de Deus e a vitória do amor, que vencera tantos obstáculos. Felizes, saíram caminhando de mãos dadas e foram até a praia.

A lua prateada refletia sua luz sobre as ondas serenas, enquanto o casal parecia ouvir ao fundo o canto das sereias festejando sua união. Andaram descalços pela areia fina e macia que parecia coberta de algodão. Carmel segurava a pequena cauda de seu vestido, enquanto as ondas arrebentavam a seus pés, parecendo abençoá-los. Era como se os dois estivessem fazendo uma integração entre o céu e a terra.

Tomé perguntou a Carmel:

— Querida, você se lembra dos CÂNTICOS DE SALOMÃO[3], que falam sobre o amor?

— É claro, meu bem! Eu os leio sempre.

---

[3] Este cântico foi baseado na Bíblia.

— Então vamos orar?
E assim fizeram.

Tomé (esposo):
"Minha esposa,
Os beijos de tua boca são tão doces
como a erva fresca.
Igual ao vinho suave, que dá alegria e prazer,
com o seu aroma perfumado."

Carmel (esposa):
"Não é sem razão, que te amo tanto,
meu esposo!
Em ti nos regozijaremos e nos alegraremos, e
do nosso amor nos lembraremos até a eternidade."

Tomé (esposo):
"Agora tu és morena e formosa esposa.
És filha de Jerusalém!
Aceitastes entrar em meu coração,
como as donzelas de Salomão.
Eu fiquei extasiado
diante da morenice com que o sol te abençoou
para fazer brilhar, ainda mais, tua beleza.
Comerei o favo do teu mel e
beberei o vinho de tua boca
como se fosse leite.
Comerei e beberei o teu corpo,
tua alma e teu coração.
Beberei sem receios, porque
sei que tu me amas
como eu amo a ti."

Carmel (esposa):
"Eu dormia, mas o meu coração velava.
Ele ouviu a voz do meu amado

que nele batia.
Eu o deixei entrar completamente
dentro do meu ser, do meu corpo e
da minha alma.
Eu sou tua, Tomé, e você é meu,
porque seguimos os mesmos caminhos."

Tomé (esposo):
"Deixaste-me entrar,
minha amada esposa.
Pomba minha, imaculada,
tu serás a coluna do nosso lar.
Os teus cabelos estão cobertos
pelas gotas de orvalho
que caíram durante a noite.
Mais pareces uma rainha
com as gotas que brilham em tua cabeça,
pois és minha esposa e minha rainha."

Carmel (esposa):
"O povo que rondava pela cidade
espancou-nos e feriu os nossos corpos.
Arrancaram nossas vestes e
julgaram nossas vidas.
Porém, somos filhos e filhas de Jerusalém.
As nossas alegrias
provêm do nosso amor infinito e corajoso."

Tomé (esposo):
"A minha amada esposa,
clara como o amanhecer,
eu distinguiria entre mil.
Os teus cabelos são cacheados
como as uvas que nascem no campo
ou como as tâmaras doces e perfumadas.
Tuas faces são como canteiros de bálsamo,

como colinas de ervas aromáticas.
Os teus lábios são macios
como os lírios do campo
que gotejam mirra preciosa.
As tuas mãos são cilindros de ouro
embutidos entre os jacintos.
Teu seio é coberto de safiras
que brilham no infinito.
E eu, o homem mais feliz da terra!
Entre tantas mulheres,
Deus escolheu a ti
para que ficastes ao meu lado.
Como Deus é bom e misericordioso!
Tuas pernas são como colunas de mármore
assentadas em base de ouro puro.
O teu aspecto é soberano como o Líbano e
esbelto como o cedro.
O teu falar é muitíssimo doce.
O brilho dos teus olhos
é um luzeiro a me indicar o caminho.
Sim!
Para mim, és a mulher mais desejável que existe!
Tu és minha amada esposa e, em tuas mãos, deposito o mais
puro do meu ser.
És a mais formosa entre as mulheres.
Quantos infortúnios superei
para encontrar este amor que veio de tão longe
e tenho agora tão próximo a mim?
Agora, podemos amar intensamente;
somos livres para viver este amor verdadeiro!"

Depois de permanecerem abraçados ternamente por um longo período, Tomé sussurrou:

— Salomão foi o homem mais rico e mais sábio do mundo. Deus lhe deu o dom da palavra para que esta permanecesse até o fim dos tempos. Deus lhe deu esta dádiva por merecimento, e também um coração abençoado. No Universo, jamais outra pessoa poderá ostentar sua coroa de riqueza e sabedoria.

Carmel respondeu:

— Estamos aqui recordando estes poemas sagrados. Só *Dios* poderia brindar nossas núpcias com a dádiva das palavras de um amor santo! Tomé, você é o meu varão e o meu rei. Será a cabeça de nosso lar.

Tomé respondeu:

— És o esteio, a coluna que sustentará a nossa união de amor. És a minha rainha!

Depois dessa oração, o casal tomou o rumo de casa completamente feliz, a fim de concretizar as promessas de Salomão em seu leito de amor. Carmel e Tomé poderiam usufruir de todo o desejo e toda a paixão que traziam no peito. Agora, respeitando a doutrina de Deus, estavam livres do pecado original.

Deus tem compaixão das pessoas sensíveis e lúcidas que se arrependem de seus erros humanos. Tudo o que nos incomoda é esquecido quando aceitamos as palavras do Senhor Jesus.

Capítulo 32

A NOITE DE NÚPCIAS

Quando estavam voltando para casa, Tomé e Carmel perceberam que a lua se despedia da longa noite à medida que a alvorada se aproximava mansa e lentamente. Os pombinhos caminhavam serenamente, pensando em quanto a natureza era doadora. O orvalho da noite cobrira a vegetação, intensificando o perfume e a beleza das flores. Eles pisavam descalços na relva macia para sentir toda a energia que dela emanava. Com essa energia, a natureza brindava Carmel e Tomé pelo grande amor que os unia — era o presente de núpcias que oferecia aos noivos... dádivas vindas do céu.

Quando entraram em casa, os noivos perceberam que o sol penetrava pelas frestas das janelas, tornando o ambiente aquecido e aconchegante. Para eles, aquela simples choupana era como um palacete.

O casal observou que os seus familiares ainda dormiam de maneira profunda, pois estavam cansados da festa que fora até altas horas. Dessa forma, em silêncio, pé ante pé, foram direto para o aposento carinhosamente preparado por Carmel. Na sua noite de núpcias, Carmel desejava se entregar em sua cama perfumada e macia.

A porta estava entreaberta. Tomé beijou delicadamente a testa de sua esposa, depois, apertou-a contra o peito e com muito cuidado a tomou entre seus braços fortes. A pequenina espanhola, envolvendo o pescoço do amado com seus braços delicados, retribuiu o gesto com um forte e longo abraço. Naquele momento mágico, o mundo era só deles, e realizaram todos os seus desejos contidos. Agora eles tinham a bênção de Deus e de seus pais.

O amor que sentiam soube ser paciente, porque agora conheciam os mandamentos de Deus. Dessa maneira, Carmel e Tomé foram perdoados pelos erros do passado, pois na época ignoravam a Sagrada Escritura. Agora, de acordo com as leis sagradas, foram abençoados dessa forma sublime. Era como se Carmel houvesse se tornado virgem novamente. Deus perdoa os nossos deslizes quando desconhecemos a verdade.

Como cristãos e devotos, sentiam como se tocassem seus corpos pela primeira vez. Essas são as bênçãos do Senhor. Tomé e Carmel beijaram-se intensamente e agradeceram por tudo de bom e maravilhoso que eles e suas famílias estavam recebendo.

Os pombinhos passaram o restante da madrugada e o dia no seu mundo encantado sentindo o perfume envolvente do ambiente mesclado com o cheiro do prazer. O amor foi concretizado, sem pudor nem censuras, e, nesse momento alucinante de entrega, se pertenceram e entrelaçaram seus corpos e almas como raízes.

A partir desse momento, tudo era permitido: o receio, o medo e o desencontro haviam ficado para trás, existiria somente vida, paz, união e amor, que é único e reina entre todos os sentimentos.

Carmel e Tomé eram duas pessoas em um só corpo e um só espírito. Agora eram marido e mulher e poderiam desfrutar, sem receio, da sexualidade completa.

Já era dia quando doña Emília levantou-se e viu o negro esperto colocando lenha no fogão, enquanto Mãe Dica e Ritinha preparavam o desjejum. Doña Emília cumprimentou a todos e agradeceu o carinho e a consideração que tinham por sua filha Carmel. Em seguida, colocou-se ao lado do fogão a lenha e disse:

— Venha, Mãe Dica! Quero fazer aquele delicioso bolo de tapioca.

Doña Emília aprendera rápido a lidar com os costumes simples do campo, e começaram a preparar o desjejum para toda a família.

Pouco a pouco, todos foram saindo de seus aposentos, e, após tomarem banho na fonte de água morna e cristalina, deliciaram-se com os saborosos alimentos. Devido ao intenso calor da região, vestiam roupas leves trazidas em sua bagagem. Foi um dia muito alegre e feliz!

Pepe, o primeiro a acordar, disse:

— *Buenos dias, madrecita!* Por que levantou tão cedo? Pensei que eu seria o primeiro a acordar, afinal, dormi como um anjo. Esta brisa perfumada, vinda do mar e da floresta, me deixou com muito apetite. Preciso saciar urgentemente minha fome. Sabe, *madrecita,* depois que todos acordarem, quero desvendar, sem pressa, esta misteriosa terra, e tomar um prazeroso banho de mar. Com certeza, este é o retiro dos deuses!

Doña Emília perguntou:

— O que aconteceu com você, Pepe? Desde que chegou aqui, parece outra pessoa. Está mais romântico, tranqüilo, e pronunciando palavras que nunca o ouvi falar!

Pepe respondeu em tom de gracejo:

— É, *madrecita,* tenho a impressão de que minha vida se transformou nestes poucos dias. Estou impressionado com as lições que recebemos diariamente neste país. Percebi que aquela menina que saiu da Espanha, mesmo sem mudar a sua personalidade, viveu muitas coisas jamais imaginadas por nós. Ela amadureceu e mudou muitos conceitos e preconceitos. Agora percebo que eu tinha muitos convencionalismos enraizados, não percebia quanto era intolerante. Desejo mudar minhas idéias e meu modo de viver.

Doña Emília, boquiaberta, permaneceu sem dizer uma única palavra. Nesse momento, os demais foram saindo alegremente e, após se refrescarem na fonte, sentaram-se à mesa para saborear o delicioso café.

Don José, calmo e sereno, beijou a esposa e disse:

— Bom dia, meu amor! Bom dia, meus amados filhos!

Depois, permaneceu por longo tempo em silêncio, alimentando-se vagarosamente para apreciar os diferentes sabores.

Doña Emília compreendeu que alguma coisa tinha mudado em sua família. As pessoas já não eram as mesmas, vindas de um país longínquo, cheio de ostentações e riquezas. Depois de terem feito a comparação com a nobreza de seu país, a Espanha, notaram que poderia existir muita alegria e paz de espírito nas coisas mais simples da vida.

Doña Emília, dirigindo-se a todos, disse:

— Eu também quero desejar um lindo dia a vocês, e pedir a *Dios* que abençoe nossa família e todos os amigos que estão ao nosso lado.

Após fazer uma pausa, doña Emília continuou:

— Parece que está tudo mudado! O que aconteceu?

Calmamente, Pilar disse:

— Não sabemos, *madrecita,* mas algo profundo e imperceptível nos transformou nesses últimos dias. Estamos mais conscientes, mais lúcidos, e essa mudança aconteceu com todos nós. Éramos muito agitados, até inconseqüentes, mas, desde que aqui chegamos, nos sentimos calmos e tranqüilos, porque vivemos um dia de cada vez. É como se valorizássemos o fato de estarmos juntos, vivos e com saúde, coisa a que antes não dávamos importância. Agora somos realmente uma família consciente, com maior respeito à natureza, amando-nos até mais que outrora.

Antonio disse:

— *Madrecita,* nos sentimos imensamente felizes nesta terra de tantos contrastes. Chegamos muito afoitos, mas esta terra parece conter uma certa magia, um certo encanto! É o que chamaríamos de terra-mãe, porque ela acolhe todos com o mesmo amor, sem qualquer tipo de distinção.

Don José também emitiu sua opinião:

— Agora realmente sinto o amor dos meus filhos. Antes, parecia que eles desejavam escapar das minhas mãos. Eu ficava desesperado, tentando fazê-los sentir quanto os amamos. Mas neste momento minha alma está tranqüila. *Dios* nos uniu novamente, porém com mais lucidez e responsabilidade. Podemos dizer que somos uma verdadeira família, que de repente aumentou. Veja, Emília, além de Mariazinha, temos a Ritinha e dona Gândia. Percebo que Tomé, nosso genro, ama verdadeiramente nossa filha Carmel. Temos que agradecer a *Dios* por esta união e por este amor fraterno tão abençoado.

Doña Emília, mais contida, continuou:

— Vocês têm razão, pois sinto a mesma emoção que os envolve, mas estão falando tanto, e esqueceram de saborear os deliciosos quitutes que estão na mesa. Saibam que, embora sejam diferentes, foram feitos por mim e estão deliciosos!

Nesse instante de fraternidade e união, a luz do sol resplandeceu e entrou sem pedir licença para abençoar aquele momento de união. Todos conversavam animadamente, quando de repente ouviram o barulho da porteira e viram algumas pessoas se aproximando, pedindo licença. O primeiro foi o negro esperto, todo feliz e satisfeito, dizendo:

— Muito bons dias, pessoar! Io troce esti presenti pra sinhá Carmel e sinhozinho Tomé: umas galinha, ovu e argumas pranta que eu mermo prantei. Com essas galinha ocês podi fazê um armoção e os ovu tão fresquinho, fresquinho.

Dizendo isso, saiu rindo, e, quando doña Emília agradeceu, já estava perto da porteira, seguindo estrada afora. Depois, chegaram alguns índios com vários vasos de barro e uma espécie de bandeja feita de palha entrelaçada. Além disso, trouxeram uma ave que falava o idioma indígena: um papagaio. Doña Emília ficou confusa, pois as pessoas davam o presente e saíam rapidamente, sem dar tempo até de agradecer a enorme gentileza.

Algumas senhoras muito bem vestidas, com roupas de veludo e seda, trouxeram copos de cristal e jogos de porcelana. Eram peças raríssimas e de grande valor, mas, como os outros, desejaram felicidades aos noivos e foram embora. A seguir, as irmãs do Convento Santa Tereza presentearam os noivos com toalhas francesas, bordadas com o mais fino e apurado gosto. Como os outros, agradeceram e saíram. Mãe Dica, a fiel amiga, trouxe uma cesta enorme na cabeça, cheia de frutas exóticas. Veio rebolando, como sempre, mostrando toda a sua felicidade.

Mais tarde, uma sinhá com o nome de Ana e seus filhos, uma moça e dois rapazes, trouxeram algumas redes e toalhas feitas à mão. Depois, entraram várias moças completamente diferentes das demais. Eram as moças do prostíbulo, vestidas com roupas extravagantes e coloridas. Trouxeram alguns rolos de tecido de linho, outros de seda e rendas bordadas, e ainda tesouras, agulhas, linhas de todas as cores, botões e vários outros aviamentos de costura, que compraram no armarinho do senhor Nagib. Só elas sabiam como teriam que pagar aquela mercadoria, mas estavam felizes por serem úteis e aceitas por Carmel.

Doña Emília e todos os familiares de Carmel não entenderam de onde vinham tantas pessoas, que foram chegando no decorrer do dia trazendo diversos e tão diferentes presentes, mas com certeza com o mesmo amor e desejo de felicidades para o casal.

No meio da tarde, veio uma moça elegantemente vestida que trouxe como presente alguns livros de sua autoria. Tratava-se de Rubi de Souza, escritora muito reconhecida na Europa. Também entregou aos noivos um perfume, que sua irmã Esmeralda enviara da França.

Até que, finalmente, chegou a simpática e gorducha senhora, doña Rosário, dizendo palavras em castelhano. Ela abraçou doña Emília com muito carinho, pois eram amigas desde a adolescência na Espanha, e lhe entregou um bauzinho com jóias. Eram colares de pérolas legítimas, brincos e outros adornos. Como ela não tinha filhas, resolvera dar todo aquele tesouro para Carmel, pois tinha grande admiração e apreço por todo o bem que ela praticava.

Foi um momento até confuso, porque ninguém esperava tanto vai-e-vem de pessoas completamente diferentes umas das outras e que tinham um só propósito: agradecer os favores que Carmel prestava desde que chegara ao Brazil e abençoar os recém-casados.

Depois de tantas demonstrações de afeto, a família de Carmel entendeu a razão de sua transformação. Esta era uma terra muito fraterna, e ficaram visivelmente sensibilizados e emocionados com o carinho das pessoas. Todos os presentes tinham um grande valor emocional.

Quando a família já estava se recompondo, apareceram negros de diferentes etnias trazendo flores, coco, azeite de dendê, algumas fitas brancas, azuis, vermelhas, e até um sino de bronze para colocar na porta da casa. Segundo eles, o sino traz boa sorte e fartura. Mais tarde, alguns escravos fugitivos arriscaram-se a trazer o seu presente. Todos chegavam com alguma coisa por mais simples que fosse.

Nesse momento, don José e doña Emília entenderam o que Deus estava dizendo a respeito da união de todos os povos como irmãos na fé e caridade. Todos temos algo para doar e agradecer, desde o mais simples ao mais valioso presente. O que importa é a atenção e o amor com que fazemos a oferta, pois tudo tem muito valor, como um sorriso verdadeiro ou um caloroso abraço. Quantas pessoas estão ansiosas à espera de um simples olhar de carinho ou uma palavra de incentivo?

Todos os amigos entravam e saíam em silêncio, pois não desejavam perturbar o casal em sua lua-de-mel, entendiam que aquele era um momento sagrado e saíam sem fazer alarde, porque sabiam respeitar a união de dois seres que se amavam. Este seria um dia muito especial e inesquecível para os noivos.

À tardezinha, com a lua despontando nas colinas, Carmel e Tomé saíram do quarto descansados e felizes. Riam por tudo e por nada. Carmel pediu a bênção aos seus pais e à dona Gândia. Depois, Tomé pediu gentilmente a bênção à sua mãe e aos seus sogros, que imediatamente lhe deram as boas-vindas à família. Logo em seguida, Carmel perguntou:

— Onde estão meus irmãos, Mariazinha e Ritinha?

Doña Emília respondeu:

— Foram passear e conhecer de perto as maravilhas desta abençoada natureza. Mas olhe... já estão voltando.

Quando os irmãos entraram, abraçaram festivamente a irmã e o cunhado. Depois, Carmel e Tomé viram os presentes e perguntaram:

— *Madrecita* querida, quem trouxe tantas coisas lindas? De onde veio tudo isso?

— Estas coisas maravilhosas, minha filha, foram o resultado do seu amor, do trabalho e da sua caridade. Você, querida, não veio ao Brazil em vão. Agora vejo que *Dios* tinha seus propósitos.

Tomé também recebeu presentes de generais e soldados, seus companheiros do regimento. A cozinha estava repleta de presentes em todos os cantos.

Carmel, atenta a tudo e a todos, percebeu que entre os presentes que recebera haviam algumas velas coloridas, amarradas com laços de fita, da negrinha Zilú, que com um feitiço seduzira o sinhozinho Otávio, marido da sinhá Maria de Lourdes — esse presente ela mandou enterrar. Um dia, Carmel escreveria sobre todas essas passagens de sua vida. Depois de olhar tudo com carinho, ela disse:

— *Madrecita,* nós não ouvimos um só barulho. Como vocês puderam preparar tantas coisas em silêncio, e, pelo visto, tão saborosas?

Doña Emília, com seu sorriso carinhoso, respondeu:

— Tomamos muito cuidado porque não queríamos despertar o

casalzinho apaixonado.

— Mas não precisavam se preocupar — disse Carmel.

Don José, que estava ao lado ouvindo a conversa, argumentou:

— Não é preocupação, filha, mas respeito. Nós também já fomos jovens, mas infelizmente nossos pais, irmãos e vizinhos não tiveram essa consideração conosco e invadiram o nosso ninho de amor. Foi muito desagradável! Mas vamos esquecer esse incidente. Estamos aqui somente para festejar as alegrias.

Carmel e Tomé se deliciaram com as iguarias junto com a família toda.

— Esta é a refeição dos deuses, *madrecita!* — comentou Carmel. — Só *Dios* e suas mãos poderiam transformar os alimentos que a natureza nos oferece nestas delícias que nenhum rei ou rainha tiveram o privilégio de provar. O alimento se torna nutritivo e saboroso porque temos união, paz e amor em nossa família. Todos concordaram.

Pepe completou:

— É melhor comermos, antes que as delícias esfriem.

Juntos, desfrutaram do banquete improvisado com os legumes e as frutas colhidas no quintal de Carmel, como também outras iguarias que os noivos receberam de presente. Depois do jantar, se reuniram na varanda para degustar um delicioso licor de genipapo, e Carmel comentou:

— Estou tão feliz! Agora só falta o sangue africano entrar no meu corpo. Peço a *Dios* para que este meu desejo se torne realidade muito em breve.

Doña Emília e don José responderam:

— Amém, filha! Esse também é o nosso desejo.

Passados alguns dias, don José mostrou-se preocupado, pois sabia que o navio que os trouxera deveria retornar para a Espanha, dessa forma, teriam que ir embora, deixando sua querida filha no Brazil.

— Mas para que tanta pressa? — perguntou Pepe. — Estamos tão bem neste lugar! Aqui posso tocar minha guitarra olhando o firmamento coberto de estrelas. Às vezes, tenho a sensação de poder pegá-las com as mãos. Depois, o murmúrio do mar, o balançar dos coqueiros e o perfume das flores nos dão a sensação de estarmos no paraíso. Tudo o que eu quero é continuar nesta rede apreciando a natureza — completou o rapaz com seu jeito brincalhão, mas diferente de outrora.

— É verdade — disse Antonio. — Este lugar é um verdadeiro paraíso!

Pilar dirigiu-se ao irmão:

— Antonio, você não terminou o seu curso e ainda tem muito que estudar. Acha que dessa forma vai encontrar uma *muchachita* boa e honesta como Carmel encontrou Tomé? Isto foi um milagre, e depois Carmel é corajosa, coisa que você não é. Entendeu, irmãzinho? É melhor começarmos a arrumar as maletas, pois com certeza voltaremos em breve. Chega dessa conversa que não leva a lugar algum! Se permanecermos mais um pouco aqui, vocês podem ficar mal-acostumados e indolentes.

Pepe olhou a irmã, pegou sua guitarra silenciosamente e foi para o quarto arrumar suas maletas. O navio atracaria no porto em uma semana, e, então, a família Flores Blanes voltaria para sua terra natal. Com certeza, todos sentiriam muita saudade dos bons momentos vividos no Brazil.

Nesse ínterim... Certa manhã, Carmel sentiu indisposição ao levantar e não quis comer nada. O pouco que comera na noite anterior a deixara com o estômago ruim e um tanto mareado. Ao chegar à cozinha, sentiu tontura, sentou-se e abaixou a cabeça para amenizar o enjôo. Estendendo as mãos para sua mãe, disse:

— *Madrecita,* acordei muito mal! Tomé preparou um chá durante a madrugada, mas não melhorei. Estou preocupada.

Mãe Dica, que chegava nesse exato momento, ao ouvir aquelas palavras, disse alegremente:

— Prenha? Minha sinhá tá prenha?

Carmel retrucou:

— Mas como posso estar grávida se casei há tão pouco tempo? Isso é impossível!

Mãe Dica continuou:

— É impossível pra quem num dorme com um home. Mais arguns dia é bastante pra ficá prenha. Na verdade, carece de um diazinho só. A sinhá tem boa saúde e seu corpo tava pronto pra recebê a sementinha do sinhô Tomé. Foi só ele prantá pra ela começa a germiná em seu ventre. Oxalá abençoe ocê e Nossa Senhora do Bom Parto ajude a sinhá no nascimento do rebento.

Doña Emília emudeceu. Mãe Dica aproximou-se dela e, abraçando-a fortemente, disse:

— Quero dar os parabém pra recém-vovó, o *abuelita,* como fala na sua terra. Parabém pra ocêis tudo.

Doña Emília, que pensava em voltar para a Espanha, mudou seus planos imediatamente, e disse:

— José, eu não posso voltar com vocês. Vou ficar com Carmel até a criança nascer e crescer um pouco mais. Eu não posso deixar minha filha no momento mais abençoado de nossa vida.

A notícia chegou rápido até os ouvidos de Tomé, que ficou radiante. Muito feliz e emocionado, beijou Carmel e agradeceu a Deus pelo milagre. **O milagre da vida!**

Doña Emília perguntou:

— Carmel, você quer voltar para a Espanha conosco? Lá teríamos mais recursos que aqui, filha.

Carmel respondeu:

— Não, *madrecita.* Eu quero ter o meu filho aqui no Brazil. Com certeza, a senhora, Mãe Dica e dona Gândia são suficientes para fazer o meu parto e me atender em todas as necessidades. Já sei como nascem as crianças, porque também sou parteira e ajudei Mãe Dica no nascimento de muitas crianças. Podem ficar tranqüilos! Depois, desejo de todo o meu coração que meu filho, além do sangue espanhol e africano, tenha a espiritualidade brazileira. Será registrado como brazileiro, pois aqui foi gerado. *Madrecita,* com a mistura de três raças, a criança certamente será muito bonita e saudável. Essa criança será abençoada por *Dios* e terá o privilégio de nascer nesta terra linda e alegre. Vocês, meus queridos — dirigindo-se ao pai e aos irmãos —, podem voltar tranqüilos para a Espanha porque estarei muito bem amparada por essas competentes e maravilhosas mulheres.

Mariazinha, que estava observando em um canto, disse:

— Doña Emília, eu gostaria de ficar com vocês. Garanto que vou ser útil e fazer tudo direitinho, pois Ritinha vai me ensinar. Também desejo ver a carinha do nenê quando nascer. Deve ser parecido com um passarinho bem miudinho. Desejo estar aqui para mostrar que nós, mulheres, somos muito corajosas e não temos medo de nada. Eu já sou adulta e quero seguir o exemplo de vocês.

Os dias foram transcorrendo muito depressa e, assim, chegou o dia da partida dos familiares de Carmel para a Espanha. Foram muitos abraços, lembranças, beijos, mas, até o último instante, mantiveram a esperança de que Carmel mudasse de idéia e fosse com eles. Acreditavam que, como ela ia ser mãe, talvez estivesse mais flexível e sensata. Mas que nada! A bondosa e forte espanholinha continuava a mesma teimosa de sempre.

Assim, a família Flores Blanes foi embora, deixando doña Emília e Mariazinha no Brazil para ajudar Carmel, que ficou muito feliz com a decisão de sua mãe.

Capítulo 33

O NASCIMENTO DE RAQUEL

Nove meses se passaram...

Certa manhã em que a choupana estava no mais profundo silêncio, Carmel acordou com dores e disse:

— Tomé, tenho certeza de que o nosso bebê vai nascer hoje. Por favor, vá até o quarto da minha mãe e peça para ela ficar comigo, enquanto você vai buscar sua mãe e a Mãe Dica. Também diga a Mariazinha e a Ritinha para prepararem alguns panos bem limpos e macios e água morna para a higiene. Traga o anti-séptico que eu mesma preparei e o sabonete feito de flores. Tomé, ajude-me a vestir uma camisola bem leve e amarre meus cabelos, mas não faça coque para não me incomodar. Não posso sentir dor de cabeça, já basta a dor que vou sentir no parto. Peça a todos que fiquem calmos e se mantenham em oração. Os maiores esforços serão meus, da Mãe Dica e da própria criança. Fique tranqüilo, pois a natureza se encarrega de dar o dom da vida.

Depois de tudo providenciado, Tomé voltou ao quarto e perguntou, com ar preocupado e fisionomia de temor e covardia:

— Você vai precisar de mim, Carmel?

Carmel fitou o marido com firmeza e respondeu:

— Vai me dizer que você é tão covarde que não pode ver sua própria esposa dar à luz o seu filho? O que houve, Tomé? Estou lhe estranhando!

— Desculpe-me, Carmel... pensei que minha presença não fosse importante nesta hora, por isso eu ia ficar na cozinha... para não atrapalhar. Perdoe-me, disse Tomé, envergonhado.

Calmamente, Carmel explicou a Tomé como ele deveria agir:

— Você, Tomé, deve ficar na cabeceira da cama com um tacho de água morna, limpando meu suor e me fazendo carinho. Preciso sentir-me amparada e protegida neste momento tão sagrado. Por favor, segure minhas mãos com firmeza, para que eu tenha força suficiente para fazer nosso filho nascer, enquanto Mãe Dica e minha Mãe se encarregam do restante. Mariazinha e Ritinha ajudarão, pois são muito prestativas e eficientes.

Tomé, estava atento às palavras de Carmel:

— Nós, mulheres, precisamos sentir a presença do marido ao nosso lado na hora do nascimento do fruto do nosso **amor**. É muito importante que a mulher tenha o companheiro ao seu lado neste momento tão sublime. Há muita cumplicidade na união de dois corpos que deram origem a um novo ser humano, e que neste momento estão dando vida a alguém muito importante, que é nosso filho! Vamos receber a continuidade de nossas vidas, o prolongamento do nosso ser. O ato de nascer, embora seja sublime, é traumatizante para a mãe e para o bebê, que sai do aconchego e da segurança do útero rompendo barreiras para iniciar um novo ciclo de vida. É importante que ele sinta que é bem-vindo e amado por todos, principalmente pelos pais e responsáveis. O pai tem que estar por perto, para receber o fruto do seu amor: seu filho! Você entendeu, Tomé? Não existem desculpas para aliviar o coração de uma mãe na hora sagrada da chegada de seu filho. A falta do pai jamais será superada. Nunca!

O pai permanece a maior parte do tempo ausente, tanto na gravidez como durante o crescimento da criança. Esta falta causa uma lacuna muito grande na família. A própria Bíblia tem um relato sobre o nascimento de Jesus:

José representa um homem verdadeiramente. Este é o grande pai e ele nos dá o maravilhoso exemplo de união, força, coragem e esclarecimento humano. Mesmo sabendo que o filho que Maria teria não era seu filho legítimo, carne de sua carne, ele o amou com toda a ternura e respeito a sua mulher Maria, a quem muito amava. Portanto, amava o seu filho e teve a dignidade de acolhê-lo em seus braços.

Quando José teve a certeza de sua missão como homem, se colocou na frente da sociedade machista e desumana para dar proteção a sua amada e ao fruto do seu ventre. Amou-o como se fosse seu.

No momento em que Maria daria à Luz um filho, ele como homem digno se desesperou, desejando que houvesse um lugar adequado para proteger mãe e filho. Percorreu todos os lugares à procura de abrigo, e, depois de se colocar perante a sociedade machista, Deus o protegeu, amparou, e cuidou para que, dando o melhor lugar do mundo, Maria tivesse privacidade e conforto, mesmo na pobreza. Porque o que é justo e divino é o "Amor entre Pai, Mãe e Filho".

José abraçou Maria entre seus braços, apertou-a em seu peito, e levou-a para um estábulo. Um lugar simples, santo, mas repleto de Luz e Amor.

José, sendo um homem verdadeiro, acolheu Maria acariciando e protegendo para tranqüilizá-la. Ele mesmo fez o parto, que foi muito difícil sem qualquer recurso material ou humano. Ao nascer, Jesus foi colocado em uma manjedoura.

Porém, não foi preciso, porque no momento crucial estava o "Pai", para amparar aquela mulher indefesa, carente, até desprezada pela sociedade de homens e mulheres desumanos.

Tudo o que possa escrever sobre José é muito pouco perante este homem de tanta dignidade e respeito por sua mulher. Desta forma, heroicamente, nasceu "Jesus — O Salvador do Mundo" sob a coragem de um homem, José.

Na choupana do casal, depois de algumas horas, as contrações aumentaram. Imediatamente, as meninas foram buscar água quente e as toalhas, pois Mãe Dica já estava preparada para receber a criança. Dona Gândia e doña Emília oravam com muito fervor, pedindo a Deus e à Nossa Senhora do Bom Parto que acompanhassem Carmel e o bebê. Tudo teria que ser perfeito, pois qualquer deslize colocaria em risco a vida da mãe e a da criança.

Tomé, preocupado, acariciava e beijava sua esposa docemente, porém temeroso. Apesar de tanta demonstração de coragem, suas mãos tremiam. *(É muito provável que ele não tivesse conhecimento da história verdadeira vivida por um homem chamado José.)* Deus foi sábio ao não dar aos homens o dom da maternidade. Falta coragem e esclarecimento bíblico a eles.

Toda vez que a dor aumentava, Carmel respirava profundamente para auxiliar na dilatação do baixo-ventre, dessa forma, fazia força na parte inferior do abdômen a fim de que o bebê pudesse sair.

A criança sofre a mesma dor da mãe, afinal, está saindo do seu berço seguro e protegido para ver a luz do mundo que ela desconhece. É um momento muito traumatizante para o bebê, por isso deve ser envolto por muito amor e proteção.

Depois de algum tempo e muitas dores... o bebê nasceu! Mãe Dica, emocionada, disse com um largo sorriso de alívio e felicidade:

— Sinhá, é uma linda menina! Uma menina... veja!

A emoção tomou conta de todos, e naquela hora, presenciaram o milagre da vida. Doña Emília e a dona Gândia se abraçaram chorando e agradeceram a Deus pela grande dádiva. Mariazinha e Ritinha não cabiam em si de contentamento. Mãe Dica, se não fosse negra, estaria verde de emoção, mas agüentou firme e tomou em seus braços a pequena e linda menina descendente de três raças: africana, espanhola e de espírito brazileiro. Nesse instante, todos se abraçaram felizes, repletos de emoção, e a pequena cabana se encheu de "Luz Divina de Deus".

Mãe Dica colocou o bebê nos braços de Carmel, que chorava de felicidade. Nesse momento, ficaram abraçados mãe, pai e filha — três pessoas unidas em um só amor. A partir da primeira emoção, nascia uma família que certamente seguiria os caminhos do Senhor com os ensinamentos da mãe e a ajuda do pai, que deverá dar o exemplo de vida. Ainda bastante emocionada e feliz, Carmel disse:

— Faço questão que o primeiro banho seja dado, por direito, pelo membro mais significativo da família, aquela que deu origem a tudo: minha mãe!

A seguir, Carmel entregou a criança nas mãos de doña Emília, que deu o primeiro banho em sua neta. A amável senhora lavou a cabecinha e o corpinho do bebê com o maior cuidado e muita delicadeza. Depois, beijou com ternura a netinha querida e, colocando-a nos braços de sua filha, ensinou-a como amamentar, para que pudesse alimentar o bebê por vários meses.

Refeita de tanta emoção, doña Emília perguntou:

— Filha, que nome vocês darão à minha netinha?

Carmel respondeu prontamente, pelo fato de já ter comentado com Tomé caso nascesse uma menina:

— Raquel, *madrecita!* Como Raquel da Bíblia Sagrada, ela será uma mulher forte que derrubará muitas barreiras e preconceitos. Precisamos dar continuidade ao nosso trabalho e ajudar — **"A vida de muitas mulheres." Todas elas Raquel e Maria.**

O tempo passou... Quando a pequena Raquel ia completar um ano, Carmel chamou Tomé, doña Emília, dona Gândia, Mãe Dica, as meninas, e disse:

— A partir de hoje, tudo vai se modificar. A vida é um círculo em constante movimento.

Todos ficaram atentos às suas palavras, e ela continuou:

— Meu esposo, Tomé, minha mãe, doña Emília, Mariazinha, Raquel e eu vamos para a Espanha. Este é o meu desejo. Será um recomeço de nossas vidas, uma nova etapa. Mãe Dica ficará com esta casa, e, com a ajuda de Ritinha, vocês farão a primeira pousada do Brazil aqui na Bahia.

Mãe Dica perguntou:

— O que é pousada, sinhá?

— É um lugar para acomodar as pessoas que vêm de fora. Como a senhora fez comigo quando cheguei aqui. Só que essas pessoas terão um maior conforto e mais asseio. A senhora, Mãe Dica, vai preparar suas deliciosas refeições e cuidar de tudo, mas cobrará pelo trabalho e pelas acomodações. **Quem trabalha com amor, com o tempo será recompensado com amor.** Aos poucos, a pousada será ampliada. Virei ao Brazil uma vez ou outra, quando tiver disponibilidade de tempo, pois preciso ficar atenta a Raquel. Eu ainda tenho que estudar muito para passar maiores experiências a outras mulheres, para que possam crescer e ajudar todas as que precisarem.

Carmel explicou como as amigas deveriam dar continuidade ao trabalho que manteriam no Brazil:

— Desejo que vocês permaneçam com o trabalho que iniciamos e o fortaleçam, pois agora podem contar com a ajuda de dona Gândia, que tem muito a lhes ensinar. Para isso, usarão o galpão que antes servia aos forasteiros. Lá, poderão fazer as reuniões, orientar e ensinar muitas pessoas. O nome desse centro de ajuda será *Casa das Mulheres Sábias*. Fiquem sossegadas, pois mandarei recursos suficientes para manter a casa, e sob minha orientação e com a ajuda do meu amigo, o negro esperto, vocês farão as reformas necessárias.

Carmel deixou claro que nesse lugar as mulheres encontrarão tudo o que faltou em suas vidas: atenção, carinho, compreensão e harmonia, e aprenderão tudo o que for necessário. Quando saírem daqui, as mulheres estarão fortalecidas para assumir o próprio lar com os filhos e o marido. Isso se ele for uma pessoa honrada, não um trapaceiro, vagabundo, que vive à custa de mulheres honestas, um sem caráter que costuma usar mulheres carentes de amor e afeto.

Se o homem **honrar as calças que veste**, poderá construir o seu novo lar, mas sob a vigilância de outra mulher, que passará mensalmente em sua casa para ver se o comportamento da família está sendo satisfatório. Infelizmente, existem mulheres que acobertam os erros dos homens somente para dizer que têm um macho no seu leito de prazer. O projeto de Carmel foi ainda mais longe, deixando todos confiantes e felizes.

— Desejo ver homens e mulheres caminhando ombro a ombro, unidos pela família. Bem, nas proximidades do galpão, será construída uma escola, e, ao entardecer, quando as crianças estiverem acomodadas e bem alimentadas em suas casas, suas mães poderão estudar. Não só as mães, mas todas as mulheres que quiserem, espontaneamente, ampliar seus conhecimentos.

Carmel continuou:

— **Trabalho não mata ninguém**, desde que seja um trabalho honesto e não escravo. Basta estar sempre atento às crianças para que aprendam uma profissão honrada, deixando de ser desnutridas ou machucadas. Os homens darão mais valor ao trabalho de suas esposas e não farão cara feia quando chegarem em casa, porque, mesmo estando cansados, compreenderão que elas também estão. Toda a ajuda será benéfica, inclusive a dos filhos adolescentes. A casa que é um lar verdadeiro tem que sorrir, porque a união da família é dádiva de *Dios*. Sempre é tempo de cooperar, tudo é questão de sobrevivência.

Carmel colocou algumas regras para o funcionamento da *Casa das Mulheres Sábias:*

— Infelizmente, por enquanto, o galpão não poderá ser freqüentado por todas as mulheres do arraial, mas, sim, por aquelas que já compraram sua liberdade ou foram alforriadas por pessoas que tiveram compaixão. Ainda há muitos escravos no Brazil, mas tenho fé e esperança que a libertação do povo brazileiro esteja muito próxima. Tenho o pressentimento de que o regimento e os reis de Portugal hão de colocar-se à frente de muitos interesses e oportunismos, assim, este povo ficará livre dos escravocratas. No meu íntimo, sinto que a pessoa responsável pela libertação dos escravos brazileiros será uma MULHER, porque o discernimento para uma causa tão nobre e importante só poderá nascer em um coração feminino. Essa é minha esperança e meu maior desejo. Faço orações constantemente para que aconteça em breve. Porém, existem muitos cativeiros em lares nobres, camuflados pela ignorância masculina.

Com muita firmeza, Carmel continuou:

— Bem, meus amigos, na Espanha Raquel freqüentará o mesmo colégio em que eu e meus irmãos estudamos. Permanecerei lá o tempo suficiente para que minha filha se torne uma pessoa madura, digna, de caráter, com sentimentos de solidariedade, humanitária e doadora; uma pessoa com coragem suficiente para lutar por seus direitos e pelos direitos de seu semelhante. Raquel vai seguir a profissão que desejar, porém, terá a consciência de que nós, mulheres, temos muito a fazer neste mundo de *Dios,* e é nossa obrigação ajudar aqueles que estiverem mais fragilizados. Tomé, como sempre foi um soldado honesto, trabalhador, educado e honrado, foi escalado para ser capitão de um regimento na Espanha. Com certeza, passará sua sabedoria para muitos homens e os ensinará a respeitar as mulheres. Dona Gândia, sua mãe, não deseja ir conosco, porém, será de grande valia na escola e na orientação das pessoas do galpão. Ela será a primeira professora do arraial, mas espero que um dia vá conhecer a Espanha, para ver como o meu país também é lindo! Apesar de tantas guerras e revoluções, ainda é uma terra de povo forte, contestador de seus direitos e muito alegres, como no Brazil.

Carmel concluiu a longa conversa falando do grande presente e da responsabilidade que estava deixando para as mulheres e para o Brazil:

— Espero que vocês continuem os trabalhos que iniciei com muita dedicação, porque não desejo ouvir falar de mulheres censuradas, castradas ou transformadas em escravas de corpo e alma por uma sociedade machista e paternalista sem o mínimo caráter. As mulheres nascem fortes e devem lutar pelos seus ideais e direitos, mantendo sempre erguida a bandeira branca da paz! **ESTOU DEIXANDO ESTAS PALAVRAS SOMENTE PARA MULHERES VERDADEIRAS.** A minha luta pelas mulheres e todo o meu sofrimento não serão em vão. Não quero ver mulheres aprisionadas, mesmo que seja no seu próprio lar. Homens e mulheres nasceram para ser livres da escravidão psicológica; das "cadeias sem grades". *Dios* já tinha esse propósito comigo quando eu ainda estava no ventre da minha mãe. Depois, no meu ventre, e posteriormente minha hereditariedade passará para o ventre de minha filha, Raquel, se tiver vocação. Essa missão sai do coração, não pode ser uma obrigação, mas uma devoção. Desejo que o ventre de todas as mulheres do mundo seja abençoado, como o ventre de Maria, Mãe de Jesus.

Emocionada, Carmel levantou a voz e disse com muita fé:

— **LUTEM PELA LIBERDADE EM TODOS OS SENTIDOS!!!** *Dios* fez o mundo para que os seres que o habitam sejam livres. Seres humanos, plantas, animais, tudo pertence a um só *Dios*. Tudo o que possuímos na terra é emprestado por um tempo determinado.

CUIDEM E AMEM DO QUE *DIOS* LHES DOOU DE GRAÇA!

Capítulo 34

CONFIDÊNCIAS DE MULHERES SÁBIAS

Carmel sempre teve o propósito de ajudar as mulheres.

Sendo chamada às aldeias e vilas a qualquer hora do dia ou da noite, em qualquer tipo de lugar, a solidária espanholinha nunca deixou de socorrer quem precisasse de seus préstimos.

Essas saídas causavam algumas discórdias com seu marido. Naquela época, o senhor Felipe Martins não gostava que sua mulher saísse de casa, ainda mais quando era chamada ao anoitecer. No entanto, Carmel não se importava, levava sempre consigo um lampião para clarear o caminho, e sabia que Deus velava os seus passos. Durante muito tempo, Carmel seguiu sua missão, auxiliando todos os que precisavam de seus cuidados, tanto no arraial como nas fazendas mais próximas.

Mas, depois do nascimento de sua filha Raquel, ela percebeu que precisava de um lugar onde tivesse mais privacidade e pudesse reunir o maior número de pessoas necessitadas.

Carmel chamou carinhosamente as suas "formiguinhas" (assim eram chamados os amigos que a auxiliavam) e pediu que encontrassem um local para fazer as reuniões com segurança.

O negro esperto, um de seus grandes colaboradores, disse que estaria sempre à sua disposição, e com seus valiosos conhecimentos sairia imediatamente à procura do lugar de que Carmel precisava. Em dois dias, voltou dizendo que tinha encontrado o lugar ideal. Carmel prontificou-se a ir imediatamente, e para isso chamou também sua amiga Ritinha.

Quando chegou, viu que era tudo exatamente como desejava: um lugar tranqüilo, de pouco acesso e cercado por árvores silenciosas, que, entrelaçadas, davam a impressão de se abraçarem. Essas árvores lindas, majestosas, de madeira nobre, também eram alvos de pessoas maldosas e sem escrúpulos que não as deixavam se desenvolver e crescer, da mesma forma como faziam com as mulheres. Certamente, o futuro das árvores seria o de ser mobília na Europa ou mesmo uma bela casa para ricos fazendeiros.

Também a natureza clamava por socorro, pois, como as mulheres, era indefesa, e a todo o momento corria o risco de ser exterminada. Bem, o importante é que a partir daí Carmel poderia auxiliar um maior número de mulheres tão sofridas, massacradas por palavras duras e sem compaixão, vindas de homens machistas e inseguros.

Desde que chegara ao Brazil, Carmel tivera conhecimento do desaparecimento e da morte de muitas mulheres. Algumas delas eram enterradas na clandestinidade em um túmulo qualquer, e depois espalhavam o boato de que elas haviam fugido de casa. Outras eram difamadas ou julgadas loucas para justificar sua morte, já que seus lares aparentavam ser perfeitos por terem todo o conforto possível.

Também havia mulheres enterradas no jardim das suas próprias fazendas e idolatradas como se fossem santas, pois os maridos diziam que elas faziam milagres e assim continuavam com sua falsa bondade. O marido, um farsante, mostrava-se muito sentido com a morte da esposa, mas logo colocava outra mulher mais jovem em sua casa para enaltecer o seu ego de macho provedor.

Para os homens, arrumar outra mulher era muito fácil, pois as jovens ambiciosas, desejando ficar ricas em pouco tempo, não se importavam com o caráter ou a aparência desses machos. Já para elas, bastava que tivessem dinheiro para dar-lhes uma boa e luxuosa vida e também à sua família. Porém, estavam completamente enganadas, pois eram presas fáceis para os velhotes que tinham noção de conduzir muito bem as mulheres menos esclarecidas, que não sabiam quanto lhes custaria suportar aquele homem cheio de manias e cacoetes. Para eles, era muito fácil comprar outra mulher.

Às vezes, a mulher tinha mais sorte, pois, sendo ele bem mais velho, a probabilidade de que morresse antes dela era muito maior. Quando era mais esperta, trazia também a família para usufruir dos montões de réis e jóias valiosas que ela ia acumulando com o tempo de convivência. Dessa forma, na clandestinidade, colocava as jóias e o dinheiro dentro de um santo de barro qualquer. Depois da morte do infeliz, pegava tudo, e assim os filhos do machão ficavam sem nada e sem saber para onde tinha ido a fortuna obtida através de tanto trabalho e esforço familiar.

Já a pobre esposa falecida sequer tivera tempo para usufruir do fruto do seu exaustivo trabalho e da economia que se impusera durante toda a vida apenas para ajudar no orçamento do lar. Dessa forma, com falsa melancolia, o marido, os irmãos do marido ou conhecidos enterravam suas vítimas.

O pudor, o falso moralismo e o paternalismo entravam pelas frestas das portas e janelas e impregnavam o ar. O silêncio era testemunha do que todo o arraial já sabia. As pessoas não queriam enxergar o que era evidente a todos os conhecidos e faziam vista grossa para dizer que não sabiam de nada. A omissão era mais conveniente.

A realidade é que os machões da época tinham medo das mulheres inteligentes e sábias, porque corriam o risco de se tornarem muito insignificantes e ainda perderem o seu aparente poderio. Isso acontece até mesmo nos dias atuais, por isso, fazem tudo para deixá-las submissas e escondê-las para se livrarem de sua impotência moral.

Carmel preocupava-se com as mulheres indefesas, pois precisavam ser orientadas para se fortalecerem sozinhas e se ajudarem mutuamente.

Carmel pensava: "Não basta ter conforto. As mulheres têm que ser esclarecidas para que possam se defender quando forem humilhadas, não podem aceitar a dor e os martírios que lhes são impostos pela sociedade. O pior de tudo é quando a mulher se torna muito vaidosa e se sujeita à humilhação dentro e fora do lar."

Nesse ínterim, Carmel, sentindo a dificuldade das mulheres e vendo com seus olhos carnais e espirituais, desejava dar mais esclarecimento e realismo à grande fantasia em que elas viviam. Pensavam que era uma sina, uma realidade, mas... estavam completamente enganadas.

Com esse pensamento desbravador, Carmel deu início à *Casa das Mulheres Sábias*. As mulheres fortalecidas e esclarecidas saberiam defender-se e ser auto-suficientes. Essas mulheres não ficariam mais à mercê dos maridos e de seus familiares e amigos sanguessugas!

No dia seguinte, o negro esperto reuniu outros amigos "formigas" e foram para o meio da floresta, àquele local que parecia ter sido designado por Deus. Lá, eles improvisaram um precário galpão, onde as mulheres teriam toda a privacidade e estariam protegidas. Esse local seria um refúgio para mulheres de qualquer idade, etnia e classe social; elas aprenderiam a ser fortes, a viver honrada e honestamente, sem medo de um futuro obscuro!

Em três dias, tudo estava em seu devido lugar. Carmel, mais uma vez, recorreu a seus amigos para que percorressem aldeias, ranchos, fazendas, enfim, todos os locais em que houvesse uma mulher com sede de saber e desejo de libertar-se das amarras para tornar-se livre e sábia, saindo da tirania de seus maridos, de seus familiares e da sociedade comodista.

No galpão havia somente uma mesa rústica de madeira e uma lousa doada por dona Ana, que tinha uma filha professora. Sem cadeiras, usavam apenas algumas pedras e tocos de madeira nos quais as mulheres poderiam acomodar-se.

No primeiro dia, vieram mulheres de diversas localidades, que não mediram esforços nem distância para poder participar da primeira reunião. Algumas foram até lá por curiosidade, mas ninguém reclamou da falta de conforto, mesmo as que sentaram no chão rústico. Afinal, todas essas mulheres estavam à procura de conhecimento como alimento e consolo para suas almas tão carentes e sofridas.

Era um Templo Sagrado para as mulheres que tinham muita sede de saber, porque desejavam mudar suas vidas e a de seus familiares. Eram mulheres de Deus que desejavam ter uma vida saudável e seus lúcidos ideais respeitados.

No primeiro encontro, Carmel colocou-se ao lado da mesa, e, após agradecer o comparecimento de todas, pediu que dessem as mãos para orar e agradecer a Deus aquele momento divino. Foi um momento muito emocionante: mães, filhas, irmãs, prostitutas, sinhazinhas, mulheres ricas e pobres, de todas as etnias e idades, unidas pela busca de um mesmo ideal.

As árvores pareciam envolver todas aquelas mulheres ao cobrir o galpão com seus imensos galhos, como se fossem braços prontos para aconchegá-las, além de dar-lhes sombra e frescor. Os galhos eram o único teto que existia, pois o galpão era coberto apenas pelas lonas azuis que o céu lhe emprestara.

Carmel estava emocionada e feliz porque sua luta não tinha sido em vão. Ela deixara a riqueza e o conforto em que vivera desde a infância para conviver com a mais profunda pobreza de espírito — e isso provocava a pior dor e machucava profundamente o sensível coração daquela mulher forte e lutadora que não aceitava a injustiça! Após a oração, Carmel disse:

— Obrigada, minhas amigas e irmãs de luta. Hoje é o primeiro dia da longa batalha que teremos pela frente. Estou procurando reunir forças para ter a coragem de enfrentar os machões e mandantes deste país. Porém, com vocês ao meu lado, sinto-me fortalecida, com imenso desejo de vencer! Quero que saibam que sinto um imenso amor por esta terra abençoada. Amo este chão de terra vermelha e esta gente, muitas vezes rude, mas de coração puro, alegre e iluminado, este povo de muitas crenças que acredita em forças superiores, maravilhosas e silenciosas. Dessa forma, pela fé, acontecem os verdadeiros milagres da vida. Como lhes disse, escolhi o Brazil por amor e o aceitei do mesmo modo que ele e seu povo me aceitaram de braços abertos.

Depois, Carmel falou dos muitos deveres e poucos direitos que as mulheres dispunham, e prosseguiu:

— Nós, mulheres, ainda não temos consciência de nossos verdadeiros valores e poderes. Estamos sufocadas pelas palavras MEDO e NÃO — palavras tão pequenas, mas que têm o poder de nos tirar do eixo e nos deixar sem prumo. Esse autoritarismo quase sempre é imposto por pessoas insignificantes, covardes, que se recusam a manter uma conversa mais séria. São homens que não sabem enfrentar os seus problemas mais íntimos, por isso refugiam-se no trabalho ou com os amigos, jogando e bebendo. Outras vezes, procuram o falso carinho nos braços vazios de mulheres fáceis e nos vícios ilícitos. Eu desejo que todas vocês aproveitem os ensinamentos que vamos trocar para que este encontro não seja em vão. Eu gostaria que vocês saíssem daqui fortalecidas, pois só assim serão capazes de enfrentar os seus próprios problemas e terem uma sociedade unida. Juntos, mulheres, homens e crianças, formaremos uma sociedade sadia.

Uma das mulheres levantou o braço e disse:

— Sinhá Carmel. Desejo falar sobre o drama que estou vivendo no meu lar. Creio que me sentirei mais aliviada e, certamente, terei o consolo de uma palavra amiga.

Carmel, encorajando a mulher, disse:

— É, claro, Augustinha! Eu já estive em sua fazenda e conheço bem o drama em que você vive, mas as nossas companheiras não sabem de nada. Sua experiência de vida será de grande valia para todas nós.

Com muito carinho, Carmel continuou:

— Não tenha receio, minha amiga! Todas nós já passamos por sofrimentos semelhantes. Afinal, somos iguais em nossa essência, ninguém é imune à dor nem às cicatrizes que ela deixa. Liberte o seu coração dessas amarras. Chore, se preciso for, mas não deixe que esses sentimentos dolorosos permaneçam enraizados em seu peito a ponto de um dia não mais poder se libertar deles.

Augustinha, emocionada e muito nervosa, sentia-se envergonhada porque o que tinha para dizer era algo extremamente íntimo e constrangedor. Ela acreditava que nenhuma outra mulher pudesse passar por uma situação semelhante à sua, com tanta humilhação e desprezo do marido.

— Está bem, sinhá. Mas, por favor, não riam da minha pessoa. Para vocês, pode parecer uma bobagem, mas é muito sério para mim.

Augustinha começou o seu relato:

— Quando Bento, meu marido, me procura para fazer sexo, desejo pensar que ele está com saudades de mim, do cheiro do meu corpo, mas... não é verdade.

— Por que diz isso, Augustinha? — perguntou Carmel. — Se ele a procura, deve ser porque realmente gosta de você!

— Não, sinhá. Quando ele satisfaz o seu desejo, sai de cima de mim, vira para o lado e DORME. Meu marido é incapaz de me fazer um carinho ou sequer me dirigir uma palavra amiga. Olha, eu nunca vi meu marido de bom humor, descansado ou feliz. Está sempre carrancudo, e não sei por quê. No entanto, quando está com os amigos, é todo cheio de graça e gentilezas, fala bobagens, palavras sem conteúdo e esbanja risos e alegria. Mesmo no trabalho, apesar dos problemas que enfrenta, se sente satisfeito. Mas, ao chegar em casa... o cansaço se apossa do meu marido e o sono logo vem. Eu vivi minha vida perguntando a ele e a Deus: "O que fiz de errado?"

Augustinha fez uma breve pausa e continuou:

— Sabe, sinhá, quando fazemos sexo, é algo muito rápido, sem carinho ou emoção. Depois, ele vira e DORME. Sinto vontade de conversar ou mesmo agradecer o ato em si, no entanto, é em vão. Só me resta a desilusão, porque, quando o acaricio, seu corpo já não reage. Muitas vezes, finge DORMIR só para não me ouvir falar.

Carmel, conhecedora do assunto, por já ter sofrido muito com as humilhações e o desprezo de seu falecido Felipe, sabia perfeitamente a dor que aquela mulher mal-amada estava sentindo. Por isso comentou:

— Isso é comum entre a maioria dos casais, porque depois de suas andanças o homem volta para casa já satisfeito. Então, quando a esposa se aproxima, ele diz que teve um dia exaustivo, repleto de problemas, e só deseja deitar-se e DORMIR. Eles vivem simultaneamente com várias pessoas, cada uma com sua experiência. Sendo assim, eles trocam informações, riem muito por nada e sem perceber estão trocando energia. Ao chegar em casa, não necessitam do abraço da esposa e dos filhos, afinal, estão satisfeitos com a troca de tantos abraços, às vezes, de pessoas que mal conhecem. E nós, esposas, que nos mantemos cativas, a quem abraçamos? Aos nossos filhos?

Carmel continuou:

— Pobres coitados! Esses homens não percebem quanto tempo estão perdendo ao não conversarem com a própria mulher, aquela que está sempre à sua espera e se guarda só para ele. Em muitos casos, a esposa não demonstra o verdadeiro sentimento ao seu marido devido ao grande sofrimento e às diversas situações constrangedoras que ele lhe causou. Outras vezes, pela falta de consideração e de respeito, pois ele se acha superior pelo fato de ser o provedor do lar. Apesar de tudo, para o homem, essa mulher ainda serve como escudo perante o arraial, que é moralista e paternalista. Além disso, muitas vezes, quando consegue sucesso profissional, se sente acima das pessoas menos favorecidas financeiramente, achando que o esforço do seu trabalho é só dele. Como amar um homem que não nos dá atenção? E por que sentir remorso por aquilo que deixamos de fazer a ele?

Depois de um breve silêncio, Carmel prosseguiu:

— Sei que não falamos sobre tudo o que se passa em nossos corações angustiados por medo do que pode nos acontecer amanhã.

A espanholinha enfatizou:

— Entregamos nosso corpo e nossa alma a esse homem pensando em nós, em nossa família, e até como um dever perante as pessoas maldosas que nos vigiam em silêncio. Ah! Se eles soubessem o que estão perdendo ao entrar sem qualquer cuidado ou respeito no "Paraíso Sagrado" que é o ventre de sua mulher! Não percebem quantas maravilhas e bênçãos alcançamos quando nos entregamos sem restrições, com amor verdadeiro. Nesse instante, recebemos a bênção dos anjos! Nós, mulheres, na hora do ato sexual, desejamos ser amadas, nos sentimos flutuar e nos entregamos como suaves bailarinas. Nosso desejo é o de que esse momento de enlevo permaneça por muito tempo, mas, normalmente, o ato é tão rápido que até parece um castigo. Quando isso acontece, tenho a impressão de ter sido agredida ou mesmo estuprada. É triste quando temos uma relação que acaba no eterno vazio.

Augustinha perguntou:

— Ô sinhá Carmel, eu sinto exatamente tudo o que está dizendo, mas não sei o que falar ou como agir.

Uma outra mulher que estava sentada ao lado dela respondeu com certa ironia:

— E adianta falar? Quando tento abrir minha boca, ele já está DORMINDO. E não vai ouvir nada porque para os homens somos muito insignificantes. Só estamos ali para servi-los. Temos somente um buraco qualquer. É isso o que eles pensam!

Logo, outra senhora comentou:

— Nós perdemos muito, é claro! Mas temos consciência da nossa doação, do respeito e do valor que damos a esse momento que desejamos que seja só nosso. Como estamos enganadas! — disse ela, tristemente. — Não tenho esperanças de que os homens entendam os nossos desejos mais íntimos. Jamais!

— Eles vivem para si mesmos — falou outra senhora. — Muitas vezes, os homens escolhem uma mulher para ser sua esposa por ela ter bons princípios e saber que será uma boa mãe para seus filhos, porque poderá trazer um bom dote ou uma abastada herança, por ser uma pessoa educada, e, se possível, que nunca tenha tido outro homem em sua vida; enfim, que não tenha passado. Depois, eles as mantêm em casa como se fossem escravas de luxo, pois precisam manter as aparências e mostrar que são homens honestos, íntegros e corretos. Desse modo, passam uma conduta irrepreensível, o que certamente os tornará aptos a galgar melhores cargos profissionais e, conseqüentemente, maior respeito perante a sociedade que os admira por seus supostos valores e sua postura de pessoa íntegra. Ele passa a imagem de bom pai e marido afável que respeita sua esposa. Mas, na verdade, tem outras mulheres fora do lar e com as quais se dá ao desfrute.

— Eu acho que o homem dificilmente casa por amor — afirmou uma outra mulher. — Ele casa para ter uma escrava dentro do lar e um lugar para voltar e dormir.

Carmel, muito nervosa, disse energicamente:

— Essa escória de homens eu abomino. Desprezo! E vocês, mulheres, têm que lutar por seus valores e sua auto-estima, ou dessa maneira submissa nunca chegarão a lugar nenhum.

Augustinha, muito espantada, disse:

— Meu Deus! Pensei que só eu passasse por essas situações humilhantes! É possível que existam homens bons, sinhá?

Carmel, mais calma, respondeu:

— É claro que sim. Há homens honestos, carinhosos que amam sua mulher e seus filhos. São poucos, mas existem! Digo isso porque fui desprezada por um homem desumano, mas *Dios* me recompensou com outro maravilhoso porque eu me respeitei. Sempre existe esperança, e sou um exemplo disso. Basta levantar a cabeça com dignidade e não se deixar abater com a ignorância trazida por seu pai e outros homens inseguros.

Carmel continuou:

— Nós, mulheres, precisamos nos unir e contar nossos segredos sem receio de que outra mulher os espalhe por aí. Precisamos ser companheiras, confidentes, ter sabedoria, cumplicidade e esclarecimentos necessários para não admitir que os homens nos humilhem, pois, depois de tudo o que eles fazem, ainda esperam que sejamos felizes e agradecidas, só porque nos oferecem um teto e comida com o nome fictício de "Lar Doce Lar".

Carmel reforçou sua opinião:

— O homem só cresce se for por meio de uma mulher correta, que lhe dê abrigo, afeto e seja cúmplice de seus atos. Só que essa mulher que o ajuda cumpre seus deveres com muita renúncia e trabalho, sem receber reconhecimento ou remuneração financeira. Afinal, tudo o que ela faz é sua "obrigação", de acordo com o que impôs a sociedade machista.

Outra senhora, com o peito agoniado, comentou:

— Nós, mulheres, somos muito afetuosas e aparentamos demasiada carência e fragilidade nos braços do nosso homem. Quando ele chega de madrugada, após um exaustivo dia de trabalho (isso é o que eles dizem), ficamos preocupadas e nem ousamos questionar. Estamos cansadas de tantas mentiras cruéis e desumanas! Eles voltam para os nossos braços somente para DORMIR, depois de terem feito amor no corpo de outra mulher talvez tão carente quanto nós.

Josefina disse:

— Às vezes, meu marido me procura para fazer sexo sem dizer uma só palavra. Usa o meu corpo como uma latrina ou uma escarradeira... e mais nada! Meu marido não me conhece, não me respeita. Não sabe como sou ou penso porque quer apenas dormir. E, quando atinge a plenitude do instante, esquece que estou debaixo dele. Sinto-me como se fosse uma onda que arrebenta no mar e se desfaz lentamente na areia. Dessa forma, me deixa sozinha, do mesmo jeito como quando saiu de casa. Desapontada... Uma grande turbulência se apossa de mim e, nesse momento, torno-me frágil, sem apoio, como um barco solitário sem remo, sem rumo no meio do oceano! Sinto-me um NADA!

Outra mulher também quis falar sobre suas angústias:

— Tenho quatro filhos e sei o momento exato em que cada um foi concebido, mas meu marido jamais saberá! Ele não sentiu o milagre do esperma penetrando o meu óvulo e provocando a explosão de vida que aconteceu em minhas entranhas. Nesse momento divino, ele simplesmente me deu as costas e DORMIU. Para ele, o importante era sua satisfação. Naquele instante, derramou em mim todas suas impotências, seus rancores, suas frustrações, desalentos e fracassos. Meu marido não percebeu que o que deixou em mim foi mais que um líquido esbranquiçado e quente, FOI A SEMENTE DA VIDA, O MILAGRE DA FECUNDAÇÃO! Em geral, o homem só se preocupa com a hora do nascimento para ver se o bebê se parece com ele. Aí, todo macho diz: "Este é o meu filho! É parecido comigo." Muitas vezes é, mas... Será que é mesmo seu filho?

Assim, a mulher concluiu:

— Mas que dúvida cruel para eles! **Que filho?** Fui eu que amei aquele filho desde o primeiro instante em que o concebi. Eu o protegi em meu ventre durante nove meses e o pari em um momento sublime, em meio a dores celestiais. **Que filho?** Quando nosso filho nasceu, eu estava sozinha, meu homem não ficou ao meu lado para me amparar como um verdadeiro companheiro. Mas foi meu cúmplice na hora da concepção, porque ninguém faz uma criança sozinha! Pode ser que com o tempo os cientistas modifiquem alguma coisa e as mulheres possam ter um filho só delas. PORÉM SEMPRE HAVERÁ UM DOADOR MASCULINO, UM PAI, MESMO QUE DESCONHECIDO.

Após ouvir com bastante seriedade as histórias da vida dessas mulheres, Carmel concluiu:

— Isso acontece com a maioria das mulheres. Muitas vezes, o homem pode estar perto, mas não presente, porque são medrosos. Nós, mulheres, precisamos descobrir uma maneira de fazer com que eles sejam mais esclarecidos e participativos. Não apenas machos. Isso depende muito de nós, **as mães**, que criamos esses filhos. Por esse motivo, sempre tive o desejo de ter um local para que pudéssemos abrir nossos corações sem receio, trocar nossas experiências e ampliar os nossos conhecimentos. Juntas, poderemos descobrir uma maneira de tornar os homens mais humanos, sensíveis, participantes e companheiros na jornada da vida. Eles pensam que, quanto mais brutos forem, mais machos serão, e ignoram que a delicadeza e a atenção com que tratam a mulher é o que faz deles um homem de verdade.

As mulheres sentiram-se fortalecidas e corajosas com a conversa, e uma delas resolver falar:

— Nós parecemos estrelas cadentes. Os homens usam nosso corpo, nossa alma e saem pela estrada da vida sem pedir licença e sem pudor. Não querem saber se precisamos do seu corpo para nos agasalhar e proteger. Esses homens pensam que dando casa e comida fazem muito. Se tiverem o bolso cheio e se mostrarem para os olhos do mundo ou para seus próprios amigos de farra, se acham o máximo. Necessitam mostrar seu poder para o arraial, pois acreditam que assim serão respeitados. Eles sequer respeitam nossas vidas e nossas almas. O que significa **respeito** para eles? As pessoas desconhecem esse tipo de homem, sua ignorância e seu fracasso perante a própria família e a esposa que em um dia qualquer ele fecundou e depois, sem dar importância, DORMIU. Esse homem nunca tomou conhecimento do que plantou naquele ventre sagrado. Isso é muita ignorância e crueldade! Dessa forma, ele perde o dinheiro honrado e suado com o amigão de todas as horas na esbórnia. Por vezes, penso que esses homens são muito burros. Não é possível! (Que me desculpem os animais.)

Na seqüência, outra mulher disse:

— Meu marido não se importa comigo, quase não nos vemos. Mas ele observa a casa, que deve ter todo o conforto, e sua cama, que deve estar limpa e cheirosa. É claro que a cama que ele usa lá fora é malcheirosa, pois os lençóis estão cheios de resíduos dos espermas dos homens que ali se deitaram antes dele chegar. LÁ ELE NÃO DESCANSA, PORQUE A CAMA FEDE DA MESMA FORMA QUE O SEU CORPO. A INFIDELIDADE FEDE.

Carmel, que ouviu tudo atentamente, acrescentou:

— Esses homens imaturos perdem muito por não serem solidários nas nossas vidas e na criação dos nossos filhos, que eles não vêem crescer por estarem sempre ausentes. Muitas vezes não é pelo trabalho, isso não! É que eles gostam de ficar em lugares que ninguém pergunta sobre os seus desejos mais secretos.

E desabafando Carmel continuou:

— Ah! Se eles soubessem dos nossos sonhos, das nossas fantasias, dos nossos desejos mais íntimos, com certeza, não DORMIRIAM tão facilmente e prestariam mais atenção nas coisas que estão à sua volta. Certamente, não nos dariam as costas depois de fazer sexo. Quando temos os nossos filhos, somos cúmplices, e teremos deveres que nos manterão unidos por toda a eternidade! O homem pode mentir em tudo, mas jamais deve negar a paternidade, porque nunca passará ileso pela "Justiça Divina". Ele será eternamente pai e a mulher, eternamente mãe.

Uma senhora, que permanecera quieta em um canto, comentou:

— Para mim, foi pior. Meu marido era impotente desde que nos casamos. Só tivemos filhos porque eu era jovem e fértil. Quando ele sentia desejo, insistia em me penetrar, mas como não conseguia ejaculava nas minhas pernas, e foi dessa maneira que engravidei. Agora sei que isso só acontecia porque ele nunca sentiu amor por mim. Não queria que eu sentisse desejo e me realizasse como mulher. O seu egoísmo era mais forte que o próprio ato do sexo. Odiava-me por eu ser uma pessoa diferente daquelas com que estava acostumado a usar somente pelo prazer. Na verdade, só me queria para ser mãe de seus filhos e poder se exibir perante a sociedade. Por isso, comigo ele se satisfaz, mas sem ter uma realização prazerosa. Já na rua, com outras mulheres, tudo funciona muito bem. E se acaso não desse certo ele dizia: "É... não aconteceu porque tenho uma mulher em casa."

Aquela senhora olhou fixamente para Carmel e, com os olhos marejados pelas lágrimas, disse:

— O que faço, sinhá Carmel? Eu tenho muito dinheiro, roupas finas, mucamas, mas não tenho um homem de verdade que me dê carinho, um marido de verdade, um companheiro. Agüentei muitas coisas por meus filhos, afinal, o arraial nunca poderá saber quem ele realmente é. Mostra-se educado, atencioso e muito alegre com todos, mas não é sincero. Quem vai acreditar em mim quando preciso desabafar? Quem? Somente agora, depois de tantos anos, estou desabafando, porque creio no seu silêncio. Vocês já passaram ou talvez passem pela mesma situação. Agora somos cúmplices de nossas dores íntimas.

Com algumas palavras, Carmel aconselhou aquela senhora que sofria e prometeu que em um outro dia conversariam mais, porque estava anoitecendo e elas precisavam voltar para suas casas.

Assim, semanalmente, as amigas se reuniam para desabafar e procurar uma forma de ajuda mútua. Dona Gândia e Ritinha também auxiliavam Carmel. Esse era um momento muito especial de união, cumplicidade e respeito entre as mulheres, pois todas tinham os mesmos sentimentos nobres de irmandade que a cada dia faziam com que se tornassem mais corajosas e fortalecidas. Agora, as mulheres estavam unidas, lutavam por seus direitos e já não tinham medo de expor suas angústias, mágoas, emoções e medos, nem mesmo seus segredos e desejos mais íntimos que antes eram guardados a sete chaves. Tinham a ajuda de Carmel e de outras tantas mulheres também injustiçadas pelos preconceitos machistas e paternalistas.

Em uma dessas reuniões, Ritinha levou a maleta de remédios, pois disseram que havia uma emergência. Uma senhora estava muito mal. Quando chegaram, a mulher se aproximou delas e disse que desejava dizer algo muito íntimo e importante a Carmel. Para ela, fora muito difícil reunir força e coragem para expor seus segredos e suas dores.

Ritinha, observando que a mulher estava pálida, quase sem vida, impulsivamente pegou a maleta de remédios e colocou nas mãos de Carmel. Porém, Carmel notou que a dor daquela senhora era muito mais profunda. Ela tinha densas cicatrizes na alma.

Voltando-se para Ritinha, Carmel disse:

— Ritinha, dona Helena não precisa desse tipo de remédio. O que ela precisa é de uma boa conversa para aliviar essa dor que está comprimindo seu peito. Não é o corpo que está machucado, mas sua alma! No momento, o que pode lhe trazer alívio é uma palavra de amor e um ombro amigo. Ela precisa de alguém que saiba ouvi-la e entenda suas angústias, porém, poucas pessoas têm o dom de saber ouvir. Com o tempo, minha querida, você vai entender que cicatrizes externas podem ser tratadas a ponto de tornarem-se quase invisíveis. Mas as cicatrizes da alma são profundas e irreparáveis. Essas marcas nós levamos para a eternidade. Infelizmente!

Carmel olhou para a outra senhora e disse:

— Minha amiga, você certamente vai precisar falar com pessoas sábias e silenciosas. Infelizmente, poucas mulheres se calam. **ESSAS SÃO AS FALSAS AMIGAS!** Quando uma delas escuta seus segredos, logo passa para outra. Dessa forma, os primeiros a saber são os maridos, porque, quando se deitam com eles, elas abrem uma **bocona** e contam além do que ouviram de outra mulher. Já os homens, nesse momento, prestam muita atenção e querem saber mais novidades, por isso não dormem. Elas não sabem que a sabedoria vem dos anjos, que tudo sabem, tudo vêem e tudo calam. **SABER CALAR É UMA VIRTUDE.**

Ritinha sentou-se junto às outras mulheres para ouvir atentamente cada palavra de Carmel. Sendo jovem, precisava aprender para defender-se dos infortúnios da vida, e aquela troca de experiências a ajudaria a tomar decisões sábias no futuro como uma mulher adulta.

Carmel continuou a falar:

— É comum algumas mulheres sentirem inveja das mulheres ricas, que aparentemente têm conforto e uma vida tranqüila. Muitas pensam que elas são felizes e têm poder porque possuem bens materiais. Nesse momento, nasce a terrível inveja, e o demônio invade as mentes doentias das mulheres que são incapazes de lutar por si mesmas. Bem, minha amiga, conte-me o que a aflige?

A senhora Helena, sendo uma mulher educada e elegante, começou a contar o seu drama:

— Quando meus filhos eram pequenos, ficavam perto de mim e não largavam da minha saia. Eu, como qualquer mãe, os orientei sobre todos os seus deveres e suas responsabilidades, dando-lhes uma boa educação. Também os advertia sobre os perigos e tudo o que deviam e não deviam fazer. Nós, mães, nascemos para ensinar e educar nossos filhos, somos eternas professoras para que eles sejam pessoas respeitadas e também saibam respeitar o próximo. Bem, o tempo foi passando e fui envelhecendo. Meus filhos são pessoas inteligentes, esclarecidas e independentes. O meu marido tornou-se uma pessoa importante e acumulou riquezas porque só se dedicou ao trabalho. Claro, mantinha em casa aquela que sabia cuidar muito bem dos filhos, dos afazeres do lar, fazia economia, recebia seus amigos e ainda o orientava e ajudava em tudo o que fosse necessário. Agora meus filhos, que já são independentes, não precisam mais de mim, e o meu marido, a quem tanto ajudei, acha que eu não sirvo para mais nada, pois para ele não evoluí, apenas cuidei da casa. Ele diz que tudo o que conseguiu foi pelo seu próprio esforço. Para meus filhos, o pai é um herói e eu, que os ajudei, agora sou NADA! SIMPLESMENTE NADA! O meu trabalho não teve valor algum pelo fato de que eu não trazia dinheiro para casa.

Com os olhos marejados, a pobre senhora continuou sua triste história, que é a mesma que se passa com muitas outras mulheres:

— O dinheiro, muitas vezes, é maligno e capaz de corroer a alma e endurecer o coração. Ele pode comprar qualquer coisa material, mas nunca o sentimento de um coração que não se deixa consumir pela luxúria. Eu me doei e criei meus filhos desde sua concepção, e não tive tempo para pensar que um dia eles cresceriam e não se importariam comigo. Esse homem que não viu seus filhos crescerem teve muito tempo para cuidar de si e acumular dinheiro. Por isso os filhos têm orgulho do pai. Mas eu... fiquei sozinha, sem amigos, sem parentes, porque aqueles que diziam ser meus amigos foram se afastando. Fui deixada à margem da vida, como um trapo velho, sem serventia, pois não tive tempo de olhar para mim e perceber que eu existia e tinha o direito de viver a minha própria vida. A minha juventude e os meus sonhos foram deixados em um canto qualquer do tempo, para que eu pudesse me dedicar somente à minha família. Agora, ao olhar para trás, já não me encontro. Já não vejo o frescor no meu rosto e tampouco o brilho dos meus olhos. Quem sou eu? Quem? Não sei... porque esqueci de mim em algum lugar do passado distante. Sei que fui comprada. Porém, quando jovem, não tive orientação como estou tendo agora com a sinhá Carmel. Eu agradeço sua doação, atenção e carinho. É difícil encontrar uma amiga de verdade, mas agora tenho muitas, porque podemos nos unir e desabafar.

Em seguida, a senhora Helena abraçou Carmel e chorou muito. Eram lágrimas que guardava no coração há muito tempo — mágoas que havia acumulado ao longo do seu caminho.

Carmel, emocionada, parou, respirou profundamente e, contendo as lágrimas, falou dirigindo-se a todas as mulheres que ali se encontravam:

— Minhas amigas, infelizmente este fato é muito mais comum do que pensamos. Nós, mulheres, costumamos nos anular, deixamos de viver nossa vida para viver a vida dos filhos e do nosso companheiro. Aliás, fomos educadas para isso: casar, cuidar do conforto da casa, do bem-estar do marido e da educação dos filhos. Acreditamos que é nosso dever e procuramos cumpri-lo da melhor forma possível. Mas será que foi para isso que *Dios* nos colocou no mundo? E nossa própria vida não tem nenhum valor? Pensem bem! Será que o nosso amor pela família nos cegou? Creio que não.

Carmel fez um instante de silêncio e continuou com emoção e indignação por aqueles fatos reais:

— É claro que não tem valor! Vocês viram o que aconteceu com dona Helena? Ela se doou, deixou de viver e, quando todos se sentiram fortes e seguros, a deixaram sozinha. Vocês acham que se ela tivesse se preocupado com ela e, mesmo cuidando da família, encontrado um tempo só para cuidar de si mesma para tornar-se uma pessoa esclarecida por inteiro, as coisas não seriam diferentes? Tenho certeza de que sim. Nós, mulheres, mães, esposas, somos muito importantes para *Dios* e para nós mesmas, por isso devemos expor nossa opinião sobre o que gostamos e não gostamos. Temos que ser respeitadas e amadas. Se isso não for muito para os nossos familiares!

Era a primeira reunião que Carmel fazia com várias mulheres diferentes, com problemas diferentes e distintas culturas. Estava sendo muito difícil, porque era muito sofrimento e muitas perguntas. Antes era mais fácil, pois Carmel ia aos locais para atender uma única mulher. No entanto, ela desejava seguir auxiliando essas mulheres, por isso as reuniões seriam periódicas.

Carmel respirou fundo e disse:

— Não devemos esquecer que *Dios* nos deu o dom da vida para sermos felizes. Ele não determinou que as mulheres fossem submissas aos maridos e filhos, mas que todos fossem seres humanos completos, capazes de sobreviver por si mesmos, caminhando lado a lado. Inclusive, em várias passagens da Bíblia, observamos que as mulheres estavam sempre ao lado do Senhor Jesus. Durante as pregações, estavam à frente dos homens e ao Seu lado. Ele depositava nelas toda a confiança, mais do que nos apóstolos. As mulheres estiveram sempre em primeiro lugar nas peregrinações de Jesus. O que são esses homens perto de Jesus? E depois querem que as mulheres limpem os rastros de sujeira que eles deixam. **Isto é inconcebível!**

Carmel, elevando a voz, disse:

— Agora, nós, mulheres, somos aparentemente inferiores aos

homens? Por quê? O que aconteceu com a senhora Helena? Ela foi a alavanca para que seu marido e seus filhos crescessem, mas parou no tempo e tornou-se uma pessoa introspectiva. O conhecimento que ela adquiriu na vida veio por meio de seu sofrimento. Uma mulher que cresceu e tornou-se sábia, mas infelizmente o marido e os filhos não perceberam o seu valor. No entanto, não devemos culpar os nossos familiares pelos nossos fracassos, porque somos responsáveis por nossos atos e por nossa vida. Se nos amarmos e nos respeitarmos, os outros igualmente nos amarão e nos respeitarão, caso contrário, só restarão as lamúrias e lamentações pelos cantos da casa. Nenhum filho ou marido suporta ver esse sofrimento do qual eles mesmos são culpados, pelas mágoas e preocupações que nos causam.

Voltando-se para dona Helena, Carmel disse:

— Minha amiga, nunca é tarde para resgatar nossa vida. Não estamos aqui reunidas em vão. *Dios* está lhe dando a chance de se reencontrar e despertar os sonhos que ficaram adormecidos; não estamos mortas. Vocês estão entendendo? **Vocês não estão mortas!** — disse dirigindo-se a todas. — Quando um dia sua família perceber que você é uma mulher inteira, que não depende deles para sobreviver, saberão lhe dar o devido valor. Não os culpe por nada. Reaja! Foi você que provocou essa situação, e está na hora de mudar suas atitudes. Coragem! Nas horas em que sentir que vai fraquejar, saiba com quem pode contar. Se não tiver uma amiga de verdade, fique em silêncio. A vida se resolve por si mesma. *Dios* é *Dios*.

E a espanholinha continuou:

— Sei que vocês são muito fortes porque têm uma família linda, e essa família foram vocês que construíram! Foi a semente que vocês, mulheres, plantaram aqui na terra. Já plantaram as sementes, agora comecem a colher os frutos bons e sadios. É hora de serem felizes, e nunca se esqueçam de vocês mesmas. Sendo esclarecidas, vocês terão coragem para mudar suas vidas para melhor.

Com os olhos arregalados, Ritinha disse:

— Nossa! Como vocês, mulheres brancas, sofrem! Quando eu olhava para suas casas bonitas, imaginava como vocês seriam felizes, porque naquelas casas ricas não devia faltar nada. Agora entendo que todo aquele luxo das roupas e jóias não adianta nada, porque vocês não podem desfrutar da fortuna com liberdade. É só aparência. Acho que o sofrimento de vocês é até maior que o nosso, que somos pobres e negros. Apesar de devermos obediência e termos deveres, não precisamos dar tantas satisfações nem manter as aparências para a sociedade. De certa maneira, somos mais livres e felizes que as pessoas ricas e com tantas responsabilidades. Quanto mais riqueza, mais responsabilidade.

Carmel, dirigindo-se a Ritinha, disse:

— Ritinha, entendeu como você estava enganada? Agora pode ver com seus próprios olhos e ouvir o que se passa no coração das mulheres. Seja ela quem for (porque somos todas iguais), jamais julgue alguém pela aparência. Por isso, nunca sinta inveja de uma mulher casada que tem um lar abastado. As jóias que ela possui, na maioria das vezes, só servem para provocar brigas após a sua morte. Isso se alguns serviçais desonestos não as levarem antes, pois na hora da dor e do sofrimento, para não serem incomodados, os familiares pagam pessoas desconhecidas para cuidar daquelas pobres mulheres que doaram suas vidas por eles, e agora, já cansadas de lutar pelas suas famílias, se encontram abandonadas. Bem, minhas amigas, espero que esta reunião tenha servido para esclarecer muitas dúvidas, mas ainda temos muito para esclarecer sobre essas atitudes rançosas e podres do passado. O passado já se foi, porém o presente está aqui para ser vivido com muita sabedoria.

Dona Odila, depois de ouvir tantos relatos, criou coragem e fez o seu desabafo doloroso, dizendo:

— Sinhá Carmel, me mantive quieta neste canto porque tenho medo de dizer o que estou passando.

Carmel disse:

— Para que medo, dona Odila? Por quê?

— Sinhá, já estou muito velha, vivi muito, e passei por quase tudo o que ouvi aqui. Não sei o que fazer, pois me sinto cansada, envelhecida; doente de corpo e de alma.

Carmel, intrigada, disse:

— Nós estamos aqui para entendê-la e ajudá-la. Abra o seu coração.

— Sinhá, o meu velho teve tantas amantes, levou uma vida de muita liberdade, sem jamais se importar ou lembrar de mim nem dos filhos. Mas agora, doente, sem ter ninguém para farrear na boemia, ele se aproxima de mim. Sabe, sinhá, ele buliu muito com a mulher dos outros e também comigo, só que já não tem vigor e saúde para fazer sexo, mas mesmo assim quer que eu bule com ele. Nas partes íntimas, entende? Eu nunca tive liberdade nem para conversar com ele, e agora quer que eu o faça ter prazer. Fico até envergonhada, mas ele me obriga. Como ainda tenho medo dele e por respeito a quem mora em casa, pois podem ouvir, faço o que ele quer.

Dona Odila respirou fundo e continuou:

— Sabe, sinhá, aí quando eu mexo nele, parece um pau de sebo, todo escorregadiço, só que muito mole, sem vida. Quanto mais eu mexo, mais força ele faz para reagir, mas que nada. O membro dele já está morto, há muitos anos! Mas... como o velho é muito macho, não se conforma e me xinga de lerda, além de falar outros palavrões horríveis. Ele está tão doente que não pode levantar da cama, mas eu também estou velha, não tenho saúde e ainda sou humilhada dessa forma nojenta. Não sei o que fazer.

Carmel, indignada, aproximou-se de dona Odila, acariciou seus cabelos brancos, sua face enrugada, triste e chorosa, e colocou a cabeça da pobre mulher perto do seu coração. Depois disse:

— Chore, dona Odila! e não precisa enxugar as lágrimas... eu mesma as enxugarei.

Depois de deixar dona Odila mais calma, Carmel se dirigiu às outras mulheres e disse:

— Vocês estão vendo? Esta criatura deu sua vida pelo seu marido. Quando era jovem, ele a rejeitava porque tinha suas aventuras. Agora a faz passar por essa situação constrangedora, desagradável e imoral.

Voltando-se para dona Odila, Carmel concluiu:

— De hoje em diante, peça aos seus filhos e amigos que limpem o seu corpo e nunca mais coloquem a mão nele, a não ser para colocá-lo em um caixão e **cruzar suas mãos**. Esse é o fim de um homem machão e ingrato que nunca soube o que é respeitar sua esposa.

As reuniões aconteciam semanalmente, sempre trazendo muitos esclarecimentos para as mulheres. No dia seguinte, após comunicar aos amigos a decisão de sua partida, Carmel voltou ao galpão, reuniu as amigas que sempre a ajudara e em tom bastante emocionado disse:

— Como vocês sabem, minha família e eu estamos de partida para a Espanha, mas voltarei para o Brazil sempre que possível. Se *Dios* permitir, com o passar do tempo, surgirão outras *Casas de Mulheres Sábias,* não só aqui, mas também em outros lugares do mundo. O galpão onde Mãe Dica vive atualmente será o novo local para as próximas reuniões, e já tomei as providências necessárias para atender às necessidades mais urgentes. Assim, minha casa será a nova moradia de Mãe Dica, que em sua sábia velhice terá o conforto merecido pelos muitos serviços que prestou. Raquel e eu voltaremos sempre que for possível, e, em caso de qualquer necessidade, é só me enviar uma carta. Saibam que terão em mim a mesma amiga de sempre, não importa onde eu esteja.

Carmel, preocupada com o drama que atingia tantas mulheres, antes de ir para a Espanha, deixaria um local onde elas pudessem se encontrar para unir forças. Dessa forma, sua missão não seria interrompida. Porém, exigia que entre essas mulheres houvesse lealdade, respeito, ajuda mútua e a vontade de serem sempre pessoas melhores.

Nesse ínterim, resolveu doar sua casa para Mãe Dica, solicitando que ela deixasse somente seu aposento intacto, pois tinha a intenção de voltar ao Brazil com muita freqüência. Com isso, o galpão da bondosa senhora passaria por algumas reformas. Carmel deixou as instruções sobre como funcionaria a *Casa das Mulheres Sábias* aos seus auxiliares e amigos "formiguinhas". Assim, estaria solucionado o problema para que as reuniões não fossem interrompidas, porque já não dependeriam do mau tempo ou do medo de que o local fosse descoberto. Ali, todas as mulheres poderiam falar sobre seus segredos, suas dores e suas alegrias, pois agora sabiam guardar sigilo absoluto dentro de seus corações, que é um lugar intocável.

Carmel tomou as devidas providências, mas exigia que tudo estivesse devidamente documentado, por isso quis escrever de próprio punho, letra por letra, para que não existissem dúvidas ou controvérsias sobre a legitimidade da *Casa das Mulheres Sábias* com o passar do tempo. Não podemos acreditar nas palavras vazias de ninguém! Isto vale para todas as situações, com palavras difíceis ou palavras doces. Tudo o que é falado e feito deve ser sacramentado.

Se nós, mulheres, soubéssemos do poder e da coragem que possuímos, seríamos muito mais valorizadas, e certamente os homens nos tratariam de outra maneira. Nós não precisamos fazer uso de brutalidade ou ameaças. Com nossa delicadeza e aparente fragilidade, podemos ultrapassar obstáculos que parecem intransponíveis. Somos como Davi, que, apesar de sua aparência franzina, venceu o gigante Golias somente com uma pequena pedra. Não precisamos ser rudes, apenas devemos agir com clareza.

Capítulo 35

DESPEDIDA DE CARMEL

No dia da partida de Carmel e sua família, o porto estava repleto de pessoas amigas, pessoas que Carmel ajudara muito e que lhe seriam eternamente gratas.

A espanholinha estava com o coração apertado, pois, apesar de todo o sofrimento pelo qual passara, estava deixando o país em que se tornou mulher e um ser humano completo de corpo e alma.

Carmel tornou-se a pioneira na luta pelas mulheres brazileiras. Depositara suas esperanças no Brazil e colhera o fruto do seu trabalho vendo nascer a *Casa das Mulheres Sábias*. Ela sabia que as pessoas já não seriam as mesmas, porque cada uma delas tinha um pouco daquela espanholinha irreverente que lutava por justiça e que jamais aceitara ser comandada por homens ou qualquer pessoa intransigente.

O navio deu o último sinal, foram três apitos anunciando a partida, e aos poucos... foi afastando-se do cais. Os amigos, ao longe, viam tremular nas mãos de Carmel uma bandeira simbolizando o Brazil que ela ostentava com muito orgulho, enquanto com a outra mão acenava com seu **xale vermelho**. Foi assim que Carmel deu adeus aos amigos e à terra que tanto amava. As pessoas permaneceram no mesmo lugar até o último aceno e o navio desaparecer no horizonte.

Todos... mulheres, homens e crianças, estavam presentes orando pela "espanholinha valente". Nada passava sem que ela olhasse com os seus olhos carnais e espirituais.

Carmel, mulher frágil e forte, filha, mãe, esposa, companheira, um anjo, uma guerreira... SIMPLESMENTE MULHER!

Carmel foi uma Joana d'Arc de sua época, que questionava tudo o que não fosse certo pela lei dos homens e a lei de Deus. **A sua bandeira pela PAZ** esteve sempre à sua frente, pois essa era a sua luta incansável. Ela deixou muitas saudades em todos que viveram ao seu lado. Porém, a espanholinha esteve sempre presente nos ensinamentos e no coração de quem quis aprender com sua lucidez e seu esclarecimento.

Por vezes, Carmel agia como uma tempestade arrastando tudo, outras, como um lago manso e sereno ou, ainda, como um campo verdejante onde podia levar a palavra às ovelhas do Senhor.

FIM

MINHAS FONTES DE INSPIRAÇÃO

Ao longo dos anos, li e reli muitos livros e artigos. Vivi e ouvi muitas histórias. Cada idéia, cada palavra e cada linha deste livro saíram do fundo do meu coração. Mas o maior iluminador dessa inspiração foi Deus.

Aqui está uma pequena parte das obras que colaborou para que minha inspiração brotasse e eu pudesse criar personagens e uma história para fazer nascer Vida de Mulheres.

ABC de Castro Alves (Jorge Amado); *A Bíblia; A Boa Terra* (Pearl S. Buck); *A Cabana do Pai Tomás* (Harriet Beecher Stowe); *A Grande Travessia* (Pearl S. Buck); *A Incrível e Fascinante História do Capitão Mouro* (Georges Bourdoukan); *Casa-Grande & Senzala* (Gilberto Freyre); *A Louca da Casa* (Rosa Montero); *A Mulher Que Crê* (Daisy Washburn Osborn); *A Pequena Fadette* (George Sand); *A Relíquia* (Eça de Queirós); *A Sogra* (Emma Southworth); *A Solidão da Mulher Bem-Casada* (Belkis Morgado); *A União Ibérica — As Invasões Holandesas — 1580-1624* (Revista Manchete); *A Viagem do Descobrimento* (Eduardo Bueno); *A Vida do Brasileiro* (Maria Aparecida Vidigal); *A Vida Secreta das Plantas* (Peter Tompkins Christopher Bird); *Antologia da Literatura Brasileira — Textos Comentados* (Antônio Medina Rodrigues, Fernando dos S. Costa, Dácio A. Castro, Ivan P. Teixeira); *As Grandes Verdades da Bíblia* (Dr. Joseph Murphy); *Brasil 500 Anos*; *Desejo de Mulher* (Malvina Muszkat); *Brasil: Colonização e Escravidão* (Maria Beatriz Nizza da Silva); *Brasileiro, Brasileiros* (Catálogo da mostra do Museu Afro Brasil); *Caminho da Liberdade* (Howard Fast); *Capitães de Areia* (Jorge Amado); *Capitães do Brasil* (Eduardo Bueno); *Ensaio Geral 500 Anos de Brasil* (Heródoto Barbeiro e Bruna Renata Cantele); *Escravidão no Brasil* (Enrique Peregalli); *Formação da África Contemporânea* (José Flávio Sombra); *História da Vida Privada no Brasil* (Laura de Mello e Souza); *História das Inquisições: Portugal, Espanha, Itália, Inglaterra do Século XV ao XIX* (Francisco Bethencourt); *História do Brasil* (Boris Fausto); *Brasil — Colonização e Escravidão* (Maria Beatriz Nizza da Silva); *História do Brasil* (Raymundo Campos); *Lendas e Fábulas do Brasil* (Círculo do Livro); *Medicina Quântica* (Prof. Dr. Victor José Freire Mattos); *Memórias e Fatos no Brasil e no Mundo* (Heitor Domingues de Oliveiras); *Mestiço É Que É Bom* (Darcy Ribeiro); *Mulheres Brasileiras* (Editora Brasiliense — Fundação Carlos Chagas); *Nau Capitânia — Pedro Álvares Cabral — Como e com Quem Começamos* (Walter Galvani);

Náufragos, Traficantes e Degredados (Eduardo Bueno); *Negras Raízes — a Saga de uma Família* (Alex Haley); *Negros da Terra* (John M. Monteiro); *Sol da Liberdade* (Giselda Laporta Nicolelis); *O Amante de Lady Chatterley* (D. H. Lawrence); *O Descobrimento do Brasil* (Manuel Nunes Dias); *O Escravismo Colonial — Vários Ensaios* (Jacob Gorender); *O Espetáculo das Raças* (Lilia Katri Moritz Schwarcz); *O Índio na Cultura Brasileira* (Berta G. Ribeiro); *O Mulato (Aluísio Azevedo); A Linguagem das Flores* (Sheila Pickles); *Revoluções na América Latina* (Héctor H. Bruit); *O Negro na Bahia* (Luiz Viana Filho); *O Povo Brasileiro* (Darcy Ribeiro); *O Segredo da Borboleta* (Tonni Tucci); *Os Papagaios Amarelos* (livro publicado pela Secretaria da Cultura do Estado do Maranhão); *Otelo* (William Shakespeare); *Paixão Flamenca* (Edgard Alcides Ortiz); *Parte de Minha Vida* (Winnie Mandela); *Pinturas dos Mestres Nacionais e Estrangeiros — Séculos XVII-XX; Problema Alimentar no Brasil* (Cláudio de Moura Castro e Marco Coimbra); *500 Anos de América* (Revista Manchete); *Racismo e Anti-Racismo do Brasil* (Jacques D'Adesky); *Rebeliões da Senzala* (Clóvis Moura); *Senhora Dona do Baile* (Zélia Gattai); *Sir Richard Francis Burton* (Edward Rice); *Viagem Incompleta — A Experiência Brasileira* (Carlos Guilherme Mota); *The Brazil of Eduard Hildebrandt* (Gilberto Ferrez); Vários livros de Gilberto Freyre e vários livros de Paulo Freire; *Zumbi* (Joel Rufino dos Santos).

Vida de
Mulheres
Carmen Sanchez Gil
2008

VIDA DE MULHERES
CARMEN SANCHEZ GIL
1ª EDIÇÃO
5.000 EXEMPLARES